Cinda Williams Chima

Der Wille des Drachen

Roman

Aus dem Amerikanischen
von Hans Link

blanvalet

Die Originalausgabe erschien 2009 unter dem Titel
»The Dragon Heir« bei Hyperion Books for Children, New York.

MIX
Papier aus verantwortungsvollen Quellen
FSC® C014496

Verlagsgruppe Random House FSC® N001967
Das FSC®-zertifizierte Papier *Holmen Book Cream*
für dieses Buch liefert Holmen Paper, Hallstavik, Schweden.

1. Auflage
Deutsche Erstausgabe Juli 2015 bei Blanvalet,
einem Unternehmen der Verlagsgruppe
Random House GmbH, München

Umschlaggestaltung: © Isabelle Hirtz, Inkcraft
Redaktion: Waltraud Horbas
ue · Herstellung: sam
Satz: Buch-Werkstatt GmbH, Bad Aibling
Druck und Einband: GGP Media GmbH, Pößneck
Printed in Germany
ISBN: 978-3-7341-6030-1

Für Eric und Keith,
die an Drachen glauben

PROLOG

Sieben Jahre zuvor

Der Nebel umhüllte den Booker Mountain wie ein alter, zerlumpter Mantel. Die schwachen Lichtkegel der Scheinwerfer drangen nur mühsam durch den Dunst. Obwohl die Straße schmal und gefährlich war, hatte Madison keine Angst. Min, ihre Großmutter, fand den Weg schlafend und mit verbundenen Augen.

Als das Gefälle steiler wurde, legte Min den ersten Gang ein. Ihr Gesicht hatte sich in harte, grimmige Falten gelegt, aber Madison wusste, dass Min nicht böse auf sie war. Sie fühlte sich in dem Pick-up gerettet und geschützt, mit John Robert auf dem Schoß und Grace zwischen sich und die Tür gequetscht. Grace schlief, den Kopf an das Fenster gelehnt. Das Haar hing ihr wirr ins Gesicht. Min hatte sich nicht die Zeit genommen, es zu kämmen.

»Wird Mama sich keine Sorgen machen, wenn sie nach Hause kommt und wir nicht da sind?«, fragte Madison. Sie sprach leise, um John Robert nicht zu wecken, der mit seligem Gesichtsausdruck am Daumen nuckelte.

»Wenn du mich fragst, würden Carlene ein paar Sorgen ganz gut tun«, sagte Min. »Das muss man sich mal vorstellen, eine Zehnjährige zwei Tage mit einem Baby und einem Kleinkind allein zu lassen.«

»Wahrscheinlich hat jemand abgesagt«, meinte Madison. »Oder vielleicht hat Harold Duane sie gebeten, Überstunden zu machen.«

»Die Kneipe hat nur bis zwei geöffnet. Sie hatte kein Recht, die ganze Nacht wegzubleiben.«

»Mama sagt, ich bin für mein Alter wirklich erwachsen.«

Min schnaubte und verdrehte die Augen. »Ich weiß, dass du das bist, Süße. Du bist erwachsener als deine Mama. Du wurdest klug geboren.«

Sie rauschten an der Ziegelmauer und den beleuchteten Torpfosten des Anwesens der Ropers vorbei. Min machte ein Zeichen mit der Hand, als sie die breite Einfahrt passierten.

»Wofür war das?«, fragte Madison, die wusste, dass es ein Fluch war.

Min antwortete nicht. Min sagte immer, gute Christen würden andere Leute nicht verfluchen.

»Warum willst du die Ropers verfluchen?« Madison ließ nicht locker. Dort wohnte Brice Roper. Er war in der Schule in ihrer Klasse. Er wurde von diesem Leuchten umgeben, wie Licht durch regennasses Glas – die Art von Leuchten, die vielleicht reiche Leute hatten. Brice besaß vier Araberpferde, auf denen man reiten durfte, wenn er einen mochte.

Madison war nie bei den Ropers reiten gewesen.

»Die Ropers wollen unseren Berg«, erklärte Min.

Madison blinzelte. Den Booker Mountain? Was wollten sie denn mit dem anstellen? »Aber bei ihnen ist es viel schöner«, platzte sie heraus.

Wenn man auf Luxusvillen mit Säulen und Rasenflächen und kilometerlange weiße Zäune stand. Und Araberpferde.

»Es geht um Kohle«, sagte Min unverblümt. »Bryson

Roper kriegt seine letzte Kohle nicht aus dem Boden, wenn er nicht durch den Booker Mountain geht. Und der gehört mir.«

Sie fuhren um die letzte Kurve und an dem Briefkasten vorbei, auf dem stand: M. BOOKER, SEHERIN UND BERATERIN. Der Pick-up kam am Fuß der Verandatreppe scheppernd zum Stehen.

Madison trug John Robert, Min trug Grace. Madison ging vorsichtig über die verwitterten Verandabretter, damit sie keine Splitter in ihre nackten Füße bekam. Als sie die Stufen hochgestiegen waren, die Veranda überquert und die Kinder in die Schlafzimmer getragen hatten, war Min außer Atem, und ihr Gesicht hatte eine komische, graue Farbe.

Madison verspürte den kalten Kuss der Angst im Nacken. »Oma? Geht es dir gut?«

Min wedelte nur mit der Hand, zu atemlos, um zu sprechen. Sie riss sich den obersten Blusenknopf auf, und man sah die Kette mit dem Opal, die sie immer trug. Die Madison manchmal anprobieren durfte.

Nachdem sie die Kleinen ins Bett gebracht hatten, machte Madison im Herd Feuer und kochte für sie beide Kaffee. Min beschwerte sich nicht einmal darüber, wie sie ihn machte, was beunruhigend war.

»Es wird ein kalter Winter werden«, prophezeite Min, setzte sich in den einzigen Stuhl mit Armlehnen und schlang sich einen Schal um die Schultern. Ihre Farbe war zurückgekehrt. »So viel Schnee wie schon lange nicht mehr. Die passende Zeit zum Sterben.«

Wenn Min etwas prophezeite, war es am besten zuzuhören. Aber Madison war alt genug, um sich zu fragen, wie ein Mensch, der die Zukunft vorhersagen konnte, so viel Pech haben konnte.

Madison saß gern mit Min am Wohnzimmertisch bei einer Tasse süßen Kaffees. Die getigerte Katze lag schnurrend vor dem Feuer. Nur eine Sache fehlte ihr noch, wenn Min nur endlich ja sagen würde.

»Leg mir die Karten, Oma!«, bettelte Madison. Kartenlegen war eine ernste Angelegenheit, sagte ihre Großmutter immer, und nicht zur Unterhaltung kleiner Mädchen gedacht.

Aber Min musterte Madison für einen Moment; ihre hellblauen Augen glitzerten wie Mondsteine, die Hände um den Kaffeebecher geschlungen. Schließlich nickte sie. »In Ordnung. Es ist an der Zeit. Hol die Karten vom Kaminsims.«

»Ehrlich?« Madison kletterte eilig von ihrem Stuhl, bevor Min es sich anders überlegen konnte.

Min bewahrte zwei Kartendecks in einem abgegriffenen Holzkästchen mit einem in den Deckel eingeschnitzten Kreuz auf. Sie nannte sie »Zigeunerkarten«, aber für Madison sahen sie wie normale Spielkarten aus, mit einigen Extras. Das Kästchen enthielt außerdem einen Lederbeutel voller Kieselsteine und kleiner Knochen, aber Madison hatte nie gesehen, dass Min sie benutzte.

Min reichte ihr das dickere Deck. Madison mischte unbeholfen die Karten, hob dreimal ab und mischte dann wieder.

»Leg sie in drei Reihen zu drei Karten aus«, sagte Min, und Madison tat wie geheißen.

Ihre Großmutter drehte sie um, und die Karten klatschten leise auf das verwitterte Holz des Tisches.

»Madison Moss.« Jetzt war ihre Stimme die einer Fremden, die Stimme der Seherin. »Bist du bereit, die Wahrheit zu hören?«

»Ja, Ma'am«, antwortete Madison, schluckte hörbar und hoffte, dass es nichts Schreckliches sein würde.

Min betrachtete die Karten, schob sich die Brille auf die Nasenspitze und betrachtete sie noch etwas länger. Madison beugte sich vor und sah die Karten mit zusammengekniffenen Augen an. Die mittlere Karte in jeder Reihe war ein farbenprächtiger, goldglänzender Drache mit Schlangenaugen und langem, gewundenem Schwanz.

Unvermittelt hob Min sie auf und gab sie Madison zurück. »Misch neu.«

Verwundert mischte Madison und legte die Karten aus. Wieder Drachen. Min sah sie stirnrunzelnd an. Schob sie mit den Fingerspitzen herum. Zog den Lederbeutel aus dem Kasten und leerte ihn in ihre Hand. Warf die Steine und Knochen auf den Tisch. Nahm sie auf und warf sie erneut, wobei sie vor sich hinmurmelte.

»Was ist los?«, fragte Madison enttäuscht. »Klappt es nicht?«

»Oh, Kind.« Min schüttelte den Kopf. Ihr Gesicht hatte wieder alle Farbe verloren. Sie streckte ihre zittrige Hand nach Madison aus, dann zog sie sie zurück, als habe sie Angst, sie zu berühren. »Ist nicht schlimm. Lass uns etwas anderes versuchen.« Min gab ihr das kleinere Spiel mit zweiunddreißig Karten, Siebener und höher.

Madison mischte die Karten erneut und legte sie in der vertrauten Zigeunerlegung aus, drei Reihen mit jeweils sieben Kartenpaaren. Vergangenheit, Gegenwart und Zukunft.

Keine Drachen.

Persönlich interessierte Madison sich nicht besonders für die Vergangenheit oder die Gegenwart. Aber sie hatte Hoffnungen für die Zukunft. Eifrig beugte sie sich vor, als Min die Karten eine nach der anderen umdrehte. Min flüsterte ihre Deutung, als sei sie sich nicht sicher.

»Ein Streit um Geld«, sagte sie und drehte die Karo Sieben um. Im nächsten Paar lag die Pik Neun über der Kreuzdame. »Der Tod einer weisen Frau.« Eine Karo Drei über den beiden anderen. »Ein juristischer Brief und ein Vermächtnis.«

Madison fand die Vorstellung von Streitigkeiten wegen Geld und juristischen Briefen langweilig. »Werde ich jemals einen festen Freund haben?«, fragte sie. Sie war schon alt genug, um zu wissen, dass sie die Jungen aus Coal Grove nicht besonders mochte.

Min drehte die Bildkarten um. Zwei Könige. Kreuzkönig und Pikkönig. Karobube. Sie deckte die Korrespondenzkarten auf und betrachtete sie für einen Moment. Es schien, als gefalle ihr nicht, was sie sah. Min umfasste Madisons Hände und beugte sich vor, ihre blauen Augen wie Fenster zu einer jüngeren Min, die von runzliger Haut umschlossen waren.

»Maddie, Schätzchen, hör zu. Hüte dich vor den magischen Gilden«, flüsterte sie. »Vor allem vor Zauberern.«

»Oma, ich kenne keine magischen Wilden«, sagte Madison, die um Verständnis rang.

»Brice Roper«, erklärte Min. »Er ist ein schlechter Mensch. Es ist nichts Gutes an ihm.«

Madison blinzelte sie an. »Der alte oder der junge Brice?«, fragte sie.

»Der junge Brice«, antwortete Min, was sie überraschte, denn der alte Brice war unheimlich und gemein, und alle sagten, der junge Brice habe etwas an sich. Menschen umschwirrten den jungen Brice wie Wespen Limonade.

»Lass dich nicht mit den Begabten ein, Madison. Lass die Finger von Magie. Sie hat unserer Familie nichts als Ärger gebracht. Schwöre, dass du mit ihnen nichts zu schaffen haben wirst.«

Min klang fast so wie der Prediger in der Wellblechkirche, in die Madison einmal gegangen war; er hatte über diejenigen geredet, die einen Pakt mit dem Teufel schlossen. »Aber Oma, sind die Karten nicht magisch?«, wagte Madison sich vor.

»Schwöre es!« Min drückte ihr die Hände so fest, dass Madison Tränen in die Augen traten.

»Na gut, ich schwöre es!«, sagte sie und blinzelte schnell, damit die Tränen sich nicht aus ihren Augen stehlen und ihr übers Gesicht laufen konnten. Sie glaubte ohnehin nicht, dass die Ropers etwas mit ihr zu schaffen haben wollten.

Min ließ Madisons Hände los. »Meine Weisheit ist an dich verschwendet, Kind.« Sie wirkte eher traurig als wütend.

Ihre Oma schaute erneut auf die Karten hinab. »Ich sehe vier hübsche Männer kommen. Zwei werden auf verschiedene Weise dein Herz erobern. Zwei sind Betrüger, die an deine Tür kommen werden, einer dunkel, einer hell. Alle verfügen sie über Magie …«

Inzwischen hatte Madison irgendwie den Überblick verloren, wer wer war. Trotzdem, das war eine *wunderbare* Weissagung, mit vier hübschen Jungen, von denen sie träumen konnte.

Min strich mit den Fingerspitzen über die kleinen Porträts der Könige. »Aber vergiss nicht, Madison Moss: Sie haben nur so viel Macht, wie du ihnen einräumst.«

KAPITEL 1
Raven's Ghyll

Der Wind pfiff aus Schottland herüber, über den Solway Firth hinweg. Er fegte zwischen den Gipfeln und Bergen des Lake District hindurch und trieb Schneeflocken vor sich her. Jason Haley zog die Schultern hoch, um sich vor dem Schneeregen zu schützen, der ihm ins Gesicht und auf die Hände peitschte.

Vor ihm erstreckte sich Raven's Ghyll, mal verborgen, dann von wirbelnden Wolken und Eis offenbart. Ein gefährlicher, von Steinhaufen durchsetzter Schafspfad führte zum Talboden hinab.

Der Zaubererstein in ihm summte; er reagierte auf die Nähe des Weirsteins. Dieser gewaltige kristalline Stein glänzte wie ein Saphir an der Flanke des Berges, der als Ravenshead bekannt war. Jason blinzelte den Schnee von den Wimpern und spähte nach oben. Er wurde auch der Drachenzahn genannt und war die Quelle der Macht sämtlicher magischer Gilden.

Die Autofahrt von London nach Keswick hatte sechs Stunden gedauert. Die Route hatte ihn über immer gefährlichere Straßen geführt, im Kampf gegen das Wetter und die sonderbare britische Sitte, auf der linken Straßenseite zu fahren. In Keswick hatten ihm die Augen gebrannt, weil er so angestrengt in die kreiselnden Flocken gestarrt hatte, und Arme und Schultern schmerzten ihn, weil er das Lenkrad so fest umklammert hielt.

Und das war noch der einfache Teil gewesen.

Er hatte den langen Aufstieg auf den Gipfel des Ghyll geschafft, obwohl er trotz seiner Bergschuhe mit Steigeisen auf den verwitterten Steinen ausgerutscht war. Er hatte sich zwischen den Wächtern hindurchstehlen müssen, die die Rosen auf den umliegenden Hügeln postiert hatten. Die Zaubererhäuser der Roten und der Weißen Rose hatten Raven's Ghyll belagert, nachdem der Lord des Ghyll, Claude D'Orsay, sie auf der Insel Second Sister verraten hatte.

Zumindest war Jason fit, fitter als er je gewesen war. Die meisten Zauberer waren schwächlich, da sie Magie benutzten, wenn sie etwas Schweres heben wollten. Jason hingegen hatte unter der zarten Hand von Leander Hastings trainiert, der vor dem Frühstück gerne einen Fünf-Meilen-Lauf absolvierte. Jason war erst siebzehn, und Hastings gab es schon seit mehr als einem Jahrhundert, aber es war trotzdem nicht leicht, mit dem hageren Zauberer Schritt zu halten.

Jason drehte sich um und zündete sich im eigenen Windschatten eine Zigarette an. Hastings lag ihm wegen des Rauchens ständig in den Ohren. Aber das Risiko schien im Vergleich zu der Gefahr, in der er sich hier am Rand des Abgrunds befand, gering zu sein.

Er konnte froh sein, wenn er seinen achtzehnten Geburtstag erlebte; nicht zuletzt, da Hastings ihn vermutlich umbringen würde, wenn er herausfand, was er getrieben hatte.

Irgendwo da unten war D'Orsay, abtrünniger Zauberer und Besitzer der betrügerischen Vereinbarung, die auf Second Sister unterzeichnet worden war – das Dokument, das drohte, sie alle zu versklaven.

D'Orsay war alles, was Jason nicht war: ein privilegiert geborener Kuchenesser, ehemaliger Spielemeister, Erbe eines aristokratischen Zaubererhauses. Jason war ein machtloser Straßenpunk, ein verwaister Mischling mit einem Groll im Herzen.

Hoffentlich ahnte D'Orsay nicht, was sich ihm da über den Hügel näherte. Hoffentlich würde niemand an einem Abend wie diesem mit einem Eindringling rechnen. Hoffentlich konnte er die Vereinbarung aufspüren und sich mit ihr aus dem Staub machen, bevor irgendjemand seine Anwesenheit bemerkte.

Wenn er die Vereinbarung nicht finden konnte, würde er nach D'Orsays legendärer Waffensammlung suchen – dem letzten Vermächtnis der Alten Magie. Dieses Gerücht war das Einzige, was die Rosen in Schach hielt.

Zumindest würde er sich D'Orsays Festungen gründlich anschauen und herausfinden, wie viele Zauberer das Ghyll beschützten. Wenn er auch nur einen seiner Pläne umsetzen konnte, würde Hastings ihn vielleicht an einer längeren Leine halten.

Zumindest *tat* er etwas. Vielleicht genügte es Hastings ja, in London rumzuhängen, zu beobachten und darauf zu warten, dass jemand sich rührte. Aber es gab nichts Langweiligeres, als die Rosen dabei zu beobachten, wie sie D'Orsay beobachteten.

Als Jason seine Zigarette zu Ende geraucht hatte, schulterte er den Rucksack und begann den quälend langsamen Abstieg in die Schlucht. Es einen Pfad zu nennen, wäre zu hoch gegriffen – er hatte den Weg gewählt, weil er in Vergessenheit geraten war. D'Orsay konnte unmöglich jeden überwucherten Schafspfad und Wanderweg überwachen, der in das Ghyll hinabführte.

Jason hatte gehofft, dass sich das Wetter bessern würde, sobald er unter die Schulter des Gipfels kam, aber der beißende Wind trieb ihm immer noch den Schnee ins Gesicht und zerrte an ihm, drohte, ihn vom Berg zu reißen.

Vor ihm, dicht über dem Boden, verhüllte gelblicher Nebel den Pfad, was ihm ungewöhnlich schien für das Wetter und die Tageszeit. Es war eine seltsame Farbe für jede Jahreszeit. Misstrauisch betrachtete Jason den Nebel, streckte seine behandschuhte Hand aus und sprach einen Zauber. Nichts. Er wusste nicht, ob das Problem in dem Zauber lag oder in ihm selbst. War das nicht von Shakespeare?

Erfolglos versuchte er es mit zwei weiteren Zaubern, bis sich der Nebel widerstrebend seiner Magie beugte und sich in Fetzen auflöste, die der Wind davontrug.

Inzwischen war es in der Schlucht unten dunkel geworden, die umliegenden Gipfel waren vom letzten Licht des Tages vergoldet. Am anderen Ende des Tals, in der Burg von Raven's Ghyll, gingen die Lampen an. Der dunkle Umriss der Festung ragte aus dem Schneeflockenwirbel hervor.

Als er sich dem Boden der Schlucht näherte, kam er schneller voran, da die steilen Hänge in ebene, verschlungene Wege übergingen. Bis er um eine Ecke bog und in etwas hineinstolperte – ein riesiges Spinnennetz aus dicken, durchsichtigen Stricken –, das in dem schwindenden Licht fast unsichtbar war.

Es war ein Weirnetz, ein magisches Netz, das die Begabten fangen sollte. Er versuchte, sich daraus zu befreien, aber es war unglaublich klebrig, und mit jeder Bewegung verstrickte er sich stärker darin.

So viel zu seinem Überraschungsangriff. Jason zwang sich zur Reglosigkeit und bewegte nur den rechten Arm, um nach seinem Messer zu angeln. Er umfasste den Griff, zog es heraus und durchschnitt sorgfältig die Ranken in Reichweite. Widerwillig teilte sich das Netz. Es war vor allem dazu geschaffen, Magie zu widerstehen, aber mit einer echten Klinge kam er auch nicht viel weiter.

Etwas Helles zog wie ein Komet über den Himmel, dann explodierte es im Scheitel seines Bogens und tauchte die Schlucht in phosphoreszierendes Licht.

Jetzt beginnt der Spaß, dachte Jason.

Es dauerte zehn kostbare Minuten, bis er sich losgeschnitten hatte. Selbst dann war die Öffnung gerade breit genug, um hindurchzuschlüpfen.

Er wusste, dass er die Mission aufgeben und verschwinden sollte, solange er noch konnte. Aber sein ganzes Leben war eine Folge von Fehlentscheidungen gewesen. Er hatte nicht den Wunsch, mit dem gleichen schlechten Geschmack im Mund zu Hastings zurückzuschleichen, den er gehabt hatte, seit Leicester und D'Orsay seinen Vater getötet hatten.

Er zwängte sich durch die Lücke. Als er aus dem Netz trat, schossen oben vom Hügel Salven von Zaubererfeuer herab, und er warf sich zur Seite. Auf allen vieren kroch er in ein Wäldchen, dann drehte er sich um und schaute.

Von allen Seiten glitten schwarzgewandete Zauberer durch den Wald und richteten vernichtende Flammen auf den Riss im Netz.

Jason erwog seine Möglichkeiten. Wenn D'Orsay klug war (und das war er), würde er sich weiter in der Festung verbarrikadieren, bis die Luft rein war. D'Orsays Sammlung magischer Stücke würde ebenfalls in der Festung sein. Zusammen mit der Vereinbarung, die D'Orsay zum Herrscher über alle magischen Gilden machte.

Also dann, auf zur Burg. Aber am besten ohne aufzufallen.

Jason schob die Finger unter den Mantel und zog einen stumpfen Stein hervor, in den Runen eingraviert waren. Es war ein *Dyrne sefa,* was so viel bedeutete wie geheimes Herz, ein Amulett der Macht. Trotz der Kälte fühlte er sich heiß an und dampfte in der kühlen Luft, zog Macht aus dem nahen Weirstein. Jason strich mit den Fingerspitzen darüber und sprach einen Zauber.

Jetzt nicht mehr wahrnehmbar, durchquerte Jason den Wald und die offene Wiese des Talbodens und ging zur Burg. Abseits des Schutzes der Schluchtwände traf ihn der Wind erneut mit voller Wucht. Aber jetzt war er unempfindlich gegen die Kälte, erfüllt von Macht und Entschlossenheit.

Die Wiese war von windgepeitschten Sträuchern übersät, mit feinem, trockenem Schnee gepudert und von tiefen Spalten zerklüftet. Er schwankte zwischen der Notwendigkeit aufzupassen, wo er hintrat, und dem Drang, sich wie ein Tourist umzuschauen.

Das musste der Turnierplatz sein.

Hier war das Blut von Generationen von Kriegern in rituellen Kämpfen vergossen worden, die den Zaubererhäusern Macht verliehen. Hier hatten die Krieger Jack Swift und Ellen Stephenson das Turnier ausgefochten, das die ursprüngliche Vereinbarung gebrochen und die Macht der Rosen infrage gestellt hatte.

Hier war aus Trinity ein Schutzgebiet gemacht worden.

Mehr als alles andere wollte Jason sich auf die gleiche Art in der Welt einen Namen machen.

Zaubererleuchtfeuer schossen empor und erhellten die Schlucht, als wäre es mitten am Tag. Bäume gingen in Flammen auf und ließen Rauch in den Himmel aufwirbeln. Jason schätzte, dass er von der Intensität der Reaktion auf sein unbefugtes Betreten des Grundstückes geschmeichelt sein sollte. Es war, als rücke man einer Mücke mit einer Schrotflinte zu Leibe. Immer noch fiel Schnee und glitzerte in tausend Farben, wenn das Licht darauf traf.

Vor ihm ragte die Burg auf, ein furchteinflößender Steinbau, der wirkte, als sei er aus dem Berg gehauen worden. Die Festung war von Terrassengärten umgeben, in denen überall die Gerippe vertrockneter und verwelkter Pflanzen standen wie die Überreste einer gescheiterten Schönwetterzivilisation.

Scharen von Zauberern stürmten durchs Tal, die magischen Schilde bereit, und versprühten Macht in alle Richtungen. Einige waren nur wenige Schritt von ihm entfernt, leuchtende, weiße Geister in schneegepuderten Kapuzenparkas. Jason setzte seinen sturen Marsch auf die Festung fort.

Er hatte gehofft, dass sie annehmen würden, ihr Eindringling sei geflohen. Aber nein. D'Orsays Zauberer versammelten sich vor der Burg und bildeten eine breite, machtstrotzende Schlachtreihe. Zauber wurden gesprochen, und eine breite Wand aus giftigem, grünem Dunst rollte über die Wiese auf Jason zu.

Chemische Kriegsführung auf Zaubererart.

Leise fluchend setzte Jason den Nichtwahrnehmbarkeitszauber außer Kraft, damit er andere Magie benutzen konnte. Er streckte die Hand aus und versuchte, den Zauber zu wiederholen, den er gegen den gelben Nebel benutzt hatte. Entweder machte er es falsch, oder er war einfach nicht stark genug. Die Wolke kam immer näher, verschluckte unbarmherzig Bäume und Steine und fliehende Tiere. Bis zum Morgen würde in der Schlucht nichts Lebendiges mehr sein.

Seine einzige Hoffnung bestand darin, über die Wolke zu kommen. Jason drehte sich um, sprintete auf den Ravenshead zu und begann zu klettern. Als der Weg steiler wurde, musste er hoch greifen, um über dem Kopf Halt zu finden, wobei er sich verzweifelt hochzog, indem er sich in Felsspalten schob und die Füße in die Unebenheiten zwängte, die das Gesicht des Berges verschandelten.

Als er schon glaubte, seine Lungen würden bersten, erreichte er einen Felsvorsprung unmittelbar unter dem Weirstein und zog sich hoch. Dann blieb er mit dem Gesicht nach unten im Schnee liegen, bis er wieder zu Atem kam. Schließlich stand er wieder auf.

Die Schlucht unten war ein Nebelmeer, eine gewaltige, verseuchte Jauchegrube, die höher und höher an die umliegenden Hänge schwappte.

Dann begannen die Erdbeben. Donner grollte durch das Ghyll, und die Steine unter Jasons Füßen hüpften wie ein außer Kontrolle geratenes Skateboard. Der Berg erzitterte und bebte, versuchte, Jason abzuschütteln. Steinbrocken krachten von oben herab, von ihren angestammten Plätzen hoch auf den Hängen gelöst, sprangen an ihm vorbei und verschwanden in dem Nebelmeer im Tal. Dies war mehr, als die Zauberer eigentlich anrichten konnten. Es wirkte … apokalyptisch.

Jason kauerte sich an den Ravenshead, die Arme zum Schutz gegen die fallenden Trümmer um den Kopf geschlungen, den Blick nach oben auf die blaue Flamme des Weirsteins gerichtet.

Er ragte über seinem Kopf auf, ein geschliffener Kristall von der blaugrünen Farbe des tiefsten und klarsten Meeres. Hier, wo er dem Stein so nahe war, spürte er das Blut durch seinen Körper strömen; der Stein berauschte ihn, wärmte ihn bis in die Finger und Zehen. Macht drang von allen Seiten auf ihn ein, vibrierte in seinen Knochen wie der dröhnende Bass einer magischen Band.

Vor seinen Augen öffnete sich über ihm in der massiven Felswand ein gezackter Spalt. Er klaffte weiter und weiter auf, ein roher Schnitt im Schatten des Steins. Geröll und Kies prasselten auf ihn herab, und er kniff die Augen zusammen, um nicht geblendet zu werden.

Allmählich beruhigte sich die Erde, und der Stein erlosch. Jason öffnete die Augen. Er kroch vor und spähte über den Felsrand. Der grüne Nebel stieg immer noch langsam den Hang hinauf.

Er hockte sich hin und betrachtete die neue Höhle. Kalte Luft, die unter dem Weirstein hervorströmte, blies ihm ins Gesicht. Vielleicht konnte er tiefer in den Berg eindringen, bis sich der Nebel legte. Da er keine andere Möglichkeit sah, kletterte er in die Öffnung.

Die Luft im Innern des Berges war überraschend frisch und kein bisschen abgestanden. Jason sammelte Licht auf den Fingerspitzen und schuf so eine improvisierte Lampe, um sich zu orientieren. Als er tiefer in den Felsen vordrang, wurde ihm klar, dass das Erdbeben eine Höhle geöffnet hatte, die vor Jahrhunderten in den Berg gehauen worden war. Auf dem Steinboden lagen Zeugnisse früherer Bewohner verstreut: die Knochen großer Tiere, Tonscherben und Eisenteile.

Jason ging weiter, während ihm der Höhlenwind ins Gesicht blies. Gut, dachte er. Das würde ihm vielleicht den Nebel vom Leib halten.

Der Gang endete in einem Raum von der Größe eines riesigen Ballsaals. Hoch oben pfiff der Wind durch eine Öffnung nach draußen. Das also war die Quelle der frischen Luft. Jason versuchte, die Decke zu beleuchten, aber das dunkle Gewölbe war zu hoch, außerhalb der Reichweite seiner kleinen Lampe. Der Weirstein glitzerte, ein langer Schaft, der sich tief in den Berg hineinzog.

Ruß bedeckte die Wände der Höhle wie vom Rauch tausender alter Feuer. In einer Ecke stand eine große, knapp drei Meter hohe Plattform. Jason fand Griffe und kletterte hinauf.

Hier lagen Stoffreste: Samt und Seide und Spitze, die zerfielen, wenn er sie berührte. Weitere große Knochen waren ordentlich in einer Ecke aufgestapelt, darunter auch solche, die einst zu menschlichen Skeletten gehört haben mochten. Menschliche und tierische Schädel grinsten aus Nischen in der Wand. Er befand sich in der Höhle eines großen Raubtiers oder auf einem alten Schlachtfeld.

Am anderen Ende der Plattform befand sich eine gewaltige Eichentür.

Jason betrachtete die Tür. In einem Film wäre das genau die Tür, die man nicht öffnen sollte.

Aber man würde sie natürlich doch aufmachen.

Inzwischen schienen das Ghyll, der Nebel und die Zauberer, die draußen nach ihm suchten, eine ferne Bedrohung zu sein. Er musste durch diese Tür. Irgendetwas zog ihn vorwärts.

Jason nahm erneut den *Dyrne sefa* heraus. Er benutzte ihn wie ein Monokel und sah sich den Eingang an. Er war mit einem zarten Geflecht aus glitzernden Fäden bedeckt, die mit bloßem Auge nicht zu sehen waren. Eine andere Art von Netz.

Jason streckte die Hand aus und murmelte: »*Geryman.*« Öffne dich. Die Tür blieb geschlossen.

Jason sah sich nach Werkzeugen um. Er griff nach einem der langen Beinknochen, näherte sich der Tür von der Seite, hielt den Knochen vor sich und stieß vorsichtig in das Netz aus Licht.

Mit einem Geräusch wie ein Gewehrschuss flog die Tür auf, und Flammen schossen heraus. Hätte er auf der Schwelle gestanden, wäre er verbrannt worden. So machte er sich stattdessen fast in die Hose.

Als sich sein wild schlagendes Herz wieder beruhigt hatte, näherte er sich der Tür erneut von der Seite und spähte hindurch. Hinter dem Eingang lag eine weitere Tür mit sechs vergoldeten Feldern, und in jedes Feld war ein Bild geschnitzt. Jason brauchte einen Moment, um zu begreifen, was er da sah.

Jede Schnitzerei stellte eine der Weirgilden dar. Eine schöne Frau mit wallendem Haar und fließenden Roben streckte lächelnd die Hände nach Jason aus. Sie repräsentierte offensichtlich die Betörerinnen, die die Gabe des Charmes und der Verführung besaßen. Ein hochgewachsener, muskulöser Mann mit einem Brustpanzer und Kilt stürmte mit gezücktem Schwert vorwärts. Das war der Krieger, der sich in der Schlacht hervortat.

In einer anderen Szene blickte ein alter Mann in einen Spiegel, und Tränen rollten ihm über die runzligen Wangen. Er musste ein Wahrsager oder Seher sein, der die Zukunft vorhersagen konnte, wenn auch nur unvollkommen. In dem vierten Bild zerstieß eine Frau mit Mörser und Stößel Wurzeln. Sie war eine Hexerin, Expertin in der Herstellung und Verwendung magischer Werkzeuge und Materialien. Schließlich zog ein Mann mit hagerem Gesicht in einem Nimbus aus Licht an den

Fäden einer Marionette, die den Puppenspieler nicht zu bemerken schien.

Nun, das ist der Zauberer, dachte Jason. Der Einzige der ganzen Bande, der Magie mit Worten formen konnte und aus diesem Grund der Mächtigste war.

Das mittlere Feld, das größte, zeigte das Abbild eines prächtigen Drachen mit ausgestreckten, klauenbewehrten Vorderbeinen und ausgebreiteten Flügeln.

Der Legende nach waren die Gründer der magischen Gilden Vettern, die aus dem Ghyll stammten und Sklaven eines Drachen waren, der den Drachenhort beherrschte. Schließlich hatten sie sich zusammengetan und es geschafft, den Drachen zu überlisten. In einigen Versionen hatten sie ihn getötet, in anderen in einen magischen Schlaf versetzt. Sie hatten das Tal in Raven's Ghyll umbenannt, da sie lieber vergessen wollten, dass der Drache je existiert hatte.

Dann wurden vier der Vettern überlistet. Sie unterzeichneten einen Pakt, der sie zu Dienern des fünften Cousins machte.

Des Zauberers.

Zu Beginn des sechzehnten Jahrhunderts war die Hierarchie der magischen Gilden fest etabliert. Die herrschenden Zauberer hatten sich in die gegnerischen Häuser der Roten und Weißen Rose aufgespalten, deren fortdauernde Schlachten die Häuser im Laufe der Zeit dezimierten. Das System der Turniere, bekannt als »das Spiel«, war ins Leben gerufen worden, um das Blutvergießen unter den Zauberern einzudämmen. Das Haus des Drachen, zu dem Jason gehörte, stammte aus einer Zeit, bevor die Zauberer ihre beherrschende Rolle eingenommen hatten.

Jason betrachtete die Darstellung des Drachen, denn

er wusste, dass solche Bilder oft wichtige Hinweise bargen. Die Arbeit war durch Alte Magie mit einer Kunstfertigkeit geschaffen worden, die im Laufe der Zeit verloren gegangen war. Macht schien unter den Metallschuppen des Drachen zu wogen, und Humor und Intelligenz glitzerten in seinen goldenen Augen. Ein kunstvoller Umhang fiel dem Drachen in glänzenden Falten über den Rücken, um von den Armen einer Dame aufgefangen zu werden, die direkt hinter der Bestie stand.

Die Dame war für eine Dienerin gut gekleidet, falls sie eine war. Ihr Haar war sorgfältig frisiert, und sie trug eine Kette mit einem glitzernden Edelstein, der in das Metall eingefasst war. Obwohl sie im Vergleich zu dem Drachen klein war, schien sie keine Angst zu haben. Sie hatte dem Drachen zärtlich eine Hand aufs Bein gelegt, und der Kopf des Drachen neigte sich zu ihr herab, als wolle er ein vertrauliches Gespräch fortführen.

In einer schwachen, durchlaufenden Schrift rund um das mittlere Feld standen die Worte: »Tritt ein mit tugendhaftem Herzen oder bleibe fern.«

Nun, das schließt mich aus, dachte Jason. Obwohl er nach Zauberermaßstäben vielleicht doch durchging.

Wer hätte etwas so Cooles gemacht, um es dann so tief im Berg zu verstecken, dass es nur durch Zufall gefunden werden konnte? Und was lag dahinter?

Es hilft nichts. Du gehst hinein. Du kannst der Versuchung nicht widerstehen.

Mit einem tiefen Atemzug streckte er die Hand aus und flüsterte erneut: *»Geryman«,* in Erwartung einer weiteren Explosion.

Diesmal schwangen die Doppeltüren lautlos nach innen.

Einmal mehr benutzte er den *Dyrne sefa,* um den Eingang auf magische Fallen zu untersuchen. Und fand keine. Den Beinknochen wie ein gezogenes Schwert vor sich haltend, trat er durch die Tür.

Es war ein Lagerraum, vollgestellt bis unter die Decke mit Fässern und Truhen, Schatullen und Kästen, Körben und Behältern.

Für einen Moment stand er dümmlich blinzelnd da, dann ließ er den Knochen fallen und stemmte den Deckel des nächsten Fasses auf. Nachdem er verwegen die Hand tief hineingestoßen hatte, ließ er den Inhalt durch die Finger rieseln.

Perlen. In allen Farben, von kostbarem Schwarz über cremiges Weiß bis zu Hellrosa und Gelb. Groß und rund und perfekt. Sie mussten ein Vermögen wert sein, dachte er.

Er hob den Deckel einer kleinen, messingbeschlagenen Truhe. Smaragde, tiefgrün mit feurigen Herzen. Eine kleine goldene Truhe war mit Diamanten gefüllt; sie waren so groß, dass er sie an jedem anderen Ort für Fälschungen gehalten hätte.

Da waren Steine in allen Farben, aufgewickelte Goldketten, lose Edelsteine und Juwelen in mittelalterlichen Fassungen. Münzen mit den Porträts längst verstorbener Könige und Königinnen. Ballen mit Samt und Seide, die in groben Leinenhüllen steckten. Schränke voller brüchiger Pergamentrollen und Bücher mit Ledereinbänden. Gemälde mit Goldrahmen lehnten in Viererreihen an den Wänden.

In einigen der großen Körbe fand er den kostbarsten Schatz überhaupt: Talismane für Schutz und Amulette für Macht, die mit Zauberrunen in den geheimnisvollen Sprachen der Magie beschriftet waren. Viele bestanden aus den flachen, schwarzen Steinen, die er aus seiner eigenen Sammlung kannte, die magischen Stücke, die er von seiner Mutter geerbt hatte. Andere waren aus kostbaren Metallen nach längst vergessenen Methoden geformt.

Sie waren achtlos zusammengeworfen, und er sortierte sie in Haufen, während es ihm in den Fingern juckte, sie zu benutzen. Jason war nicht besonders mächtig, aber mit diesen Amuletten konnte er vielleicht sogar die Burg von Raven's Ghyll bezwingen.

War dies der legendäre Waffenhort? Es schien unwahrscheinlich. Die Sammlung war angeblich ein lebendiges Arsenal, das von der Familie D'Orsay regelmäßig ergänzt und benutzt wurde. Diese Dinge sahen so aus, als hätten sie jahrhundertelang unberührt dagelegen. Während einige der *Sefas* als Waffen verwendet werden konnten, waren dies vor allem Kostbarkeiten – Schmuck, Bücher, Kunst, Edelsteine.

Konnte es sein, dass D'Orsay von diesem Hort gar nichts wusste? Gut möglich.

Jason lehnte sich an die Wand und rieb sich das Kinn. Auf keinen Fall durften die Rosen oder D'Orsay diese Dinge in die Hände bekommen.

Er konnte nicht alles auf einmal hinausschleppen, aber er durfte auch nicht davon ausgehen, dass er zurückkommen würde. Vielleicht würde es ihm nicht einmal jetzt gelingen, die Höhle lebend zu verlassen. Und wenn er geschnappt wurde, würden sie den Standort der Höhle schnell aus ihm herauspressen.

Er musste sich auf kleinere Stücke konzentrieren und sorgfältig auswählen. Jason setzte den Rucksack auf den Höhlenboden und zog den Reißverschluss auf.

Die magischen Objekte waren das Wichtigste. Er und Hastings und der Rest des Drachenhauses kämpften in diesem Krieg ums Überleben. Alles, was die anderen Zaubererhäuser von dem Schutzgebiet in Trinity fernhielt, war Gold wert. Die Rebellen konnten diese Amulette benutzen, um den Preis einer Eroberung für Claude D'Orsay oder die Rosen zu hoch zu machen.

Jason arbeitete sich methodisch durch das Gewölbe, hin- und hergerissen zwischen wachsender Klaustrophobie und der Angst, dass er etwas Wesentliches übersah. Er wickelte einige der zerbrechlich und gefährlich aussehenden Teile in Stoffstreifen, die er von den Seidenballen abriss. Dann schaufelte er vorsichtig magische Juwelen, Kristalle, Spiegel und Wahrsagesteine in den Rucksack und hoffte, dass er dabei nichts zerbrach oder versehentlich etwas auslöste. Es war, als lade man Rohrbomben in einen Einkaufswagen.

Im hinteren Teil der Höhle stand abseits ein Schwert in einer juwelenbesetzten Scheide, als habe sein Besitzer es in der Absicht an die Wand gelehnt, zurückzukommen und es sich zu holen. Jason umfasste zaghaft den Griff. Das Metall kribbelte in seiner Hand, wie eine Art magischer Begrüßung.

»Was haben wir denn hier?«, murmelte Jason mit wachsender Erregung.

Der Griff und die Parierstange waren von ziemlich einfacher Machart, und ein keltisches Kreuz verzierte den Knauf, in dessen Mitte eine Rose mit flachen Blütenblättern dargestellt war. Die Schlichtheit des Schwertes machte es umso schöner. Jason war kein Krieger, aber er hatte ein Auge für Qualität. Als er die Klinge aus ihrer Scheide zog, schien sie zu entflammen und vertrieb die Schatten aus den Ecken.

Konnte dies eine der sieben großen Klingen sein?

Von den sieben war nur die Existenz einer weiteren

bekannt: Schattentöter, das Schwert, das Jasons Freund führte, der Krieger Jack Swift aus Trinity. Jason strich über das glänzende Metall und wünschte, er könnte sich auf die gleiche Art mit einer Waffe verbinden wie Jack.

Aber nein. In der Hierarchie der magischen Gilden war es immer besser, ein Zauberer als ein Krieger zu sein.

Er schob die Klinge zurück in die Scheide, trug sie durch den Raum und lehnte sie neben seinen bereits prall gefüllten Rucksack. Also, was noch? Er sah sich um.

Die Rückwand lag in dem blauen Schatten des Drachenzahns und war von Nischen gesäumt. Einige waren leer, einige stellten Schätze zur Schau, einige waren zugemauert. In der Annahme, dass die verschlossenen Nischen vielleicht die kostbarsten Stücke beherbergten, nahm er sich die Zeit, sie vorsichtig mit Magie aufzubrechen. Der Berg schauderte unbehaglich unter dem Angriff. Von oben rieselte Jason Staub auf den Kopf und die Schultern.

In einer offenen Nische direkt unter dem Weirstein stand eine alte Holztruhe, die mit einem Runenmuster überzogen war. Jason stellte sie auf den Höhlenboden und stemmte den Deckel auf. Im Inneren war eine Sammlung von Schriftrollen, die mit Leinenfaden zusammengebunden und mit einer unleserlichen Schrift bedeckt waren. Außerdem befand sich ein großes Buch mit einem juwelenbesetzten Schloss darin.

Jason stand nicht besonders auf Bücher, und dieses sah unhandlich und schwer aus, und wer wusste, ob es sich lohnte, es mit zurückzuschleppen? Andererseits hatte sich jemand die Mühe gemacht, es zu verschließen.

Das Schloss zerfiel ihm unter den Händen, und die alte Bindung protestierte mit einem Knarren, als er das Buch öffnete. Das war fast zu einfach. Der Text war in einer fließenden Handschrift von einem Schreiber oder Gelehrten geschrieben worden. Auf der Titelseite stand: *Von den letzten Tagen des glorreichen Königreiches und wie es dem Gedächtnis anheimgegeben wurde: Eine Tragödie.*

Im Licht seiner Finger überflog Jason die ersten Seiten.

Es war ein Tagebuch, geführt von dem Diener eines alten Herrschers, geschrieben in der Sprache der Magie. Jason hätte das Buch beinahe geschlossen und beiseitegelegt, aber irgendetwas zwang ihn weiterzulesen.

Mylady Königin Aidan Ladhra begrüßte die Könige von Gallien in der großen Festung! Wie sie im Feuerlicht funkelte, ihre juwelenbesetzte Rüstung von meiner Hand poliert. Ihre schreckliche Schönheit schlug unsere Gäste in ihren Bann und machte sie stumm vor Ehrfurcht. Sie fielen aufs Gesicht und erhoben sich erst, als sie sie in der sanftesten Stimme darum bat.

Sie speisten mit uns, und ich muss sagen, Mylady war von ihrer Unterhaltung überaus enttäuscht. Sie war huldvoll wie immer, aber ihre Gäste waren unmöglich! Sie ließ Musiker kommen, und sie ignorierten sie, aßen und rülpsten und sangen unzüchtige Lieder und steckten sich Silber in die Taschen. Sie sprach von Kunst und Hexerey, und sie waren nur verwirrt. Sie wussten nichts über Magie …

Jason übersprang einen Teil des Textes.

Mylady Aidan sandte eine freundliche Einladung an die Könige von Britannien, sie an ihrem Winterhof aufzusuchen. Aber sie kamen mit Soldaten und allerlei

Kriegsmaschinen und schickten einen Gesandten, der ihre Kapitulation verlangte. Es war eine herablassende Nachricht; sie hielten sie offensichtlich für dumm und unfähig zu verhandeln. Ich fürchte, Mylady war so verärgert, dass sie den Boten auf der Stelle tötete und zum Abendessen verspeiste. Dann vernichtete sie die Armeen, die nach ihm kamen.

Wow.

Jason ließ wieder ein Stück Text aus.

Gescheitert in ihrem Versuch, Freunde unter den bestehenden Königreichen zu finden, und entmutigt von den Reaktionen auf ihre freundlichen Angebote, hat Mylady Aidan beschlossen, ihre eigene Gemeinschaft von Adligen, Künstlern und Gelehrten zu schaffen, denen die Gabe der Magiebenutzung zu eigen ist, ein Talent, das auf ihre Kinder übergehen wird. Ich habe in meinem Glas die Zukunft gesehen, und ich habe ihr gesagt, dass es riskant sei, aber Mylady ist einsam und hat nur meine armselige Gesellschaft. Was mich betrifft, ich bedarf keines weiteren Geschenkes als ihrer Gegenwart.

Der Berg stöhnte und bebte über Jason. Obwohl es in der Höhle kühl war, tupfte Jason sich mit dem Ärmel Schweiß vom Gesicht. Da er sich bewusst war, dass wertvolle Zeit verstrich, blätterte er hastig die brüchigen Seiten um und hinterließ mit seinen feuchten Fingern Flecken auf dem Papier.

Mylady Aidan ist des ständigen Streits unter jenen müde, denen sie Macht verliehen hat. Sie hat Gesellschaft gesucht, aber nur Ärger gefunden. Allen hat sie unbezahlbare Talente gegeben, doch sie sind eifersüchtig aufeinander. Ich fürchte, sie verschwören sich gegen Mylady, vor allem der Zauberer Demus, der Magie mit Worten formt. Ich sehe, wie sie neidische Blicke auf die Schätze werfen, die sie angehäuft hat. Doch sie will nichts von meinen Warnungen wissen. Sie betrachtet diese Streithähne als ihre Kinder, zu Recht oder nicht, und will nichts Schlechtes über sie hören.

Irgendwo entlang des unterirdischen Ganges hörte Jason Stein auf Stein krachen. Es war Zeit zu gehen, und er wusste immer noch nicht, ob es sich lohnte, das Buch mitzunehmen. Er blätterte nach hinten und suchte den letzten Eintrag. Er schien in aller Eile niedergeschrieben worden zu sein, die Seiten fleckig und verschwommen, als seien Tränen darauf getropft.

Es ist geschehen, wie ich es prophezeit habe. Demus und die anderen undankbaren Schlangen haben uns vergiftet. Mylady hat sich zum Sterben in die große Halle in Dragon's Ghyll zurückgezogen. Ich habe sie gepflegt, so gut ich es vermochte, aber ich konnte nichts tun, um sie zu retten. Sie ist vor wenigen Stunden verschieden.

Sie stirbt kinderlos. Bevor sie einschlief, legte sie mir das Drachenherz in die Hände, das jetzt die Quelle der Macht für alle magischen Gilden ist. Trotz allem setzt sie immer noch Hoffnung in sie. Entgegen meiner Einwände ernannte sie mich zum Drachenerben und betraute mich und meine Nachfahren mit der Aufgabe, die Gilden in Schach zu halten und sie daran zu hindern, einander und die Welt zu zerstören. Ich habe es versprochen, um ihr Dahinscheiden zu erleichtern, obwohl ich selbst sterbe. Mir ist diese Aufgabe verhasst. Ich würde mir wünschen, dass meine Kinder nichts mit den Begabten zu tun hätten.

Wenn ich den Drachenherzstein in den Händen halte, ist es, als sei meine Herrin noch am Leben. Die Flamme ihres Geistes brennt in seinem Innern, sicherer in diesem Gefäß als in jedem fleischlichen Heim, machtvoll genug, um all ihre Feinde zu vernichten. Ich wünschte nur, ich wäre stark genug, um ihn zu benutzen.

Der Drachenhort ist umstellt. Meine Kinder haben sich in alle vier Winde zerstreut. Ich wage es nicht, ihnen eine Nachricht zu schicken, aus Angst, sie könnte abgefangen werden, obwohl ich durch einen Kurier, dem ich vertraue, einige kleine Wertgegenstände geschickt habe. Wahrlich, ich hege die bittere und rebellische Hoffnung, dass sie in Unkenntnis ihrer Aufgabe wachsen und gedeihen werden.

Bevor ich neben meiner Herrin sterbe, werde ich den Drachenherzstein mit allen mir möglichen Schutzmaßnahmen im Berg begraben. Vielleicht wird der Zufall ihn in den Besitz eines Menschen mit dem Mut und dem Wunsch führen, seine volle Macht zu entfesseln. Dieser Besitzer wird die Kontrolle über die verliehenen Gaben erlangen und einmal mehr über die Gilden herrschen. Oder sie vernichten, wie sie es verdienen.

Jason legte sich das Buch auf die Knie. War dies nur eine weitere der phantastischen Legenden, die geschaffen worden waren, um ein ziemlich verdrehtes Erbe zu erklären?

Er legte das Buch beiseite und spähte wieder in den Hohlraum im Fels, wobei er die Nische mit dem Licht an seinen Fingerspitzen ausleuchtete.

Im hinteren Teil der Nische stand ein kunstvoller schmiedeeiserner Sockel, der von einem Opal von der Größe eines Softballs gekrönt wurde. Behutsam griff er in die Nische und hob den Stein heraus.

Jason hockte sich hin und umfasste den Stein mit beiden Händen. Er hatte eine ovale Form und glitzerte und funkelte in grünem und blauem und purpurnem Feuer. Er war perfekt, kristallin, ohne erkennbare Fehler. Er wärmte ihm die Finger, als würden in seinem Innern tatsächlich Flammen brennen, und er schien vor Macht zu summen. Lange Minuten verstrichen, während derer Jason wie gebannt in das Herz des Steines sah. Ein pulsierender Strom schien zwischen dem Stein in seinen Händen und dem Weirstein in seiner Brust zu fließen und ihn zu verstärken. Wie der Drachenzahn, der in den Berg eingelassen war, nur … tragbar.

Ein Leistungssteigerer? Genau das, was er brauchte.

Er beugte sich wieder vor und zog den Metallständer aus der Nische. Es war ein Gewirr aus Fabelwesen oder vielleicht ein Fabelwesen mit vielen Köpfen. Drachen.

Jason, dem ein wenig schwindlig war, kippte Achate aus einem Samtbeutel und ließ den Stein hineinfallen. Dann riss er ein Stück blutroten Samt von einem Stoffballen ab und wickelte den Ständer sorgfältig ein. Schließlich stopfte er beides in seinen Rucksack. Das gehört mir, dachte er.

Er sah schnell die Juwelen durch und wählte mehrere interessante Stücke aus, darunter einen großen, goldenen Ohrring für sich selbst, einen keltischen Stern. Er schob lose Juwelen und Schmuckstücke in die leeren Ecken des Rucksacks, dann zog er ihn zu. Er warf ihn sich über die Schulter und sackte ein wenig unter dem Gewicht zusammen. Dann hängte er sich das Schwert in der Scheide über die andere Schulter und klemmte sich das dicke Buch unter den Arm. Er wünschte, er hätte mehr tragen können.

Ringsum wurde der Berg immer unruhiger und stöhnte, als Stein auf Stein knirschte und Sand und kleine Steine auf den Felsboden rieselten. Es war, als würde der Ravenshead den Dieb in seinem Herzen erkennen und aufhalten wollen. Jason kam der Gedanke, dass er zu lange geblieben war.

Er trat zwischen den Doppeltüren hinaus, und sie schlugen hinter ihm zu.

Große Risse durchzogen das steinerne Gewölbe über ihm und breiteten sich rasch vor ihm aus.

Uh-oh.

Er rannte zurück zum Eingang der Höhle, sprang über Trümmer, wich fallenden Felsbrocken und Steinen aus und bog in den schmalen Gang ein. Er spürte, wie der Felsen unter seinen Füßen stampfte und bebte. Vor sich sah er Licht; er musste fast durch sein.

Der Berg verschob sich, erzitterte und rumpelte. Steinsplitter trafen Jason im Gesicht. Zu seinem Entsetzen sah er, dass die beiden großen Felsplatten, die gespalten waren, um die Höhle zu öffnen, aufeinander zuglitten. Der Lichtkeil wurde immer schmaler. Er würde im Ravenshead gefangen sein.

Jason zwängte sich durch den einstürzenden Eingang und wand sich wie ein Aal, das Buch fest an die Brust gepresst. Er schürfte sich Ellbogen und Knie auf, presste mit den Händen gegen den Fels und verdrehte sich, um den prallen Rucksack freizubekommen; er zog das Schwert hinter sich her, und Metallteile schlugen Funken auf dem Stein.

Und dann war er draußen und klammerte sich an den vereisten Vorsprung am Eingang der Höhle, als der Berg hinter ihm zuschnappte.

Jason legte sich auf dem Felsen auf den Bauch, das Schwert, das Buch und den Rucksack neben sich. Die zerschundenen Hände hinterließen blutige Spuren im Schnee.

Er gönnte sich noch einige Minuten der Ruhe, bevor er sich in eine sitzende Position hochzog und einen Blick über den Rand riskierte.

Der einseitige Kampf schien vorbei zu sein. Der grünliche Nebel löste sich in lange Streifen auf, die im Wind davonkreiselten. Der Wald auf den Hängen der Schlucht schwelte immer noch. Zaubererfeuer war bekanntermaßen schwer zu löschen.

Jason lehnte sich an den Ravenshead und zog eine weitere Zigarette aus dem Päckchen. Er hatte Mühe, sie anzuzünden. Seine Hände zitterten, und das kam nicht von der Kälte. Der Stein in seinem Rucksack lieferte die Wärme, die er brauchte. Irgendwie musste er ihn aus dem Ghyll herausbekommen.

Er band das Buch mit elastischen Spannseilen am Rucksack fest und verteilte das Gewicht, so gut er konnte. Dann legte er sich hin und fiel in einen unruhigen Schlaf, während der magische Stein seine Träume beleuchtete.

Jason wartete bis tief in die Nacht, dann hatte sich der tödliche Nebel größtenteils verzogen. Schließlich kletterte er die Felswand hinunter, kämpfte mit dem Gewicht seiner sperrigen Last. Das Schwert verfing sich im Unterholz und in Felsspalten. Als er den Talboden erreichte, stieß er einen langen Seufzer der Erleichterung aus.

Die Burg von Raven's Ghyll war immer noch hell erleuchtet, und Jason konnte sehen, wie sich dunkle Gestalten entlang der Mauern bewegten. Zweifellos waren sie in Alarmbereitschaft. Jason überlegte, was riskanter war. Sollte er über den Pfad zurückgehen, den er gekommen war, oder einen neuen Weg hinaus finden? Er beschloss, es darauf ankommen zu lassen, und wählte den Weg, den er bereits kannte.

Jason wandte seinen Nichtwahrnehmbarkeitszauber an und durchquerte vorsichtig das Tal. Mit jedem Schritt spürte er das Gewicht des Rucksackes stärker. Immer wieder drangen die Geräusche einer leisen Unterhaltung zu ihm herüber, oder er sah ein schwaches Licht durch die Bäume schimmern, das ihm sagte, dass Zauberer im Wald ringsum Wache hielten. Als er den Fuß des Pfades erreichte, wandte er sich hangaufwärts und setzte seinen Weg noch vorsichtiger fort. Er kniff die Augen zusammen, denn der Wind blies heftig, und suchte die tintendunklen Schatten unter den Kronen der Kiefern ab.

Er war so taub von der Kälte, dass er den Stolperdraht kaum spürte, als er ihn streifte. Sofort wurde er von einer hellen, glitzernden Wolke umhüllt, wurde seine zuvor nicht wahrnehmbare Gestalt als klarer Umriss vollkommen offenbart.

»Ha!« Die Stimme erklang hinter ihm.

Jason handelte rein instinktiv, löste den Nichtwahrnehmbarkeitszauber auf und formte rechtzeitig einen Schild, um einen glühenden Feuerstoß abzuwehren. Er wirbelte herum, um sich seinem Angreifer zu stellen.

Es war ein Junge, jünger als er, vielleicht dreizehn, beinahe hübsch, hellblaue Augen hinter einer Drahtbrille, und Schnee puderte seine blonden Locken.

Mist, dachte Jason. Er hatte vorgehabt, sich davonzumachen, *ohne* gesehen zu werden.

»Ich wusste, dass Sie einen Nichtwahrnehmbarkeitszauber eingesetzt haben«, krähte der Junge. »Sonst wären Sie nie an Vaters Wachen vorbeigekommen.«

Jason hatte den Weg verlassen, um dieses neue Hindernis zu umgehen, aber bei den Worten des Jungen blieb er stehen. »*Vaters* Wachen«, wiederholte Jason. »Wer zum Teufel bist du?«

»Ich bin Devereaux D'Orsay«, sagte der Junge. »Ich wohne hier. Wer sind Sie?«

»Geoffrey Wylie«, nannte Jason den ersten Zauberernamen, der ihm einfiel. Den eines Zauberers der Roten Rose.

»Sie haben unerlaubt unser Land betreten, Mr. Wylie«, sagte Devereaux D'Orsay. Er streckte gebieterisch die Hand aus. »Geben Sie mir das Schwert und den Rucksack.«

»Schon gut«, sagte Jason gedehnt. Als er sich abwenden wollte, schleuderte Devereaux einen Unbeweglichkeitszauber in seine Richtung, den Jason zwar abwehren konnte, aber dennoch geriet er ins Taumeln. Der Kleine hatte Talent. Leider.

Der Junge runzelte die Stirn und richtete sich zu seiner vollen mickrigen Größe auf.

»Folgen Sie mir. Ich bringe Sie in die Festung. Vater und ich werden Sie verhören und herausfinden, was Sie hier machen und für wen Sie arbeiten.«

Jason seufzte. Er und Seph McCauley hatten Gregory Leicester in Notwehr getötet. Vermutlich könnte er Claude D'Orsay töten, ohne deswegen schlaflose Nächte zu haben. Aber nicht einen dreizehnjährigen Jungen. Und das bedeutete, dass er einen Zeugen zurücklassen würde.

»Geh einfach weg, okay?«, sagte Jason erschöpft. »Und lass uns vergessen, dass du mich je gesehen hast.«

Dies schien Devereaux D'Orsay zu erzürnen. Er warf sich auf Jason und schaffte es, seinen Schild zu durchdringen und ihn umzustoßen. Sie rollten zusammen in eine kleine Schlucht, ein absurdes Gewirr aus Armen und Beinen. Devereaux zerrte an ihm, zog an den Seilen um den Rucksack, bis sich das Buch löste und in den Schnee fiel.

Jason versetzte dem Kind einen Schlag auf die Nase, die zu bluten anfing und den kleinen D'Orsay so weit ablenkte, dass Jason ihn mit einem Unbeweglichkeitszauber belegen konnte. Es gelang ihm, sich zu befreien. Er erhob sich und blickte auf Claude D'Orsays bewegungsunfähigen Sohn hinab; er wünschte, er könnte ihn verschwinden lassen.

»Bestell Claude schöne Grüße von mir«, murmelte er. »Sag ihm, dass ich wieder vorbeischauen werde.« Ihm blieb keine Zeit mehr, nach dem verlorenen Buch zu suchen. Ihr Einsatz von Magie während der Rauferei würde nicht unbemerkt bleiben. Angetrieben von dem Wunsch, am Leben zu bleiben, lief Jason den Pfad hinauf zu der Straße nach Keswick, wobei er sich des geheimnisvollen Steins in seinem Rucksack sehr bewusst war.

Hinter ihm lag die große Schulter des Berges in völliger Dunkelheit. Die Flamme im Herzen des Drachenzahns war erloschen.

KAPITEL 2
Schutzgebiet

Madison Moss ging vorsichtig über die glatte Straße und drückte ihre Zeichenmappe eng an sich, damit der Wind nicht hineinfuhr. Die »Uniform«, die sie für ihren Kellnerinnenjob im Legends Inn trug – ein langer, raschelnder Rock und eine viktorianische Spitzenbluse –, war im Winter für Gehwege in einer Kleinstadt im Nordosten Ohios einfach unpraktisch.

Darüber trug sie eine mit Fleece gefütterte Wachstuchjacke, die sie bei der Heilsarmee gefunden hatte, und an den Füßen ein Paar roter Cowboystiefel, die sie bei einem Straßenhändler im Stadtzentrum gekauft hatte. Das war im September gewesen, als sie sich reich gefühlt hatte.

Jetzt hatte sie zehn Dollar fünfundfünfzig in ihrer Jackentasche. Ihre Bücher- und Materialliste für das Sommersemester belief sich auf vierhundertfünfundfünfzig Dollar neunundsiebzig plus Mehrwertsteuer. Wenn sie sie online bestellen würde, wäre es wahrscheinlich billiger, aber ihre Kreditkarte war immer noch vom Wintersemester ausgeschöpft.

In ihrem Zimmer lag eine Rechnung der für das Trinity College erforderlichen Krankenversicherung – hundertfünfzig Dollar. Die Jobs, die ihre Mutter Carlene finden konnte, boten keine Sozialleistungen.

Was noch? Das Getriebe in Madisons altem Pick-up

war langsam hinüber. Sie konnte ihn immer noch zum Laufen bringen, wenn sie den Motor aufheulen ließ und direkt aus dem Stand in den zweiten Gang schaltete.

Sobald sie zu Hause war, würde sie einen Mechaniker dazu überreden, den Wagen zu reparieren. Er würde Angst haben, nein zu sagen. Angst, dass seine Werkstatt oder sein Haus mitsamt seiner Familie niederbrennen könnten.

Es hatte gewisse Vorteile, wenn man eine Hexe genannt wurde.

Madisons Magen krampfte sich auf altbekannte Art zusammen, bis sie diesen Gedanken wieder verdrängen konnte. Sie versuchte, zu viele Sorgen auf einmal in Schach zu halten. Es war wie eins der Spiele in der Spielhalle, wo Alligatoren auftauchen, die man mit einem Knüppel erschlägt, bevor sie einen beißen können.

Obwohl der Staat die Unterrichtsgebühr für Kurse übernahm, die sie wegen der Leistungspunkte am College belegte, und obwohl sie umsonst bei ihrer Cousine Rachel wohnte, und obwohl sie so viele Stunden arbeitete, wie Rachel ihr im Legends Inn zuteilte, war sie restlos pleite. Weihnachten stand vor der Tür, und sie hatte keine Geschenke für Grace oder John Robert oder Carlene.

Oder Seph.

Sie warf einen Blick auf ihre Armbanduhr und beschleunigte ihren Schritt. Trinity Square wirkte wie eine Ansichtskarte aus der Vergangenheit: verschneiter Rasen, umgeben von verwitterten Collegegebäuden, mit Schleifen und grünen Zweigen geschmückte altmodische Straßenlaternen. Historische Ladenfronten glitzerten mit ihren Festtagsangeboten, und Käufer drängten sich mit Taschen und Tüten vorbei.

Absolut perfekt.

Absolut nervig.

Aber immer noch besser als zu Hause. Daheim in Coalton County diente sie Predigern mit Schweißhänden in armseligen kleinen Kirchen als lebendes Vorbild für Schlechtigkeit. »Hexe«, riefen sie. Und flüsterten: »Feuerteufel.« Die Leute wechselten die Straßenseite, wenn sie sie kommen sahen, und steckten die Köpfe zusammen wie schwatzende Stare, sobald sie vorüber war.

Auf den Gehwegen von Trinity drängten sich strahlende Menschen, denen Magie durch die Haut glühte wie Weihnachtslichter durch Schneeschichten. Sie waren größtenteils Anazauber-Weir – Mitglieder der nicht zauberischen magischen Gilden, die in dem Schutzgebiet Trinity Zuflucht vor dem Krieg gesucht hatten.

Es war ein Krieg, den die Anaweir nicht bemerkten – die nicht magischen Menschen –, aber das Blutvergießen hatte sich auf der ganzen Welt verbreitet. Es war ein ständiger Kampf zwischen sich verändernden Fraktionen von Zauberern, der Albtraum, den die Vereinbarung hatte verhindern sollen. Jene in den Untergilden, die sich weigerten, daran teilzunehmen, waren nach Trinity geflohen – und galten deswegen als Rebellen.

Madison leuchtete nicht, daher würdigten sie sie keines zweiten Blickes.

Die Düfte von Zimt und Patschuli stiegen ihr in die Nase, als sie das warme Innere von Magic Hands betrat, der Kunsthandlung am Platz, die Werke in Kommission nahm. Iris Bolingame war hinten an ihrem Arbeitstisch und verlötete Glasteile. Iris konnte mit Bleiglas zaubern. Buchstäblich.

»Hi, Maddie«, begrüßte Iris sie, legte ihre Arbeit beiseite und wusch sich die Lötpaste von den Händen. »Ich muss dir sagen, die Leute lieben deine Arbeit. Sie stößt auf großes Interesse.«

Madison spielte mit den langen Perlenohrringen, die vom Weihnachtsbaum auf der Theke herabhingen, und betrachtete sehnsüchtig den Schmuck in der Glasvitrine. »Ich habe nur ... wissen Sie ... ich wollte sehen, ob sich etwas von mir verkauft hat.«

»Mmmh.« Iris trat hinter die Theke und blätterte in der Kartei. »Mal sehen. Drei Drucke, ein Aquarell, vier Schachteln mit Grußkarten.« Sie schaute zu Madison auf. »Wow. In nur zwei Wochen. Das ist toll, nicht?«

»Wäre es wohl möglich, das Geld jetzt gleich zu bekommen?«

Iris zögerte. »Wir warten normalerweise bis zum Ende des Monats und stellen alle Schecks gleichzeitig aus, aber wenn es ein Notfall ist ...«

»Schon gut«, sagte Madison und tat so, als untersuche sie die Kaleidoskope auf der Theke. »Ich wollte nur ein bisschen einkaufen, das ist alles.« Verräterische Tränen brannten ihr in den Augen. Ich hasse das, dachte sie, und habe es mein Leben lang gemacht. Jeden Pfennig zweimal umgedreht, geknausert, Ausreden gebraucht.

»Geht es dir gut, Liebes?« Madison schaute auf und sah in Iris' besorgte Augen.

»Ja«, flüsterte sie und sandte Iris die stumme Botschaft, nicht weiter nachzuhaken.

Die Zauberin streckte spontan die Hand nach ihr aus, dann riss sie sie im letzten Moment zurück und tat so, als mache sie sich an den Schmuckstücken zu schaffen, die an ihrem langen Zopf herabhingen. Iris war auf Second Sister nicht dabei gewesen, aber sie hatte sicher davon gehört. Zauberer waren auf der Hut vor Leuten, die ihnen die Magie aussaugen konnten.

Es ist, als hätte ich eine unheilbare Krankheit, dachte Maddie, und niemand weiß, wie ansteckend sie ist. Nicht einmal ich.

»Wenn du noch etwas anderes hast, das du hier ausstellen möchtest ...« Iris' Wangen waren rosa vor Verlegenheit.

Madison richtete sich auf, hob das Kinn, räusperte sich. »Da wäre etwas, das ich vorläufig gern zurückhaben möchte.« Madison blätterte in dem Kasten mit den montierten Zeichnungen, zog eine heraus und schob sie in ihre Mappe. Sie brachte das Etikett zu Iris, die es auf Maddies Karte vermerkte. »Ich habe zu Hause noch ein paar andere Drucke. Ich bringe sie morgen vorbei.«

Sie verließ das Magic Hands und ging die Maple Street in Richtung Highschool hinunter, wobei sie Eisbrocken aus dem Weg trat, die der Schneepflug auf den Gehsteig geworfen hatte.

Mit ein wenig Glück würde sie an diesem Abend im Legends ein bisschen Trinkgeld bekommen. Im Winter lief das Geschäft normalerweise nicht gut, aber dieses Jahr war es anders. In diesem Jahr war Trinity wie Aspen in den Ferien. Jedenfalls sagte das Cousine Rachel. Sie war bei einer Tagung der Gastwirte einmal dort gewesen.

In der Trinity Highschool endete gerade der Unterricht, und Schüler liefen die Treppen hinunter, verteilten sich in die angrenzenden Straßen und stiegen in Busse. Einige von ihnen winkten – es war schließlich eine Kleinstadt, und sie hatten sie mit dem Lokalmatador Jack Swift und seinen Freunden Harmon Fitch und Will Childers gesehen.

Einige der Mädchen musterten sie abschätzig und fragten sich zweifellos, was der exotische Seph McCauley in ihr sah. Aber die meisten Gesichter waren unvoreingenommen. Trinity war zwar eine Kleinstadt, aber im Vergleich zu Coal Grove war es eine Metropole.

Madison zog diesen willkommenen Mantel der Anonymität um sich und ging durch die belebte Eingangshalle der Schule zum Hauptbüro.

Sie zog einen Umschlag aus ihrer Mappe und reichte ihn der Sekretärin. »Für Mr. Penworthy«, sagte sie. »Fortschrittsberichte von Dr. Mignon für den Benotungszeitraum.«

»Dr. Mignon sollte diese Berichte direkt an mich schicken, Miss Moss«, rief Mr. Penworthy von der Tür seines Büros aus. »Das habe ich Ihnen schon einmal gesagt.«

Der Direktor der Trinity Highschool trug hochhackige Stiefel, einen Westerngürtel mit einer Silberschnalle und eine Cowboy-Krawatte. Madison schaute auf ihre eigenen ausgefallenen Stiefel hinab und zuckte die Achseln. Es ging nur um Maßstab und Kontext. Das redete sie sich jedenfalls ein.

Madison hielt inne, bevor sie sprach, voller Angst, dass sie etwas verraten könnte. »Ich … es tut mir leid, Sir«, sagte Madison. »Sie bestand darauf, dass ich es Ihnen persönlich gebe. Sie wollte, dass ich eingeweiht bin. Sie meinte, Sie sollten sie anrufen, falls Sie irgendwelche Fragen haben.«

Dem Direktor hatte die Idee von Anfang an nicht gefallen, Madisons postsekundäres Programm zu betreuen, obwohl er sich nur um den Papierkram zu kümmern hatte.

Mr. Penworthy riss seiner Sekretärin den Umschlag aus der Hand und wedelte damit in Madisons Richtung. »Woher weiß ich, dass Ihre Zensuren nicht manipuliert worden sind?«

Madison verkniff sich den ersten Kommentar, der ihr

dazu einfiel. »Ähm ... Sie könnten sie ja vielleicht anrufen. Sir.« Sie machte praktisch einen Knicks, während sie rückwärts aus dem Büro ging.

Du kannst dir nicht noch mehr Ärger leisten, sagte sie sich. Du bist für einen Neuanfang hergekommen.

Es hatte an der Coal Grove Highschool begonnen, mit Zetteln, die man ihr ans Schließfach geklebt und in den Rucksack gesteckt hatte, und mit hin und her gehenden SMS. Geschichten, die behaupteten, Madison Moss sei eine Hexe. Nicht die weiße Hexe oder die alte, großmütterliche Frau, wie sie in diesem Teil des Landes üblich waren. Nein. Maddie war eine böse, teuflische Harpyie, die einem die Seele durchs Ohr aussaugte und den Garten verhexte oder den Freund verführte.

Sie hatte keine Ahnung, woher der Klatsch kam, aber er war weit verbreitet und hartnäckig. Kinder machten das Zeichen gegen den bösen Blick, wenn sie ihr auf dem Flur begegneten. Mädchen versuchten, eine Locke ihres Haars zu bekommen, um sie für Liebeszauber zu benutzen. Unter Jungen galt es als Mutprobe, sie zum Ausgehen einzuladen.

Es war nicht einmal so, dass die Leute noch an solche Dinge glaubten. Es war eher, als sei jeder mondsüchtig oder etwas in der Art. Madison versuchte, es zu ignorieren, und hoffte, dass es nachlassen würde oder dass irgendein anderer Skandal passieren würde, über den die Leute reden konnten.

Dann ging die Sache mit den Bränden los. Zuerst waren es baufällige Scheunen, Schuppen und Heuschober, die überall im County wie Zunder brannten. Später waren es bewohnte Scheunen und Jagdhütten und Landkirchen. Die Feuer ließen sich nicht löschen. Alles brannte nieder. Die Täter markierten jeden Brandort mit einem

Hexensymbol – einem Pentagramm oder einem Kelch. Madison wusste nicht einmal, was sie bedeuteten, bis sie sie in der Bibliothek nachschlug.

Die Angst ging um im County, und der Verdacht konzentrierte sich auf den Booker Mountain, genährt von den Gerüchten, die zuvor die Runde gemacht hatten. Die Polizei kam und suchte nach Hinweisen, obwohl sie sich nicht sicher zu sein schien, wonach sie suchen sollte. Jemand ließ einen Kessel mit Blut im Scheunenhof zurück. Sie bekamen Drohanrufe (als sie noch ein Telefon hatten). Jemand schlich sich auf den Familienfriedhof auf Booker Mountain und zerstörte einige der Grabsteine, schmierte Drohungen und Obszönitäten auf andere. Eine Abordnung der Foursquare Church führte vor ihrem Tor einen Exorzismus durch, bis Madison Jordies Schrotflinte hervorholte und sie in ihre Richtung schwenkte.

Nichts half.

Es war ein Albtraum, der immer schlimmer und schlimmer wurde. Wagenladungen von Schaulustigen folgten ihr auf Schritt und Tritt in der Hoffnung, sie in flagranti zu erwischen. Leute weigerten sich in Restaurants, sie zu bedienen, und weigerten sich, von Carlene bedient zu werden. Ihre Freunde zogen sich zurück.

Als sie fürchten musste, ihren Job zu verlieren, fühlte sich Carlene schließlich zum Handeln gezwungen. Sie rief Rachel an, und Rachel bot Madison Kost und Logis und einen Job in Trinity an. Und ihre Kunstlehrerin, Ms. McGregor, sagte Madison, dass sie die Leistungspunkte benutzen könne, um ihren Highschoolabschluss zu machen. Madison verließ Coalton County am Ende der elften Klasse.

Und schlagartig hörten die Brände auf. Was ihre Schuld bestätigte, wie es hieß.

Ihr Magen krampfte sich zusammen, und sie schob die Erinnerung beiseite. Das Thema war für sie erledigt.

Als sie das Büro verließ, hatten sich die Flure geleert und die Busse waren fort. Sie ließ den Blick über die Schüler wandern, die auf der Eingangstreppe herumlungerten, und hoffte, sie würde vielleicht Sephs große, schlanke Gestalt unter ihnen ausmachen. Aber nein. Er hatte gesagt, dass er sie bei Corcoran's treffen würde, und sie war schon spät dran. Zum Glück war es nur einen Block weiter. Sie überquerte den Parkplatz und ging die Straße entlang.

Vor Corcoran's Diner stampfte sie sich den Schnee von den Stiefeln und funkelte das Plastikrentier an, das an der Tür hing; seine leuchtende Nase glühte fröhlich im schwindenden Nachmittagslicht. Die Glocken, die an seinem Halsband angebracht waren, klingelten, als Madison die Tür aufschob.

Corcoran's war voll mit Schülern, die sich hier wie immer nach Schulschluss trafen. Madison suchte den Raum mit den Augen ab – die roten Kunstledernischen an der Seite, die abgenutzten Hocker an der Theke.

Kein Seph.

Madison sah auf die Armbanduhr. Sie war zwanzig Minuten zu spät. Vielleicht war er schon wieder gegangen? Sie klappte ihr Handy auf. Keine Nachrichten.

Harmon Fitch und seine Freundin Rosie hingen über Fitchs Laptop an ihrem üblichen Tisch am Fenster.

Fitch sah auf. »Hi, Maddie. Zieh dir einen Stuhl ran.«

Er drehte den Laptop zu Rosie, die ihre langen Dreadlocks zurückwarf und hektisch zu tippen begann. Wahrscheinlich hackte sie sich ins Pentagon ein.

Madison schüttelte den Kopf. »Danke. Ich kann nicht bleiben. Ich muss zur Arbeit.« Sie trat von einem Fuß auf den anderen.

Rosie gab Fitch das Notebook zurück. Er betrachtete den Monitor und grinste wild. »Brillant. Lass uns das probieren.« Seine Finger flogen über die Tastatur und gaben Abfolgen von Buchstaben und Zahlen ein.

»Hast du Seph gesehen?« Sie hielt die Mappe in Fitchs Richtung. »Wir waren hier verabredet. Ich habe etwas für ihn.«

Fitchs Finger blieben in Bewegung. »Ich habe ihn zuletzt in der zweiten Stunde gesehen. Er hat den Unterricht verschlafen, wie üblich. Heute Nachmittag hat er Mathe geschwänzt.«

»Er hat was?«

Fitch hörte auf zu tippen, lehnte sich auf seinem Stuhl zurück und musterte sie nachdenklich. »Er ist nicht zu Mathe aufgetaucht, und er war auch nicht auf der Abwesenheitsliste. Hast du ihn so lange wachgehalten, oder was?«

Madison zuckte zusammen, und das Blut schoss ihr ins Gesicht. »Ich war's nicht.« Wer dann? Sie unterdrückte eine Welle der Eifersucht. Sie war Seph aus dem Weg gegangen, hatte Ausreden erfunden. Sie konnte sich nicht beschweren, wenn er seine Zeit mit jemand anderem verbrachte.

Fitch zuckte die Achseln und beugte sich wieder über seinen Computer. »Jedenfalls hat er Ärger. Garrity war sauer. Es ist in diesem Semester schon das dritte Mal.«

Furcht nagte an ihr, Furcht, die mit Schuldgefühlen rangen. Es sah ihm nicht ähnlich, den Unterricht zu versäumen.

Vielleicht war er krank.

Oder noch schlimmer, vielleicht war er ihretwegen krank.

Aber wie konnte das sein, wenn sie ihn seit Tagen nicht gesehen hatte? Er hatte ihr gestern eine SMS geschickt und sie um Hilfe bei einem Kunstprojekt gebeten. Er hätte sie nicht gefragt, wenn er nicht verzweifelt gewesen wäre. Sie konnte nicht nein sagen.

»Wenn er kommt, könntest du ihm ausrichten, dass er mich anrufen soll?«

Sie versuchte es auf seinem Handy, aber der Anruf wurde auf die Mailbox umgeleitet. Sie hinterließ eine Nachricht.

Wo konnte er sonst sein? Konnte er es vergessen haben?

In ihrer Verzweiflung ging sie den ganzen Weg bis zum Perry Park, obwohl er im Winter kaum betreten wurde. Seph war nirgends zu sehen, aber sie stieß auf die Krieger Jack Swift und Ellen Stephenson, die auf einer abgelegenen Lichtung im Wald mit ihrer Geisterarmee exerzierten.

Sie fand sie, indem sie den Kampfgeräuschen folgte. Jack hatte eine dieser Zaubererabschirmungen errichtet, um neugierige Leute fernzuhalten, für den unwahrscheinlichen Fall, dass mitten im Dezember neugierige Leute Spaziergänge im Wald unternahmen. Aber Madison war eine Induktorin. Magie und deren Illusionen funktionierten bei ihr nicht. Sie saugte sie einfach auf, dann sickerte sie wieder heraus, ohne dass sie es kontrollieren konnte.

Dort auf der Wiese war Jack Swift, sein langes, goldrotes Haar mit einem Lederriemen zurückgebunden, und führte brüllend zwei Dutzend Krieger in einem Angriff über die verschneite Wiese an. Nur um von Ellen Stephenson und *ihren* zwei Dutzend empfangen zu werden, eine wütende Wand aus Schwertern und Schilden.

Von Seph keine Spur.

Es war ein bunter Haufen von Soldaten, mit Rüstungen und Waffen aus zwei Jahrhunderten der Kriegsführung. Ihre Waffen blinkten in der schwachen Wintersonne, und ihr Atem bildete weiße Wolken in der kalten Luft. Die Krieger stießen mit einem knochenzerschmetternden Aufprall in einem Gewirr aus Armen und Beinen und tödlichen Waffen zusammen. Blut spritzte auf den Schnee, und altmodische Flüche und Herausforderungen in einem halben Dutzend Sprachen drangen durch die Bäume, während einzelne Krieger versuchten, sich aus dem Gedränge der Leiber zu befreien, damit sie ihre Schwerter benutzen konnten.

Jack löste sich aus der Schlacht und verschaffte sich mit seinem Schwert Schattentöter Raum. Die Klinge flackerte in der Dunkelheit unter den Bäumen wie eine Flamme. Ellen wirbelte in seine Reichweite, und ihr Schwert fand irgendwie eine Lücke in seiner Verteidigung. Die flache Seite ihrer Klinge krachte in seine Rippen, und Schnee spritzte auf.

»Treffer!«, krähte sie. »Ein spürbarer Treffer. Ergibst du dich?«

»Kaum spürbar«, knurrte Jack und trieb sie zornig rückwärts. Funken stoben auf, als ihre Klingen aufeinanderprallten, und ihre erhitzten Körper dampften in der kalten Luft. Ihre Stiefel wühlten die Wiese zu einem dicken Pudding aus Schlamm und Eis auf.

Madison war unwillkürlich fasziniert. Den großen, muskulösen Jack zu beobachten war immer eine Freude. Er und Ellen waren alte Tanzpartner, deren Körper sich zu einer wilden Melodie bewegten, die niemand anders hörte.

Es war wie ein lebensgroßes Videospiel, ein qualvoller Kampf zwischen den Lebenden und den Toten. Sie mochten während dieser Scharmützel verletzt werden – sogar tödlich –, doch am Ende erhob sich jeder wieder unversehrt vom Boden, wenn auch nicht ohne Schmerzen.

Schließlich drehte Jack sich um die eigene Achse und versetzte Ellens Schwert einen gewaltigen, zweihändigen Schlag, sodass es ihr aus den Händen flog. Jack grinste und trieb Ellen mit ausgestrecktem Schwert rückwärts gegen einen Baum. »Also, Kriegerin, ergibst *du* ... he!« Er jaulte auf, als Ellen ihre Schleuder benutzte und ein faustgroßer Stein ihn an der Schulter traf.

Ellen verlor nicht gern.

Jack bemerkte endlich Madison, die sich am Rand der Bäume herumdrückte. »Madison! Wo kommst du denn her?« Er wich einem großen Krieger in Hirschleder aus, der sich mit einem Beil auf ihn stürzte, und hob die Hand. »Halt!«, rief er.

Die Kämpfe schwächten sich zu letzten Treffern und Scharmützeln ab und hörten dann ganz auf.

Der Bann war gebrochen. Madison zog sich den Hut über die Ohren. »Lasst euch von mir nicht stören!«

Jack und Ellen sahen einander an, als hoffe jeder, dass der andere sprechen würde. Madison gefielen die hektischen Vorbereitungen in Trinity nicht, und sie wussten es. Die Begabten waren ein Klub, aus dem Madison ausgeschlossen war.

Jack räusperte sich. »Wir trainieren, weißt du. Für den Fall, dass die anderen Zaubererhäuser versuchen, in das Schutzgebiet einzubrechen.«

Madison zog die Schultern hoch, als könne sie in ihrem Mantel verschwinden. »Sie kommen nicht hierher. Das würden sie nicht tun.«

»Sie kämpfen an anderen Orten«, stellte Ellen fest. »Entführen Hexer, die ihnen im Krieg helfen sollen. Horten Waffen.«

Das stimmte. Aber ... Madison deutete mit dem Kopf auf die bunt zusammengewürfelte Armee. »Wenn die Rosen tatsächlich kommen – was sie nicht tun werden –, was wollt ihr dann machen? Denkt ihr wirklich, ihr werdet sie mit *diesem* traurigen Haufen aufhalten können?« Sie bereute es, kaum dass sie es ausgesprochen hatte. Ihre Mutter, Carlene, sagte immer, Madisons Manieren hinkten zwei Schritte hinter ihrer bösen Zunge nach.

Als sei Carlene ein gutes Beispiel.

»Na ja«, erwiderte Jack. Er und Ellen wechselten wieder einen Blick. »Wir müssen es versuchen.«

»Vielleicht solltet ihr dann ein paar Sturmgewehre kaufen«, schlug Madison sarkastisch vor. »Und Granaten mit Raketenantrieb.«

»Sturmgewehre sind gegen Zauberer wirkungslos, es sei denn, man überrascht sie«, erklärte Ellen. Sie war von Zauberern großgezogen worden, außerhalb der üblichen Teenagerkreise, daher bemerkte sie Sarkasmus oft nicht. »Ihre Schilde können nicht magische Angriffe abwehren. Aber ein Krieger kann es in einem fairen Kampf in einer magischen Schlacht mit einem Zauberer aufnehmen.«

»Nun, ich halte es für eine Verschwendung von ...« Sie spürte jemanden und fuhr herum. Der in Hirschleder gekleidete Krieger war direkt hinter ihr und belauschte unhöflicherweise das Gespräch. »Wollten Sie etwas?«

Er nahm den Hut ab und brachte eine glaubwürdige

kleine Verbeugung zustande. »Mein Name ist Jeremiah Brooks, Ma'am«, sagte er. »Wir sind uns noch nicht vorgestellt worden.«

Madison blinzelte zu ihm empor. Er war sehr groß und roch nach Schweiß, Leder und Schießpulver.

»Ich bin Maddie Moss.«

»Erfreut, Eure Bekanntschaft zu machen. Ihr seid das hübscheste Mädchen der Stadt, wenn ich das sagen darf.« Jeremiah Brooks lächelte sie lange träge unter halb geschlossenen Lidern an.

»Jeremiah hat in den 1780ern hier in der Nähe gelebt«, erklärte Jack. »Er wurde von den Rosen entführt und starb 1792 am Raven's Ghyll.«

»Tatsächlich, Mr. Brooks?«, fragte Madison, weil ihr nichts anderes einfiel. Natürlich stimmte es. Mr. Jeremiah Brooks war ein Geist. Sie wurde von jemandem angemacht, der seit über zweihundert Jahren tot war. So etwas kam in Trinity, Ohio, ständig vor.

Brooks tat seinen Tod mit einer Handbewegung ab. »Miss Moss geht heute Abend mit mir tanzen, wenn es Euch beliebt, und Ihr werdet sehen, dass noch etwas Leben in mir steckt.«

»Ich verabrede mich nicht mit Toten«, entgegnete Madison und funkelte den Geisterkrieger an. »Da ziehe ich die Grenze.« Diese Geister waren ein klein wenig zu materiell für ihren Geschmack. Sie aßen, tranken, kämpften ... und tanzten, wie es schien. Abgesehen von ihrer seltsamen Kleidung und den Waffen, die sie bei sich trugen, konnte man sie nicht von den Lebenden unterscheiden.

Jack grinste. »Sieh dich vor, Brooks. Maddie geht mit meinem Cousin aus. Dem mächtigsten Zauberer, den ich kenne.«

Brooks erbleichte unter seinen Bartstoppeln. »Ich bitte um Verzeihung, Ma'am. Nichts für ungut. Ihr kamt mir nicht wie die Art vor, die ... ich konnte ja nicht wissen, dass ...«

»Wir gehen nicht miteinander aus.« Madison sah Jack finster an, der die Achseln zuckte und mit hochgezogenen Brauen zu Ellen hinüberschaute.

Madison versuchte es noch einmal. »Ich meine, wir sind einfach ... Freunde. Gute Freunde. Um ehrlich zu sein, ich habe ihn in letzter Zeit kaum gesehen.« *Du redest zu viel. Hör auf damit.*

Brooks zog eine Augenbraue hoch. »Nun, gebt auf Euch acht, Miss Moss. Ich bezweifle, dass man mit einem Zauberer befreundet sein kann. Sie sind bekannt dafür, dass sie junge Damen ausnutzen. Wenn Ihr versteht, was ich meine.«

Madison warf ihm einen Blick zu, dann drehte sie sich zu Jack und Ellen um. »Wie auch immer. Wir waren vor einer Stunde verabredet. Ihr habt ihn nicht zufällig gesehen, oder?«

Jack schüttelte den Kopf. »Ich treffe ihn auch kaum noch. Er und Nick sind völlig mit der Aufrechterhaltung der Grenze beschäftigt.«

Während die Krieger ihre Kriegsspiele spielten, hatten die Zauberer von Trinity eine unsichtbare Barriere errichtet, um Angriffsmagie innerhalb des Schutzgebiets zu unterdrücken. Die Aufrechterhaltung dieser Grenze schien enorm viel Energie zu verschlingen. Und Zeit.

»Ich verstehe immer noch nicht, warum ausgerechnet jetzt eine spezielle Grenze nötig ist, wenn wir früher nie eine gebraucht haben«, sagte Madison.

»Das Verbot von Angriffsmagie steht in der Vereinbarung, aber vermutlich weiß inzwischen niemand mehr, ob es in Kraft ist oder nicht«, antwortete Jack, »oder wann D'Orsay seine neue Vereinbarung absegnet. Es hängt irgendwie alles in der Luft.«

Madison stampfte mit den Füßen und stellte fest, dass ihre schicken Stiefel keinen großen Schutz gegen die Kälte boten. »Nun, ich sollte ihm bei einem Kunstprojekt helfen, aber er ist nicht aufgetaucht.«

Jack und Ellen traten im zertrampelten Schnee von einem Fuß auf den anderen. Es war klar, dass sie sich wieder ins Getümmel stürzen wollten. »Wenn wir Seph sehen, werden wir ihm sagen, dass du nach ihm gesucht hast«, bot Ellen an.

Madison schob die Hände in die Taschen und versuchte, sie zu wärmen. »Es ist sowieso schon spät. Ich muss zur Arbeit. Man sieht sich.«

Das Kampfgeklirr setzte wieder ein, noch bevor sie die Lichtung verlassen hatte.

Jetzt hatte sie nur noch eine Stunde, bevor ihre Schicht begann. Sie würde es bei Sephs Tante Becka versuchen und dann zur Uferpromenade gehen. Wenn er da auch nicht war, würde sie die Suche aufgeben und zur Arbeit gehen müssen.

Ihm konnte nichts zugestoßen sein. Er ist einfach aufgehalten worden, wie immer. Innerhalb des Schutzgebiets war er in Sicherheit. Es war schließlich eine Grenze errichtet worden. Keine Angriffsmagie.

Obwohl sie wusste, dass die größte Bedrohung für Seph McCauley innerhalb des Schutzgebiets in Madison Moss und der Magie bestand, die ihr aus ihren Fingern floss.

Eine Erinnerung stieg hoch, die Schlacht im Gasthaus auf Second Sister, eine Szene, die in grellen Orangetönen gemalt war. Gregory Leicester lächelte, streckte seine Zaubererhände aus und schleuderte flammenden Tod nach Seph. Maddie war zwischen sie getreten und hatte die volle Wucht des Angriffs abgefangen. Sie hatte die Magie eingeholt, während der Zauberer am Ende ihrer Leine gezappelt hatte wie ein blauer Sonnenbarsch aus dem Jackson Lake. Leicester war gefallen, zusammen mit all seinen gebannten Zauberern.

Sie war verunreinigt zurückgeblieben. Der bittere Geschmack von Hexenmagie lag ihr noch auf der Zunge und sickerte ihr durch die Poren, ein bösartiges und tödliches Gift, das nur für Seph gemacht war.

Nach ihrer Rückkehr von Second Sister hatte er sich über Kopfweh, Magenschmerzen und Müdigkeit beklagt. Er bekam Quaddeln und Ausschlag und wurde dünn und bleich und hohläugig, als hätte er die Schwindsucht.

Zuerst dachte Madison, es wären die Folgen der schlimmen Ereignisse auf der Insel. Sie nahm an, dass die Zeit ihn heilen würde, aber es ging ihm immer schlechter. Seine Hände zitterten, und seine veränderlichen Augen wurden trüb und dumpf. Zweimal fiel er in der Schule in Ohnmacht.

Sephs Eltern waren mit ihm über Weihnachten nach England gefahren, und dort schien es ihm besser zu gehen, aber als er nach Trinity zurückkehrte, wurde er wieder krank. Seine Mutter, Linda, pflegte ihn mit Hingabe und rief die Heilerin Mercedes Foster hinzu. Sie verschrieb ihm frische Luft und Sonnenschein und gutes Essen und Heiltränke und Amulette, die nichts nutzten. Als Mercedes ihn schließlich ins Bett steckte, saß Madison lange Stunden bei ihm, las ihm vor und hielt seine Hand. Sie hatte den Eindruck, dass sie keine großartige

Krankenschwester war, denn er schien immer schwächer zu werden.

Dann fuhr Madison während der Herbstferien für eine Woche nach Hause. Als sie zurückkam, hatte Seph das Bett verlassen und fühlte sich besser. Er sah ganz anders aus, war fast wieder der Alte.

Aber nicht für lange. Und da wusste sie Bescheid.

Manchmal fragte sie sich, ob sie besessen war. Sie konnte spüren, dass etwas Böses in ihr auf Sephs Anwesenheit reagierte, wie eine Schlange, die sich entrollte. Ihre Berührung war giftig. Niemand sonst schien die Verbindung herzustellen, am allerwenigsten Seph. Und wenn sie es herausfanden …

Also begann sie ihm aus dem Weg zu gehen, vermied vor allem seine Berührung, erfand Ausreden. Und starb innerlich jedes Mal.

Madison bog in die Jefferson Street ein und ging vorsichtig über die glatten Pflastersteine. Die Jefferson wurde von hohen Eichen und »Painted Ladies« gesäumt. So nannte man die viktorianischen Häuser mit Türmchen, schlanken Säulen und umlaufenden Veranden. Seph bewohnte mit seiner Mutter ein elegantes grünes Haus im Queen-Anne-Stil.

Jacks Mutter Becka und Sephs Mutter Linda waren Schwestern aus einer Familie mit vielen Geheimnissen. Linda war eine Betörerin, eine Meisterin des Charismas – der Verführung. Becka war Anaweir – sie war nicht magisch, und sie wusste nichts über die Magie.

Madison hielt am Fuß der Einfahrt inne. Sephs Wagen stand neben dem Seiteneingang.

Sie klopfte an die Fliegentür. Keine Antwort. Pochte gegen die Innentür. Nichts. Sie probierte den Knauf, und die Tür war nicht verschlossen.

»Jemand zu Hause?«, rief sie, während sie die Tür aufdrückte und den Kopf in die Diele steckte.

Er war irgendwo da drin. Sie konnte seine Anwesenheit an der Beschleunigung ihres Herzschlags spüren, an einer schwachen Vibration in den Knochen.

Hexenjunge.

Sie durchquerte die Diele und ging durch den Flur zum Wohnzimmer im hinteren Teil des Hauses. Und blieb in der Tür wie angewurzelt stehen.

Seph lag der Länge nach auf dem Teppich vor dem Kamin. Sein Gesicht unter den dunklen Locken war bleich und wie aus Porzellan, bis auf die dunklen Ringe unter seinen Augen. Er runzelte die Stirn, die Lippen geöffnet, als sei er zwischen zwei Worten gestorben. Für einen schrecklichen Moment dachte sie, er sei tatsächlich tot, bis sie bemerkte, dass sich seine Brust schwach hob und senkte.

»Guten Tag, Maddie.« Der Zauberer Nick Snowbeard erhob sich halb von seinem Sessel in der Kaminecke und legte einen Quilt über Seph, dann ließ er sich wieder auf seinen Platz am Feuer nieder. »Es ist mir wie immer eine Freude, dich zu sehen.«

Sie ließ sich neben Seph auf die Knie fallen. Das Herz schlug ihr bis zum Hals, und sie hatte Angst, dass sie irgendwie für Sephs Zustand verantwortlich war. »Was ist passiert? Ist er …?«

Der alte Hausmeister legte den Kopf schräg und wirkte überrascht. »Aber meine Liebe, er schläft natürlich, obwohl er nicht besonders froh darüber ist.«

Madison sah Seph an, als warte sie auf einen Kommentar seinerseits, dann sah sie wieder auf Snowbeard. Aus Angst wurde Verärgerung. »Er macht ein *Nickerchen?* Wir waren vor zwei Stunden verabredet.«

»Der Junge ist erschöpft. Er hat sich überanstrengt, weil er vierundzwanzig Stunden am Tag die Grenze aufrechterhalten hat.« Der alte Zauberer kniff sich in die Nasenwurzel zwischen den buschigen Augenbrauen, als habe er Kopfschmerzen. »Alter Bär« nannten die Begabten ihn oder manchmal Silberbär. Er ähnelte tatsächlich einem leicht zerzausten Bären, den man mitten im Winter aus seiner Höhle gescheucht hat.

»Es war eine Kommunikationsstörung«, fuhr Snowbeard fort. »Zu viel zu tun, und zu wenig Leute, um es zu tun. Hastings ist nicht da, und ich wurde ... unerwartet aufgehalten. Ich hatte keine Ahnung, dass er so lange allein war, und es ist nicht seine Art, um Hilfe zu bitten. Aber jetzt habe ich ihn abgelöst, und ich habe ihn trotz seiner Proteste in Schlaf versetzt.«

Madison beugte sich vor und krallte beide Fäuste in ihren Rock. »In der Schule schläft er immer ein. Außerdem hat er im Herbst viel Unterricht verpasst, als er so krank war.« *Und wessen Schuld war das?* »Ich hätte nicht gedacht, dass es erlaubt ist, dass sich jemand zu Tode schuftet. Vermutlich gibt es keine Gesetze gegen Kinderarbeit für Zauberer.«

Snowbeard nahm eine Teetasse vom Beistelltisch und trank einen großen Schluck. Mit zitternden Händen stellte er die Tasse klirrend zurück auf den Unterteller. »Meine Liebe, es tut mir ... leid. Er ist zwar jung, aber er ist der mächtigste Zauberer, den wir neben seinem Vater und mir zu unserer Verfügung haben. Iris ist willig, aber sie ist einfach nicht stark genug, um die Grenze lange Zeit aufrechtzuerhalten. Es ist unglaublich anstrengend. Es gibt andere, die aber nicht besonders vertrauenswürdig sind. Die meisten Zauberer haben sich auf die Seite der Rosen oder D'Orsays geschlagen. Viele der Parteigänger der Drachen sehen das Schutzgebiet nicht mehr als Priorität an, jetzt, da der Krieg ausgebrochen ist.«

»Aber Sie schon.«

»Ich denke, wir brauchen einen sicheren Ort, ja, oder wir werden zwischen den Steinen des Ehrgeizes der Zauberer zu Staub zermahlen. Ist dir aufgefallen, dass die Stadt voller begabter Flüchtlinge ist?«

Natürlich hatte sie es bemerkt. Es waren gebildete Leute, Leute mit Geld, talentierte Künstler, die in die Läden auf dem Platz eingezogen waren. Die Zaubererhäuser betrachteten sie wegen ihrer Weigerung, den Krieg zu unterstützen, als Rebellen. Und je mehr Nichtzaubererweir hereindrängten, umso mehr wurde Trinity zur Zielscheibe. Was überhaupt nicht zu Madisons Plänen passte.

Sie setzte sich neben Seph mit dem Rücken zum Kamin und achtete darauf, etwas Platz zwischen ihnen zu lassen. Der Schnee von ihren Stiefeln schmolz und hinterließ Pfützen auf dem Parkett. »Ich wünschte, Sie würden nicht all diese Leute in die Stadt lassen.«

»Man kann es ihnen kaum verübeln, dass sie Zuflucht suchen«, sagte Nick. »Zauberer entführen überall auf der Welt Nichtzaubererweir und rekrutieren sie für den Krieg. Sie brauchen Hexer, um Waffen zu bauen, Zauberer, um die Waffen zu benutzen, Seher, um in die Zukunft zu schauen und Strategien zu planen, Betörerinnen für Spionagezwecke.«

Er seufzte. »Es ist eine Katastrophe. Jahrhundertelang haben Zauberer es nicht gewagt, offen Krieg gegeneinander zu führen, aus Angst, den Pakt zu brechen und den Drachen zu wecken, der in Raven's Ghyll schläft. Doch jetzt glauben Zauberer vermutlich nicht mehr an Drachen – oder an den Pakt.« Die Stimme des alten Mannes verlor sich.

Madison gab sich Mühe, sich ihre Skepsis nicht anmerken zu lassen. Drachen. Klar, was sonst. Als ob es nicht jede Menge echter Ungeheuer zu bekämpfen gäbe.

Dann sah sie Seph an. Sein Gesicht war ein Kunstwerk, das eine intensive Betrachtung erforderte. Sie war froh, dass sie es tun konnte, ohne dass er sie mit diesen grünen Augen ansah, denen nichts entging. Sie widerstand der Versuchung, mit dem Zeigefinger seine Wangenknochen und die starke Nase nachzuzeichnen. Wenn Seph vor Nick irgendeine Art von Reaktion zeigte, würde bestimmt alles vorbei sein.

Sie war Seph zum ersten Mal am Strand des Eriesees begegnet. Er hatte sich tagelang in ihrer Nähe herumgetrieben und sie mit diesem Blick beobachtet, als erhebe er als reicher Junge und Zauberer Anspruch auf sie. Als brauche er nur mit dem Finger zu winken, und sie würde angelaufen kommen. Das hatte sie mit Brice Roper zu Hause zur Genüge erlebt.

Aber Brice war einfach gestrickt – eine schöne Schale ohne Kern. Seph hatte eine Komplexität, die sie faszinierte. Seine Augen waren wie die grünen, schattigen Teiche des Booker Creek, die sich mit dem Licht veränderten. Obwohl er jung war, trug sein Gesicht bereits die Spuren von Geschichte und Verlust. Sie hatte ihn wiederholt gezeichnet und versucht, seine Intensität und Macht mit Linien und Farben einzufangen.

Als Seph ihre Zeichnungen sah, als ihm klar wurde, dass sie die Magie in ihm sehen konnte, hatte er gedacht, dass sie für die Rosen arbeitete. Er hatte einen Überzeugungszauber bei ihr benutzt, eine Macht, die durch seine Finger zischte. Sie hatte seine schwere und süße Magie eingesogen, und er war benommen in den Sand gefallen. Noch Tage später war ihr schwindlig gewesen, als hätte sie von einem magischen Becher der Freude getrunken.

Sie hatte sich so anders gefühlt als jetzt, in diesem Moment. Sie schauderte.

Nick räusperte sich. Sie schreckte aus ihrem Tagtraum auf und sah, dass der alte Mann sie beobachtete. Min sagte immer, Madisons Gesicht sei durchsichtig wie Glas.

Sie begann stotternd zu sprechen. »Ich sollte ihm bei einem Kunstprojekt helfen, das er morgen abgeben muss. Er hinkt mit allem hinterher, und wenn er seine Kurse nicht besteht, wird er nicht genug Punkte für den Abschluss haben. Er …« Ihre Stimme verlor sich. Nick starrte ins Leere, sein wettergegerbtes Gesicht zu tiefen Falten der Schuld und des Kummers verzogen.

»Wie wäre es, wenn er woanders zur Schule ginge?«, sagte sie leise. Es wäre besser, wenn er fortgeht, überlegte sie. Dann würde sie ihn nicht jeden Tag sehen müssen.

»Um die Wahrheit zu sagen, meine Liebe, ich bin mir nicht sicher, ob er das Schutzgebiet überhaupt verlassen sollte. Es könnte gefährlich für ihn werden.«

»Aber warum sollten sie es auf ihn abgesehen haben? Er ist erst siebzehn!«

»Zaubererpolitik«, antwortete Nick. »Er ist eine Zielscheibe, weil er der ist, der er ist. Dies ist kein Konflikt, in dem man neutral bleiben kann. Die meisten Zauberer hassen seinen Vater dafür, dass er die anderen Gilden gegen die Zaubererhäuser unterstützt. Und jetzt, da sie wissen, dass Linda eine der Drahtzieherinnen der Rebellion ist …« Nick zuckte die Achseln. »Sie haben mit allen Mitteln versucht, ihn zu rekrutieren. Die Rosen.

D'Orsay. Haben alle möglichen Angebote gemacht, von denen ich eigentlich gar nichts wissen darf.«

»Denken sie wirklich, er würde ... auf die dunkle Seite wechseln?« Madisons Wangen brannten, als ihr das Blut ins Gesicht schoss.

»Sie schließen von sich selbst auf andere und nehmen an, es sei eine Frage des Preises oder des Drucks.« Nick rieb sich mit dem Zeigefinger die Nase. »Er hat Eindruck gemacht. D'Orsay und Leicester hätten auf Second Sister gewonnen, wenn Seph und Jason nicht gewesen wären ... und du, meine Liebe«, beendete er behutsam den Satz.

Auf Second Sister hatte sie gesehen, wie Zauberer Zauber schleuderten und Bilder von Drachen heraufbeschworen und mit Magie Morde begingen. Sie hatte gesehen, wie Flammen aus Sephs Fingerspitzen strömten, während er um sein Leben kämpfte. Hatte die gierigen Zaubererhäuser ihn umkreisen gesehen, als sie begriffen, wie mächtig er war.

Sie hatte endlich verstanden, was auf dem Spiel stand. Und jetzt sah sie nichts als Katastrophen vor sich. Sie war nicht gut für Seph. Er war nicht gut für sie. Madison musste aus diesen magischen Kreisen raus. Unbedingt. Sie berührte Mins Opal, der an einer Kette um ihren Hals hing. »Lass die Finger von Magie«, hatte Min gesagt. »Sie hat unserer Familie nichts als Ärger gebracht.«

Der alte Zauberer räusperte sich. »Weißt du, Madison, angesichts deiner Gaben könntest du uns ziemlich nützlich sein.«

»Nein!« Madison schnappte nach Luft, ihre Lungen krampften sich bei jedem Atemzug zusammen. »Das ist nicht mein Kampf. Ich gehöre zu keiner der Gilden und keinem der Häuser an oder … oder irgendwas.« Sie verschränkte die Arme und schob die Hände unter die Achseln. »Ich habe keine Magie in mir.« Sie presste fest die Lippen zusammen, um dieser Lüge nichts weiter folgen zu lassen.

»Wir verstehen nicht genau, was passiert ist, als Leicester und seine verbundenen Zauberer dich mit Flammen angegriffen haben. Hat die Macht sich einfach … aufgelöst, oder …«

»Das spielt doch keine Rolle, oder? Die Sache ist die, ich will nichts damit zu tun haben.«

Sie war nach Trinity gekommen, um den Makel der Magie abzuschütteln. Und doch schien sie bei ihr zusammenzufließen, wo immer sie hinging.

»Meine liebe Madison«, sagte Nick und hielt inne, sichtlich nicht an diese Art von Überzeugung gewöhnt. »Wir könnten deine Hilfe gebrauchen. Wir würden dich nicht um etwas bitten, bei dem dir nicht wohl ist. Hastings und ich könnten mit dir arbeiten, um …« Er verstummte, als er Madisons Gesichtsausdruck sah.

»Ich möchte die Erste in meiner Familie sein, die aufs College geht. Am Ende dieses Semesters werde ich die Punkte für ein Jahr haben. Aber ich habe schon Mühe, die Hausaufgaben zu schaffen neben meinen Stunden im Legends.«

Sie warf einen Blick auf die Armbanduhr und stöhnte. »Ich muss los. Ich bin schon spät dran, und ich brauche diesen Job.« Sie kniete sich hin, öffnete ihre Mappe und zog eine Kohleskizze in einem Passepartout hervor, die aus dem Magic Hands. Sie zeigte den Trinity Square in der Abenddämmerung; Schnee rieselte zwischen den großen Bäumen hindurch, Laternen warfen Lichtkegel und Schatten auf das schneebedeckte Gras.

Es war nicht das, was Seph von ihr wollte, aber es war etwas. Eine kleine Gabe, die einen Traum darstellte, den sie einmal gehabt hatte.

»Wenn Seph aufwacht, könnten Sie ihm dies geben? Sagen Sie ihm, es sei von mir.«

Sie stand auf, zog den Reißverschluss ihrer Jacke zu und klemmte sich die Mappe wieder unter den Arm. Auf dem Weg die Einfahrt entlang trat sie gegen die Ziegelmauer, die den Garten säumte.

KAPITEL 3

Von der hoheitlichen Insel verbannt

Jason zog den Schnee von Cumbria dem Winterregen von London vor. Es war nur ein kurzer Sprung über eine gepflasterte Straße vom Taxi in den Pub, aber er wurde trotzdem nass bis auf die Haut. Er ging unter einem Holzschild mit der Aufschrift THE PENNY WHISTLE hindurch und betrat das düstere Innere, das nach Tabak, Malz und Jahrzehnten von frittiertem Fisch roch. Es war ein altes Lokal mit Ziegelböden und einer Kassettendecke aus Metall. Tom, der Barkeeper, behauptete, das Gebäude stamme aus der Zeit um 1600.

Jason nickte Tom zu, hob zwei Finger und ging durch den Pub in einen separaten Raum im hinteren Teil des Gebäudes. Tom ließ sich nie seinen Ausweis zeigen. Das Alter, ab dem Zauberer trinken durften, war irgendwie flexibel. Wie im Mittelalter.

Der Kamin im Hinterzimmer hatte mit dem Kamin vorne einen gemeinsamen Schornstein. Mit einer Handbewegung entfachte Jason die schweren Holzscheite auf dem Rost und setzte sich an den Tisch, der dem Feuer am nächsten war. Er stellte den Rucksack zwischen die Füße auf den Boden und fühlte sich so nervös wie ein Terrorist, der eine Bombe unter seinem Stuhl versteckt. Er war sich vollauf der heißen Nähe des Steins bewusst.

Einige Minuten später stellte Tom zwei Gläser dunkles Bier vor Jason hin.

»Danke, Tom.« Jason schloss die Augen, konzentrierte sich und zwang das Wasser aus seiner Kleidung.

»Du dampfst.«

Jason öffnete die Augen und stellte fest, dass Tom fort war und Hastings vor ihm stand. Er musste eingeschlafen sein. Bis auf einige wenige Minuten im Zug hatte er nicht richtig geschlafen, seit er das Ghyll zu Fuß verlassen hatte.

Hastings konnte herumgeistern wie ein Dämon. Manchmal schien es, als könnte der Zauberer durch Wände gehen. Jason rieb sich die müden Augen und sah sich um. Die Tür zum Schankraum war geschlossen, und die Grenzen des Raumes waren leicht verschwommen. Magische Barrieren; sie waren sicher.

Hastings nahm ihm gegenüber Platz und musterte ihn unter schweren, schwarzen Brauen. Es war unheimlich, wie sehr Hastings und Seph einander ähnelten mit ihrem vollen, gelockten Haar, den hohen Wangenknochen, den markanten Nasen und den grünen Augen (obwohl Sephs Augen dazu neigten, von Stunde zu Stunde und von Tag zu Tag die Farbe zu wechseln, was er zweifellos seiner Mom zu verdanken hatte, einer Betörerin).

»Sind die beide für mich?«, fragte Hastings trocken und deutete mit dem Kopf auf die Gläser auf dem Tisch.

»Eins ist für Sie.« Jason schob ein Bier in Hastings' Richtung und griff nach dem anderen.

Hastings packte Jason am Handgelenk, bevor er das Glas an die Lippen führen konnte. »Lass es lieber. Du musst einen klaren Kopf behalten. Nur weil du mit etwas davonkommen *kannst,* bedeutet das nicht, dass du es auch tun solltest.«

Aber dir schmeckt dein Bier, dachte Jason, war jedoch

klug genug, es nicht auszusprechen. Er zuckte die Achseln und ließ das Glas los. »Ein elendes Sauwetter, wie die Einheimischen sagen.«

»Du musst an deinem Akzent arbeiten«, belehrte Hastings ihn und griff nach Jasons Bier. »Du klingst immer noch wie ein Amerikaner.«

Er muss sich die Predigten aufgespart haben, während ich weg war. »Ich *bin* Amerikaner.«

»Du fällst dadurch auf. Die Leute erinnern sich deswegen an dich.«

Hastings kapierte es einfach nicht. Jason *wollte,* dass man sich an ihn erinnerte.

»Wo bist du gewesen? Ich habe dir gesagt, dass du dich nicht vom Fleck rühren sollst.« Hastings verschwendete nie Zeit mit Höflichkeiten.

Es hatte keinen Sinn, Hastings etwas zu verheimlichen. Er hätte es ohnehin bald aus ihm herausbekommen.

»Ich habe beschlossen, mir Raven's Ghyll anzusehen.«

»Du hast *was?«* Der Zauberer hob die Stimme nicht, aber sie wirkte trotzdem laut.

»Sie waren nicht da. Ich hatte etwas Zeit.« Jason nahm einen Atemzug und zwang sich, Hastings in die Augen zu schauen.

»Ich habe dir gesagt, dass du die Augen offen halten und mir Bescheid geben sollst, falls Jessamine Longbranch nach London zurückkehrt. Das war dein Auftrag.«

»Das ist Arbeitsbeschaffung«, protestierte Jason. »Ihr Haus ist seit Monaten verschlossen. Es gab nichts zu tun.«

»Ach ja?« Hastings zog eine Augenbraue hoch. »Sie ist jetzt seit mindestens drei Tagen zurück. Und ich habe keine Ahnung, was seit ihrer Rückkehr passiert ist.«

»Wylie war gestern da. Und ein Haufen anderer. Sie haben sich jeden Tag getroffen.« Jason schob Hastings ein Papier über den Tisch zu. »Ich ... ähm ... ich habe die Nachbarn gebeten, während meiner Abwesenheit aufzupassen.«

Hastings klopfte mit seinen langen Fingern auf den zerkratzten Tisch. »Ich habe diesen Auftrag nicht den Nachbarn erteilt. Was hast du zu erreichen gehofft? In Raven's Ghyll, meine ich.«

»Nun ja. Alle haben Angst, dorthin zu gehen – die Rosen, die – äh – jeder.« Jason konzentrierte sich auf den Tisch. Er hatte seit seiner Ankunft in London dafür plädiert, in das Ghyll einzudringen, und Hastings hatte abgelehnt.

»Wir haben das besprochen. Du wusstest, dass das Ghyll wahrscheinlich schwer befestigt ist. Es gibt wenig zu gewinnen und viel zu verlieren, wenn man hineingeht. Wenn du gefasst worden wärst, hätte das ernste Folgen gehabt. Ich bin im Keller der Burg von Raven's Ghyll gewesen, und ich weiß, dass ich da bestimmt nie wieder hinwill.«

»Ich dachte, dass einer allein wahrscheinlich unbemerkt hineinschlüpfen könnte.«

»Und ist es dir gelungen? Unbemerkt hineinzuschlüpfen?«

Ich wette, er kennt die Antwort auf diese Frage bereits, dachte Jason. Er räusperte sich. »Nein. Sie – äh – haben es bemerkt.«

»Und was ist passiert?«

»Na ja. Es war, als hätte ich in einen Ameisenhügel getreten. Er hat eine ganze Armee da oben, und sie sind alle aufgetaucht. Ich habe mich nicht wahrnehmbar gemacht und bin auf die Festung zugegangen.«

Hastings runzelte die Stirn. »Du hättest sofort verschwinden müssen, als du gemerkt hast, dass du aufgeflogen bist.«

Klar. Ich wette, du hättest die Burg mit bloßen Händen gestürmt, dachte Jason. »Ich dachte, dass sie genau das von mir erwarten würden.« Er merkte, dass er mit dem Fuß wippte, und zwang sich, ihn stillzuhalten. »Dann hat D'Orsay – oder jemand anders – das Ghyll mit luziferischem Nebel geflutet.«

Hastings fluchte. »Bist du sicher? Ich dachte nicht, dass noch bekannt ist, wie man ihn macht.«

»Es war entweder das oder etwas Ähnliches. Ich bin dann nicht mehr auf die Burg zugegangen, sondern in höheres Gelände. Ich bin den Ravenshead bis zu dem Weirstein hinaufgeklettert. Anschließend gab es ein Erdbeben.«

»Und vermutlich auch Feuer und Pestilenz«, sagte Hastings trocken.

»Ha ha. Jedenfalls hat sich auf dem Ravenshead ein großer Spalt geöffnet, direkt unter dem Weirstein. Da habe ich mich versteckt, bis der Nebel sich verzogen hat.« Jason gelang es beim zweiten Versuch, sich eine Zigarette anzuzünden, dann blies er den Rauch aus.

»Hat man dich gesehen? Hat man dich erkannt?« Hastings wedelte den Rauch weg und gab sich keine Mühe, sein Missfallen an Jason im Allgemeinen und seiner Raucherei im Besonderen zu verbergen.

Jason zögerte. »Man hat mich gesehen«, gab er zu. »Ich denke nicht, dass man mich erkannt hat.«

»Wenn man dich gesehen hat, wirst du identifiziert werden. Du hast auf Second Sister einen ziemlichen

Eindruck gemacht.« Hastings schlug mit der Hand auf den Tisch. »Trotz deines unstillbaren Durstes nach Konfrontation ist es uns keine große Hilfe, wenn du D'Orsay nachstellst. Zumindest lenkt er die Aufmerksamkeit der Rosen ab. Wir müssen die Vereinbarung in die Hände bekommen und zerstören, bevor irgendjemand versucht, sie uns einzutrichtern.«

»Was ist, wenn D'Orsay die Vereinbarung hat?«, konterte Jason stur. Schließlich war der ehemalige Spielemeister von der verhängnisvollen Versammlung auf der Insel Second Sister mit dem Dokument verschwunden, das die Gilden unter Druck unterzeichnet hatten.

»Vielleicht hat er sie«, knurrte Hastings. »Aber ich glaube es nicht. Sonst hätte er seine Verbündeten zu sich gerufen und eine große Zeremonie im Ghyll abgehalten, um das Dokument zu weihen und sich zum Herrscher über uns alle zu ernennen.«

»Ich habe die Vereinbarung nicht gefunden, klar? Dafür aber das hier.« Jason hob den Rucksack vom Boden, öffnete den Reißverschluss und kippte den Inhalt auf den Tisch – alles bis auf den Opal und seinen Ständer, die in der Seitentasche versteckt waren. Er hatte noch nicht entschieden, ob er sie Hastings zeigen wollte.

Hastings senkte den Blick zu der Beute auf dem Tisch und hob ihn dann zu Jason, wobei er fragend eine Augenbraue hochzog.

»Ich habe dieses Zeug in einer Höhle hinter dem Weirstein gefunden.«

Hastings untersuchte den Haufen aus Edelsteinen und Juwelen und magischen Gegenständen auf dem verkratzten Holztisch, hielt einige ins Licht, damit er ihre Inschriften lesen konnte, und blickte mehr als einmal auf, als wolle er sich versichern, dass die Tür geschlossen war.

Es schien, dass Jason den nicht zu beeindruckenden Leander Hastings ausnahmsweise einmal beeindruckt hatte.

Schließlich sprach Hastings. »Ist das alles, was da war?«

Jason schüttelte den Kopf. »Es war alles, was ich tragen konnte. Der Berg war immer noch instabil. Der Eingang ist eingestürzt, als ich die Höhle verlassen habe«, fügte er hinzu. Warum hatte er immer das Gefühl, er müsse sich verteidigen?

»Denkst du, D'Orsay hat von diesen Dingen gewusst?«

»Bestimmt nicht.« Jason schüttelte erneut den Kopf. »Es sah aus, als wäre seit Jahrhunderten nichts mehr angerührt worden. Und außerdem, hätte er diese Sachen nicht längst benutzt, bei der Lage, in der er sich befindet?«

»Wie hast du entschieden? Was du mitnimmst, meine ich.«

Jason zuckte die Achseln. »Meine Mom hat mir viel über Amulette und Talismane beigebracht. Also habe ich die Stücke ausgewählt, die mir am mächtigsten erschienen, entweder aufgrund ihrer Inschriften oder der – Sie wissen schon – der Schwingungen. Ich habe vor allem magische Stücke genommen. Und ein Schwert«, fügte er hinzu.

Der Zauberer hob den Kopf. »Ein Schwert?«

»Ich habe es in meinem Zimmer gelassen. Ich dachte, dass ich es lieber nicht durch die Straßen von London karren sollte. Es war schwer genug, es im Zug hierher zu schmuggeln.« Er hatte eine Golftasche benutzt. Wenn er es sich recht überlegte, hätte eine Skitasche besser zur Jahreszeit gepasst.

»Gut«, sagte Hastings und übernahm wie selbstverständlich wieder das Kommando. »Lass uns diese Sachen einpacken.« Er streckte die Hand nach dem Rucksack aus.

Jason hielt ihn fest. »Oh, ja. Das hätte ich fast vergessen. Da ist noch etwas.« Jason fummelte in der Seitentasche, zog den Opal heraus und reichte ihn Hastings.

Der Zauberer wog den Beutel in der Hand, dann löste er die Schnur, kippte den Opal auf den Tisch und fing ihn mit den Armen ein. Bei dem schwachen Glühen des Steins legte sich das glatte Gesicht des Zauberers in Falten.

»Was ist *das?«,* flüsterte Hastings.

»Ich schätze, es ist ein *Sefa«,* erwiderte Jason. »Ich dachte, Sie könnten mir vielleicht beibringen, wie man ihn benutzt.«

Jetzt, da er von seinem Samtbeutel befreit war, schien der Stein an Jasons Innerem zu reißen. Bilder einer zerstörten Landschaft streiften sein Bewusstsein wie Flügel. Eine verführerische Stimme flüsterte ihm ins Ohr, aber er konnte nicht verstehen, was sie sagte.

Hastings legte den Stein schnell wieder in seinen Beutel und zog die Schnur zu. »Wir müssen das … dies alles … an einen sicheren Ort bringen. Raus aus Großbritannien.«

Jason freute sich über Hastings Reaktion, aber seine Worte verwirrten ihn. »Wie meinen Sie das? Warum?«

Hastings antwortete nicht sofort. Er saß da, dachte nach und trommelte mit den Fingern auf den Tisch. Seine grünen Augen glitzerten im Feuerschein.

»Wir werden es nach Trinity bringen«, erklärte er

schließlich. »Es ist der sicherste Ort, weil wir bereits eine Grenze um das Schutzgebiet aufrechterhalten und niemand Fragen wegen verschärfter Sicherheitsmaßnahmen stellen wird.«

»Trinity?« Jason sah Hastings mit schmalen Augen an. »Ich dachte, Sie und ich könnten einige dieser Sachen benutzen, um uns auf die Suche nach D'Orsay zu machen. Und nach der Vereinbarung.«

»Claude D'Orsay ist nicht so wichtig«, sagte Hastings, wobei er jedes Wort betonte. »Ich möchte, dass Nick Snowbeard sich das mal ansieht. Und Seph, da er mit der Aufrechterhaltung der Sicherheit in Trinity zu tun hat.«

Seph. Natürlich. Jason unterdrückte die Eifersucht, die in ihm aufstieg.

»Ich dachte, wir könnten vielleicht ...«, begann Jason, aber Hastings brachte ihn mit erhobener Hand zum Schweigen.

»Ich würde gern das Schwert sehen, aber wir können es nicht riskieren, zusammen gesehen zu werden. Geh zurück, hol das Schwert und nimm das erste Flugzeug zurück in die Staaten.«

Jasons müder Verstand stolperte. »Sie wollen, dass ich dieses Zeug *selbst* nach Trinity bringe?«

»Nun, ja«, antwortete Hastings, als sei Jason unglaublich begriffsstutzig. »Es geht nicht anders. Je weniger Leute davon wissen, umso besser.«

»Aber ich will nicht zurück«, protestierte Jason. »Geben Sie mir noch eine Chance. Ich weiß, dass ich allein in das Ghyll kommen kann. Wenn ich die Vereinbarung nicht finde, suche ich nach dem Schatz. Vielleicht kann ich noch einmal in die Höhle gelangen.«

»Du wirst nie wieder hineingelangen, vor allem nicht nach einem gescheiterten Angriff.«

»Wer soll es denn sonst tun? Sie? Jeder weiß, wer Sie sind. Jeder kennt Ihr Gesicht. Sie werden nicht einmal in die Nähe des Ghyll kommen. Die Rosen werden Sie umbringen, auch wenn Sie angeblich ihr Verbündeter gegen D'Orsay sind.«

»Ich bin nicht mit den Rosen verbündet«, entgegnete Hastings steif. »Auch wenn unsere Interessen sich vorübergehend decken, werden wir am Ende doch gegen sie kämpfen.«

»Das ist also die Strafe für mein Versagen«, erwiderte Jason bitter. »Ich bin draußen.«

Hastings leerte sein Glas und knallte es auf den Tisch. »Das ist die Quittung dafür, dass du ohne guten Grund ein dummes Risiko eingegangen bist. Denkst du wirklich, *dein* Gesicht wäre nicht bekannt? D'Orsay ist kein Narr. Denkst du, ich würde zu einer unauffälligen Erscheinung raten, weil ich ein verdammter *Konservativer* bin? Du bist zu selbstsicher, Jason, und du bist auffällig und sorglos, und diese Kombination wird dich noch umbringen. Ich möchte nicht verantwortlich sein für das Chaos, das du hinterlässt.«

Und das von einem Mann, dessen Gesicht und Persönlichkeit man nie wieder vergaß, wenn man ihm einmal begegnet war. Dessen gefährliche Abenteuer legendär waren.

Jason beugte sich über den Tisch. »Also gut, ich sage Ihnen was. Ich werde den Ohrring ablegen.« Er fasste sich ans Ohrläppchen. »Ich werde Federn lassen.« Er fuhr sich mit den Fingern durch das gebleichte Haar. »Ich werde einen verdammten Tweed und Schal tragen, wenn Sie wollen. Nur lassen Sie mich bleiben und mit Ihnen zusammenarbeiten.«

Hastings seufzte. »Denk nicht, dass das heißt, alles wäre schlecht gelaufen.« Er legte die Hand auf den Rucksack. »Dies ist ein unglaublicher Fund. Manchmal bin ich nicht sehr … großzügig mit Komplimenten.«

»Ich will keine Komplimente. Ich will hierbleiben. Ich will etwas *tun.*«

»Und ich möchte, dass jemand, dem ich vertraue, diese Dinge nach Trinity bringt, bevor es D'Orsay gelingt, uns aufzuspüren. Meinst du, er sucht nicht danach?« Hastings lehnte sich zurück und streckte die langen Beine aus. »Es reicht nicht, *irgendetwas* zu tun. Es ist wichtig, das *Richtige* zu tun.«

»Das weiß ich«, sagte Jason und versuchte, nicht mürrisch zu klingen. »Aber in Trinity wird nichts passieren.«

»Sei dir da nicht so sicher. Ich habe das Gefühl, dass die Stücke, die du gefunden hast, wichtig sind. Sie könnten unser Geschick in der Schlacht wenden.«

»Warum sollten wir sie dann nach Trinity schaffen? Sie werden die ganze Stadt in Gefahr bringen.«

»Das ist genau der Grund, warum niemand erfahren darf, wo sie sind. Und vergiss nicht: Wenn wir diesen Krieg verlieren, wird Trinity mit allem anderen zerstört werden.«

Jason stand auf und ging im Raum auf und ab, machte an jeder Wand kehrt. »Können Sie nicht wenigstens versuchen zu verstehen?«

»Ich verstehe dich besser, als du ahnst.«

»Warum? Die Rosen haben vor hundert Jahren Ihren Vater und Ihre Schwester getötet, und deshalb verstehen Sie, wie ich mich fühle, weil Leicester und D'Orsay meinen Vater ermordet haben?«

»Weil ich weiß, wie es ist, wenn man sich unbedingt beweisen will und dabei alles zerstört, was wichtig ist«, antwortete Hastings und sah ins Feuer. »Manchmal ist es nur ein Vorwand, um sich seinen eigenen Dämonen nicht stellen zu müssen.«

Also war Hastings jetzt neben seinen Eigenschaften als Zauberer und Kriegermeister auch noch Psychiater. Jason verkniff sich eine hitzige Antwort. »Hören Sie, ich bin eine Waise. Genau wie Sie. Niemand interessiert sich dafür, was mit mir geschieht. Es ist meine Entscheidung. Meine ganz allein.«

»Ich habe die Verantwortung für dich übernommen, als ich dich nach Großbritannien gebracht habe.«

Jason fiel auf, dass Hastings nicht sagte, dass er ihm etwas bedeute. »Bitte. Ich möchte helfen.« Er stand gefährlich dicht davor zu betteln. »Jack und Ellen bilden ihre Krieger aus. Das können sie gut. Seph kümmert sich um die Grenze. Ich kann nichts dergleichen. Ich möchte da sein, wo ich nützlich bin.«

»Das Nützlichste, was du jetzt für mich tun kannst, ist das Schwert und die anderen Sachen nach Trinity zu bringen«, sagte Hastings ohne aufzuschauen. »Lass Nick einen Blick auf die Klinge werfen. Es könnte gut eins der sieben Schwerter sein. Wenn es so ist, gib es Ellen. Sie verdient eine Waffe, die ihrer Fähigkeiten würdig ist. Sie und Jack könnten eine entscheidende Rolle spielen, falls es zu einem Krieg kommen sollte.«

Nick. Ellen. Seph. Jack. Alle wichtig für die Sache. Jeder war wichtig, nur er nicht.

Jason wusste, dass die Diskussion beendet war. Er ließ sich wieder auf seinen Stuhl fallen. »Wann werden Sie nach Trinity zurückkommen?«

Der Zauberer zuckte die Achseln. »Bald, hoffe ich. Ich werde versuchen herauszufinden, was in Raven's Ghyll vor sich geht. Ob bemerkt worden ist, dass etwas fehlt, und ob sie dir auf der Spur sind. Vielleicht kann ich sie ein bisschen verwirren. Sie ablenken.«

Und das war es dann wohl. Jasons kurze Karriere als Geheimagent für das Drachenhaus war vorüber.

Auf dem Rückweg zu seiner Wohnung schlief Jason in der U-Bahn ein, verpasste die Station Mornington Crescent und stieg in Camden Town aus. Er ging durch die Straßen der Stadt zurück, um einen klaren Kopf zu bekommen. Unterwegs ging er in ein Internet-Café und buchte einen Flug von Heathrow nach New York, der am folgenden Morgen ging.

Daher wurde er von dem Mann, der sich vor dem Ausgang am Mornington Crescent mit einem Foto von Jason Haley herumdrückte, nicht gesehen.

Jason schaute bei einem Mädchen vorbei, das bei ihm im Nachbarhaus wohnte. Sie bestellten Pizza, und er blieb bis spätabends. Als er ging, fiel Schneeregen. Die Gebäude hatten einen gemeinsamen Keller, daher ging er durch die Wäschereien in sein Haus, ohne ins Freie zu gehen.

Deshalb bemerkte die Frau, die sich im Eingang von Jasons Mietshaus unterstellte, nicht, dass ihr Fuchs im Bau war.

Zurück in seinem Zimmer packte Jason seine dürftigen Habseligkeiten zusammen. Er hatte vorgehabt, mit dem Zug von Euston zu fahren, aber jetzt hatte Hastings ihn nervös gemacht. Am Ende rief er einen Taxidienst an und buchte einen Wagen, der ihn um vier Uhr morgens abholen sollte. Er gab seinen Namen als Bob Roberts an und nannte kein Ziel. Er würde seinen Rucksack als Handgepäck mitnehmen und die Fluggesellschaft davon überzeugen, die Golftasche mit dem Schwert im Frachtraum zu transportieren. Golfspieler waren schließlich etwas eigen, wenn es darum ging, sich von ihren Schlägern zu trennen.

Er war nur wenige Monate im Vereinigten Königreich gewesen. Er hoffte, dass seine Verbannung nicht von langer Dauer sein würde.

KAPITEL 4

Die Kunst zu verhandeln

Leesha Middleton schüttelte sich den Schnee aus den Locken und streckte die kalten Hände dem Feuer entgegen. Warum konnte Claude D'Orsay den Winter nicht wie jeder normale Mensch in Belize verbringen?

Sie sah sich mit geschultem Blick im Salon um. Alles sah spießig und nach altem Geld aus wie die Museumsräume auf dem Besitz ihrer Großeltern. Sie rochen auch so – nach Zigarren und Leder und den muffigen Strickjacken alter Männer. Leesha schob einen Finger unter ihren Rollkragenpullover und berührte den goldenen Halsreif – den Torques –, der um ihren Hals lag. Es war ihr zur Gewohnheit geworden, ihn zu berühren.

»Wer sind Sie?«

Leesha fuhr zusammen und drehte sich um.

Der Junge hatte sich von hinten angeschlichen. Er war schlank und sah aus wie ein Bücherwurm, mit blonden Locken, blass und mit Augen, die von einem so hellen Blau waren – hinter einer randlosen Brille –, dass sie beinahe farblos wirkten. Er mochte vierzehn Jahre alt sein, zu jung, um interessant zu sein, obwohl Leesha selbst erst siebzehn war. Er war beinahe hübsch, aber die Wirkung wurde von einem blauen Auge und einer kürzlich gebrochenen Nase zunichte gemacht.

»Ich bin Alicia Middleton«, sagte sie. Sie sah keinen Anlass zu lügen.

»Devereaux D'Orsay«, erwiderte der Junge, der ihr zu nahe stand und sie unverwandt ansah. »Vater hat nicht erwähnt, dass wir Gäste erwarten.«

»Ach nein?« Es war nicht leicht gewesen, an diese Einladung heranzukommen. Ein Fax der letzten Seite der Vereinbarung, die die Gilden auf Second Sister unterzeichnet hatten, hatte gewirkt. Sie hatte Charles, dem Chauffeur ihrer Großeltern, befohlen, sie von deren Besitz in Schottland hierher zu fahren. Wenn sie es schaffte, den Tag zu überleben, ohne Hausarrest zu bekommen, konnte sie sich sehr, sehr glücklich schätzen.

»Darf ich Ihnen etwas anbieten?«, fragte Devereaux und deutete mit dem Kopf auf die Anrichte, wo eine Sammlung von Flaschen und Coladosen stand.

Leesha schüttelte den Kopf. »Nein, danke.«

Der Junge lehnte sich an die Anrichte. »Im Keller haben wir eine größere Auswahl«, sagte er. »Möchten Sie es sehen?«

»Nein, ich habe alles, was ich brauche, vielen Dank.« Um das Thema zu wechseln, fügte sie hinzu: »Wer hat dich verprügelt?«

Das traf einen Nerv. »Niemand hat mich verprügelt, Miss Middleton«, erwiderte der Junge und richtete sich auf. Sein helles Gesicht lief unter den Prellungen dunkelrosa an. »Vom Machtstandpunkt aus war ich klar im Vorteil. Wäre da nicht …«

»Devereaux.«

Jetzt war der Junge an der Reihe, zusammenzufahren und schuldbewusst dreinzuschauen.

Claude D'Orsay stand im Türrahmen, bekleidet mit Wollhosen, einem Kaschmirpullover und einer Tweedjacke. Das Haar des Zauberers war dunkel und kurz geschnitten, sein Gesicht feinknochig und aristokratisch.

»Miss Middleton, was für eine Freude, Sie wiederzusehen. Wie ich sehe, haben Sie meinen Sohn kennengelernt.«

»Ja«, erwiderte Leesha. »Von seinem Aussehen her wäre ich nicht darauf gekommen, dass er Ihr Sohn ist.«

»Er kommt nach meiner verstorbenen Frau.« D'Orsay trat in den Raum und streckte Leesha die Hand hin. Sein Griff war kühl und trocken, mit dem elektrischen Schlag eines Zauberers.

»Du hast mir nicht gesagt, dass jemand zu Besuch kommen würde, Vater.« Devereaux wirkte immer noch mürrisch. »Woher sollte ich wissen, wer sie ist?«

»Es war ziemlich kurzfristig, Dev«, antwortete D'Orsay. »Miss Middleton hat um ein Treffen gebeten.« Er musterte Leesha anerkennend. »Ich glaube, das letzte Mal sind wir uns hier in Raven's Ghyll begegnet, beim letzten Turnier.«

»Das war eine Katastrophe«, stellte Leesha unumwunden fest.

D'Orsay widersprach nicht, nickte aber mit dem Kopf in Richtung der Anrichte. »Möchten Sie etwas trinken?«

»Nein, danke«, antwortete Leesha und fragte sich, wie oft sie eine Erfrischung würde ablehnen müssen, bevor sie das Haus verließ.

D'Orsay deutete auf einen der beiden Sessel am Kamin. »Bitte. Nehmen Sie Platz. Machen Sie es sich bequem.«

Leesha setzte sich in den etwas unbequemen Sessel, und D'Orsay ließ sich ihr gegenüber nieder. Devereaux lümmelte sich vor den Kamin in der deutlichen Absicht zuzuhören, wenn auch nicht, um an dem Gespräch teilzunehmen.

Leesha nickte zu Devereaux und zog eine Augenbraue hoch.

»Dev kann bleiben. Ich schätze seine Meinung.« D'Orsay schwieg. »Also. Sind Sie in Vertretung von Jessamine Longbranch hier?«

»Was bringt Sie auf diese Idee?«

»Ich glaube, Sie haben im vergangenen Jahr für sie gearbeitet, als Sie – äh – während des letzten Turniers diese beiden jungen Männer als Geiseln hierher gebracht haben. Freunde dieses bizarren Bastard-Kriegers, den sie erschaffen hat. Jack Swift. Also, *das* war nun wirklich eine Katastrophe.«

»Damals sah es wohl so aus, als wäre es eine gute Idee«, meinte Leesha. »Wie dem auch sei, ich arbeite nicht mehr für sie.«

»Ah, ja. Ich hörte, Sie haben sich einigen Händlern angeschlossen? Jessamine dürfte das kaum gebilligt haben.«

Leesha studierte ihre Fingernägel. »Sie dürfen nicht alles glauben, was Sie hören.«

»Aber Sie arbeiten mit jemandem zusammen.«

»Mhm.«

»Mit wem?«

»Mein Partner möchte anonym bleiben, bis wir sicher sind, dass wir ins Geschäft kommen.«

D'Orsay lehnte sich in seinem Sessel zurück und lächelte wie eine Katze, die einen Vogel zwischen den Pfoten hielt. »Wir können sehr überzeugend sein.«

Leeshas Herz schlug wild, aber es gelang ihr, mit ruhiger Stimme weiterzusprechen. »Meinem Partner würde es gar nicht gefallen, wenn mir etwas zustieße.«

»Haben Sie das Dokument mitgebracht?«

»Sehe ich dumm aus, oder was?«

D'Orsay zuckte die Achseln. »Das Aussehen kann täuschen. Wo ist es jetzt?«

»Sie sollten darüber nachdenken, zu welcher Art von Handel Sie bereit sind.«

»Ich könnte anbieten, Sie gegen die Vereinbarung einzutauschen.«

Leesha seufzte. Sie wühlte in ihrer Tasche nach der Puderdose und frischte ihren Lippenstift auf, versuchte, das Zittern ihrer Hand zu unterdrücken. Spielte auf Zeit. »Ich bin nur das Dienstmädchen, wissen Sie? Ich bin ersetzbar. Aber mein Verbündeter könnte so verärgert sein, dass er beschließt, das Stück an jemand anderen zu verkaufen.«

»Niemand sonst würde es wollen.«

»Bitte. Ich bin Händlerin. Ich weiß, wer was will. Die Rosen wollen es zerstören, weil es ihnen die Macht aus den Händen nimmt und in Ihre legt, Mr. D'Orsay. Die Untergilden wollen es zerstören, weil sie sonst den Zauberern untertan bleiben würden. Sie selbst möchten es weihen und verstärken. Ich wette, wir könnten eine Auktion mit drei Bietern starten.«

D'Orsay hob die Hand. »Das wird wohl kaum nötig sein.«

Er lächelte, als räume er seine Niederlage ein. Der Mann war zweifellos ein Charmeur. Und gut aussehend, für jemanden, der so total alt war.

D'Orsay erhob sich, legte einen weiteren Holzscheit ins Feuer und kehrte gemächlich zu seinem Platz zurück. »Hat Ihr Partner Sie dazu ermächtigt, den Verkauf zu verhandeln?«

»Ja.«

»Dann hat er Ihnen vermutlich mitgeteilt, welches Angebot er zu akzeptieren bereit wäre?«

»Ja.«

»Und ...?«

»Er möchte eingetragen werden.«

D'Orsay schob seine Ärmel zurück. »Verzeihung?«

»Die neue Vereinbarung erklärt, dass alle magischen Gilden einschließlich der Zaubererhäuser von Ihnen und Gregory Leicester und Ihren Erben regiert werden. Leicester ist tot, und er hat keine Blutserben. Mein Partner wünscht, zum legalen Erben von Gregory Leicester und somit zum Mitherrscher der Gilden erklärt zu werden.«

»Ihr Partner ist von Sinnen«, sagte D'Orsay liebenswürdig.

Leesha holte tief Luft und verfluchte den Tag, an dem sie in diese Sache verwickelt worden war. »Das ist sein Preis. Nehmen Sie das Angebot an, oder lassen Sie es bleiben.«

»Für wen hält er sich? Denkt er wirklich, ich würde ihn als vollen Partner akzeptieren? Leicester und ich haben Jahre an diesem Projekt gearbeitet.«

»Betrachten Sie es einmal so. Was können Sie bieten, das die Rosen nicht bieten können? Ich bin mir sicher, dass sie mehr Geld aufbringen können als Sie, wenn alle dazu beitragen. Außerdem, wenn sie die Vereinbarung zerstören, braucht mein Partner sich keine Sorgen darum zu machen, unter *Ihrer* Herrschaft zu leben, was nach Lektüre des Dokuments riskant erscheint. Die einzige Möglichkeit, ihn zu beruhigen, besteht darin, ihn als Gleichberechtigten teilhaben zu lassen.«

D'Orsay legte die Fingerspitzen aneinander. »Wenn ich wüsste, mit wem ich es zu tun habe, wenn ich wüsste, ob wir zusammenpassen würden ...«

Wenn du wüsstest, ob er leicht zu töten sein würde, dachte Leesha. Zweifellos würden beide Partner Attentäter engagieren, noch bevor die Tinte auf dem Vertrag getrocknet war. Mit ein bisschen Glück würden sie sich gegenseitig umbringen.

»Das ist auch mein Erbe«, sagte Devereaux und beugte sich vor. »Lass sie uns in den Keller bringen. Wir können sie *zwingen,* uns alles zu sagen, was wir wissen wollen.«

Bleib mir vom Leib, du elender kleiner Widerling, dachte Leesha. Schweiß lief ihr zwischen den Schulterblättern hinab. Sie schaute demonstrativ auf ihre Armbanduhr.

»Lass mich das regeln, Dev«, antwortete D'Orsay. Der Zauberer massierte sich die Stirn, als schmerze sie, dann wandte er sich wieder an Leesha. »Vielleicht könnten wir einen privaten Verkauf aushandeln, Sie und ich.«

Leesha dachte darüber nach. Tatsächlich hatte sie bereits darüber nachgedacht, lange bevor sie das Ghyll auch nur betreten hatte. »Ich habe das Original nicht bei mir.«

»Vielleicht könnten Sie es sich verschaffen.«

»Das wäre ... schwierig.« Unmöglich, um genau zu sein, so wie die Dinge lagen, aber das würde sie ihm nicht sagen.

»Ihr Partner könnte einen Unfall haben.«

Diese Idee gefiel Leesha sehr. »*Könnte* er, aber ich darf damit nicht in Verbindung gebracht werden. Außerdem müsste es ein völlig ... ähm ... *endgültiger* Unfall sein. Wenn Sie wissen, was ich meine.«

»Ah.« D'Orsay lächelte. »Sie wären vielleicht in der Lage, für eine Gelegenheit zu sorgen, ja?«

»Möglicherweise.«

»Und was würden Sie als Gegenleistung wollen?«

Das wäre genug. Von Warren Barber befreit zu werden. Von dieser ganzen Angelegenheit befreit zu werden. Aber es war nicht Zaubererstil, das zu sagen. »Oh, ich weiß nicht. Geld ist nett. Oder vielleicht würde ich gern selbst eingetragen werden«, fügte sie hinzu. Das würden sie natürlich erwarten.

D'Orsay erwiderte ihr Lächeln. »Also schön. Ich denke, wir können zu einer Übereinkunft gelangen.« Was bedeutete, dass sie einander bei der nächsten Gelegenheit in den Rücken fallen würden. »Aber verraten Sie mir eins. Wie ist Ihr Arbeitgeber in den Besitz des Dokuments gekommen? Als Gelegenheitskäufer von Kunst und Antiquitäten weiß ich, dass die Provenienz eines Stückes oft für seine Echtheit spricht.«

Leesha verdrehte die Augen. »Also, das wäre ein zu großer Hinweis.«

D'Orsays Lächeln verschwand. »Ohne einen Namen kann es zwischen uns keinen Deal geben.«

»Und wenn er herausfindet, dass ich Ihnen seinen Namen verraten habe?«

»Meine liebe junge Dame, von mir wird er es nicht erfahren. Das wäre nicht in meinem Interesse. Ich kann Ihren Partner nicht verfolgen, wenn ich nicht weiß, wer er ist. Hm?«

Leesha holte tief Luft und widerstand der Versuchung, wieder ihren Halsausschnitt zu berühren. »Es ist Warren Barber.«

D'Orsay zog skeptisch die Augenbrauen hoch. »Wer?«

»Warren Barber«, wiederholte sie.

Die Augenbrauen blieben oben. »Wer ist das, wenn ich fragen darf?«

Der alte Warren bewegt sich wohl nicht in deinen Kreisen, dachte Leesha. In meinen auch nicht. Sie schauderte und verwandelte es in ein Achselzucken. »Er war einer von Leicesters Schülern in The Havens. Manchmal hat man ihn die Spinne genannt.«

»Die … Spinne.« D'Orsay klopfte sich mit seinem eleganten Zeigefinger ans Kinn. Er wirkte erheitert. »Sie wollen sagen, diese ganze Sache wird von *Teenagern* organisiert?«

»Nun. Nichts für ungut, aber die alten Leute scheinen nicht besonders gut voranzukommen.«

»Mag sein.« D'Orsay neigte huldvoll den Kopf. »Aber von Barber habe ich noch nie gehört.«

»Er errichtet Weirmauern. Angeblich war er derjenige, der die Mauer um das Gasthaus auf Second Sister gezogen hat, um die Gilden daran zu hindern, von der Konferenz zu fliehen, bevor die Vereinbarung unterzeichnet war.« Leesha war zum Glück nicht dort gewesen, aber sie hatte alles darüber gehört.

»Verstehe.« D'Orsays Augen glitzerten. »Dann muss er derjenige gewesen sein, der *versagt* hat, der McCauley, Haley und das Mädchen in den Saal gelassen hat.«

Das hatte Barber nicht erwähnt. Ha. »Wie dem auch sei, als er sah, was passierte, als McCauley auftauchte und Leicester getötet wurde, ist Barber hingegangen und hat das Dokument gestohlen.«

»Wie … einfallsreich.« D'Orsay seufzte, als beklage er die Falschheit der Menschen. »Also dann. Mit welcher Art von Schriftstück würde sich der junge Mr. Barber zufriedengeben?«

»Ich habe etwas bei mir.« Leesha zog einen Ordner aus ihrer Mappe. »Dies beglaubigt, dass zum Zweck der Vereinbarung mein noch zu benennender Partner der Erbe von Gregory Leicester ist und sämtliche Privilegien und Rechte übernimmt, bla, bla, bla.« Sie reichte das Schreiben an D'Orsay weiter. »Sobald diese Urkunden unterzeichnet und ordnungsgemäß bearbeitet worden sind, wird die ... äh ... überarbeitete Vereinbarung zur Weihe im Ghyll vor dem Weirstein verfügbar gemacht werden.« Natürlich waren die Einzelheiten ziemlich dürftig.

Ein seltsamer Ausdruck huschte über D'Orsays Gesicht. Gefolgt von einer berechnenden Miene. »Ah. Nun. Der Weirstein.«

»Gibt es ein Problem?«

»Nun, vielleicht. Vor einigen Nächten hat es einen Eindringling im Ghyll gegeben.« D'Orsay lächelte dünn. »Er hat meinen Sohn angegriffen, und ich glaube, er könnte etwas Wichtiges entwendet haben.«

Leesha betrachtete Devereaux' zerschundenes Gesicht. »Wie kommen Sie darauf?«

»Der Weirstein ist dunkler geworden. Tatsächlich scheint er ... erloschen zu sein.«

Leesha schauderte, die Reaktion jedes vernünftigen Zauberers auf eine Bedrohung seines magischen Erbes. »Was hat das Ihrer Meinung nach zu bedeuten?«

»Schwer zu sagen, was es in Bezug auf die Weihe der Vereinbarung bedeutet. Die Rosen und die Rebellen nehmen an, dass er sich in unserem Besitz befindet. Vielleicht war das die Absicht hinter dem Überfall; vielleicht sollte es uns unmöglich gemacht werden, sie durchzusetzen.«

»Aber das würde alles ruinieren!«

»Eben. Daher könnten wir vielleicht – nun, da unsere Interessen praktisch miteinander übereinstimmen – Mr. Barber bitten, zum Erfolg dieses Unternehmens in materieller Form beizutragen.«

»Wie bitte?« Sie war nach *eben* nicht mehr mitgekommen.

»Als Zeichen des guten Willens bitte ich darum, dass

Sie und Ihr Partner den Täter mitsamt seinem Diebesgut lebend hierher zurückbringen.«

Toll. Sie wusste schon, wer *den* Auftrag würde übernehmen müssen. »Wie … wie soll Barber diese Person finden«, fragte Leesha gereizt, »wenn wir nicht einmal genau wissen, ob er überhaupt etwas gestohlen hat?«

D'Orsay lächelte. »In diesem Punkt können wir Ihnen helfen. Wir wissen jetzt, wer es war, und wir haben eine gewisse Vorstellung davon, was fehlt.«

»Warum sollten wir uns auf die Jagd nach Ihrem Einbrecher machen?«

D'Orsay wedelte mit den Papieren vor Leeshas Nase herum. »Sobald ich dies unterzeichne, hat Barber ein ebenso großes Interesse wie ich daran, dass die Vereinbarung geweiht wird. Aber ich kann hier schlecht weg. Wenn ich Raven's Ghyll verlasse, werden sich die Rosen sofort auf mich stürzen. Und in meiner Abwesenheit könnten sie das Ghyll unter ihre Kontrolle bringen. Was wiederum lästig wäre, wenn wir Zugang zum Weirstein benötigen. Barber hingegen kann diesem Jason Haley nach Amerika folgen und …«

»Wer ist Jason Haley?«, unterbrach Leesha. »Ich habe noch nie von ihm gehört.«

D'Orsay stand auf und ging zum Schreibtisch, wo er eine Akte von einem Stapel nahm. Er zog ein Farbfoto heraus, kehrte zurück und reichte es Leesha. »Dev hatte keine Probleme, ihn in unserer Datenbank mit Rebellen und Unruhestiftern zu identifizieren.«

Zu Leeshas Überraschung sah Jason Haley wie ein Junge ihres Alters aus, bekleidet mit Jeans und Sweatshirt, mit strahlend blauen Augen und einem hämischen Grinsen.

»Er sollte für jemanden wie Barber kein Problem sein.

Soweit wir wissen, ist er ein kleiner Spion und Gelegenheitsdieb ...«

»Der die Gelegenheit hatte, sich hier hereinzuschleichen und Ihnen etwas unter der Nase wegzustehlen.«

D'Orsay nickte. »Stimmt. Und er ist außerdem der Junge, der sich bei dem Angriff auf Second Sister mit McCauley zusammengetan hat. Er ist mit dem Gesindel in Trinity verbündet.«

»Gesindel wie Leander Hastings und Nicodemus Snowbeard? Von *denen* habe ich gehört, und denen möchte ich nicht noch einmal über den Weg laufen.« *Oh Gott, nein.* Ihre früheren Partner waren immer noch unter dem Parkplatz der Trinity Highschool begraben.

»Das sind die Bedingungen, meine Liebe.«

Leesha seufzte. »Denken Sie, dass er nach Trinity gegangen ist?«

»Ich vermute es.«

In Trinity war sie zu bekannt. »Was hat Haley gestohlen?«

Devereaux öffnete den Mund, als wolle er sprechen, aber D'Orsay kam ihm zuvor. »Wir glauben, dass es eine Art Sefastein ist, klein genug, um in der Hand gehalten zu werden, mit einem flammenden Zentrum. Für sich genommen nutzlos, glauben wir, aber irgendwie hat er hier im Ghyll ...« D'Orsay zuckte die Achseln.

Das würde selbst in Trinity nicht leicht zu finden sein, dachte Leesha verdrossen.

»Also«, fuhr D'Orsay wohlgelaunt fort. »Schicken Sie Barber los, damit er die Verfolgung von Jason Haley aufnimmt. Vielleicht werden sie sich gegenseitig umbringen, und Sie können den Stein holen. In der Zwischenzeit halten Sie mich über Barbers Aufenthaltsort auf dem Laufenden, und wir werden nach einer Gelegenheit suchen, ihn zu eliminieren. Kommt unser Handel zustande?«, fragte D'Orsay.

»Das kommt darauf an. Werden Sie dieses Dokument nun unterzeichnen oder nicht?«, fragte Leesha ungehalten. »Ich muss Barber irgendetwas bringen.« Sie war es müde, jedermanns Dienstmädchen zu sein.

D'Orsay ging zu seinem Schreibtisch, nahm einen Stift aus der Schublade und unterzeichnete schwungvoll das Schriftstück, dann schrieb er einen Zusatz an den Rand. Er reichte Leesha das Dokument. »Ich werde Ihren Fahrer bitten, den Wagen für Sie vorzufahren. Ich freue mich auf eine lange und erfolgreiche Partnerschaft. Immer vorausgesetzt, dass Sie oder Barber Jason Haley und die Vereinbarung zurückbringen, werden wir uns in Zukunft öfter sehen.«

Nachdem das Mädchen gegangen war, ging Dev zu dem Regal neben dem Kamin und nahm das Buch, das Haley in den Schnee gefallen war, und hatte ein wenig mit seinem Gewicht zu kämpfen. Dev setzte sich vor den Kamin und begann darin zu blättern. Sie hatten es beide zwei- oder dreimal gelesen und über die Bedeutung des Textes diskutiert.

Dev begann laut vorzulesen, den blonden Kopf noch immer über das Buch gebeugt. *»Ich werde den Drachenherzstein mit allen mir möglichen Schutzmaßnahmen im Berg begraben. Vielleicht wird der Zufall ihn in den Besitz eines Menschen mit dem Mut und dem Wunsch führen, seine volle Macht zu entfesseln. Dieser Besitzer wird die Kontrolle über die verliehenen Gaben erlangen und einmal mehr über die Gilden herrschen. Oder sie vernichten, wie sie es verdienen.«*

Er schaute zu D'Orsay auf. »Du denkst also, dass Haley das Drachenherz gestohlen hat.«

»Ich denke, dass er es getan haben muss, Dev.« D'Orsay fühlte sich verraten. Wenn Haley dieses Ding namens Drachenherz im Ghyll entdeckt hatte, wo genau hatte er es gefunden? Und wie hatte er es so schnell gefunden? Dies war schließlich das Land von D'Orsays Vorfahren. Es gehörte der Familie, seit – nun – seit der Besitz den Namen Dragon's Ghyll erhalten hatte. Wenn es magische Gegenstände im Tal gab, dann gehörten sie ihm und seinen Erben.

Dev legte das schwere Buch beiseite, stand auf und ging rastlos auf und ab. »Ich hätte ihn aufhalten sollen. Ich habe ihn davonkommen lassen.«

»Dev. Er ist ein brutaler Straßenschläger. Sieh dir nur an, was er mit deinem Gesicht gemacht hat.«

Es stimmte. Jason Haley war kaum mehr als ein machtloser Punk mit einem Talent für Täuschung, aber er und Hastings und McCauley hatten bereits eine Verschwörung auffliegen lassen, die seit Jahren vorbereitet worden war.

Die Szene auf Second Sister spulte sich in D'Orsays Kopf ab, wie der sich endlos wiederholende Trailer eines schlechten Films. Er arrangierte die Szenen und wählte die Schauspieler auf der Leinwand aus.

Er hatte gemeinsam mit Leicester ein Treffen aller magischen Gilden und des Zaubererrats auf der Insel Second Sister organisiert. Leicesters Zaubererisklaven hatten jeden im Raum bewegungsunfähig gemacht. Sie hatten die Gilden und den Rat gezwungen, D'Orsays Vereinbarung zu unterzeichnen und sie zu Herrschern über die Gilden zu machen. Bis zu dem Punkt war alles nach Plan gelaufen.

Haley und McCauley mussten sich die ganze Zeit über im Raum versteckt haben. Haleys falscher Drache erschien, ein zehn Meter hoher Glamour, der alle Zauberer im Saal geblendet und abgelenkt hatte, während McCauley das Feuer auf Leicester eröffnet hatte. Leicester hatte McCauley hinausgelockt. Und dann war etwas geschehen.

Wie aus dem Nichts war ein Mädchen aufgetaucht, ein Mädchen mit dem ungewöhnlichen Namen Madison Moss. Wie sie auf die Insel Second Sister gelangt war, wusste D'Orsay nicht. Als Leicester McCauley mit Flammen beschossen hatte, war das Mädchen vor ihn getreten und hatte den Treffer abgefangen. Leicester war zu Boden gegangen, seine Zaubererssklaven mit ihm. Und Haley und McCauley hatten ihn getötet.

Wer war dieses Mädchen? Sie stammte nicht aus einer der großen Familien, sonst hätte er sie erkannt. Er hatte die Online-Genealogien durchsucht, seine Agenten hatten Erkundigungen eingezogen. Soweit sie es beurteilen konnten, war sie ein Niemand.

D'Orsay hielt am Kamin inne und umfasste den Schürhaken mit dem Rosenemblem und stieß ihn in die Flammen. Der Holzscheit zerfiel zu Asche, und Funken stoben empor.

Devereaux riss ihn aus seinem Tagtraum. »Ich verstehe nicht, warum du dich mit ihnen abgibst, Vater. Barber klingt wie ein gewöhnlicher Dieb. Und wir wollen nicht, dass er das Drachenherz in die Hände bekommt.«

»Es gibt ein Sprichwort, Dev. Nur ein Dieb kann einen Dieb fangen. Außerdem stimmte das, was ich gesagt habe. Es wäre schwierig für mich, das Ghyll zu verlassen, um mich auf Haleys Fährte zu setzen, und ich möchte sonst niemanden in die Sache verwickeln.«

»Ich könnte gehen. Es ist meine Schuld, dass Haley entkommen ist.«

D'Orsay tätschelte Dev liebevoll die Schulter. »Meine Feinde würden sich freuen, dich als Druckmittel in die Hände zu bekommen.«

Dev funkelte seinen Vater an und ballte die Fäuste, eine von klein auf vertraute Haltung. »Ich kann auf mich selbst aufpassen.«

»Du bist wirklich ein Wunderkind, Devereaux, aber ich denke, du bist ein wenig zu jung, um es mit den Rosen aufzunehmen.« D'Orsay beschloss, Jason Haley nicht zu erwähnen, der Dev bereits verprügelt hatte. Dev begann gerade erst sein Selbstbewusstsein wiederzufinden.

»Dieses Mädchen, diese Alicia Middleton, ist sehr hübsch.«

»Verliebe dich nicht in sie. Alicia Middleton ist die Art Mädchen, die dich bei lebendigem Leib fressen wird.«

»Aber sie ist deine Partnerin.«

»Für den Moment, Dev. Für den Moment. Lass uns hoffen, dass sie Warren Barber verrät und uns das Drachenherz beschafft. Mit ihr wird man vermutlich leichter fertig werden als mit ihm.« D'Orsay lächelte und zerzauste Dev das Haar. Dev zuckte zurück, ein vertrauter, schmollender Ausdruck auf dem Gesicht.

D'Orsay seufzte. »Du musst mehr rauskommen, Dev. Such dir ein paar Freunde. Ich fürchte, das ist meine Schuld. Ich will einfach nicht, dass dir etwas passiert.«

»Denkst du wirklich, Haley ist ein kleiner Dieb?«

D'Orsay hielt inne, um nachzudenken, bevor er antwortete. »Ich bin mir nicht sicher, ob Haley sehr clever ist oder sehr großes Glück hat. Er ist mir zu oft in die Quere gekommen, um gewöhnlich zu sein. Wenn wir Glück haben, werden sich die junge Miss Middleton und Barber um ihn kümmern. Oder er wird uns von ihnen befreien, was gar nicht schlecht wäre. Nur dass wir dann weder die Vereinbarung noch einen funktionierenden Weirstein hätten.«

»Wir wissen nicht, ob er wirklich kaputt ist. Ich meine, nur weil er dunkel ist, heißt das nicht …«

»Kannst du es denn nicht spüren?« D'Orsay war mit dem Stein aufgewachsen, da er sich auf dem Land seiner Vorfahren befunden hatte. Sein Leben lang war er wie ein Magnet gewesen, der an den Polen seines Herzens gezogen hatte. Der Ruf des Weirsteins bedeutete für ihn Heimat, und im Moment war der Ruf sehr schwach.

KAPITEL 5
In die Kirche

Das Geräusch drang hartnäckig in Madisons Verstand, ein schwaches und andauerndes Klopfen, als würde ihr jemand an den Schädel hämmern. Dem folgte das Gefühl, dass sie erstickte.

Sie öffnete die Augen und blinzelte zur Deckenlampe. Das große Lehrbuch mit dem Titel *Kunst und Kultur des fernen Ostens* lag aufgeschlagen auf ihrer Brust. Daher also das Erstickungsgefühl. Sie war wieder beim Lernen eingeschlafen.

Sie schob das schwere Buch beiseite und richtete sich auf. Die Uhr auf dem Nachttisch zeigte 2:48 an. Also hatte sie weniger als zehn Stunden bis zum Test.

Als sie erneut ein Klopfen hörte, warf sie die Decke zurück und schlüpfte aus dem hohen, viktorianischen Bett. Ihre nackten Füße tappten über den Holzboden. Sie zitterte in ihrem Baumwollnachthemd. Das Legends Inn war schön, aber wie die meisten viktorianischen Gebäude war es nicht gut isoliert.

Sie ging zur Tür, löste die Kette und zog die Tür auf. Und geriet in einen Hinterhalt.

Es war Seph McCauley. Schnee bestäubte seine Jacke und glitzerte in seinen Locken, und er roch nach frischer Luft und Magie. Ihr schlug das Herz bis zum Hals, als wolle es fliehen.

»Oh!«, sagte sie.

»Hi, Maddie«, antwortete er leise, trat ein und zog die Tür hinter sich zu. »Oh, tut mir leid, hast du geschlafen?«, fügte er grinsend hinzu, während er sie von Kopf bis Fuß musterte.

»Hast du eine Ahnung, wie spät es ist?«, murmelte sie und fuhr sich mit den Fingern durch das zerzauste Haar. Sie hatte ihn seit drei Tagen nicht gesehen (nicht dass sie mitzählte), und jetzt, da er tatsächlich gekommen war, hatte sie Ringe unter den Augen und war reizbar. »Rachel wird dir bei lebendigem Leib die Haut abziehen, wenn sie dich um diese Uhrzeit hier sieht.«

»Oh, ich denke nicht, dass sie es merken wird«, sagte er und berührte das Amulett, das er um den Hals trug. »Du zitterst.« Er nahm ihren Schal vom Fußende des Bettes und legte ihn ihr um die Schultern, wobei er sie an sich zog, als wäre sie ein Fisch im Netz. Als sie nur noch Zentimeter trennten, riss sie sich los und schlang den Schal schützend um sich.

Er wandte den Blick ab und stopfte die Hände in die Taschen. Atmete hörbar und frustriert aus. Er war es nicht gewohnt, zurückgewiesen zu werden. Er verstand es nicht – und er würde es auch nie verstehen, nicht, wenn sie es verhindern konnte. Die meisten Jungen gaben nach ein oder zwei Versuchen auf. Aber Seph war beharrlich, und sie wusste nicht, wie lange sie ihn noch auf Armeslänge von sich fernhalten konnte.

»Was *machst* du hier?«, verlangte Madison zu erfahren, und ihre eigene Frustration schärfte ihre Zunge. Sie war weniger erstaunt über die Stunde seines Erscheinens als über die Tatsache, dass er überhaupt gekommen war. Dies waren Sephs aktivste Stunden. Er war ein Stadtjunge, der bei Nacht lebendig wurde. »Wer kümmert sich um die Grenze?«

»Heute Nacht ist Nick zuständig. Zieh dich an. Lass uns ausgehen.«

»Es ist drei Uhr morgens«, protestierte sie. »Ich habe mor... heute eine Prüfung.«

»Es ist ja nicht für lange. Jason ist wieder da.«

Madison hörte auf, ihr Haar zu ordnen, und sah Seph an. »Wieso ist er zurück? Ich dachte, er wäre für immer fort. Ich meine, er ist von der Schule abgegangen und so.«

»Er hat ein paar Sachen aus England mitgebracht, die hier sicher aufbewahrt werden sollen. Wir sollen uns mit ihm treffen, um uns das Zeug anzusehen. Bitte, komm mit.« Seph sah ihr in die Augen, als suche er nach irgendwelchen Zeichen, die ihm Hoffnung geben könnten.

Madison schwankte. Natürlich würde sie niemandem wirklich von Nutzen sein, wenn es um Magie ging, aber es schien auch nicht riskant zu sein. Und es war schwer, Seph etwas abzuschlagen, aus Gründen, die nichts mit Zauberei zu tun hatten. Außerdem war sie neugierig, was Jason nach Hause gebracht haben mochte.

»In Ordnung. Aber ich kann nicht lange bleiben.« Sie nahm ihre Kleider von dem Stuhl neben ihrem Bett, trug sie in das kleine Badezimmer und verschloss die Tür. Dann streifte sie ihr Nachthemd ab und zog die Jeans an, gefolgt von einem Sweatshirt, dicken Socken und ihren roten Stiefeln. Sie panzerte sich für die persönliche Schlacht, die sie erwartete.

Als sie herauskam, schrillte das Telefon. In dem stillen Gasthaus klang es erschreckend laut. Madison ignorierte es, schlüpfte in ihre Wachsjacke und band sich einen handgewebten Schal um den Hals.

»Willst du nicht rangehen?«, fragte Seph und deutete mit dem Kopf auf das Telefon.

»Sie kann auf den Anrufbeantworter sprechen. Es ist Mama. Sie ist außer dir die Einzige, die mich mitten in der Nacht anruft.«

Der AB sprang an. »Hier ist der Anrufbeantworter von Maddie Moss. Bitte hinterlassen Sie eine Nachricht.« Es folgte ein Piep und dann die heisere Raucherstimme ihrer Mutter. »Kleines, ich weiß, dass du da bist. Ich muss mit dir reden. Es geht um Grace und John Robert. Nimm ab!« Es folgte eine lange Pause, dann: »Na schön! Fahr zur Hölle!«

Madison zog den breitkrempigen Hut auf. »Gehen wir.«

»Warum willst du nicht mit ihr reden?«, fragte Seph, während sie durch den dunklen Flur gingen und die Treppe hinabstiegen.

Madison legte einen Finger auf die Lippen. »Scht. Ich rede schon mit ihr. Nur nicht jedes Mal, wenn sie anruft.«

Sie schlüpften zur Haustür hinaus, überquerten die Veranda und bogen in die Lakeside Street ein. Es war sehr kalt, obwohl sie so nahe am See waren. Der Schnee knirschte unter ihren Füßen wie Glassplitter.

»Was will sie denn?«, fragte Seph. »Deine Mutter, meine ich.«

»Sie will, dass ich nach Hause komme und auf meine Geschwister aufpasse. Sie braucht einen Babysitter, und – dreimal darfst du raten – sie kann sonst niemanden finden, der umsonst arbeitet, ihre Zeiten akzeptiert und von jetzt auf gleich zur Verfügung steht.«

Seph sah sie fragend an. »Aber du gehst zur Schule. Das weiß sie doch, oder?«

Dies lag so weit jenseits von Sephs Erfahrung, dass er es unmöglich verstehen konnte. »Sie weiß es, aber es ist ihr im Grunde egal. Sie würde es verstehen, wenn ich Dentalhygiene oder Informatik studieren würde. Aber das könnte ich am Community College zu Hause tun. Ihrer Meinung nach kann ich ja schon hübsche Bilder malen. Ich gewinne immer einen Preis auf dem Jahrmarkt.« Madison zuckte die Achseln. »Sie könnte auch Geld brauchen.«

»Aber so viel verdienst du doch gar nicht«, antwortete Seph, was die Untertreibung des Jahres war. Mit einer Hand an ihrem Ellbogen führte er sie nach Süden, Richtung Church Street. Sie entspannte sich ein wenig. Es schien okay zu sein. Durch drei Schichten Wolle konnte sie seine Zaubererhitze nicht spüren.

»Mama weiß, dass ich bei Rachel umsonst wohne. Sie versteht nicht, dass meine Bücher hundertfünfzig Dollar das Stück kosten.«

Madison wollte das Thema wechseln. Sie war nicht wie Carlene, die immer kurz davor stand, nach Las Vegas oder Paris zu ziehen oder sich einer Countryband anzuschließen, und irgendwie jede Geschichte glaubte, die sie erzählte. Madison würde nicht so tun, als wäre ihre Familie anders, als sie eben war. Sie konnte nicht so tun, als hätten sie und Seph irgendeine Chance. Aber das hieß nicht, dass sie darüber reden wollte.

»Wo treffen wir Jason?«, fragte Madison, wohl wissend, dass um drei Uhr morgens an einem Dienstag in Trinity, Ohio, nichts geöffnet hatte.

»In St. Catherine's.«

Madison stolperte, und Seph fing sie mit einem schnellen Griff um ihre Taille auf. Sie zog sich hastig zurück, denn sie spürte seine heißen Finger durch die

Jacke, spürte, wie die böse Macht in ihrem Inneren darauf reagierte. »Wir treffen ihn mitten in der Nacht in der *Kirche?* Wer ist denn auf die Idee gekommen?«

Seph zuckte die Achseln. »Jason. Ich weiß nicht warum, aber wir werden es bestimmt gleich herausfinden.« Seph besuchte regelmäßig die Messe in St. Catherine's. Er trug ein keltisches Kreuz an einer Kette um den Hals, neben dem *Dyrne sefa.* Sein katholischer Glaube war der Felsen, auf dem er während eines einsamen Lebens gestanden hatte.

Ich wünschte, ich würde an etwas glauben, dachte Madison. Ich wünschte, ich würde irgendwo hingehören.

Die Kirche stand inmitten hoher Bäume auf einem Campus, der die katholische Grundschule und Highschool sowie einen kleinen Friedhof beherbergte. Seph hatte Schlüssel zum Nebeneingang der Kirche.

Der Altarbereich war kalt und dunkel, erhellt nur von den Leuchtern an den Wänden. Madison zuckte zusammen, als sich etwas im Schatten am Altar bewegte. Zwei große Gestalten erschienen und kamen auf sie zu. Jack und Ellen.

»Ist Jason schon da?«, fragte Seph.

Sie schüttelten den Kopf. »Ich hoffe, er kommt bald«, sagte Ellen. Sie gähnte und setzte sich auf eine der Bänke, zog die Knie an und legte den Kopf auf die Arme. Anders als die meisten Mädchen ihres Alters schien Ellen sich in ihrem Körper vollkommen wohl zu fühlen. Madison sah auf ihre eigenen verräterischen Hände hinab.

Ein schmaler Lichtschein fiel in das Mittelschiff, als der Nebeneingang geöffnet und geschlossen wurde. Eine Welle der Macht überspülte Madison, bevor der Eindringling sprach.

»Freund oder Feind?«, flüsterte jemand. »Weir oder Anaweir?«

Es war Jason.

Er trat vor ins Licht, nur mit einer Lederjacke gegen die bittere Kälte geschützt. Er trug eine Reisetasche bei sich und hatte sich einen Rucksack über eine Schulter, eine Golftasche über die andere geschlungen. Er grinste sein scharfes Grinsen, als vertraue er weder der Welt noch sich selbst.

Er verströmte Macht mit einer Intensität, die Madison bei Jason zuvor noch nie erlebt hatte und die im Widerspruch zu seinem mitgenommenen Äußeren stand. Die Anstrengung der Reise war ihm deutlich anzusehen. Unter seinen blauen Augen waren dunkle Ringe, und sein Gesicht war ungleichmäßig mit Bartstoppeln bedeckt.

»Wie stehen die Dinge im Vereinigten Königreich?«, fragte Jack. »Hast du unsere alten Freunde aus Raven's Ghyll besucht?«

Jason riss den Kopf hoch, aber dann entspannte er sich und lächelte fast. »Nein. Vielleicht nächstes Mal.«

»Wie geht es meinem Vater?«, fragte Seph.

»Deinem alten Herrn geht es gut«, antwortete Jason, der sich mit der Schnalle des Rucksacks abmühte. »Ich habe ihn vor zwei Tagen in London getroffen.«

»Was ist in der Tasche?«, fragte Jack, der neugierig die Golftasche musterte.

»Wir sind alle sehr gespannt«, meinte Madison gedehnt.

»Ich am allermeisten.« Nick Snowbeard kam hinter dem Altar hervor und stützte sich schwer auf seinen Stock. »Was man der Tatsache entnehmen kann, dass ich hier bin. Alte Männer wie ich treiben sich gewöhnlich nicht mitten in der Nacht herum.«

Madison blinzelte Nick überrascht an. Seph hatte gesagt, dass Snowbeard die Grenze aufrechterhielt, doch der alte Zauberer schien noch fit. Seph war immer sichtlich abgelenkt, beinahe geschwächt, wenn er Dienst tat.

Jason legte die Golftasche auf den Boden und kniete sich daneben. »Erstens. Ein Geschenk für Ellen.« Er zog den Reißverschluss der Tasche auf und nahm ein Schwert in einer Scheide heraus, das er ihr ehrfürchtig mit beiden Händen präsentierte, wie ein Höfling, der seiner Königin eine Gabe überbrachte.

Ellen blinzelte ihn an, sprachlos vor Staunen, als hätte ihr noch nie zuvor jemand ein Geschenk gemacht. Dann nahm sie das Schwert von Jason entgegen und zog es langsam aus der Scheide. Die Klinge erhellte das ganze Mittelschiff der Kirche mit blauem Licht. Das Kreuz auf dem Griff brannte am hellsten.

»In einer Kirche wird man seine Fähigkeiten vielleicht nicht feststellen können, aber …« Jasons Stimme verlor sich, als Ellen grimmig konzentriert nacheinander verschiedene Stellungen einnahm. Die Klinge summte, als sie die Luft durchschnitt, und die Kerzen auf dem Altar flackerten und flammten höher auf als zuvor. Jack beobachtete Ellen, leicht auf den Ballen wippend, den Körper nach vorn geneigt, während er mit den Augen die Bewegungen des Schwertes verfolgte wie ein Kind auf dem Spielplatz, das sich danach sehnt, mitspielen zu dürfen.

Schließlich beendete Ellen mit geröteten Wangen und glänzenden Augen die Sequenz. Sie grinste und ließ die Spitze der Klinge zu Boden sinken. Dann schaute sie in die Runde und heftete den Blick auf Jason. »Wow! Ist das wirklich für mich?«, fragte sie, als könne sie es nicht recht glauben. »Das ist so was von … cool«, fügte sie lahm hinzu.

»Darf ich die Klinge einmal sehen, meine Liebe?« Nick streckte seine verwitterte Hand aus. Widerstrebend reichte Ellen ihm das Schwert. Nick drehte es in den Händen, studierte die Parierstange, die Klinge aus Damaszener Stahl, das das Heft schmückende Kreuz. Der alte Zauberer blinzelte langsam, wie eine überraschte Eule.

»Wo hast du das her?«, fragte er Jason mit ungewöhnlicher Schärfe in der Stimme.

»Aus Raven's Ghyll. Aus einer Höhle im Ravenshead, unter dem Drachenzahn. Sie wissen schon. Der Weirstein.«

Nick runzelte die Stirn. »Aus einer Höhle unter dem Weirstein? Ich kenne den Ort sehr gut, und heutzutage gibt es dort keine Höhle mehr.«

»Sie hat sich bei einem Erdbeben geöffnet«, erklärte Jason. »Ich schätze, D'Orsay und die anderen wussten auch nicht, dass sie da war.«

»Das kann ich mir denken.« Nick musterte ihn für einen Moment aufmerksam. »Die Höhle ist offen, ja?«

»Ich fürchte nein. Sie ist irgendwie eingestürzt, als ich sie verlassen habe.«

Nick holte schnell Luft, als wolle er weitere Fragen stellen, wandte sich aber stattdessen an Ellen. »Hat dir deine Waffe ihren Namen genannt?«

Sie nickte. »Wegbereiter«, flüsterte sie und funkelte die anderen an, als würden sie vielleicht widersprechen.

»Ah. Das dachte ich mir.« Der alte Mann nickte. »Wegbereiter, geschmiedet von Hexern in Dragon's Ghyll unter der Herrschaft der Drachendame Aidan Ladhra. Eine der sieben großen Klingen.« Snowbeard schloss für einen langen Moment die Augen, dann seufzte er, öffnete sie wieder und gab Ellen die Klinge zurück. »Es ist passend, dass Wegbereiter in den Händen der letzten Erben der Kriegergilde neben Schattentöter kämpft.«

»Vielleicht sind wir nicht die letzten.« Jack wirkte unbehaglich bei dem Gedanken, der Letzte einer aussterbenden Rasse zu sein. »Vielleicht gibt es noch andere, von denen wir nichts wissen.«

»Wenn es so ist«, sagte Ellen, während sie sich das Schwert um die Hüfte schnallte, »können sie sich ihre eigenen Schwerter suchen.«

»Wartet, bis ihr den Rest seht«, meinte Jason, hob den Rucksack auf die vorderste Bank und zog den Reißverschluss auf. Dann kippte er den Inhalt auf den verwitterten Holzsitz und trat zurück, sodass die anderen näherkommen konnten. Nur Ellen stand abseits und strich gedankenverloren über Wegbereiters Griff.

Madison sah den Schmuck durch. Sie hatte glänzende Dinge immer geliebt. Da waren mittelalterliche Stücke aus Gold und Silber, die mit Edelsteinen und Halbedelsteinen besetzt waren: Broschen und Ketten und Armbänder und Haarschmuck. Es juckte ihr in den Fingern, die Juwelen zu zeichnen. Sie legte ein goldenes Haarnetz an und setzte sich ein mit Edelsteinen besetztes Diadem auf den Kopf, steckte sich drei Ringe an jede Hand und bewunderte das Ergebnis. »Ich wollte immer schon eine Königin sein«, sagte sie wehmütig.

Königinnen brauchten sich nie darum zu sorgen, Geld für Unterricht und Bücher aufzutreiben.

Ihre Augen wanderten immer wieder zu dem Rucksack. Jason hatte ihn auf einer Bank abgestellt. Etwas glitzerte in Madisons Hinterkopf, ein Licht in der Dunkelheit, wie ein Gemälde, das sie noch nicht auf die Leinwand gebannt hatte.

Seph hatte einige Gegenstände vor sich hingelegt. Einige davon waren dumpfe, schwarze Steine, völlig unscheinbar, andere waren aus Edelmetall gefertigt und mit geheimnisvollen Darstellungen geschmückt. Wieder andere hingen an Ketten oder waren in Schmuckstücke gefasst. Er sah sie mit seinen langen Fingern durch, drehte jedes Stück ins Licht, damit er die Inschriften darauf lesen konnte, während er magische Worte vor sich hin murmelte.

Jack probierte ein Paar Panzerhandschuhe aus einem leichten, silbernen Metall an und streckte die Arme aus, um die Wirkung zu betrachten.

»Und all dies stammt aus derselben Höhle, nehme ich an?«, fragte Snowbeard.

Jason nickte. »Das war noch nicht mal die Hälfte, aber ich habe versucht, das Beste mitzunehmen, soweit ich auswählen konnte. Hastings hat mir gesagt, ich soll das ganze Zeug hierher bringen und verstecken und niemandem sagen, dass es hier ist. Deshalb bin ich zurückgekommen.« Den letzten Teil murmelte er halb, als wolle er es nicht laut aussprechen.

Madison setzte sich neben den Rucksack auf die Bank. Er glühte, pulsierte vor Magie, und ihr wurde klar, dass die Macht, die von Jason auszugehen schien, in Wirklichkeit von dem Rucksack kam. Bevor sie wusste, was sie tat, hatte sie ihn auf den Schoß gehoben und die Arme darum gelegt.

»He!« Jason riss ihr den Rucksack aus den Händen. »Vorsicht.«

Madison hätte im Boden versinken können. Sie war normalerweise nicht raffgierig. »Ich – es tut mir leid.

Aber weißt du was? Da ist noch etwas drin«, fügte sie hinzu. »Es ist ... ich weiß nicht ... *wichtig.*«

Plötzlich war es, als hätten alle in der Kirche aufgehört zu sprechen und würden ihre Aufmerksamkeit auf sie richten.

»Gibt es noch etwas anderes, Jason?«, fragte Nick in die Stille hinein.

Jasons Züge verhärteten sich, und seine Augen wurden schmal, als wollte er sich weigern zu antworten. Er schaute von Nick zu Madison, dann seufzte er und wühlte in der Vordertasche seines Rucksacks. Er zog einen Samtbeutel hervor, der über und über mit Symbolen in einem dunkleren Garn bestickt war. »Es ist irgendeine Art von *Sefa«,* sagte er achselzuckend. »Ich ... äh ... habe es für mich selbst ausgewählt.« Er gab es Nick.

Der alte Mann wog den Beutel in beiden Händen, als könne er allein durch Berührung sein Wesen ermitteln. »Dies ist sehr alt«, sagte er nachdenklich. »Und doch irgendwie neu. Vertraut und doch fremd. Es hat ein ganz erstaunliches Potenzial für Macht, obwohl sie sich noch nicht ganz manifestiert hat. So etwas ist mir noch nie zuvor begegnet.«

Er öffnete den Beutel und zog einen großen, leicht ovalen Stein heraus. Sie alle scharten sich darum wie Planeten um eine neue Sonne.

»Mère de Dieu«, murmelte Seph. Er verfiel immer ins Französische, wenn er aufgeregt war. »Was ist das?«

»Ich glaube, man nennt es das Drachenherz«, antwortete Jason, ohne den Stein aus den Augen zu lassen. Dann schloss er den Mund, als habe er bereits zu viel gesagt.

Nick hob den Kopf. »Das Drachenherz? Wirklich? Wie kommst du darauf?«

»Da war ein Buch in der Höhle. Ich habe ein bisschen darin gelesen. Es war die Rede von einem Stein wie diesem. Genannt das Drachenherz.«

»Hast du das Buch dabei?«, fragte Nick, dessen schwarze Augen interessiert funkelten.

Jason schüttelte den Kopf. »Nein, ich – äh – habe es unterwegs verloren.«

»Was stand da noch über den Stein?« Nicks Stimme war beträchtlich schärfer geworden.

»Ich weiß es nicht mehr genau«, erwiderte Jason mürrisch. »Irgendetwas von wegen dass man damit die Kontrolle über die magischen Gilden übernehmen oder sie vernichten könnte. Als sei es eine Waffe oder so. Ich hatte es ziemlich eilig.«

»Das ist schade.« Nick strich mit einem runzligen Finger über den Stein. »Selbst hier in der Kirche kann man es spüren.« Der glühende Stein beleuchtete das Gesicht des Zauberers und betonte die Falten des Alters, so dass er aussah wie der älteste der Propheten. »Madison hat recht. Dies ist wirklich wichtig.«

»Ich weiß nicht, ob es *wichtig* ist«, erwiderte Jason, sichtlich besorgt, dass seine Beute beschlagnahmt werden könnte. »Aber ich fand, dass er cool aussieht.« Er zog einen gefährlich aussehenden Metallständer mit scharfen Kanten hervor, um den sich Ungeheuer wanden. »Das gehörte dazu.«

Madison war von dem Stein in Nicks Händen fasziniert. Während er ihn drehte, blitzte er blau und grün auf, wie die Schuppen eines bunten Fisches, der in einem exotischen tropischen Meer auftauchte.

Nicht dass sie je ein exotisches tropisches Meer gesehen hätte.

Es war mehr als ihre übliche Begeisterung für glänzende Dinge. Sie war sich immer der Gegenwart von Macht bewusst, fühlte sich sogar zu ihr hingezogen, aber dies berührte ihre Sinne und schrie ihr in die Ohren. Es war unmöglich zu ignorieren.

Übermannt von einer Welle des Verlangens, streckte Madison einen Finger nach dem Stein aus. Der Stein glühte auf, erhellte die ganze Kirche, und eine kleine Flammenzunge brach aus der Mitte, um über die Oberfläche zu lecken, als suche sie eine Verbindung. Madison riss die Hand weg, ohne den Stein zu berühren, und trat einen Schritt zurück, wobei sie sich an die Rückenlehne der Bank stützte.

Nein. Nicht mehr. Das war erledigt. Sie holte zittrig Atem, und als sie aufblickte, sah sie, dass Jason sie beobachtete.

»Alles okay?«, fragte er und legte besitzergreifend eine Hand auf den Stein. Madison nickte stumm.

»Ich würde diese Objekte gern näher studieren«, warf Nick stirnrunzelnd ein. »Es wäre auch gut, wenn Mercedes Foster ebenfalls einen Blick darauf werfen könnte, da sie größtenteils das Werk von Hexern sind. Obwohl es umso schwieriger sein wird, es geheim zu halten, je mehr Leute davon wissen.«

Jason nickte. »Hastings sagte, wir sollten das Zeug an einem sicheren Ort verstecken. Also habe ich an die Kirche gedacht, weil – ihr wisst schon – Kirchen Magie unterdrücken. Vielleicht würden die Sachen hier nicht so auffallen, wenn man danach sucht. Seph ist Mitglied dieser Kirche und hat einen Schlüssel, also könnte er ziemlich leicht rein- und rauskommen.«

»Warum? Ist jemand hinter dir her?«, fragte Madison, die versuchte, den Einfluss des Steins abzuschütteln. »Weiß jemand davon?«

Jason wandte den Blick von ihr ab. »Soweit ich weiß, hat keiner was gemerkt.« Irgendetwas sagte Madison, dass er log.

»Aber es sind ständig Leute in der Kirche«, wandte Ellen ein. »Was ist, wenn wir diese Dinge brauchen und gerade eine Messe gefeiert wird? Außerdem, wo sollen wir sie verstecken? Wir können sie nicht einfach unter eine Bank schieben.«

»Es gibt eine Trauerkapelle«, schlug Seph vor. »Da kommt niemand hin außer zu einer Beerdigung, und selbst das nur selten, weil sie sehr klein ist. Sie ist unten, neben der Krypta. Und sie hat einen geheimen Eingang.«

»In dieser Kirche liegen Tote?« Madison schauderte. Ihr war es lieber, dass die Leichen draußen auf dem Friedhof begraben wurden, damit ihre Geister frei umherstreifen konnten, wenn sie wollten.

Seph nickte. »Sie wurde von den Presbyterianern gebaut, ist aber vor über hundertfünfzig Jahren von den europäischen Katholiken übernommen worden. Vermutlich wollten sie lieber im Trockenen begraben werden. Kommt. Nehmt die Sachen mit. Ich zeige sie euch.«

Seph führte sie durch eine Tür im vorderen Bereich des Altarraums und eine schmale, schwach beleuchtete Treppe hinab.

Die Krypta lag auf einer Seite der Treppe, die Kapelle auf der anderen. Die Kapelle war gerade groß genug für eine Familie, die sich ungestört versammeln wollte. An einem Ende war ein Stein in die Wand eingelassen, in den der Name und die Lebensdaten eines JAMES MCALISTER 1795 BIS 1860 eingemeißelt waren.

»Scheint mir ein seltsamer Ruheplatz für einen Presbyterianer zu sein, aber McAlister war auch einer der führenden Sklavereigegner der Region«, sagte Seph. »Passt auf.«

Er drückte auf den Stein, und er schwang lautlos an einer unsichtbaren Angel nach innen und offenbarte eine grobe Öffnung von der Breite der Schultern eines Mannes. Luft pfiff hindurch und brachte den Geruch von Wasser und Stein mit sich.

»Hier war eine Station der Untergrundbahn. Es gibt einen Tunnel, der bis zum See führt. Entflohene Sklaven versteckten sich im Keller der Kirche, dann stiegen sie am Ufer in Boote und überquerten den See nach Kanada. Aber heutzutage macht es keinen Spaß, hindurchzukriechen. Falls es überhaupt jemals Spaß gemacht hat.«

Die Krypta beherbergte mehrere Räume mit Grabgewölben, von denen die meisten seit über einem Jahrhundert besetzt waren. Jack ging an der Reihe entlang und ließ nüchtern den Blick über die Namen auf den Grüften wandern, bis er zu dem kam, nach dem er gesucht hatte. »Na also«, murmelte er und zeigte auf eine Inschrift. »Perfekt.«

Madison spähte um ihn herum und las: J. THOMAS SWIFT, ESQUIRE. Daten waren keine angegeben.

»Wer ist das?«, fragte sie.

»Das ist mein Dad«, erwiderte Jack. »Oder es wird die Gruft von meinem Dad sein. Er kam hierher in diese Kirche, zu Weihnachten und zu Ostern jedenfalls. Er hat die Grabstätte gekauft, als er noch in Trinity gelebt hat. Vor der Scheidung.«

Madison betrachtete sie zweifelnd. »Du sagst, die Gruft steht leer?«

Jack nickte. »Ja, ich meine, er lebt schließlich noch, oder? Also: Wenn ihr nicht der Meinung seid, es wäre zu offensichtlich, weil er mit mir verwandt ist, dann können wir den Kram da drin verstauen.«

»Und wir können immer dran, wenn wir wollen, ohne durch die Hauptkirche gehen zu müssen«, fügte Seph hinzu. »Hier kommt nie jemand runter. Die meisten der Menschen, die hier begraben liegen, sind vor hundert Jahren gestorben.«

»Ich werde das Drachenherz bei mir behalten«, schlug Jason vor. »Sephs Haus ist total mit Schutzzaubern belegt, daher sollte es sicher sein.«

Er will den Stein, dachte Madison eifersüchtig und erkannte die gleiche seltsame Begierde in sich selbst. War dies wie einer der magischen Gegenstände in Geschichten, um die Menschen kämpften und für die sie starben?

»Mit den richtigen Schutzzaubern werden hier unter dem Altar *alle* Gegenstände sicherer sein«, stellte Nick fest und sah Jason stirnrunzelnd an. »Schwerer zu finden und leichter für uns zu untersuchen. Sobald wir mehr wissen, können wir über ihren endgültigen Verbleib entscheiden.«

Jason ließ das Thema fallen, obwohl Madison bemerkte, dass sein Blick zum Drachenherz wanderte, als sie die Gruft öffneten und den Schmuck und die Gegenstände darin verbargen. Jason, Seph und Snowbeard verabredeten, sich regelmäßig zu treffen und die Talismane und Amulette in der Grabstätte zu untersuchen und mit ihnen zu experimentieren. Sie wirkten beinahe ausgelassen in ihrem Optimismus, dass Jasons Schatz ihnen in dem Krieg, den alle für unvermeidlich zu halten schienen, einen Vorteil verschaffen würde.

Madison war weniger begeistert. Das Drachenherz glitzerte immer noch verführerisch in einer Ecke ihres

Kopfes – noch etwas, das sie ignorieren musste. Das Vorhandensein dieses Schatzes in Trinity gab ihr nicht das Gefühl, sicherer zu sein. Sie hatte sogar das Gefühl, als sei Trinity zu einer Zielscheibe geworden, die früher oder später von denjenigen bemerkt werden würde, die alles zerstören wollten, was ihr wichtig war.

KAPITEL 6
Korridore

Nun, dachte Jason. Jack ist Stadtgespräch. Ich bin froh, dass ich es nicht bin.

Jacks Dad, Thomas Swift, war zu Weihnachten wieder nach Trinity gekommen und fest entschlossen, die Party des Jahres zu schmeißen und damit bei den Einheimischen anzugeben.

Auf der Straße hieß es, Daddy habe einen Partyplaner engagiert, der seit Monaten an der Sache gearbeitet habe. Er nannte es eine Wintersonnenwendparty, aber es war mehr eine Debütantenparty für Jack, wenn es so etwas für männliche Wesen gegeben hätte. Thomas hatte ein kleines Aufgebot an Geschäftsfreunden, sozialen Aufsteigern und Wohlstandskindern aus Boston mitgebracht, damit Jack sich »vernetzen« könne, wie er sagte.

Die Liste der einheimischen Gäste war anfangs genauso exklusiv gewesen, aber Jack hatte die Party zu einem offenen Haus gemacht, indem er Einladungen in der Schule verteilt hatte. Tatsächlich hatte er all seine Freunde angefleht zu kommen, damit er nicht mit einem Haufen alter Leute und Ostküstenanwälten festsaß.

Der Lakeside Club war ziemlich schick – ein riesiger, viktorianischer Palast mit einem Ballsaal am See. Winzige Lichter schmückten den Anleger und den Pavillon, glitzerten auf dem Schnee und flackerten in den winternackten Bäumen. Über den Kaminen hingen große Kränze, und auf allen Tischen lagen Glocken und grüne Zweige.

Im Sommer wäre es noch schöner gewesen, wenn die Party sich auf die Terrasse am See hätte ausdehnen und sie wegen der Kleidervorschrift etwas lockerer hätten sein können.

Zu der Party war selbst Hastings aus Großbritannien zurückgekehrt. Jason entdeckte den Zauberer mehrmals im Laufe des Abends mit einer strahlenden Linda Downey an seiner Seite. Jason hatte gehofft, ihn beiseite nehmen und Neuigkeiten aus Großbritannien erfahren zu können, aber der Zauberer und die Betörerin waren immer der Mittelpunkt einer größeren Gruppe.

Jack tat Jason leid. Thomas arbeitete sich durch den Raum wie ein Lebensversicherungsvertreter bei einem Begräbnis, seinen unwilligen Sohn im Schlepptau. Jack überragte die Bonzen in seinem maßgeschneiderten Anzug, da ihm nichts von der Stange gepasst hätte. Sein Haar war sauber zurückgebunden, weil er sich geweigert hatte, es für den Anlass abzuschneiden.

Der Club war natürlich gerammelt voll – Jack war der beliebteste Junge der Stadt. Und das Essen war unglaublich – Shrimps und kleine Krabbenküchlein, Obsttürme und Tabletts mit Desserts.

Jason schob sich den Finger in den Halsausschnitt und lockerte die Krawatte, die Linda ihm verpasst hatte. Er schätzte, das Spektakel war es wert, dass man ein Jackett anzog – zumindest vorübergehend.

Er schlenderte an die Bar in der Annahme, sie sei verlassen, und traf dort auf Becka Downey und Thomas Swift, Jacks Eltern, Nase an Nase, streitend.

Die Schlacht der Prozessanwälte. Jason zog sich in die Schatten zurück, konnte aber trotzdem alles hören.

»Ich muss sagen, ich mache mir Sorgen um Jack«, bemerkte Thomas.

»Wirklich? Du hast seit Weihnachten kaum mit ihm gesprochen.«

»Nun, ich habe angenommen, dass du die Dinge regelst. Bei seinen Noten sollte er keine Probleme haben, an einer Eliteschule angenommen zu werden. Ich habe angeboten, einige Fäden zu ziehen, falls es ein Problem gibt. Und trotzdem zieht er es ernsthaft in Erwägung, in Trinity zu bleiben?«

»Trinity ist eine der besten Schulen für Geisteswissenschaften im Land. Und er kann sie kostenlos besuchen.«

Thomas tat *kostenlos* mit einer wedelnden Handbewegung ab. »Ich habe dir gesagt, dass ich seine Ausbildung finanzieren würde. Vielleicht spielt es keine Rolle, wo er aufs College geht. Aber ehrlich, er scheint keinen Schimmer zu haben, was er will. Er muss stark anfangen, weißt du, sonst wird er nie an einer guten juristischen Fakultät aufgenommen werden.«

Becka hob das Kinn. »Hat er dir gesagt, dass er Jura studieren will?«

Thomas ignorierte die Frage. »Ich habe für ihn einen Sommerjob bei einer Kanzlei in Boston gefunden, aber er sagt, er will lieber hier bleiben. Hier am See zu arbeiten ist gut und schön, solange man die Highschool besucht. Jetzt wird es Zeit, dass er an seine Zukunft denkt. Ich meine, er sieht aus wie ein Bodybuilder, Herrgott noch mal.«

Wenigstens streitet sich niemand wegen *meiner* Zukunft, dachte Jason. Er schlenderte zurück in die Haupthalle, in der sich Jacks Verwandte und Freunde drängten, Menschen, die er nicht kannte. Er war nicht in Trinity geboren und aufgewachsen. Obwohl er (widerstrebend) wieder zur Schule ging, neigte er dazu, mit Seph und Jack und Ellen und Madison herumzuhängen. Ansonsten fühlte er sich wie ein totaler Außenseiter.

Doch es gab einige Mädchen, die er kennengelernt hatte. Vielleicht konnte er Pläne für später machen. Er ging am Buffettisch entlang und belud einen kleinen Teller mit Desserts.

»Unfassbar, wie kalt es ist«, sagte jemand hinter ihm.

Er fuhr herum. Es war eine junge Frau, klein und wohlgeformt, mit vollen, roten Lippen und Massen dunkler Locken, die ihr über den Rücken wallten. Sie hielt sich wie ein reicher Mensch. Oder eine Zauberin. Oder beides. Er erinnerte sich nicht daran, sie schon einmal gesehen zu haben.

Interessiert musterte er sie. »Im Winter ist es hier meistens kalt. Habe ich gehört.«

»Ach Mensch. Wie konnte ich das vergessen?« Sie zitterte, trotz des Rollkragenpullovers, den sie trug. Jason war kein Modeexperte, aber es schien ihm eine seltsame Wahl für eine so schicke Party zu sein.

»Ich habe früher in Trinity die Highschool besucht«, fuhr das Mädchen fort. »Aber an dich kann ich mich nicht erinnern.«

Jason lehnte sich an die Wand. »Ich bin erst seit einem Jahr hier.«

»Ich bin Alica Middleton.« Sie streckte die Hand aus. »Du kannst mich Leesha nennen.«

»Jason Haley.« Jason nahm ihre Hand und fühlte die Macht in ihren Fingern. Eine Zauberin, und im Vergleich zu ihm war sie voller Kraft. Sie und alle anderen.

Es folgte eine verlegene Pause, während Leesha zweifellos ihre eigenen Vergleiche anstellte, dann sagte Jason: »Du kennst Jack also von der Schule?«

»Ich bin sogar mal mit ihm gegangen.«

»Wirklich?« Hm, dachte Jason. Jack ging mit einer Zauberin aus? Das musste vor Ellen gewesen sein. Niemand mit einem Funken Verstand würde versuchen, zwischen diese beiden zu geraten. »Bist du dann weggezogen oder was?«

»Wir haben Schluss gemacht«, beantwortete sie seine unausgesprochene Frage. »Und dann bin ich weggezogen.«

»Ah«, sagte Jason. »Cool, dass ihr immer noch Freunde seid. Ich meine, dass Jack dich eingeladen hat und so.«

»Oh, eigentlich hat er mich gar nicht eingeladen«, entgegnete Leesha. »Ich bin gerade wieder hierhergezogen und habe gesehen, dass die Party ein offenes Haus war, also bin ich gekommen. Ich dachte, dass ich hier eine Menge Bekannte treffen würde.« Sie schwieg, dann sprach sie hastig weiter. »Aber ich schätze, die Leute, mit denen ich früher rumgehangen habe, sind nicht hier.«

»Das passiert dauernd«, sagte Jason.

Sie öffnete den Mund, als wolle sie etwas hinzufügen, aber dann heftete sie den Blick auf etwas hinter ihm. Sie erbleichte bis zum Haaransatz, ihre Augen wurden groß, und sie trat einen Schritt zurück, eine Hand an der Kehle.

»Leesha! *Was zum Teufel* tust du hier?«

Jason fuhr herum. Jack Swift kam wie ein Gewitter über dem See auf sie zugestürmt. Ellen, Will und Fitch waren dicht hinter ihm.

»H-hi, Jack.« Leesha zog sich weiter zurück, bis sie gegen die Wand stieß. »Was geht ab? Ich meine … also … hör mal, bleib locker, ja? Ich wollte dir nur zum Geburtstag gratulieren.« Ihre Stimme hob sich zu einer Art ängstlichem Quieken, als Jack sich vor ihr aufbaute.

»Also, woran liegt es nur, dass ich dir nicht glaube?«, fragte Jack. »Du hast vielleicht Nerven.«

»Das Mädchen muss auf eine weitere Dusche mit heißer Karamellsoße scharf sein«, bemerkte Ellen. Dann trat auch sie näher an Leesha heran.

»He«, sagte Jason und schob sich vor Leesha. »Immer mit der Ruhe.«

Jack funkelte ihn an, als hätte er den Verstand verloren. »Ich schätze, man hat euch zwei nicht richtig miteinander bekannt gemacht«, knurrte er.

»Das ist Alicia Middleton, Händlerin und abtrünnige Zauberin«, warf Ellen ein. »Sie ist früher hier zur Schule gegangen, bis sie und einige Händler Jack entführt haben, damit sie ihn an den Höchstbietenden verkaufen konnten. Damit Zauberer ihn in einem Turnier antreten lassen konnten.«

»Dann hat sie mich und Fitch auf einem Bahnhof in Carlisle geschnappt, damit Dr. Longbranch uns als Geiseln benutzen konnte, um Jack zum Kämpfen zu zwingen«, ergänzte Will. Ein Stirnrunzeln umwölkte sein sonst so freundliches Gesicht.

»Das einzig Nette, was sie je getan hat, war, mit Jack Schluss zu machen«, bemerkte Fitch. »Das war toll, wirklich.«

Leesha schaute in die Runde der finsteren Gesichter und zerrte am Halsausschnitt ihres Pullovers, als ersticke sie. »Wir alle haben Dinge getan, die wir lieber vergessen würden. Ich meine, Ellen ist nach Trinity gekommen, um Jack zu *töten.*«

»Nur mit dem Unterschied, dass ich keine Wahl hatte«, murmelte Ellen.

Leesha spielte definitiv vor einem feindseligen Publikum. »Hört mal, ich weiß, dass ich einige schlechte Entscheidungen getroffen habe.«

Ellen verdrehte die Augen und machte Leesha nach, bauschte ihr Haar auf und formte mit den Lippen die Worte: *Ich weiß, dass ich einige schlechte Entscheidungen getroffen habe.* »Also, warum bist du hier?«

Leesha zögerte und biss sich auf die Unterlippe. »Im Moment sind beide Zaubererhäuser sauer auf mich. Da kam mir ein Schutzgebiet ganz passend vor.«

»Nun, vielleicht hättest du dir das überlegen sollen, bevor du dir so viele Feinde gemacht hast«, gab Jack zurück und sah dabei vollkommen mitleidlos aus.

»Ich dachte, wir könnten – du weißt schon – einander helfen«, beharrte Leesha. »Ich weiß etwas über die Rosen und D'Orsay und …«

»Als ob wir dir trauen könnten«, murmelte Ellen. »Woher wissen wir, dass du nicht als Spionin hier bist? Wie früher?«

Himmel, dachte Jason. Gebt dem Mädchen eine Chance.

»Komm mit«, sagte er zu Leesha. »Lass uns deinen Mantel holen, ich bringe dich nach draußen.« Er nahm sie am Ellbogen und führte sie zur Tür. Die ganze Zeit spürte er Jacks heißen Blick zwischen den Schulterblättern.

Leesha reichte dem Parkdiener ihr Ticket, und sie stellten sich im Eingang unter, um sich vor dem rauen Nordwestwind zu schützen. Nahe am Ufer war der See mit Eis bedeckt. Weiter draußen wühlte der Wind ihn zu dunklen Wellen auf. Jason wandte ein wenig Macht an, um der Kälte die Schärfe zu nehmen.

»Nun«, sagte Leesha. »Sie schienen nicht gerade erfreut zu sein, mich zu sehen.«

Jason schnaubte. »Was hast du erwartet?«

»Da macht man ein paar *winzige* Fehler ...« Leesha zog einen Schmollmund. »Das ist das Problem mit Kleinstädten, sie vergessen *nie* etwas.«

Jason lachte. Sie hatte Charme, das musste er zugeben.

»Wohnst du bei Verwandten oder so?«, fragte er.

»Bei meiner Großtante«, antwortete sie. »Sie ist halb taub und drei Viertel blind. So bin ich schon früher hier gelandet. Meine Eltern sind Zauberer, aber sie sind irgendwie ständig unterwegs, weißt du? Und sie haben wirklich viel zu tun.« Ihre Stimme verlor sich. »Immer wenn sie viel zu tun haben oder ich in Schwierigkeiten gerate, muss ich bei meiner Tante Millisandra wohnen. Mich in den Mittleren Westen zu schicken ist die schlimmste Strafe, die ihnen einfällt.«

»Und ist es wirklich so?«

Sie schauderte. »Es gibt Schlimmeres. Diesmal bin ich nicht von der Schule geflogen. Jessamine Longbranch – kennst du sie? Kriegermeisterin der Weißen Rose? Sie war diejenige, die plante, Jack in dem Spiel antreten zu lassen. Die Sache mit Jack in der Highschool – Longbranch hatte mich angeheuert, um Jack auszuspionieren, aber ich habe irgendwie einen Alleingang gemacht. Also. Sie hegt einen echten Groll gegen mich. Sie hat eine Weile gebraucht, sie war abgelenkt, aber jedenfalls, eines Tages kam ich nach Hause und fand zwei Attentäter vor, die im Wohnheim auf mich warteten.« Leesha blickte niedergeschlagen auf den gefrorenen See hinaus.

»Und?«, hakte Jason nach, als er endlich mitkam und begriff, dass sie die Geschichte nicht beendet hatte.

»Nun, sie sind natürlich *tot*«, sagte sie achselzuckend.

Oookaaay, dachte Jason und musterte sie mit neuem Respekt und nicht geringer Besorgnis.

»Aber es könnte wieder passieren, und ich wollte mir nicht ständig über die Schulter schauen. Also bin ich hierhergekommen.«

»Und wie lange wirst du bleiben?«

»So lange ich es ertragen kann, schätze ich. Diese Stadt hat sich wirklich verändert. Sie ist wie eine Festung. Wie funktioniert das Schutzgebiet überhaupt? Gibt es wirklich eine Art Regel gegen Angriffsmagie?«

»Mehr als eine *Regel«,* antwortete Jason und vermutete, dass Leesha nicht auf Regeln stand. »Es wird mit Magie verstärkt. Alles, was stärker ist als Überzeugungskraft – Hexenmagie, Angriffsmagie, Flüche, schwarzmagische *Sefas* – funktioniert hier drin nicht.«

Leesha sah ihn ungläubig an. »Wirklich?«

»Wirklich.«

Sie lächelte und drückte die Finger an ihren Halsausschnitt. »Cool.« Sie trat nah heran und sah mit großen Augen zu ihm hoch. »Wer verstärkt es? Ich meine, es muss jemand mit viel Talent sein.«

Er trat einen schnellen Schritt zurück und erinnerte sich daran, mit wem er sprach. »Ja. Da kommt dein Auto, glaube ich.« Es war nur eine Vermutung. Der Parkdiener war in einem Audi TT vorgefahren. Jason wandte sich ab.

Sie hielt ihn am Arm fest und sandte einen Strom von Überzeugungsmagie in seine Schulter. »Ich muss wirklich hier bleiben. Ich weiß, dass ich in der Vergangenheit einige schlechte Dinge getan habe, aber Menschen ändern sich.« Sie sah ihm bittend in die Augen.

»Mich brauchst du nicht zu überzeugen«, antwortete Jason. »Vielleicht solltest du mit Jack anfangen.«

Sie rümpfte die Nase. »Jack ist sauer auf mich, seit ich mit ihm Schluss gemacht habe. Und nach dieser ganzen Sache mit den Händlern glaube ich nicht, dass sich das ändern wird.«

»Dann rede mit Hastings.«

Sie zuckte zusammen. »Er ist so unheimlich, weißt du?«

Er wusste es tatsächlich. Hastings machte den Eindruck, als könne er direkt durch einen hindurchschauen. Was im Fall von Leesha vielleicht gar nicht schlecht war.

Jason dachte, dass sie nicht lange im Schutzgebiet bleiben würde, wenn Hastings sie dort nicht haben wollte. Aber würde er sie wirklich zwingen fortzugehen? Vor allem, da sie keine Angriffsmagie benutzen konnte.

Andererseits mochte Überzeugung in ihren Händen als Waffe genügen, dachte er.

Leeshas Hand lag immer noch auf seinem Arm. »Vielleicht könntest du für mich mit ihm reden?« Sie schaute zu ihm auf. Ihre Augen waren violettgrau, wie Rauch am Horizont.

Jason hatte seine eigene Bitte vorzubringen. Er entzog ihr den Arm. »Tut mir leid. Ich kann dir nicht helfen. Ich habe einfach nicht so viel Einfluss.« Jason entfernte sich rückwärts wie ein Höfling von einer Königin, dann drehte er sich um und ging ins Haus.

Er schaute einmal über die Schulter und sah Leesha immer noch neben ihrem Wagen stehen, ihr Haar eine Wolke um ihren Kopf. Sie sah klein und verletzbar und sehr einsam aus.

KAPITEL 7
Eine Planänderung

Um zehn Uhr abends war das Aufgebot aus Boston entweder gegangen oder hatte sich an die Bar zurückgezogen. Ein Discjockey hatte im Ballsaal seine Anlage aufgebaut, und Musik dröhnte über den See. Jack und seine Freunde versammelten sich in einem Sitzbereich am Fenster. Ein Feuer knisterte in dem großen Kamin, und sie schöpften heiße Schokolade aus großen Silberterrinen. Die Jacken und Krawatten wurden abgelegt, sobald die Anstandsdamen sich zurückzogen.

Die Weir waren gut repräsentiert: Jack Swift, Ellen Stephenson, Seph McCauley und Jason Haley. Außerdem Will Childers und Harmon Fitch, die eine Art Ehrenmitglieder der Gilden waren. Und Madison, die etwas ganz anderes war.

Sie erinnerte sich an die Warnung, die Min ihr vor Jahren gegeben hatte. *Hüte dich vor den magischen Gilden. Versprich mir, dass du dich von ihnen fernhalten wirst. Schwöre es.*

Maddie hatte es geschworen, und doch war sie hier. Ich kann nicht anders, Oma, dachte sie. Du würdest es verstehen, wenn du hier wärst. Sie saß auf einem eleganten kleinen Sofa dicht an Seph gedrängt und spürte seine Hüfte, die sich gegen sie presste, und das sanfte Summen von Macht, die hindurchströmte. Sie versuchte, es zu ignorieren.

Er schien sich bei solchen förmlichen Anlässen vollkommen wohlzufühlen – nicht spießig, aber angemessen. Er sah trotzdem herausgeputzt aus, obwohl er seine Jacke ausgezogen und die Ärmel aufgerollt hatte; die langen Beine hatte er ausgestreckt und überkreuzt. Sein Hemd war so weiß, dass es ihr in den Augen wehtat, sein Kragen war gestärkt, die Falte in seiner Hose immer noch tadellos.

Madison hatte im Secondhand-Laden ein smaragdgrünes Vintage-Kleid gefunden, das im schrägen Fadenlauf geschnitten war, diagonale Nähte an der Hüfte hatte und Godets, die den Rock unterhalb der Knie ausstellten. Dazu trug sie ein schwarzes, gehäkeltes Dreieckstuch mit langen Fransen und kleinen Perlen und Pailletten. Das Kleid hatte ganze fünfzehn Dollar gekostet, die sie sich eigentlich nicht leisten konnte. Es war tief ausgeschnitten, weshalb sie ständig mit den Trägern spielte und das Tuch eng um die Schultern zog. Ihre Riemchensandalen waren bei dem Schnee idiotisch, aber andererseits war sie auch nicht gerade für ihren Sinn fürs Praktische bekannt.

Einige der Jungen von der Ostküste hatten sie zum Tanzen aufgefordert, und sie hatte abgelehnt. Sie würde zu ihnen nicht Ja sagen, wenn sie zu Seph Nein sagen musste. Seph war ein toller Tänzer, aber ein langsamer Tanz mit Madison würde ihn vielleicht tagelang krank machen.

Dennoch tappte sie unwillkürlich mit dem Fuß im Rhythmus der Musik und wünschte, sie wäre auf dem Tanzboden. Außerdem würde sie dann nicht den ganzen Abend irgendwelche Geschichten über die verräterische Zauberin Leesha Middleton hören müssen. Sie hatte das Thema bereits satt.

»Leesha führt irgendwas im Schilde«, sagte Jack. »Sonst wäre sie nicht nach Trinity zurückgekommen. Sie hat sich immer darüber beklagt, dass man nirgendwo in Ohio süße Schuhe kaufen könne.«

»Das Problem habe ich auch«, murmelte Fitch zum allgemeinen Gelächter. »Nein, ernsthaft, ich meine, versucht mal, ein passendes Outfit zusammenzustellen …«

Trotz seiner Scherze konnte Madison nicht umhin zu denken, dass Fitch ein wenig nervös wirkte – mit gutem Grund. Leesha hatte schließlich ihn und Will entführt.

»Sie sollte besser nicht in unsere Nähe kommen«, bemerkte Ellen. Womit sie zweifellos Jack meinte. Sie ging rastlos in dem eleganten Raum auf und ab, nahm Gegenstände auf und setzte sie wieder ab. »Ich habe die ganze Zeit gehofft, dass Hastings herauskommen und etwas sagen würde, aber er und Linda sind nicht allzu lange geblieben.«

Seph richtete sich auf, wie immer schnell dabei, wenn es galt, seinen Vater zu verteidigen. »Hört mal, Leesha ist für ihn einfach kein Faktor. Sie kann nicht viel tun, solange die Grenze errichtet ist. Sie kann hier keine Angriffszauber benutzen.«

»Du kennst sie nicht so wie wir«, sagte Ellen mit finsterem Blick.

»Ich kenne sie gut genug«, widersprach Seph und fuhr sich mit der Hand durchs Haar. »Wir haben uns in einem Club in Toronto kennengelernt. Sie hat mir Zaubererfeuer in den Drink getan.«

»Was?« Madison starrte Seph an, plötzlich am Thema Leesha viel mehr interessiert. »Das wusste ich nicht.«

»Sie scheint wirklich Angst zu haben«, meinte Jason.

Alle drehten sich um, um ihn anzusehen.

»Was? Erzähl mir nicht, dass du ihr *glaubst.«* Jack gab einen verärgerten Laut von sich. »Spinnst du?«

»Sie sagt, beide Zaubererhäuser seien hinter ihr her«, antwortete Jason und lehnte sich an die Kaminverkleidung. »Und dass sie sie töten werden, wenn sie das Schutzgebiet verlässt.«

»Wann hattet ihr dieses kleine Gespräch?« Jack verdrehte die Augen. »Ich meine, sie ist gerade erst angekommen, und ihr seid schon beste Freunde?«

»Das habe ich nicht gesagt«, entgegnete Jason stur. »Ich bin ihr bei den Desserts über den Weg gelaufen.«

»Man läuft Leesha Middleton nicht einfach so *über den Weg«,* wandte Fitch ein. »So viel weiß ich mittlerweile.«

»Was auch immer.« Jason tat das Thema mit einer Handbewegung ab und wandte sich an Seph. »Ich hoffe, dein Dad wird mich nach Großbritannien mitnehmen. Vielleicht könntest du mit ihm sprechen?«

Seph zuckte die Achseln. »Ich schätze schon. Ich hatte kaum eine Chance, mit ihm zu reden. Wahrscheinlich sehe ich ihn morgen.«

Jason stieß sich von der Wand ab. »Nun, ich gehe. Ich bin noch verabredet.«

»Hoffentlich nicht mit Leesha«, rief Seph ihm grinsend nach. Jason kommentierte die Bemerkung mit einer rüden Geste und verschwand um die Ecke.

»Ich denke, ich werde auch gehen«, erklärte Madison. Will und Fitch schienen sich durchaus wohlzufühlen, aber dieser Tage war sie in Gegenwart von Sephs begabten Freunden immer ein wenig nervös – sie hatte Angst, dass die Hexenmagie plötzlich zum Vorschein kommen und sie verraten könnte.

Im Herbst wird es besser sein, dachte sie. Er wird anderswo in der Schule und dort in Sicherheit sein. Er wird weit weg sein von diesem ganzen Schlachten- und Belagerungsdenken.

Er wird weit von mir entfernt sein, dachte sie und hatte das Gefühl, als stecke etwas in ihrer Kehle fest, das sie nicht herunterschlucken konnte.

»Ich begleite dich nach Hause«, sagte Seph, stand auf und half ihr hoch, ohne ihr eine Chance zu geben abzulehnen.

Als sie wieder im Gasthaus waren, war der Parkplatz fast voll. Es war nicht leicht gewesen, den Abend für Jacks Party freizubekommen, und Madison dachte wehmütig an all die Trinkgelder, auf die sie hatte verzichten müssen.

Sie gingen um das Gebäude zu dem weniger benutzten Seiteneingang herum. Seph folgte ihr auf die Veranda. »Hast du was dagegen, wenn ich kurz mit reinkomme?«, fragte er und schaute auf sie hinab. Seine Augen verdunkelten sich zu einem tiefen Blaugrün.

Seph hatte eine Art, sie mit seinen Hexenaugen anzusehen, dass sie zu stottern anfing und gegen Wände lief. Er konnte ihr den Atem rauben und ihr Herz schlagen lassen, ohne sie auch nur zu berühren. Es war gefährlich, mit Seph McCauley allein zu sein – nicht wegen dem, was er tun könnte, sondern wegen ihrer eigenen möglichen Reaktion.

»Nun …« Sie zögerte. »Aber nur kurz«, flüsterte sie, während ihr Widerstand sich in Luft auflöste. Sie war schwach, das war alles. »Wir können uns in den Salon setzen«, fügte sie geziert hinzu. Der Salon war ein sicherer, öffentlicher Ort.

»In den *Salon?«* Seph zog eine Augenbraue hoch. »Ich dachte, dass wir vielleicht …«

»Komm schon«, unterbrach sie ihn. »Wir werden leise sein müssen, sonst schmeißt Rachel uns raus.«

Kopfschüttelnd folgte Seph Madison durch die Küche mit ihrem riesigen Herd und der vollen Speisekammer, ging über den durchlaufenden Flur und betrat den Salon. Der Raum war möbliert mit viktorianischen Tischen mit Marmorplatten und Stühlen mit geschwungenen Lehnen und wurde von Bücherregalen gesäumt. Im Kamin brannte ein fröhliches Feuer, und auf der Anrichte standen Weinflaschen, ein Teeservice und große Teller mit Keksen für die Gäste bereit. Rachels Anwesenheit machte sich bemerkbar.

Sie ließen sich auf den Stühlen nieder, Seite an Seite wie zwei Liebende aus dem 19. Jahrhundert in Anwesenheit einer Anstandsdame. Seph legte auf der zierlichen Armlehne seine Hand auf ihre und strich ihr mit dem Daumen über die kribbelnde Haut. Die Hexenmagie in ihrem Inneren regte sich, wachgerufen von seiner Gegenwart, und drang ihr in die Glieder. Ihr Puls begann zu hämmern, und sie warf ihm einen verstohlenen Blick zu. Wie konnte er es nicht bemerken?

»Verdammt«, murmelte er und massierte sich mit der anderen Hand die Schläfen. »Vorhin ging es mir noch gut, aber jetzt kriege ich wahnsinnige Kopfschmerzen.«

»Vielleicht wirst du im Sommer weniger zu tun haben«, meinte sie. Sie zog so unauffällig wie möglich die Hand zurück und schlang den Schal fester um sich. »Mit … mit der Grenze und allem, meine ich.«

Er starrte verdrossen in die Flammen. »Ich weiß nicht. Ich glaube nicht, dass sich etwas ändert, es sei denn, dass alles schlimmer wird.«

»Du solltest versuchen, dich ein wenig zu entspannen. Hab ein bisschen Spaß, bevor du aufs College gehst.«

Seph räusperte sich. »Darüber wollte ich mit dir reden.«

»Worüber?«

Er holte tief Luft, als erwarte er eine Schlacht, die ihm bevorstand. »Ich habe beschlossen, Northwestern für eine Weile aufzuschieben.«

»Was?« Sie drehte sich auf ihrem Stuhl zu ihm hin. »Warum?« Als ob sie das fragen müsste.

»Wegen allem, was hier vorgeht und so. Ich denke einfach, es wäre besser, wenn ich hierbliebe.«

»Wer hat dir das eingeredet? Nick? Dein Vater?«

Er ließ unglücklich die Schultern kreisen. »Ich habe es selbst entschieden.«

»Das möchte ich wetten.« Die Worte brachen hart und zornig aus ihr heraus.

»Wir könnten uns öfter sehen. Ich dachte, du würdest dich freuen.« Er sah sie an, dann wandte er den Blick ab. »Offenbar nicht.«

Madison hatte nicht vorgehabt, es zu einem Streit kommen zu lassen. Warum konnte sie nicht mit anderen Menschen über etwas reden, ohne gleich total sauer zu werden? »Ich sehe dich jetzt ja auch nicht, und du bist hier in der Stadt.«

»Willst du mich denn überhaupt sehen?« Er schwieg, und als sie nicht antwortete, fuhr er fort: »Seit Second Sister bist du … anders.« Seine Stimme brach. »Es ist, als hättest du Angst vor mir. Du zuckst zusammen, wenn ich dich berühre. Das macht es echt schwer, okay?«

Typisch. Seph McCauley entschied sich dafür, das Thema auf den Tisch zu bringen, das sie lieber totgeschwiegen hätte.

Seph drängte weiter. »Ich weiß, dass du nicht vergessen kannst, was letzten Sommer geschehen ist. Auf Second Sister. Aber das ist sechs Monate her. Ich glaube, dass es helfen würde, wenn du darüber redest.«

Er hatte ihr diese kleine Chance gegeben, eine Entschuldigung für ihr verrücktes Verhalten, und sie stürzte sich darauf. »Ich *versuche* ja zu vergessen«, sagte sie. »Aber ich kann es nicht. Diese Menschen, die verbrannt und in Stücke gerissen worden sind. Und ich weiß, dass Leicester … böse war, aber als du und Jason …«

»Ich bin nicht mehr derjenige, der ich gewesen bin, Maddie. Leicester hat mich monatelang gefoltert.« Er hielt seine verstümmelte Hand hoch. »Er hat mir das angetan. Er hat Jasons Vater getötet, und ich dachte, er hätte auch meinen getötet.«

»Ich sage nicht, dass du dich falsch verhalten hast. Als du ihn getötet hast, meine ich.« Maddie sah auf ihren Schoß hinab. »Es ist mein Problem, nicht deins.« Das war zumindest die Wahrheit.

»Aber es *ist* mein Problem. Manchmal … die Art, wie du mich ansiehst … dann denke ich, es wird alles gut. Und dann … ich weiß nie, wo ich stehe. Wenn ich mich von dir ferngehalten habe, dann deshalb, weil es zu schwer ist.« Er berührte ihre Hand. »Du fehlst mir.«

»Ich bin einfach … für mich ist es auch schwer.« Sie hielt den Blick gesenkt, weil sie Angst hatte, ihm in die Augen zu sehen. »Ich brauche ein wenig Raum, okay? Kannst du mir einfach … ein wenig Zeit geben?«

»Ich weiß nicht, wie viel Zeit wir haben. Ich weiß nicht, was geschehen wird.« Als sie schwieg, fuhr Seph fort. »Es wäre einfacher für mich wegzugehen, dann würde ich dich nicht ständig sehen müssen. Aber ich muss bleiben. Wenn wir diesen Krieg verlieren, verlieren wir alles.«

»Ich verstehe nicht, warum es von dir abhängt, den Krieg zu gewinnen.«

»Es hängt nicht nur von mir ab. Aber ich muss helfen.« Er legte den Kopf zurück und schloss die Augen, die Wimpern dunkel auf seiner blutleeren Haut. »Es tut mir leid, Maddie«, flüsterte er. »Ich weiß nicht, was in letzter Zeit mit mir los ist. Ich fühle mich nicht besonders wohl.«

Sie entzog ihm ihre Hand. Es geschah wieder. Seine reine Gegenwart hatte ihre übliche Wirkung. Sie konnte die Macht in sich aufsteigen und unter ihrem Brustbein zusammenlaufen spüren. Sie verströmte Magie, trotz all ihrer Bemühungen, sie in sich zu behalten. Als hätte sie auch nur eine Ahnung gehabt, wie sie das hätte anstellen sollen.

Sie versuchte, Farben in alphabetischer Reihenfolge aufzusagen, ein Trick aus ihrer Kindheit. Azur. Blau. Zitrin. Dunkelgrün. Elfenbein. Fuchsie. Aber es half nichts. Ihre Haut glühte, und ihre Arme und Hände kribbelten und brannten. Sie wusste, was das bedeutete.

»Seph, hör zu, ich sollte besser …« Das Telefon klingelte irgendwo in der Nähe. Sie hörte Schritte, dann Rachels Geschäftsstimme: »Legends Inn. Rachel Booker.«

Momente später erschien Rachel in der Tür zum Salon und streckte Madison das Telefon hin. »Es ist für dich. Deine Mama.«

Madison konnte sich nicht gut weigern, mit ihrer Mutter zu sprechen, solange Rachel dort stand. Unwillig nahm sie das Telefon entgegen. »Mama?«

Carlenes Stimme drang durch statisches Rauschen an ihr Ohr. »Madison? Was ist mit dem Telefon?«

Maddie bemühte sich, die Macht zu kontrollieren, die aus ihrem Körper zu quellen drohte. Das Rauschen verebbte.

»Oh, Madison, Schätzchen, Gott sei Dank. Ich versuche seit Tagen, dich zu erreichen. Ich weiß nicht, was ich tun soll.« Die Stimme ihrer Mutter war heiser vor Tränen und mehreren Gläsern Bier, wenn Madison es richtig beurteilte. Und das tat sie.

Madison seufzte. »Ich bin ziemlich beschäftigt, Mama. Was ist los?«

»Sie haben die Kinder geholt.«

»Was meinst du? Wer?«

»Grace und John Robert. Das County.«

»Das County hat ... Grace und J. R. geholt? Warum?«

»Erinnerst du dich an Sheila Ann White? Sie hat Tom Harper geheiratet, aber jetzt sind sie wieder getrennt. Sie arbeitet in der Bank und springt manchmal bei Charley's ein.«

Madison kämpfte darum, ihre Stimme unter Kontrolle zu halten, und schöpfte Geduld aus einer unbekannten Quelle. »Was hat Sheila Ann White Harper mit Grace und John Robert zu tun?«

»Ich habe am Freitag eine Doppelschicht gemacht. Sie hat versprochen, auf die Kinder aufzupassen, sobald sie aus der Bank kommt. Aber Charley's hat sie angerufen, dass sie arbeiten soll, und sie hat die Kinder völlig vergessen.«

»Warum hast du nicht abgesagt, als Sheila Ann nicht aufgetaucht ist?«

»Na ja, verstehst du, ich war schon bei der Arbeit. Sie wollte während der zweiten Schicht auf sie aufpassen.«

»Du hast sie den ganzen *Tag* allein gelassen, während

du eine Doppelschicht gemacht hast?« Madisons Stimme wurde laut.

»Gracie ist zehn Jahre alt«, verteidigte sich Carlene. »Sie kann tagsüber auf John Robert aufpassen.«

Ich wette, da ist das County anderer Ansicht, dachte Madison. »Hat Grace nicht angerufen, als Sheila Ann nicht gekommen ist?«

»Wir ... weißt du, wir haben im Moment nicht direkt Telefonanschluss. Ich bin wieder mit den Zahlungen im Rückstand.«

Madison seufzte. »Wie hat das County davon erfahren?«

Lange Pause. »Der Schuppen hat Feuer gefangen.«

Nein. Es passierte wieder, und sie war nicht einmal da, um beschuldigt zu werden. »Wie hat der Schuppen Feuer gefangen? Fangen Dinge wieder zu brennen an? Hat ... hat jemand ihn in Brand gesteckt?«

»Ich weiß es nicht. Brice Roper hat den Rauch gesehen und ist raufgefahren.«

»Brice Roper?« Ihr Inneres verkrampfte sich. Plötzlich war sie wieder in der Schule und stellte sich Brice und seinen anzüglich grinsenden, johlenden Freunden. »Ich wette, er hat es ganz zufällig gesehen. Wahrscheinlich ist er dort oben herumgeschlichen.«

Ein weitere Pause. »Jedenfalls haben er und sein Daddy die Kinder nach Coal Grove gebracht und sie dem County übergeben. Ich bin praktisch verrückt geworden, als ich nach Hause kam und sie weg waren.«

Madison schaute auf und sah, dass Seph sie beobachtete. Sie schloss die Augen und wünschte, er wäre nicht da. Er brauchte das wirklich nicht zu hören.

Sie sprach noch leiser. »Wann ist das alles passiert?«

»Vor einer Woche.«

»Vor einer Woche!« Wieder rauschte es an ihrem Ohr, und sie hielt das Telefon auf Armeslänge von sich weg, holte tief Luft, atmete aus und legte den Höher wieder ans Ohr. »Mama, wo sind sie?« Madison stellte sich Grace und John Robert eingeschlossen in irgendeinem Heim für schwer erziehbare Kinder vor. Grace würde einen Anfall haben. J. R. würde weinen.

»Sie sind bei einer Pflegefamilie. Es ist eine Anhörung angesetzt. Ich werde von Ray McCartney vertreten. Aber die Sache ist die, er denkt nicht, dass sie mir die Kinder zurückgeben werden.«

»Warum nicht?«

»Das war nicht das erste Mal, dass das County bei uns war.« Carlene sprach hastig weiter, sodass Madison nicht zu Wort kam. »Du weißt, dass sie uns belästigen, seit Min gestorben ist. Ray will, dass du für die Anhörung zurückkommst. Er sagt, sie würden die Kinder vielleicht gehen lassen, wenn das County weiß, dass du hier bist, um auf sie aufzupassen.«

»Wann ist die Anhörung?«

»Nächsten Donnerstag.«

»Mama! Ich gehe zur Schule! Das Sommersemester fängt gerade an.«

Carlene ignorierte das. »Ich habe versucht, dich anzurufen, aber du gehst nie ans Telefon. Und ich muss in die Stadt fahren, um anzurufen. Oder das Telefon bei den Ropers benutzen.«

Madison verspürte heftige Schuldgefühle, als sie daran dachte, wie oft sie das Telefon ignoriert hatte. Sie hatte nicht einmal die Nachrichten abgehört.

»Hör zu. Ich werde zur Anhörung kommen, aber vor Mittwoch kann ich nicht da sein.«

»Danke, Schätzchen. Ich weiß, es wird alles gut

werden, sobald du hier bist.« Binnen weniger Minuten war Carlenes panische Stimme zuversichtlich geworden.

Madison legte auf und stand da, den Hörer in der Hand umklammert. Im Laufe des Gespräches hatte sich eine Last auf sie gelegt. Ein Joch der Verantwortung, das ihr nur allzu vertraut war aus der Zeit, als sie klein gewesen war. Die Bürde, dafür zu sorgen, dass alles gut wurde.

Seph war immer noch da. Er stand ein wenig zittrig auf und hielt sich an der Stuhllehne fest. »Was ist passiert?«, fragte er.

»Ich muss nach Hause. Familienkrise.«

»Kann ich helfen?«

»Nein.« Sie wollte lieber nicht über ihre traurige Familie reden.

Seph streckte die Hand nach ihr aus, sie machte einen Schritt zurück, und er ließ die Hände sinken. »Hör mal, ich werde mit meinem Vater reden. Ich denke, er hat ohnehin vor, über Neujahr zu bleiben. Wenn er bei der Grenze helfen kann, werde ich mit dir gehen.«

Madisons Herz tat vor Dankbarkeit einen Satz. Sie konnte wirklich einen Freund gebrauchen. Es war so lange her, dass sie jemanden an ihrer Seite gehabt hatte. Dann stellte sie sich Seph in Coal Grove vor, wie er Carlene und die anderen kennenlernte. Seph, der aus einer reichen Familie kam und in Toronto aufgewachsen war, Seph, der in der Schweiz zur Schule gegangen war und Französisch sprach wie ein Franzose.

Nein. Seph war ihr Freund – mehr als ein Freund. Sie konnten zwar nicht zusammen sein, aber sie wollte ihm trotzdem nicht in die Augen schauen und dort Verlegenheit oder Mitleid sehen.

Außerdem schien es wohl seine Aufgabe zu sein, alle anderen zu retten.

»Danke, wirklich. Aber ich denke, ich sollte das besser alleine regeln.«

Seph räusperte sich. »Es ist vielleicht nicht ratsam, dass du das Schutzgebiet allein verlässt.«

Madisons Gedanken überschlugen sich bereits und listeten alles auf, was sie tun musste. Jetzt stolperte ihr Verstand. »Was? Warum nicht?«

»Es ist einfach ein schlechter Zeitpunkt. Alle versuchen, einen Vorteil zu gewinnen – D'Orsay, die Rosen. Jemand könnte sich noch daran erinnern, was auf Second Sister passiert ist, und auf der Suche nach dir sein.«

Also hatte seine Sorge um sie etwas mit Zauberern zu tun. Immer die Zauberer. Madison baute sich dicht vor ihm auf. »Hör zu. ICH MUSS GEHEN. Ich habe keine Wahl, verstanden?«

Er hob kapitulierend die Hände. »Wann bist du zurück?«

»Jedenfalls nicht dieses Semester. Ich schätze, ich kann froh sein, wenn ich im Herbst zurück bin.«

Seph sah stirnrunzelnd auf sie hinab. »Das ist nicht dein Ernst. Du hast so hart gearbeitet, um auf die Kunstschule zu kommen. Und jetzt willst du abgehen?«

Sie wandte sich ab und hob abwehrend die Schultern. »Keine Sorge, ich werde mir etwas einfallen lassen. Ich werde mehr wissen, wenn ich dort bin.«

»Ich wünschte, du würdest mich helfen lassen.«

Sie zitterte und spürte Funken, die die Kluft zwischen ihnen überbrückten. Fühlte sich völlig allein. Vielleicht konnte Seph nicht fortgehen, aber sie. Das würde ihr Zeit geben, eine Lösung für ihre Probleme zu finden. Er war nicht der Einzige, der eine schwere Zeit durchmachte.

»Maddie? Geht es dir gut?« Die dunklen Brauen zogen sich zu einem Stirnrunzeln zusammen. »Du zitterst.«

»Hör mal, es ist spät«, sagte sie, wich zurück und schob die Hände hinter den Rücken, bevor sie mit dem Kopf auf die Tür deutete. »Du solltest besser gehen. Ich muss packen.«

Er zögerte, als wolle er noch etwas sagen. Dann schüttelte er den Kopf, drehte sich um und war fort. Sie hörte nicht einmal, wie die Vordertür geöffnet und geschlossen wurde.

Sobald Seph außer Sicht war, rannte Madison drei Treppen zum zweiten Stock hinauf, immer zwei Stufen auf einmal. Sie drückte die Tür zu ihrem Zimmer mit der Schulter auf und legte den Lichtschalter um. Die Glühbirne in der Deckenlampe summte und zerplatzte dann in einem Glasregen.

Madison ging im Dunkeln zum Fenster und riss die Vorhänge auf. Ihre Finger hinterließen schwelende Löcher im Stoff. Sie öffnete den Kleiderschrank und riss die Laken herunter, die das Gemälde darin bedeckten.

Dann warf sie den Kopf in den Nacken und schloss die Augen, streckte die Hände aus und sandte Macht durch ihre Finger wie einen lange angehaltenen Atemzug, der endlich ausgestoßen wurde. Sie strömte durch die Luft und grub sich in die Leinwand, roch nach angebranntem Kaffeesatz. Die Farbe warf Blasen und zerfloss in schlierigen Wirbeln.

Sie wich zurück, bis sie mit den Knien gegen das Bett stieß. Dann ließ sie sich auf die Matratze sinken, legte die Füße auf das Bettgestell und stützte die Ellbogen auf die Knie.

Das Gemälde schuf sich neu, düster, aber erkennbar und auf schreckliche Weise belebt. Es war wieder Second Sister, und Seph stieß sie hinter sich, während Leicester und die Alumni Flammen durch den Konferenzraum schossen. Nur dass die Flammen diesmal Seph trafen und ihn wie eine zerbrochene Marionette gegen die Wand schleuderten.

Das Bild veränderte sich erneut – Seph, der in St. Catherine's aufgebahrt lag, bleich und reglos, Kerzen zu seinen Händen und Füßen, Trauergäste, die vorbeidefilierten und flüsternd auf Madison zeigten, als sie die Kirche betrat.

Begraben in Farbe war der Beweis für ein Dutzend solcher Angriffe, eine gnadenlose Serie von Szenen, wie Seph auf jede nur vorstellbare Weise starb.

Seph rief die fremde Magie in ihr wach, weckte sie wie ein Ungeheuer aus der Tiefsee. Wenn sie aus ihr strömte, wurde Seph blass und müde, er bekam mörderische Kopfschmerzen und verlor den Appetit. Wenn sie sie zurückhielt, erholte Seph sich zusehends. Aber sie wuchs und wuchs in ihr, bis sie sie freisetzen oder explodieren musste. Es war schon oft knapp gewesen, bis sie entdeckt hatte, dass sie die Magie in Kunst umwandeln konnte – grauenvolle Kunst, aber besser als jede andere Alternative. Sie hatte versucht, sie zu übermalen, die Serie schrecklicher Bilder auszulöschen, aber sie kamen immer wieder an die Oberfläche, wie Öl auf verschmutztem Wasser.

Es war ein Geheimnis, das sie vor Seph verbergen musste – und vor allen anderen. Hastings oder Linda oder Nick Snowbeard würden ihr niemals erlauben zu bleiben, wenn sie es wüssten. Sie würden keine Ahnung haben, wie sie das Problem lösen sollten, und Seph war zu wichtig, um ihn aufs Spiel zu setzen. Sie hätte vor langer Zeit fortgehen sollen.

Aber sie hatte es nicht getan. Sie konnte ihren Traum vom College und den von Seph McCauley nicht gleichzeitig aufgeben. Noch immer hoffte sie, dass sich die Magie von Second Sister irgendwann von selbst verflüchtigte.

Nun, jetzt hatte sie jedenfalls keine Wahl mehr. Grimmig begann sie, ihre Sachen durchzusehen. Es gab nicht viel einzupacken. Sie hatte nicht viel aus ihrem Leben in Coal Grove mitgebracht. Und seit ihrer Ankunft in Trinity hatte sie kein Geld gehabt, um großartig einzukaufen.

Nach einiger Überlegung schob sie das verhexte Gemälde zurück in den Kleiderschrank und verhängte es mit einem Tuch. Zwei Tüchern. Sie machte den Kleiderschrank zu und schloss ihn ab. Sie würde dieses Ding nicht mit nach Coal Grove nehmen. Sie würde es nicht brauchen, wenn sie wieder zu Hause war. Denn Seph war nicht da, um das Monster zu wecken.

Während sie ihre Sachen durchging, ordnete sie auch ihre Gedanken.

Sie hatte nicht den Wunsch, für die letzten fünf Monate des Jahres in die Coal Grove Consolidated Highschool zurückzukriechen. Damit war sie fertig. Sie hatte die Anforderungen des Lehrplans erfüllt, und sie hatte bereits sämtliche Kunstkurse belegt. Sie hatte gehofft, ein Jahr aufs College gehen zu können, bevor sie selbst dafür bezahlen musste. Jetzt würde sie wahrscheinlich das ganze Semester verlieren.

Sie wusste, wie es sein würde, sobald sie nach Hause kam. Ihr altes Leben würde sich wie ein alter Quilt um sie legen.

Das Getuschel würde wieder beginnen, aufgerührt von ihrer Anwesenheit. Stück für Stück würden sie das Fleisch von den Knochen ihrer Träume reißen.

Sie sah zum Fenster hinaus auf die Hügel und das Tal des Sees.

Um die Wahrheit zu sagen, sie vermisste die Hügel und Täler ihrer Heimat, die Beschaffenheit des alten Landes ihrer Kindheit. Sie vermisste auch die Menschen, jedenfalls einige von ihnen. Aber nicht die Grenzen, die sie ihr setzten, und die Mutmaßungen, die sie anstellten und die darauf basierten, wer ihre Mama und ihr Daddy waren. Nicht die Zettel, die an ihrem Schließfach in der Schule klebten. Nicht die Art, wie die Leute ihr Kruzifixe vor die Nase hielten, wenn sie ihr begegneten, als sei sie irgendeine Art von Vampir – als wüssten sie genau, wer sie war und wie sie werden würde.

Vielleicht lief sie nur vor einer Schwierigkeit davon und geriet dann in die nächste, von den seltsamen, mit Magie verbundenen Schwierigkeiten in Trinity stolperte sie in Probleme, die ihr vertrauter waren. Daheim erwarteten sie zu wenig von ihr. Und hier erwarteten sie zu viel.

Sich in Seph McCauley zu verlieben war die Art von Fehler, die Carlene ihr ganzes Leben lang gemacht hatte. Ihre Mutter taumelte von Krise zu Krise und blühte bei Katastrophen auf. Sie benahm sich, als sei Liebe etwas, womit man sich ansteckte, wie Cholera. Oder ein Zauber, der einen unvorbereitet traf. Daher konnte man ihr schlecht die Schuld daran geben, dass sie alles vermasselte.

Madison wollte anders sein. Sie wollte ihr Leben in den Griff kriegen und sich das holen, was sie wollte, und Coalton County für immer hinter sich lassen.

»Und das werde ich auch«, versprach sie sich. Bloß jetzt noch nicht.

Das Himmelbett mit der rosa Satindecke und den springenden Einhörnern auf dem Bettpfosten war beruhigend vertraut. Tante Millisandra hatte den Raum eingerichtet und »Leeshas Zimmer« getauft, als Leesha erst drei gewesen war. Bis vor kurzem war Leesha mindestens ein oder zwei Mal im Jahr dort gewesen. Es war immer eine höhlenartige Zuflucht im Zuckerbäckerstil gewesen.

Nur dass sie sich jetzt nicht mehr sicher fühlte.

Sie lehnte sich in die Rüschenkissen und zog die Decke bis an die Taille hoch. Dann stieß sie einen tiefen Seufzer aus und tippte eine Nummer in ihr Handy ein.

Barber antwortete beim dritten Klingeln. »Ja?«

»Nun ja. Ich bin hier.«

Barber lachte. »Wirklich? Ich weiß immer, wo du bist, hast du das schon vergessen?«

Leesha befingerte den goldenen Reif, den Barber ihr um den Hals geschmiedet hatte. Jason hatte gesagt, Angriffsmagie wäre im Schutzgebiet wirkungslos. Aber vielleicht konnte Barber sie trotzdem dorthin verfolgen.

»Hör mal, es klappt nicht. Es ist genau so, wie ich gesagt habe. Alle hassen mich.«

Barber schnalzte mit der Zunge. »Haley hasst dich nicht. Ihr seid euch doch noch nicht begegnet, oder?«

»Also ...« Leesha zögerte. »Ich habe ihn heute Abend kennengelernt. Auf einer Party.«

»Na bitte, das ist doch ein Anfang. Ich bin mir sicher, dass du einen guten Eindruck gemacht hast.« Barber klang äußerst erheitert.

»Die Sache ist die, ich kann das ... ich kann das einfach nicht länger tun. Du wirst dir etwas anderes ausdenken müssen.«

Barbers Ton klang samtweich, und doch war die Härte darunter erkennbar. »Da irrst du dich. Es ist dein Problem. Du hast den Handel mit D'Orsay gemacht. Du hast versprochen, dass wir ihm Haley und das Drachenherz bringen. Diese Papiere, die du mir gegeben hast, sind bedeutungslos, wenn wir die Vereinbarung nicht weihen können. Du musst Haley aus dem Schutzgebiet und an einen Ort locken, wo ich ihn erwischen kann. Wie du das machst, ist deine Sache.«

»Ich habe Geld. Ich kann dich bezahlen. Nur lass mich da raus, okay?« Leesha bemühte sich, ihre Stimme zu kontrollieren. Flehen fiel ihr nicht leicht.

»Du denkst, ich müsste wegen Geld zu *dir* kommen?« Der samtene Ton war vollständig verschwunden. »Ich habe es so satt, dass ihr Blaublüter mich wie einen Niemand behandelt. Ich weiß, wo du bist, und ich weiß, wo deine Tante Milli wohnt. Ich will Ergebnisse sehen, sonst werde ich euch beiden die Luft aus dem Leib quetschen.« Er legte auf.

Das Telefon fiel aus ihren kraftlosen Fingern und landete auf der Satindecke. Leesha schlang die Arme um ihr Kissen, grub das Gesicht in den Stoff und weinte.

KAPITEL 8
Übergänge

Am nächsten Morgen wälzte sich Seph mit Krämpfen im Magen und pochendem Kopf spät aus dem Bett. Dann fielen ihm die Ereignisse der vergangenen Nacht wieder ein. Es schien, als würde jede Begegnung mit Madison in einem Streit enden und dazu führen, dass er sich zerschlagen fühlte.

Er hatte noch nie ein Mädchen wie Maddie Moss gekannt. Sie war wie eine dieser unberührbaren Pflanzen, die ihre Blätter schlossen, wenn man sie streifte. Es waren sechs total frustrierende Monate gewesen. Andere Mädchen hatten ihm deutliche Signale gegeben, dass sie ihn mochten, aber Seph erwiderte ihre Gefühle nicht. Madison war wie eine berauschende Blume, die einen stach, bis man blutete, aber irgendwie lohnte es sich, ihr nahezukommen. Sie war mit sich selbst im Krieg, sie war mit ihm im Krieg, und doch gab es da Momente …

Und jetzt ging sie fort.

Er zog seine Jeans und ein Hemd an und ging die gewundene Treppe hinab. Auf dem Weg nach unten bot sich ihm aus einem der Fenster ein Blick über den zugefrorenen See.

Der Himmel färbte sich blau, während die Sonne höher stieg und die Eiszapfen, die an den Regenrinnen von Stone Cottage hingen, aufglühen ließ. Es würde ein schöner Wintertag werden.

Seine Eltern waren in der Küche.

»Hi.« Seph goss sich ein Glas Orangensaft ein und warf ein Toastbrötchen in den Toaster. »Wer kümmert sich um die Grenze?«

»Ich«, antwortete Hastings. »Solange ich hier bin.«

Wie macht er das?, überlegte Seph. Ihm bricht nicht einmal der Schweiß aus.

»Wir beide müssen einige Ideen durchgehen, die ich zur Überwachung des magischen Verkehrs innerhalb des Schutzgebiets habe«, fuhr Hastings fort.

»Wir sprechen heute Nachmittag mit dem Schutzgebietskomitee«, ergänzte Linda. »Wir werden über Notfallpläne im Fall eines Angriffs reden. Und wir hätten gern, dass du mitkommst.« Sie sah ihn genauer an und runzelte die Stirn. »Geht es dir gut, Schätzchen? Du siehst blass aus, und du hast wieder diese dunklen Augenringe.«

»Es ist ziemlich spät geworden«, antwortete Seph.

»Danach treffe ich mich mit Mercedes und Snowbeard in der Kirche, um die Sachen durchzusehen, die Jason vom Ghyll mitgebracht hat«, sagte Hastings. »Deine Erkenntnisse wären wertvoll.«

Seph fühlte sich unwillkürlich geschmeichelt. Sein Vater behandelte ihn immer so, als sei er großer Dinge fähig. Was in ihm den Wunsch weckte, Großes zu leisten. Obwohl der Druck manchmal schwer zu ertragen war.

So sahen die Mußestunden mit seinem Vater aus.

Nachdem er das Brötchen aus dem Toaster gefischt hatte, bestrich er es dick mit Butter. Dann trug er seinen Teller an den Tisch, und Linda stellte ihm einen großen Milchshake hin.

Er verdrehte die Augen. »Milchshake zum Frühstück? Schon wieder?«

»Trink aus. Du bist nur Haut und Knochen. Du bist in den letzten sechs Monaten öfter krank gewesen als in deinem ganzen Leben davor.«

Als Seph zögerte, fügte Hastings hinzu: »Hör auf deine Mutter. Du wirst heute deine ganze Kraft brauchen, das verspreche ich dir.«

Seph hasste es, wenn sie sich gegen ihn verbündeten. Er hob sein Glas zu einem spöttischen Trinkspruch und nahm einen langen Schluck. Erdnussbutter und Schokolade. Wie ein Erdnussbuttertörtchen im Glas.

Linda ging nach oben, um zu duschen, und ließ Seph mit seinem Vater allein.

»Wie läuft es in Großbritannien?«, fragte Seph.

Hastings zuckte die Achseln. »Die Rosen belagern Raven's Ghyll in der Hoffnung, D'Orsay aus seinem Loch zu treiben. Es ist nicht ganz klar, wo sich die Vereinbarung befindet. Wenn D'Orsay sie in seinem Besitz hätte, hätte er bestimmt längst gehandelt, um die Gilden auf Kurs zu bringen. Aber wenn er sie nicht hat, wer hat sie dann?«

Er schwieg, und als er von Seph keine Antwort bekam, wechselte er das Thema. »Du gehst immer noch mit Madison Moss.«

Es war eigentlich keine Frage. »Ja. Na ja, so was in der Art. Mal ja, mal nein.« Er wollte nicht mit seinem Vater über Mädchenprobleme reden.

»Snowbeard sagte mir, sie wäre unentschlossen, was unsere Mission hier betrifft.«

Seph ging sofort in den Verteidigungsmodus. »Das ist richtig. Sie ist nicht begabt. Es ist nicht ihr Kampf.«

»Sie ist nicht im traditionellen Sinne begabt, das stimmt. Aber sie hat ein Talent, das uns von großem Nutzen sein könnte, falls …«

»Sie hat nichts damit zu tun, okay? Sie geht zur Schule, und sie arbeitet viel, weil sie den Unterricht nächstes Jahr bezahlen muss.«

»Du sagst also, sie könnte für ein Angebot empfänglich sein.«

Seph stieß den Stuhl zurück und hinterließ dabei lange Kratzer auf dem glänzenden Parkett. »Was ich sage, ist, dass sie ihre eigenen Probleme hat. Sie ist talentiert, aber das Talent, an dem sie arbeiten will, ist die Malerei.«

»Malen wird uns nicht helfen.« Hastings lehnte sich in seinem Stuhl zurück. »Wir wissen nicht viel über Induktoren, da sie zu keiner Gilde gehören. Der Legende nach sind sie Nachfahren von Aidan Ladhras Drachenwache.« Hastings schnaubte. »Ich halte es für unwahrscheinlich. Aber du weißt, was auf Second Sister geschehen ist.«

Seph trug seinen Teller und sein Glas zur Spüle und ließ sie klappernd hineinfallen. »Ich höre mir das nicht an.«

»Ich will, dass du mit ihr arbeitest, Seph.«

Er wirbelte zu seinem Vater herum. »Soll ich *mit* ihr arbeiten, oder soll ich sie *be*arbeiten?«

Der Zauberer wedelte mit der Hand. »Ich habe gesehen, wie sie dich anschaut. Selbst wenn ihr Zauberei nichts anhaben kann, kannst du … Einfluss ausüben. Ich will, dass du alles über ihre Fähigkeiten herausfindest, was du kannst.«

»Und was dann?«

»Überzeuge sie davon, uns zu helfen.«

»Na klar. Nur ein weiteres Opfer für die blutige Sache.« Seph ließ Kaffee in einen Becher spritzen und dachte an Maia, die seinetwegen in Toronto gestorben war.

»Hast du eine Ahnung, wie heikel unsere Lage ist? Die Existenz von Trinity ist ein Affront für die Rosen. Wenn sie mit Claude fertig sind, werden sie sich auf uns stürzen. Oder schlimmer noch, sie werden sich mit D'Orsay verbünden.«

»Nein.«

Hastings knallte seinen Kaffeebecher auf den Tisch und stand auf. »Angesichts der Kräfte, die gegen uns aufgeboten werden, können wir es uns nicht leisten, uns von einigen unbegründeten, unergründlichen, *extravaganten* Prinzipien davon abhalten zu lassen, jeden Vorteil zu nutzen.«

Seph stand ebenfalls auf, und plötzlich standen sie sich Nase an Nase gegenüber. Energie knisterte in der Luft zwischen ihnen. Seph stellte überrascht fest, dass er genauso groß war wie sein Vater. Wann war er so gewachsen?

»Tut mir leid«, antwortete Seph, »aber es gibt einige Dinge, die ich einfach nicht mache.«

Hastings starrte ihn an, als sei er nicht wiederzuerkennen. Dann zuckten seine Lippen zu einem schwachen Lächeln in die Höhe. »Also schön«, sagte er. Er setzte sich wieder an den Tisch und deutete auf den anderen Stuhl. »Bitte.«

Seph setzte sich nicht, sondern beugte sich vor und stützte die Handballen auf den Tisch. »Madison wird ohnehin fortgehen.«

»Was meinst du?«

»Familiärer Notfall. Sie fährt nach Hause.«

»Für wie lange?«

Seph zuckte die Schultern. »Sie weiß es nicht. Vielleicht für den ganzen Sommer.«

»Das ist schlecht für uns und gefährlich für sie.«

»Ich habe versucht, es ihr auszureden. Aber sie geht, es sei denn, wir schließen sie in der Krypta von St. Catherine's ein und schieben ihr Essen unter der Tür durch. Also, wie weit bist du bereit zu gehen?«

Anscheinend nicht besonders weit, denn Hastings wechselte das Thema. »Die Rosen haben sich bei dir gemeldet, nicht wahr?« Hastings sah ihm in die Augen.

Seph zögerte, dann nickte er. »Und D'Orsay.« Er fühlte sich schuldig, obwohl er nicht reagiert hatte.

»Wenn sie dich auf die eine Art nicht ködern können, versuchen sie es vielleicht auf eine andere Weise«, fuhr Hastings fort. »Sie könnten sie vielleicht benutzen, um an dich heranzukommen.« Hastings musterte Seph und trommelte die Fingerspitzen aneinander. »Nun, ich nehme an, das lässt sich für den Moment nicht ändern. Behalte ihre Abreise für dich, wenn du kannst. Sag niemandem, wohin sie gegangen ist.«

»Wie lange bist du hier?«, fragte Seph.

»Leider nicht mehr sehr lange.« Der Zauberer bewegte die Hände rastlos über den Tisch, und der Stein in seinem Ring glitzerte im morgendlichen Sonnenlicht. »Ich fürchte, dass du in naher Zukunft noch mehr Verantwortung übernehmen müssen wirst.«

Als Hastings nicht weitersprach, drang Seph in ihn. »Warum? Was ist los?«

»Deine Mutter und ich organisieren einen Angriff auf Raven's Ghyll.«

Seph blinzelte ihn an. »Was? Ich dachte, du …«

»Ich glaube nicht, dass die Vereinbarung dort ist. Aber da der drohende Krieg immer mehr zur Gewissheit wird, könnte der Waffenhort eine entscheidende Rolle spielen. Tatsächlich hat er das bereits.«

Seph hatte von dem legendären Lager in Raven's

Ghyll gehört. »Hat jemand die Waffensammlung tatsächlich gesehen? Ich meine, ich dachte, der Hort sei vielleicht einfach eines dieser Gerüchte, die sich als heiße Luft herausstellen.«

»Möglich, aber unwahrscheinlich. Die D'Orsays haben ihre Rolle als Spielemeister ausgenutzt, um über Jahrhunderte hinweg magische Waffen zu sammeln. Soweit wir wissen, sind sie irgendwo im Ghyll.« Er lachte. »Die Rosen sind jedenfalls überzeugt davon. Einzig diese Sammlung hindert sie daran, in das Ghyll einzudringen. Sie könnte das Gleiche für Trinity bewirken. Wenn wir die Waffen unzugänglich machen, könnten die Rosen uns zumindest die Arbeit abnehmen und D'Orsay eliminieren. Und das Letzte, was wir wollen, ist, dass der Hort den Rosen in die Hände fällt.«

Seph verspürte einen Schauer, der ihm kalt über den Rücken lief. »Wie wollt ihr das machen? In das Ghyll eindringen, meine ich. Wie wollt ihr an den Rosen vorbeikommen?« Er musste fragen, obwohl er sich nicht sicher war, ob er es wirklich wissen wollte.

Hastings lächelte wölfisch. »Es gibt viele Wege, um hineinzugelangen. Die Herausforderung wird darin bestehen, wieder herauszukommen.«

Das war nicht gerade beruhigend. »Jason will euch begleiten.«

»Ich weiß, dass Jason mitkommen will. Aber er hat ein Problem damit, Befehle zu befolgen. Ich möchte ihn hier haben, unter Nicks Aufsicht, wo er dir helfen kann. Wir sind zu stark beansprucht, vor allem was Zauberer betrifft.«

»Wir könnten etwas nachsichtiger mit ihm sein«, meinte Seph. »Er hat mir in The Havens das Leben gerettet.«

»Das weiß ich.« Hastings rieb sich mit dem Handballen die Stirn, als habe er selbst Kopfschmerzen. »Jason wird sich für uns am nützlichsten erweisen, wenn wir einen Weg finden können, seine Leidenschaft zu kanalisieren, damit er nicht in Flammen aufgeht und uns alle mit verbrennt.«

Madison fand Sara Mignon in ihrem Atelier im zweiten Stock von Saddlewood Hall. Ihre Kunstlehrerin trug ein farbbekleckstes Jeanshemd und Jeans, und sie klatschte üppige Ladungen Acryl auf ein raues Brett von der Größe einer kleinen Scheune. Zwei Doktoranden schufteten an den unteren Ecken und legten Linien an, die Sara fröhlich ignorierte.

Als sie Madison sah, sprang Sara von ihrer Trittleiter und legte ihre Farben auf der untersten Stufe ab. Mit dem Ärmel wischte sie sich leuchtendes Gelb von der Nasenspitze. Das gelockte Haar stand ihr in alle Richtungen vom Kopf ab, eine tiefe, blauschwarze Farbe, die aus der Flasche kam. Sie sah anders aus als jede Lehrerin, die Madison je gehabt hatte.

»Hi, Maddie. Was sagst du?«

»Nun, es … es ist schön. Es gefällt mir.« Madison war immer noch verblüfft, wenn ihre Professoren sie nach ihrer Meinung fragten. Nicht dass sie keine Meinung gehabt hätte, sie war es nur nicht gewohnt, dass jemand sie hören wollte. Sie hatte Schulen besucht, in denen man die Lehrer mit Sir ansprach und die Lehrerinnen mit Ma'am. Ja, Sir. Ja, Ma'am.

Madison gefiel alles, was Sara tat, obwohl die Arbeit ihrer Lehrerin wirklich anders war als ihre. Saras Kunst war in ihrer Hitze geradezu tropisch. Madisons Malerei war kühl und rauchig und so gedämpft wie die Abenddämmerung in den Tälern.

Sara (sie bestand darauf, so genannt zu werden) betrachtete kritisch das Gemälde, die Hände in die Hüften gestemmt. »Dieses Gelb zieht das Auge an, nicht? Es könnte ein wenig zu gewagt sein.« Sie drehte sich zu Madison um. »Bist du hier, um über deine Abschlussarbeit zu reden?«

»Nun, äh …«

»Lass uns einen Blick darauf werfen, ja?«

Die Abschlussarbeiten wurden in einem lichtdurchfluteten Atelier im zweiten Stock des Kunstgebäudes ausgestellt. Stimmungsvolle Ölgemälde, harmonische Aquarelle, aufdringliche Acrylbilder. Madisons Gemälde stand verhüllt in einer Ecke.

Sara zog das Tuch weg, und sie standen Seite an Seite da. Sara betrachtete die Arbeit, während Madison auf ihre Füße hinabsah.

Warum musste ich nur *das da* einreichen?

»Ich mag die Schichtungen in diesem Bild, die Flammen, die über den Stein gelegt sind, das Blut, das auf den Boden gespritzt ist, die Anordnung der Leichen und die Art, wie die Architektur im Bild das Auge führt. Es gibt hier ein starkes, fantastisches Element. Sogar Horror.«

Madison nickte stumm.

»Dieses Werk ist wirklich anders als deine übrigen Arbeiten«, fuhr Sara fort. »Abstrakter, mehr rohe Gefühle, mehr heiße Schatten. Hier ist eine Gewalt, die ich zuvor nicht bei dir wahrgenommen habe. Kannst du mir etwas dazu sagen?«

Nein, kann ich nicht. Da war eine Kritiklosigkeit an Sara, die zu Vertraulichkeiten einlud, aber Madison war klug genug, dieses spezielle Geheimnis mit niemandem zu teilen.

»Sie … ähm … stammt aus einem Traum, den ich hatte.«

Eher ein Albtraum.

»Nun, es ist interessant zu sehen, dass du mit den Landschaften aufhörst und neue Themen und Stilrichtungen erkundest. In deinem Alter halte ich das für wichtig.« Sara verhüllte das Gemälde wieder. »Also, wirst du mir nächsten Freitag helfen können?«

Madison stopfte die Hände in die Taschen. Es auszusprechen machte es real. »Ich … äh … wollte Ihnen sagen, dass ich nächste Woche nicht zu Ihrer Eröffnung kommen kann. Ich muss von der Schule abgehen. Ich muss nach Hause. Familiärer Notfall. Es tut mir wirklich leid.« Tränen stiegen ihr in die Augen, und sie wandte sich beschämt ab.

Sara legte ihr eine Hand auf die Schulter. »Nichts Ernstes, hoffe ich.«

»Nein«, sagte Madison automatisch. »Nun, vielleicht doch. Ich denke, ich kann es regeln. Aber ich werde wahrscheinlich den ganzen Sommer zu Hause bleiben müssen.«

»Du kehrst in diese verträumten Berge zurück, nicht wahr?« Sara grinste. »Ich würde sagen, für einen Künstler ist das ein Geschenk.«

Sara hatte die Gabe, einen dazu zu bringen, dass man sich selbst gut fühlte. Sie war so sonnig wie ihre Gemälde. »Könnte sein«, antwortete Madison, die sich gleich etwas besser fühlte. »Aber ich hatte gehofft, in diesem Semester mit den beiden Kursen bei Ihnen und der Abschlussarbeit noch weitere acht Stunden zu bekommen, die auf die Leistungspunkte angerechnet werden. Im Herbst muss ich selbst dafür bezahlen. Und im Herbst gehen Sie wieder nach Chicago.«

Sara runzelte die Stirn und legte den Kopf schief. »Ich weiß nicht, warum wir nicht trotzdem zusammenarbeiten können. Es sind ja keine Vorlesungen. Es ist nicht so, als würde ich dir über die Schulter schauen, selbst wenn du hier wärst. Du kannst in – wie heißt es – Coalville? – genauso gut malen wie hier. Vielleicht können wir uns einmal im Monat treffen, und ich kann mir deine Arbeiten ansehen und dir am Ende des Semesters eine Zensur geben. Kriegst du das hin?«

»Ich ... nun ... das klingt toll. Aber ... würden wir immer noch über die Trinity Highschool arbeiten, oder würden wir ...«

»Keine Sorge«, sagte Sara, die ihre Gedanken las. »Ich regle das mit Penworthy.«

»Ich weiß nicht, was ich sagen soll.« Madison spürte das Brennen im Gesicht, das ihr signalisierte, dass sie rot wurde.

Sara musterte sie anerkennend. »Weißt du, Trinity ist eine gute Schule, aber bildende Kunst ist nicht ihr Schwerpunkt. Hast du je daran gedacht, nach Chicago zu kommen?«

»An das Art Institute? Oh, nein. Ich ... äh ... ich könnte es mir nicht leisten.« Madison schluckte ihre Hoffnungen hinunter. Sie würde sich nicht von ihnen überwältigen lassen.

Sara fasste sie an den Schultern und sah ihr in die Augen. »Madison. Deine Landschaften sind einzigartig, völlig erfrischend, und du bist noch nicht einmal Collegeschülerin. Deine Stimme ist viel älter als du selbst. Deine Kunst atmet die Appalachen, aber sie hat nicht den Hauch von Volkskunst an sich. Du siehst das Übernatürliche im Gewöhnlichen. Ich würde es ätherisch nennen.«

»Hören Sie, ich bin wirklich dankbar für … alles. Aber ich kann es mir nicht leisten, in Chicago zu leben, ganz zu schweigen davon, Schulgeld am Kunstinstitut zu zahlen. Die Freifahrt ist nach diesem Jahr vorbei. Ich möchte nicht mit einer Million Dollar Schulden meinen Abschluss machen, wenn ich nicht weiß, wovon ich leben soll.«

Sara ließ die Hände von Maddies Schultern sinken. »Lass das meine Sorge sein. Du malst einfach weiter. Ich würde auch gern mehr Aktzeichnungen und Porträts sehen, nicht nur Landschaften. Dann werden wir eine Mappe für dich zusammenstellen und sehen, was geschieht. Abgemacht?«

Madison konnte nur nicken.

Sara lächelte. »Also, jetzt lass uns dafür sorgen, dass du alles hast, was du brauchst. Wir werden einfach sagen, es sei von deinen Kursgebühren bezahlt worden.«

Madison verließ Saras Atelier mit einem Rucksack voller Bücher, Farben und anderem Material. Sie schlenderte über den Trinity Square und ging in Läden und Galerien und kaufte von ihrem Trinkgeld kleine Geschenke für J. R., Grace und Carlene.

Ohne es eigentlich zu wollen, ging sie schließlich durch das Tor von St. Catherine's und überquerte den verschneiten Friedhof zum Seiteneingang der Kirche. Ich werde nur noch einen Blick hineinwerfen, sagte sie sich. Ich weiß nicht, wann ich wieder hier sein werde.

Es war ein Dienstagmorgen, und der Altarraum hallte von ihren Schritten wider, leer bis auf eine alte Dame, die in der vorderen Reihe kniete, den Kopf über die gefalteten Hände gebeugt. Madison schlüpfte leise zu der Treppe vor dem Altarbereich, die in die Trauerkapelle führte, und ging durch die Schutzzauber und Verwirrungszauber, die Seph errichtet hatte, um jeden abzulenken, der herumschnüffelte.

Am Fuß der Treppe wandte sie sich nach links und betrat die Krypta. Sie hatten das Grab von Swift offen gelassen, da sie darauf vertrauten, dass Sephs Barrieren die Neugierigen fernhalten würden.

Die Hexerin Mercedes Foster und ihr kleiner Ausschuss waren offensichtlich am Werk gewesen. Magische Gegenstände lagen aufgereiht da und waren nach ihren wahrscheinlichen Funktionen sortiert. Die identifizierten Objekte waren von Mercedes in ihrer sauberen Handschrift beschriftet worden. An den Wänden bildeten Symbole und Diagramme eine Art Strichliste.

Der Stein, den Jason das Drachenherz genannt hatte, thronte etwas abseits auf seinem Drachenständer, ein Edelstein in einer kunstvollen Fassung. Die Flammen, die in seinem Inneren schwelten, warfen geisterhafte Schatten über die Wände.

Was machst du hier überhaupt?, fragte sich Madison und bekam keine Antwort.

Sie spürte, wie der Stein sie von der anderen Seite des Raumes anzog. Wie zuvor schien das Drachenherz auf ihre Anwesenheit zu reagieren; es wurde heller, Farben glitten übereinander wie leuchtende Malfarben, die in einem Glas herumschwappten.

Sie stand über dem Stein. Als sie die Hand ausstreckte, färbte das Licht des Steins ihre Haut. Ihr Atem ging langsamer, ihre Lider wurden schwer. Eine Folge scharf umrissener Bilder schoss ihr durch den Kopf: eine steinerne Burg, ein von rauen Bergen umringtes Tal in funkelnden Farben, eine Prozession von Höflingen mit Geschenken. Sie hörte das Flüstern eines halb erinnerten

Liedes und Gedichtzeilen, die ihr das Herz brachen. Sie hörte jemanden einen Namen rufen, auf den sie antworten wollte.

In ihrem Inneren spürte sie, wie die Hexenmagie sich entrollte und suchend vorwärtsschlängelte wie eine Schlange.

Ohne Vorwarnung schoss eine Flamme zwischen ihr und dem Drachenherz empor, zischte ihre Arme hoch und in ihr Schlüsselbein hinein. Die beiden Magieformen prallten in ihrem Inneren zusammen. Sie fiel hintenüber, unterbrach die Verbindung, landete auf dem Rücken und schlug schwer mit dem Kopf auf der steinernen Türschwelle auf. Für einen Moment lag sie benommen da, während in ihrem Kopf Farben wie Feuerwerk am Nachthimmel explodierten.

Stimmen flüsterten in ihrem Kopf, vermischten sich und wetteiferten miteinander – schöne Versprechungen, zärtliche Worte, Verlockungen, Flüche und Warnungen. Wie Geister, die unter einer Glasglocke miteinander kämpften, bis sie schließlich erstarben.

Madison umklammerte den Rand der Gruft, zog sich auf die Füße und dachte an Mins Worte.

Lass die Finger von Magie. Sie geht uns nichts an.

Aber es schien, als würde die Magie es niemals müde, die Finger von ihr zu lassen.

Das Drachenherz glühte auf und sandte lange Flammenzungen und Schatten, die wie Hände nach ihr griffen. Sie musste gegen den Drang ankämpfen, in ihre Umarmung zu laufen.

Madison wich vor dem Stein zurück, trat vorsichtig über die Schwelle, drehte sich um und floh die Treppe hinauf.

KAPITEL 9
Schrecken in der Krypta

Am nächsten Morgen hockte Mercedes Foster sich hin und betrachtete die Pentagramme, die sie mit Kreide auf den Steinboden der Krypta gezeichnet hatte. Sie rieb sich mit dem Handrücken einen Fleck von der Nase und schaute zu Snowbeard auf. »Was denkst du, Nicodemus?«

Der alte Zauberer nickte. »Für mich sieht es perfekt aus, Mercedes.«

Die Hexerin pflanzte die Fäuste auf die knochigen Hüften und grinste Jason an. »Dann kommt. Versuchen wir es noch einmal.«

»Ich hoffe, Sie wissen, was Sie tun.« Jason nahm zögernd seinen Platz in dem inneren Fünfeck eines der Pentagramme ein. Die anderen beiden suchten in ihren eigenen Diagrammen Zuflucht. Die alte Holzkiste aus Raven's Ghyll stand in dem vierten Drudenfuß auf dem Boden.

Mercedes begann in einem hohen Singsang zu sprechen. Nick streckte die Hand aus und entfachte an der Schnittstelle der vier Pentagramme eine helle, heiße Flamme. Jason nahm den Kasten mit einer Eisenzange und hielt ihn ins Feuer, wobei er darauf achtete, sich nicht aus seinem Pentagramm zu lehnen.

Sie warteten. Und warteten. Flammen züngelten ohne sichtbare Wirkung über die Kiste. Das Holz war so mit

Zaubern imprägniert, dass es selbst gegen Zaubererfeuer unempfindlich war.

Sie fuhren fort, bis Jasons Arm unter dem Gewicht des Kastens zitterte und er den Ellbogen mit der anderen Hand stützen musste. Die Zange wurde warm und dann heißer und immer heißer, sodass er sich darauf konzentrieren musste, dass seine Finger keine Blasen bekamen.

Schließlich ließ Mercedes ihr Lied verklingen. »Na gut«, sagte sie, und ihr langes Gesicht legte sich in Falten der Enttäuschung. »Es funktioniert nicht. Ich fürchte, wir kriegen die Kiste nie auf.« Sie nahm einen Seidenschal vom Kopf, und ihr drahtiges Haar explodierte. Sie tupfte sich mit dem Schal den Schweiß vom Gesicht. »Das reicht für heute.«

Behutsam stellte Jason die Kiste wieder auf den Boden, ließ die Zange fallen und wischte sich die versengten Hände an der Jeans ab.

In einer der Grabkammern waren kunstvolle Gegenstände aufgereiht, nach ihrer Funktion sortiert und mit ihren magischen Namen beschriftet. Es gab Herzsteine aller Art: Anhänger, Wahrsagesteine, Amulette, die den Träger stärkten, Schutztalismane, Liebessteine, die den Verstand verwirrten. Verzauberte Spiegel, die bezaubernde und irritierende Bilder aus der Vergangenheit, Gegenwart und Zukunft zeigten. Juwelenbesetzte Dolche, die Wunden hinterließen, die nicht heilen würden. Gürtel und Halsfesseln zum Festhalten magischer Gefangener. Als Jason an seine Flucht aus dem Ghyll zurückdachte, war er erstaunt, dass das alles in seinen Rucksack gepasst hatte.

»Wir haben schon viel geschafft«, bemerkte er und deutete auf die katalogisierten Gegenstände.

Mercedes nickte widerwillig. »Mag sein. Ich kann mir

nicht helfen, aber ich denke, dass die mächtigsten *Sefas* sich uns widersetzen.«

Die übrigen Stücke lagen einsam in einer Ecke: der kleine Holzkasten, der sich nicht öffnen ließ, ein abgetragener Umhang, der sorgfältig mit glitzerndem Garn geflickt worden war, ein silberner Hammer mit Runeninschriften, Kristallflaschen mit unbekannten Tränken, deren Stöpsel mit nachgedunkeltem Wachs überzogen waren. Und natürlich das Drachenherz auf seinem kunstvollen Metallständer.

Bis auf den Opal konnte sich Jason nicht erinnern, warum er diese Gegenstände ausgewählt hatte. »Vielleicht ist das einfach nur Müll«, meinte er. »Vielleicht bin ich über die magische Deponie von Raven's Ghyll gestolpert.« Mercedes presste die Lippen fest aufeinander, aber er hörte nicht auf. »Da waren Tonnen loser Edelsteine in der Höhle. Ein paar habe ich mitgenommen, aber ich habe mich hauptsächlich auf die magischen Stücke konzentriert. Vielleicht ist der Opal nur ein weiterer Edelstein in dem Haufen.«

Wie um ihm zu widersprechen, sandte das Drachenherz einen Lichtstrahl aus, der durch die Krypta kreiselte. Der Stein sah anders aus als zuvor, beinahe erregt. Macht überflutete Jason und wärmte den Weirstein unter seinem Brustbein wie ein bedecktes Feuer.

Die drei standen wie erstarrt da und sahen das Drachenherz an.

Snowbeard räusperte sich. »Ich denke, der Stein ist wichtig«, stellte er fest. »Sonst würde ich nicht so viel Zeit damit verbringen.«

Jason zuckte die Schultern und bemühte sich, seinen Ärger zu verbergen. »Was auch immer. Jedenfalls ist es Zeitverschwendung, weiter hieran zu arbeiten. Ich denke, ich sollte einige der mächtigsten Stücke nehmen und sie Hastings nach Großbritannien bringen. Angeblich plant er einen großen Angriff auf das Ghyll. Die Sachen könnten helfen.«

»Hat Hastings dich gebeten, irgendwelche Stücke nach Raven's Ghyll zurückzubringen?«, fragte Nick.

»Nein, aber …«

»Sagte er nicht, dass sie im Schutzgebiet bleiben sollen?«

»Hier nützen sie uns nichts!« Jason ging auf und ab und machte enge Wenden in der kleinen Grabkammer. »Ich hätte sie genauso gut in der Höhle lassen können.«

»Ich denke, dass es gut ist, dass sie nicht in den Händen unserer Feinde sind«, meinte Nick, dessen schwarze Augen Jason bis zum Rückgrat durchbohrten.

»Wenn man genau darüber nachdenkt, gehört dieser Kram mir«, erklärte Jason. »Ich habe das Zeug gefunden. Ich habe es aus dem Ghyll getragen. Ich sollte damit tun dürfen, was ich will.«

»Jason Haley!« Die Stimme des Zauberers hallte von den Steinwänden der Gruft wider, obwohl er nicht besonders laut sprach. Snowbeard schien zu wachsen, bis sein Kopf fast die Decke berührte. Flammen flackerten um seine kantige Gestalt. »Du weißt, dass du Unrecht hast. Du bist kein Kind, das sein Spielzeug zurückverlangen kann. Die Zukunft der magischen Gilden könnte davon abhängen, was wir aus dem machen, was uns in die Hände gefallen ist. Ich werde nicht zulassen, dass du uns alle leichtsinnig in Gefahr bringst, indem du diese Dinge unüberlegt einsetzt.«

Jason wusste, dass er einfach den Mund halten sollte, aber er konnte nicht anders. »Sie denken also, wir sollten uns hier einfach verschanzen und abwarten, bis wir angegriffen werden?«

»Ich denke, dass wir noch nicht genug wissen, um zu entscheiden, wer der gefährlichere Gegner sein wird. Wenn D'Orsay die Vereinbarung, den Waffenhort und das Ghyll in seinem Besitz hat, warum hat er dann nicht gehandelt? Warum hat er das Dokument nicht geweiht und uns alle unter seine Herrschaft gebracht?«

»Woher soll ich das wissen?« Jason schob die Hände in die Jeanstaschen. »Hastings schien zu denken, dass es sich lohnt, ihn zu verfolgen, jetzt, da ich wieder hier festsitze.«

Nicks Stimme wurde sanfter. »Jason. Die Arbeit, die wir tun, ist wichtig, auch wenn du das nicht glaubst. Ich denke, dass wir ein seltenes Geschenk erhalten haben, wenn wir nur herausfinden können, wie man es benutzt.«

Jason kaufte ihm das nicht ab. »Sie klingen wie Hastings.«

»Wirklich?« Nick zog eine Augenbraue hoch. »Vielleicht gibt es einen Grund dafür.«

»Dann nehme ich nur den Opal«, sagte Jason. »Den Rest können Sie behalten.« Impulsiv streckte er die Hand nach dem Drachenherz aus.

Und wurde mit verblüffender Wucht gegen die Wand geschleudert. Er schien für einen Moment daran zu kleben, dann rutschte er an der Mauer herunter, bis sein Hintern auf dem Boden aufkam.

»Jason!«

Mercedes und Nick beugten sich über ihn. Sie redeten beide gleichzeitig und untersuchten ihn auf fehlende Körperteile. Sobald sie festgestellt hatten, dass er okay war, begann das Verhör.

»Jason! Was hast du getan?« Nick packte ihn fest am Arm.

»Ich habe nichts *getan. Scheiße.* Ich habe nur danach gegriffen.«

»Hast du irgendeinen Zauber gesprochen?« Mercedes nahm seine Hände und drehte sie nach oben, als hätte er dort etwas hineingeschmuggelt. »Hast du etwas auf den Stein aufgetragen? Hast du ein *Sefa* benutzt?«

Er schüttelte den Kopf und entriss ihr die Hände. »Ich wollte ihn nur aufheben.« Er fühlte sich gedemütigt und frustriert. Zurückgewiesen von einem *Stein.*

Als Hexenheilerin war Mercedes auch empathisch. Also begann sie ihn zu beruhigen, was ihn nur umso mehr verärgerte. »Mach dir keine Sorgen. Wir haben ihn wahrscheinlich mit unserer Untersuchung destabilisiert«, meinte sie.

»Ich hatte noch nie irgendwelche Probleme damit«, sagte Jason, der sich daran erinnerte, wie er den Stein im Ghyll berührt hatte, wie er über seine kristalline Oberfläche gestrichen hatte, während die Flammen sanft unter seinen Fingern zum Leben erwacht waren. Er stand auf und rieb sich die Ellbogen.

»Wir versuchen es nun schon seit Wochen«, stellte Mercedes fest. »Es könnte sein, dass wir die Sache eine Weile ruhen lassen müssen. *Sefas* sind nämlich launisch, weißt du.« Sie griff nach dem Samtbeutel. »Ich werde ihn einfach in die Gruft zurückbringen.«

»Mercedes ...«, begann Snowbeard und klang, als wolle er eine Warnung aussprechen. Aber die Hexerin griff nach dem Drachenherz, und der Stein reagierte mit einem Feuerstoß, der Mercedes auf ihren langen Vogelbeinen zurücktaumeln ließ. Hätte Snowbeard sie nicht am Arm festgehalten, sie wäre gefallen.

»Oh!«, keuchte Mercedes. »So was.«

»Wollen *Sie* es mal versuchen?«, fragte Jason Snowbeard. Er fühlte sich einigermaßen rehabilitiert.

Snowbeard betrachtete den Stein. Da er kein Narr war, schnappte er sich seinen Stab, der an der Wand gelehnt hatte, und streckte die Bärenkopfspitze vorsichtig nach dem Drachenherz aus, bis sie sich fast berührten.

Der Stein schien zu explodieren, riss Snowbeard den Stab aus den Händen und zerschmetterte ihn in drei Stücke, die klappernd auf den Steinboden fielen.

Sie alle schauten von dem zerbrochenen Stab zu dem Drachenherz und wieder zurück.

»Ihr Stab!« Jason war schockiert. Snowbeard hatte den Stab wahrscheinlich Hunderte von Jahren bei sich getragen. Er war ein außerordentlich mächtiger *Sefa*. Oder war es gewesen. Jason sammelte die Einzelteile ein und legte sie auf das Grab. »Mann, das tut mir leid. Können Sie ihn reparieren?«

»Der Kopf ist noch ganz«, sagte Mercedes, die den zerbrochenen Schaft befühlte. »Vielleicht können wir ihn wieder aufsetzen.«

»Hmmm? Vielleicht, vielleicht.« Snowbeard wirkte abwesend. Er stieß den zerbrochenen Stab an, dann drehte er sich um und betrachtete das Drachenherz, bevor er sich den Bart glatt strich und die Enden zwischen Daumen und Zeigefinger zwirbelte. »Er hat sich heftig gegen uns gewehrt«, erklärte er. »Woran könnte das liegen? Was hat sich verändert?« Er schien mehr von dem Drachenherzen fasziniert zu sein, als dass er sich über seinen Zauberstab Sorgen gemacht hätte.

»Wer weiß«, antwortete Jason. »Aber jetzt können wir ihn nicht einmal berühren.« So viel zu seinem Plan, ihn nach Raven's Ghyll zurückzubringen. Er musterte den Stein und fragte sich, ob er sich irgendwie an ihn heranschleichen konnte.

»Ich wünschte, wir hätten das Buch, das du gefunden hast«, bemerkte Snowbeard. »Das würde uns vielleicht etwas sagen.«

»Ich kann zurückgehen und es holen«, schlug Jason vor. Als diesem Vorschlag mit Schweigen begegnet wurde, fügte er hinzu: »Ich sage Ihnen eins. Ich werde mich hier nicht ewig verstecken und Staub in einem Kirchenkeller atmen.«

Er drehte sich zu Mercedes um. »Man sieht sich, Mercedes. Für heute bin ich fertig.«

Er zog die Schultern gegen die missbilligenden Blicke hoch, die ihn von hinten trafen, und stapfte die Stufen zum Nebeneingang der Kirche hinauf. Er wusste, dass er durch den kalten, elenden Tunnel gehen sollte, aber in diesem Moment war es ihm egal.

Als er aus dem Gebäude kam, traf ihn der helle Sonnenschein wie ein Knüppel. Es war ein schöner Wintertag, und er hatte ihn versteckt in einem Keller mit alten Leuten verschwendet.

»Hi!«

Sein Nacken kribbelte. Als er sich umdrehte, sah er Leesha Middleton auf einer Steinbank in dem Hof sitzen, der an die Kirche angrenzte. Schnee war in einem Bogen um sie herum geschmolzen.

Jason war erstaunlich froh darüber, sie zu sehen.

»Du warst den halben Tag da drin«, fuhr Leesha fort, schlug die Beine übereinander und ließ den gestiefelten Fuß wippen. »Chorprobe, oder was?«

Jason setzte sich neben sie und in die Wärme, die sie rings um die Bank geschaffen hatte. Ihm fiel keine Erklärung ein, warum er den ganzen Morgen in der Kirche verbracht hatte. »Warum? Hast du auf mich gewartet?«

»Vielleicht.« Sie legte ihm die Hand auf den Arm. »Es ist Samstag. Mir ist langweilig. Hast du Lust, etwas zu unternehmen?«

»Wie was zum Beispiel?«

Die Frage schien sie zu überraschen. »Nun, wir könnten Kaffee trinken gehen. Es gibt einige Lokale drüben am Campus.«

»Ich mag keinen Kaffee.«

»Wir könnten uns etwas zu essen kaufen.«

»Ich habe keinen richtigen Hunger.« Jason genoss es, Nein zu jemandem zu sagen. Er litt immer noch unter den verbalen Prügeln, die er in der Krypta bezogen hatte.

»Okay.« Sie schwieg. »Wir könnten auch zu mir gehen«, schlug sie vor und schaute auf den Platz hinaus. »Meine Tante Milli ist daheim, aber sie wird wahrscheinlich gar nicht merken, dass wir da sind.«

Jason lehnte den Kopf zurück und schaute zu dem winterbleichen, blauen Himmel empor. »Was willst du von mir? Ich kann dir wegen Jack nicht helfen, das weißt du.«

Leesha stand auf und drehte sich zu ihm um, ihre Wangen rosig vor Entrüstung, die Hände zu Fäusten geballt. »Ich habe noch nie einen Jungen kennengelernt, der so viele Fragen hatte. Wenn du nicht mit mir rumhängen willst, sag es einfach.«

Jason hob die Hand, um die Tirade zu beenden. »Ich habe nicht gesagt, dass ich nicht will.«

»Da hättest du mich doch glatt täuschen können.«

Um die Wahrheit zu sagen, er *war* interessiert. Es war so lange her, dass er etwas zum Spaß unternommen hatte. Und die Frustration, die er empfand, weckte in ihm den Wunsch, Hastings und Snowbeard und den anderen ins Gesicht zu spucken. Mit Leesha auszugehen, war eine gute Möglichkeit.

Er stand ebenfalls auf. »Lass uns in den Park gehen.«

»In den *Park?«* Er hätte genauso gut städtische Müllkippe sagen können und die gleiche Reaktion erhalten. »Draußen ist es *eiskalt.«*

Er grinste und fasste sie am Ellbogen, zog sie mit sich, sodass sie rennen musste, um Schritt zu halten. »Der Perry Park ist der schönste Garten von Trinity, und ich wette, du bist noch nie dort gewesen.« Der Perry Park war außerdem die perfekte Verbindung zwischen öffentlich und privat. Genau in der Mitte des Schutzbereichs, aber es war trotzdem unwahrscheinlich, dass man sie dort sah. Außerdem gab es auch viele Fluchtwege, falls er sie brauchte.

KAPITEL 10

Coal Grove, Akt I

Die Anhörung war wie ein Theaterstück: Alle hatten sich in Kostüme gehüllt und trugen ihren Text vor, einige besser als andere.

Ray McCartney spielte die Rolle des Landanwalts und trug Strickjacke und Khakis, Hemd und Weihnachtskrawatte. Er würde Carlene natürlich kostenlos vertreten. Er war in sie verliebt, seit Madison denken konnte.

Carlene trug ein graues Kleid mit passender Jacke, Perlen und flache Pumps. Sie hatte das Outfit bei Sears auf Kredit gekauft, da sie nichts Derartiges in ihrem Schrank hatte. Madison hatte die blonden Locken ihrer Mutter zu einem französischen Zopf frisiert. Zusammen mit dem rosafarbenen Lippenstift ließ es sie sehr jung aussehen.

Madison hatte ihr eigenes Kostüm: einen langen Rock und einen weiten Pullover, dunkle Strümpfe und schlichte, flache Schuhe, das unbändige Haar in einen Clip im Nacken zusammengesteckt.

Ich sehe aus wie ein Kindermädchen, dachte sie finster.

Sie waren in einem kleinen Verhandlungssaal im ersten Stock des Gerichtsgebäudes versammelt, eines roten Backsteinbaus. Es war drei Tage vor Weihnachten, und der Schnee wirbelte an den Fenstern vorbei. Madison freute sich nicht darauf, den Berg wieder hinaufzurutschen.

Abgesehen von Madison und Carlene war da Ed Ragland, der erste afroamerikanische Richter des Countys, der immer verschlafen aussah, aber bekannt dafür war, dass ihm nichts entging. Bryson Roper, dem die Roper Coal Company und das ganze Land um den Booker Mountain gehörte. Und natürlich sein Sohn Brice.

Mr. Roper war ein Raufbold, der zum Besitzer einer Kohlegesellschaft geworden war. Sein teurer Anzug hing ihm von den breiten Schultern, als fühle er sich an ihm nicht wohl, und der Hals quoll ihm über den Hemdkragen. Seine Augen hatten die Farbe von Eichenlaub, das schon einen Winter lang auf dem Waldboden vor sich hin rottete. In der Gegend von Coal Grove sagten die Leute, er sei zu fast allem fähig, sogar zu Mord.

Brice lümmelte sich mit ausgestreckten Beinen und hochgestelltem Kragen in seinem Sitz. Seine Schönheit hatte etwas Künstliches, wie bei einem Model in einer Kaufhauswerbung. Als sei das noch nicht genug, umgab ihn der schwache Glanz von Zauberei.

Er war die Art von Junge, dem Eltern vertrauten. Aber nicht vertrauen sollten. Er lächelte zu Maddie hinüber und hob die linke Hand, um ihr zuzuwinken. Ihr Magen verkrampfte sich auf die gleiche Art wie früher. Sie war fast ein Jahr weg gewesen, aber nichts hatte sich verändert.

Richter Ragland legte die Spielregeln fest. »Dies ist nur eine informelle Anhörung. Ich betrachte es als ein Gespräch mit allen beteiligten Parteien, damit das Gericht die Tatsachen des Falls in Erfahrung bringen und entscheiden kann, was weiter mit Grace und John Robert geschehen soll.« Er wandte sich an Brice. »Der junge Mr. Roper?«

Brice konnte eine Geschichte erzählen, das musste Madison ihm lassen. Er erklärte, dass er auf dem Heimweg von der Schule gewesen sei, als er eine Rauchsäule von dem alten Haus der Bookers habe aufsteigen sehen. Er dachte, das Haus sei in Brand geraten, daher sei er dorthin gefahren, und der Schuppen habe in Flammen gestanden.

»Wo waren die Kinder zu diesem Zeitpunkt?«, fragte Richter Ragland.

»Sie haben Wasser von der Pumpe geholt. Ich habe versucht, das Feuer zu löschen, aber der Schuppen war schon fast heruntergebrannt. Ich wusste nicht, wo Carlene – Mrs. Moss – war. Also habe ich die Kinder mit zu uns nach Hause genommen.«

Ray McCartney beugte sich vor. »Soweit Sie wussten, war Mrs. Moss also irgendwo auf dem Grundstück.«

»Nun, nein«, sagte Brice, der verlegen wirkte, dass er Carlene verpetzen musste. »Die Kinder haben gesagt, sie sei in der Arbeit.«

»Sie haben also diese verängstigten Kinder zu ihrer Mama gebracht?«, fragte Ray leise.

Mr. Roper senior übernahm. »Nein, wir haben sie der Kinderfürsorge überstellt. Diese Kinder werden ständig sich selbst überlassen«, fügte er hinzu. »Es wird Zeit, dass etwas dagegen unternommen wird. Die Leute hier in der Gegend schenken ihren Hunden mehr Beachtung als ihren Kindern.«

Richter Ragland spähte über seine Brille und studierte einige Papiere auf seinem Schreibtisch. »Carlene, aus dem Bericht der Kinderfürsorge geht hervor, dass Ihre Kinder schon zweimal aus wichtigem Grund aus Ihrem

Haus geholt wurden. Einmal sind sie um zwei Uhr morgens im Stadtzentrum von Coal Grove umherirrend aufgegriffen worden.«

»Das war die Schuld der Babysitterin«, sagte Carlene. »Ich konnte nichts dafür. Ich war in Las Vegas.«

Ray warf Carlene einen Blick zu. Er hatte ihr gesagt, dass sie während der Anhörung schweigen solle, es sei denn, er stellte ihr eine direkte Frage.

»Ich muss sagen, ich bin besorgt, Carlene«, erklärte Richter Ragland. »Sie waren wegen Grace und John Robert mehrmals vor Gericht, aber es scheint sich nichts zu ändern. Warum sollte ich erwarten, dass es von nun an anders wird?«

Ray antwortete schnell: »Euer Ehren, dieser Vorfall geht auf eine Fehlkommunikation zurück. Mrs. Moss' Kinderbetreuerin ist nicht aufgetaucht. Sie wusste nicht ...«

»Ich habe Carlene gefragt«, unterbrach Richter Ragland ihn.

»Sie wissen, dass ich für meinen Lebensunterhalt arbeiten muss«, erwiderte Carlene. »Es ist schwer, einen Babysitter zu finden, der für das, was ich zahlen kann, den ganzen Weg den Berg hinauffährt.«

»Was der Grund ist, warum Sie dieses Haus aufgeben und in die Stadt ziehen sollten«, murmelte Mr. Roper und schaute zur Decke empor. »Diese Kinder hätten verbrennen können.«

Richter Ragland funkelte Bryson Roper missbilligend an und wandte sich dann wieder Carlene zu. »Also, was gedenken Sie zu unternehmen? Ich kann Ihre Kinder nicht in eine derart unsichere Situation zurückschicken.«

Carlene umklammerte ihre rosafarbene Handtasche

und beugte sich vor. »An Wochentagen sind sie in der Schule. Und Maddie wird nach der Schule und am Wochenende auf sie aufpassen. Das wird mir Zeit geben, Vorkehrungen zu treffen.«

»Stimmt das, Madison?«

Alle Augen richteten sich auf Madison Moss. Sie hatte das erwartet. Sie wusste, dass sie keine Wahl hatte. »Das ist richtig, Sir.«

»Bist du dir sicher?«

Madison nickte.

»Was ist mit deiner Schule? Du müsstest in der zwölften Klasse sein, richtig?«

»Das ist alles geregelt. Ich kann immer noch meinen Abschluss machen.«

Richter Ragland seufzte und stapelte die Papiere auf dem Tisch vor sich auf. »Dann treffe ich folgende Entscheidung. Die Kinderfürsorge wird weiterhin die Aufsicht über die Kinder behalten, aber wir werden sie in Ihre Obhut geben, Carlene, unter der Bedingung, dass Madison zur Verfügung steht, sich um sie zu kümmern, während Sie in der Arbeit sind.«

Madison spürte das Gewicht des richterlichen Blicks, aber sie starrte in ihren Schoß.

»Madison, wenn du ab einem gewissen Zeitpunkt diese Aufgabe nicht mehr übernehmen kannst, musst du das Gericht davon in Kenntnis setzen. Das Gericht bin ich. In jedem Fall werde ich Sie alle Ende August hier wiedersehen.« Er drehte sich zu seinem Gerichtsdiener um. »Würden Sie bitte die Kinder hereinbringen?«

Grace marschierte in den Raum, den Rücken gerade, das Kinn hoch erhoben wie eine zehn Jahre alte Königin, und sie hielt John Roberts Hand fest umfasst. Doch als der siebenjährige John Robert Maddie sah, riss er sich los und stürmte in ihre Arme.

»Maddie!« Er grub seine Finger in ihr Haar und löste es aus seinem Clip.

Madison umarmte ihn heftig und zog ihn auf ihren Schoß. Jemand hatte ihm seine blonden Locken an den Kopf gegelt und an die Seite geklebt. Er trug ein rotweiß gestreiftes Hemd und rote Hosen. Er sah aus wie ein engelgleicher Gebrauchtwagenhändler.

Grace musste sich dem modischen Umstyling verweigert haben, da sie ihre eigenen Sachen trug und ihr feines, braunes Haar zu dem üblichen Pferdeschwanz gebunden war. Sie warf Brice Roper ihren Spezialblick zu, der Milch gerinnen lassen könnte, und wandte sich dann an Richter Ragland. »Ich will diesen Mann wegen Entführung anzeigen.« Sie deutete mit dem Kopf auf Brice, der aussah, als habe er etwas zu sagen, sich aber eines Besseren besann und den Mund hielt.

»Das ist eine ernste Anklage, junge Dame«, begann Richter Ragland.

»Auf unserem Grundstück hat ein alter Schuppen Feuer gefangen, und mein Bruder und ich haben es gelöscht, als *er* aufgetaucht ist. Wenn er nicht gewesen wäre, hätten wir den Schuppen vielleicht retten können. Und dann hat er uns den Berg runtergeschleift und ins Gefängnis gesteckt.«

»Ist dem so?« Richter Ragland schaute zu Brice hinüber, der die Augen verdrehte und die Achseln zuckte.

»Sie sollten ihn jedenfalls zwingen, für den Schuppen zu bezahlen«, kam Grace mit einem bösen Blick auf Brice zum Ende.

»Ich werde mich mit diesem Sachverhalt befassen, Grace«, sagte Richter Ragland. »Was bedeutet, dass ich darüber nachdenken werde. In der Zwischenzeit geht ihr mit eurer Mama nach Hause und passt auf sie auf, hörst du?«

Er sah Carlene kopfschüttelnd an. »Carlene, Ihre Tochter wird mal Anwältin. Der Himmel stehe Ihnen bei.«

Damit war die Anhörung beendet.

Ray McCartney klopfte Madison auf die Schulter. »Gut gemacht, Maddie. Schön, dass du wieder da bist.«

Aber als Madison versuchte, Grace zu umarmen, machte das Mädchen sich steif und sträubte sich.

Sie ist böse auf mich, weil ich weggegangen bin, dachte Madison. Sie glaubt, es sei meine Schuld, dass sie im Kindergefängnis gelandet ist.

Madison drehte sich um und stieß beinahe mit Brice Roper zusammen. »Hi, Madison, was geht ab?«, fragte er. Er fuhr sich mit einer Hand durch sein kunstvoll zerzaustes, braunes Haar und grinste. Dieses Lächeln hatte jedes Mädchen in Roaring Fork Valley verzaubert, aber Madison lief dabei ein Schauer über den Rücken. »Wir haben dich vermisst«, fuhr er fort. »Das sagen alle«, fügte er hinzu und sprach anscheinend für die ganze Oberstufenklasse der Coalton County Highschool. Deren Präsident er war.

Madison verschränkte die Arme und klopfte mit dem Fuß auf das verwitterte Parkett. »Das möchte ich wetten.« *Sie mussten jemand anderen finden, über den sie reden und dem sie alles in die Schuhe schieben konnten.*

Brice lächelte auf sie herab, und sie trat unwillkürlich einen Schritt zurück. Er schien sie immer zu bedrängen, nahm mehr Raum ein als ihm zustand.

»Also«, sagte er und war sich seiner Wirkung vollauf bewusst. »Wann kommst du wieder in die Schule?«

Sie schüttelte den Kopf. »Gar nicht. Ich … ähm … werde zu Hause unterrichtet. Es ist ein Fernlehrgang.« *Damit ich mich von euch allen fernhalten kann.*

Er sah sie einen Moment lang an, eine schwache Falte zwischen den Brauen, als wisse er nicht, ob er ihr glauben solle oder nicht. »Das ist schade. Gut, hör zu, dann werde ich dich anrufen. Wir können zusammen abhängen. Ich werde dich mit den anderen bekannt machen«, fügte er hinzu.

Un. Glaub. Lich. Nach allem, was geschehen war, machte Brice Roper sie an. Schon wieder. Für eine Minute war sie sprachlos, die Worte schienen einfach in ihrem Mund anzuhalten. »Also … vielen Dank, aber ich *bin* von hier, ich brauche eigentlich nicht bekannt gemacht zu werden.« Es gab sogar Leute, denen sie sich am liebsten wieder *un*bekannt machen wollte. Und wer stand da wohl ganz oben auf der Liste?

»Außerdem werde ich wirklich viel zu tun haben, und wir haben im Moment auch gar kein Telefon.«

»Stimmt«, sagte er. »Carlene hat oft unser Telefon benutzt. Komm vorbei, und benutze es, wann immer du willst. Ich bin nachmittags meistens zu Hause, wenn in der Schule nichts los ist.« Er streckte die Hand aus und strich ihr leicht das Haar zurück.

Sie schlug seine Hand weg, und er packte sie am Handgelenk. Sein Gesicht nahm die Farbe alter Ziegelsteine an.

Bryson senior sprach von der Tür aus. »Brice, was zum Teufel machst du da? Komm, wir sind schon spät dran.« Er deutete auf seine Armbanduhr, drehte sich um und schritt zur Tür hinaus.

Madison blickte gerade rechtzeitig zurück zu Brice, um den Hass auf seinem Gesicht zu sehen, bevor er eine unbeteiligte Miene aufsetzte. Er ließ sie los. »Ich sehe dich dann«, sagte er und wandte sich ab.

Nicht, wenn ich dich zuerst sehe, dachte Madison.

»Was wollte Brice denn von dir?«, fragte Carlene, als sie die breite, flache Treppe des Gerichtsgebäudes hinuntergingen, Ray hoffnungsvoll im Schlepptau.

»Er wollte mir sagen, dass mich alle vermissen.«

»Ich glaube, er ist in dich verknallt, Madison«, meinte Carlene und frischte im Gehen ihren Lippenstift auf. »Dieser Junge hat einen hungrigen Blick.«

»Mama. Lass es.«

»Die Leute sagen, die Ropers hätten haufenweise Geld.«

»Die Leute sagen eine Menge.« Zu viel und zu oft. »Grandma Min hat mir geraten, mich von ihm fernzuhalten.«

Carlene zuckte die Achseln. »Meine Freunde hat sie auch nie gemocht.«

Ray folgte ihnen den ganzen Weg bis zum Auto und umschwirrte sie wie eine Heuschrecke im Sommer. Carlene gab Ray den Handfeger, und er wischte den Schnee vom Wagen, während sie den Motor anließ.

»Wenn mir die Bedingungen des Gerichtsbeschlusses zum Sorgerecht schriftlich vorliegen, melde ich mich wieder bei dir«, erklärte Ray. »Wann hast du Geburtstag, Maddie?«

»Erst im August.«

»Solange du hier bist, können wir den Papierkram fertig machen, damit wir bereit sind, die Besitzurkunde des Hauses und alles andere auf dich zu übertragen, wenn du achtzehn wirst.« Ray war Mins Nachlassverwalter.

»Ich verstehe immer noch nicht, warum Min dir den

Berg hinterlassen hat«, murrte Carlene. »Ich bin ihre Tochter.«

»Weil der Berg längst weg wäre, wenn sie ihn dir vermacht hätte.«

Daraufhin schloss Carlene den Mund und fummelte mit zitternder Unterlippe nach einer Zigarette.

Du und deine böse Zunge, dachte Madison. Min hat immer gesagt, ich könnte Dummköpfe nicht ertragen.

Carlene hatte an diesem Abend Schicht, daher half Madison John Robert nach dem Abendessen bei seinem Bad, wusch ihm das Pflegemuttergel aus dem Haar und ließ es zu seinen natürlichen Kringellöckchen trocknen.

Während er sich die Zähne putzte, nahm Madison die Weihnachtsgeschenke aus ihrer Reisetasche und legte sie unter den künstlichen Baum im Wohnzimmer. Die meisten hatte sie in den Geschäften am Trinity Square runtergehandelt. Da war ein CD-Spieler für J. R., ein handgewebter Schal für Grace und ein Armband für Carlene.

Sie zog sich den Mantel an und ging hinaus auf die Veranda. Sie legte die Hände auf das splittrige Geländer und atmete die kalte Luft wie ein Tonikum ein. Unten im Tal glitzerten Lichter. Links vom Haus floss der Booker Creek über Steine und flüsterte geheimnisvoll auf seinem Weg den Berg hinab.

Sie erforschte die Leere, die Sephs Abwesenheit hinterlassen hatte, so wie sie die Stelle erkunden würde, an der einst ein abgebrochener Zahn gewesen war. Er war eine ständige Präsenz am Rand ihres Gesichtsfeldes, groß und still und anklagend, das blasse Gesicht von einem Lockengewirr umrahmt. Aber jedes Mal, wenn sie den Kopf drehte, verschwand er.

Da war jetzt noch etwas anderes. Seit sie im Keller der

Kirche das Drachenherz gesehen hatte, schien sie ständig daran denken zu müssen. Es füllte jede freie Stelle, wie Bilder von Feuerwerk, die sich ihr in die Netzhaut einbrannten.

Madison ging vorsichtig die brüchige Steintreppe hinab und durchquerte den Seitengarten bis zu der Stelle, wo sich die verkohlten Überreste des Schuppens neben das Gewächshaus kauerten. Carlene ließ das hölzerne Gerippe verfallen.

Ihr Ururgroßvater hatte die Holzbalken mit einer Axt geformt. Hatte die Steine für das Fundament an einem Ende höher gelegt, um die Neigung des Bodens auszugleichen.

Madison kniete sich hin und stocherte mit einem Stock in der Asche, in der Hoffnung, keine Hexenzeichen zu finden.

Ein schwaches Geräusch hinter Madison machte sie darauf aufmerksam, dass sie nicht allein war. Sie stand auf und drehte sich um. Es war Grace, die sich immer noch nicht entscheiden konnte, ob sie mit Madison sprechen wollte oder nicht.

Sei nicht so wie ich, dachte Madison. Dein ganzes Leben lang total durchgeknallt.

Sie standen nebeneinander und sahen auf die Ruinen, während ihr Atem in der kristallklaren Luft weiße Wölkchen bildete. Um sich warm zu halten, stampften sie mit den Füßen auf.

»Also, was ist mit dem Schuppen passiert?«, fragte Madison nach einer Weile.

»Irgendwelche Leute haben ihn angezündet«, antwortete Grace.

Madison drehte sich um und sah sie durchdringend an. »Wer?«

Grace zog die schmalen Schultern hoch. »Es waren vier oder fünf hier draußen im Dunkeln. Es sah aus, als hätten sie Fackeln oder so was«, berichtete sie.

Niemand konnte ein Geheimnis besser hüten als Grace. Was den Gedanken in Madison aufkommen ließ, dass sie zu viel Übung hatte. »Und du und J. R., ihr wart ganz allein?«

Grace zuckte wieder die Schultern. Sie hob einen Stock auf und schob ihn unter einen verkohlten Balken. Sie zog ein Stück Stoff hervor, das zu Asche zerfiel.

»Irgendeine Ahnung, wer es war?«, hakte Madison nach.

»Nein. Sie hatten Kapuzen auf.« Sie zögerte. »Wir haben versucht, es zu löschen, ich und J. R. Wir haben Wasser darauf gegossen. Aber es wollte nicht ausgehen.«

Madison zitterte. »Hast du ... hast du irgendwelche Zeichen oder sonst etwas gefunden?«

Grace schüttelte den Kopf.

»Hast du es jemandem erzählt?«

Sie rümpfte die Nase. »Wem sollte ich es denn erzählen? Du warst weg, und Mama, na ja ...«

»Du hättest die Polizei informieren können.«

»Sie hätten wahrscheinlich gesagt, wir hätten es erfunden. Oder sie hätten uns die Schuld daran gegeben.«

Madison nickte. »Wahrscheinlich.« Grace war eine weitere alte Seele. Sie erinnerte sich vermutlich daran, wie wenig hilfreich die Polizei im Laufe des vergangenen Jahres gewesen war, als man Madison beschuldigt hatte.

»Wahrscheinlich waren es Kinder«, schlug Madison vor. Das war gut möglich. Manche Menschen sahen einfach gern etwas brennen. Und Kinder von der Highschool fuhren gern die Booker Mountain Road hinauf, wenn sie den neugierigen Blicken in einer Kleinstadt entfliehen mussten.

Es musste nicht bedeuten, dass die Brände wieder begannen.

Spontan schlang Madison Grace einen Arm um die Schultern und zog sie eng an sich. Zuerst wehrte Grace sich, dann gab sie nach und legte den Kopf auf Madisons Schulter. Grace hatte geduscht, sobald sie nach Hause gekommen war, und ihr Haar roch nach der Art von Shampoo, die man für neunundneunzig Cent den Liter bekam.

Es roch wie zu Hause.

»Bleibst du den ganzen Sommer bei uns?« Die Worte überschlugen sich, als hätte Grace den ganzen Abend darauf gebrannt, diese Frage zu stellen.

»Ich weiß nicht, ob ich den ganzen Sommer bleibe. Aber auf jeden Fall so lange, bis die Schule aus ist.«

»Wirst du deinen Truck haben? Kannst du uns herumfahren?«

»Ich werde zu Hause arbeiten. Für die Schule malen.«

»Toll.« Grace kratzte mit dem Turnschuh über die gefrorene Erde.

Madison dachte an Grace, wie sie ohne Telefon, ohne Computer und nur mit J. R. als Gesellschaft auf dem Berg festsaß. Selbst der Fernsehempfang war schlecht.

»Mach dir keine Sorgen. Wir werden schon rauskommen. Wir werden mindestens zweimal die Woche in die Stadt fahren.«

Grace verdrehte die Augen. »Als ob das was Besonderes wäre.« Aber Madison wusste, dass sie sich freute.

KAPITEL 11
Gemaltes Gift

Seph lag auf den Kissen der Rattanschaukel ausgestreckt. Der Wintergarten von Stone Cottage war zu jeder Jahreszeit einer seiner liebsten Rückzugsorte. Sein Lehrbuch lehnte an seinen Knien – *Probleme der Demokratie: Eine Weltsicht* –, aber es war lange her, seit er das letzte Mal eine Seite umgeblättert hatte. Der Text hätte genauso gut auf Altenglisch geschrieben sein können.

Mit einem anderen Teil seines Verstandes überwachte er das Schutzgebiet. Seph war von seiner summenden Energie wie von einer Landkarte umgeben, die hier und da mit Farbspritzern bedeckt war, wo Zauberer und andere Begabte hindurchgingen. Es war nicht mehr der ungeschickte Umgang mit Magie wie früher. Es war, als bewege man sich über das aufwendige Spielfeldraster eines Videospiels und würde die Ereignisse geschickt kontrollieren. Sein Vater hatte ihm die Technik beigebracht.

Hier und da deutete ein Auflodern an, dass Magie im Spiel war – die Grün- und Brauntöne der Erdmagie in Mercedes' Garten, die Silber- und Goldtöne der Zauberei, die Rot- und Purpurtöne, die auf Betörer hindeuteten. Nirgendwo war das wütende Orange zu sehen, das Angriffsmagie bedeutete. Auf eine grundlegende Art *wurde* er zu der Stadt Trinity – zumindest zu ihrem magischen Rahmen. Der Tag und seine Freuden vergingen.

Etwas nagte an den Rändern seines Bewusstseins. Eine Stimme.

»Seph.«

Plötzlich verschwand das magische Schaubild aus seinem Gesichtsfeld, und Macht strömte in seinen Körper zurück und erwärmte ihn bis in die Finger und Zehenspitzen. Er öffnete die Augen und sah Nick Snowbeard, der mit ernstem Gesicht auf ihn herabsah.

»Seph, du verausgabst dich zu sehr. Ich habe dich schon früher davor gewarnt. Es macht dich verwundbar.« Nick ging ganz in seiner Rolle als ungepflegter alter Mann auf, bekleidet mit einer Arbeitshose aus Leinen, einem Flanellhemd und Arbeitsschuhen.

Seph leckte sich die Lippen und drehte leicht den Kopf, um über den bereiften See zu schauen. Er war in der Dunkelheit verschwunden. Es war spät – später, als er gedacht hatte. Wo war die Zeit geblieben?

Beim zweiten Versuch schaffte er es, sich aufzurichten. Er hatte sich lange nicht bewegt und fühlte sich steif. »Was ist los?«

»Dein Telefon hat geklingelt, als ich hereingekommen bin.« Nick ließ ein Handy in Sephs Schoß fallen. »Es war Rachel Booker. Sie möchte, dass du zu ihr ins Gasthaus kommst.«

Seph nahm das Telefon in die Hand und blinzelte Nick an. »Rachel?« Rachel Booker war Madisons ältere Cousine, der das Legends Inn gehörte. Er hatte sie nicht mehr gesehen, seit Madison nach Coalton County abgereist war. Als selbsternannte Wächterin von Madisons Tugend hatte sie Seph immer mit kaltem und zynischem Argwohn behandelt.

Nicht, dass er in letzter Zeit irgendeine Bedrohung dargestellt hätte.

Sein Herz schlug schneller. »Warum? Hat sie etwas von Madison gehört?«

»Ich schlage vor, wir gehen rüber zum Legends und finden es heraus.«

Seph stand auf und stützte sich dabei an der Schaukel ab; er zitterte noch immer von den Nachwirkungen der geistigen Anstrengung.

»Geht es dir gut?«, fragte Nick scharf.

»Alles bestens.« Und wirklich, es schien, als käme er in letzter Zeit mit den magischen Aufträgen besser zurecht. Die furchtbaren Kopfschmerzen hatten nachgelassen, er war nicht mehr so müde, weniger weggetreten, und er hatte ein wenig zugenommen. Lindas Milchshakes taten wohl ihre Wirkung, dachte er.

Er und der alte Zauberer verließen Stone Cottage und gingen nach Westen die Lake Road entlang, eine Allee, die von einer bunten Mischung alter Sommerhäuser und moderner Villen gesäumt war. Straßenlaternen leuchteten unter den Baumgerippen, und der Wind vom See war beißend kalt.

Nick ging ohne die Hilfe seines Stabes über die unebenen Pflastersteine, da Mercedes erklärt hatte, er sei nicht zu retten. Ohne den Stab schien er unvollständig zu sein. Seph nahm den alten Zauberer einige Male am Arm, um ihn auf der vereisten Straße zu stützen.

»Du kommst nicht genug unter Menschen«, sagte Nick. »Madisons Abwesenheit hat dir nicht gutgetan.«

Seph rieb sich verärgert die Stirn. »Ich habe das Gefühl, als sei ich den ganzen Tag unter Menschen.«

»Ich meinte es nicht im buchstäblichen Sinn.« Nick hielt inne. »Ich denke, du solltest mit Jason reden.«

Seph verdrehte die Augen. »Warum? Ist er einsam, oder was?«

»Ich mache mir Sorgen um ihn. Hastings hat gehofft, ich könne ihn in die Prüfung der *Sefas* einbinden, die er aus dem Ghyll mitgebracht hat. Jason hat beträchtliche Kenntnisse über magische Gegenstände, aber Archivarbeit ist nichts für ihn, fürchte ich. Er ist so angespannt wie eine Armbrust.«

»Jason ist okay«, erwiderte Seph mit schlechtem Gewissen. Es war nicht seine Schuld, dass die Dinge sich so entwickelt hatten. Tatsächlich würde er die Grenze gern jemand anderem überlassen, wenn er könnte. Selbst wenn er gesund war, schien es, als hätte er sie kaum unter Kontrolle. Der Druck war stark. Alle verließen sich auf ihn, und das war genau das, wonach Jason sich sehnte. »Es ist nur … ich wünschte, er könnte bei … etwas Wichtigerem helfen.«

Nick schnaubte. »Er *tut* etwas Wichtiges, er sieht es nur nicht so. Ich fürchte, er könnte etwas Unüberlegtes tun.«

»Zum Beispiel?«

»Er könnte auf eigene Faust nach Großbritannien zurückkehren. Er weiß, dass Hastings etwas plant, und er ist entschlossen, dabei mitzumachen. Und er möchte einige der Gegenstände aus der Kirche mitnehmen.«

»Ich wüsste nicht, wie wir ihn aufhalten können.«

»Ich kann ihn aufhalten, wenn ich es will.« Snowbeard war sachlich. »Aber das würde ich lieber nicht. Ich hatte gehofft, dass du als Freund ihm vielleicht eine andere Richtung weisen könntest.«

»Ich kann es versuchen«, antwortete Seph und hatte wieder ein schlechtes Gewissen, weil er hinter Jasons Rücken über ihn sprach. »Aber ich denke nicht, dass ich ihm sagen sollte, was er tun soll.«

»Er mag vielleicht nicht stark genug sein, um mit

der Grenze fertig zu werden, aber es gibt mehr als genug zu tun. Du musst mehr delegieren«, erklärte Snowbeard.

Klar, dachte Seph. Mehr delegieren. Schön. Er hatte Pläne, die mehr Zauberei denn je erfordern würden.

»Was hörst du von Madison?« Nick wechselte wieder abrupt das Thema. Auch der alte Zauberer war auf einer Mission, und Seph war irgendwie das Hilfsmittel.

»Nicht viel. Ihr Festnetz ist gesperrt, und der Handyempfang ist da unten nicht gut. Sie schickt mir manchmal E-Mails aus der Bibliothek. Sie wird nicht so schnell zurückkommen. Ihr Bruder und ihre Schwester sind aus der Pflegefamilie genommen worden, weil sie da ist, um auf sie aufzupassen.«

Diese E-Mails waren total unbefriedigend: *Ich male. Es geht mir gut. Die Kinder sind anstrengend. Es war kalt und regnerisch. Schön und sonnig. Habe gestern einen wilden Truthahn und einen Weißkopfseeadler gesehen.* Sie hatte Fotos vom Booker Mountain und ihren Bildern gemailt, Landschaften, wie durch einen rauchigen, blauen Filter gesehen.

Seph zog frustriert die Schultern hoch. Er wollte *nicht,* dass es ihr in Coalton County gut ging; er wollte, dass sie nach Hause kam. Andererseits war es so auch gut, sagte er sich. Wenn wir uns immer sehen würden, würden wir am Ende nur streiten.

Aber das wäre es wert, wenn er sie nur wiedersehen könnte.

Sie bogen in den Fußweg zum Legends Inn ein, gingen durch den winterlichen Garten, der das Gasthaus umgab, und stiegen die Stufen zur Veranda hinauf. Die Rezeptionistin am Empfang im Foyer ging Rachel holen. Seph strich mit der Hand über den Pfosten der kunstvollen Eichentreppe. Hier hatten er und Madison ihr erstes Date geplant – das unselige Picknick am Fluss.

Rachel kam aus dem Küchenflur und wischte sich die Hände an der Schürze ab. Ihr Haar war glatt und schwarz, anders als Madisons goldene Wellen, aber sie hatten beide den gleichen hellen Teint, die Sommersprossen und die etwas schiefe Nase.

»Danke, dass ihr gekommen seid«, sagte sie und nickte Seph und Nick zu. »Ich möchte euch etwas zeigen.« Sie drehte sich um und ging die gewundene Treppe hinauf; sie wollte offensichtlich, dass sie ihr folgten. Sie stiegen hoch, überquerten den Treppenabsatz im ersten Stock und setzten den Weg über die schmalere Treppe zum zweiten Stock fort, wo Madison gewohnt hatte.

»Wir haben gerade über Madison gesprochen«, sagte Seph, der mühelos auf der steilen Treppe Schritt hielt, während Nick hinterherhinkte. »Haben Sie etwas von ihr gehört?«

»Nein«, antwortete Rachel und musterte ihn mit einem seltsamen Gesichtsausdruck. »Kein Wort.« Als sie in den vertrauten Flur zu Madisons kleinem Zimmer bogen, das unter der Hintertreppe verborgen lag, roch Seph Holzrauch. Rachel trat am Eingang zu Madisons Unterkunft beiseite.

Die Tür war verschwunden oder zumindest der größte Teil davon. An ihre Stelle war ein Loch mit gezackten Rändern getreten. Das Holz um den Türrahmen war verkohlt, und die Dielenbretter mit einer feinen, grauen Asche bestäubt, in die jetzt Fußabdrücke geschmiert waren.

Seph schaute zu Rachel auf, die ihn anfunkelte, als sei es irgendwie seine Schuld. Und wahrscheinlich war es das auch. »Was … wann ist das passiert?«

»Gestern. Jedenfalls habe ich es gestern bemerkt. Geht nur hinein«, forderte sie sie auf.

Seph zögerte, unsicher, ob er die kaputte Tür öffnen oder durch das Loch steigen sollte. Am Ende tat er Letzteres und trat vorsichtig über die zersplitterte Türschwelle.

Der Raum war völlig verwüstet. Der Inhalt der Schubladen lag auf dem Boden verstreut, Schränke standen offen, die Matratze war vom Bett gerissen und zerfetzt worden, Truhen durchwühlt, Papierkörbe umgekippt. Die Türen des Kleiderschranks waren aufgebrochen worden und hingen schief in den Angeln. Selbst ihr kleiner Kühlschrank war auf den Fliesenboden ausgeleert worden.

Obwohl es eine Weile her war, seit er in Madisons Zimmer eingeladen worden war, war es ein starker Kontrast zu dem, woran Seph gewöhnt war. Madison war normalerweise ein ordentlicher Mensch.

Er drehte sich zu Rachel um, die ihm ins Zimmer gefolgt war. »Wer hat das getan? Wonach haben sie gesucht?«

Sie verschränkte die Arme und klopfte auf altvertraute Weise mit dem Fuß auf den Boden. »Ich hatte gehofft, dass du es mir vielleicht sagen könntest.«

»Woher sollte ich das wissen?«, gab Seph zurück, obwohl ihm klar war, dass die kaputte Tür das Werk eines Zauberers war.

Nick stand eingerahmt im Eingang. »Meine Güte«, sagte er. »Was für eine Art von Teufelei ist das?«

»Ich begreife es nicht«, murmelte Rachel. »Ich meine, ihr Zimmer ist hier oben im zweiten Stock, also scheint es kein willkürlicher Einbruch zu sein. Ein Gast würde eher Wertgegenstände bei sich haben als eine Bedienung.«

»Das kommt darauf an, was man für wertvoll hält«, bemerkte Seph. »Haben sie etwas gestohlen?«

»Soweit ich erkennen konnte, nein. Aber es könnte sein. Sie hatte ohnehin nicht viele Sachen. Ihr Malmaterial und ihren Computer hat sie mit nach Hause genommen. Aber sie hat ihre Winterkleidung und Möbel und Schulsachen zurückgelassen.«

Achselzuckend schaute sich Seph im Raum um – die impressionistischen Drucke, die an den Wänden hingen, die Hutsammlung über dem Bett, das mit Farbe bespritzte Kopfbrett. Ihr Schreibtisch war geleert worden, aber es ließ sich nicht sagen, ob etwas fehlte.

Er hatte in den vergangenen zwei Tagen keine ungewöhnliche magische Aktivität bemerkt. Aber es würde nicht viel dazugehören, eine Tür aus den Angeln zu sprengen.

Wonach würde ein Zauberer suchen? Nach magischen Objekten? Einer Heimatadresse? Einer Anrufliste?

Besorgnis flackerte unter Sephs Brustbein auf, aber es gelang ihm, ruhig zu sprechen. »Weiß sie es?«

Rachel schüttelte den Kopf. »Ich habe ihr eine E-Mail geschickt, aber sie hat nicht geantwortet.«

»Haben Sie die Polizei gerufen?«, fragte Seph.

Rachel schüttelte wieder den Kopf. »Vielleicht war das falsch, aber ich habe es nicht getan. Es schien mir kein normaler Einbruch zu sein. Wie gesagt, warum ein Mädchen ins Visier nehmen, das überhaupt nichts besitzt?« Sie sah Seph aus schmalen Augen an. »Bist du dir sicher, dass du nichts darüber weißt?«

Er erwiderte ihren Blick. »Was sollte ich darüber wissen?«

»Nun, ich weiß nur, dass zwischen dir und ihr etwas nicht in Ordnung war. Bis vor sechs Monaten wart ihr die reinsten Turteltauben, und seitdem ... nun, sag du es mir.«

Seph war völlig überrumpelt und stotterte: »Mit uns ist alles okay. Ich meine, bestens.«

»Wirklich? Nun, mir ist der Gedanke gekommen, dass du vielleicht hier warst und diesen Raum verwüstet hast, um – du weißt schon – dich zu rächen. Weil sie fortgegangen ist.«

Seph war von der Anschuldigung getroffen. »Das würde ich nicht tun«, flüsterte er.

Sie standen da und sahen einander wütend an. Dann fragte Seph: »Hat sie irgendwelche von ihren Gemälden hiergelassen? Wenn jemand etwas zerstören wollte, das ihr viel bedeutete, dann würde er damit anfangen.«

»Nun, da ist nur dieses eine.« Rachel griff hinter das kleine Sofa und zog eine Leinwand hervor. »Es sah aus, als hätte es jemand aus dem Kleiderschrank gezerrt.« Sie drehte es so, dass Seph es sehen konnte.

Die Farbe schien auf der Leinwand zu schwimmen, ekelerregende Wirbel aus Braun und Grün. Nein. Es waren die Figuren auf dem Gemälde selbst. Sie bewegten sich. Schlagartig erkannte er die Szene, und es drehte ihm den Magen um: Es war der Konferenzraum auf Second Sister. Sein Vater, Hastings, lag neben Gregory Leicesters Altar in den Armen seiner weinenden Mutter. Leicester schaute Seph mit glitzernden Augen und ausgestrecktem Arm an. Hinter ihm standen die Alumni, deren Macht mit der Leicesters vereint war. Flammen brachen aus Leicesters Händen hervor und schlugen in Sephs Körper. Er schrie und stolperte zurück, hob die Hände, um sich zu verteidigen.

Er erwachte und fand sich auf Madisons Bett wieder. Nick saß neben ihm, die Hände auf Sephs Brust gepresst, während er einen Heilzauber vor sich hin murmelte. Als Seph die Augen öffnete, stieß Snowbeard einen Seufzer der Erleichterung aus und zischte mit seltsam gepresster Stimme: »Überlass das Reden mir.«

Seph kämpfte sich in eine sitzende Position hoch und erbrach sofort etwas Schwarzes und Ekliges in eine Schale, die Nick bereithielt. Nick wischte ihm mit einem Waschlappen das Gesicht ab.

»Nick«, flüsterte Seph. »Was hat Rachel …«

»Bleib liegen«, befahl Nick und ging die Schale auskippen.

Rachel erschien mit einem Glas Wasser in der Tür. »Wie geht es ihm?« Ihr gewohnter zynischer Argwohn Seph gegenüber war einer ängstlichen Sorge gewichen.

»Tut mir leid wegen der Umstände«, rief Nick aus dem Badezimmer. »Er hat sich in den letzten Tagen eine kleine Grippe eingefangen. Als ich ihm Ihre Nachricht ausgerichtet habe, hat er darauf bestanden, von seinem Krankenbett aufzustehen und herzukommen.«

»Ich wusste nicht, dass er krank war«, erwiderte Rachel und zwirbelte das Haar zwischen den Fingern. »Sie hätten etwas sagen sollen.«

Snowbeard kehrte mit der geleerten Schale zurück. Seph spülte sich den Mund aus und spuckte hinein. Er fühlte sich schrecklich, wie damals, als er auf dieser Privatschule in Schottland Pfeiffersches Drüsenfieber bekommen hatte und im Krankenhaus gelandet war. Es juckte und brannte ihn am ganzen Leib, als würde er Nesselsucht bekommen. Er halluzinierte.

»Was haben Sie mit dem Gemälde gemacht, Rachel?«, fragte der alte Mann gelassen.

»Ich habe es in den Keller gebracht«, antwortete sie

achselzuckend, »aber ich verstehe immer noch nicht, warum …«

»Vorsicht ist besser als Nachsicht«, unterbrach Snowbeard sie. »Es ist wahrscheinlich nur die Grippe, aber vielleicht hat etwas in dem Gemälde im Gehirn einen synaptischen Schock ausgelöst, so wie Stroboskoplicht bei empfindlichen Menschen epileptische Anfälle auslöst.«

So schummerig ihm auch war, konnte Seph nicht umhin zu denken, dass Snowbeard für einen der Guten ein hervorragender Lügner war.

»Möchtest du etwas essen, Schatz?«, fragte Rachel. »Ich könnte dir ein Omelett in die Pfanne hauen oder etwas Suppe warm machen«, erbot sie sich. »Ich habe auch Schokoladenkuchen und karamellisierte Vanillesauce.«

Seph schauderte bei dem Gedanken an Essen. Snowbeard erhob sich mit knirschenden Gelenken und nahm Rachel am Ellbogen. »Keine Sorge, meine Liebe«, sagte er. »Ich weiß, wie viel Sie zu tun haben. Ich werde hier bei Seph bleiben und ihn ein wenig schlafen lassen, dann werde ich ihn nach Hause bringen. Sind Sie sicher, dass keine weiteren Gemälde von Maddie im Gasthaus sind?«

»Das ist das Einzige, das ich gefunden habe. Entweder hat sie alle mitgenommen, oder der Einbrecher hat sie geklaut.«

»Lassen Sie uns hoffen, dass nichts gestohlen wurde.« Mühelos schob Snowbeard Rachel aus dem Raum. Momente später hörte Seph sie die Treppe hinuntergehen. Snowbeard schloss die Tür hinter ihr und zog sich einen Stuhl neben Sephs Bett.

»Wie fühlst du dich?« Das Gesicht des alten Mannes war von harten, zornigen Falten durchzogen.

»Schrecklich.« Und verwirrt und verlegen. »Ich weiß nicht, was ich …«

»Was hast du auf dem Gemälde gesehen?«, fragte Snowbeard scharf und packte ihn am Arm.

Er benutzt Überzeugungsmagie, wurde Seph klar, der den heißen Strom von Macht spürte. Er wehrte sich sofort und verfiel in lebenslange Gewohnheiten. »Das Gemälde? Ich habe nicht viel davon gesehen. Mir war irgendwie schwindlig auf dem Weg hierher, vermutlich von der geistigen Anstrengung, und ich bin einfach … Warum fragen Sie?«

Snowbeard musterte ihn argwöhnisch. »Du hast einen Blick auf Madisons Gemälde geworfen und bist zusammengebrochen. Ich möchte wissen, warum.«

»Ich erinnere mich nicht einmal daran.« Seph schloss die Augen, als durchforste er sein Gehirn, wollte aber vor allem Snowbeards scharfem Blick ausweichen. Was dachte der alte Mann nur? »Wie sah es aus?«

»Es war ein Gemälde des Hafens von Trinity.«

Nicht das Gemälde, das ich gesehen habe, dachte Seph. Er öffnete die Augen. »Äh. Ja. Jetzt erinnere ich mich wieder.«

Snowbeards Griff wurde fester. Mehr Überzeugungsmagie. »Lüg mich nicht an. Dies ist wichtig für deine eigene Sicherheit.«

»Wie könnte ein Gemälde mich überhaupt ohnmächtig werden lassen?«

»Da gibt es jede Menge Möglichkeiten, mein Junge. Hexer können Gegenstände mit einem Zauber versehen. Bestimmt kann auch ein Gemälde mit einem Fluch belegt werden.«

»Also denken Sie, dass wer immer hier eingebrochen ist, Madisons Gemälde verflucht hat?«, fragte Seph.

»Objekte werden für gewöhnlich bei ihrer Entstehung mit einem Fluch belegt. In diesem Fall zu der Zeit, da die Leinwand bemalt wurde.«

»Nun, Madison hat es gemalt. Also ist das unmöglich.« Seph sah Snowbeard in die Augen und forderte den Alten Bären stumm heraus, seine Worte in Zweifel zu ziehen.

»Und nicht nur das«, fuhr Snowbeard fort, als habe er gar nicht zugehört, »der Fluch, wenn es einer war, war speziell auf dich gerichtet. Er hatte keine Wirkung auf Rachel oder mich, obwohl ich das Gemälde aus dem Raum gebracht habe und sie es hinunter in den Keller getragen hat. Was immer es war, es sollte dich umbringen. Wärst du allein gewesen, wärst du jetzt vielleicht tot.«

»Flüche und Angriffsmagie funktionieren im Schutzgebiet nicht. Das wissen wir.«

»Vieles ist möglich, das jenseits unseres Wissens liegt«, erwiderte Snowbeard ernst. »Du warst derjenige, der die Grenze aufrechterhalten hat. Du könntest Opfer eines mächtigen Fluchs sein, der auf dich gerichtet war oder auf eine andere Art verpackt war.«

Seph wusste, worauf das hinauslief. Er presste die Lippen aufeinander und wartete auf die Pointe.

»Wer weiß, wozu ein Induktor fähig ist? Niemand. Madison hat es abgelehnt, sich in diesem Krieg auf unsere Seite zu stellen. Ist es möglich, dass sie sich mit der anderen Seite verbündet hat?«

»Nein.« Seph sprach lauter, als er beabsichtigt hatte. *Aber warum sollte sie diese spezielle Szene malen? Sie schien damals vollkommen traumatisiert gewesen zu sein, und es war ganz sicher nichts, woran* er *sich erinnern wollte.*

»Sie verlässt plötzlich mitten im Schuljahr die Stadt …«

»Das musste sie.«

»Es scheint, dass ihr euch nicht mehr so gut versteht wie früher …«

»Nun mal langsam.« Seph stützte sich auf die Ellbogen und kämpfte gegen eine weitere Welle der Übelkeit an. »Wie ich Ihnen immer wieder sage, Ihnen und meinem Vater und meiner Mutter und allen anderen – Madison will mit diesem Krieg nichts zu tun haben. Gar nichts. Sie ist nicht daran beteiligt. Sie wird uns zwar nicht helfen, aber sie würde uns auch nicht schaden.«

»Iris hat erwähnt, dass Madison … in finanziellen Schwierigkeiten zu stecken scheint.«

Seph blinzelte Nick an. »Ich weiß, dass sie noch nie viel Geld hatte, aber … ich hätte ihr helfen können. Sie hätte nur zu fragen brauchen.«

»Vielleicht wollte sie es nicht. Sie ist stolz. Die Rosen haben dicke Brieftaschen. Jeder unserer Feinde könnte sie reich machen.«

»Nein. Das glaube ich nicht.« Seph rieb sich mit dem Handrücken die Stirn. Madison würde ihm nichts antun, das wusste er. »Ich bin ohnmächtig geworden, das ist alles. Vielleicht habe ich wirklich die Grippe. Versuchen Sie es ausnahmsweise einmal mit der einfachsten Erklärung. Ich habe die Verschwörungstheorien satt.«

Nick schüttelte den Kopf, und stumm einigten sich die beiden darauf, dass sie sich nicht einigen konnten. »Ungeachtet der Quelle des Angriffs fürchte ich, dass du schwerer verletzt bist, als dir bewusst ist. Dir ist die Grenze entglitten, als du bewusstlos geworden bist. Versuche, die Fäden wieder aufzunehmen.«

»Gut.« Seph holte tief Luft und konzentrierte sich auf

das Schutzgebiet. Schwarze Punkte schwammen ihm vor den Augen und fügten sich zu einer erstickenden Dunkelheit zusammen, die ihn zu verschlingen drohte. Ihm brach der kalte Schweiß aus, und er ließ los, blieb vollkommen reglos liegen, bis der Schwindel nachließ. Es war schon früher schwer gewesen. Jetzt war es unmöglich. »Tut mir leid«, murmelte er ein wenig panisch. *Was, wenn es nicht besser wird?* »Ich brauche nur etwas Schlaf.«

»Vielleicht«, sagte Snowbeard, der nicht überzeugt klang. »Ich werde sie für den Moment übernehmen. Aber wir müssen herausfinden, wo genau Madison ist und was sie im Schilde führt. Vielleicht kann Jason das übernehmen.«

KAPITEL 12
Die Schöne im Wald

Schnee rieselte von den Baumwipfeln und glitzerte im kalten Wintersonnenlicht, als Leesha den vereisten Pfad hinabstolperte. Sie hielt Jasons Hand fest umklammert, um nicht zu fallen und weil er der mit dem *Sefa* war. Jason hatte sich nicht wahrnehmbar gemacht.

»Wohin *gehen* wir?«, zischte sie. »Und an wen schleichen wir uns an?« Möglichkeiten wirbelten ihr durch den Kopf. Attentäter. Spione. Irgendeine Art von magischer Waffe, die im Schutzgebiet gebaut wurde.

»Du wirst schon sehen«, flüsterte er geheimnisvoll zurück.

»Da bin ich aber gespannt«, murrte sie. Soweit es Leesha betraf, sagte die Natur einem durch den Winter, dass man im Haus bleiben sollte. Überall waren Tierspuren im Schnee. Wer wusste, was hier draußen lauerte? »Gibt es hier Bären?«

»Nur kleine.«

Würden Bären einen nicht wahrnehmbaren Menschen wahrnehmen?

Sie kletterten in einen halb zugefrorenen Bach hinunter, auf der anderen Seite wieder hoch, gingen um eine Schlucht herum und drängten sich in eine dichte Gruppe schneebedeckter Kiefern. Inzwischen war sie außer Atem. »Würdest du bitte langsamer gehen? Meine Beine sind nicht so lang wie deine.«

»Wir sind da. Warte, bis du es siehst. Es ist wirklich cool.«

Sie blieben unter einer Kiefer stehen, deren Äste bis auf den Boden hingen. Die Luft war von einem sauberen, scharfen Duft wie von einem Raumerfrischer erfüllt. Jason trat hinter Leesha, fasste sie um die Taille und hob sie hoch.

Genau vor ihr saß die kleinste Eule, die sie je gesehen hatte, nicht größer als ein Star. Sie war braun gefärbt mit weißen Streifen, die kreisförmig um die Augen lagen, und weißen Flecken. Ihre winzigen Füße waren fest um einen Zweig gekrallt. Sie schien tief zu schlafen, aber dann öffnete sie ihre gelben Augen, blinzelte Leesha schläfrig an und schloss sie wieder.

Vorsichtig streckte Leesha einen Finger aus und strich über die Federn an den Füßen. Sie hielt den Atem an. Die Eule öffnete die Augen, drehte den Kopf, plusterte das Gefieder auf und ließ sich wieder nieder.

Jason stellte Leesha sanft auf den Boden, dann beugte er sich vor, um selbst einen Blick auf das Tier zu werfen. Zehn Minuten lang wechselten sie sich darin ab, die Eule zu beobachten. Dann nahm Jason Leeshas Hand und führte sie aus dem Kiefernwäldchen.

Als sie in sicherer Entfernung waren, setzte Jason den Nichtwahrnehmbarkeitszauber außer Kraft und tauchte grinsend wieder auf.

»Was … was war *das?«*, fragte Leesha. »Ich habe noch nie eine so kleine Eule gesehen!«

»Ein Sägekauz«, sagte Jason, den ihre Reaktion zu freuen schien. »Ich schätze, sie überwintern hier in der Gegend. Ich habe sie neulich hier gesehen und online nachgeschlagen. Angeblich klingt ihr Ruf wie das Schärfen einer Säge.«

»Können wir sie nicht mit nach Hause nehmen? Sie ist ja so was von niedlich. Ich möchte sie behalten!«, sagte Leesha.

»Nun, wenn du willst. Aber diese Kerlchen schlafen tagsüber und fressen Mäuse, also würdest du ihnen welche fangen müssen.«

Leesha schauderte. »Oh. Jetzt bist du also der große Jäger?«

»Kann man so sagen.« Er kniete sich hin und machte einen Schneeball. »Ich schätze, die Bogenjagdsaison ist vorbei. Aber die Schneeballsaison fängt gerade erst an.« Er stand auf und kam auf sie zu, warf den Schneeball in die Luft und fing ihn wieder auf, während er sie vielsagend ansah.

»Oh nein. Bleib mir vom Leib!«

Jason warf den Schneeball in hohem Bogen. Leesha wich hinter einen Baum aus, und das Wurfgeschoss klatschte gegen den Stamm. Sie kniete sich hin und formte ihren eigenen Schneeball, aber als sie aufstand, war Jason verschwunden.

»Das ist nicht fair! Du darfst nicht nicht wahrnehmbar werden.«

»Keine Regeln«, sagte Jason direkt hinter ihr und stopfte ihr eine Handvoll Schnee in den Rücken. Sie fuhr herum, und er stahl einen Kuss, dann sprang er wieder außer Reichweite.

»Keine Regeln, sagst du? Das wird dir noch leidtun.« Und dann begann der Kampf so richtig. Obwohl Leesha schrecklich schlecht zielte, stellte sie fest, dass sie Jasons Wurfgeschosse mit Zauberei zerplatzen lassen konnte, bevor sie sie trafen, was die Sache ein wenig ausglich.

Als sie Waffenstillstand schlossen, waren sie eine

Stunde lang durch den Wald gerannt, Leesha schwitzte, und es wurde dunkel. Sie gingen Hand in Hand zurück zum Parkpavillon. Leesha entzündete den Kamin, um die nassen Sachen zu trocknen, und Jason machte etwas Apfelwein heiß. Dann saßen sie Seite an Seite vor dem Feuer, wurden von hinten geröstet und waren vorn eiskalt.

Leesha war erstaunt, wie viel Spaß es ihr gemacht hatte, im Schnee zu spielen. Bilder aus ihrer Kindheit kamen zurück. Sie und Tante Milli, wie sie im Garten Schneemänner bauten. Kardinalfinken und Meisen, die das Futterhäuschen umkreisten und herabgeflogen kamen, um ihr aus der Hand zu fressen. Wie sie in Tante Millis Naturführer nachschlug, um die seltenen Vögel zu identifizieren.

»Wenn es Sommer wird, können wir hierherziehen«, brach Jason in ihren Tagtraum ein. »Du weißt schon, in Hängematten in den Bäumen schlafen, essen, was die Natur uns bietet.«

»Du bist total wahnsinnig, weißt du das?«, gab sie zurück und dachte, dass sie selbst ein wenig verrückt sein musste.

»Wir können Stadtguerilleros sein. Menschen gegen Lösegeld festhalten. Kaninchen und Tauben fangen und Picknickkörbe stehlen.«

»Hör zu, es gehört ein bisschen mehr dazu, damit ich mich wohlfühle«, sagte Leesha. »Heiße Duschen und Maniküre beispielsweise.«

Ihre Gespräche waren oft so. Sie flirteten, tanzten um die schweren Themen herum, die zwischen ihnen standen. Aber jetzt wurde Jason ernst. Er nahm ihre Hand und untersuchte sie, als könne er daraus ihre Zukunft lesen.

»Es wäre cool … wenn wir einfach … zusammen sein könnten«, bemerkte er. »Du weißt schon, ohne uns um all diesen … politischen Mist sorgen zu müssen.«

»Das können wir doch«, entgegnete Leesha und zwang sich zu einer Leichtigkeit, die sie nicht empfand. »Wen interessiert Politik? Lass uns davonlaufen. Wohin willst du gehen?«

Aber die Stimmung war zerstört. Jason stellte seinen Becher mit Apfelwein beiseite und stand auf. »Ich sollte besser gehen. Es wird spät.«

Sie griff nach seiner Hand. »Bleib noch ein bisschen.«

Er schüttelte den Kopf. »Jäger brauchen ihren Schlaf.« Er beugte sich vor und küsste sie. »Man sieht sich.«

Leesha folgte Jason auf die Veranda und sah ihm nach, bis seine schlanke Gestalt zwischen den Bäumen des Perry Parks verschwand. Beunruhigt und aus dem Gleichgewicht gebracht ging sie in den Pavillon zurück, setzte sich vor das Feuer auf die gemauerte Kaminbank und hüllte sich in eine Decke, die nach Holzrauch stank. Sie würde noch zehn Minuten warten, bevor sie sich selbst auf den Rückweg in die Stadt machte.

Wer hätte gedacht, dass es in einer Kleinstadt so viele heimliche Orte gab – wie die Snackbar in der Bowlingbahn und die Lesekabinen in der Stadtbücherei und den Strand mitten im Winter. Wer hätte gedacht, dass sie bereit wäre, sich an irgendeinem dieser Orte aufzuhalten? Anfangs hatte sie sich darauf konzentriert, sich Jasons Vertrauen zu erschleichen. Aber dann, als sie unter sich waren, konnten sie sie selbst sein. Und jetzt …

Es schien, als sei jeder, den sie kannte, entweder ein Held wie Jack Swift (nicht viele) oder eine Schlange wie Warren Barber (viele). Jack war so tugendhaft, dass er ihr das Gefühl gab … verseucht zu sein. Jason war dazwischen – böse genug, um interessant zu sein, und doch … er glaubte an Dinge. Er lebte nach einem persönlichen Ehrenkodex. Nicht, dass sie ihn je verstanden hätte. Außerdem hatte Jason eine schräge, selbstironische und sarkastische Art, die Welt zu betrachten, die sie zum Lachen brachte.

Sie konnte in diesen Tagen ein paar Lacher gebrauchen.

Während sie mit einem Stock im Feuer stocherte, dachte sie: Du bist doch nicht etwa dabei, dich in diesen Kerl zu verlieben, oder?

Leesha blickte erschrocken auf, als sie draußen ein Geräusch hörte. Sie hoffte, dass es nicht irgendein Tier war. Sie hatten Schutzzauber errichtet, um Neugierige fernzuhalten, aber ob sie bei Tieren funktionierten, wusste sie nicht.

Die Tür wurde aufgerissen, und jemand sagte: »Na sieh mal einer an. Ich glaub's ja nicht. Die Schöne im Wald.«

Es war Warren Barber.

Sie handelte, bevor er den Satz beendet hatte, und er auch. Sie versuchte, ihn mit einem Unbeweglichkeitszauber zu schlagen, was natürlich nicht funktionierte, und er schleuderte seinerseits einige Angriffszauber. Sie gingen ins Leere. Während er das verdaute, versuchte sie, um ihn herumzugehen und zur Tür zu gelangen, aber er versperrte ihr den Weg und ging auf sie los, warf sie zu Boden. Er hielt sie mit dem Unterarm auf den Steinplatten fest und näherte sich ihrem Gesicht. Sie schaute in seine eisblauen Augen, die von bizarren, weißen Wimpern gerahmt wurden.

»Also, was ist los, Leesha?«, fragte er. »Du rufst nicht an, du gehst nicht ans Telefon. Ich fühle mich ein wenig … kaltgestellt, verstehst du, was ich meine?«

»Geh runter von mir, du perverser … Perverser!« Sie versuchte vergeblich, seine Hände wegzuschieben.

Er strich ihr das Haar zurück und berührte den Reif um ihren Hals. »Und als ich versuchte, ein wenig *Disziplin* anzuwenden, ist nichts passiert.«

»Ich habe den Torques außer Kraft gesetzt«, log Leesha atemlos. »Du kannst ihn genauso gut abnehmen.«

»Ach wirklich? Und hast du auch meinen Weirstein außer Kraft gesetzt? Ich stelle nämlich fest, dass einige meiner Lieblingszauber nicht funktionieren.«

»Ich kann nichts dafür, wenn du ein *Leistungsproblem* hast«, antwortete sie. »Kannst du dir dagegen nicht was im Internet bestellen?«

Gut, das war ein Fehler.

Die bleichen Augen verengten sich zu Schlitzen. Er richtete sich auf und schlug ihr mit geschlossener Faust heftig ins Gesicht. Tränen schossen ihr in die Augen, und Blut quoll aus ihrer Nase. Es fühlte sich so an, als sei jeder Knochen in ihrem Gesicht gebrochen.

Dafür wirst du bezahlen, dachte sie. Ich weiß nur noch nicht, wie.

Barber betrachtete seine Faust. »Was weißt du schon? Zuschlagen kann ich immer noch.« Er sah auf sie hinab, sein Gesicht von schulterlangem, durchscheinendem Haar umrahmt. »Ich habe gehört, dass Angriffszauber hier in Trinity nicht erlaubt sind, aber ich habe nie wirklich geglaubt, dass sie damit durchkommen. Allerdings denke ich jetzt, dass der Halsring im Schutzgebiet vielleicht auch nicht so gut funktioniert, wenn du verstehst, was ich meine. Und ich habe das Gefühl, du würdest irgendwie gleichgültig werden, was unsere Abmachung betrifft. Stimmt das?«

Abmachung? Richtig. Leesha ertrank in Blut. Sie putzte sich die Nase und besprühte Barbers ganzes Hemd mit Tröpfchen. »Ich hab es dir gesagt. Es ist nicht leicht. Alle sind hier ständig auf der Hut, und nach allem, was früher passiert ist, vertrauen sie mir nicht.«

»Meine Geduld ist langsam am Ende. Ich habe das Gefühl, dass du dir nicht genug Mühe gibst. Du musst Jason Haley aus dem Schutzgebiet locken und an einen Ort bringen, an dem ich ihn befragen kann. Du musst mir das Drachenherz beschaffen. Wie schwer kann das sein?«

Leesha verkniff sich eine Erwiderung. Es gab ohnehin schon genug Schaden, der wiedergutgemacht werden musste.

»Wenn du nicht lieferst, werde ich deinen Drachenfreunden verraten, für wen du die ganze Zeit gearbeitet hast. Sie werden dich in hohem Bogen rauswerfen, und dann …« Er umfasste ihren Hals mit beiden Händen und übte Druck aus, bis sie keine Luft mehr bekam, an seinen Händen zerrte und sich hilflos wand.

Endlich ließ er sie los, und sie sog verzweifelt Luft ein, während ihr Herz heftig schlug.

Barber lächelte. »Ich bin in der Nähe, selbst wenn sie dich nicht rausschmeißen.« Er berührte den Halsreif. »Ich weiß, wo du bist, jede Minute. Wird nicht schwer sein, dich in irgendeiner finsteren Seitengasse zu schnappen.« Sein Grinsen wurde breiter. »Ich werde dich in meinen Kofferraum stecken, und plötzlich bist du *weit* weg von der Stadt.«

»W-wo wohnst du, falls ich dich finden muss?«, fragte sie und wunderte sich, wie er sich überhaupt in der Stadt bewegen konnte, ohne entdeckt zu werden.

»Es tut nichts zur Sache, wo ich wohne.« Er stand auf und wischte sich seine blutigen Hände an der Jeans ab.

»Irgendjemand hat in meiner alten Wohnung eine hässliche magische Falle gestellt. Ich frage mich, woher sie wussten, wo ich lebe. Das sollte besser nicht noch einmal passieren.«

Verdammt, dachte sie. D'Orsay hat ihn verfehlt. Dabei hatte er bei ihrem Treffen in Raven's Ghyll einen so fähigen Eindruck gemacht.

Barber setzte sich auf die Bank des Picknicktisches und beobachtete sie, als sei sie der Gegenstand einer Art von Gewaltexperiment. »Übrigens, wohin ist Madison Moss verschwunden?«

Die Frage kam für sie völlig überraschend. »M-Madison Moss? Woher soll ich das wissen?«

»Du sollst doch der Spitzel sein, oder?«

»Du hast gesagt, ich soll die Begabten im Auge behalten. Sie ist nicht begabt.« Leesha schwieg. »Warum interessiert du dich für sie?«

»Du warst auf Second Sister nicht dabei. Als Leicester McCauley angegriffen hat, ist Madison dazwischengegangen und hat den Zauber auf sich gezogen. Leicester ging zu Boden und alle Alumni mit ihm. Das ist die Art Freundin, die man haben muss.« Er sah Leesha an und zog eine bleiche Augenbraue hoch. »Wie dem auch sei, ich habe ihr einen Besuch abgestattet, und ihr Zimmer wurde vollkommen leer geräumt.«

»Du hast sie besucht?« Leesha schauderte bei dem Gedanken an Barber, der durch die Stadt schlich. »Nun, ich habe gehört, dass sie fort ist, dass sie die Stadt verlassen hat.«

»Irgendeine Ahnung, wo sie hin ist?«

»Ich habe keinen Schimmer. Vielleicht haben sie und McCauley Schluss gemacht. Ich kann dir nur sagen, dass diese Kleinstadtmädchen völlig aus dem Häuschen sind. Sie denken, dass sie zur Abwechslung mal eine Chance haben werden.«

Warren stand wieder auf. »Nun, Leesha, als Spionin warst du vollkommen nutzlos. Es ist dein Job, mich glücklich zu machen. Du hast meine Nummer. Du hast drei Tage, um Haley und das Drachenherz zu liefern. Melde dich bei mir.«

Und dann war er fort, und Leesha konnte nichts anderes hören als ihren schweren Atem und das wilde Schlagen ihres Herzens.

KAPITEL 13
Oben auf dem Berg

Es war die Zeit des Tages, da die Welt den Atem anhält und die Rückkehr des Lichts erwartet. Im Osten, hinter den Bergen, war es bereits Morgen. Der vereiste Rand der Felswand glitzerte, als die Sonne sich anschickte, über dem Gipfel hervorzubrechen. Nebel hing im Tal wie Schafwolle, die zwischen den Gipfeln hängen geblieben war. Jedes Grasbüschel, jeder Farn und jeder Strauch war mit Eis überzogen, und Madison war nass bis zu den Knien, bevor sie auch nur den Garten durchquert hatte.

Ihre Hände zitterten in der Kälte vor Tagesanbruch, als sie Farbe auf die Tortenbodenform drückte, die sie als Palette benutzte. Sie hatte Glück, dass sie sich auf dem Weg den Berg hinauf in der eisigen Dunkelheit nicht den Hals gebrochen hatte. Jeder vernünftige Mensch hätte ein Foto gemacht und im Wohnzimmer gemalt, wo es warm und trocken war.

Aber andererseits weiß jeder, dass ich verrückt bin.

Der Moment kam. Die Sonne erreichte die östliche Schulter des Booker Mountain, und das Licht strömte über die Hänge, setzte jeden funkelnden Ast und Zweig in Brand. Madison tauchte ihren Pinsel in die Farbe und widmete sich der Leinwand, mit der sie am Tag zuvor begonnen hatte. Nur noch zwei Tage, schätzte sie, und die Sonne würde ihre Position so weit verändert haben, dass die Wirkung verloren wäre. Also malte sie wie besessen.

Um zehn Uhr war sie auf dem Rückweg den Berg hinunter, wobei sie der Schlucht folgte, die der Booker Creek geschnitten hatte, der sauberste Bach in Coalton County. Nach einer weiteren halben Stunde kam das Haus in Sicht.

Es waren zwei Stockwerke mit fünf großen Säulen in der Fassade und breiten Veranden, die sich auf beiden Etagen fast um das ganze Haus zogen. An beiden Enden waren rote Ziegelschornsteine, weil es zu einer Zeit erbaut worden war, als holzbefeuerte Kamine für Wärme sorgten. Es war immer weiß gestrichen gewesen, obwohl es nach fünf Jahren in Carlenes Obhut frische Farbe hätte brauchen können. Die Bausubstanz war gut, aber das Haus war eine Schönheit, die ständiger Pflege bedurfte, sonst wirkte sie rasch schäbig.

Jetzt wirkte es definitiv schäbig.

Das Haus war von Madisons Ururgroßvater erbaut worden, Dredmont Booker, als er ihrer Ururgroßmutter, Felicity Taylor, den Hof machte. Er war ein wohlhabender Farmer, sie ein wildes Ding gewesen, eine legendäre blonde Schönheit, die nicht die Absicht gehabt hatte, in Coalton County zu bleiben und einen Bauern zu heiraten, mochte er nun reich sein oder nicht.

Er hatte geschworen zu sterben, wenn er sie nicht bekam. Er baute ihr das Haus und einen Rosengarten mit einer Ziegelmauer und einer Laube und einem Pfad ins Nichts. Er kaufte ihr eine schwarze Stute mit vier weißen Fesseln und einer Blesse auf der Stirn. Er schenkte ihr den Opalanhänger, der seiner Großmutter gehört hatte und der blau und türkis und grün blitzte. Es war das Gesprächsthema Nummer eins im County, denn es war kein angemessenes Geschenk von einem Mann für eine Frau, mit der er nicht verheiratet war. Felicity Taylor hatte das Getuschel ignoriert und den Anhänger getragen, wann immer es ihr beliebte.

Nach allem, was Madison jetzt über ererbte Macht wusste, fragte sie sich, ob Felicity eine Betörerin gewesen war.

Es hieß, die Aussicht habe schließlich Felicitys Herz gewonnen. Man konnte auf der Veranda im ersten Stock sitzen und über das Grundstück der Ropers hinweg bis hin zum Fluss sehen.

Der Anhänger und Booker Mountain waren Min vermacht worden, die sie wiederum Madison vererbt hatte. Min hatte Carlene dabei übergangen, sie hatte ihr aber ein wenig Geld hinterlassen, das längst ausgegeben war, und Treuhandkonten für Grace und John Robert, um ihnen den Collegebesuch zu finanzieren.

Das Haus und das Land würden Madison später im Jahr zufallen. Ray McCartney hatte alles geregelt. Er mochte in Carlene verliebt sein, aber er war auch Min gegenüber loyal.

Madison würde reich an Land und arm an Geld sein, sobald sie die Kontrolle über Booker Mountain übernahm. Es sei denn, sie verkaufte den Berg, was sie nach allgemeiner Ansicht so bald wie möglich tun sollte. Falls sie verkaufte, konnte sie die Kunsthochschule am Art Institute of Chicago besuchen und sich die steinige Erde von Coalton County von den Schuhen klopfen.

Sie griff unter ihr Sweatshirt und berührte den Opal. Er beruhigte sie. Vielleicht war er zu ausgefallen, um ihn im Haus zu tragen, aber Madison tat es trotzdem. Er war eine Verbindung zur Vergangenheit, und er stellte eine mögliche Zukunft dar. Er kam ihr auch wie eine

Verbindung zu dem Stein vor, den sie in Trinity zurückgelassen hatte.

Das Drachenherz. Sie hatte versucht, den Gedanken daran zu verdrängen, aber wann immer sie sich bemühte, nicht an etwas zu denken, schien es, dass sie umso mehr daran dachte. Das Einzige, was sie von Seph McCauley ablenken konnte, war das Drachenherz, und umgekehrt. An manchen Tagen schienen ihre Gedanken von einem zum anderen zu springen, bis ihr schlecht wurde. Man sollte meinen, dass es helfen würde, so weit von beiden entfernt zu sein, aber das war nicht der Fall.

Ein oder zwei Mal die Woche fuhr sie in die Stadt. Sie ging dann immer in die Bibliothek, um einen Haufen E-Mails von Seph vorzufinden. Sie waren recht förmlich, höflich, ein wenig zurückhaltend, wie altmodische Liebesbriefe in digitaler Form, wo man zwischen den Zeilen lesen musste. Es war, als habe er Angst, sie zu verschrecken, wenn er seinen Gefühlen freien Lauf ließ.

Manchmal mailte sie ihm zurück, aber neuerdings schrieb sie vor allem Briefe. Sie wusste, dass es seltsam und archaisch war, aber sie wollte nicht einfach irgendetwas schreiben, was ihr gerade in den Sinn kam. Stattdessen pflegte sie im Bett zu sitzen und über jedes Wort nachzugrübeln, als könne sie die Worte mit der Macht erfüllen, die Knoten zu lösen, die ihre Beziehung plagten.

Telefongespräche kamen überhaupt nicht in Frage. Sie traute sich selbst nicht und hatte Angst, etwas zu sagen, das ihn sofort ins Auto springen und herfahren lassen würde.

Nichts regte sich im Garten, bis auf Hamlet und Ophelia, die Golden Retriever, die bei Madisons Erscheinen pflichtbewusst aufstanden und mit dem Schwanz wedelten.

Madison hob ihre Leinwand aus der Gefahrenzone, zwängte sich zwischen den Hunden hindurch und ging in die Scheune. Es war ein stabiles Gebäude aus Stein und Holz, einst das Heim der Pferde von Dredmont Booker. Während einer wohlhabenden Zeit in der Vergangenheit hatte jemand Wasserleitungen und Dienstbotenquartiere eingebaut. Jetzt wurde es manchmal als Garage für Carlenes Auto benutzt. Madison hatte sich den ersten Stock als Atelier eingerichtet und mit Träumen bevölkert.

Sie hätte nicht nach Hause kommen sollen. Booker Mountain hatte eine Art, einen zu packen, einem den Geist zu umwölken und einen seine Absichten vergessen zu lassen. Genau wie es Felicity Taylor vor mehr als hundert Jahren ergangen war.

Seit sie von Seph fort war, hatte ihre Arbeit die entsetzliche, gefährliche Art der letzten Zeit verloren und ihren ätherischen Überschwang wiedererlangt, wie Sara es nannte. Es konnte bedeuten, dass die Hexenmagie sich aufgelöst hatte. Sie hatte Seph geschrieben und gefragt, ob er sich besser fühle, aber er hatte nicht geantwortet.

Eine Serie von drei kleinen Leinwänden glitzerte in der Ecke – jede eine Ansicht des veränderlichen Drachenherzsteins vor mattem Schwarz. Die Drachenherzserie.

Sie säuberte ihre Bürsten in der Spüle und ging zurück zum Haus, wich gefrorenen Pfützen und Schlamm aus, gefolgt von den Hunden, die hoffnungsvoll mit dem Schwanz wedelten.

Am Fuß der Verandatreppe blieb sie stehen, um die

Blumenbeete zu betrachten. Neue Triebe lugten aus den dornigen Gerippen der Teerosen hervor, und die Kletterpflanze auf dem Rankgerüst an der Veranda schlug tapfer aus.

Es war Samstag. Carlene hatte in der vergangenen Nacht bis spät gearbeitet, und ihre Tür war geschlossen. Sie würde noch im Bett sein. Auf dem Tisch standen die Reste des Frühstücks und zeigten an, dass Grace und John Robert auf dem Berg herumliefen. Sie einzufangen war so, als treibe man Katzen oder Schmetterlinge zusammen. Aber sie würden jetzt bald hungrig wieder auftauchen.

Sie würde mit ihnen zum Mittagessen in die Stadt fahren, beschloss sie. Sie konnten über die Main Street bummeln, und sie würde etwas Dünger für den Garten kaufen.

Madison lenkte den Truck in eine schräge Parklücke vor dem Gerichtsgebäude. Die Kinder waren aus dem Wagen, noch bevor er ausgerollt war.

Sie drückte Grace zwei Zwanzigdollarscheine in die Hand, die sie aus ihrem schwindenden Vorrat an Kellnergeld genommen hatte. »Bei Robertsons ist Schlussverkauf«, sagte sie. »Warum schaust du dort nicht mal nach Kleidern? Dann geh mit J. R. in den Five-and-Dime. Wir treffen uns dann in einer Stunde im Bluebird zum Mittagessen.«

Grace betrachtete das Geld, als sei es eine Art Trick, dann faltete sie die Geldscheine und steckte sie in ihren kleinen Geldbeutel.

»Bleibt zusammen und auf der Main Street, damit ich euch finden kann, wenn ich fertig bin.« Madison drehte sich um.

»Wo gehst du hin?« Grace hatte John Roberts Hand mit festem Griff gepackt. Er zerrte an ihr wie ein Welpe an der Leine.

»Hazelton's. Ich werde etwas Blumendünger kaufen.«

Madison ging in das Geschäft für Landtechnik. Wie erwartet stand Josh Hazelton hinter der Theke. Er war in der Schule mit Madison in einer Klasse gewesen. Früher waren sie Freunde gewesen und hatten Geheimnisse ausgetauscht. Er hatte sie sogar unter den Tribünen beim Footballspiel geküsst. Sie hatten unbeholfen die Lippen aufeinandergestoßen wie zwei Goldfische, die sich trafen.

Das war, bevor er mit Brice und den anderen zusammengekommen war. Komisch. Normalerweise hätte Brice Josh links liegen gelassen. Daher war Josh geschmeichelt, in Brice' Gruppe eingeladen zu werden.

Madison hatte keine Clique. Nur Josh. Und dann nicht einmal mehr ihn.

Als Josh aufschaute und sie sah, breitete sich eine schuldbewusste Röte von seinem Kragen bis hinauf zu den Ohren aus. »Hi, Maddie!«, begrüßte er sie und wandte sich von drei anderen Kunden ab, die Madison alle kannte. »Ich habe gehört, dass du wieder in der Stadt bist.«

»Für eine Weile«, antwortete Madison und fuhr mit der Hand über eine Auslage von Briefkästen, die mit Blumen von in der Natur unbekannten Farben bemalt war. »Ich brauche Dünger.«

»Komm, ich zeige ihn dir«, erbot er sich und schob sich eifrig durch die Schwingtür am Ende der Theke.

Sie hob die Hand, um ihn aufzuhalten. »Du hast Kundschaft. Sag mir einfach, wo er ist, okay?«

Josh zeigte in die hintere rechte Ecke des Ladens. »Da

hinten. Normaler und organischer Dünger. Fünf- und Zehnpfundsäcke.«

Sie nahm einen Sack mit organischem Dünger und ein paar Gartenhandschuhe und brachte sie zur Theke. Die anderen Kunden waren inzwischen gegangen. Josh tippte den Preis für die Waren in die Kasse ein.

»Und, wie gefällt es dir oben im Norden?«, fragte er, als er ihr den Beleg reichte.

»Es gefällt mir gut.«

»So gut wie hier?«

»Besser.« Sie wandte sich zum Gehen.

»Äh, Maddie?« Josh zögerte, dann sprudelten die Worte aus seinem Mund wie ein Wasserfall. »Ich dachte nämlich, dass du vielleicht fortgegangen bist wegen ... wegen diesem ganzen Mist im letzten Jahr.« Er wartete, und als sie schwieg, fügte er hinzu: »Hör mal, es tut mir leid, falls ... ein paar von uns hatten einfach Spaß, weißt du?«

»Mir war nicht klar, dass wir Spaß hatten.« Sie sah ihm in die Augen, bis er den Blick mit flammenden Ohren abwandte.

»Ich habe es nie geglaubt. Was sie über dich gesagt haben«, murmelte er.

»Wirklich? Ich habe nie gehört, dass du für mich eingetreten wärst.«

»Ich bin jedenfalls froh, dass du zurück bist.«

»Nicht für lange«, sagte sie und tat so, als betrachte sie die großen Nistkästen für Purpurschwalben.

Josh ließ sie immer noch nicht gehen. »Hast du Brice getroffen, seit du zurück bist?«, fragte er.

»Ja.« Sie versuchte, keine Grimasse zu schneiden. »Hängst du immer noch mit ihm rum?«

Er schüttelte den Kopf und errötete wieder. »Nein. Ich schätze, er hat wirklich viel zu tun.«

»Ja«, sagte sie.

»Ich höre, dass er einige neue Freunde hat, die nicht auf unsere Schule gehen.« Er hielt inne, dann sprach er verlegen weiter: »Du hast ihn nie gemocht.«

»Nein. Und ich mag ihn immer noch nicht.« Sie sah keinen Sinn darin zu lügen.

»Er hat das nie verstanden. Warum du nicht mit ihm ausgehen wolltest.«

Madison blinzelte ihn an. »Das hat er dir gesagt?«

Josh schüttelte den Kopf. »Nicht direkt. Aber ich habe es gewusst. Er dachte, du würdest … er dachte, du würdest Ja sagen.«

Madison schnaubte. »Also wirklich. Ich denke nicht, dass es jemals oben auf seiner Liste stand, mich als … Freundin zu haben.«

Josh leckte sich die Lippen. »Du irrst dich. Ich denke, es hat ihn wirklich geärgert. Man will immer das, was man nicht haben kann. Und die Leute – die Leute *hören* auf ihn, weißt du?«

Erst dachte sie, warum reden wir über Brice Roper? Und dann kam ihr eine Erkenntnis. »Was willst du mir sagen? Dass er dahintersteckte, dass die … Leute mich eine Hexe nannten?«

»Na ja. Es war nicht schwer, die Leute davon zu überzeugen. Ich meine, du bist irgendwie *anders*. Du läufst rum wie eine Zigeunerin und machst immer ein Gesicht, als wärst du sauer auf die Welt.« Er hielt die Hand hoch. »Tut mir leid, aber es ist wahr. Und du hast immer diese ganzen Bilder gemalt, und du hast oben auf dem Berg in diesem gruseligen alten Haus gelebt.«

»Es ist nicht gruselig«, gab sie zurück, dann schloss sie den Mund. Wen interessierte es, was alle dachten?

Josh zuckte die Schultern. »Deine Großmutter hat die

Karten gelesen und Menschen verhext, und deine Mom ist … irgendwie wild.«

»Halt die Klappe, Josh.« Madison spürte, wie ihr das Blut ins Gesicht schoss. Sie wandte sich ab und sah aus dem Fenster auf eine mit Brettern vernagelte Ladenfront auf der anderen Straßenseite.

Aber Josh ließ sich nicht zum Schweigen bringen. »Eines Abends haben ein paar von uns Jungs geredet, und einige von uns hatten dich eingeladen und eine Abfuhr kassiert. Also fing Brice einfach an zu sagen, was wäre wenn, weißt du? Und wir haben uns weggeschmissen vor Lachen, wir konnten nicht anders, er hat einfach so eine Art, etwas zu sagen. Also. Ich schätze, wir … ich schätze, so hat es irgendwie angefangen. Wir haben Zettel aufgehängt und begannen, Leuten SMS zu schreiben, und dann hat es irgendwie ein Eigenleben bekommen, weißt du?«

Madison fuhr herum und machte einen Schritt nach vorn, und Josh zuckte zusammen, als dächte er, sie würde ihn schlagen oder verzaubern oder etwas in der Art. »Was denkst du, warum ich ihre Einladungen abgelehnt habe? Weil einige Jungs gern mit etwas prahlen, das *nie passiert ist.* Alle, bis auf dich. Ich wusste … du würdest nie … ich dachte, dass du …« Sie brach ab, da sie sich selbst nicht zutraute weiterzusprechen. Es war wirklich ironisch, dass Brice Roper mit seinen überzeugenden Händen und schmierigem Zauberercharme *sie* bezichtigen sollte, eine Hexe zu sein, wo sie nicht einen Funken Magie in sich trug.

Zumindest keine eigene.

Josh räusperte sich. Er sah aus wie jemand, der die Hand in einem Schraubstock hatte und es nicht erwarten konnte, befreit zu werden. »Jedenfalls tut es mir wirklich leid. Ich habe nie geglaubt, dass du irgendetwas niedergebrannt hast. Das wollte ich dir schon lange sagen.«

Sie räusperte sich ebenfalls. »Gut. Dann muss ich mich wohl bedanken.«

»Soll ich das für dich raustragen?«, fragte er und reichte ihr den Beleg für den Dünger.

»Es geht schon.« Sie setzte sich den Düngersack auf die Hüfte und drehte sich zur Tür um.

»Äh, Maddie? Der Schulball steht bevor, weißt du.«

Sie versteifte sich. »Josh, ich …«

Er sprach hastig weiter. »Seit ich gehört habe, dass du zurück bist, wollte ich dich anrufen, aber … nun, du hast kein Telefon. Ich habe mich gefragt, ob du vielleicht mit mir hingehen würdest. Als Freunde, meine ich. Du könntest alle treffen.«

Er dachte, er mache ihr ein Geschenk, gebe ihr eine Chance, allen mit hoch erhobenem Kopf zu zeigen, dass sie sie nicht vertrieben hatten. Aber ihr wurde klar, dass es sie nicht interessierte, was sie dachten. Nicht mehr.

Madison schüttelte den Kopf. »Ich denke nein.«

Sie ließ ihn mit hängenden Armen hinter der Kasse stehen.

Grace und John Robert kamen zu ihrem Treffen im Bluebird zehn Minuten zu spät. Und als sie auftauchten, war Brice Roper bei ihnen.

»Hallo Madison«, begrüßte er sie und glitt auf einen Stuhl an ihrem Tisch. Er trug Jeans und einen Baumwollpullover und eine mit Schaffell gefütterte Lederjacke, die definitiv nicht von Robertson's stammte. »Ich bin Grace und Robert im Five-and-Dime über den Weg gelaufen.«

Madison umklammerte die Armlehnen ihres Stuhls, und ihr Herz pochte. Josh Hazletons Enthüllungen waren ihr frisch im Gedächtnis. Aber andererseits hatte Josh ihr nichts über Brice erzählt, was sie nicht schon gewusst hatte.

»Es überrascht mich, dass du sie nicht gleich zur Fürsorge gebracht hast«, erwiderte sie. »Wo ich sie doch ganz allein in der Stadt gelassen habe und überhaupt.«

Brice gab dem Kellner ein Zeichen. »Hör mal, ich habe gesagt, dass es mir leid tut.«

»Nein, hast du nicht.«

Er zuckte die Achseln. »Nun, ich hatte es jedenfalls vor. Also, um es wiedergutzumachen, habe ich Grace und John Robert für nächste Woche zu uns zum Reiten eingeladen.«

»Lass uns reiten gehen, Maddie, bitte!« John Robert hüpfte förmlich auf der Stelle auf und ab und umklammerte ihre Hand. Der Junge wusste nicht, wie man nachtragend war.

Grace war anders. Sie würde es Brice Roper nicht verziehen haben, dass er sie zu Pflegeeltern gegeben hatte. Aber sie liebte Pferde mit der Leidenschaft, wie sie nur ein zehnjähriges Mädchen aufbringen konnte. Sie hatte im vergangenen Sommer Ställe im Tausch gegen Reitstunden ausgemistet. Und die Ropers hatten die schönsten Pferde im County. Wenn es eine Möglichkeit gab, Gracie für sich zu gewinnen, dann so. Sie schwankte vor Unentschlossenheit und vibrierte wie eine gezupfte Saite.

Madison wollte den Ropers in keiner Weise verpflichtet sein. Und sie hatte ihre eigenen Gründe, weshalb sie nicht wollte, dass Grace mit dem Zauberer Brice Roper Zeit verbrachte.

»Auf gar keinen Fall«, sagte Madison und funkelte Brice an. »Ich kann es nicht fassen, dass du das auch nur vorgeschlagen hast. Deine Pferde sind für erfahrene Reiter. Sie sind nicht an Kinder gewöhnt.«

»Aber du weißt, dass ich reiten kann, Maddie«, protestierte Grace. Wie üblich, wenn Maddie Nein sagte, sagte Grace Ja. »Ich habe den ganzen letzten Sommer bei Mr. Ragland Unterricht genommen. Er sagte, ich sei eine geborene Reiterin.«

»Es gibt keinen besseren Lehrer in der Gegend als George Ragland«, bemerkte Brice. »Und J. R. wird nichts passieren. Wir haben immer Kinderpferde für die Cousins da.«

»Biiiiiitte«, bettelte John Robert und hängte sich an Madisons Arm.

»Ich habe Nein gesagt, und dabei bleibt's«, antwortete Madison und machte sich von John Robert los. Sie schaute zu Brice auf. »Du überstellst die Kinder an das County, weil Mama keinen Babysitter finden konnte, und dann verlangst du von mir, dass ich ihnen erlaube, Leib und Leben zu riskieren …«

»Kein Problem«, unterbrach Brice sie, gerade als sie in Fahrt kam. »Ich frage einfach Carlene.«

Und das brachte Madison zum Schweigen, was er auch gewusst hatte. Carlene würde keinen Groll wegen Gerichtsverhandlungen und Kinderfürsorge hegen. Carlene hatte nicht von der Schule abgehen und nach Hause zurückkommen müssen, um die Kinder aus ihrer Lage zu befreien. Wenn Brice Carlene fragte, würde sie sie auf der Stelle gehen lassen. Sie schmeichelte sich gerne bei dem Geld der Ropers ein.

Madison saß da wie erstarrt, die Wangen flammendrot. Selbst Grace und J. R. wussten, dass sie überlistet worden war. Grace schaute mit gerunzelter Stirn von Brice zu Madison. »Keine Sorge, Maddie«, sagte sie leise. »Wir werden gut aufpassen.«

»Das weiß ich, Süße«, sagte Madison mit steifen Lippen.

»Wunderbar«, sagte Brice. Der Kellner stand am Tisch, und er überflog die Speisekarte. »Wir werden mit einem Teller Chicken Wings und Zwiebelringen anfangen«, erklärte er. »Wurzelbier für alle. Und dann, was immer sie wollen.« Er warf Madison einen Blick zu, als sie den Mund öffnete, um zu protestieren. »Ihr seid eingeladen.«

Nein, dachte sie. Eigentlich wollte ich sie einladen.

Der Kellner eilte davon.

»Wir haben Pferde, die du reiten könntest, Maddie«, bemerkte Brice und legte auf dem Tisch seine heiße Hand über ihre. »Warum kommst du nicht mit?«

Sie entriss ihm die Hand. »Ich bin die ganze Woche beschäftigt.«

»Wie wäre es mit nächster Woche?«

»Ich bin jede Woche beschäftigt.« Sie stand auf. »Ich habe etwas im Geschäft vergessen.« Sie nickte den Kindern zu. »Esst ruhig zu Mittag, wenn ihr wollt. Wir treffen uns drüben.«

Aber Brice grinste Grace und John Robert nur an, als seien sie Verschwörer. »Wir werden eure große Schwester schon noch rumkriegen.«

Für Brice war es ein Spiel, das er nur gewinnen konnte. Aber er hatte keine Ahnung, in welcher Gefahr er sich befand. Wenn Maddie eine Waffe gehabt hätte, hätte sie ihn erschossen.

KAPITEL 14
Nach Süden

Alicia! Dein junger Mann – wie war doch gleich sein Name?« Tante Millisandra zeigte mit ihrer beringten Hand auf Jason, der sich alle Mühe gab, nicht den Kopf einzuziehen.

»Jason«, sagte Leesha, die auf der Kante ihres Stuhls hockte, als sei sie zum Sprung bereit. »Sein Name ist Jason, Tante Milli.«

Sie saßen in einem muffigen Salon, der mit einer leicht entzündlichen Kieferngirlande und einem vertrockneten Weihnachtsbaum geschmückt war. Das einzige Licht kam von den Kerzenstummeln, die gefährlich in den Zweigen steckten.

»Sind Sie sicher, dass Sie nicht Jasper heißen? Ich habe mal einen Jasper gekannt. Jasper DeVilliers. Er war Franzose, ein wenig machtlos, wenn du verstehst, was ich meine, aber ein ziemlicher Frauenschwarm.« Tante Millisandra fixierte Jason mit ihren violett geschminkten Augen, als erwarte sie, ein Geständnis aus ihm herauszupressen.

Jason schüttelte den Kopf. »Jason«, sagte er.

»Ein seltsamer Name, Jason. Möchten Sie noch einen Keks, junger Mann?« Millisandra hielt ihm ein Tablett mit verbranntem und aufgeweichtem Shortbread hin. Es war am Anfang ganz gut gewesen, aber dann hatte sie es in Brand gesteckt, als sie versucht hatte, den Tee heiß zu machen, und sie hatte es mit Limonade löschen müssen.

»Ähm. Ist schon gut. Ich habe schon ganz schön viel gegessen.«

Leeshas Tante Millisandra erinnerte Jason an eine dieser ausgetrockneten Insektenleichen, die man manchmal fand – zerbrechlich, als könne sie zerbröseln, wenn man sie berührte. Sie war ungefähr eine Million Jahre alt, die reichste Frau der Stadt – und eine Zauberin, die einige Schlüsselkarten aus ihrem mentalen Deck verloren hatte. Sie zu besuchen war etwa genauso riskant, als säße man mitten in einem Lagerfeuer mit einem Karton Kirschbomben auf dem Schoß.

»Dann noch etwas Tee?«

»Nein, danke.« Er schaute auf seine Armbanduhr. Neun Uhr abends. »Mensch, ist das spät geworden. Ich hatte ja keine Ahnung.« Er stand auf. »Danke für den Tee und alles.«

»Mitgefangen, mitgehangen«, sagte Tante Milli, wedelte mit der Hand und zerbrach Gläser im ganzen Raum.

»Ich begleite dich nach draußen.« Leesha sprang auf.

In der Diele ergriff sie seine Hand. »Tut mir leid. Ich dachte, sie würde längst schlafen«, flüsterte sie.

»Sieht nicht so aus.«

»Ich glaube, sie mag dich.«

»Wenn ich nur Jasper hieße.«

»Hör mal, ich weiß, sie ist irgendwie … gefährlich, aber sie ist meine Lieblingstante. Sie hat mich früher überallhin mitgenommen. Wenn meine Eltern mich nicht dabeihaben wollten, hat sie mich immer aufgenommen.«

»So eine Verwandte hätte ich auch gebrauchen können«, erwiderte Jason und vergaß die gewohnte Selbstzensur.

Leesha stellte sich auf die Zehenspitzen und streifte mit den Lippen seine Wange, die sie beinahe verfehlte. »Bis bald, Jason.«

»Kannst du nicht mitkommen? Es muss doch irgendeinen Ort geben, an den wir gehen können.«

Leesha warf einen Blick über die Schulter. »Das sollte ich besser nicht.« Sie hatte den ganzen Abend seltsam nervös gewirkt, als hätte sie zu viel Koffein oder so was gehabt. Es war fast, als sei sie froh, dass die alte Tante Milli da war, um als Anstandsdame zu fungieren. Als sie sich wieder umdrehte, bemerkte er, dass ihr Gesicht seltsam verunstaltet wirkte.

Jason fasste Leesha am Kinn und drehte ihren Kopf ins Verandalicht. Sie zuckte zusammen und trat zurück.

»Was ist mit deinem Gesicht passiert?« Eine Seite war geschwollen, und er konnte die blauen Flecken unter dem Make-up sehen. In dem von Kerzenlicht erhellten Wohnzimmer war es nicht so auffällig gewesen.

Leesha wandte sich vom Licht ab. »Es war Tante Milli. Sie hat eine Wand des Wintergartens eingerissen. Ich fürchte, wir werden sie in ein Heim geben müssen.«

Gab es Heime für Zauberer, die an Demenz litten? »Mir scheint, ihr solltet ihr etwas Weirsbann in den Tee geben. Man würde leichter mit ihr fertig werden, wenn sie nicht ständig Dinge in Brand stecken würde.«

»Das habe ich versucht. Sie merkt es immer.« Sie hielt inne. »Vielleicht könnten wir morgen nach Cleveland fahren oder so. Irgendwo weit weg.«

Jason zuckte die Achseln. »Vielleicht.« Es gab nichts anderes zu tun als zu gehen, also ging er.

Er wanderte durch dunkle Straßen nach Hause. Sie

waren in dieser Woche bereits zweimal im Park gewesen. Bei wirklich kaltem Wetter hingen sie in Matineen herum, wo es unwahrscheinlich war, dass man sie entdeckte, oder sie gingen in Leeshas Haus – äh – Villa. Normalerweise ging Tante Millisandra früh zu Bett, aber in letzter Zeit litt sie unter Schlaflosigkeit oder etwas in der Art.

Er war nicht mehr so viel herumgeschlichen, seit er zu Hause bei seinem Dad und seiner Stiefmutter gelebt hatte. Das schien eine Ewigkeit her zu sein. Es war schwer, in einer Kleinstadt ein Geheimnis zu hüten. Weder Nick noch Leander noch sonst jemand war direkt für ihn verantwortlich, außer vielleicht Hastings. Es wäre ihm einfach lieber, die Standpauke zu vermeiden, wenn er konnte. Jack, Will, Fitch, Seph, Ellen – sie alle hassten und misstrauten Leesha Middleton.

Warum also er nicht? Nicht dass er ihr völlig vertraute, aber ihre Beziehung hatte eine verwegene Intensität, die ihm gefiel. Leesha war der einzige Lichtblick in einer ansonsten trostlosen Existenz. Im Übrigen tat er so als ob, trat auf der Stelle und leistete keinen Beitrag.

Leesha hatte in gewisser Weise ein schweres Leben gehabt – sie war ihren aristokratischen Zauberereltern lästig gewesen, bis ihre Eskapaden auf dem Handelsmarkt sie zu einer Peinlichkeit gemacht hatten. Sie war eine Überlebenskünstlerin, aber trotzdem irgendwie verletzlich, und sie machte keine halben Sachen.

Er lachte. Sie ist eine Nummer zu groß für dich, dachte er. Es war die Geschichte seines Lebens.

Als er zu Hause ankam, war Linda Downey in der Küche und gab Eiscreme in einen Mixer.

»Jason! Du kommst gerade richtig. Ich mache Milchshakes.« Linda ergriff seine beiden Hände und wärmte ihn bis in die Zehen.

»Milchshakes«, wiederholte er einfältig. »Ich bin froh, dass ich gekommen bin.«

»Du hast Lippenstift im Gesicht«, bemerkte sie und rieb ihn mit dem Zeigefinger weg.

Das gefiel ihm an Linda. Sie stellte keine lästigen Fragen. Dann bemerkte er ihren Koffer an der Tür. »Fährst du irgendwohin?«

Sie zögerte. »Ich treffe mich in Großbritannien mit Leander.«

»Klar. Gut. Toll.« Sein Gesicht brannte, und die Worte schienen ihm im Hals stecken zu bleiben. »Dann *bon voyage.«*

Er wollte sich abwenden, doch sie hielt ihn am Arm fest. »Seph ist im Wintergarten«, sagte sie und sah ihm ängstlich in die Augen. »Er hat auf dich gewartet. Er braucht bei irgendetwas Hilfe.« Sie deutete mit dem Kopf in den hinteren Teil des Hauses.

Na klar. Wahrscheinlich will er, dass ich ihm die Schuhe putze. Missgestimmt machte sich Jason auf die Suche nach Seph.

Seph saß an den Fenstern und las in der Lichtpfütze einer Tischlampe. Hinter der Terrasse befand sich ein Streifen verschneiten Rasens, dann eine Mauer, hinter der der Hang zum See hin abfiel. Im Hintergrund brachen die Wellen in einem nordwestlichen Wind und eroberten den Strand und ließen ihn wieder los.

Seph schaute auf. »Jase! Wo bist du gewesen?«

Jason zuckte die Achseln. »Hier und da. Was liegt an?«

Keine Antwort. Seph saß reglos da und starrte ins Leere, als sei er vollkommen weggetreten. Es war, als rede man mit jemandem, der Kopfhörer trug oder gleichzeitig seine E-Mails las. Jason wusste, dass Seph die Grenze überwachen musste.

»Was liest du da?«, versuchte Jason zu ihm durchzudringen.

Seph schaute ein wenig erschrocken auf. »Physik Leistungskurs. Wir haben nächste Woche wieder einen Übungstest.«

Jason ließ sich auf einen schmiedeeisernen Stuhl fallen. »Kannst du wirklich beide Dinge gleichzeitig tun?« Ich könnte nicht mal *eins* davon tun, dachte er bei sich.

Seph sah wirklich schlecht aus, irgendwie hohlwangig und nervös, und seine Augen glitzerten und brannten. »Du klingst wie Lin… meine Mom.«

Wie aufs Stichwort erschien Linda mit zwei großen Milchshakes auf einem Tablett. Und einer großen Schale Studentenfutter.

Sie setzte einen Milchshake klirrend vor Seph. »Hier. Sieh zu, dass du das austrinkst. Und in ein paar Minuten kannst du die Grenze bleiben lassen. Iris sagte, sie würde um zehn übernehmen.«

»Ich bin okay.« Seph richtete sich ein wenig höher auf. »Ich kann noch ein Weilchen durchhalten. Jedenfalls bis ich ins Bett gehe.«

»Wir haben bereits darüber gesprochen, dass du dich nicht überanstrengen solltest, Seph. Keine Widerrede.« Es war eins der wenigen Male, die Jason Sephs Mutter elterliche Autorität hatte ausüben sehen.

Als sie wieder ins Haus ging, sagte Jason: »Sie benimmt sich, als seist du krank oder so.«

Seph zuckte die Achseln und wandte den Blick ab. »Yeah. Tja.«

Es war klar, dass Seph ihm nicht erzählen würde, was los war. Jason versuchte es noch einmal. »Sie wirkt irgendwie gestresst.«

Seph nahm einen Schluck von dem Milchshake und stellte das Glas ab. »Es liegt daran, dass sie die Verantwortung trägt, während mein Vater fort ist. Sie würde gern mehr Zauberer haben, die die Grenze beobachten könnten, damit wir mal Pause machen können, aber Snowbeard vertraut neuen Leuten nicht.«

Ihr könntet es mit mir versuchen, dachte Jason. Er machte sich nicht die Mühe, es laut auszusprechen.

»Nick ist wirklich auf diese Sachen fixiert, die du aus Großbritannien mitgebracht hast«, fuhr Seph fort. »Linda kann die anderen Gilden gut managen, aber Zauberer denken immer, sie müssten alles bestimmen. Einige von ihnen sind es nicht gewohnt, Befehle von einer Betörerin entgegenzunehmen.«

Seph schien es zu vermeiden, Lindas Reisepläne zu erwähnen, daher sagte Jason: »Und jetzt fliegt sie nach Großbritannien.«

Seph nickte, ohne Jason aus den Augen zu lassen, als hätte er Angst vor seiner Reaktion. »Sie fährt weg und will mich nicht allein lassen.« Seph lehnte den Kopf zurück. Seine Gedanken schienen für einen Moment wieder abzuschweifen, dann sagte er: »Trägst du immer noch den *Dyrne sefa?*«

Zur Antwort fischte Jason den Anhänger unter seinem Hemd hervor.

Seph lächelte. »Erinnerst du dich, wie wir in The Havens in den Wald gegangen sind und Zauberei geübt haben?«

Jason wollte sich nicht unbedingt an seine Zeit in The Havens erinnern – vor allem nicht an das, was mit seinem Vater passiert war. Außerdem lenkte es nur die Aufmerksamkeit auf das magische Leistungsgefälle zwischen ihm und Seph. Er fand diesen Kontrast immer bedrückender.

»Ich habe dir alles beigebracht, was ich wusste. Was nicht viel war. Und jetzt bist du mir weit überlegen. Aber Linda sagt, du willst mich etwas fragen.«

»Ich muss dich um einen Gefallen bitten.«

»Und der wäre ...?«

»Jemand ist neulich nachts in Maddies Zimmer eingebrochen.«

Jason wartete, und als Seph nicht weitersprach, fragte er: »Hat der Einbrecher etwas mitgenommen?«

»Das wissen wir nicht. Ich habe mich umgesehen, aber ich konnte nicht erkennen, ob etwas fehlte.«

»Was hat sie gesagt?«

»Ich kann sie nicht erreichen. Ihr Telefon ist gesperrt, und ihr Handy funktioniert in ihrem Haus nicht. Ich habe ihr gemailt, aber ich weiß nicht, wann sie die Nachricht erhalten wird.«

Worauf läuft das hinaus?, dachte Jason. »Vielleicht war es jemand, der wusste, dass sie fort war, und das ausnutzen wollte.«

»Der Einbrecher hat Magie benutzt, um ein Loch in ihre Tür zu sprengen.« Seph schwieg lange genug, damit Jason das verdauen konnte. »Ihr Zimmer war das einzige, in das eingebrochen wurde. Und sie hat nichts, was man stehlen könnte.« Er blickte zum See hinaus. »Ich wollte von Anfang an nicht, dass sie fortgeht. Es ist schon schlimm genug, wenn sie sie meinetwegen verfolgen. Aber wenn sie wissen, wozu Maddie imstande ist ...«

»Was soll ich tun?«

»Fahr nach Coal Grove, und bring sie zurück. Ich würde selbst gehen, aber Snowbeard will mich hier haben. Außerdem werden sie erwarten, dass ich hinfahre. Bei dir ist es weniger wahrscheinlich, dass du sie zu ihr führst.« Seph hielt inne und räusperte sich. »Da ist noch etwas. Sie hat etwas in ihrem Zimmer zurückgelassen, ein Gemälde mit einem Fluch, der gegen mich gerichtet war. Er hat mich ziemlich hart getroffen.«

»Mann.« Jason starrte ihn an. Das erklärte Sephs mitgenommenes Aussehen. Aber wenn er die Grenze überwachte, konnte es ihm nicht allzu schlecht gehen. »Bist du okay? Hat der …«

»Mir geht es *gut«,* blaffte Seph. »Aber es war Madisons Gemälde. Daher denkt Snowbeard, dass Madison vielleicht … vielleicht die Seiten gewechselt hat.« Er murmelte diese letzten Worte ganz leise, als wolle er sie nicht akzeptieren, indem er sie laut aussprach.

Jason dachte darüber nach. Er hatte gewusst, dass zwischen Seph und Madison etwas nicht stimmte, aber er hätte trotzdem gesagt, dass die beiden verrückt nacheinander waren.

Andererseits musste man bedenken, mit wem Seph konkurrierte. Ein Claude D'Orsay oder eine Jessamine Longbranch konnte Madison so reich machen, dass es ihre kühnsten Träume überstieg. Reich genug, um jede Kunstschule des Landes zu besuchen.

Also entschied er sich für die sicherste Antwort. »Was denkst du?«

»Was meinst du damit, was ich denke?« Seph beugte sich vor und sprühte förmlich Funken. »Es ist unmöglich. Sie würde das nicht tun.«

»Okay, okay.« Jason hob die Hände. »Ich bin ganz deiner Meinung. Aber vielleicht ist es trotzdem keine gute

Idee, sie hierher zurückzuholen, wenn sie möglicherweise …«

»Warum hätte sie nach Hause gehen sollen, wenn sie etwas geplant hätte? Das ergibt keinen Sinn.«

»Na ja. Wenn sie eine Zauberbombe legt, die für dich bestimmt ist, würde sie dann nicht so weit wie möglich weg sein wollen, wenn sie hochgeht?«

Seph erhob sich und ragte über Jason auf. Macht drang aus seiner Haut und rann in Strömen zu Boden, wo sie einen Ring in die Steinplatten brannte. Er sah müde und völlig erledigt aus, aber gleichzeitig auch voller Kraft.

»He, Mann, bleib ruhig«, murmelte Jason. »Ich widerspreche dir ja nicht, ich stelle nur Fragen. Oder ist das nicht erlaubt?«

Seph funkelte ihn für einen Moment wütend an, dann ließ er sich zitternd wieder auf seinen Stuhl sinken.

Ich muss vorsichtig sein, dachte Jason. Er versuchte, sich etwas Harmloses einfallen zu lassen, was er sagen könnte. »Also. Ähm. Weiß Snowbeard, dass du mich darum bittest?«

Seph massierte sich die Stirn, als wolle er eine zögernde Wahrheit lockern. »Es war irgendwie Nicks Idee. Er will, dass du nach Coalton County gehst und Madison ausspionierst und herausfindest, was los ist. Ist sie in Gefahr, oder arbeitet sie für die Rosen, oder was? Hält sich dort unten noch jemand auf, der hinter dem Angriff auf mich stecken könnte?« Er schaute zu Jason auf. »Du kannst also beides tun. Diese Dinge überprüfen und sie zurückholen.« Er wandte den Blick ab. »So oder so. Wenn sie gegen uns arbeitet, können wir nicht … wir können nicht riskieren, dass sie damit weitermacht. Wenn sie es nicht tut, können wir es nicht riskieren, sie dort draußen allein zu lassen.«

Und was wirst *du* tun, wenn sich herausstellt, dass sie tatsächlich zur dunklen Seite übergelaufen ist?, dachte Jason.

»Ich bin nicht gerade der richtige Ansprechpartner, wenn es um Zauberei geht.« Er schüttelte den Kopf, als Seph widersprechen wollte. »Lass es. Warum ich?«

Seph zuckte kapitulierend die Schultern. »Ich kann nicht weg und Nick auch nicht. Bei Madison spielt es keine Rolle, wie mächtig man ist. Es ist fast ein Nachteil, zu viel Kraft zu haben.« Er lächelte entschuldigend.

»Warum schickst du dann einen Zauberer hin?«

»Nun. Für ... für den Fall, dass sie ... für den Fall, dass dort unten Zauberer sind. Mit denen sie zusammenarbeitet.«

Es brachte Seph um, das wusste Jason. Und wenn Jason mit der Nachricht zurückkam, dass Madison die Seiten gewechselt hatte, war es durchaus möglich, dass er den Boten tötete. Er versuchte es mit einem Scherz. »Was ist, wenn sie nicht mitkommen will? Mein Charme funktioniert bei ihr nicht, wie du weißt.«

Seph wirkte nicht erheitert. »Überzeuge sie.« Er fuhr sich mit der Hand durchs Haar. »Ich weiß, dass du wieder zur Schule gehst, aber es sollte nicht mehr als zwei Tage dauern, da runterzufahren und sie zurückzuholen. Drei oder vier Tage würden dir wahrscheinlich Zeit geben, dich umzuhören und Fragen zu stellen.«

Er legte seine mit Blasen bedeckte Hand auf Jasons Arm und sah ihm in die Augen. »Was immer geschieht, Jase, wir brauchen dich wieder hier, wenn du fertig bist. Wir haben einige Pläne in Arbeit, für die wir Zauberer brauchen, und davon haben wir zu wenige.«

Jason dachte darüber nach und ließ sich Zeit mit der Antwort. Seph würde Jason nicht zu Madison schicken, wenn er es nicht für notwendig hielt. Anderenfalls würde das Risiko den Nutzen überwiegen. Und genauso offensichtlich war Jason entbehrlicher als Seph oder Nick.

Sollte er fahren? Es würde ihn aus Trinity herausbringen, obwohl er schätzte, dass Coal Grove keine Verbesserung sein würde. Aber es könnte auch die Gelegenheit sein, die er brauchte, um freizukommen, um Nicks Überwachung und der Verpflichtung, die er Seph gegenüber empfand, zu entkommen. Er konnte ihm diesen einen letzten Gefallen tun und dann …

»Wie komme ich da hin?«

»Ich habe Madison um eine Wegbeschreibung gebeten, bevor sie abgereist ist. Meine Mutter sagt, du kannst ihr Auto haben, da sie ohnehin verreist.« Seph grinste und wirkte wieder etwas mehr wie er selbst. »Aber sieh zu, dass du es heil zurückbringst.«

Geil. Linda fuhr ein BMW Z4 Roadster Cabrio. Obwohl Madison in ihrem Truck zurückfahren müsste, wenn sie mehr als eine Zahnbürste mitnehmen wollte.

Die Anspannung in Jason löste sich ein wenig. Es war ein Plan. Er hatte im vergangenen Jahr etwas Geld gespart. Außerdem würde er einige magische Gegenstände aus St. Catherine's mitnehmen, die ihm in Großbritannien helfen konnten. Er würde Madison bis nach Columbus begleiten und sie dann weiterschicken. Bis sie begriffen, dass er fort war, konnte er bereits wieder in Raven's Ghyll sein. Er würde Hastings dazu *zwingen,* ihn mitzunehmen. Wenn nicht, gab es andere Orte auf der Welt, andere Schlachten zu schlagen.

Gut.

Natürlich funktionierte das nur, wenn Madison auf ihrer Seite war.

»Okay. Ich bin unterwegs. Zeichne mir eine Karte, während ich meine Sachen packe.«

Es wurde gerade hell, als Jason den BMW auf dem Parkplatz vor St. Catherine's abstellte.

Der kleine Kofferraum war bereits mit seinen Kleidern und seiner Musik beladen. Sobald er auf dem Weg war, hatte er nicht vor, noch einmal anzuhalten. Er hoffte, die Stadt zu verlassen, ohne Nick oder Mercedes zu begegnen. Mit ein wenig Glück würden sie lange schlafen.

Er hatte ein schlechtes Gewissen wegen Leesha, aber sobald er unterwegs war, würde er ihr eine SMS schicken, um ihr zu sagen, dass er fort war. Er hatte das Gefühl, ein persönliches Lebewohl nicht riskieren zu können. Wenn er angekommen war, konnte er sich wieder bei ihr melden.

Mit dem Schlüssel, den er von Sephs Exemplar kopiert hatte, stieg er hinab in die kühle Dunkelheit der Krypta und setzte die Zauber außer Kraft, mit denen Thomas Swifts unbenutztes Grab belegt worden war. Die magischen Objekte waren sortiert, beschriftet und zum größten Teil weggeräumt worden.

Das Drachenherz verspottete ihn von seinem kunstvollen Ständer in der Ecke und weckte eine hoffnungslose Sehnsucht, als sein Weirstein reagierte. Er und Nick und Mercedes hatten alles versucht, aber niemand hatte den Stein berühren können seit dem Tag, an dem er gleich nach Madisons Abreise zum ersten Mal mit Leesha ausgegangen war. Er bemühte sich, eine Verbindung zwischen diesen verschiedenen Ereignissen herzustellen, musste aber schließlich aufgeben.

Wenn man dem Buch aus der Höhle Glauben schenken konnte, hatten sie eine Waffe von nie da gewesener

Macht, und sie konnten ihr nicht einmal in die Nähe kommen.

Vielleicht wäre es einfacher zu akzeptieren, wenn er weit fort war. Vielleicht würde er sich dann nicht mehr so nutzlos und leer fühlen.

Er würde nur einige wenige Dinge nehmen, die Nick und Mercedes vielleicht übersehen würden. Er ging die Möglichkeiten durch. Er hatte keine Verwendung für Liebessteine; das war nie ein Problem gewesen. Noch benötigte er Halsfesseln für Gefangene; er plante nicht, welche zu machen. Er hatte nicht vor, magische Spiegel mit sich herumzuschleppen, die ohnehin unzuverlässig waren. Aber Wahrsagesteine waren klein und würden ihn vielleicht zu dem bringen, wonach er suchte. Amulette und Talismane waren immer nützlich.

Er griff nach einem der magischen Dolche und wog ihn in der Hand. Er könnte ihm einen Vorteil gegen einen mächtigeren Feind verschaffen – D'Orsay oder einen anderen.

Am Ende wählte er einen Dolch, einen Wahrsagestein, einen Talisman für Schutz und ein Amulett, das dem Träger angeblich Kraft verlieh. Er hatte bereits den *Dyrne sefa,* den seine Mutter ihm geschenkt hatte – der war gut für mehrere Zwecke. Er ließ die ausgewählten Gegenstände in seinen Rucksack gleiten und ließ die übrigen, wo sie waren.

Als er aus der Kirche kam, blieb er schlitternd stehen. Leesha lehnte an seinem Wagen. Er hätte das schwerer zugängliche, aber abgeschiedenere Wassertor benutzen sollen. Normalerweise hätte er sich gefreut, sie zu sehen, aber an diesem Morgen war er einfach nicht in der Lage, Fragen zu beantworten.

»Wieder in der Kirche?« Sie zog eine Augenbraue

hoch und versuchte ein Lächeln, das ihr nicht ganz gelang.

Er zuckte die Schultern, wobei er sich der magischen Stücke in seinem Rucksack höchst bewusst war. Wie hatte sie ihn so schnell gefunden? Es war selten, dass sie schon so früh unterwegs war. War sie ihm gefolgt?

»Cooler Wagen«, bemerkte sie und legte die Hand auf den BMW, eine weitere Frage deutlich auf dem Gesicht. Wo sie in der vergangenen Nacht kribbelig und abwesend gewirkt hatte, schien sie heute grimmig entschlossen zu sein. Als wisse sie, dass er vorhatte zu verschwinden.

Verdammt. Er hätte das Auto zu Hause lassen sollen, bis er bereit zum Aufbruch war.

Er sah sie an, vorübergehend sprachlos, dann sagte er: »Eine Freundin hat ihn mir geliehen.«

»Fährst du mit mir spazieren?«

»Ich muss den Wagen zurückgeben, und ich bin schon spät dran. Ich schicke dir nachher eine SMS, in Ordnung?« Jason warf den Rucksack auf den Beifahrersitz und ging um den Wagen, um auf der Fahrerseite einzusteigen.

Leesha beugte sich vor und nahm den Rucksack an seinem Riemen hoch. »Was ist hier drin?«

»He, Finger weg.« Jason umrundete den Wagen und riss ihr den Rucksack aus der Hand.

»Was ist da drin, Jason? Ein Geschenk für mich?« Sie griff nach dem Rucksack, und er packte sie an den Handgelenken, um sie daran zu hindern, ihn wieder zu nehmen. Für einen Moment standen sie sich gegenüber und funkelten einander an. Während die ganze Stadt zusah, wenn sie wollte.

Jason ließ ihre Hände los und trat einen Schritt zurück. »Bitte, Leesha. Wie schon gesagt, ich bin ziemlich in Eile. Es tut mir leid. Ich rede später mit dir, okay? Versprochen.« Er stieg in den Wagen und stellte den Rucksack auf den Boden zu seinen Füßen.

»Gut«, sagte sie und kaute auf der Unterlippe, als sie ihm nachsah, wie er davonfuhr.

Worum ging es da gerade?, fragte er sich, während er durch die Alleen um den Platz fuhr. Es hatte fast den Eindruck gemacht, als sei sie wütend auf ihn gewesen.

In der Zeit, die er brauchte, um die Autobahn zu erreichen, hatte er sich ganz dem Vergnügen hingegeben, den BMW zu fahren. Die Autobahn 71 führte nach Südwesten und durchschnitt flache Äcker zu beiden Seiten. Er drehte das Radio auf. Es gab nicht viel Verkehr, daher erhöhte er auch die Geschwindigkeit und dachte, dass er sich immer herausreden konnte, wenn ein Polizist ihm einen Strafzettel verpassen wollte.

Er wusste, dass er mit der Invasion von Raven's Ghyll und mit Leesha und mit zu schnellem Fahren dumme Risiken einging, aber irgendwie konnte er nicht anders.

Als er Columbus erreichte, fuhr er um die Stadt herum, nahm die Abfahrt auf Route 23 und eine weitere Abfahrt in eine andere State Route in südöstlicher Richtung in die Berge. Er behielt unablässig die Spiegel im Auge, aber er konnte keine Anzeichen dafür sehen, dass ihm jemand folgte. Er kam durch kleine Städte: Glen Furnace, Floradale, Salt Creek. Er wollte direkt zu Maddies Stadt durchfahren. Diese Landstraßen würden bei Tageslicht leichter zu befahren sein.

Sein Telefon klingelte mehrmals. Leesha rief an. Keine Nachricht. Er schaltete es aus.

Als er Coal Grove erreichte, hatte der Himmel sich zugezogen und es begann zu nieseln, ein unbarmherziger, nadelfeiner Regen, der einen bis auf die Knochen frieren ließ und sofort zu Eis gefror. Die Wolkendecke sank, bis sie beinahe den Boden erreicht hatte.

Er fuhr nach Osten, aus der Stadt heraus, Sephs Wegbeschreibung neben sich auf dem Sitz, den Rucksack im Fußraum der Beifahrerseite. Die Landschaft sah aus, als hätte sie Prügel kassiert und sich nie ganz davon erholt.

Er hatte keine Ahnung, wie es bei Maddie laufen würde. Aus Erfahrung wusste er, dass Madison Moss sich nichts gefallen ließ. Aber vielleicht würde sie sich freuen, ihn zu sehen, und Nachrichten von Seph hören wollen. Und er konnte ihre Reaktion beobachten, wenn er es ihr sagte.

Die Straße verschlechterte sich schnell von Asphalt zu einer Schotterpiste. Sie drehte und wand sich, aber vor allem stieg sie an. Dichter Wald drängte sich von beiden Seiten heran, im ersten frühlingshaften Grün, hier und da durchsetzt mit einem ländlichen Briefkasten vor einem Wohnwagen oder einer heruntergekommenen Farm. Er passierte ein Schild mit der Aufschrift ROPER COAL: COALTON COUNTY WORKS, das in eine bessere Nebenstraße zeigte. Und später fuhr er an einer wohlhabend aussehenden Pferdefarm mit verklinkerten Torpfosten und einem Schild vorbei, auf dem in einer seilförmigen Schrift stand: BRY-SON ARABIANS.

Irgendwo hier war die Abzweigung zum Booker Mountain. »Nicht gut markiert«, stand in Sephs Wegbeschreibung. Inzwischen regnete es stärker.

Nachdem er noch eine Meile gefahren war, dämmerte ihm langsam, dass er die Abfahrt verpasst haben musste. Er wendete und fuhr zurück in die Richtung, aus der er gekommen war. Jason beugte sich vor und spähte durch die regenüberströmte Windschutzscheibe.

Er fuhr um eine Kurve und fand den Weg von einem großen Baum blockiert, der quer über der Straße lag. Er stieg auf die Bremse und schlitterte seitwärts in den nassen Kies. Als der BMW zum Stehen kam, war seine Beifahrertür nur Zentimeter von dem Baum entfernt.

Jason legte den Kopf aufs Lenkrad, und das Herz schlug ihm heftig in der Brust. Ein Baum auf dem Hang oben musste in der durchweichten Erde den Halt verloren haben. Es konnte gerade erst geschehen sein, da der Weg Sekunden zuvor noch frei gewesen war.

Nachdem er die Fahrertür aufgestemmt hatte, stieg er mit wackligen Beinen in den Regen aus. Wenn er weiterfahren wollte, würde er den Baum von der Straße schaffen müssen. Zauberei half einem dabei, Menschen das tun zu lassen, was man wollte, oder um die leichteren Elemente wie Wasser, Luft und Flammen zu bewegen. Er war sich nicht sicher, ob er einen Zauber kannte, um große Bäume zu bewegen.

Jason riss den Rucksack unter dem Sitz hervor. Vielleicht war etwas darin, das ihm weiterhelfen würde. Er kniete sich auf den nassen Boden und sah die magischen Stücke durch, die er aus der Kirche mitgenommen hatte. Er hatte einen Dolch, der eine tödliche Wunde zufügen konnte (einem Menschen, keinem Baum), Talismane für Schutz, von denen er sich nicht sicher war, wie man sie benutzte, ein Amulett, das dem Erschöpften Kraft verlieh (vielleicht konnte er den Baum von der Straße heben), und einen Wahrsagestein, der seltsam zwischen seinen Händen aufglühte. Wie eine Warnung.

Da war noch etwas anderes, etwas Unbekanntes, ein kleiner, flacher Metallgegenstand. Er hielt ihn ins Licht. Es trug ein schwaches Zeichen, wie die stilisierte Darstellung einer Spinne. Wie war das in den Rucksack gekommen?

Er sah in dem Moment auf, als der Wagen in Flammen aufging.

Er ließ sich rückwärts rollen, um dem Feuer zu entkommen. Dann stützte er sich auf die Ellbogen und starrte ungläubig den Wagen an. Er war ein flammendes Inferno, zischend und spuckend im strömenden Regen.

Oh Gott, dachte er. Linda wird mich umbringen. Sein nächster Gedanke war: Nichts wie weg.

Als er sich auf die Füße kämpfte, schlug ihm etwas mit voller Wucht in die Brust, genau unterhalb des Schlüsselbeins, fest genug, um ihn halb herumzuwirbeln. Er packte sein Hemd, konnte aber keine Wunde oder Wurfgeschoss finden, nur eine schreckliche, sich ausbreitende Kälte und Taubheit.

»Verdammt!«, sagte jemand hinter ihm. »Ich hoffe, das war nicht zu dicht am Herzen. Es sollte dich unbeweglich machen. Nicht töten.«

Jason fuhr zu dem Sprecher herum. Das war unmöglich. Das blonde, beinahe durchsichtige Haar, die hellblauen Augen und die farblosen Lippen. Das schiefe, arrogante Lächeln, das er seit der unseligen Konferenz auf Second Sister nicht mehr gesehen hatte.

»Barber!«

Das Lächeln wurde breiter. »Für einen Moment habe ich gedacht, du würdest dich nicht an mich erinnern. Aber hey, die Freundschaften, die wir in der Schule schließen, halten ewig, was?«

»Was machst du hier?«

»Ich bin dir gefolgt. Natürlich wusste ich nicht, dass du mich zum Scheißloch des Universums führen würdest.« Barber deutete mit einer Handbewegung auf ihre Umgebung.

»Womit hast du auf mich geschossen?«

»Es ist eine Zauberergraffe. Ein virtueller Dolch mit einer Wirkung, die große Ähnlichkeit mit Spinnengift hat. Macht das Opfer unbeweglich, lässt den Verstand aber klar und in der Lage, Schmerzen zu empfinden. Toll für Verhöre.«

»Was willst du?«

»Dir ein paar Fragen stellen. Aber zuerst werden wir an einen ruhigen Ort gehen, wo uns niemand stört.«

Die Lähmung breitete sich aus. Jasons Glieder wurden schwer. Es wurde immer schwieriger, Luft durch seine Lungen zu drücken. »Fragen worüber?«, murmelte er. Selbst seine Lippen und seine Zunge gehorchten ihm nicht mehr.

»Fragen darüber, was du hier unten machst. Darüber, was du aus Raven's Ghyll gestohlen und in der Kirche versteckt hast. Über das Drachenherz. Wir können mit dem anfangen, was du in deinem Rucksack hast.« Barber streckte die Hand aus. »Gib ihn mir.«

Rucksack. Jasons Körper mochte träge sein, aber sein Verstand war klar. Barber wusste, dass Jason die Stadt verlassen hatte. Er wusste von der Kirche. Er wusste, dass etwas in seinem Rucksack war.

Leesha.

Jason packte die kalte Wut. »Du willst das hier?«, rief er heiser. Als er den Rucksack hochhob, stieß er die Hand hinein und schloss sie um das Amulett. *Verleiht dem Träger Kraft.* Er murmelte einen Zauber, der die Macht des Amuletts beschwor, und spürte, wie willkommene Stärke in seinen Körper zurückströmte. Dann schwang er sich den Rucksack über die Schulter und umfasste mit der anderen Hand den *Dyrne sefa,* der um seinen Hals hing. Er sprach den vertrauten Nichtwahrnehmbarkeitszauber, den er von seiner Mutter gelernt hatte, und warf sich zur Seite.

Er landete rollend auf den nassen Blättern, war aber sofort wieder auf den Beinen und rannte los, rutschte und schlitterte den Hügel hinunter, während ihm der Rucksack gegen die Schulter schlug. Barber war ein mächtiger Zauberer und Jason selbst an seinem besten Tag überlegen. Nicht wahrnehmbar oder nicht, es wäre nicht gut für seine Gesundheit, in seiner Nähe zu bleiben.

Barber war stinksauer. Er sandte Jason den Hügel hinab eine Flammenwalze hinterher, dann stürmte er ihm schreiend und fluchend nach. »Idiot! Wo zum Teufel willst du hin? Ergib dich, oder du wirst im Schlamm auf dem Rücken liegen, bis du von wilden Tieren in Stücke gerissen und bei lebendigem Leib gefressen wirst.«

Es war durch die ganzen eingestreuten Obszönitäten schwer zu verstehen, aber es war etwas in der Art.

Jason stolperte weiter. Er hatte nicht die Absicht, sich einem von Warren Barber entwickelten Verhör zu unterziehen. Verglichen damit schien der Gedanke direkt reizvoll, von wilden Tieren in Stücke gerissen zu werden. Außerdem hatte man ihn zum Narren gehalten, und er würde und konnte sie nicht gewinnen lassen.

Trotzdem waren es über zwanzig Meilen zurück in die Stadt, und er hatte keine Ahnung, wie lange die Wirkung des Amuletts anhalten würde. Er wusste, dass Madison irgendwo in der Nähe wohnen musste, aber er wollte Barber nicht zu ihr führen.

Realistisch betrachtet war er tot.

Am Fuß des Hügels wandte sich Jason nach links und

folgte einem breiten Bach durch eine Schlucht. Dann begann er wieder zu klettern. Er kletterte eine lange Zeit, folgte dem Bach, kroch über Felsen und watete immer wieder durchs Wasser. Schließlich verließ er den Bach und stieg über eine Schulter des Berges. Inzwischen stolperte er und verlor an Kraft, obwohl er das Amulett fest umklammert hielt. Er versuchte, den Zauber erneut zu sprechen, aber diesmal zeigte es keine erkennbare Wirkung.

Er hatte vollkommen die Orientierung verloren. Er hatte keine Ahnung, in welcher Richtung es in die Stadt ging, in welcher Richtung Madisons Haus liegen könnte. Sein einziges Ziel war es, sich von Barber fernzuhalten.

Das war leichter gesagt als getan. Barber schien eine unheimliche Fähigkeit zu haben, ihm auf den Fersen zu bleiben. Als Jason die Anhöhe erreichte und zurückschaute, kam Barber näher. Er folgte nicht direkt Jasons Spur, bewegte sich aber trotzdem in die richtige Richtung. Manchmal ging er mitten durch Schluchten oder ein Flussbett. Es war beinahe so, als sende Jason irgendeine Art von Zielsuchsignal aus.

Idiot.

Er nahm den Rucksack ab und ließ sich halb sitzend, halb fallend auf dem Boden nieder. Dann wühlte er in dem Rucksack und holte den geheimnisvollen Spinnenstein heraus.

Es musste ein Magnet sein, der mit Absicht dort hineingesteckt worden war, wahrscheinlich von Leesha draußen vor der Kirche. Barber brauchte nur noch dem Stein zu folgen, um Jason im Regen nach Coalton County und durch den Wald zu verfolgen.

Zitternd und zähneklappernd widerstand er dem Drang, sich an Ort und Stelle hinzulegen und das Bewusstsein zu verlieren. Jason packte die niedrigen Zweige eines Baumes, zog sich auf die Füße und schaute sich um.

Er war einem Höhenrücken gefolgt. Auf einer Seite des Kamms fiel der Boden in tiefen Wald ab, der eine Reihe kleinerer Hügel verbarg. Auf der anderen Seite sah er den Verlauf einer Straße, die dem Flussbett folgte. Hinter sich konnte er Barber wild durchs Gebüsch krachen hören.

Jason zog den Arm zurück und warf den Stein so weit er konnte ins Tal. Dann stieg er auf der anderen Seite des Hügels hinab und machte sich auf den Weg zur Straße. Hoffentlich würde Barber dem Stein folgen.

Es blieb das Problem der Graffe. Jason konnte nicht mehr weit laufen.

Er konnte versuchen, vorbeifahrende Autofahrer auf sich aufmerksam zu machen. Wahrscheinlich kam alle ein oder zwei Tage ein Wagen vorbei.

Als ob ihm das etwas nützen würde. Sie würden keinen Schimmer haben. Sie konnten nur zusehen, wie er starb.

Er stieg in einer Art stolperndem Trab den Hügel hinab. Seine Beine funktionierten nicht mehr zuverlässig. Der Regen war nur noch ein Nieseln, aber es flossen noch immer Ströme schlammigen Wassers den Hang hinunter und machten das Gehen gefährlich.

Jasons Atmung war wieder gequält. Er war sich einer kriechenden Kälte bewusst, der Unfähigkeit, seine Bewegungen zu kontrollieren. Er blinzelte ein Doppelbild des Hügels weg. Schließlich stürzte er über einen kleinen Überhang, fiel sechs oder sieben Meter und landete mit den Füßen im Graben und dem Kopf und den Schultern auf der Straßenböschung.

Alles tat weh. Barber hatte Recht – seine Fähigkeit, Schmerzen zu empfinden, funktionierte bestens. Er war auf dem Ellbogen aufgekommen, als er gelandet war, und fragte sich, ob der Arm gebrochen war. Aber ihm fehlte die Kraft, um den Kopf zu drehen und sich zu vergewissern.

Er hatte keine Ahnung, wie lange er dort lag, als er schließlich ein Dröhnen hörte und ein schwaches Vibrieren unter sich spürte. Donner, dachte er. Dann begriff er, dass es ein sich nähernder Wagen sein musste.

Idiot. Er war nicht wahrnehmbar. Niemand würde ihn am Straßenrand liegen sehen, nicht einmal, wenn seine nicht wahrnehmbaren, von der Sonne gebleichten Knochen sich mit den verstreuten Skelettresten überfahrener Tiere mischten. Er umklammerte seinen *Sefa* und setzte mit dem letzten bisschen Kraft, das ihm verblieben war, den Nichtwahrnehmbarkeitszauber außer Kraft. Dann legte er sich auf den Rücken und starrte in den Himmel, noch nicht einmal dazu in der Lage, gegen den erbarmungslosen Nieselregen anzublinzeln. Er musste sich wirklich konzentrieren, um sich ans Atmen zu erinnern.

Er hörte das nasse, schmatzende Geräusch von Reifen, als der Wagen näher kam. War er weit genug von der Straße entfernt? Würde das Auto ihn überfahren? War er nah genug, um gesehen zu werden?

Er spürte den Luftzug, als der Wagen herankam, spürte das kalte Spritzwasser, als er vorbeifuhr. Bittere Enttäuschung. Er hörte quietschende Bremsen und roch heißen Gummi. Wilder Jubel. Eine Autotür schlug zu, dann knirschten Schritte über den Kies, dann erklang eine Stimme.

»Hey, sind Sie okay? Was ist passiert? Hat Sie jemand

überfahren und ist geflüchtet?« Und dann, Momente später: *»Jason?«*

Es war Madison Moss.

Sekunden darauf erschienen ihre besorgten Augen in seinem Gesichtsfeld. Sie war leicht gebräunt – sie war draußen in der Sonne gewesen –, und ihr üppiges Haar war zu einem Pferdeschwanz zurückgebunden. Sie trug Jeans und ein schlichtes, weißes T-Shirt – ganz anders als ihre Künstlerkleidung in Trinity.

Nein, dachte er benommen. Dieses Mädchen hängt nicht mit den Bösewichten rum. Ich glaube es nicht.

»Du bist es wirklich! Was machst du hier? Was ist passiert? Ist Seph bei dir?« Es war eine Flut von Fragen, die zu schnell herauskamen, als dass sein schwindender Verstand ihnen folgen könnte.

»Madison«, versuchte er zu sagen, aber seine Lippen wollten die Silben nicht formen. Er erstickte, rang nach Luft. Punkte tanzten vor seinen Augen. Barber hatte nicht vorgehabt, ihn zu töten, oder zumindest nicht, bevor er ihn gefoltert und die Wahrheit aus ihm herausgepresst hatte. Er musste den Zauber wohl vermasselt haben.

Madison kniete sich neben ihn und berührte ihn leicht an der Brust, wo die Graffe eingedrungen war. »Was zum …? Es sieht aus … es sieht aus, als würde dein Brustkorb brennen.« Dann klappte sie den Mund zu, die Augen groß, als ihr klar zu werden schien, dass er das vielleicht nicht beruhigend finden würde. Madison besaß die Fähigkeit, Magie bei anderen wahrzunehmen – anscheinend selbst Barbers tödliche Graffe.

»Keine Angst. Lass mich mal sehen.« Sie zog seine Jacke zur Seite und hob sein Sweatshirt an, um die Wunde zu untersuchen.

»Gick«, brachte er heraus. Und dann noch einmal,

lauter: »Gick!« Was bedeutete: *Wir müssen schleunigst von hier verschwinden!*

Sie fuhr ihm mit ihren kalten Händen über die Brust, bis sie die Wunde fand und die Fingerspitzen hineindrückte. Er hätte beinahe vor Schmerzen aufgeschrien, aber dann spürte er eine Art Saugen, einen umgekehrten Druck, und sofort ließ das heiße Brennen über seinem Herzen nach. Und wieder drückte sie ihm die Hände auf die Haut, verzog das Gesicht, als sei es für sie genauso hart wie für ihn. Sein Körper verlor einen Teil seiner kriechenden, kalten Starre, und Jason konnte wieder seinen Speichel schlucken. Sie entzog ihm das magische Gift.

Madison nahm zitternd die Hände weg und wischte sie heftig an den Gräsern am Straßenrand ab. »Igitt. Das ist absolut ekelhaft, was immer es ist. Es wird verdammt schwer werden, das loszuwerden. Aber wenigstens ist es nicht ... Wer hat das getan? Von wo bist du gekommen?« Sie schien keine Antwort zu erwarten.

Madison stand auf, stemmte die Hände in die Hüften und blickte den Hang hinauf. Sie wirkte sehr groß und kantig von Jasons Position auf dem Boden. »Ich dachte, du seist vielleicht vom Himmel gefallen, aber es sieht so aus, als wärst du von da oben heruntergerollt.«

Er stieß krächzend hervor: »Madison. Warren Barber ist hier. Wir müssen weg, bevor er uns sieht.« Inzwischen würde Barber Jasons List entdeckt haben und rechtzeitig den Hügel überqueren, um zu sehen, was am Straßenrand geschah.

»Warren Barber!« Madison hatte Warren Barber bereits kennengelernt – auf Second Sister –, als sie ihn im Garten des Gasthauses flach auf den Rücken geworfen hatte.

Zumindest stellte sie nicht tausend Fragen. »Warte, ich lege dich in den Truck. Es ist doch nichts gebrochen, oder?«

Benommen schüttelte er den Kopf. Sein Arm brachte ihn um, aber gebrochene Knochen waren nichts im Vergleich zu dem, was Barber tun würde, wenn er über diesen Hügel kam.

Madison verschwand aus seinem Gesichtsfeld. Die Tür des Trucks schlug zu, und sie kam mit einer farbbespritzten Plane zurück. Sie schob ihm die Hände unter die Arme und zog ihn auf die Plane. Dann packte sie deren Ränder und zog ihn an der Böschung entlang zu ihrem alten, roten Pick-up. Die Ladeklappe war heruntergeklappt, aber die Öffnung schien eine Meile weit entfernt zu sein. Jason hatte keine Ahnung, wie sie ihn auf die Ladefläche bekommen wollte. Sie lehnte ihn gegen den Truck. Dann kletterte sie auf die Ladefläche, beugte sich vor, schlang ihm die Arme um die Brust und zog ihn rückwärts hoch. Er landete auf ihr, aber sie wand sich unter ihm hervor.

»Tut mir leid«, murmelte sie. Hastig legte sie seine Arme und Beine nach ihrem Geschmack zurecht, dann warf sie die Plane über ihn, sodass er vollkommen verdeckt war. »Tut mir leid«, wiederholte sie.

Der Truck schaukelte auf seinen altersschwachen Federn, als Madison von der Ladefläche sprang und dann in die Fahrerkabine kletterte. Die Tür schlug zu, und der Motor erwachte zum Leben. Regen prasselte auf die Plane über seinem Kopf. Er wusste nicht, wohin er fuhr, er wusste nicht, wo Warren Barber war, und er wusste nicht, ob er den Tag überleben würde.

KAPITEL 15
Da kam eine Spinne

Jason erinnerte sich nicht an viel, was die nächsten Tage anging. Mal war ihm heiß und trocken, dann wieder war er kalt und verschwitzt. Er kämpfte mit Träumen, wie er sie seit The Havens nicht mehr gehabt hatte, als Gregory Leicester ihm Albträume geschickt hatte.

Er träumte, er sei wieder im Wald, und Warren Barber warf wie Spiderman Fäden aus den Handgelenken und wickelte ihn in einen großen Kokon. Er injizierte ihm mit riesigen Reißzähnen Gift und ließ ihn hilflos in seinem Netz hängen, wobei er bemerkte: »Ich komme zurück, und dann wirst du reden.«

Er träumte von Leesha und Barber, wie sie zusammen über Jasons Dummheit lachten und die geschickte Art, wie sie mit ihm gespielt hatte. Jason war nie ein magisches Kraftpaket gewesen, aber er hatte sich zumindest immer für clever gehalten. Richtig. Alle hatten ihn vor Leesha gewarnt, und er hatte sie ignoriert. Seine einzige Hoffnung war, dass niemand jemals herausfinden würde, was für ein Idiot er gewesen war.

Er brannte vor Fieber, Verlegenheit und heißem Zorn.

Immer wieder erwachte er, aufgeschreckt von dem Geräusch seiner eigenen Stimme, die in seinen Ohren widerhallte, und er fragte sich, was er gesagt hatte, wie viel er preisgegeben hatte.

Madison war oft da. Sie saugte kein Gift mehr aus ihm

heraus. Stattdessen zwang sie ihn, Suppe und andere Flüssigkeiten zu trinken.

In einem seltenen Moment der Klarheit packte er ihre Hände.

»Maddie. Erzähl niemandem davon. Nicht Seph. Niemandem. Bitte.«

»Du bist verrückt, weißt du das?« Sie befühlte seine Stirn mit dem Handrücken, um festzustellen, ob er Fieber hatte. »Er muss erfahren, was passiert ist. Ich werde in die Stadt fahren und ihn anrufen, sobald ich dich allein lassen kann.«

Er setzte sich mühsam auf und strampelte unter der Decke. »Wenn du ihn anrufst, bin ich hier weg. Sofort.«

Sie zog eine Augenbraue hoch. »Willst du trampen oder was? Jetzt leg dich hin, bevor ich dich wegen Dummheit erschlage. Du musst von jemandem behandelt werden, der etwas von Magie versteht.«

»Es geht mir schon viel besser. Wirklich.«

Madison schnaubte.

Jason suchte händeringend nach einem Argument. »Hör zu, Maddie, wenn du ihn anrufst, wird er mir die Schuld geben, dass ich alles vermasselt und dich in Gefahr gebracht habe. Er hat mich um eine kleine Sache gebeten, und ich habe es verbockt. Er wird mir nie wieder irgendetwas zutrauen. Mir wäre es lieber, du würdest mir einfach in den Kopf schießen.« Zur Betonung legte er sich die Fingerspitzen an die Stirn.

Sie zog die Brauen zusammen. Er wusste, dass sie schwankte.

»Außerdem, wenn du ihn anrufst, wird ihn nichts davon abhalten, hier runterzukommen. In der Zwischenzeit wird da oben alles in die Brüche gehen.«

»Nun«, murmelte sie bekümmert, »wir werden sehen. Wenn sich dein Zustand verschlechtert …«

Er war zu ihr durchgedrungen. Jason lächelte, schloss die Augen und überließ sich dem Schlaf.

Als er das nächste Mal erwachte, fand er sich im Bett zwischen zwei großen, gelben Hunden wieder. »Hey«, sagte er schwach und schob den weg, der mit dem Kopf auf dem Kissen lag und ihm Hundeatem ins Gesicht hauchte. Der Hund öffnete die Augen und leckte Jason mit einer unmöglich langen, schwarzrosa Zunge das Gesicht, dann schlief er wieder ein.

Einige Zeit später stellte ein ernst blickendes kleines Mädchen mit glattem, braunem Haar ein Tablett neben ihm auf den Boden und setzte sich mit einem Plumps hin.

»Wo ist Madison?«, fragte er und zog das Laken über seine nackte, bandagierte Brust, während er im Sonnenlicht blinzelte, das durch die morschen Dachsparren über ihm drang.

»Sie musste sich mit ihrer Kunstlehrerin treffen«, erklärte das Mädchen.

Das verstand er nicht. Welche Kunstlehrerin? »Wer bist du?«

»Ich bin Grace Minerva Moss«, antwortete sie. »Maddies Schwester. Ich habe dir Mittagessen gemacht. Gegrillten Käse und Tomatensuppe«, fügte sie ziemlich stolz hinzu. Und dort auf dem Tablett stand ein Pappteller mit einem leicht angekohlten, gegrillten Käsesandwich, das in zwei Dreiecke geschnitten worden war, dazu einige Cracker, ein Becher Suppe, ein Küchentuch und eine Dose Wurzelbier.

Er lag auf einer Matratze auf dem Boden, umgeben von Gemälden auf Staffeleien, von denen einige unvollendet waren. Er erkannte sie als Madisons Werk. Er schob einen Stapel Decken beiseite und versuchte, sich auf die Ellbogen zu stützen, stellte aber fest, dass sein linker Arm in einer Schlinge war. Also rollte er sich auf seine gute Seite, setzte sich auf und fuhr sich mit der freien Hand durchs Haar. »Wo bin ich?«, fragte er, als der Schwindel nachließ.

»Du bist in der Scheune. Auf dem Heuschober. In Maddies Atelier. *Ich* musste Maddie helfen, dich hier raufzutragen. Du bist wirklich schwer, weißt du das?«, fügte sie anklagend hinzu.

Er fasste sich an den Hals, und seine Hand schloss sich um den *Dyrne sefa,* der immer noch an seiner Kette hing. »Wo sind meine Sachen? Meine Kleider, meine ich, und ich hatte einen Rucksack ...«

Grace Minerva Moss streckte die Hand aus. Er drehte sich um. Sein Rucksack hing an einem Haken an der Wand. Darunter lagen seine Kleider zu einem kleinen Stapel zusammengefaltet. Für eine Scheune war es sauber und ordentlich, schätzte er. Sei Blick wanderte über die Reihen von Gemälden.

»Madison malt hier oben?«

»Manchmal. Und überall sonst.«

Grace schnappte sich das Papiertuch und ließ es auf seinen Schoß fallen. Ein Fingerzeig. Er griff nach dem Sandwich mit gegrilltem Käse und biss hinein. Es war verkohlt, hatte aber diesen köstlichen, fettigen Geschmack von Schmelzkäse. Plötzlich hatte er Heißhunger. »Das schmeckt super«, murmelte er, den Mund voller Brot und geschmolzenem Käse. »Ist außer dir noch jemand zu Hause?«

»Nur mein Bruder, J. R. Und meine Mutter. Sie schläft noch.« Grace beugte sich näher vor und flüsterte verschwörerisch: »Sie weiß nicht, dass du hier bist.«

Jason trank etwas Suppe, das tröstende, orangefarbene Zeug aus der Dose, das ihm aus seiner Kindheit vertraut war. Grace musterte ihn, dann streckte sie die Hand nach ihm aus und hielt einige Zentimeter entfernt inne. »Du bist ganz glitzrig«, meinte sie verwirrt. »Wie Brice Roper.«

Bevor er antworten konnte, erklang von unten ein Schlurfen, dann das Geräusch von knarrendem Holz. Jason versteifte sich und griff einmal mehr nach dem *Dyrne sefa*. Ein blonder Kopf tauchte auf, als sei er durch den Boden gekommen.

Grace versuchte, sich zwischen Jason und den Eindringling zu schieben. »John Robert Moss! Ich habe dir gesagt, dass du im Sandkasten bleiben sollst.«

Es war ein kleiner Junge – Jason konnte das Alter von Kindern nur schwer schätzen –, anscheinend der Bruder, J. R. Der Junge zog sich durch den Boden hoch, drehte sich um und setzte sich hin, wobei er die Beine durch das Loch baumeln ließ. Sein Gesicht war verschmiert und dreckig, und er trug Jeans, die hochgekrempelt waren, damit sie passten. »Was machst du hier oben? Wer ist der Mann?«, fragte er und zeigte auf Jason.

»Niemand«, antwortete sie wütend. »Du solltest überhaupt nicht in der Scheune sein. Du weißt, dass du vom Heu Quaddeln bekommst. Geh weg!«

Für einen Moment dachte Jason, dass sie ihn wieder in das Loch hinabschubsen würde wie ein Erdhörnchen in einem Comic.

»Ich will ein Grillkäsesandwich«, heulte J. R., während er zusah, wie der Rest von Jasons Sandwich verschwand. J. R. schien tatsächlich im ganzen Gesicht rote Flecken zu bekommen, ob vom Heu oder vom Zorn wusste Jason nicht.

»Du hattest schon dein Mittagessen, und ich …«, begann Grace, brach dann aber ab und runzelte mit schräg gelegtem Kopf die Stirn. Dann hörte Jason es auch, das Knirschen von Kies, als jemand in den Hof gefahren kam.

»Vielleicht ist Maddie wieder da«, bemerkte sie zweifelnd. »Aber sie hat gesagt, es würde sehr spät werden.« Sie stand auf und ging vorsichtig um die Falltür herum zum Fenster auf der anderen Seite des Raumes. Sie spähte hinaus, dann sah sie wieder Jason an. »Es ist ein blonder Mann, ganz glitzrig, wie du.«

Jason brauchte nicht hinauszuschauen, um zu wissen, dass es Warren Barber war. Und angesichts seiner Verfassung brauchte er nicht darüber nachzudenken, um zu wissen, dass ein magisches Duell überhaupt kein Wettkampf sein würde. Er wünschte, er hätte das Drachenherz. Ein Maschinengewehr. Irgendetwas.

Poch! Poch! Poch!

Grace schaute immer noch durchs Fenster. »Er ist auf der Veranda und hämmert gegen die Tür. Er sieht aus, als wäre er sauer.«

Jason erhob sich schwankend auf die Füße und fiel beinahe hin. Er stützte sich an der Wand ab und fragte sich, wie er die Treppe schaffen würde. »Gibt es eine Hintertür? Können wir hier raus, ohne vom Haus aus gesehen zu werden?«

Grace schüttelte den Kopf. »Da ist eine Schlucht. Sie fällt zum Booker Creek ab. Die Scheunentür ist gegenüber von der Veranda.« Sie spähte durch die Scheibe. »Mama ist auf die Veranda gekommen. Sie wird nicht glücklich darüber sein, dass man sie geweckt hat.« Sie beobachtete sie noch eine Minute länger, dann fügte sie hinzu: »Sie sind ins Haus gegangen, der Mann und Mama.«

Mach, dass er sich nur umsieht und geht, betete Jason. Mach, dass Mama den Mund hält und Madison nicht erwähnt. Kann ich nicht ausnahmsweise einmal Glück haben?

»Ihr zwei geht jetzt und verschwindet von hier«, sagte Jason zu den Kindern. »Lauft so weit ihr könnt in den Wald und bleibt da, bis euch jemand holen kommt.«

»Ist dieser Mann hinter dir her?«, fragte Grace. »Hat er dir wehgetan?«

»Ja. Jetzt geht.« Jason sackte auf die Matratze zurück, legte den Kopf zwischen die Knie und gab sich alle Mühe, den gegrillten Käse und die Suppe nicht zu erbrechen. Er würde nirgendwo hingehen. »Ich werde mich hier oben verstecken. Es wird einfacher sein, wenn ich allein bin.«

Grace verschränkte die Arme vor der Brust und klopfte auf eine bekannte, dickköpfige Art mit dem Fuß auf den Boden. Genau wie Maddie. »Er wird bestimmt hier drin suchen.«

»Würdet ihr endlich gehen? Wenn ihr hierbleibt, werdet ihr mich verraten«, sagte Jason.

»Ich habe Madison versprochen, mich um dich zu kümmern«, entgegnete Grace. Sie schaute wieder aus dem Fenster. »Er kommt.«

Jason fluchte leise. Selbst wenn er sich nicht wahrnehmbar machte, lag überall Medizinkram herum. Es war ganz offensichtlich ein Krankenzimmer, genau das, wonach Warren Barber suchen würde. Nach dem, was im Wald passiert war, würde Barber einen Nichtwahrnehmbarkeitszauber erwarten. Vielleicht hatte er sogar Glitzerpulver mitgebracht, um Jason aufzuspüren.

Jason schob sich in eine Ecke und umklammerte den *Sefa*. »Kommt her«, sagte er zu Grace und J. R. »Drückt euch ganz dicht neben mich. Ich kann uns alle mit Magie verstecken.« Er versuchte, zuversichtlich zu klingen, aber wer wusste, ob es überhaupt funktionieren würde, so krank wie er war?

»Magie?« Grace verdrehte die Augen. »So etwas gibt es nicht. Ich bin nicht *dumm.«* Sie schaute von Jason zu J. R. und legte nachdenklich die Stirn in Falten. »Ich hab's!« Ein Lächeln glitt über ihr Gesicht, das erste, das er bei ihr gesehen hatte. Sie drehte sich zu ihrem Bruder um. »J. R.! Steig in das Bett. Tu so, als würdest du schlafen.«

Mit zwei älteren Schwestern war J. R. es anscheinend gewohnt, Befehle entgegenzunehmen. Er schlüpfte gehorsam unter die Decken. Inzwischen waren seine Augen so zugeschwollen, dass sie nur noch Schlitze waren, und er kratzte sich heftig.

»Versteck dich«, sagte Grace zu Jason.

Na toll. Sie denkt, wir spielen Verstecken. »Gib mir den Rucksack«, flüsterte er. »Dann sei ganz still, vielleicht kommt er nicht rauf.«

Sie reichte ihm den Rucksack und setzte sich neben J. R. auf die Matratze und wartete. Jason zerrte den Reißverschluss auf und tastete in dem Rucksack, bis er den Dolch fand, den er vor gefühlten hundert Jahren aus Trinity mitgenommen hatte. Jason zog die Klinge aus der Scheide, packte das Messer mit der guten Hand, duckte sich wieder in seine Ecke und murmelte den Nichtwahrnehmbarkeitszauber. Vielleicht würde er ausnahmsweise einmal Glück haben.

»He«, sagte J. R. in einem lauten Flüstern und spähte unter der Decke hervor. »Wo ist er hin?«

Grace legte ihm eine Hand auf den Mund. »Pst!«

Angeln quietschten, als sich unter ihnen die Scheunentür öffnete. Er konnte Barber unten laut fluchend hin und her gehen hören, während er Sachen aus dem Weg trat. Jason hielt die Luft an. Dann hörte er die Stufen unter Barbers Gewicht knarren.

Nein. Er konnte kein Glück haben, nicht ein einziges Mal. Er zog die Beine unter sich. Vielleicht würden die Kinder Barber lange genug ablenken, um ihm eine Chance zu geben. Es war schließlich ein magischer Dolch. Vielleicht würde schon ein Kratzer reichen.

Grace deutete hektisch auf Jason. »Du musst dich besser verstecken! Er wird dich *sehen.*«

Jasons überfordertes Gehirn mühte sich, dem einen Sinn abzugewinnen. Er war nicht wahrnehmbar, dessen war er sich sicher. Es sei denn, dass er in seinem geschwächten Zustand ...

Barbers Kopf und Schultern erschienen in der Öffnung im Boden. Er versuchte, überall gleichzeitig hinzuschauen, offensichtlich in Erwartung eines Angriffs.

»Hi«, sagte Grace schnell. »Sind Sie Howie? Ich dachte nicht, dass Sie kommen würden.«

Verblüfft hob Barber die Hände, um einen Zauber zu werfen, wobei er beinahe das Gleichgewicht verloren hätte und rückwärts die Treppe hinuntergefallen wäre. Was toll gewesen wäre. Aber er fing sich wieder und antwortete: »Was zum ... wer zum Teufel ist Howie?«

»Der neue Babysitter. Er sollte heute kommen. Ich habe Mama *gesagt,* dass ich alleine auf meinen Bruder aufpassen kann.« Sie zeigte auf J. R. »Er ist krank. Wir spielen Krankenhaus. Wollen Sie mitspielen?«

»Nein, ich will nicht spielen«, knurrte Barber. Seine Kleider waren schmutzig und zerrissen, und er war vollkommen zerkratzt und aufgeschürft, als hätte er mehrere Tage lang den Wald durchsucht. »Ich werde mich hier umschauen.« Er zog sich hoch. »Hast du irgendwelche Fremden hier in der Gegend gesehen?«

»Sie meinen außer Ihnen?«

Himmel, dachte Jason, verärgere ihn nicht.

Barber funkelte sie für einen Moment an, dann entspannte er sich, als sei ihm klar geworden, dass sie zu jung war, um eine richtige Klugschwätzerin zu sein. »Ja, außer mir. Ich suche nach einem Mann, der ungefähr so alt und so groß ist wie ich, aber dünner. Dunkles Haar mit blonden Strähnen. Er trägt einen Ohrring.« Barber griff sich ans Ohrläppchen, für den Fall, dass sie es nicht verstand.

»Warum suchen Sie nach ihm?«, fragte Grace.

»Ich denke, er könnte verletzt sein. Deshalb suche ich nach ihm. Um ihm zu helfen.« Barber bleckte die Zähne zu seinem grauenhaften Lächeln, und seine hellen Augen glitzerten vor Bosheit. Er hielt Grace Minerva anscheinend für einen Idioten. Außerdem schien er Jason in seiner Ecke nicht zu bemerken.

»Ich habe niemanden gesehen. Wir dürfen nirgendwo hingehen, seit mein Bruder krank geworden ist, weil es ansteckend ist.« Grace tat so, als löffle sie Suppe in John Roberts Mund, der so tat, als würde er schlafen. Ihre Hand zitterte leicht.

Barber stapfte durch den Raum, spähte in die Dachsparren, schob Farmgeräte beiseite und untersuchte Stellen, die zu klein waren, als dass Jason hineingepasst hätte. Er griff in seine Tasche, zog einen Beutel heraus und kippte etwas in die Hand. Glitzerpulver.

Barber warf das Pulver plötzlich in die falsche Ecke, und es schwebte hinab und schimmerte im Sonnenlicht. Und enthüllte niemanden.

»He«, sagte Grace unsicher und warf einen Blick zu

der Ecke hinüber, in der Jason sich versteckte. »Was ist das für ein Zeug?«

Barber ignorierte sie und fuhr fort, durch den Raum zu gehen und Pulver zu schleudern. Nur ein kleines Stück näher, dachte Jason, und ich habe dich, bevor du mich hast. Vielleicht.

Barber blieb vor einem der Gemälde stehen, betrachtete es und rieb sich nachdenklich das Kinn. Nicht gut, dachte Jason. Es war das Gasthaus auf Second Sister, Schauplatz der verhängnisvollen Konferenz. Es stand auf den Felsen, die auf den Eriesee hinausgingen, und hob sich dunkel vor der untergehenden Sonne ab. Barber runzelte die Stirn, als versuche er sich daran zu erinnern, wo er das Gebäude schon einmal gesehen hatte. »Wer ist der Maler?«, fragte er.

»Ich. Passen Sie auf, dass dieses Glitzerzeug nicht in die nasse Farbe kommt«, sagte Grace. »Jetzt setz dich hin, Johnny, damit ich dir deine Medizin geben kann.«

John Robert setzte sich gehorsam auf, und Barber bekam einen guten Blick auf seine geschwollenen Augen und roten Quaddeln.

»Was ist los mit ihm?«, fragte Barber und trat drei Schritte rückwärts.

»Es ist wirklich ansteckend«, erwiderte Grace und tat so, als tupfe sie John Robert mit einem Lappen ab.

Barber wirkte entsetzt. »Warum? Was hat er denn?«

»Windpocken.« Grace zuckte die Schultern. »Er ist geimpft worden und so. Ich schätze, es juckt wie verrückt. Mama sagt, dass ich es wahrscheinlich auch kriege.«

Wie aufs Stichwort nieste J. R.

Barber zog sich hastig zur Treppe zurück, dann warf er mit schmalen Augen einen letzten Blick durch das

Atelier. »Seid ihr sicher, dass ihr niemanden gesehen habt?«

»Mama wird niemanden hereinlassen, da wir ansteckend sind«, sagte Grace mit ernster Stimme. »Es überrascht mich wirklich, dass sie Sie hereingelassen hat.«

Ha, dachte Jason. Er würde gerne die Windpocken oder jede andere Seuche über Barber kommen lassen, nach allem, was er ihm angetan hatte. Vielleicht würde Leesha sich bei ihm anstecken.

Barber konnte nicht schnell genug wegkommen. Jason hörte ihn die Treppe hinabsteigen und durch die Scheunentür stürmen, dann hörte er, wie er den Wagen anließ. Jason wartete, bis das Motorengeräusch verklungen war, bevor er sich gegen die Wand zurücksinken ließ und versuchte, genug Kraft aufzubringen, um es zu seinem notdürftigen Bett zurückzuschaffen.

»Das war ein Glück, dass er dich nicht gesehen hat«, sagte Grace und funkelte Jason an. »Warum hast du dich nicht versteckt?«

»Nun, ich …«

»Mit wem redest du, Grace?«, fragte John Robert und kam unter der Decke hervor. »Wo ist dieser Mann hingegangen?«

Jason schaute von Grace zu John Robert und zurück zu Grace. Er setzte den Nichtwahrnehmbarkeitszauber außer Kraft. John Robert zuckte zurück, aber Grace reagierte nicht.

Aha, dachte Jason. Induktorinnen mögen zwar selten sein, aber sie kommen selten allein.

KAPITEL 16
Ankunft und Abreise

Nach dem Trauma der Mittagszeit verschlief Jason den größten Teil des Nachmittags. Zweimal weckte ihn das Geräusch von Automotoren – Madisons Mutter, die zur Arbeit fuhr, und Madison, die wieder nach Hause kam. Als sie das Licht einschaltete, erwachte er ein drittes Mal.

»Hey«, sagte sie leise und setzte sich auf die Kante der Matratze. »Wie geht es dir?«

»Es ging mir schon mal besser«, antwortete er. Er schaffte es, sich aufrecht hinzusetzen. Einer der gelben Hunde lag über seinen Füßen. Seine Brustverletzung hatte genässt, und sein T-Shirt klebte daran. Er zog es von sich weg und biss vor Schmerz die Zähne zusammen. »Und dir?«

»Mir geht es gut«, sagte sie, während sie sich an dem Bettzeug zu schaffen machte und es glatt strich. Sie trug ausgewaschene Jeans und ein besticktes, weißes Baumwollshirt, mehrere Ketten um den Hals und lange, baumelnde Ohrringe. Ihr Haar hatte sie zu einem losen Zopf zurückgebunden.

»Barber war also hier.« Sie hatte eine Art, direkt zur Sache zu kommen.

Er nickte. »Grace hat uns gerettet. Sie war unglaublich. Sie hat keine Angst. Vor gar nichts.«

Madison nickte. »Sie ist wirklich furchtlos. Es ist manchmal beängstigend.«

»Du hast nie erwähnt, dass sie auch eine Induktorin ist.«

Madison erstarrte in der Bewegung, den Blick fest auf die Decke gerichtet. »Wovon redest du? Sie ist keine.«

»Madison, hallo. Ich bin's.«

»Sie ist *keine«*, wiederholte sie lauter.

»Hast du es ihr erzählt?« Als Madison schwieg, zuckte er die Achseln. »Wohl nicht. Sie scheint nichts über Magie zu wissen.«

Endlich schaute sie zu ihm auf, und ihre Augen verdunkelten sich zu einem tiefen Meeresblau. »Sie hat damit nichts zu tun.«

»Noch nicht.«

»Niemals.« Madison war wie ein Mensch, der den Daumen auf das Loch im Damm drückt, während das Wasser rings um ihn durchbricht. »Du darfst es niemandem sagen.«

»Maddie, es war reines Glück, dass Barber es nicht gemerkt hat, als er hier war.«

»Das ist der Grund, warum ich mich aus dieser Sache raushalten muss. Ich muss sie beschützen.«

Dann weinte sie plötzlich. Tränen strömten ihr übers Gesicht, und Jason suchte nach irgendetwas, das er sagen konnte.

»Ähm, he, hör zu, Madison, ich …«

»Es war die Hölle hier, weißt du das?« Sie wurde lauter, und der Hund regte sich und öffnete die Augen. »Letztes Jahr hat jemand überall im County Feuer gelegt, und alle haben uns die Schuld gegeben und gesagt, wir wären Hexen. Kinder haben Grace in der Schule geärgert. Die Mutter ihrer besten Freundin hat ihr gesagt, sie solle sich von ihr fernhalten. Es wurde richtig schlimm. Es hat sich erst gelegt, als ich ging.«

Sie schniefte ein wenig und tupfte sich die Augen ab. »Ich war in Trinity sehr glücklich. Dann passierte das auf Second Sister. Ich darf nicht in diese Sache verwickelt werden. Wenn sie von Grace erfahren ... meine Familie ... sie sind alles, was ich habe.«

»Und jetzt habe ich Barber hierher geführt«, sagte Jason und dachte an Leesha. »Es tut mir wirklich leid.«

»Glaubst du, dass er zurückkommen wird?«

Jason zuckte die Achseln. »Er sucht wahrscheinlich einfach die ganze nähere Umgebung ab. Ich bezweifle, dass er noch mal herkommen wird, es sei denn, er findet heraus, dass du hier wohnst. Das wäre ein zu deutlicher Hinweis.«

»Auf dem Briefkasten steht immer noch Booker«, meinte Madison. »Aber alle wissen, wer hier wohnt.« Sie schwieg. »Also, was will Barber? Was machst *du* hier?«

Ich bin gekommen, um herauszufinden, ob du für die Rosen arbeitest, hätte Jason sagen können. Oder: Ich bin gekommen, um dir nachzuspionieren. Oder: Ich bin gekommen, um dich nach Trinity zurückzuschleifen, ob du willst oder nicht. Nicht dass er jetzt in der Verfassung gewesen wäre, das zu tun.

Also sagte er natürlich nichts davon. »Barber sucht nach dem Drachenherz. Vermutlich denkt er, dass ich es habe.«

»Aber du hast es nicht.« Sie warf ihm einen Seitenblick zu und versuchte, lässig zu tun. »Ist es ... ist es immer noch in der Kirche?«

»Ja«, bestätigte er. Sie will es immer noch haben, dachte er.

»Seid ihr weitergekommen? Habt ihr herausbekommen, wie man es benutzt?«

Er schüttelte den Kopf. Er wollte sagen: Nein, das Ding beißt mich jedes Mal, wenn ich versuche, es zu berühren. Aber auch das sagte er nicht. Er hatte immer noch Hoffnung. »Den Rest von dem Kram haben wir zum größten Teil sortiert.«

Sie verstummten beide und musterten einander wie Bewerber für denselben Job.

»Also«, murmelte er schließlich. »Du hast dich mit deiner Kunstlehrerin getroffen?«

Sie nickte abwesend. »Mit meiner Lehrerin aus dem Trinity College. Ich habe sie in Columbus getroffen, damit sie sich ansehen konnte, was ich bis jetzt gemacht habe. Sie war wegen einer Eröffnung dort.«

»Und was hat sie gesagt?«

Sie sah ihn für einen Moment an, dann packte sie ihn am T-Shirt und zog sein Gesicht gefährlich nah an ihres. »Jason Haley! Du bist nicht den ganzen Weg hier heruntergefahren, um mich nach meinen Hausaufgaben zu fragen!« Sie schüttelte ihn leicht.

»Sachte! Ich bin verletzt, weißt du«, entgegnete er, und sie ließ ihn los. »Ich bin gekommen, weil jemand in dein Zimmer im Legends eingebrochen ist und es total verwüstet hat.« Er beobachtete sie genau, um ihre Reaktion zu sehen, und erntete tiefe Verwirrung.

»Warum sollte das jemand tun? Da gibt es nichts zu stehlen.«

»Es war ein Zauberer«, fuhr Jason fort. »Seph dachte, es könnten die Rosen gewesen sein.«

»Die Rosen! Warum sollten sie in *mein* Zimmer einbrechen?«

»Sie könnten versucht haben, dich aufzustöbern«, schlug Jason vor. »Bist du sicher, dass da nichts war, was sich zu stehlen lohnte?« Und dann fragte er spontan: »Hast du irgendeins deiner Gemälde zurückgelassen?«

Madisons Gesicht nahm die Farbe von Magermilch an und offenbarte Sommersprossen, von deren Existenz Jason bis dahin nichts gewusst hatte. *»Gemälde?* Nun, ich habe nicht … ich meine, ich …«

Jason sah sie an. »Das ist keine schwere Frage.«

»Nein, aber …« Sie schluckte hörbar. »Ich denke nicht, dass ich irgendetwas … zurückgelassen habe. Warum fragst du?«

»Nun, Seph hat sich umgesehen, aber er konnte nicht sagen, ob etwas fehlte.«

Jetzt sah Madison geradezu panisch aus. »Seph war in meinem *Zimmer?«*

»Nun, ja, er und Nick …«

»Seph *und* Nick? Was haben sie gemacht? Wie sind sie überhaupt hineingekommen?« Madison beugte sich vor.

»Ähm. Ich schätze, Rachel hat Seph gebeten zu kommen. Sie dachte, dass ihr zwei euch vielleicht gestritten hättet und dass er aus Rache dein Zimmer verwüstet hätte.«

Madison verschränkte ihre langen Finger. »Haben sie … haben sie erwähnt, ob sie irgendwelche Bilder gesehen haben?«

Verdammt, dachte Jason. Ich fasse es nicht. Sie ist total schuldig. Sie *weiß,* dass etwas an dem Bild verkehrt war.

Aber wenn sie wollte, dass Seph es findet, warum benimmt sie sich dann so merkwürdig? Wollte sie das Ding irgendjemandem geben – einem Mitverschwörer? Hatte sie etwas damit vorgehabt, und jetzt war alles vermasselt? Und wenn es vermasselt ist, möchte ich, dass sie *weiß,* dass es vermasselt ist?

»Jason?« Madison sah ihn an, biss sich auf die Unterlippe und wartete auf irgendeine Art von Reaktion.

Aus einem Instinkt heraus schüttelte er den Kopf. »Nein, er hat nichts von einem Gemälde gesagt. Warum? Fehlt eins?«

»Ähm, nein«, antwortete Madison. »Ich dachte nur.«

Sie war eine lausige Lügnerin. An diesem ganzen Bild von Madison als Geheimagentin oder Attentäterin stimmte etwas nicht. Als hätte er die Teile des Puzzles mit Gewalt auf eine Art zusammengesetzt, wie es nicht gedacht war.

Sie vermieden es, sich anzusehen.

Schließlich ergriff Madison das Wort. »Also. Du bist den ganzen Weg hier heruntergekommen, um mir von … von einem Einbruch zu erzählen?«

»Nun, äh … mehr oder weniger.« Jason räusperte sich. »Seph möchte, dass du nach Trinity zurückkommst. Er würde … dich gern besser im Auge behalten.« Und das stimmte ja auch.

»Was?« Sie setzte sich neben der Matratze auf den Boden und schlang die Arme um die Knie. »Ist irgendjemand auf die Idee gekommen, mich um meine Meinung zu fragen?«

»Er denkt, dass du hier allein nicht sicher bist.«

»Es tut mir leid, Jason, aber ich glaube wirklich nicht, dass es irgendjemand auf mich abgesehen hat.«

Nun, nein, nicht wenn sie Mitverschwörer sind. Ein weiteres Puzzleteil fügte sich an die richtige Stelle.

»Ich bin hier jedenfalls sicherer als dort«, fuhr Madison fort. »Wenn jemand in mein Zimmer einbrechen konnte, obwohl Rachel aufgepasst hat, könnten sie auch alles andere tun, was sie wollten. Wenn in Coal Grove ein Fremder auftauchte, würde man ihn sofort bemerken. Die einzigen Zauberer im ganzen County, die ich kenne, sind du, Warren Barber und Brice Roper. Und Barber ist *dir* hierher gefolgt.«

Jason blinzelte. Grace hatte diesen Namen erwähnt. »Wer ist Brice Roper?«

»Ein Arsch und ein Lügner. Er lebt am Fuß des Berges. Er hat Pferde.« Sie schien zu denken, dass damit genug über Brice Roper gesagt sei, denn sie presste die Lippen zusammen, und Jason tat Brice Roper, wer immer er war, irgendwie leid.

Jason drehte sich um, stöberte in seinem Rucksack und zog ein Päckchen Zigaretten und ein Feuerzeug hervor. Als er aufschaute, funkelte Madison ihn an. »Was?«

»Glaubst du, ich erlaube dir, in einer *Scheune* eine Zigarette anzuzünden?«

»Oh. Sorry.«

Sie riss ihm die Zigaretten aus der Hand. »Tatsächlich ist auf dem ganzen Berg Rauchen verboten, was dich betrifft.«

»Was?« Aber Madison hatte wieder diesen sturen Ausdruck im Gesicht. »Hör zu, ich werde im Garten rauchen. Ich werde im Wald rauchen. Ich werde auf dem verdammten Plumpsklo rauchen. Was immer du willst.« Er streckte die Hand aus.

Sie steckte sich die Zigaretten in die Jeanstasche. »Wenn du denkst, ich lasse zu, dass du dich selbst vergiftest, nach dem ganzen Mist, den ich durchgemacht habe, um dir das Leben zu retten, dann bist du verrückt.« Sie schnitt eine Grimasse und wischte sich die Hände an ihrem Shirt ab.

»Na schön«, sagte er. »Ich werde doppelt so viel rauchen, wenn ich hier weg bin.« Er schwieg. »Also, kommst du mit mir zurück?«

Madison erhob sich und begann auf und ab zu gehen, und während sie sprach, rang sie die Hände. »Ich kann nicht einfach packen und fahren. Richter Ragland hat Grace und J. R. unter der Bedingung freigegeben, dass ich hier bin, um auf sie aufzupassen. Wenn ich weggehe, wird das County sie wieder in seine Obhut nehmen.«

Jason seufzte. Er hatte gewusst, dass es nicht leicht werden würde. Und wenn Madison sich mit jemandem verschworen hatte, war es schwer einzuschätzen, ob es besser war, sie ins Schutzgebiet zurückzubringen, wo man sie im Auge behalten konnte, oder sie auf Abstand zu halten. Das Verbot von Angriffsmagie schien in ihrem Fall nicht zu funktionieren. Aber er verstand immer noch nicht, wie sie ein Gemälde mit einem Fluch belegen konnte, wenn sie nicht begabt war.

Wenn sie jedoch für die Rosen arbeitete, sollte sie dann nicht ganz wild darauf sein, nach Trinity zurückzukehren, um das Drachenherz in die Hände zu bekommen?

Als ihm bewusst wurde, dass sie auf eine Antwort wartete, fragte er: »Also, was wirst du tun?« Es hatte keinen Zweck, Madison zu irgendetwas zwingen zu wollen. Zauberei würde bei ihr nichts ausrichten, und in seinem gegenwärtigen Zustand konnte er sie schlecht schreiend und strampelnd zum Wagen tragen.

Wenn er einen Wagen hätte.

»Hör mal«, sagte Madison, »wenn ich diese Mappe nicht fertig kriege, verliere ich das ganze Semester. Und die Kinder sind auf mich angewiesen. Ich kann nicht wegen eines Einbruchs zurück nach Trinity hetzen. Mir scheint, dass ich mir dann nur Ärger einhandle, anstatt ihn zu vermeiden.« Madison wartete und zwirbelte eine

Locke ihres Haares zwischen Daumen und Zeigefinger. Als Jason schwieg, fragte sie: »Wie geht es Seph?«

»Er ist tierisch gereizt. Er vermisst dich.«

»Ich dachte, es würde ihm besser gehen … wenn ich aus dem Weg bin.«

Jason starrte sie an. Er hatte vor langer Zeit entschieden, dass Mädchen eine total verzerrte Weltsicht hatten. Dies bestätigte es nur. »Er ist verrückt nach dir, Madison. Warum sollte es ihm besser gehen?«

»Ich habe gesagt, dass er Trinity verlassen soll. Ich habe ihn gewarnt. Ich habe ihm gesagt, dass es ein schlechtes Ende nehmen würde.«

Mittlerweile machte Jasons Paranoia Überstunden. Wusste sie, dass es ein schlimmes Ende nehmen würde, weil sie Insiderinformationen hatte?

»Er wird nicht fortgehen, Maddie. Sie *haben* sonst niemanden.«

Sie sah auf ihre Hände hinab. »Ich komme zurück. Wenn ich hier alles geregelt habe. In der Zwischenzeit werde ich mich bedeckt halten.«

Klar. Als könne sie in den Menschenmassen von Coal Grave untertauchen, dachte Jason.

»Seph wird darüber nicht erfreut sein.« Der Streit erschöpfte ihn. Der kalte Schmerz in seiner Brust war zurückgekehrt. Würde er sich jemals wieder normal fühlen?

»Wenn du zurück bist, sag Seph, dass er sich keine Sorgen mehr um mich machen und besser auf sich aufpassen soll«, erklärte Madison.

»Ich kehre nicht nach Trinity zurück«, antwortete Jason, ohne nachzudenken. Verdammt! Er war ein Idiot, dieses komplizierte Spiel spielen zu wollen, während sein Kopf noch immer von den Nachwirkungen des Giftes schwamm.

»Wo fährst du hin?«

»Zurück nach England.« Er hielt inne, dann fuchtelte er mit der einzigen Waffe herum, die er hatte. Die er niemals benutzen würde. »Also. Niemand braucht von Grace zu erfahren. Und niemand braucht zu wissen, dass ich hier bin.« Er sah Madison direkt in ihre blauen Augen. Er brauchte Zeit, um sich zu erholen, und er wollte nicht, dass sie bis dahin jemanden herschickten, um ihn zu befragen.

Ihre Augen wurden schmal, und sie verzog den Mund zu einem wütenden Strich. »Schön! Es ist deine Beerdigung.«

»Genau«, erwiderte er und lächelte ein wenig, während er versuchte, die Spannung zu entschärfen.

»Was soll ich Seph sagen? Er erwartet, von dir zu hören.«

»Falls er fragt, sag ihm, ich sei nie hier gewesen.«

Madisons Augen weiteten sich vor Schreck. *»Falls* er fragt? Jason! Er wird denken, du seist davongelaufen oder es sei dir etwas passiert.«

Jason kämpfte gegen eine Welle der Schuld an. Er wusste, dass Seph es verdiente, zumindest von Barber zu erfahren. Aber Jason würde für eine Weile bleiben, für den Fall, dass Barber zurückkam.

Richtig. Das letzte Mal hat dir eine Zehnjährige den Arsch gerettet.

»Trinity wäre sicherer für dich, weißt du«, sagte Madison, als lese sie seine Gedanken.

»Sicherer für mich, aber nicht für dich?« Er schwieg, und als sie nicht antwortete, fügte er hinzu: »Ich suche jedenfalls nicht nach einem Versteck.«

Sie stand auf. »Trotzdem. Du hältst dich besser bedeckt. Für den Fall, dass Barber nach dir sucht.«

»Er sollte sich besser Sorgen machen, dass ich nach ihm suche!«, rief er ihr nach.

Als die Tür sich hinter ihr schloss, lehnte Jason sich dankbar wieder gegen die Kissen. Er hatte keine Angst vor Warren Barber. Er musste sich nur ein bisschen erholen und wieder in Form kommen.

Wenn Madison in irgendeine Art von Verschwörung verwickelt war, konnte er ihr Seph nicht gut ausliefern. Aber Seph würde nie etwas Schlechtes über Madison glauben, ohne Beweise dafür zu haben. Da er für eine Weile in Coal Grove bleiben musste, konnte er vielleicht herausfinden, auf wessen Seite Madison Moss stand und mit wem sie herumhing und wer dieser Brice Roper war.

Vielleicht, wenn er nur die Augen schlösse ...

Madison steuerte den Pick-up zwischen die beiden verklinkerten Torpfosten, die den Eingang zu Bry-Son Farms markierten. Makellos weiße Zäune erstreckten sich in beide Richtungen und bildeten die Grenze des Roperschen Besitzes. Sie fuhr die lange Einfahrt entlang, an der klassizistischen Villa vorbei und nach hinten zum Pferdestall.

Niemand würde glauben, dass dieses ganze Ding auf dem Rücken von Bergarbeitern gebaut worden war.

Der Pferdestall war frisch rot gestrichen. Vier Araber-Apfelschimmel mit samtigen schwarzen Nasen schauten über das Koppeltor. Auf der Weide dahinter blühten Krokusse und Schneeglöckchen zwischen den Schneeflecken.

Eine Farm wie aus einem Liebesroman, dachte sie. Ich wette, die Pferde scheißen nicht einmal in ihre Boxen.

Als sie sich zum Haus umdrehte, sah sie drei Reiter aus dem Wald hinter der Weide auftauchen. Grace ritt eine feinknochige, braune Stute mit hoher Aktion. Brice kam dahinter auf einem grobknochigen, schwarzen Wallach, und John Robert saß auf einem kleinen Apfelschimmel. Als Grace Madison sah, grub sie dem Pferd die Fersen in die Seiten und kam über die Weide geflogen. Ihr Haar wehte wie eine Fahne hinter ihr her, und sie brachte das Pferd abrupt genau vor Madison zum Stehen.

»Grace!«, sagte Madison und wedelte den Staub weg, der um die Füße des Pferdes aufwirbelte. »Sei keine Angeberin.«

Grace' Wangen waren vor Aufregung gerötet. »Maddie! Das ist Abby. Nun, das ist jedenfalls ihr Stallname. Ihr registrierter Name ist Barbary's Abby Ann. Sie ist so süß. Brice sagt, sie habe sich noch nie jemandem so eng angeschlossen wie ...«

»Wo seid ihr gewesen?«

Grace blinzelte sie an. »Wir sind zum alten Schornstein hinaufgeritten. Warum?«

»Der ist auf unserem Besitz. Du hattest kein Recht, *ihn* den Berg hinaufzubringen.« Sie deutete mit dem Kopf auf Brice.

Brice zügelte sein Pferd neben Grace. Er hatte sein Tempo dem John Roberts angepasst. »Es ist meine Schuld. Ich habe sie gebeten, mir den Wasserfall zu zeigen.«

»Als hättest du dich nicht schon früher da raufgeschlichen.«

»Warum musst du immer so gemein sein?«, fragte Grace Madison in einem lauten Flüstern.

Brice verdrehte nur die Augen und schwang sich anmutig aus dem Sattel.

Grace saß ebenfalls ab, dann stand sie unsicher da und umklammerte die Zügel.

»Du kannst zum Haus gehen«, sagte Brice. »Mike wird sich um die Pferde kümmern.«

Grace rührte sich nicht. »Mr. Ragland hat immer gesagt, man solle sich um sein eigenes Pferd kümmern.«

»Ich werde es nicht weitersagen.« Brice hob John Robert aus seinem Sattel und stellte ihn auf den Boden.

»Ich hätte selber absteigen können!«, protestierte John Robert.

Brice tätschelte ihm die Schulter. »Du und Grace, ihr könnt Sylvia nach Limonade und Kuchen fragen. Madison und ich kommen gleich nach.«

»Nein«, warf Madison schnell ein. »Wir können nicht bleiben. Ich habe viel zu tun, und ich habe ohnehin schon den größten Teil des Tages *verschwendet.«*

»Ach, komm schon«, sagte Brice ungeduldig und ergriff ihren Arm. »Fahr nicht gleich wieder weg. Sylvia hat einen siebenschichtigen Schokoladenkuchen gebacken. Es wird ihr das Herz brechen, wenn ich der Einzige bin, der ihn isst. Außerdem möchte ich dir etwas zeigen.«

»Lass mich los!« Madison entriss ihm den Arm. »Wann lernst du endlich, die Hände bei dir zu behalten?«

Brice schüttelte ungläubig den Kopf. »Was ist *los* mit dir?«, fragte er scharf, als sei sie vollkommen unvernünftig. Grace und J. R. standen währenddessen verlegen daneben.

»Schokoladenkuchen, Maddie?«, murmelte J. R. sehnsüchtig.

»Es wird nicht lange dauern«, warf Brice ein. »Ich verspreche es, okay?«

»Na schön«, erwiderte Madison. »Dann lasst es uns hinter uns bringen.« Warum konnte sie nicht Brice Roper krank machen statt Seph? Es wäre nur fair. Schließlich machte Brice *sie* krank.

Brice führte sie an der Zaunlinie am hinteren Ende der Weide entlang. Jemand hatte einen gepflasterten Weg angelegt und Zitronenthymian zwischen die Steine gepflanzt. Der Pfad führte schräg in den Wald, in den kühlen Schatten. Sie folgten einem kleinen Bach, der irgendwo in den Booker Creek mündete.

Schließlich kamen sie aus dem Wald und gelangten auf eine kleine Lichtung mit Blick auf den Fluss. In ihrer Mitte stand ein kleines Cottage aus Zedernholz und Stein. Obwohl es ziemlich neu aussah, wirkte es verlassen. Die umliegende Wiese war bis zu den Oberschenkeln mit vertrockneten Disteln, Brombeeren und Baumsämlingen bedeckt.

Die Aussicht war atemberaubend. Weit unten schlängelte sich der Fluss zwischen steilen Ufern. Die Hügel rollten nach Süden und Osten dahin, rauchig blau und grün und grau, wo der Schnee geschmolzen war.

»Was ist das?«, flüsterte Madison, die wusste, dass eine Geschichte dahinterstecken musste.

»Es war das Atelier meiner Mutter.« Brice führte sie um das Gebäude herum. Die ganze Front war aus Glas und öffnete sich der gefalteten Landschaft dahinter.

Brice schloss die Vordertür auf. Das Wohnzimmer war ein gewaltiger Raum mit dicken Balken, die das hohe Dach stützten, und dazwischen waren Oberlichter angebracht. Im hinteren Teil des Hauses gab es eine Küche, einen Essbereich und eine Wendeltreppe nach oben zu den Schlafquartieren.

Wie die Wiese wirkte es vernachlässigt. Die Möbel waren mit Tüchern abgedeckt, und Staub glitzerte in dem Sonnenlicht, das durch die Oberlichter hereinströmte.

»Du weißt, dass meine Mutter auch Künstlerin ist«, sagte Brice. »Nach der Scheidung meiner Eltern ist sie nach New York gezogen.«

Natürlich nahm er an, dass Madison die Geschichte über die schmutzige Scheidung kannte, die neue junge Ehefrau. Was natürlich der Fall war. Die Ropers waren die Könige von Coalton County.

»Meine Stiefmutter kommt nicht hier herauf.« Er war gelassen, sachlich, ohne jede Kritik in der Stimme oder seinem Gesichtsausdruck.

Im Gegensatz zu Madison. Sie hatte ihr ganzes Leben damit verbracht, Leute nach ihren ganz persönlichen Maßstäben zu beurteilen. Sie war großartig darin, einen Groll zu hegen. Man sollte ihr einen Preis verleihen.

Sie stellte sich ans Fenster und blickte auf das Tal hinaus. »Sehr hübsch«, gab sie zu. »Aber warum hast du mich hierhergebracht?«

»Ich dachte, dass du es vielleicht benutzen möchtest.«

Sie wirbelte herum. »Wofür?«

»Zum Malen. Grace sagt, du hättest wie der Teufel gemalt.«

»Warum sollte ich hierherkommen? Ich kann zu Hause malen.« Warum erzählte Grace Brice Roper *irgendwas?*

Er zuckte die Achseln. »Es ist ein großer Raum, und er wird nicht genutzt.«

»Nur weil du etwas hast, bedeutet das nicht, dass ich es will.«

Er trat näher und sah auf sie herab. Sie versuchte, einen Schritt zurück zu machen, stieß aber gegen das Fenster. »Wir könnten es dir überschreiben.«

»Ich habe ein Haus. Wozu brauche ich zwei?«

»Du *brauchst* keine baufällige Ruine auf dem Booker

Mountain«, entgegnete Brice. »Mr. McCartney sagt, dass der Berg in einigen Monaten dir gehören wird. Du weißt, dass mein Vater ihn kaufen will. Er wird dir einen guten Preis dafür zahlen. Einen großartigen Preis. Du wirst reich sein.«

»Wow. Klingt traumhaft«, sagte Madison.

Ermutigt fuhr Brice fort. »Du kannst also bleiben. Oder du kannst ganz aus diesem Kaff verschwinden. Du kannst auf die Kunstschule gehen. Wohin auch immer du willst. Und nach deinem Abschluss könnten wir dir helfen, dich zu etablieren. Meine Mutter kennt Leute. Sie hat Beziehungen zu Galerien in New York und Chicago.«

»Also. Wie würdet ihr die Kohle aus dem Booker Mountain gewinnen?«

Er blinzelte sie an, überrascht über den Themenwechsel. »Carlene hat meinem Vater erlaubt, einige Testbohrungen durchzuführen. Die Flöze liegen dicht unter der Oberfläche, daher wird er wahrscheinlich die Kuppe des Berges abtragen.«

»Und sie in den Booker Creek werfen?«

Er nickte. »Höchstwahrscheinlich. Danach würden sie weiter mit Bohrern abbauen, um an die tieferen Flöze heranzukommen. Sie werden es erst wissen, wenn sie reinkommen.«

»Du klingst wie ein Experte.«

»Yeah, genau«, antwortete er mit überraschender Bitterkeit.

»Und dein Dad und Carlene haben das alles gemeinsam ausgeheckt?«

»Nun, ich schätze, sie haben darüber gesprochen.« Ein Anflug von Unsicherheit stahl sich in seine Stimme. »Nur vorläufig, weißt du.«

»Und dann haben sie dir den Job überlassen, mich dazu zu überreden?«

Brice räusperte sich. »Hm, es schien eine Win-win-Situation für alle Beteiligten zu sein.«

»Eine Win-win-Situation.« Madison schob die Hände in die Jeanstaschen und trat einen Schritt zurück. »Beantworte mir eine Frage«, fuhr sie fort. »Hat Carlene gewusst, dass du den Schuppen in Brand stecken würdest?«

Sie hatte ihn überrascht. Er hatte sie unterschätzt. Und für einen Moment zeigte sich die Wahrheit deutlich auf seinem Gesicht.

»Ich glaube das nicht«, flüsterte sie und schüttelte den Kopf, als könne sie den Betrug irgendwie verneinen.

Brice erholte sich, gewann sein Lächeln zurück. »Ich weiß nicht, wovon du sprichst.«

»Dein Daddy wollte Booker Mountain kaufen, und Carlene wollte verkaufen. Das einzige Problem war, dass ihr der Berg nicht gehört. Also haben sie sich gedacht, dass das County – wenn es so aussähe, als seien die Kinder in Gefahr – die Vormundschaft übernehmen würde. Und wenn das County die Vormundschaft übernahm, würde ich nach Hause kommen müssen. Und wenn ich nach Hause käme, dann könntest du mich bearbeiten und mich dazu überreden zu verkaufen. Ich wette, du kannst sehr überzeugend sein. Ich wette, zu dir sagt nie jemand Nein.«

»Maddie.«

»Also hat Daddy Carlene irgendeine Art von Anteil angeboten. Und du hast den Schuppen in Brand gesteckt und bist dort rumgelungert, bis Grace und John Robert versucht haben, das Feuer zu löschen, und dann hast du sie in die Stadt gebracht. Nun sag mir, was du getan hättest, wenn eins der Kinder verletzt worden wäre?«

»Maddie, hör zu …«

»Nenn mich nicht Maddie. Meine Freunde nennen mich Maddie. Dein Problem ist, du denkst, alle anderen wären Idioten. Denkst du, ich hätte keine Pläne für diesen Sommer gehabt? Du sitzt hier unten mit deiner Pseudofarm und deinem ›Sylvia wird todunglücklich sein‹, obwohl es Sylvia wahrscheinlich scheißegal wäre, wenn du ihren siebenschichtigen Kuchen an die Scheunentür nageln würdest.«

Brice machte ein Gesicht, als hätte er gerade einen schweren Schlag auf den Kopf bekommen. »Was? Was hat Sylvia damit zu tun …«

»Weil Sylvia ein Leben hat, abgesehen davon, dass sie eure Haushälterin ist. Und ich habe ein Leben, das nicht darin besteht, dir in den Arsch zu kriechen. Wenn du also denkst, du würdest Booker Mountain jemals in die Hände bekommen, dann hast du dich geirrt.«

Das erregte seine Aufmerksamkeit.

»Du bist *niemand.«* Er sah sie an, als sei sie etwas, das er sich vom Schuh gekratzt hatte. »Fünfte Generation inzüchtiges Gesindel. Aber wenn ich dich zum Ausgehen einlade, hast du den Nerv, Nein zu sagen. Als seist *du* zu gut für *mich,* nachdem du mit jedem anderen Jungen in der Highschool zusammen warst.« Er schnaubte.

Korrektur: Sie war von praktisch jedem anderen Jungen in der Highschool zum Ausgehen *eingeladen* worden. Und hatte Nein gesagt. Aber das hinderte sie nicht daran zu reden.

»Der einzige Grund, warum du diesen Berg immer noch hast, ist der, dass ihn vorher nie jemand wollte«, fuhr er fort. »Carlene ist total erbärmlich, aber sie versteht zumindest, wie es läuft.«

»Halt meine Mutter da raus«, sagte Madison, was

ziemlich dumm war, wenn man darüber nachdachte. »Ich bin lieber, wer ich bin; mit dir würde ich jedenfalls nicht tauschen wollen. Bergspitzen abreißen, Flüsse vergiften, das ganze Land vollscheißen, ohne den eigenen Mist wegzuräumen, um deinen Daddy herumscharwenzeln, der auf dem Weg zur Bank ein Kätzchen überfahren würde.«

»Pass auf, was du sagst. Ich warne dich.« Brice schwoll an vor Macht wie eine Art magischer Kröte, die als männliches Model verkleidet war.

Ihre große Klappe war mal wieder mit ihr durchgegangen. Nicht dass Brice es nicht verdiente, aber auf keinen Fall wollte sie, dass er Zauberei gegen sie einsetzte und weitere Fragen aufwarf. Sie starrte zum Fenster hinaus und kämpfte um Beherrschung.

»Sind wir hier fertig?« Sie drehte sich zur Tür um. »Wir sollten besser zum Haus zurückgehen.«

Brice hatte sie mit drei schnellen Schritten erreicht. Er packte sie an den Oberarmen und bohrte ihr die Finger ins Fleisch. »Wir sind hier *nicht* fertig. Wir werden es zu Ende bringen.«

Unbeholfen stieß er Macht in sie hinein. Es sollte Schmerzen verursachen – ein schneller, überzeugender Stich, aber es war weit entfernt von der eleganten Magiebenutzung, an die sie gewöhnt war. Dann verschwand sein Lächeln, seine Augen wurden groß, und er prallte zurück und versuchte, sich zu befreien. Ausgelaugt brach er schließlich auf dem Boden zusammen und lag mit dem Gesicht nach oben und ausgestreckten Armen da, als versuche er, sich an etwas festzuhalten, das er nicht erreichen konnte.

Madison beugte sich über ihn. »Da ist noch etwas, was du nicht über mich weißt. Ich habe keine Angst vor

Zauberern.« Sie ließ ihn auf dem Boden liegen, drehte sich um und verließ das Atelier.

So viel zu meinem Plan, mich zu verstecken, dachte sie, während sie den Weg zurückging. Es wäre schön, wenn du zur Abwechslung mal nicht laut aussprechen würdest, was du denkst. Wen kannte Brice noch, und mit wem würde er reden?

Als sie das Haus erreichte, saßen Grace und John Robert am Esszimmertisch und stopften große Stücke Schokoladenschichtkuchen in sich hinein und hatten hohe Gläser mit Limonade vor sich stehen, die mit Minze und Zitronenscheiben auf dem gezuckerten Rand garniert waren. Wie arme Leute, die in das große Haus eingeladen waren.

John Roberts glasurverschmiertes Gesicht strahlte vor Begeisterung. »Probier diesen Kuchen, Maddie, er ist total lecker!«

»Das ist er bestimmt.« Madison vermied es, Sylvia anzusehen, die in der Nähe stand. »Aber wisst ihr, ich kann nicht gleichzeitig Schokoladenkuchen essen und Limonade trinken. Lässt die Limonade sauer schmecken und den Kuchen zu süß. Jetzt iss auf, J. R. Wir müssen gehen.«

»Wo ist Mr. Roper?«, fragte Grace.

»Im alten Atelier seiner Mutter«, antwortete Madison. »Er wollte da noch etwas bleiben.«

»Mr. Roper sagt, ich könne zurückkommen und Abby reiten, wann immer ich will«, verkündete Grace und tupfte sich die Lippen mit der Serviette ab.

»Ich denke, Mr. Roper hat seine Meinung geändert«, gab Madison zurück.

Grace ließ ihre Gabel klappernd auf den Teller fallen, und auf ihrer Stirn brauten sich Gewitterwolken zusammen. »Warum? Was hast du zu ihm gesagt?«

Madison zögerte, dann entschied sie sich für die Wahrheit. »Mr. Ropers Daddy will den Booker Mountain. Ich habe abgelehnt. Er ist ziemlich sauer deswegen.«

»Wo würden wir wohnen, wenn er den Berg nähme?«, fragte J. R. mit dem letzten Bissen Kuchen im Mund.

»Das ist eins der Probleme«, antwortete Madison. »Deshalb habe ich Nein gesagt.«

»Wir könnten irgendwo anders hinziehen«, schlug Grace vor.

»Ich denke nicht, dass das passieren wird«, sagte Madison.

Auf dem Weg den Berg hinauf bemerkte Grace, dass Brice Roper ein ziemlicher Mistkerl sei, aber nette Pferde habe. Madison erklärte ihr, dass nichts umsonst sei.

KAPITEL 17
Mit harter Hand

Leesha kam sich vor wie ein Ermittler bei der Überwachung eines Tatorts. Sie hatte den ganzen Vormittag in ihrem Wagen in der hintersten Ecke des Parkplatzes von St. Catherine's gesessen und beobachtet, wie die Arbeiter ein Schlagloch flickten. Der neue Asphalt dampfte und stank in der Mittagssonne. An einem Montagmittag besuchten nur wenige Menschen die Kirche.

Sie war selbst ein halbes Dutzend Mal in der Kirche gewesen. Hatte mit der ungepflegten Frau im Kirchenbüro gesprochen, mit dem Priester und nach der Messe mit dem Nerd von Messdiener. Hatte sie in den Garten gelockt, wo sie zumindest Überzeugungsmagie einsetzen konnte. Sie hatten ihr all ihre kleinen Geheimnisse anvertraut, aber es war klar, dass sie nichts über magische Objekte wussten. Sie hatte den Altarraum durchsucht, aber nichts gefunden. Wenn das Drachenherz dort war, war es sicher hinter magischen Schutzzaubern verborgen.

Kirchen waren wie Saunen. Sie ließen einen schwitzen und überschwemmten alle magischen Poren. Es war eine Erleichterung, wieder draußen zu sein.

Leeshas neuer Plan war zugegebenermaßen dürftig. Sie würde warten, bis einer der Weir auftauchte, dann würde sie ihm in die Kirche folgen und schauen, wo er sie hinführte. Wenn die Kirchenüberwachung nichts ergab, würde sie über ein direkteres Vorgehen nachdenken müssen, um herauszufinden, wo das Drachenherz war.

Vielleicht verschwendete sie ihre Zeit. Jason könnte das Drachenherz mitgenommen haben, als er fortgegangen war. Vielleicht war Jason tot, und Barber hatte bereits, was er wollte.

Jason.

Sie hatte keine Wahl gehabt, sagte sie sich. Barber spielte nicht herum. Die Prügel, die er ihr verpasst hatte, waren nur ein Vorgeschmack gewesen. D'Orsay hatte versucht, Barber zu töten, und war gescheitert. Sie konnte nicht fliehen, weil Barber den Torques benutzen würde, um sie umzubringen, falls sie das Schutzgebiet verließ. Solange sie den Halsring trug, wusste Barber genau, wo sie zu finden war. Und nur er konnte ihn abnehmen.

Sie hatte tatsächlich keine Wahl. Sie wäre längst tot, wenn sie Jason nicht aufgegeben hätte. Sie starrte düster in eine Welt hinaus, die ohne ihn grau und farblos erschien. Sie wünschte, Barber würde sich bei ihr melden, nur damit sie Bescheid wusste.

Ein zerbeulter, alter Jeep bog in den Parkplatz ein, und eine vertraute Gestalt sprang heraus und machte sich nicht die Mühe, die Tür zu schließen. Es war diese grässliche Ellen Stephenson, die mit Jack zusammen war, nachdem Leesha mit ihm Schluss gemacht hatte. Die sie einmal bei Corcoran's mit heißer Karamellsoße übergossen hatte. Die sich als Kriegerin der Roten Rose entpuppt und sich mit Jack verschworen hatte, die Vereinbarung in Raven's Ghyll zu zerstören.

Definitiv eine Person von besonderem Interesse.

Aber Ellen ging nicht in die Kirche. Stattdessen überquerte sie den Parkplatz und machte sich auf den Weg in den Wald zwischen dem Friedhof und dem See. Merkwürdig.

Leesha glitt aus dem Wagen und ging hinter Ellen her.

Ellen folgte einem Rindenmulchweg, der sich nach Norden auf das Seeufer zuschlängelte. Die Kriegerin ging schnell, und Leesha mit ihren langen Beinen musste laufen, um Schritt zu halten. Der Pfad war schmal, und Dornen verfingen sich in ihren Kleidern und rissen an ihrem Haar, während Ellen den Abstand zwischen ihnen immer mehr vergrößerte. Leesha folgte ihr geräuschvoll und gab den Versuch auf, sich lautlos durch den Wald zu bewegen. Wenn sie vorgehabt hätte zu wandern, hätte sie flache Schuhe angezogen. Wie die Dinge lagen, würde sie wahrscheinlich Ausschlag vom Giftsumach kriegen.

Schließlich mündete der Weg in eine kleine Lichtung, die mit Kletten und kleinen Büschen übersät war. Von Ellen keine Spur. Leesha drehte sich im Kreis, um mit den Augen die Wiese abzusuchen, und erstarrte, als etwas Kaltes sie im Nacken berührte.

»Suchst du mich?«

Leesha drehte sich um und sah Ellen am anderen Ende eines sehr langen Schwertes, das sich in die Kuhle unter Leeshas Schlüsselbein drückte.

»He!«, sagte sie und trat einen Schritt zurück. »Vorsicht. Weißt du, wie schwer es ist, Blut aus Seide zu bekommen?«

»Wird kein Problem sein, wenn du tot bist«, erwiderte Ellen, und dann blickte sie über Leeshas Kopf hinweg und lächelte. Was auch nicht gerade beruhigend war. Leesha drehte sich vorsichtig um, und da war Jack, der sein eigenes großes Schwert dabeihatte und einen gemeinen Gesichtsausdruck aufgesetzt hatte.

»Oh!«, murmelte Leesha. »Ich bitte um Verzeihung. Ich wollte euer Waldrendezvous nicht stören.«

»Du störst nicht«, sagte Jack. »Du bist der Ehrengast.«

Leesha spürte, wie Panik in ihr aufstieg, versuchte aber, sich nichts anmerken zu lassen.

»Ich habe überlegt, ob wir heute nicht mal abtrünnige Zauberer jagen wollen.« Ellen zuckte die Achseln. »Hast du Lust, Jack?«

»Ich bin dabei.« Leesha konnte nicht umhin zu bemerken, dass er ein überraschend boshaftes Lächeln zeigte. Und früher war er so nett gewesen.

»Wir wollen wissen, was mit Jason passiert ist«, begann Ellen. »Und welche Rolle du dabei gespielt hast.«

»Ich habe keine Ahnung, wovon ihr redet. Ich habe Jason seit Tagen nicht gesehen.«

»Jason ist verschwunden«, entgegnete Jack.

»Nun, das ist schade. Aber warum fragt ihr mich nach ihm?«

Jack funkelte sie an. »Ihr zwei habt zusammen rumgehangen.«

»Haben wir nicht.«

Ellens Klinge presste sich wieder in ihre Kehle.

»Okay, schön. Ich hänge mit einer Menge Leute rum.« Sie beschwor ihren herablassendsten Gesichtsausdruck herauf. »Ich meine, es ist nett von euch Kriegern, dass ihr euch Sorgen um Jason macht und so, aber ich denke, er kann auf sich selbst aufpassen.«

»Jason ist unser Freund«, sagte Ellen. »Und wir fragen uns, für wen du arbeitest.«

»Was bringt euch auf die Idee, dass ich für jemanden arbeite?«

»Du bist eine Händlerin. Händler sind immer auf Bares aus.« Ellen schaute auf Leesha hinab. »Trotzdem ist es schwer zu glauben, dass jemand in unserem Alter so *geldgierig* sein würde.«

Das war es, was sie war. Geldgierig. Sie hatte Jason verkauft. Egal wie oft sie sich sagte, dass sie keine Wahl gehabt hatte. Trotzdem. Es würde Jason nichts nützen, wenn man sie aus dem Schutzgebiet warf und Barber ihrem armseligen Leben ein Ende machte.

Leesha richtete sich zu ihrer vollen Größe auf, die, um ehrlich zu sein, nicht sehr beeindruckend war. Die Krieger überragten sie immer noch. »Ich bin euch keine Rechenschaft schuldig. Und jetzt, warum zieht ihr nicht los und schärft eure Waffen oder klappert mit euren Schwertern oder was immer Krieger in ihrer Freizeit tun.«

»Holla«, sagte Ellen. »Gut, dass wir hier im Schutzgebiet sind, wo Angriffsmagie nicht funktioniert. Sonst würde ich mir in die Hose machen.« Sie schob ihr großes Schwert in die Scheide und griff nach Leesha.

Aus reiner Gewohnheit sprach Leesha ihren Unbeweglichkeitszauber, obwohl sie im selben Moment wusste, dass es nutzlos war. Und das war es tatsächlich. *Mist.*

Ellen packte sie an den Handgelenken und drehte ihr die Arme schmerzhaft auf den Rücken. Jack hob die Spitze seines Schwertes und legte es ihr an die Halskuhle.

Jack lächelte. »Eins haben magische Schwerter wirklich für sich. Selbst ohne Magie bewahren sie eine gewisse *Funktionalität.*«

Was sich nicht bestreiten ließ.

»Also, was ist los, Leesha?«, fragte Jack. »Warum bist du immer noch hier?«

»Ihr würdet mir nichts tun«, gab Leesha zurück. Was normalerweise gestimmt hätte. Jack war so was von heroisch. Es sei denn, er war wütend. Wütende Krieger konnten die Kontrolle verlieren. Wer hätte gedacht, dass Jack und Jason sich so nahe standen?

Dann war da Ellen, die ihr die Arme verdrehte, sie ihr praktisch auskugelte. Ellen würde nicht zögern, ihr etwas anzutun. Sie war immer noch nachtragend wegen Jack.

Keine Angriffsmagie. Es war unfair.

Sie konnte Jason nicht helfen. Wo immer er war, er war außerhalb ihrer Reichweite. Und wenn Jack und Ellen wüssten, dass sie eine Rolle bei seinem Verrat gespielt hatte … Aber sie konnte Warren Barber aufgeben. Sie hasste Warren Barber bis auf die Knochen. Und alles andere an ihm.

Außerdem waren Händler nicht dafür bekannt, dass sie ihr Leben für ihre Arbeitgeber opferten.

»Okay«, sagte sie. »Entspannt euch. Was wollt ihr wissen?«

Zur Antwort stieß Ellen Leesha in den hohen Gräsern auf die Knie, wobei sie ihre Handgelenke weiter festhielt. »Erzähl uns von Jason«, verlangte sie.

»Ich bin mir nicht sicher, was mit ihm passiert ist, aber ich kann euch sagen, dass Warren Barber etwas damit zu tun hatte.« Das war die volle Wahrheit.

»Warren Barber?« Jack wirkte völlig überrascht. »Ich dachte, er sei tot oder so was.«

Leesha schüttelte den Kopf. »Nein. Leider.«

»Warum sollte er es auf Jason abgesehen haben?«, fragte Ellen von hinten.

Leesha wusste, dass sie ihre Worte mit Bedacht wählen sollte, aber das Denken fiel ihr schwer. »Barber wusste, dass Jason einige Sachen aus Raven's Ghyll gestohlen hat. Er wollte sie zurückhaben.«

»Wie hat er … Wie ist er darauf gekommen?«, fragte Ellen, ließ Leesha los und trat vor sie hin.

Natürlich weil Leesha es ihm gesagt hatte. »D'Orsay muss es ihm gesagt haben«, sagte Leesha, rieb sich die Arme und ließ die Schultern kreisen.

Jack hockte sich vor Leesha hin. »Warum denkt D'Orsay, dass es Jason war, der sich in das Ghyll geschlichen hat?«

»Ich glaube, Jason ist D'Orsays Sohn begegnet, als er verschwinden wollte«, antwortete Leesha.

Jack und Ellen sahen einander an, dann wieder Leesha. »Was soll Jason angeblich gestohlen haben?«, hakte Ellen nach.

»Magischen Kram.«

»Also arbeitet Barber für D'Orsay?«

»Er arbeitet für sich selbst.« Sie holte Luft. »Er hat die Vereinbarung, wisst ihr. Die D'Orsay auf Lebenszeit zum König macht.«

»Was?« Jack fluchte leise. *»Barber* hat sie?«

Ellen hockte sich hin. »Wie ist er da rangekommen?«

»Er hat sie in dem Chaos auf Second Sister an sich genommen.«

Jack blinzelte sie argwöhnisch an. »Was nützt sie ihm? Will er sich wirklich Claude D'Orsay unterstellen?«

»Ich denke, dass er sich mehr als gleichberechtigten Partner sieht.«

»Warum haben sie die Abmachung dann nicht geweiht?«, fragte Ellen.

Leesha zuckte die Schultern. »Keine Ahnung. Aber Barber wollte Jason finden.«

»Woher weißt du das alles?«, fragte Jack.

»Er wollte, dass ich ihm helfe, aber ich habe mich natürlich geweigert.«

»Klar.« Ellen strich sich das Haar aus der Stirn.

»Er könnte herausgefunden haben, dass Jason das Schutzgebiet verlassen wollte, und dann hat er ihn abgefangen. Wenn Jason also die Sachen bei sich hatte, dann hat sie jetzt Barber. Falls nicht, weiß er inzwischen wahrscheinlich, wo sie sind. Er kann sehr überzeugend sein.« Leesha widerstand der Versuchung, ihren Halsring zu berühren.

»Irgendeine Ahnung, wo Barber ist?«, drang Ellen weiter in sie.

»Nein.« Leesha stand auf und klopfte sich die Kleider ab. »Ihr braucht nicht Danke zu sagen oder so.«

Jack packte sie an einem Arm und Ellen am anderen. »Wo wohnst du, Leesha?«, erkundigte Ellen sich.

»Das wisst ihr doch. Bei meiner Tante Milli. In Shrewsbury Commons. Warum?«

»Lass uns deine Sachen holen.«

»Warum? Was meint ihr?« Jack und Ellen schwiegen und zerrten sie zurück zum Parkplatz. »Oh nein, ich werde das Schutzgebiet nicht verlassen. Das kann ich nicht, nicht nach dem, was ich euch erzählt habe. Barber wird mich umbringen.«

»Dann sorg dafür, dass du weit von hier weg bist, wenn er es tut«, schlug Jack vor.

»Hört zu, ihr könnt mich nicht aus dem Schutzgebiet werfen. Es steht allen offen.«

»Wir ändern die Regeln«, erklärte Ellen. »Es kommt zu viel Gesindel rein und ruiniert das Kleinstadtambiente.«

Leesha stemmte die Fersen in den Boden, aber die beiden Krieger hoben sie einfach hoch und trugen sie. Es war demütigend. Leesha trat und wand sich und fluchte. »Das werde ich euch nicht vergessen. Es wird euch noch leidtun.« Sie versuchte, Überzeugungsmagie einzusetzen, aber sie ließen sie zu Boden fallen und hoben sie wieder hoch, als sie fertig war.

Sie waren schnell zurück auf dem Parkplatz und stießen sie zum Jeep.

»Okay, *schön!* Ihr *gewinnt!«,* sagte Leesha mit einer Stimme, bei der die Leute auf der anderen Straßenseite den Kopf nach ihr umdrehten. Sie riss sich los und sackte schwer atmend und zu Tode verängstigt gegen den Jeep. Wenn sie Barber verriet, würde sie binnen eines Herzschlages tot sein. Aber sie hatte keine Wahl. Wieder einmal.

»In *Ordnung«,* stieß sie hervor. »Ihr lasst mich im Schutzgebiet bleiben, und ich verspreche, dass ich euch Barber ausliefern werde.«

KAPITEL 18
Bewusstseins-Brenner

Dystrophe stellte seinen Kragen auf, um sich vor dem rauen Atem des Sees zu schützen. Es konnte nicht mehr weit sein. Er brauchte nicht auf den Zettel in seiner Tasche zu sehen – er hatte sich die Adresse und die Beschreibung des Hauses eingeprägt.

Stone Cottage hieß es. Man hatte ihm gesagt, dass der Junge wahrscheinlich allein sein würde. Seine natürliche Vorsicht war jedoch von dem Umstand geweckt worden, dass Longbranch sich bei einem angeblich leichten Ziel erstaunlich großzügig gezeigt hatte.

Der Job hatte natürlich seine Herausforderungen. Es hieß, dass Angriffsmagie im Schutzgebiet verboten sei. Aber andererseits war Mord wahrscheinlich auch verboten.

Er befühlte die Klingen in seinen Ärmeln und lächelte. Ein Kratzer würde genügen, um den Lebensfaden zu durchschneiden, der bei jungen Menschen oft so stark war.

Er bog in die Lake Street ein. Sie war mit Ziegelsteinen gepflastert, und ihre gusseisernen Gaslaternen bildeten blasse Lichtpfützen in der Dunkelheit. Als Attentäter liebte er schummrige historische Viertel.

Zur Rechten lag der See, und einige der Häuser hatten kleine Schilder mit Aufschriften wie Land's End und Sunset House, Sailor's Rest, Dry Dock und

Snug Harbour. Unerträglich süß. Dystrophe fand es furchtbar.

Das musste es sein, da vorn. Ein echtes *Steincottage* inmitten eines ziemlich ungepflegten Gartens mit Blick auf den See. Das Verandalicht brannte.

Dystrophe ging um das Haus herum und sicherte die Grundstücksgrenze mit magischen Barrieren, um eine Flucht zu verhindern. Dann führte ihn das unebene Pflaster zur Tür. Vielleicht würde der Junge ihn sogar hereinlassen.

Aber nichts regte sich, als er anklopfte. Nun gut. Nicht nötig, ihre Begegnung hinauszuzögern. Es war eine dicke Eichentür, aber ein präzise ausgerichteter Zauber riss sie aus den Angeln.

Würde der Junge schlafen? Dystrophe glaubte es nicht. Jungen dieses Alters blieben gern lange auf, nicht wahr, und spielten Videospiele und Gott weiß was. Er sicherte die Türen hinter sich, dann begann er die unteren Räume zu durchsuchen. Der Junge war weder in der Küche noch im Wohnzimmer, Esszimmer, in der Vorratskammer oder im Arbeitszimmer.

Dann hörte er aus dem hinteren Teil des Hauses eine Bewegung und ein Klopfen, als versuche jemand mit Gewalt, ein Fenster zu öffnen.

Ah, dachte Dystrophe und folgte dem Geräusch.

Am Haus befand sich ein Wintergarten, bei Tageslicht wahrscheinlich ein schöner Raum. Die Wand mit Blick auf den See war vollständig verglast. Wellen schlugen unten gegen die Felsen. Und dort in der Dunkelheit zeichnete sich vor dem Hintergrund des aufgehenden Mondes der Umriss des Jungen ab.

Er drehte sich um, als Dystrophe den Raum betrat, und sah ihn an. Dystrophe sammelte Licht in den Händen und warf es zwischen ihnen auf den Boden. Es flammte auf und beleuchtete die kantigen Züge des Jungen, die umschatteten Augen und das wirre dunkle Haar. Er trug ein T-Shirt und Jeans und hatte immer noch das grobknochige, fohlenhafte Aussehen der Jugend.

Er war es, dessen war Dystrophe sich sicher. »Joseph McCauley?«, erkundigte er sich.

»Wer sind Sie?«

»Entspann dich, Joseph«, sagte Dystrophe beruhigend. »Ich bin nicht hier, um dir wehzutun.« *Ich bin hier, um dich zu töten.* Das war ein wichtiger Unterschied, aber die meisten Menschen schienen es nicht beruhigend zu finden. Manchmal versuchten sie an diesem Punkt wegzurennen, aber McCauley tat es nicht, was Dystrophe zu schätzen wusste. Es war nicht sein Stil, Jagd auf Beute zu machen.

»Wer hat Sie geschickt? Die Rosen?« McCauleys Stimme wurde etwas höher. Er war schließlich ein Junge.

»Ist das wichtig?«

»Für mich schon.«

»Dann ja. Die Weiße Rose. Dr. Longbranch.«

Der Junge nickte und speicherte die Information ab, als habe er eine Zukunft. Es war ungewöhnlich für einen so jungen Menschen, so viele Feinde zu haben. Aber dies waren turbulente Zeiten.

Dystrophe griff nach einem der Messer, glitt nach vorn und erwog mögliche Ziele: Die bleiche Säule der Kehle des Jungen, die Arme, die aus seinem kurzärmeligen T-Shirt ragten. »Ich versichere dir, du wirst nichts spüren. Ich bin sehr gut in dem, was ich tue.«

»Tun Sie es nicht«, sagte McCauley. »Ich warne Sie.« Nicht: Ich flehe Sie an. Sondern: Ich warne Sie. Ach, die Arroganz der Jugend.

»Bitte. Ich bin durch Drohungen und Theatralik nicht zu beeindrucken. Es ist nur ein Geschäft, weißt du. Nichts Persönliches.«

Der Junge veränderte seine Haltung, bereitete sich vor. Die grünen Augen verdunkelten sich zu der Farbe tiefen Wassers im Schatten. Flammen flossen über seiner schlanken Gestalt zusammen und ergossen sich auf den Kachelboden.

Dystrophe unterdrückte einen Schauer des Zweifels, dann trat er vor. Als sie nur noch wenige Schritte voneinander trennten, griff der Attentäter wie eine Schlange an, packte den Jungen am linken Handgelenk und wollte ihm die vergiftete Klinge über den entblößten Unterarm ziehen.

Dystrophe schrie auf und hätte beinahe losgelassen, als ihm die Hitze von der Haut des Jungen die Finger versengte.

Der Junge packte sein anderes Handgelenk, seine Klingenhand. Dystrophe war stärker, aber McCauley unternahm keinen Versuch, ihm das Messer aus den Fingern zu schütteln oder es gegen seinen Angreifer zu richten. Stattdessen ließ er Überzeugung hineinfließen, einen heißen Strom von Magie, der die Kanäle von Dystrophes Verstand füllte und Gedächtnis und Willenskraft vor sich hertrieb.

»Wie eigenartig«, dachte Dystrophe, und dann war da nur noch die Stimme des Jungen, und er dachte nichts mehr.

Jack und Ellen fanden Seph im Garten, auf einer Bank mit Blick aufs Wasser. Er saß kerzengerade da, die Hände auf den Knien, und blickte auf den See hinaus. Er wirkte geschlagen und gefährlich, wie ein ausgefranstes

Stromkabel, das Funken sprühte. In letzter Zeit fanden sie ihn oft im Garten, trotz der Kälte, als nutze er diese Umgebung, um seinen Verstand für magische Aktivitäten zu klären. Außerdem war er wahrscheinlich heiß genug, um das ganze Seeufer zu beheizen.

Er drehte den Kopf und beobachtete sie, während sie den Pfad hinunter auf ihn zukamen. Sein Gesicht wirkte unnatürlich blass, und er sah aus, als hätte er in seinen Kleidern geschlafen.

»Hey, Cousin«, sagte Jack und hob die Hand zu einer Art Gruß. Er hatte das Gefühl, dass Seph kein bisschen überrascht war, sie zu sehen. Es war ein wenig verstörend.

Etwas knirschte unter Jacks Fuß. »He«, sagte er und ließ den Blick über den Boden schweifen. »Hier sind überall Glasscherben.«

»Ja«, antwortete Seph. »Schätze, ich muss das sauber machen.«

Jack sah sich um. »Wo kommt das alles – Jesus, was ist passiert?« Er zeigte auf das Wintergartenfenster oben auf der Klippe. Das Glas war wie durch eine gewaltige Faust herausgeschmettert worden, sodass der Raum jetzt den Elementen preisgegeben war.

Seph betrachtete das gezackte Loch, dann richtete er den Blick wieder auf Jack. »Jemand ist gesprungen«, erklärte er und schauderte leicht. Seine Augen waren groß, und ein gehetzter Ausdruck stand darin.

»Wer ist gesprungen? Wovon redest du?« Ellen setzte sich neben Seph und legte ihm die Hand auf die Schulter, riss sie dann wieder zurück und saugte an den Fingern. »Autsch! Du kochst, weißt du das?«

»Die Rosen haben gestern Nacht wieder einen Attentäter geschickt«, berichtete Seph. Er rieb sich mit Daumen und Zeigefinger die Augen. »Er hatte Messer. Ich habe ihm gesagt, er soll gehen, und er … ging durchs Fenster. Er ist im See.«

Jack ließ sich auf eine Steinbank fallen, unsicher, was er sagen sollte. »Wie viele sind das jetzt?«

Seph zuckte die Achseln. »Drei. Nein, vier.«

»Das muss aufhören«, murmelte Ellen. »Eines Tages werden sie Glück haben.«

»Vielleicht brauchst du einen Leibwächter«, meinte Jack.

Seph hob den Kopf. »Und wer soll das machen? Wir haben ohnehin schon zu wenig Leute.« Der Seewind bewegte oben die Bäume, und das Licht spielte auf seinen Zügen. Da war etwas an seinen Augen …

»Hast du was von deiner Mom gehört?«, erkundigte sich Jack. »Sie und Hastings müssen davon erfahren.«

»Nein«, antwortete Seph. »Ich habe weder von ihr noch von Hastings gehört. Und ich weiß nicht, wie ich sie erreichen kann.« Er hielt inne. »Nick weiß, was passiert ist. Er ist direkt danach rübergekommen gestern Abend.« Seine Stimme verlor sich.

Das ist verrückt, dachte Jack. Schönes Schutzgebiet. Wenn man jemanden wirklich unbedingt töten will, dann schafft man es schließlich auch.

»Wie ist es mit Leesha gelaufen?«, fragte Seph plötzlich; er wollte offenbar das Thema wechseln.

»Es war toll«, sagte Ellen und zog ihre Handschuhe aus. »Wir haben böser Cop und böser Cop gespielt.«

»Wir haben großen Druck ausgeübt, und sie ist eingeknickt. Denken wir«, fügte Jack hinzu. Bei Leesha wusste man das nie so genau.

»Weiß sie, wo Jason ist?«

»Sie sagt nein. Aber wie sich zeigt, weiß jeder, der

Rang und Namen hat, dass Jason in Raven's Ghyll war. D'Orsay. Warren Barber. Gott weiß, wer noch. Sie sagt, wenn Jason verschwunden ist, steckt Warren Barber dahinter. Barber sagte, er würde sich die Sachen von Jason zurückholen.«

»Warren Barber?« Seph sah Jack mit schmalen Augen an. »Was hat Barber damit zu tun? Ich habe ihn seit Second Sister nicht mehr gesehen. Und woher weiß er, dass Jason in Raven's Ghyll war?«

»Jason ist gesehen worden. Und Barber und D'Orsay sind jetzt Partner«, erklärte Jack.

»Partner?« Sephs abwesender Ausdruck verschwand. »Wovon redest du?«

»Warte«, murmelte Ellen. »Da ist noch mehr.«

»Barber hat die Vereinbarung«, berichtete Jack. »Leesha denkt, dass er sie auf Second Sister an sich gebracht hat.«

Seph schaute von Jack zu Ellen. »Wenn er mit D'Orsay zusammenarbeitet und die Vereinbarung hat, warum haben sie sie dann nicht geweiht?«

Ellen zuckte die Schultern. »Das weiß Leesha nicht. Aber alle versuchen die Sachen zurückzubekommen, die Jason aus dem Ghyll geholt hat.«

Sie sahen einander wortlos an. »Und warum, was meinst du?«, fragte Jack schließlich.

»Nun, Jason sagte, das Drachenherz sei angeblich eine Waffe, die die Gilden kontrollieren oder zerstören könne«, erklärte Ellen. »Das wäre ein guter Grund.«

»Woher wissen sie das?«, beharrte Jack. »Jason sagte, er habe das Buch im Ghyll verloren, aber …«

Seph unterbrach ihn. »Leesha arbeitet also tatsächlich für Barber?«

Ellen zuckte die Achseln. »Sie hat für ihn gearbeitet.

Aber jetzt sagt sie, dass Barber sie töten wird, falls sie das Schutzgebiet verlässt.«

»Leesha hat sich bei der Kirche herumgetrieben«, sagte Seph. »Denkt ihr, sie hat einen Verdacht, wo die Sachen sind?«

»Falls ja, dann weißt du, dass sie bereits da drin gewesen ist«, erwiderte Ellen. »Ich hoffe, deine Schutzzauber haben funktioniert.«

Seph sah sie für einen Moment an, dann erhob er sich, überquerte die Terrasse und nahm einen Metallkelch von einem Tablett auf der Gartenmauer. Er hob den Kelch an die Lippen, leerte ihn und stellte ihn dann ab. Er schloss die Augen und konzentrierte sich mit steifem Körper, während seine Lippen sich stumm bewegten.

Nach einer langen Pause öffnete Seph die Augen. »Innerhalb der Grenze befinden sich fünfzehn Zauberer, Leesha eingeschlossen. Barber ist nicht hier. Die Krypta in St. Catherine's ist sicher.« Seine Augen glitzerten grün und golden, seine Pupillen glichen kleinen Lichtpunkten. »Bis auf einige wenige Dinge, die Jason vor einer Woche mitgenommen hat, bevor er nach Coalton County gefahren ist. Deswegen denke ich, dass er etwas geplant hat.«

Jack blinzelte ihn an. »Du bist im Dienst? Du kannst das alles von hier aus feststellen?« Zuvor war Seph immer kaum zu gebrauchen gewesen, wenn er die magische Barriere überwacht hatte.

»Ich halte nicht einfach nur die Grenze aufrecht. Ich beobachte das ganze Schutzgebiet. Hastings hat mir gezeigt, wie es geht.« Und dann, als habe Jack die unausgesprochene Frage gestellt, fügte Seph hinzu: »Ich habe einen Weg gefunden, damit umzugehen.«

Ellen griff nach dem Kelch, hob ihn an die Nase und schnupperte. Dann warf sie Seph einen wütenden Blick zu. »Das«, sagte sie und wedelte mit dem Kelch, »ist keine gute Idee.«

»Was ist das?« Jack nahm Ellen den Becher ab und hielt ihn sich unter die Nase. Eine kribbelnde Hitze lief ihm den Nacken hinauf und brach ihm durch die Schädeldecke. Es war, als stecke man den Finger in eine Steckdose. Oder trinke Brandy auf ex.

»Was ist das?«, wiederholte er ein wenig atemlos.

Seph schwieg, daher antwortete Ellen für ihn. *»Aelfaeling.* Grob übersetzt aus dem Altenglischen bedeutet es brennendes Bewusstsein. Die allgemeine Bezeichnung dafür ist Zaubererfeuer. Woher hast du das?«

»Mercedes hatte welches«, sagte Seph und schob sich die Ärmel hoch, als sei er überhitzt.

»Sie hat es dir *gegeben?«* Ellen zog eine Augenbraue hoch.

»Nicht direkt. Ich habe ihr früher bei ihren Extrakten geholfen. Ich weiß, wo sie ihre Sachen aufbewahrt.«

»Du wirst damit aufhören.«

Seph zuckte gereizt zusammen, und seine herabhängenden Hände öffneten und schlossen sich. »Ich nehme es nicht ständig. Nur wenn ich Dienst habe. Es lässt mich hundert Dinge gleichzeitig beobachten. Ich kann im Park ein Blatt fallen sehen und Leesha Middleton im Auge behalten und einen Attentäter verfolgen, wenn er mir nachstellt. Sonst wäre ich jetzt tot. Und ich werde es wissen, wenn jemand sich an den Sachen in der Kirche zu schaffen macht.«

»Was ist mit dem Zeug?«, fragte Jack Ellen.

»Der Name ist ziemlich buchstäblich zu verstehen«, antwortete Ellen. »Bewusstseins-Brenner. Zauberer werden dermaßen süchtig danach, dass sie ohne irgendwann nicht mehr funktionieren. Wenn man es zu lange nimmt, wird man wahnsinnig.«

»Wieso weißt du so viel darüber?«, fragte Jack.

»Paige und Wylie haben Leistungssteigerer genommen. Sie haben mich oft gedopt, wenn ich trainiert habe.« Simon Paige war Kriegermeister für die Rote Rose und Ellens alter Trainer.

»Es ist nur, bis der Krieg vorbei ist«, sagte Seph und lehnte sich an die Mauer.

»Wann genau wird das sein?«, fragte Ellen scharf. »Er geht jetzt schon Jahrhunderte.«

»Weiß Hastings davon? Oder Linda?«, fragte Jack.

»Nein. Und sie sollten es auch besser nicht von euch erfahren. Sie verlassen sich darauf, dass ich hier meinen Dienst tue, und das werde ich auch. Egal wie.« Seph wurde nie laut, aber die Haltung seiner Schultern machte klar, dass dieses Thema nicht verhandelbar war.

Im Allgemeinen war Zauberermacht, wenn man sie überhaupt wahrnahm, fast unmerklich. Seph war so heiß, dass die Luft um ihn herum flimmerte und seine Arme bei jeder Bewegung Flammen wie schillernde Flügel hinter sich herzogen.

Ellen schüttelte den Kopf. »Doping wird deinen Körper kaputt machen, das weißt du doch? Das ist einer der Gründe, warum die Weirlind einer nach dem anderen gestorben sind.«

»Hört zu. Ich bin kein Idiot. Ich werde es nicht nehmen, solange es nicht absolut notwendig ist«, rechtfertigte Seph sich. »Es ist nur so, dass ich ... seit dieser Sache mit dem Gemälde ... nicht ganz ich selbst war.«

»Gemälde? Wovon redest du?«, fragte Jack.

Seph sah aus, als wünsche er, er hätte den Mund gehalten. »Ich bin in einen Fluch gerannt. In einem Gemälde. Das ist alles.«

Als denke er, dass die Fragen sich damit erledigt hätten.

»Welches Gemälde? Wo?«, hakte Jack nach.

»Welche Art von Fluch?«, wollte Ellen wissen.

Seph seufzte. »Ich dachte, Nick hätte es euch gesagt. Es war eins von Madisons Bildern. Es hat mich irgendwie umgehauen. Hat mich wirklich krank gemacht. Aber es geht mir langsam besser. Ich brauche im Moment einfach … ein bisschen Hilfe.«

»Wie sollte ein Fluch in eins von Madisons Gemälden kommen?« Ellen setzte sich auf die Schaukel und stieß sich mit den Füßen ab. »Das habe ich noch nie gehört.«

»Wer weiß?«, murmelte Seph.

»Wie könnte ein Fluch hier im Schutzgebiet funktionieren?«, fragte Jack.

Seph zuckte die Achseln. »Nick denkt, es könne eine Art Induktorensache sein.«

Ellen stellte die Füße auf den Boden und brachte die Schaukel abrupt zum Stehen. »Moment mal. Er denkt, *Madison* habe es getan?«

»Er stellt nur Möglichkeiten in den Raum. Wir wissen es nicht.«

»Madison würde dir nicht schaden.« Ellen sprach mit großer Überzeugung.

Ich hoffe, du hast recht, dachte Jack. In der Zaubererpolitik musste man ständig auf der Hut sein.

Seph erhob sich und begann, auf und ab zu gehen. »Ich begreife es immer noch nicht. Madison sagt, Jason sei nicht bei ihr aufgetaucht. Unterwegs muss ihm irgendetwas zugestoßen sein. Aber wir sind die Einzigen, die wissen, dass er gefahren ist.«

»Nun«, sagte Jack zögernd. »Er hat Lindas Wagen. Wäre es möglich, dass er einfach … abgehauen ist?«

Seph wirbelte herum. »Was?«

»Es ist kein Geheimnis, dass er wieder nach England wollte, wisst ihr, und …«

»Jason würde das nicht tun.« Sephs Stimme klang wegwerfend.

Okaaay, dachte Jack. Wenn Madison Seph verflucht hatte, war es dann möglich, dass *sie* etwas mit Jasons Verschwinden zu tun hatte?

Jack war zu klug, um diese Theorie laut auszusprechen.

»Was ist mit Maddie?«, wollte Ellen wissen. »Kommt sie zurück?«

Seph schüttelte den Kopf. »Sie sagt, sie kann nicht. Jedenfalls jetzt noch nicht.«

Jack hielt es für das Beste, das Thema zu wechseln. »Also, was sollten wir eurer Meinung nach tun? Wegen der Attentäter, meine ich?«

»Alle scheinen von dem Drachenherz zu wissen«, antwortete Seph. »Ich kann nach magischer Aktivität Ausschau halten und etwas unternehmen, wenn ich sie sehe, aber jeder kann in mein Haus kommen und versuchen, mich zu töten. Oder St. Catherine's betreten und mit dem Drachenherz wieder verlassen. Es besteht immer die Chance, dass sie damit durchkommen.«

»Das ginge nur mit einem Trick«, sagte Jack. »Keiner von uns kann sich dem Stein nähern, ohne zurückgeschleudert zu werden. Außerdem, ist die Krypta nicht vollständig mit Schutzzaubern belegt?«

»Zu viele Dinge, von denen ich dachte, dass sie *nicht* passieren könnten, passieren trotzdem«, antwortete Seph. »Wie der Fluch.«

»Nicht dass es uns bisher etwas gebracht hätte«, bemerkte Jack. »Das Drachenherz, meine ich.«

»Und das Schutzgebiet steht streng genommen allen offen«, warf Ellen ein.

»Das wird sich ändern müssen.«

Sie drehten sich beide um und sahen Seph an.

»Wir müssen unsere Einstellung verändern, was die Sicherheitsvorkehrungen im Schutzgebiet betrifft.«

»Wie meinst du das?«, fragte Jack.

Seph stieß einen langen Atemzug aus. »Zauberer sammeln sich wie die Geier. Die Weiße Rose, die Rote Rose, die Unabhängigen. Ich vermute, das Drachenherz zieht sie an. Es ist, als habe es etwas geweckt – und jetzt sendet es einen Lichtstrahl aus. In der Stadt herrscht ein ständiges Kommen und Gehen von Zauberern, als suchten sie etwas. Ich benutze Gedankenmagie, um sie von der Kirche fernzuhalten. So wie heute, als Leesha da herumgelungert ist.

Aber es ist schwierig. Wenn ich zu plump vorgehe, wird es ihre Aufmerksamkeit erregen. Wenn meine Konzentration nachlässt, werden sie in null Komma nichts in der Kirche sein. Inzwischen muss ich ständig auf der Hut sein. Niemand will die Grenze schließen, aber ich denke, dass wir keine andere Wahl haben.« Er fuhr sich mit der Zunge über seine rissigen Lippen. »Ich kann einfach … ich kann das einfach nicht mehr lange machen, und es gibt andere Dinge, die meine Aufmerksamkeit erfordern. Solange die Hoffnung bestand, dass niemand von der Beute aus Raven's Ghyll wusste, war es klüger, die Grenze nicht zu verstärken, denn das hätte ihnen einen Hinweis gegeben. Ich denke, dieses Stadium haben wir hinter uns.«

»Aber wie können wir das tun?«, fragte Jack. »Es ist

eine *Stadt*. Keine Festung. Ich meine, die Leute pendeln nach Cleveland und so.«

»Wir lassen die Anaweir nach wie vor kommen und gehen. Es ist riskant, aber das lässt sich nicht ändern. Wir bauen eine Weirmauer, die die Begabten draußen halten wird. Wir werden die Hexer einbeziehen. Mercedes kann die Leitung übernehmen, sie ist gut mit Materialien. Wir richten ein Tor mit Torwächtern ein.« Er sah zu Jack und Ellen auf. »Das wären wahrscheinlich die Krieger, lebende und tote.«

»Ist Mercedes nicht mit den Sachen in der Kirche beschäftigt?«, fragte Ellen.

»Wir haben alles katalogisiert, was wir bestimmen konnten. Es gibt immer noch einige Rätsel, aber mit denen kommen wir ohnehin nicht weiter.«

Jack schaute Seph an. »Ich sehe immer noch nicht, wie das funktionieren soll.«

»Ich bin für die Sicherheit im Schutzgebiet verantwortlich«, blaffte Seph. »Und ich werde tun, was immer ich tun muss.«

Jack sprach in ein tödliches Schweigen hinein. *»Du* bist für die Sicherheit zuständig? Wer sagt das?«

»Hastings. Er hat mir die Verantwortung übertragen, und ich werde mein Bestes tun, um es durchzuziehen.«

»Warum du?« Jack hob die Hände in vorauseilender Kapitulation. »Nicht dass ich seine Entscheidung in Zweifel ziehe oder so.«

»Er hat den ganzen Sommer mit mir gearbeitet«, sagte Seph. »Nun, als er hier war. Er und Nick. Sie haben mir beigebracht, wie man magische Aktivitäten innerhalb des Schutzgebiets überwacht. Und jetzt, da Linda fort ist …«

»Nichts für ungut, aber warum nicht Nick?«, unterbrach Jack ihn.

»Er und Hastings haben darüber gesprochen und beschlossen, dass ich derjenige sein soll. Nick hat vermutlich andere Sorgen. Er hat vorübergehend die Leitung des Schutzgebietsvorstands übernommen, seit meine Mutter weg ist, und er bearbeitet immer noch die Sachen in der Kirche.« Seph schaute zu Jack auf und senkte dann den Blick auf seine Hände. »Ich … ich will es eigentlich nicht«, flüsterte er. »Ich … habe das Gefühl, dass es eine unmögliche Aufgabe ist, aber wenn ich es vermassele …« Er schauderte.

Jack setzte sich anders hin und dachte wieder daran, wie Tante Linda ihm sein Kriegerschicksal verkündet und ihn dann allein gelassen hatte, um selbst damit klarzukommen. »Was sagt Nick dazu?«

»Wir haben über die Mauer geredet, falls du das meinst, und er unterstützt es. Vor allem nach gestern Nacht.« Er zögerte. »Wisst ihr, Nick sieht nicht besonders gut aus. Ich frage mich, ob das Alter ihn nicht einholt. Oder ob das Zerbrechen seines Stabes irgendeine Wirkung auf ihn hatte.«

»Nick geht es gut«, warf Jack hastig ein. »Er hat in letzter Zeit nur zu viel gearbeitet.«

»Es wird viel einfacher sein, sobald wir die Mauer errichtet haben. Ich werde nicht mehr so viel überwachen müssen. Und wir können Verbrecher rausschmeißen und draußen halten. Ich wünschte nur, wir hätten mehr Zauberer, die uns helfen könnten. Wir könnten Jason hier wirklich gut gebrauchen. Falls …« Sephs Stimme verlor sich, als wolle er seine Ängste nicht wahr werden lassen, indem er sie laut aussprach.

Kein Wunder, dass Seph so gestresst ist, dachte Jack.

»Ich weiß, dass Madison dir geschrieben hat und so. Aber vielleicht sollten wir jemand anderen nach Coalton County schicken. Du weißt schon, um zu sehen, was los ist«, fügte er hinzu. »Nur dass es einem wie einer dieser Horrorfilme vorkommt, in dem sie immer mehr Leute hinschicken, um nach dem verschwundenen Typen zu suchen, und die verschwinden dann auch alle.«

»Können wir mit der Mauer nicht warten, bis Hastings zurückkommt?«, schlug Ellen vor. »Bis dahin werden wir aus der Schule sein.«

Warum reden wir über die Highschool?, fragte Jack sich im Stillen. Das stand gerade ziemlich weit unten auf der Liste.

»Wie gesagt, wir können nicht länger warten«, stellte Seph fest. »Im Moment befinden sich fünfzehn Zauberer in Trinity. Jeder Einzelne von ihnen könnte ein Spion oder Attentäter sein. Und nur drei sind mit Sicherheit auf unserer Seite.«

KAPITEL 19
Grenzen

Die Türen und Fenster der McAlister-Kapelle des Trinity Colleges schimmerten vor magischen Schutzzaubern, die dazu gemacht waren, ungebetene Besucher fernzuhalten. Die Porträts von James und Mallory McAlister schauten stirnrunzelnd von den Wänden, als missbilligten sie die Vorgänge.

Etwa dreihundert Leute saßen in den Reihen – enttäuschend wenige, dachte Seph. Und es waren überwiegend Anazauber-Weir: Hexer, Seher, Betörer und Krieger. Der gewählte Vorstand saß vorn – die Zauberin Iris Bolingame, die Seherin Blaise Highbourne und natürlich die Hexerin Mercedes Foster. Außerdem die Betörerin Akana Moon, die mit ihnen auf Second Sister gewesen war. Seph war beeindruckt, dass sie nach ihrer Erfahrung dort bereit war, erneut als Abgeordnete zu fungieren.

Nick hatte darauf bestanden, Leesha Middleton mitzubringen, die am Rand saß. Ganz hinten saß eine kleine Gruppe fremder Zauberer zusammen.

Gespräche in einem Dutzend Sprachen hallten durch den Raum. Schimmernde Geisterkrieger in historischen Kostümen standen lässig in den Seitenschiffen und schauten von den Emporen herab.

Nun, die Stimmen haben wir jetzt, dachte Seph. Was wir brauchen sind Hexer, die dieses Projekt unterstützen. Er blickte auf die Notizen auf dem Zettel in seiner Hand.

»Lasst uns anfangen«, murmelte Nick und berührte Seph an der Schulter. Der alte Zauberer schlurfte zum Pult und fasste es mit beiden Händen. »Gildenfreunde!«

Die Gespräche erstarben.

»Danke, dass ihr gekommen seid«, fuhr Nick fort. »Die meisten von euch kennen mich. Ich bin Nicodemus Snowbeard, während Linda Downeys Abwesenheit Vorsitzender des Vorstandsrates des Schutzgebiets. Wir sind als Vorstand zusammengekommen, um über Angelegenheiten wie die Entwicklung von Notunterkünften und Sprachprogrammen zu sprechen, um Dispute zu schlichten und so weiter. Aber heute Abend sind wir aus einem anderen Grund hier – wir wollen eine Änderung des Sicherheitsverfahrens für das Schutzgebiet besprechen.«

Er hielt inne, ließ den Blick durch den Raum schweifen, um zu sehen, ob es Fragen gab, und fuhr dann fort. »In jüngster Zeit haben wir einen ungewöhnlichen Zustrom von Zauberern nach Trinity erlebt. Sie mögen unschuldige Touristen sein, sie mögen Spione sein, oder sie mögen die Absicht haben, sich mit unserem Arsenal an magischen Waffen davonzumachen. Wir wissen es nicht. Aber sie umzuleiten erfordert ständige Wachsamkeit.«

»Was für magische Waffen?«, fragte von hinten ein nervös aussehender Zauberer. »Wo sind sie? Warum hat man uns nichts gesagt?«

»Zauberer? Unschuldige Touristen? Bah!«, sagte eine junge französische Seherin in der vorderen Reihe. Es folgte ein zustimmendes Brummen. »Wir sollten sie alle hinauswerfen, bevor sie uns ein Messer in den Rücken stoßen.«

Ellen stand auf. »Ich habe mehr Grund, Zauberer zu hassen, als die meisten anderen Menschen«, sagte sie. »Aber wir brauchen Zauberer, um gegen Zauberer zu kämpfen; und unsere Verbündeten haben einen Plan. Ich denke, ihr solltet ihn euch anhören.« Sie funkelte die Menge an, bis das Brummen sich legte, dann setzte sie sich schnell wieder hin.

»In Ordnung«, nutzte Nick die vorübergehende Stille im Raum aus. »Seph McCauley hat eingewilligt, die Sicherheitsangelegenheiten für das Schutzgebiet zu koordinieren. Er wird Ihre Fragen beantworten.«

Seph ging die Stufen zur Bühne hinauf und setzte sich auf einen Klappstuhl. Auf allen Seiten erhoben sich Gespräche und dröhnten ihm in den vom Zaubererfeuer empfindlichen Ohren.

»Er ist nur ein Junge«, bemerkte einer der Zauberer weiter hinten und musterte Seph kritisch. »Warum ist er für die Sicherheit zuständig? Ist die Lage so verzweifelt?«

»Er ist Hastings Sohn«, murmelte der nervöse Zauberer. »Er ist bestimmt sehr machtvoll.«

Der erste Zauberer schnaubte. »Macht ist das eine. Erfahrung und gesunder Menschenverstand sind etwas ganz anderes.«

Eine dritte Zauberin, eine junge Frau mit asiatischen Zügen, brachte die beiden zum Schweigen. »Habt ihr nicht gehört, was er auf Second Sister getan hat?«, zischte sie. »Er hat sich mit zwölf Zauberern gleichzeitig duelliert und sie alle getötet.«

»Wie ich schon sagte, Felicia, kein gesunder Menschenverstand«, wandte der erste Zauberer ein.

»Er ist ein Zauberer«, hörte Seph einen Hexer zu einem anderen sagen. »Und er soll die Anaweir beschützen?«

Na toll, dachte Seph. Jeder hat bereits eine Meinung. Er schaute über die Menge und stellte mit mehreren Leuten, die er kannte, Blickkontakt her. Mercedes zwinkerte ihm zu, und er entspannte sich ein wenig.

»Also«, griff Seph den Faden wieder auf. »Wie die meisten von euch wissen, haben einige von uns seitdem – ähm – Wache gestanden, um dafür zu sorgen, dass die Regeln, die in Raven's Ghyll niedergeschrieben wurden, hier im Schutzgebiet eingehalten werden. Aber in letzter Zeit ist es wegen der vielen Eindringlinge schwieriger geworden.«

»Es sind keine Eindringlinge«, sagte der kritische Zauberer von weiter hinten. »Das Schutzgebiet steht allen offen.«

»Und eben das müssen wir ändern«, erwiderte Seph. »In letzter Zeit sind Scharen von Zauberern hierher gekommen. Wenn wir das Schutzgebiet offen lassen, besteht die Möglichkeit, dass das Machtgleichgewicht zugunsten der Rosen kippt. In dieser unsicheren Lage könnten wir überwältigt werden, bevor wir eine Abwehr organisieren können.«

»Was schwebt dir denn so vor?«, fragte die asiatische Zauberin.

Seph richtete sich auf und sah der Zauberin in die Augen. »Wir werden eine Weirmauer errichten.«

Sofort herrschte Aufruhr. Er hatte das erwartet. Weirmauern waren umstritten. Sie waren zum ersten Mal während der Rosenkriege benutzt worden, um Zauberer zu fangen. Sie waren überwiegend das Werk von Hexern, aber einige Zauberer (wie Barber) besaßen ebenfalls die Fähigkeit, eine zu errichten. Viele Zauberer betrachteten sie als falsches Spiel.

»Welche Art von Weirmauer?«, fragte schließlich einer der Hexer. Er schrie, um sich über den Lärm hinweg verständlich zu machen. »Und wer wird sie entwerfen und bauen?«

»Eine sehr gute Frage«, sagte Seph, erleichtert, dass es eine Frage war, die er an jemand anderen weitergeben konnte. »Mercedes?«

Mercedes Foster schritt zu dem Podium und funkelte die Weir an. »Gebt dem Jungen eine Chance!«, rief sie. »Er hat nicht um diesen Job gebeten. Er verdient euren Dank, nicht eure Kritik. Er versucht, eure traurigen Ärsche zu retten.«

Der Lärm ließ ein wenig nach.

»Wo ist Hastings?«, begehrte der Zauberer mit dem kritischen Blick zu erfahren. »Und Linda Downey? Es scheint, dass sie uns diese Suppe eingebrockt haben, da sollten sie auch hier sein, um sie auszulöffeln.«

»Du sehnst dich wohl nach den guten alten Tagen, was, Randolph?«, fragte Mercedes schneidend. »Als Zauberer die Gilden beherrschten?«

»Es war sicherlich … viel effizienter«, gab Randolph zurück.

»Wenn es dir hier nicht gefällt, dann geh.« Mercedes wandte sich von ihm ab und wedelte mit einem Bündel Papiere. »Ich habe zugestimmt, das Bauprojekt zu koordinieren, aber mir ist der Beitrag eines jeden willkommen, der mit diesen Dingen Erfahrung hat. Ich habe eine Karte und einige vorläufige Skizzen erstellt. Es ist eine traditionelle Vorhangmauer, die Weir auswählt. Niemand wird darin festsitzen, falls ihr euch deswegen Sorgen macht. Ihr könnt durch das Tor kommen und gehen. Anaweir haben uneingeschränkten Zutritt.«

»Also können die Anaweir durch und wir nicht?«, machte Randolph sich erneut bemerkbar und hielt vergeblich Ausschau nach Verbündeten. »Wer wird das Tor bemannen?«

Jack stand auf. »Die Kriegergilde hat sich bereit erklärt, am Tor Wache zu stehen«, sagte er. »Es sei denn, Sie haben eine bessere Idee?«

Randolph lehnte sich – immer noch zornig – zurück. Er hatte keine.

»Nur damit du Bescheid weißt, Jack«, sagte Iris. »Einige der Händler am Platz haben sich über Geisterkrieger beschwert, die auf der Wiese biwakieren. Nun, die Anaweir halten sie für eine Art historischen Kostümverein. Sie haben in Campusbars herumgehangen, Karten gespielt, mit den Gästen geflirtet und sich geprügelt.«

»Nun, es sind schließlich Soldaten«, erwiderte Jack achselzuckend. »Ich werde der Sache nachgehen. Ich schätze, ich kann sie von der Wiese in einen der entfernteren Parks verlegen.«

»Die Erbauung der Mauer wird beträchtliche magische Arbeit erfordern«, kehrte Mercedes zu dem eigentlichen Thema zurück. »Der Vorstand hat bereits abgestimmt, damit fortzufahren. Aber wir brauchen Freiwillige, die helfen. Vor allem Hexer und Zauberer.«

»Wann planen Sie, damit anzufangen?«, fragte einer der Hexer.

»Morgen früh«, antwortete Mercedes. »Ich habe hier ein Anmeldeformular. Jeder, der bereit ist zu helfen, sollte sich an mich wenden.« Sie sah Nick an, und er nickte. »Das war's. Die Sitzung wird vertagt.«

Zauberer und Hexer bildeten eine Schlange, um sich freiwillig zur Mauerarbeit zu melden. Seph war überrascht, Leesha unter ihnen zu sehen. Als sie fertig war, ging sie zu Jack, Seph und Ellen, die auf Nick warteten. Sie wirkte beinahe fröhlich.

»Das ist cool«, bemerkte sie. »Mir gefällt die Idee einer Mauer. Wir wollen nicht, dass hier jeder einfach hereinkommt.«

»Falls du von Barber sprichst: Du hast versprochen, uns zu helfen, ihn zu finden«, rief Jack ihr ins Gedächtnis. »Sonst wirst *du* vielleicht die auf der anderen Seite der Mauer sein.«

Leeshas Fröhlichkeit verschwand sofort. »Ich weiß. Ich denke bloß immer noch darüber nach, wie ich ihn dazu bringe, ins Schutzgebiet zu kommen.«

»Er wird hier nicht hereinkommen«, sagte Seph. »Vor allem nicht, wenn die Mauer gebaut wird. Was immer wir von ihm halten, er ist nicht dumm. Wir werden draußen auf die Jagd nach ihm gehen müssen.«

»Nun.« Leesha spielte mit ihren Haaren. »Ähm ... wie wäre es damit? Ich könnte ein Treffen mit ihm arrangieren, und ihr könntet ihm mit einem Dutzend Zauberer auflauern.«

»Wir *haben* kein Dutzend Zauberer«, entgegnete Seph. »Wenn ich mich auf die Suche nach Barber machen würde, müsste Nick hierbleiben.«

»Außerdem denke ich, dass wir dich bei uns haben wollen«, warf Ellen ein. »Du weißt schon. Nur für den Fall, dass uns jemand hintergeht.«

Leesha faltete die Hände und wirkte ein wenig panisch. »Aber ich möchte ... ich möchte das Schutzgebiet lieber nicht verlassen«, murmelte sie kleinlaut.

»Wenn du versuchst, dich aus dieser Sache herauszumogeln, wirst du das Schutzgebiet ganz schnell verlassen«, sagte Jack. »Du hast gesagt, dass Barber etwas über Jason weiß, und wir wollen wissen, was er weiß.«

»Okay«, blaffte Leesha. »Ich habe *gesagt,* dass ich es mache. Ich werde mir etwas überlegen.«

KAPITEL 20
Der Händler

Warren stand am Fenster im ersten Stock des Lagerhauses und ließ den Blick über die menschenleere Straße schweifen. Er sah zum vierten Mal auf seine Armbanduhr. Man sollte meinen, dass sie es inzwischen gelernt haben sollte.

Nun, auf die eine oder andere Art würde sie für ihr Zuspätkommen bezahlen.

An den Fensterrahmen gelehnt zündete er sich eine weitere Zigarette an; er achtete darauf, wohin er seine Asche schnippte. Das Haus war die reinste Feuerfalle. Viele der alten Gebäude in Clevelands Warehouse District waren zu Ateliers, Restaurants und Bars umgebaut worden. Dieses Haus nicht. Es war heruntergekommen und immer noch voll mit Müll, alten Maschinen und Fässern mit Gott weiß was drin. Warren konnte Ratten umherhuschen hören, wenn er sich nachts hinlegte, und er aktivierte Schutzzauber, um sie fernzuhalten.

Für Warren Barber gab es kein Schutzgebiet. Er war nervös, unruhig. Der Gestank von Verrat umgab ihn von allen Seiten, stach ihm in die Nase und kroch ihm über die Haut. Attentäter hatten ihn jetzt schon zweimal angegriffen. Beide Male war er entkommen, aber sein Glück würde nicht ewig halten. Die Mörder waren entweder von Claude D'Orsay geschickt worden oder von den Dienergilden in Trinity. So oder so, Leesha hatte geredet.

Also hatte Warren vor drei Nächten seine Wohnung verlassen und war hierher gezogen. Nach seinem Treffen mit Leesha würde er wieder umziehen, obwohl das vielleicht gar nicht nötig sein würde, falls Leesha ihr Versprechen hielt.

Am Tag zuvor hatte Leesha angerufen, um zu berichten, dass sie endlich herausgefunden hatte, wo sie das Drachenherz und die anderen gestohlenen Gegenstände aus dem Ghyll versteckt hatten. Sie hatte sich mit ihm im Schutzgebiet treffen wollen, aber er war nicht so dumm, darauf hereinzufallen. Sie hatte am Telefon versucht, einen Deal zu machen, aber Warren hatte verlangt, dass sie ihn hier treffen sollte, um über die Bedingungen zu sprechen. Und von seiner Stelle am Fenster aus konnte er sehen, ob sie jemanden mitbrachte.

Händler. Er schnaubte. Immer glaubten sie, sie wären in der Position, verhandeln zu können.

Wenn sie die Wahrheit sagte, würde er seine Pläne vielleicht doch noch umsetzen können. Es war blödes Pech gewesen, dass Jason die Stadt verlassen hatte, bevor Warren eine Chance bekam, ihn zu verhören. Warren hatte sich deswegen Sorgen gemacht, weil er Angst hatte, dass er nie an die Informationen herankommen würde, die er brauchte. Aber jetzt war alles wieder im Lot. Sobald er das Drachenherz hatte, wäre er nicht länger auf D'Orsay angewiesen. Mit der Vereinbarung und dem Drachenherz konnte er die Zauberer unter seiner Fahne versammeln. Er würde die Regeln festlegen. Es würde kein Herumdrücken in schäbigen Gassen mehr geben, immer auf der Hut, ob der Tod irgendwo auf einen lauerte.

Falls Leesha auftauchte, würde sie die Ware mitbringen. Anderenfalls hätte sie es nicht gewagt, das Schutzgebiet zu verlassen. Sie würde von ihm verlangen, dass er den Halsring entfernte. Als ob er das jemals tun würde. So gejagt, wie er war, brauchte er jemanden, der seine Befehle ausführte. Sklavin Leesha. Er war nicht bereit, sie aufzugeben.

Unten auf der Straße bewegte sich etwas. Warren konzentrierte sich und spürte die Nähe des Halsreifs. Er beugte sich in die Fensteröffnung und achtete auf das zerbrochene Glas auf beiden Seiten.

Es war Leesha. Sie ging unter einer Quecksilberdampflampe an einer Hauswand hindurch und warf einen langen Schatten. Sie trug einen Rucksack über der Schulter. Warren sah die Straße hinauf und hinunter. Sie schien allein zu sein.

Es war komisch, wenn man genauer darüber nachdachte. Ein junges Mädchen, das um zwei Uhr nachts allein in diesem Viertel unterwegs war. Jedem Straßenräuber, der dachte, er habe ein leichtes Ziel vor sich, stand eine Überraschung bevor.

Sie erreichte das Lagerhaus und wandte sich zur Seite, ging unter ihm auf den Eingang zu. Warren schlüpfte durch das Fenster und stieg die Feuerleiter in die Gasse hinunter. Einmal mehr warf er einen Blick die Straße entlang, auf der Hut vor Verrat. Es war niemand da.

Als er durch die Seitentür trat, wirbelte Leesha herum, und Flammen schossen in alle Richtungen. Er warf sich zurück, riss seine Schilde hoch und begriff dann, dass nicht er das Ziel war. Blaublut Leesha grillte Ratten.

»He! Pass auf. Du wirst noch den ganzen Bau abbrennen.«

Sie fuhr zu ihm herum. »Als wäre das ein Verlust. Ich kann nicht glauben, dass du mich gebeten hast, mich mit dir in dieser Müllkippe zu treffen«, sagte sie.

Er entspannte sich ein wenig. Es war ohne Zweifel Leesha.

»Es ist komisch«, erwiderte er. »Die Leute versuchen ständig, mich zu töten. Dieser Ort schien mir sicherer zu sein als meine Wohnung.«

»Wirklich? Verdammt. Nun, dann will ich nicht länger bleiben als nötig, falls es wieder jemand versucht.« Sie nahm den Rucksack ab und stellte ihn auf ein Fass, als sei er aus Glas. »Okay. Ich habe alles mitgebracht. Das Drachenherz und ein paar andere Sachen. Nur – sei vorsichtig. Es ist wirklich mächtig und schwer zu handhaben. Ich schätze, dass sie Mühe hatten, es zu kontrollieren.«

»Wo hast du es gefunden?«

»Sie hatten es unter McCauleys Veranda versteckt.«

»Wie hast du herausgefunden, dass es da war?«

»Ich habe jemanden bestochen.«

»Gute Arbeit, Leesha. Ich bin stolz auf dich.«

Sie trat von einem Fuß auf den anderen. »Ich habe mich gefragt, was mit J… mit Haley passiert ist? Hast du … hast du ihn gefunden?«

Gut, dachte Warren und strich ein Problem von seiner Liste. Haley ist Geschichte. Hat nicht angerufen. Hat nicht geschrieben. Ist nicht zurückgekommen und hat Leesha Middleton abgemurkst, weil sie ihn verpfiffen hat. Er musste also doch tot sein.

»Ja, ich habe ihn tatsächlich gefunden.« Warren lächelte. »Warum fragst du?«

Leesha biss sich auf die Lippe. »Ich habe mir nur … Gedanken gemacht, das ist alles«, flüsterte sie.

Erzählt mir nicht, dass Leesha Middleton ein Gewissen bekommt, dachte er. Das wäre ungünstig.

Aber sie riss sich zusammen und sah auf ihre Uhr.

»Hör zu«, begann sie kalt. »Du hast um das Drachenherz gebeten, und ich habe es geliefert. Jetzt nimm mir dieses Ding ab, und ich bin hier weg.« Sie schob den Zeigefinger in ihren Halsausschnitt, hob das Kinn und entblößte den glänzenden Torques.

Warren legte die Hand auf den Rucksack. »Du erwartest von mir, dass ich dir aufs Wort glaube?«

»Überzeuge dich. Das Drachenherz ist ganz oben in dem Samtbeutel. Es wäre mir lieber, wenn du es erst in die Hand nehmen würdest, wenn ich fort bin. Für den Fall, dass du es auslöst.«

»Nichts da.« Er schob ihr den Rucksack zu. »Zeig es mir.«

Mit einem verärgerten Zischen zog Leesha den Reißverschluss auf und nahm einen Zugbeutel aus Samt heraus. Sie löste die verknoteten Bänder.

Dann schleuderte sie den Beutel auf Warren.

Er sprang zur Seite und rollte sich auf dem Boden ab. Als der Beutel aufschlug, explodierte er in einem rußschwarzen Pulverregen. Wie Kohlenstaub.

Gemynd bana. Geisttöter. Dazu bestimmt, ihn sofort bewusstlos zu machen.

Leesha war flinker, als er ihr zugetraut hätte. Sie brachte sich mit einem Salto rückwärts aus der Reichweite der Pulverexplosion und stolperte hektisch zur Tür. Er hätte den Halsring aktivieren können; er hätte einen Unbeweglichkeitszauber einsetzen können, aber manche Dinge erledigte man besser direkt. Mit drei langen Sätzen stürmte er hinter ihr her und rang sie nieder, sodass sie unter ihm lag. Ihr Kopf schlug hart auf dem verschrammten Holzboden auf.

Gerade noch rechtzeitig riss er einen Schild hoch, um einen Unbeweglichkeitszauber und einen Flammenstrahl abzuwehren. Er hielt ihr die Hände fest, damit sie ihm nicht die Augen auskratzte, dann sandte er eine kleine, strafende Flamme durch den Halsring. Sie schrie auf und schlug um sich, versuchte, ihm ihre Hände zu entreißen.

»Du kleine, intrigante, hinterhältige Händlerin«, murmelte Warren. »Was hast du gehofft zu erreichen?« Und dann dämmerte es ihm. »Für wen arbeitest du jetzt? D'Orsay? Longbranch? McCauley?« Er hätte eine ganze Liste durchgehen können, aber in dem Moment barst die Vordertür, und Holzsplitter und Eisenteile prasselten auf sie nieder.

Zwei große Gestalten standen in dem leeren Türrahmen. Eine hatte ein starkes Schwert in der Hand. Der andere brauchte keins. Ein Krieger und ein Zauberer Seite an Seite.

Es war Jack Swift, der aussah wie ein muskelbepackter Actionheld. Bis auf das Fußball-T-Shirt von Trinity und die Jeans.

Und Seph McCauley. Leesha hatte recht, wenn sie sagte, er sei furchteinflößend. Der naive Blaublüter, der nach The Havens gekommen war, war kaum wiederzuerkennen. Er war größer, als Warren ihn in Erinnerung hatte, dünn und kantig, als habe er einen Wachstumsschub gemacht. Er trug ein schwarzes Kapuzensweatshirt und Jeans, und sein bleiches Gesicht und seine grünen Augen wurden von wirren Locken umrahmt. Man konnte Hastings in ihm sehen – destilliert und konzentriert. Leicester war ein Idiot gewesen, dass er es in The Havens nicht bemerkt hatte.

Warren rollte sich auf die Füße. Dann packte er Leesha am Arm und zog sie vor sich hin, presste ihr die Finger auf die Halsschlagader, wo ein Flüstern von Macht den Blutfluss zum Stillstand bringen lassen konnte.

»Sie haben mich dazu *gezwungen!«,* sagte Leesha, die unter der schmerzhaften Berührung seiner Finger zusammenzuckte.

»Aber natürlich«, murmelte er. Er ließ diesen Worten den Klassiker folgen: »Zurück, oder das Mädchen stirbt!«, während er sich fragte, ob sie das überhaupt interessierte.

Swift ließ den Blick auf der Suche nach anderen Feinden durch den Raum schweifen, dann konzentrierte er sich wieder auf Warren. »Ich dachte schon, dass wir uns früher oder später wieder über den Weg laufen würden. Beim letzten Mal hätte ich dich töten sollen.«

Richtig. Hätte er. Aber Jack Swift war zu edel gewesen, um einem hilflosen Feind die Kehle durchzuschneiden. Was der Grund war, warum Barber auf jeden Fall gewinnen würde.

McCauley streckte die Hand aus und murmelte einen Zauber, und Leesha erschlaffte in Warrens Armen. Unbeweglich gemacht.

Clever. Warren konnte sich immer noch dafür entscheiden, sie zu töten, aber wenn er sie weiter als Schild und Geisel benutzen wollte, würde er sie mit sich herumschleppen müssen.

Er versuchte den Gegenzauber, aber ohne Erfolg. McCauleys Magie war unglaublich stark. Warren hatte es langsam satt. Wie oft sollte er ihm noch gegenübertreten?

»Leg sie hin, Barber, und lass uns reden«, sagte McCauley. »Wir wollen die Vereinbarung, und wir wollen wissen, was mit Jason passiert ist.«

Die Vereinbarung. Jason Haley. Man konnte einem

Händler einfach kein Geheimnis anvertrauen; sie verkauften es, sobald ein anderer ein besseres Angebot machte. »Ich weiß nicht, wovon du redest. Leesha hat mich gebeten, mich hier mit ihr zu treffen. Sagte, sie hätte einen Vorschlag. Dann hat sie mich angegriffen.«

»Na klar.« Swift machte eine Finte mit dem Schwert, und Warren drehte sich um, wobei er Leesha zwischen sich und der Klinge des Kriegers hielt. Aber es war anstrengend, und Warren war nicht gerade schnell auf den Füßen.

»Sei nicht dumm«, antwortete Warren. »Sie ist eine Händlerin, schon vergessen? Sie würde alles sagen, wenn sie denkt, sie könnte dabei Gewinn machen.«

»Ein Glück, dass du hier bist, um uns zu korrigieren.« McCauley feuerte einen Unbeweglichkeitszauber ab, und Warren sprang zur Seite, um ihm auszuweichen. Swift schoss Feuerbälle von seiner Schwertspitze und ließ sie an Warrens Ohren vorbeiwirbeln. Leesha war einfach nicht groß genug, um gute Deckung zu bieten. Warren konterte mit einer Zauberergraffe, die McCauley um ein Haar verfehlte, aber dann ließ der Wunderknabe zur Antwort drei Zauber vom Stapel, und Warren wusste, dass dies ein Kampf war, den er nicht gewinnen konnte.

Sein einziger Vorteil war, dass sie ihn wahrscheinlich lebend haben wollten, um ihn zu befragen.

Warren hob die schlaffe Leesha hoch und schleuderte sie in Richtung Swift und McCauley. Er spann ein Netz aus Klingendraht, raffte es zusammen und warf es über sie. Die kraftlose Leesha, Swift und McCauley landeten ineinander verknäult in einer Art riesigem, blutendem Kokon auf dem Boden, denn der Draht schnitt ihnen ins Fleisch. Swift mühte sich, sein gewaltiges Schwert in die richtige Position zu bringen, damit er das Netz durchschneiden konnte, ohne jemanden zu enthaupten. Warren sandte Kaskaden von kochenden Zaubererflammen in ihre Mitte, bis McCauley einen notdürftigen Schild hochriss.

Warren wartete nicht ab, um zu sehen, was weiter geschah. Er wirbelte herum und besprühte den Rand des Raumes mit Feuer. Es flammte mit einem *Wusch* auf.

Wer hätte das gedacht?, überlegte er. Dieses Lagerhaus ist tatsächlich eine Feuerfalle.

Zaubererfeuer war bekanntermaßen schwer zu löschen. Das Gebäude war Geschichte, und drei seiner größten Probleme würden mit ihm untergehen.

Obwohl es in Leeshas Fall nicht nötig war, auf Glück zu vertrauen. Bedauernd verwarf er die Gedanken an Sklavin Leesha und murmelte einen Zauber, der den Torques aktivierte. Würde sie verbrennen oder vorher ersticken?

Er sprintete zur Hintertür und blieb kurz im Flur stehen, um ein Netz über der Tür zu weben. Selbst wenn sie sich aus dem Stacheldraht befreiten, würde das Netz sie lange genug aufhalten, sodass Flammen und Rauch ihre Arbeit tun konnten.

Als er sich umdrehte, um seinen Abgang zu machen, hörte er hinter sich ein Geräusch und wich instinktiv zur Seite aus. Etwas krachte auf seinen Kopf herab. Wenn es ihn nicht seitlich getroffen hätte, dann wäre er jetzt sicher tot.

Er stolperte, ging beinahe zu Boden. Blut strömte ihm in die Augen. Er taumelte zurück, spie Flammen in alle Richtungen. Dann folgte ein schwerer Schlag auf seine Schulter, und er schrie vor Schmerz auf. Sein linker Arm war praktisch nutzlos.

Er drehte sich um und wischte sich Blut von den Augen, um wieder sehen zu können.

Ein Mädchen mit einem unbeschreiblich großen Schwert. Irgendwie war sie ihm bekannt. Dann fiel es ihm wieder ein. Ellen Stephenson, die Kriegerin, der er begegnet war, als er das erste Mal auf der Suche nach Seph McCauley nach Trinity gekommen war.

Wenn sie ihn hätte töten wollen, hätte sie ihm mit dieser Klinge den Kopf abschlagen können. Sie hatte ihn mit der flachen Seite des Schwertes geschlagen, also versuchte sie, ihn lebend zu überwältigen. Das war gut zu wissen.

Er schleuderte einen Zauber, aber bevor er ihn vollenden konnte, musste er sich zurückwerfen, als die Klinge an seiner Mitte vorbeifuhr und sein Hemd und die oberste Hautschicht aufschlitzte. Verdammt, sie war gut. Er hatte nicht einmal gewusst, dass er geschnitten worden war, bis es anfing zu bluten.

Rauch quoll in den Flur und brannte ihm in den Augen. Er holte Luft, hustete, warf Flammen wie ein außer Kontrolle geratenes Feuerwerk, um Stephenson auf Distanz zu halten. Sie parierte seinen wirren Angriff mühelos mit dem Schwert, dann kam sie auf ihn zu.

»Deine Freunde verbrennen da drin!«, keuchte Warren und deutete mit dem Kopf auf den Hauptlagerraum. »Entscheide dich!« Er drehte sich um und lief im Zickzack den Flur hinunter. Dann brach er durch die Ausgangstür und blieb nur stehen, um sie mit einem weiteren Netz zu verbarrikadieren.

Warren rannte die Gasse entlang, dann zwischen mehreren Reihen von Lagerhäusern hindurch, bevor er in die Flats am Fluss hinabstieg. Er versuchte, seinen verletzten Arm zu halten, und biss jedes Mal die

Zähne zusammen, wenn er ihn anstieß. Er bahnte sich einen Weg um die großen Betonfüße einer Hubbrücke, dann verlangsamte er sein Tempo zu einem schnellen Schritt und folgte dem Fluss. Er versuchte, sich unter die Nachtschwärmer zu mischen, die auf dem Weg in die Bars waren. Diejenigen, die noch nüchtern waren, machten einen großen Bogen um ihn und warfen verstohlene Blicke auf sein Haar und seine Kleidung, die blutverschmiert waren. Nur mit Mühe widerstand er dem Drang, die Leute ins Wasser zu stoßen. Er war mehrere Blocks vom Lagerhaus entfernt, bevor er Sirenen hörte.

Viel Glück, dachte er.

Warren war angepisst. Sein Arm tat höllisch weh. Anscheinend wusste jeder in Trinity, dass er die Vereinbarung hatte. Nur ein paar tausend Leute mehr, die sich der Jagd anschlossen.

Schlimmer noch, Leesha war seine Mittelsfrau gewesen. Sie zu töten mochte ihm zwar eine kleine Befriedigung verschaffen, aber jetzt brauchte er jemand anderen, der als sein Stellvertreter fungierte. Doch wer?

Das Einzige, was ihn aufheiterte, war die Vorstellung, dass er Jack Swift, Joseph McCauley und Leesha Middleton in dem brennenden Gebäude zurückgelassen hatte. Mit ein bisschen Glück würde Stephenson mit ihnen untergehen.

Letztendlich war es keine schwierige Entscheidung, nur eine frustrierende. Ellen gab Barber auf und tastete sich durch den Rauch zurück. Die Tür zum Raum war glühend heiß. Sie stellte sich neben sie, streckte Wegbereiter aus und durchschnitt die Tür, aus der ein großer Schwall Hitze und Rauch kam.

Die Tür war von einem Gespinst durchscheinender Fäden überspannt. Barbers Werk. Das Innere des Raumes war ein Inferno. Ellens Vorderseite wurde sofort geröstet. Die Haut auf ihrem Gesicht und ihren Händen spannte sich. Nein, dachte sie. Oh, nein.

»Seph! Jack!«

Ein schwacher Ruf antwortete von irgendwo jenseits des Netzes.

Ellen schwang ihre Klinge und schlug die Schnüre durch. Vier starke Hiebe waren nötig, um eine Öffnung zu schaffen, durch die sie hindurchgelangen konnte. Sie kämpfte sich vorwärts, drängte sich durch eine Wand aus Rauch und Flammen.

»Wo seid ihr?«, rief sie und zuckte zusammen, als die Antwort praktisch von unter ihren Füßen kam. Sie wäre beinahe über einen Haufen blutender Leiber gestolpert. Das Klingennetz hatte seine Arbeit getan. Jack, Seph und Leesha hatten zahlreiche Schnittwunden, und sie husteten und würgten, während sie Rauch einatmeten. Leesha schlug um sich, bemühte sich freizukommen, was den Schaden, den das Netz allen drei Gefangenen zufügte, nur noch vergrößerte.

»Lieg still, Leesha, oder ich lasse dich hier braten«, sagte Ellen.

Leesha blinzelte überrascht zu ihr hoch und gehorchte dann erstaunlicherweise.

Ellen versuchte, die Hitze und die Flammen zu ignorieren, die auf sie zurauschten. Sie packte den Griff von Wegbereiter mit beiden Händen und schob die Spitze in das Klingennetz, bevor sie vorsichtig die Drähte durchtrennte, ohne an dem Netz zu ziehen. Sie konzentrierte sich darauf, Jack zu befreien, der praktisch vor Ungeduld vibrierte.

Endlich schüttelte Jack die letzten Ranken des Klingendrahtes ab und sprang auf die Füße. Er ergriff Schattentöter und half Ellen, Seph und Leesha loszuschneiden. Seph erhob sich und streckte die blutenden Hände aus, schob die Flammenmauer zurück, die sie einzuschließen drohte. Das Atmen wurde immer schwieriger. Vor allem Leesha hustete und würgte die ganze Zeit und zerrte an ihrem Hals.

Als Seph und Leesha frei waren, zog Jack sie auf die Füße. Leesha fiel wieder hin, als er sie losließ, daher schob er die Arme unter sie und warf sie sich über die Schulter.

Dieses Mädchen würde alles tun, um in Jacks Nähe zu kommen, dachte Ellen verärgert.

Sie hielten sich an den Händen, um einander in dem öligen Rauch nicht zu verlieren, und tasteten sich in den hinteren Teil des Raumes, zur Tür hinaus und an die frische Luft.

Seph blickte zurück zu dem brennenden Lagerhaus. Inzwischen waren die Flammen durch das Dach gebrochen und schossen in den Himmel. Sonst bewahrte er in Krisenzeiten die Ruhe, doch jetzt wirkte er nervös und erregt. »Weiter«, sagte Seph und zog sich die Kapuze über den Kopf. »Lauft so weit weg, wie ihr könnt. Ich komme gleich nach.«

»Seph! Warte!« Ellen wollte ihn packen, aber er wich ihr aus und verschwand wieder in dem brennenden Gebäude.

Kopfschüttelnd füllte Ellen die Lungen einige Male mit kühler Luft, aber Leesha würgte immer noch. Jack trug sie ans Ende des Parkplatzes und legte sie auf den Asphalt. »Ganz ruhig, ja?«, sagte er. »Entspann dich. Wir sind draußen.«

Leesha keuchte etwas, das wie »Barber!« klang und »Mach ihn ab!« Sie riss den Kragen auf, um einen goldenen Halsring zu offenbaren, der ihr ins Fleisch schnitt. Die Haut darum war rötlich verfärbt und mit wütenden Blasen übersät.

»Was zum ...?« Jack versuchte, mit beiden Händen nach dem Halsring zu greifen, zog sie aber fluchend wieder zurück. »Er ist glühend heiß!«

»Das hat Barber getan?«, fragte Ellen.

Leesha nickte. Tränen rannen ihr übers Gesicht, und sie wurde von stummen Schluchzern geschüttelt. Ellen und Jack fassten sie an den Armen und zogen sie hoch, hofften, eine Schließe, eine Öffnung zu finden, irgendetwas, aber sie hatten kein Glück. Der Reif war solide und ringsum ohne eine Naht.

Ellen zog ihren Gürteldolch hervor und versuchte, die Spitze unter den Reif zu schieben, aber er war bereits zu eng.

Jack versuchte einige Gegenzauber aus seinem Repertoire, aber sie hatten keine erkennbare Wirkung.

»Erinnerst du dich, als Leicester einen Torques bei Leander Hastings benutzt hat?«, murmelte Ellen. »Der Halsring konnte nur von dem Zauberer entfernt werden, der ihn angebracht hatte.«

Und das wäre Warren Barber.

Inzwischen war Leeshas Gesicht blau angelaufen, und ihre Krämpfe wurden schwächer, unkontrollierter. Sie wird sterben, dachte Ellen und fühlte sich vollkommen hilflos.

»He! Was denkt ihr Kinder, was ihr da treibt?« Ein stämmiger Feuerwehrmann baute sich in voller Montur vor ihnen auf, seine Züge misstrauisch verzogen. »Hier hinten hat keiner was zu suchen.« Hinter ihm drang ein halbes Dutzend Feuerwehrmänner aus der Gasse und zog lange Schläuche und Ausrüstung auf das Gelände.

Ellen schob Wegbereiter zurück in sein Wehrgehänge und erstickte die Flammen, die über die Klinge rannen. Schattentöter hing über Jacks Rücken, aber der Griff ragte über die Schulter hinaus. Das würde schwer zu erklären sein, falls der Feuerwehrmann es bemerkte. Ellen rückte näher an Jack heran. Er konnte etwas zaubern. Vielleicht ...

»Hier hinten könnt ihr nicht bleiben«, knurrte der Feuerwehrmann. »Bei der Seebrise ist es gut möglich, dass sich das Feuer auf diesen ganzen Block alter Lagerhäuser ausdehnt.« Er zeigte auf die Querstraße. »Geht zurück hinter die Polizeilinie.«

Dann sah er sie argwöhnisch aus schmalen Augen an. »Was ist denn mit euch passiert? Ihr seid voller Schnittwunden und Ruß. Wart ihr in dem Gebäude?«

»Wir haben den Rauch gesehen«, sagte Ellen. »Und, ähm, wir sind gekommen, um uns das Feuer anzuschauen.« Sie war eine schreckliche Lügnerin.

Aber der Feuerwehrmann war abgelenkt von Leesha. »Was ist mit ihr?«

Jack kniete sich neben sie und riss hektisch Streifen von seinem Hemd ab. Er wickelte sich den Stoff um die Hände und versuchte einmal mehr, den Kragen zu fassen zu kriegen. Leesha schien nicht mehr zu atmen.

»Unsere Freundin ist verletzt worden«, sagte Ellen, der nichts anderes einfiel. »Sie atmet nicht mehr.«

Jack zog seinen Gürteldolch und beugte sich über Leesha, die Augen schmal, den Mund entschlossen zusammengepresst. Oh Gott, dachte Ellen. Er wird einen Luftröhrenschnitt versuchen. Wie im Fernsehen. Vor zwei Jahren konnte dieser Junge sich auf dem Schlachtfeld nicht einmal sein gebrochenes Bein schienen, und jetzt nahm er eine Operation vor.

»He!«, rief der Feuerwehrmann, als er die Klinge sah. »Was machst du da?«

»Was ist los?« Seph tauchte wie ein Gespenst aus dem Rauch auf, und Blut und Schweiß strömten durch den Ruß auf seinem Gesicht.

Jack sah mit wildem Blick auf. »Barber hat Leesha einen Torques angelegt. Sie erstickt.«

Wohl eher: Ist erstickt, dachte Ellen. Vergangenheit. Es war unheimlich, dass sie überhaupt Zeit hatte, all das zu denken. Es war, als seien die Ereignisse fast zum Stillstand gekommen. Der Feuerwehrmann brüllte etwas im Hintergrund, rief vielleicht nach Polizeiverstärkung.

Seph ließ sich neben Leesha auf die Knie fallen, legte die Hände um den Torques, als nehme er die Hitze gar nicht wahr, und schloss die Augen. Jack trat zwischen Seph und Leesha und den Feuerwehrmann, um eine Störung zu verhindern.

Es hat keinen Zweck, Seph, dachte Ellen. Nur der Zauberer, der ihn angebracht hat, kann ihn entfernen.

Macht kräuselte sich um Seph. Er legte den Kopf in den Nacken, konzentrierte sich und murmelte Zaubersprüche. Schweiß strömte ihm übers Gesicht, obwohl die Nacht immer kälter wurde. Er schluckte einmal, zweimal, mit zuckender Kehle. Dann löste sich das Metall unter seinen Händen auf, und Leesha war frei.

Eine Sekunde verstrich. Leesha holte rasselnd Luft.

»Was zum Teufel …?«, sagte der Feuerwehrmann und beugte sich vor, um an Jack vorbeisehen zu können, was vor sich ging.

Seph blieb auf den Knien, die Hände auf seinen Oberschenkeln, und zitterte, als hätte er sich erkältet. Dann schaute er zu dem Feuerwehrmann hoch. »Sie atmet wieder, aber vielleicht sollte sie etwas Sauerstoff bekommen.«

Feuerwehrleute verteilten sich um Leesha und packten Geräte aus.

Der Gruppenführer trat um Jack herum, packte Seph am Sweatshirt und zerrte ihn auf die Füße. »Ich will wissen, was mit ihr passiert ist und was du gerade gemacht hast.«

Seph legte dem Feuerwehrmann eine Hand auf die Schulter, und dieser zuckte zusammen. »Es ist nichts passiert, Commander«, murmelte Seph leise und blickte ihm in die Augen. »Ihre Kette ist in der Hitze geschmolzen und hat ihr den Hals verbrannt. Das ist alles.«

Der Commander blinzelte ihn an und nickte langsam. »Gut. Wir werden eure Namen aufnehmen müssen. Als Zeugen.«

»Das wird nicht nötig sein.« Sephs Hand lag immer noch auf dem Arm des Mannes. »Es geht in Ordnung.«

»Okay«, sagte der Gruppenführer.

»Commander!« Ein anderer Feuerwehrmann kam die Gasse entlanggelaufen. »Ich denke, wir können auf die dritte Drehleiter verzichten.« Er zögerte. »Ich … ich kann es nicht erklären, aber es sieht so aus, als sei das Feuer erloschen.«

»Was?«

Der andere Mann zuckte die Schultern. »Es gibt immer noch viel Rauch und ein paar Glutnester, aber im Wesentlichen ist das Feuer … aus.«

Das Feuer befand sich im Inneren des Gebäudes, daher konnten sie sich nicht selbst davon überzeugen, aber die Hitze schien schwächer zu werden.

»Kommt«, sagte der Gruppenführer. »Sehen wir uns

das mal genauer an.« Er drehte sich wieder zu Ellen und den anderen um. »Ihr drei – verschwindet hier. Wir werden das Mädchen in die Verbrennungsstation im Metro Hospital bringen.«

Aber Leesha wehrte sich bereits gegen die Sauerstoffmaske und kämpfte sich in eine sitzende Position. »Es geht mir *gut«,* zischte sie. »Weshalb macht ihr alle so einen *Aufstand?«* Sie beförderte mehrere Feuerwehrmänner auf den Allerwertesten und mühte sich auf die Füße. »Lassen Sie mich in Ruhe, ja?«

Zauberer waren unverwüstlich, das musste Ellen zugeben. Und stur.

Der Sanitäter versuchte, mit seiner unkooperativen Patientin zu diskutieren. »Äh, Miss, Sie haben Verbrennungen zweiten und dritten Grades, die behandelt werden müssen«, sagte er.

»Das wird schon wieder. Ich werde sie einfach für eine Weile mit dem Concealer abdecken.« Sie lehnte auch Schmerzmedikamente und Beruhigungsmittel ab. »Ich gehe mit meinen Freunden, verstanden? Ich werde jedes Formular unterschreiben, das sie wollen.«

Sie schaute zu Ellen und den anderen auf. »Gehen wir.«

Trotz ihrer gespielten Tapferkeit merkte Ellen, dass Leesha erschüttert war. Sie taumelte neben ihnen her, bis Jack und Ellen ihre Proteste ignorierten und sie unterhakten, um sie zu stützen. Sie berührte immer wieder ihren Hals, als müsse sie sich davon überzeugen, dass der Torques weg war, dann warf sie Seph einen Blick zu, als sei er ein neu entdecktes Weltwunder.

»Warum hast du uns nichts von dem Torques gesagt?«, fragte Ellen, die Leesha ungefähr zum vierzehnten Mal auffing, als sie stolperte.

Leesha sprach leise und heiser, und es klang, als würde ihr das Sprechen Schmerzen bereiten. »Ich wusste … man konnte nichts tun … um ihn abzunehmen.« Sie nahm einen tiefen Atemzug, als bekomme sie immer noch nicht genug Luft. »Solange ich im Schutzgebiet war, konnte er den Torques nicht gegen mich einsetzen. Aber ich wusste, dass ich ein zu großes Risiko dargestellt hätte, sobald ihr davon erfahren hättet. Ihr hättet mich rausgeworfen.«

»Wie hat er dir den Torques überhaupt anlegen können?«, fragte Ellen.

Leesha verdrehte die Augen. »Frag nicht.«

»Was hast du denn gedacht, was heute Abend geschehen würde?«, wollte Jack wissen. »Warum warst du einverstanden, dich außerhalb des Schutzgebiets mit ihm zu treffen? Er hätte dich fast umgebracht.«

»Ich habe einfach gehofft, dass irgendwer ihn töten würde«, antwortete Leesha und strich mit den Fingerspitzen über den Ring aus blasiger Haut, wo der Torques gewesen war. »Ich oder du, es spielte keine Rolle. Ich konnte es nicht mehr ertragen.«

»Nun, der Torques ist runter, aber Warren läuft immer noch frei herum«, warf Jack ein. »Blöderweise wissen wir nicht mehr als vorher. Wir haben keine Ahnung, was mit Jason passiert ist und wo die Vereinbarung ist.«

Leesha zuckte die Achseln und sah mit zitternder Unterlippe zu Boden. Plötzlich tat sie Ellen leid.

Seph ergriff zum ersten Mal das Wort. »Ich denke nicht, dass du zu deiner Tante zurückkehren solltest.« Er ließ es dabei bewenden, aber alle wussten, was er meinte. Barber war immer noch auf freiem Fuß, und die Mauer stand noch nicht.

Leesha schluckte und wand sich. »Aber wenn ich nicht bei Tante Milli wohnen kann …«

»Wir werden Nick fragen«, sagte Jack. »Er wird etwas für dich finden. Und außerdem sollte sich jemand deinen Hals ansehen.«

Seph sagte nichts mehr. Er ging einfach weiter, den Kopf gesenkt, die Hände in die Tasche seines Sweatshirts geschoben, verloren in seinen eigenen Gedanken. Aber Ellen hatte ihre eigenen Fragen, die beantwortet werden mussten.

»Also, was hast du getan?«, fragte sie Seph, während sie sich auf dem Weg zum Auto zwischen Rettungswagen hindurchschoben.

»Wovon sprichst du?«

»Mit dem Feuer. Man kann Zaubererfeuer nicht löschen.«

Er zuckte schwach die Achseln und schaute immer noch nach vorn.

»Wie hast du den Torques abbekommen?«, hakte sie nach.

Er sagte immer noch nichts. Weigerte sich, sie anzusehen.

»Seph.«

Als er endlich sprach, war seine Stimme leise und rau. »Ich wollte nicht, dass wegen uns das ganze Viertel brennt, okay? Ich wollte nicht, dass noch jemand … noch jemand darin gefangen wurde.« Seine Stimme brach, und er wischte sich mit dem Handrücken über die Augen.

Ellen legte ihm eine Hand auf den Arm und riss sie beinahe wieder zurück. Er glühte immer noch vor Macht. »Seph. Sieh mich an.«

Seph schaute endlich auf und begegnete ihrem Blick.

»Was?«, fragte er. Als sie nichts sagte, fügte Seph hinzu: »Hör zu, da war mal ein Feuer – in Toronto. Eine Freundin von mir ist umgekommen.« Seine grünen Augen waren unnatürlich hell, seine Pupillen kleine Punkte, sein Gesicht leichenblass. Er sah weg.

Er nimmt wieder Zaubererfeuer, dachte Ellen, obwohl er versprochen hatte, es nicht zu tun – außer unter außergewöhnlichen Umständen. Sie konnte ihm keinen Vorwurf machen – er hatte das Feuer gelöscht und Leesha das Leben gerettet.

Aber es schien, als würden diese außergewöhnlichen Umstände immer häufiger auftreten.

KAPITEL 21
Leben als Kunst

Zwei Wochen vergingen, und Grace und J. R. gingen nicht wieder bei den Ropers reiten. Madison begegnete Brice ein oder zwei Mal in der Stadt, und er tat so, als sehe er sie nicht. Sie nahm es positiv: Zumindest versuchte er nicht mehr, sie anzumachen.

Grace hatte anfangs gehofft, wieder eingeladen zu werden, dann war sie wütend gewesen und schließlich nur noch enttäuscht – ihr üblicher Zustand. Madison ging mit Grace und J. R. am Stausee angeln. Sie half ihnen, Hundekekse für Hamlet und Ophelia zu backen, und spielte lange Monopolyspiele mit ihnen, die sich über zwei Tage zogen. Aber es war schwer, mit Araberpferden und meilenweiten Reitwegen zu konkurrieren. Und Madison zögerte, sie in die Stadt mitzunehmen, aus Angst, dass sie Warren Barber begegnen könnte. Hing er immer noch in der Gegend herum und suchte nach Jason, oder war er wieder in das Loch zurückgekrochen, aus dem er gekommen war?

Jason war überraschend geduldig mit Grace und J. R. Er brachte ihnen Black Jack und verschiedene Pokervarianten bei. Als er sich besser fühlte, ging er mit ihnen zum Booker Creek hinunter, um nach Salamandern und Kaulquappen zu suchen. Er fand im Keller ein altes Aquarium, stellte es auf und brachte die Pumpe wieder in Gang. Sie bevölkerten es mit Elritzen, gestreiften

Regenbogen-Springbarschen und Bitterfischen und mit Fischen, von denen Madison nicht ahnte, dass Jason Namen für sie erfand, wie Offenmäulige Seitenwinder und Malaklusive Gründler.

John Robert fand alles, was Jason sagte, zum Schreien komisch und klug, und selbst Grace erfand Ausreden, um in die Scheune hinauszugehen, um ihm etwas zu zeigen oder zu schauen, ob er eine Kleinigkeit zu essen oder ein Buch zum Lesen brauchte.

Jason riskierte es ebenfalls nicht, in die Stadt zu gehen, aber er wanderte mit Maddie über den ganzen Berg, schleppte Leinwände und Staffeleien und Malmaterial und machte Fotos mit der Kamera, die Madison von Sara geborgt hatte.

Madison wusste, dass es falsch war, seine Anwesenheit vor Carlene geheim zu halten, aber sie war es so gewohnt, ihre Mutter zu umgehen, dass Heimlichtuerei ganz natürlich für sie war. Ihr war nicht ganz klar, warum Jason immer noch da war – ob er hoffte, dass er sie irgendwann überreden konnte, mit nach Norden zu kommen, oder ob er als Leibwächter oder Spion da war.

Sie hatte erwartet, dass es ihn total nervös machen würde, so tatenlos auf dem Berg festzusitzen, aber tatsächlich wirkte er zufrieden und entspannter, als sie ihn je erlebt hatte. Es war, als sei es ihm gelungen, den großen Schmerz, den er die ganze Zeit über mit sich herumgetragen hatte, abzulegen – zumindest vorübergehend.

Das war zweifellos der Booker-Mountain-Effekt.

Jason war eine ständige Erinnerung an alles und jeden, den Madison in Trinity zurückgelassen hatte. Sie dachte daran, in die Stadt zu gehen und Seph anzurufen, nur um Neuigkeiten zu erfahren und seine Stimme zu hören. Aber dann würde er nach Jason fragen, und sie glaubte nicht, dass sie es fertigbrachte, ihn zu belügen. Außerdem hatte sie den Abgrund des Kummers überwunden und war in langfristige Trauer verfallen, und sie hatte Angst, dass jedes Gespräch zwischen ihnen die alten Wunden wieder aufreißen würde. Also schrieb sie lange Briefe und schickte E-Mails und wahrte Jasons Geheimnis.

Eines Nachmittags kam Madison von der Scheune herein und fand Carlene am Küchentisch sitzen. Sie rauchte eine Zigarette und schnippte die Asche in eine leere Pepsi-Dose. Ihre Mutter trug ihre Kellnerinnenuniform, ein Blusenkleid, auf dessen Tasche CARLENE gestickt war. Es sah aus wie eine dieser Retrouniformen, war aber keine.

Madison hatte kein Wort über Brice Roper oder den Schuppen verloren. Was hätte es auch genutzt? Es würde keine von ihnen zu einem anderen Menschen machen, zu Menschen, die in irgendetwas einer Meinung waren. In drei Monaten würde der Booker Mountain Madison gehören.

Brice musste Carlene erzählt haben, was bei den Ropers vorgefallen war – dessen war sich Madison sicher. Carlene warf ihr manchmal aus den Augenwinkeln kaninchenhafte Blicke zu, als erwarte sie irgendeine Art von Konfrontation. Nicht dass sie einander oft sahen, bei Carlenes Arbeit und Schlafenszeiten und Madisons Gewohnheit, ihre Nachmittage zurückgezogen in der Scheune zu verbringen. So waren ihre Begegnungen auf ein Minimum beschränkt.

Madison öffnete den Kühlschrank, ließ den Blick über das dürftige Angebot schweifen und fragte sich, was sie zum Abendessen machen sollte.

Und dann fragte Carlene: »Wer ist dieser Junge, den du in der Scheune versteckt hältst?«

Madison riss den Kopf aus dem Kühlschrank, fuhr herum und stieß sich den Ellbogen an. »Au! Was?«

»Bist du mit ihm zusammen?«

»Äh … nein«, stotterte Madison. »Er ist nur ein Freund, der eine Bleibe gebraucht hat.«

»Dann sag deinem Freund, dass er im Haus wohnen kann, wenn er will. Wir haben jede Menge Platz. Es ist unhöflich, ihn da draußen zu lassen.« Carlene deutete mit der Zigarette auf den anderen Stuhl. »Setz dich für einen Moment, Süße.«

Madison schloss den Kühlschrank und nahm am Tisch Platz. »Okay. Ich werde es ihm sagen, aber ich denke, dass er bald fortgehen wird.« Sie zögerte. »Bitte, Mama, sag niemandem, dass er hier ist.«

Natürlich legte sich Carlene nicht fest. »Du bist nicht mal in ihn verknallt?«

Madison riss das Küchentuch, das als Serviette diente, sorgfältig in Streifen. »Nein, bin ich nicht. Wie kommst du darauf?«

»Ich versuche herauszufinden, warum du Brice nicht magst.«

»Mama, es gibt hundert Gründe, warum ich Brice nicht mag, beginnend mit der Tatsache, dass er ein selbstsüchtiger, arroganter … Mistkerl ist.«

»Aber er sieht gut aus. Und er ist reich.« Carlene tat *selbstsüchtig* und *arrogant* mit einer Handbewegung ab, als würden seine anderen herausragenden Qualitäten das ausgleichen.

»Vielleicht solltest *du* ihn dann heiraten.«

Carlene dachte darüber nach und schüttelte dann den Kopf. »Er mag dich.«

»Er *mag* Booker Mountain. Wenn der Berg dir gehören würde, würde er *dich* mögen.« Vorsicht, Madison, dachte sie, beruhige dich.

»Wenn er mir gehören würde, würde ich mit Sicherheit darüber nachdenken, ihn zu verkaufen.«

»Wo würdest du dann wohnen?«

Carlene sah sich in der Küche um, mit ihrem zerkratzten Linoleumboden und der verblichenen Blümchentapete. Alles war von einem Jahre alten Schmierfilm überzogen. »Irgendwo. Irgendwo, nur nicht hier.« Sie schwieg. »Denk darüber nach, was es für Grace und John Robert bedeuten würde, wenn sie irgendwo hinziehen könnten, wo es gute Schulen gibt, wo sie Freunde in der Nähe hätten, mit denen sie spielen können.«

Sie drückte ihre Zigarette aus. »Sie reden über gutes Geld, Maddie, über genug, um das College zu bezahlen, ein neues Haus … einfach alles. Wir wären Millionäre. Wir könnten hinziehen, wohin wir wollten, und einen Neuanfang machen, wo die Leute keine … Meinungen haben.«

Booker Mountain gehört mir, wollte Madison sagen, obwohl sie das Gefühl hatte, als gehöre der Berg auch Grace und John Robert. Aber er würde keinem von ihnen gehören, wenn sie ihn verkauften. Wenn Min nicht so stur gewesen wäre, wäre er längst weg.

Madison stellte sich die heranfahrenden Bulldozer vor, die Schürfkübelbagger, die die Spitze ihres Berges abtrugen. Ganz Coalton County wäre von der Sprengung mit schwarzem Staub bedeckt.

»Mama, du weißt, was sie mit dem Berg machen wollen«, wandte Madison ein. »Brice hat mit dir darüber gesprochen. Wie könntest du das jemals zulassen?«

»Ich bitte dich, Baby«, schmeichelte Carlene. »Übertreib mal nicht. Hinterher werden sie alles wieder in Ordnung bringen. Außerdem gibt es noch andere Berge. Wir könnten irgendwo nach Westen ziehen, nach Las Vegas zum Beispiel. Da gibt es überall Berge.«

Madison dachte an den kleinen Friedhof hügelaufwärts in der Senke, an die Grabsteine, die sich wie schiefe Zähne in alle Richtungen neigten, wo der Frost sie aus dem Boden gehoben hatte. Da war die Höhle am Wasserfall, wo sie indianische Felszeichnungen gefunden und niemandem davon erzählt hatte, weil sie Angst hatte, es würde sich jemand hineinschleichen und sie zerstören, so wie die Leute es immer taten. Der alte Schmelzofen am Bach, gebaut von ihrem Urgroßvater, einer seiner verrückten Pläne, um Geld zu machen.

Sie fühlte sich, als würde sie belagert werden, von Brice Roper und Carlene und der Kinderfürsorge und Seph und dem hereinbrechenden Zaubererkrieg und dem Drachenherzen, das Tag und Nacht an ihr zog.

»Müssen wir jetzt darüber reden?«, fragte sie erschöpft.

»Madison.« Carlene sah ihr in die Augen. »Möchtest du warten, bis Grace und John Robert erwachsen sind? Wir sind nicht die Art Menschen, die sich eine romantische Einstellung leisten können. Wir müssen praktisch denken.«

Praktisch. Und das aus Carlenes Mund. »Hat Mr. Roper dich gebeten, mit mir zu sprechen?«, fragte Madison scharf.

Carlene nickte. Sie ließ ihr Zigarettenetui auf und zu schnappen. »Ich habe es ihm versprochen. Es ist unvernünftig, wie du ihn und Brice behandelst.«

»Nun, wenn ich mich jetzt entscheiden muss, lautet die Antwort Nein.«

»Dann entscheide dich nicht jetzt.« Carlene stand auf, griff nach ihrer Handtasche, angelte nach etwas darin und zog einen Zwanziger heraus. »Ich muss zur Arbeit. Hier. Geh heute Abend mit den Kindern in der Stadt ins Kino. Und sei nicht dickköpfig. Manchmal muss man auch an andere denken.«

Fackeln zuckten in Wandhaltern entlang der Mauern und färbten die große, steinerne Halle rot und gelb. Gefangene schlurften mit klirrenden Ketten das Kirchenschiff entlang zum Altar. Sie trugen grob gesponnene Kapuzenroben mit den Abzeichen ihrer Häuser. Die Rote Rose. Die Weiße Rose. Der Silberne Bär. Der Drache. In einer endlosen Reihe.

Der Henker stand neben dem Altar und hielt einen großen Stab in der Hand, auf dessen Spitze das Drachenherz befestigt war. Ein Schreiber stand daneben, verlas Namen von einem Pergament und bestätigte die Urteile. Viele der Namen waren bekannt: Leander Hastings. Linda Downey. Claude D'Orsay. Jessamine Longbranch. Jackson Swift. Jason Haley. Joseph McCauley. Die Anklage: Anarchie. Rebellion. Mord. Jeder der Verdammten kniete vor dem Altar und legte stumm den Kopf auf den Stein. Der Henker hob den großen Stab und zeigte damit auf den Gefangenen. Flammen züngelten aus dem Drachenherz und äscherten den Verurteilten sofort ein. Der Gestank von verbranntem Fleisch erfüllte die Halle.

Die Kapuze des Henkers fiel zurück und offenbarte ihr eigenes Gesicht.

»Maddie, wach auf! Maddie, du träumst.« Jemand zog an ihrem Arm und riss ihn praktisch aus dem Gelenk.

Maddie öffnete die Augen, und Grace' besorgtes Gesicht kam zum Vorschein – ernste, graue Augen und kleine Sommersprossen, glattes, braunes Haar, das zu einem Pferdeschwanz zurückgebunden war. »Du machst mir Angst, wenn du so brüllst.«

»Oh.« Maddie stützte sich auf die Ellbogen und versuchte, den schlechten Geschmack in ihrem Mund herunterzuschlucken. Beim Einschlafen dachte sie an Seph. Beim Aufwachen dachte sie an das Drachenherz. Jetzt drangen sie in ihre Träume ein. »Tut mir leid. Wie spät ist es überhaupt?«

»Ich weiß nicht, spät«, antwortete Grace und schaltete die Lampe ein. »Du musst nach dem Abendessen auf der Couch eingeschlafen sein. Hast du Jason etwas zu essen gebracht?«

Madison schüttelte den Kopf. »Nein, ich ... verflixt!« Sie schaute auf die Küchenuhr. »Es ist nach acht. Ich wollte heute Abend mit dir und J. R. ins Kino gehen.«

»Können wir nicht immer noch hingehen?«, bettelte Grace.

»Heute Abend ist es zu spät, es gibt nur eine Achtuhrvorstellung. Wir gehen morgen in eine Matinee, und dann werden wir auch genug Geld für Popcorn haben. Okay?«

»Okay.« Grace setzte sich auf die Sofakante. »Wovon hast du überhaupt geträumt?«

Von dem Drachenherz, hätte Madison beinahe gesagt. Sie massierte sich mit den Handballen die Stirn. Selbst wenn sie sich nicht darauf konzentrierte, schimmerte es am Rand ihres Geistes und weckte die Art von Sehnsucht, die sie mit Kunst assoziierte. Und mit Seph McCauley.

Als sie nicht antwortete, sagte Grace: »Früher hattest du nie Albträume.«

»Vielleicht war ich nur nicht so laut.« Madison schüttelte den Kopf und versuchte, die Bilder zu verscheuchen, die geblieben waren. »Danke, dass du mich geweckt hast, Gracie«, sagte sie und vergaß, dass Grace es jetzt offiziell hasste, Gracie genannt zu werden. »Ich sollte Jason jetzt besser was zu essen bringen.«

Madison goss Eistee in eine Metallthermoskanne – die, die ihr Vater immer mit in die Mine genommen hatte. Sie bestrich übrig gebliebene Brötchen mit Butter und Honig, rollte sie in eine Serviette ein und wickelte Reste des Brathühnchens in Fettpapier. Wahrscheinlich sollte sie Jason einladen, im Haus zu essen, aber es spielte ohnehin keine Rolle. Er würde gehen müssen. Carlene konnte ein Geheimnis nicht so gut hüten wie Grace und J. R. Binnen einer Woche würde die ganze Stadt von Jason erfahren.

Warren Barber war sicher dahin zurückgegangen, von wo immer er gekommen war. Niemand in der Stadt hatte erwähnt, dass er ihn gesehen hatte. Er würde überall auffallen, aber besonders in Coal Grove.

Das Sicherheitslicht schuf eine kleine Oase in dem schwarzen Wald. Die Nebengebäude warfen lange Schatten über das Gras, als Madison den Garten durchquerte, vorbei an den Blumenbeeten, wo Mins Pfingstrosen und Schwertlilien aus dem Boden sprossen. Fledermäuse flatterten wie schwarze Taschentücher unter den Bäumen am Rande der Lichtung.

Hamlet erhob sich und streckte sich auf typische Hundemanier zum Gruß, bevor er mit der Nase seinen Fressnapf anstupste.

»Das ist nicht für dich«, sagte Madison und kraulte ihn mit der freien Hand hinter den Ohren. »Du hattest dein Abendessen schon, weißt du noch?«

Hamlet versteifte sich und wies mit seiner ergrauenden Schnauze auf den Wald; die Haare um sein Halsband sträubten sich. Er knurrte und bleckte die Zähne, was überraschend war, da er stocktaub und halb blind war.

»He, Hamlet«, sagte Madison, die ein wenig zitterte, und spähte zu den Bäumen. »Was hast du entdeckt? Einen Geist? Einen Waschbären?«

Sie sah, wie sich mehrere Gestalten zwischen den Bäumen bewegten, und für einen Moment dachte sie, es wären vielleicht wirklich Geister, da sie unheimlich glühten. Und dann begriff sie, wer sie sein mussten, und ließ Jasons Abendessen fallen.

Vier Zauberer blieben im Schutz der Bäume stehen und schauten zum Haus. Sie hatten sie noch nicht gesehen, da sie im Schatten der Scheune verborgen war.

Sie hatte keinen Zweifel, dass sie da waren, um Ärger zu machen. Die Tatsache, dass sie alle schwarze Kapuzen mit Augenlöchern trugen, bestätigte es. Sie mussten ihren Wagen ein Stück die Straße hinunter gelassen haben.

Madisons Truck parkte in der Scheune, aber Grace und John Robert sahen im Haus fern, und sie konnte sie unmöglich holen und in die Scheune zurückgelangen und von hier verschwinden, ohne abgefangen zu werden. Sie konnte den Eindringlingen mit der Schrotflinte drohen, aber die war ebenfalls im Haus.

Sie stand wie erstarrt da, und ihre Gedanken überschlugen sich. Vielleicht waren es die Rosen, die hinter ihr her waren. Seph hatte sie davor gewarnt. Es konnten aber auch die Rosen oder Barber oder praktisch jeder sein, der es auf Jason abgesehen hatte.

Die Zauberer traten aus dem Schatten der Bäume hervor und hielten lautlos und entschieden auf das Haus zu. Sie waren alle in Schwarz gekleidet, umrahmt von Licht.

»Ich dachte, du hättest gesagt, es ist niemand zu Hause«, bemerkte einer der Zauberer. »Das Haus ist hell erleuchtet.« Zu ihrer Überraschung verriet seine Stimme, dass er ein Einheimischer war.

Madison wurde erst bewusst, dass sie den Atem angehalten hatte, als sie ihn wieder ausstieß. Okay, dachte sie. Zumindest ist dieses Problem hausgemacht.

»Keine Angst«, sagte der größte der Zauberer. »Sie haben wahrscheinlich nur das Licht brennen lassen.« Seine Stimme klang vertraut, aber durch die Kapuze gedämpft war sie schwer zu erkennen.

»Bist du sicher, dass da keine Kinder drin sind?« Der erste Zauberer ließ nicht locker.

»Halt endlich die Klappe!«, zischte der größte Zauberer. Madison dachte, dass er der Anführer sein musste. »Wir sind den ganzen Weg hier heraufgekommen, also lasst es uns tun und verschwinden.« Sie setzten den Weg in Richtung Haus fort.

Dann erinnerte sich Madison an Grace' Geschichte über den Schuppenbrand. *Es waren vier oder fünf hier draußen im Dunkeln. Sie hatten Fackeln …*

Nein. Das werde ich nicht zulassen, dachte sie. Nicht auf meinem Berg.

»Was *zum Teufel* denken Sie, was Sie auf meinem Besitz tun?« Sie rief es sehr laut, in der Hoffnung, Grace und J. R. im Haus und Jason in der Scheune zu warnen.

Die Zauberer zuckten beim Klang ihrer Stimme zusammen und liefen verwirrt umher, spähten in die Dunkelheit und versuchten herauszufinden, wo sie war.

Mit ein wenig Glück würde Grace so vernünftig sein,

sich J. R. zu schnappen und das Haus durch die Hintertür zu verlassen. Sie war klug genug, nicht herauszukommen und sich in diese Sache verwickeln zu lassen.

»Ich *wusste* es. Ich *wusste,* dass jemand zu Hause ist«, sagte der erste Zauberer.

»Hört zu, sie kann uns nicht aufhalten. Was soll sie schon tun?« Der große Zauberer ging weiter auf das Haus zu, gefolgt von seinen Komplizen, die sich immer wieder umschauten.

»Was haben Sie vor?«, rief Madison. Als er nicht antwortete, schrie sie: »Es sind Kinder in diesem Haus!«

»Nun, dann holst du sie besser raus«, entgegnete der Zauberer kalt. »Denn wir werden die Bruchbude jetzt abfackeln.« Er streckte die Hände aus, und Feuer umfloss seine Fingerspitzen.

Und dann wusste sie es mit Bestimmtheit. »Brice Roper! Du verschwindest, oder ich hetze dir den Sheriff auf den Hals!«

Das ließ ihn stutzen. Für einen Moment stand er wie erstarrt da, dann zuckte er mit den Schultern und fuhr herum, riss sich die Kapuze vom Kopf und fuhr sich mit der Hand durch sein zerdrücktes Haar. »Hallo, Madison.«

»Brice«, jammerte einer der anderen Zauberer. »Das ist es nicht, was wir …«

»Klappe, habe ich gesagt«, knurrte Brice. »Ich hätte das allein regeln sollen. Lasst mich nicht bereuen, dass ich euch mitgenommen habe.«

»Ich warne dich«, sagte Madison. »Damit kommst du nicht durch.«

Brice lachte. »Wer wird *dir* schon glauben? Dieses Haus ist eine Feuerfalle. Dein Wort wird gegen meins stehen, und ich werde dafür sorgen, dass ich ein Alibi und zehn Zeugen habe, dass ich woanders gewesen bin.

Falls dir doch jemand glauben sollte, werde ich ihn davon *überzeugen,* seine Meinung zu ändern.«

»Die Leute hier kennen mich«, sagte Madison und versuchte, selbstbewusster zu klingen, als sie sich fühlte. »Sie werden mir glauben.«

Klar. Wann haben sie dir jemals irgendetwas geglaubt?

»Wirklich? Meinst du? Ich brauche es nur zu sagen, und sie werden dich eine Hexe nennen. Ich brauche es nur zu sagen, und sie werden glauben, du hast dein Haus selbst niedergebrannt. Die Menschen in dieser Stadt sind Schafe, Madison, und ich kann sie hintreiben, wo immer ich will.«

»Ihr habt letztes Jahr die ganzen Brände gelegt«, hauchte Madison.

Brice verbeugte sich spöttisch. »Das beweist doch, dass ich recht habe, meinst du nicht? Wir brennen das ganze Tal nieder, und diese Idioten geben dir die Schuld. Wenn die ganze Stadt sich gegen mich wenden würde, würde ich verkaufen und wegziehen. Aber das hast du nicht. Oh nein. Stattdessen bedrohst du sie mit einer Schrotflinte. Du bist so stur wie ein Stein. Und ungefähr genauso klug.«

In diesem Moment lösten sich die Krämpfe in ihrem Magen, und sie war einfach nur unbeschreiblich wütend. Sie schritt auf die Zauberer zu, ins Licht hinein. »Die Leute wissen, was du bist. Jedenfalls einige von ihnen.«

»Ich werde dir sagen, was sie wissen«, antwortete Brice. »Mein Vater gibt dem halben County Arbeit – jedem, der einen anständigen Lohn verdient. Was wird geschehen, wenn wir die Mine dichtmachen? Dieser Ort wird einfach vertrocknen und sich in Luft auflösen. Booker Mountain wird Roper Coal noch zehn Jahre oder länger im Geschäft halten.«

»Und was dann?«

»Nun, dann werden sie einen netten, flachen Ort haben, auf dem sie etwas parken können, nicht wahr? Es wird das einzige ebene Stück Land im ganzen County sein.«

»Ich werde nicht verkaufen«, erklärte Madison. »An dich ganz bestimmt nicht.«

»Wo werden Carlene und die Kinder dann leben, nachdem ich dieses Haus niedergebrannt habe?« Brice schnaubte. »Ihr könnt euch noch nicht mal ein Telefon leisten. Ich wette, ihr könnt nicht mal die Miete für den ersten Monat zusammenkratzen. Willst du ein Zelt aufstellen, oder was?«

Madison ballte die Fäuste und trat einen Schritt vor. »Wie kannst du nur mit dir selbst leben?«

»Es ist deine Schuld. Du hättest dem Verkauf zustimmen sollen. So funktioniert die Welt nun mal. Jeder weiß das, nur du nicht. Du führst dich auf wie eine Königin in Lumpen oder so was. Als wärst du besser als ich!« Seine Stimme wurde lauter.

»Brice«, sagte einer der anderen Zauberer. Der Stimme nach zu urteilen war es ein Mädchen. »Lass es uns tun oder gehen.«

Brice sammelte sich. »Na gut, Madison. Du hast fünf Minuten, um die Kinder aus dem Haus zu holen und alles andere, was du behalten willst. Es kann nicht viel geben, was sich aufzuheben lohnt.« Er lächelte. »Keine Angst. Wir werden dir trotzdem einen guten Preis machen. Das Haus ist nicht wertsteigernd, wenn du weißt, was ich meine. Wir würden es sowieso einfach abreißen.« Er hielt inne, und als Madison schwieg, fügte er hinzu: »In einem Jahr wirst du mir danken.«

Madison fing aus dem Augenwinkel eine leichte Bewegung auf, dann kreischte jemand vor Schmerz. Einer der Zauberer – der Jammerer – ging zu Boden und hielt sich den Kopf. Stöhnend lag er da und presste sich die Hände auf den blutenden Kopf.

Dann sah Madison Jason, den Rucksack über die Schulter geschlungen, J. R.s Baseballschläger in der Hand, wie er von dem Zauberer am Boden zurückwich. Ein Baseballschläger gegen Zauberei? Sie öffnete den Mund und wollte rufen, wollte etwas sagen. Jason schüttelte den Kopf und hob die Hand, damit sie schwieg.

Und dann begriff sie – er war für die anderen Zauberer im Hof nicht wahrnehmbar. Wahrnehmbar nur für sie, die Induktorin.

»He! Carl? Was ist los?«, rief Brice. »Bist du über deine eigenen Füße gestolpert, oder was?«

Carl stöhnte nur wieder.

Jason zog ein Messer aus dem Rucksack und ging direkt auf einen der anderen Zauberer zu, einen untersetzten Jungen mit tiefhängender Tarnhose und diesen riesigen High Top Sneakers. Jason ging dicht an ihn heran und stieß mit dem Messer zu, vier schnelle Hiebe, und der Zauberer schrie und hielt sich den Bauch. Er riss sein Shirt auf und offenbarte ein grobes *M,* das in seine Brust und seinen Bauch geritzt war. »W-w-was ist hier los?«, stammelte er. »Ich blute! Etwas hat mich getroffen. Es – es sieht aus wie ein …« Er sah Madison an, und seine Augen wurden groß. »Hast … hast *du* das getan?«

Madison dachte schnell nach, richtete sich auf, warf das Haar zurück und lächelte ihn an. »Was denkst du denn?«

Die drei Zauberer, die noch standen, rückten Madison gegenüber zusammen. Sie machte einen Schritt vor, die Hände ausgestreckt, und sie wichen zurück. All der

Zorn, die Angst und die Demütigung des vergangenen Jahres kochten in ihr hoch. Plötzlich wünschte sie, sie hätte wirklich magische Kräfte, damit sie sie mit einer Geste verbrennen könnte.

Jason blieb in Bewegung. Er zog eine Metalldose aus seinem Rucksack, die Madison in der Scheune gesehen hatte.

Was tut er da?

Er schraubte den Deckel ab und kippte den Inhalt über die junge Zauberin. Das Mädchen kreischte, bedeckte den Kopf mit den Armen und wehrte sich gegen ihren unsichtbaren Gegner.

»Was *ist* das?« Sie schnupperte, dann schrie sie auf, riss sich die Kapuze herunter, schleuderte sie weg und enthüllte ein bleiches, entsetztes Gesicht.

»Das ist Kerosin!« Sie wich vor Madison zurück und schüttelte langsam den Kopf. »Wenn du denkst, ich stecke ein Haus in Brand, während ich vor Kerosin triefe, bist du verrückt.« Sie drehte sich um und floh in den Wald.

Madison ging auf Brice zu und zwang ein Lächeln in ihr Gesicht. Sie hatte Sorge, dass ihr das Herz aus der Brust springen würde, so heftig schlug es. »Also, Brice«, begann sie. »Du spielst doch so gern mit Magie.«

»Was z-zur Hölle?« Der sonst so wortgewandte Brice sah aus, als sei er mitten in einem schlimmen Traum und hoffe, er würde bald aufwachen. »Wie machst du das? Du bist keine Zauberin. Ich … habe nichts gespürt … als ich dich berührt habe.«

»Du brauchst es nur zu sagen, und ich bin eine Hexe«, erwiderte Madison mit tiefer, kehliger Stimme. »Nicht wahr?«

Brice wich zurück, als Madison auf ihn zuging, und

hob die Hände, um sie abzuwehren. »Bleib mir vom Leib.« Unterdessen näherte Jason sich ihm von der Seite.

»Warum verzauberst du mich nicht?«, höhnte sie. »Ich bin gespannt, ob du das kannst. Ich fordere dich dazu heraus.« Ihr Schatten fiel lang und kantig vor ihr auf den Boden.

Er streckte die Hände aus, dann zog er sie zurück, erinnerte sich zweifellos an das, was im Atelier geschehen war. »Madison, komm schon. Lass uns darüber reden.«

Sie deutete mit der Hand auf Brice und ahmte ein Hexenzeichen nach, das Min benutzt hatte. Der nicht wahrnehmbare Jason schwang den Schläger und ließ ihn Brice ins Gesicht krachen. Brice taumelte zurück, brüllte und presste sich den Ärmel aufs Gesicht, um den Blutfluss seiner einst perfekten Nase zu stoppen, die jetzt schief geschlagen war.

»Autsch!«, sagte Madison kopfschüttelnd. »Da sind aber noch Schwächen, was? Ich schätze, du brauchst etwas mehr Übung. Willst du noch mal spielen?«

Brice spuckte Blut und einen abgebrochenen Zahn aus. »Ich kapier's nicht«, murmelte er mit seinem verletzten Mund.

»Nein, tust du nicht. Aber ich sag dir was. Ich biete dir den gleichen Deal an wie du mir. Ich gebe dir fünf Minuten, um alles einzusammeln, was du behalten willst.« Sie schaute in die Runde – zu Carl, der sich hingesetzt hatte und sich mit dem Hemd Blut vom Gesicht tupfte; zu dem anderen Zauberer, der immer noch die Wunde auf seinem Bauch betrachtete und so aussah, als würde er gleich ohnmächtig werden. »Es kann nicht viel geben, was sich aufzuheben lohnt«, fügte sie hinzu.

Brice schob Carl die Hände unter die Arme und zog

ihn auf die Füße; beide Männer waren zerschunden und blutig.

»Eins noch«, sagte Madison. »Du solltest besser hoffen, dass mein Leben von nun an wirklich glatt verläuft. Wenn hier irgendetwas passiert – Feuer, Explosionen, Erdbeben, der Brunnen vertrocknet, die Brücke stürzt ein, die Äpfel bekommen Fruchtfäule –, werde ich wissen, wer Schuld hat. Und ich werde dich finden. Wenn du jemals wieder einen Fuß auf meinen Besitz setzt, werde ich dich *verbrennen.*«

Ausnahmsweise einmal hatte Brice nichts zu sagen. Er und Carl eilten in den Wald, in Richtung Straße.

Madison wartete gute fünf Minuten, nachdem die Zauberer außer Sicht waren. Dann kauerte sie sich neben den alten Hühnerstall und übergab sich, würgte, bis nichts mehr übrig war. Jason hockte sich neben sie, nahm ihr Haar zusammen und brachte es in Sicherheit. Dann holte er ihr ein Einmachglas voll Wasser aus dem Hahn, damit sie sich den Mund ausspülen konnte. Er half ihr zurück zum Haus, und sie setzten sich auf die Verandastufen. Madison zitterte, und ihre Zähne klapperten. Jason legte den Arm um sie, zog sie an sich und klopfte ihr den Rücken.

»Gott, du bist so gut«, sagte er und schüttelte den Kopf. Er schien von ihrer Vorstellung überwältigt zu sein. »Ich konnte es nicht glauben. Du bist so mutig. Du hast ihnen eine Scheißangst eingejagt.«

»Ich?«, fragte Madison schaudernd. »Du.« Tränen sammelten sich in Madisons Augen, entkamen und rannen ihr über die Wangen. »Ich war ... so dumm. Ich hätte es kommen sehen müssen. Ich *kenne* ihn. Ich weiß, was er ist. Was wäre geschehen, wenn du nicht hier gewesen wärst?«

»Du hättest sie umbringen können«, erwiderte Jason, nahm ihre Hand und drückte sie. »Kein Problem. Du bist wie eine ... eine Löwin, die ihre Höhle verteidigt. Ich meine, verglichen damit ist es mit Zaubererfeuer auch nicht weit her.« Er verdrehte die Augen, und sie lachte, aber da war etwas in seinem Gesichtsausdruck, als hätte er eine Offenbarung gehabt.

»Ich suche besser nach den Kindern«, sagte sie und wischte sich die Tränen ab. »Sie müssen zu Tode verängstigt sein.« Sie stand auf und drehte sich zum Haus um, aber genau in dem Moment hörte sie Grace' Stimme aus dem Wald hinter der Scheune.

»Madison? Was ist los? Können wir rauskommen?«

»Kommt nur«, antwortete Madison, und Grace und J. R. tauchten aus dem Wald auf, Grace mit einem schraubstockartigen Griff um die Hand ihres Bruders. Madison sandte ein stummes Dankgebet gen Himmel. Grace hatte genau das Richtige getan. Sie hatte J. R. genommen und sich im Wald versteckt.

Ihre kleine Schwester wurde langsam groß.

»Wo sind diese Männer hingegangen?«, fragte Grace, während sie sich im Scheunenhof umsah. »Das waren dieselben, die den Schuppen in Brand gesteckt haben.«

»Wie viel habt ihr gesehen?« Madison wechselte einen Blick mit Jason.

»Wir haben *gar nichts* gesehen!«, beschwerte sich J. R. »Grace hat mich gezwungen, in den Wald zu gehen.«

»Keine Angst, Jason und ich haben sie vertrieben«, sagte Madison. »Ich denke nicht, dass sie zurückkommen werden.«

Nachdem die Kinder zu Bett gegangen waren, lud Madison Jason zu seinem verspäteten Abendessen ins Haus ein. Sie saßen am Küchentisch, und die Hunde lagen praktisch auf ihren Füßen.

Die Dinge hatten sich verändert, obwohl Jason nicht recht sagen konnte, warum. Zum einen würde er seine Hand – und auch die von Seph – dafür ins Feuer legen, dass Madison Moss nicht mit Warren Barber unter einer Decke steckte. Oder mit den Rosen. Jason wusste nicht, wie er das Gemälde erklären sollte, und er wusste, dass sie ausflippen würde, wenn er danach fragte. Aber irgendwie brauchte er das gar nicht mehr.

»Was wirst du jetzt tun?«, fragte Madison Jason. Also spürte auch sie, dass sie einen Wendepunkt erreicht hatten.

»Vielleicht sollte ich besser in der Nähe bleiben, für den Fall, dass Brice und seine Freunde zurückkommen«, schlug Jason vor.

»Das musst du nicht«, erwiderte sie. »Ich schätze, dass Brice in nächster Zeit keine Lust haben wird, sich mit mir anzulegen.«

Okay, dachte Jason, ich bin mal wieder entbehrlich. Aber diesmal hatte er das Gefühl, als hätte er Alternativen. »Ich wollte nach England zurückgehen. Hastings plant einen Angriff auf das Ghyll, und ich wollte dabei sein.« Er zuckte die Achseln. »Inzwischen ist es wahrscheinlich längst passiert.«

»Du hast also deine Meinung geändert?«

Er nickte. »Ich könnte vermutlich nach Trinity zurückkehren. Aber da habe ich mich nie besonders nützlich gefühlt. Neben Seph bin ich mir vorgekommen wie …« Seine Stimme verlor sich. Er konnte nicht recht glauben, dass er dies jemandem anvertraute. »Ich konnte es nicht ertragen, nichts zu tun. Als ich fortging, um hierherzukommen, hat Seph mir gesagt, dass ich zurückkommen müsse, weil er meine Hilfe brauchen könne. Aber ich dachte, dass er das nur sagt, weil wir Freunde sind.«

Madison legte ihm eine Hand auf den Arm. »Da ihr Freunde seid, finde ich, dass du ihm glauben solltest.« Sie zögerte, dann sprach sie schnell weiter. »Ich – ich fühle mich furchtbar. Ich vermisse Seph so sehr. Ich möchte mit ihm zusammen sein, aber ich kann nicht. Und das Drachenherz – es ist wie ein Jucken, an dem ich nicht kratzen kann. Irgendwie bekomme ich es nicht aus dem Kopf.«

Jason starrte sie an. Genau das war es. Sie gierten beide nach dem Stein, aber es konnte nicht aus demselben Grund sein. Jason betrachtete ihn als eine Art Stärkungsmittel. In jeder Minute des Tages konnte er spüren, wie die Macht zu seinem Weirstein floss. Aber Madison hatte keinen Weirstein.

In dem Moment hob Ophelia den Kopf und blickte zur Tür. Ein Auto kam klappernd in den Hof gefahren und hielt an.

Was jetzt?, dachte Jason. Ich meine, das nimmt ja gar kein Ende. Er hielt einen Finger hoch und bedeutete Madison, sitzen zu bleiben, dann ging er zur Tür und spähte durch das Fliegengitter.

Zwei Leute kletterten aus einem alten Jeep, den er sofort erkannte. Mit einem langen Seufzer der Erleichterung trat er auf die Veranda hinaus.

»Jason!«, krähte Harmon Fitch, und ein Lächeln breitete sich über sein Gesicht aus. Dann drehte er sich zu Will Childers um und klatschte sich mit ihm ab. »Der Bursche lebt! Das ist die erste gute Nachricht, die wir seit einer ganzen Weile hatten.«

Sie saßen um den Küchentisch. Jason wirkte nervös und in Gedanken, als versuche er, sich Antworten auf die Fragen einfallen zu lassen, von denen er wusste, dass sie kommen würden. Madison zögerte die Befragung hinaus, so lange sie konnte, machte Smalltalk, suchte im Kühlschrank nach Getränken, schlug Eiswürfeltabletts auf die Theke und schüttete Chips in ein Körbchen.

Schließlich konnte der nervöse Fitch es nicht mehr ertragen. »Falls ihr euch fragt, warum wir hier sind«, begann er, »alle haben sich Sorgen gemacht, weil wir nichts von euch gehört haben.«

»Was habt ihr so getrieben?«, fragte Will. »Warum habt ihr nicht angerufen?«

Nun, dachte Madison, weil Jason mich angefleht hat, ihn nicht zu verraten, und damit gedroht hat zu verraten, dass Grace eine Induktorin ist. Sie sah Jason vielsagend an und wartete darauf, dass er sprach, während er so aussah, als hoffe er irgendwie, dass sie darauf antwortete.

»Ich habe Seph E-Mails geschickt«, erklärte sie schließlich. »Und viele Briefe geschrieben.«

»Aber *du* hast gesagt, dass Jason nicht aufgetaucht ist«, entgegnete Will.

»Nun. Ähm. Ich schätze, so ist es«, stammelte Madison. »Aber …«

»Es war meine Schuld«, unterbrach Jason. »Ich war ein Idiot. Ich habe sie nicht anrufen lassen. Ich wollte nicht, dass jemand erfährt, dass ich hier bin.«

Will zog eine Augenbraue hoch. »Du hast sie nicht gelassen? Hast du ihr die Hände und Füße gefesselt, oder was?«

»So etwas in der Art.« Farbe stieg Jason in die Wangen.

Er wird richtig *rot*, dachte Madison. Das ist eine Premiere.

»Das ist völlig abgedreht«, sagte Fitch. »Was ist los mit euch? Alle sind verrückt geworden. Einige Leute meinten, du wärst abgehauen.« Fitch nahm die Brille ab und putzte sie mit dem Hemdzipfel. »Aber Seph wollte es nicht glauben. Er war überzeugt, dass dir etwas passiert sein musste.«

»Nun.« Jason sah Madison an und dann wieder Fitch. »So war es auch.«

Also erzählten sie Will und Fitch von Barber und von Jasons Verletzung und von Brice Roper.

»Du hättest es uns wirklich sagen sollen«, murmelte Will, der aussah, als hätte man ihn verraten. »Nick oder Mercedes oder sonst jemand hätten euch helfen können.«

»Ich wollte *abhauen,* okay?« Jasons Stimme wurde lauter. »Ich hätte es auch getan, wenn ich nicht verletzt worden wäre. Ich wollte von der ganzen Trinity-Szene weg. Und dann, danach, war ich ... ähm ... etwas neben der Spur.« Er starrte auf den Tisch. »Jetzt geht es mir wieder besser.«

Fitch betrachtete ihn, dann nickte er widerwillig. »Nun«, sagte er, »es scheint, als wäre es hier fast genauso gefährlich wie zu Hause.«

Madisons Mund wurde so trocken wie Watte. »Warum? Was ist in Trinity los?«

»Nun, zum einen wurde Barber bei uns gesichtet«, antwortete Will. »Jack, Ellen und Seph haben in einem alten Lagerhaus in Cleveland einen großen Kampf mit ihm ausgefochten und das Gebäude dabei praktisch niedergebrannt.«

»Was?« Madison schaute zwischen Will und Fitch hin und her. »Wie ist das passiert? Geht es ihnen gut?«

»Sie sind okay«, bestätigte Will und wich unter dem

Ansturm von Fragen zurück. »Nur ein paar Kratzer und Verbrennungen«, berichtete er. »Für sie ist das Routine.«

»Und?«, fragte Jason scharf. »Was ist mit Barber?«

»Er ist entkommen.« Will zögerte. »Leesha Middleton hat uns gesagt, dass er hinter dir her sei.«

Jasons Gesicht schien seine gewohnte Lebendigkeit zu verlieren, und seine blauen Augen wurden schmal und hart. »Hat sie das?«, fragte er mit kalter, desinteressierter Stimme.

»Sie war diejenige, die sie zu Barber geführt hat«, fügte Fitch hinzu und sah Jason stirnrunzelnd an.

»Das war Barbers Fehler«, meinte Jason leichthin. »Leesha zu vertrauen.« Hamlet stupste ihn jaulend an, und er kraulte den Hund hinter den Ohren.

Was ist los?, fragte sich Madison. Dachte Jason, Leesha hätte etwas zu tun mit …

»Jedenfalls«, beharrte Fitch. »Leesha hat wirklich geholfen, und ich wollte, dass du das weißt. Mir ist klar, dass einige von uns sie nicht gerade … freundlich aufgenommen haben, aber …«

»Also, was ist sonst noch los?«, unterbrach Jason. Er konzentrierte sich nach wie vor auf den Hund.

Will zuckte die Achseln. »Mercedes baut rund um Trinity eine magische Mauer. Nun, vermutlich mit viel Hilfe. Nicht dass wir sie tatsächlich *gesehen* hätten oder so.«

»Sie bauen eine *Mauer?«* Jason schaute von Will zu Fitch. »Redest du über die Grenze?«

Will zuckte mit den Schultern, als wolle er sagen: *Woher soll ich das wissen?* »Ich schätze, es ist etwas anderes. Wie eine echte Mauer. Jedenfalls echt für die Weir.«

»Weißt du, die Sache ist die, Jason, sie könnten deine Hilfe wirklich gebrauchen«, schaltete sich Fitch ein.

»Ich weiß nicht viel darüber, aber es scheint, dass ein echter Mangel an Zauberern herrscht. Mr. Hastings ist immer noch weg, und es sind nur Seph und Nick und Iris und einige andere Zauberer da, die alles machen. Jack hilft ein bisschen, aber sobald die Krieger anfangen, das Tor zu bemannen, wird er nicht mehr oft da sein. Es erfordert eine Menge Magie, schätze ich, die Mauer zu stützen.«

»Du musst mit uns zurückkommen«, sagte Fitch. Er lächelte schief. »Und ich sag dir eins – ich will nicht derjenige sein, der Tante Linda von ihrem Auto erzählt.«

Jason zögerte. Madison berührte seine Hand und lächelte ihn ermutigend an. »Es sieht ohnehin so aus, als sei Barber weg«, meinte sie. »Es ist deine Entscheidung, aber ich denke, du solltest gehen.«

Er nickte. »Ja. Das denke ich auch.« Er wirkte erleichtert, als hätte er etwas Schweres mit sich herumgetragen und es gerade erst abgestellt.

»Seph möchte, dass du auch zurückkommst, Madison«, fuhr Fitch fort.

Madison schüttelte den Kopf und fühlte sich noch einsamer als vor Jasons Ankunft. Sie würde mit Brice Roper ein für alle Mal die Sache klären müssen. Und mit ihrer Mutter. Irgendwie. »Ich kann nicht weg. Wenn Brice herausfindet, dass ich fort bin, könnte er sich das Haus noch einmal vornehmen. Aber sagt Seph ... ich vermisse ihn wirklich.«

Es war so lahm. So unzureichend. Aber es war alles, was sie hatte.

KAPITEL 22
Seltsame Allianzen

Der Frühling war für gewöhnlich eine goldene Zeit in Raven's Ghyll. Die beißenden Winterwinde, die von Schottland heruntergefegt kamen, machten sanften Frühlingsbrisen Platz, die vom Duft der Bergblumen erfüllt waren. Klare Bäche, von Schmelzwasser gespeist, ergossen sich aus den Höhen. Und das Beste war, dass die Touristen, die bei schönem Wetter den Rest des Lake District heimsuchten, nicht in die Nähe von Raven's Ghyll kamen.

Aber dieses Jahr blieb das Ghyll kahl. Das hohe Gras verwelkte und wurde braun, niedergedrückt von dem kalten, erbarmungslosen Regen. Knospen verkümmerten an den Bäumen und hielten ihr Versprechen auf Blüten nicht ein. Vögel und andere Tiere verschwanden. In den meisten Nächten erwachte der Brennofen im Keller klappernd zum Leben, und die Diener entzündeten das Feuer im Kamin in dem vergeblichen Bemühen, das Wohnzimmer zu wärmen. D'Orsay war gezwungen, seine Dienstboten zu verzaubern, damit sie ihm nicht in ein freundlicheres Klima davonliefen. Es wäre riskant gewesen, neues Personal zu holen, weil es sich um Attentäter handeln könnte, die für die Rosen arbeiteten. Zaubererlichter glitzerten auf den umliegenden Hügeln, Beweis dafür, dass die Rosen ihre Belagerung nicht aufgegeben hatten.

Sie hatten nichts von Alicia Middleton gehört und damit Warren Barber aus den Augen verloren. Was bedeuten konnte, dass sie tot waren und die neue Vereinbarung gestohlen oder verloren gegangen war. Was das Drachenherz betraf, so musste D'Orsay davon ausgehen, dass es sich immer noch im Schutzgebiet befand. Es sei denn, die Rosen hatten auch das in die Hände bekommen.

Er und Dev geisterten durch die Burg von Raven's Ghyll und blafften einander an – sie, die immer so gut miteinander ausgekommen waren.

Dann endlich erhielten sie eine Nachricht von den Rosen. Keine Forderung nach einer Kapitulation, wie D'Orsay erwartet hatte, sondern die Bitte um ein Treffen.

Es dauerte Tage, die Bedingungen auszuhandeln. Würde es sicherer sein, das Treffen in Raven's Ghyll abzuhalten oder würde dies das Ghyll einer Invasion öffnen? Konnten die D'Orsays sich bei einem Treffen außerhalb des Ghyll sicher fühlen? War es notwendig, das Treffen nackt abzuhalten, um zu verhindern, dass *Sefas* benutzt wurden?

Schließlich wurden die Bedingungen festgelegt, hauptsächlich deshalb, weil beide Seiten sich unbedingt treffen und die Pattsituation lösen wollten. Sie trafen sich auf einer hohen Wiese mit Blick auf das Ghyll, ein Ort, den beide Seiten vor dem Ereignis abgesucht hatten.

Im Frühling war es für gewöhnlich ein hübsches Fleckchen, übersät von Hasenglöckchen und Butterblumen. Aber jetzt war es verdorrt und stumm, wie der Schauplatz eines schrecklichen Industrieunfalls.

Es war eine intime Zusammenkunft – D'Orsay und Devereaux, Jessamine Longbranch von der Weißen Rose und Geoffrey Wylie von der Roten Rose. Das letzte Mal, dass sie alle zusammen gewesen waren, war auf Second Sister gewesen – als D'Orsays und Leicesters Coup gegen die Rosen beinahe Erfolg gehabt hätte.

Es war ein spartanisches Treffen, ohne Zeremonien oder Gastfreundschaft, da keine der Seiten der anderen genug vertraute, um miteinander das Brot zu brechen. Sie trafen sich in einem zeltähnlichen Pavillon mit einem Holzboden, der mit Wollteppichen bedeckt war.

»Jessamine. Es ist mir ein Vergnügen.« D'Orsay ergriff ihre behandschuhten Hände und küsste sie auf die Wange. Wylie nickte er knapp zu. »Geoffrey. Das ist mein Sohn, Devereaux.«

Der arme Dev zog die Schultern hoch und steckte die Hände in die Taschen. Wie gewöhnlich war er in Gesellschaft unbeholfen und still.

Sie setzten sich in einen Kreis aus Stühlen. Ein Feuerrost in der Mitte verströmte willkommene Wärme.

»Ich kann mich nicht erinnern, dass es im April hier oben jemals so scheußlich gewesen wäre«, sagte Jessamine zitternd trotz ihrer Lagen aus Leder und Pelz. »Kannst du nicht etwas dagegen unternehmen?« Als wäre das Wetter ein Versagen seiner Gastfreundschaft.

»Es ist ungewöhnlich kalt«, gab D'Orsay zu. »Aber andererseits, wie der Dichter sagt: ›April ist der grausamste Monat.‹ Ihr seid vermutlich nicht hergekommen, um über das Wetter zu sprechen. Es sei denn insofern, als es mit anderen Ereignissen zusammenhängt.«

Jess stürzte sich darauf wie eine Forelle auf eine Angelfliege. »Was meinst du damit?«

»Du zuerst, meine Liebe«, sagte D'Orsay huldvoll.

»Wir wissen, dass du die Vereinbarung hast«, erwiderte Jessamine unumwunden. »Aber du bist außerstande, sie zu weihen.«

D'Orsay legte den Kopf schräg. »Was bringt dich auf diesen Gedanken?«

»Weil du es längst getan hättest, wenn du könntest.«

»Nun gut«, gab D'Orsay mit der Aura eines Mannes zurück, der schwierige Gäste bei Laune halten wollte. »Also, warum seid ihr hier? Warum lasst ihr uns nicht einfach in Vergessenheit geraten?«

»Weil du das Ghyll hältst. Das Ghyll beherbergt den Weirstein. Und irgendetwas ist schiefgegangen.«

»Schiefgegangen?« D'Orsay kam sich lächerlich vor, wie der Kapitän eines sinkenden Schiffes, der immer noch das Steuerrad drehte, während die Wellen über das Deck schwappten.

Wylie hob beide Hände und deutete auf ihre Umgebung. »Bitte. Du herrschst über Ödland, Claude. Wenn ich daran denke, wie es früher war ...«

»Sei nicht übertrieben dramatisch, Geoffrey«, entgegnete D'Orsay. »Dies ist lediglich die Folge ungewöhnlich schlechten Wetters und unfähiger Gärtner.«

Longbranch drückte sich die Finger an ihre Brust. »Der Weirstein ist dunkel. Ich kann seine Gegenwart für gewöhnlich überall in Cumbria spüren. Und jetzt? Nichts.« Sie schauderte. »Es ist, als hätte sich die Quelle unserer Kraft fortbewegt, als sei sie in großer Ferne.«

Tatsächlich hatte D'Orsay seine Entscheidung bereits getroffen. Politik schuf seltsame Allianzen, und ihm gingen definitiv die Möglichkeiten aus. Er musste raus aus dem Ghyll, oder er und Dev würden einander noch die Kehle aufschlitzen.

»Das ist mir auch aufgefallen«, räumte D'Orsay ein.

»Es kommt einem so vor, als habe sich rechtweisend Nord verschoben, nicht wahr?«

»Die Frage ist, warum?« Wylie lehnte sich auf seinem Platz zurück.

»Vielleicht sind es die Auswirkungen der Belagerung«, schlug D'Orsay vor. »Wie lange ist es jetzt her, sechs Monate?«

»Du könntest aufgeben«, meinte Longbranch. »Nur so ein Gedanke.«

D'Orsay blickte zu den umliegenden Hügeln empor, zu den Zaubererfeuern, die dort brannten. »Ihr könntet eure Truppen zurückziehen.«

»Es ist nicht wegen der Belagerung«, sagte Wylie ungeduldig. »Die Veränderung der Macht kam ziemlich plötzlich. Irgendwann mitten im Winter, glaube ich.«

»Möchtest du wirklich wissen, wer verantwortlich ist?«, fragte D'Orsay und setzte ein wenig Magie ein, um sich die Füße zu wärmen.

»Wer?« Longbranch beugte sich vor.

»Jason Haley.«

»Jason Haley?« Wylie runzelte die Stirn. »Der von Second Sister?«

»Genau der.«

»Was soll mit ihm sein?«, erkundigte sich Longbranch.

»Er hat das Drachenherz gestohlen.«

Longbranch und Wylie sahen einander an. »Wie bitte?«, fragte Wylie. »Ich habe noch nie davon gehört.«

»Das magische Herz des Ghyll. Eine unendlich leistungsfähige Waffe. Die Quelle der Macht aller Weirgilden.«

»Ich habe noch nie davon gehört«, wiederholte Wylie. »Sag mir nicht, dass du diese alten Geschichten über flammenspeiende Fabelwesen glaubst. Und selbst wenn, das war vor langer Zeit.«

»Ob ich an Drachen glaube oder nicht, ist nicht von Belang. Der Punkt ist, das Drachenherz ist ein mächtiger *Sefa,* der jahrhundertelang unter dem Weirstein auf dem Land meiner Vorfahren gelegen hat. Irgendwie hat er den Weirstein angetrieben. Der Weirstein ist noch da, aber er ist dunkel geworden.«

»Also wusstest du die ganze Zeit über, dass dieser Stein dort war?«, fragte Longbranch.

Es war leichter, einfach zu lügen. »Ja«, bestätigte D'Orsay. »Aber ich bin mir erst vor Kurzem über seine volle Macht klar geworden.«

»Warum erzählst du ihnen das, Vater?«, wollte Devereaux wissen.

»Ist schon gut, Dev.« D'Orsay tätschelte Devs Schulter. Dev zuckte zurück.

»Ja, warum erzählst du uns das?«, fragte Wylie argwöhnisch.

»Weil die Zeit gekommen ist, dass wir zusammenarbeiten«, antwortete D'Orsay. »Wie ihr wisst, bin ich im Ghyll gefangen. Ich brauche eure Kooperation, damit ich mich auf die Suche nach dem Stein machen kann.«

»Hast du irgendeine Ahnung, wo er ist?« Das kam von Wylie.

»Ich nehme an, im Schutzgebiet«, erwiderte D'Orsay. »Es sei denn, sie haben ihn weggebracht. Für eine Zeit hatte ich eine Agentin in Trinity. Ich weiß, dass Haley dorthin zurückgekehrt ist, nachdem er das Ghyll geplündert hat, und ich habe Berichte erhalten, dass dort magische Gegenstände versteckt worden sind.«

»In Ordnung«, sagte Longbranch. »Jetzt, da du es uns

erzählt hast – warum brauchen wir dich dabei? Wir können hingehen und uns das Drachenherz selbst holen.«

Auch das hatte D'Orsay vorausgesehen. »Aus zwei Gründen«, erklärte er. »Ich habe das Tagebuch der Person, die den Stein im Ghyll versteckt hat. Es liefert Details über seine Benutzung. So mächtig, wie er ist, möchte man keinen Fehler machen, nicht wahr?« Vielleicht übertrieb er den Wert des Tagebuchs ein bisschen, aber das lag im Wesen von Verhandlungen.

»Und der zweite Grund?«

»Das Drachenherz ist nur ein Stück. Vielleicht habt ihr von der Waffensammlung in Raven's Ghyll gehört?«

»Eine weitere Legende?« Wylie stopfte sich die Hände in die Taschen und zog fröstelnd die Schultern hoch.

»Durchaus nicht. Die Sammlung beinhaltet einen Schatz magischer Gegenstände und *Sefas,* der seit der Gründung der Gilden zusammengetragen wurde.«

»Und diese Gegenstände würden wir brauchen, weil ...?« Longbranch heuchelte Gleichgültigkeit, aber ihre Augen glitzerten gierig.

»Das Drachenherz ist angeblich der mächtigste bekannte *Sefa.* Er ist imstande, uns alle zu vernichten. Wir wissen nicht, ob den Dienergilden klar ist, wie mächtig er ist oder wie man ihn benutzt. Trotzdem wäre es wohl klug, jede Konfrontation mit ihnen bewaffnet anzugehen.«

»Wenn Hastings damit zu tun hat, können wir davon ausgehen, dass er das geklärt hat«, stellte Wylie fest, dessen Mund sich angewidert verzog.

»Meine Agenten in Trinity sagen mir, dass er nicht dort ist«, warf Jessamine ein. »Ebensowenig wie Linda Downey.«

»Man fragt sich, wer das Sagen hat«, murmelte D'Orsay.

»Snowbeard ist dort«, berichtete Jessamine. »Ansonsten …« Sie zögerte, dann zählte sie sie an ihren behandschuhten Fingern ab. »Es ist im Wesentlichen der Junge, McCauley. Und Iris Bolingame. Jason Haley scheint verschwunden zu sein. Vielleicht gibt es andere Zauberer. Jack Swift und Ellen Stephenson haben eine Armee von Geistern organisiert.« Sie verdrehte die Augen.

»Eliminiere McCauley, und die ganze Sache fällt in sich zusammen«, schlug Wylie vor. »Er scheint das stärkste Glied zu sein.«

Wie schwer konnte das sein?, dachte D'Orsay. »Hast du niemanden im Inneren des Schutzgebiets?«, fragte er behutsam. »Ein Generalangriff ist vielleicht nicht die richtige Vorgehensweise.«

»Wir haben Attentäter hingeschickt«, erklärte Wylie unumwunden. »Sie sind nicht zurückgekehrt, haben keinen Bericht erstattet. Sei müssen sofort identifiziert und eliminiert worden sein.«

»McCauley scheint gut geschützt zu sein«, überlegte Longbranch laut. »Er ist schließlich nur ein Junge.«

»Sind Sie *sicher,* dass es nicht Hastings ist?«, fragte D'Orsay und unterdrückte ein Schaudern.

Wylie schüttelte den Kopf. »Soweit wir wissen, sind Hastings und Downey irgendwo in Europa.«

Sie blickten über die Schulter, als würde das Paar sich in diesem Moment an sie heranschleichen.

»Nun«, sagte Jessamine lächelnd, »vielleicht können wir dann einfach hineinspazieren und es uns nehmen.«

Jetzt lächelten alle in der Runde.

Der Wind heulte über den Ravenshead, und der Pavillon bebte unter seiner Wucht. Dicke Regentropfen klatschten auf die Leinwand. D'Orsay machte eine Handbewegung, und die Flammen im Kamin brannten heißer.

»Vater.« Devereaux ergriff wieder das Wort. »Warum sollten wir ihnen irgendetwas geben? Sie haben nichts, was sie dagegen eintauschen könnten.«

Kluger Junge, dachte D'Orsay voller Zuneigung.

»Wir bieten euch die Freiheit zu kommen und zu gehen, wie ihr wollt«, antwortete Jessamine. »Was deinem Vater zweifellos klar ist. Wenn wir das Drachenherz allein sicherstellen, ist eure Vereinbarung wertlos. Schließt euch uns an, und wir werden eine geänderte Vereinbarung aushandeln, die die Macht unter uns aufteilt. Es scheint, dass der Stein die ganze Zeit über die Quelle der Macht war, während wir Sklaven alter Mythen und Legenden über Drachen waren. Es wird nicht nötig sein, sich an die alten Beschränkungen zu halten, Macht außerhalb unseres Kreises mit anderen zu teilen.« Sie befingerte den Smaragd, der um ihren Hals hing. »Die Möglichkeiten sind grenzenlos.«

Claude D'Orsay lächelte. Es war zumindest ein vertrautes Spielfeld. Ein weiteres geplantes Zaubererabkommen mit Bedingungen, die später ausgehandelt werden konnten. Zweifellos mit Attentaten und Blutvergießen. Und angesichts der Tatsache, dass er überhaupt keine Karten in Händen hielt, nicht einmal die Vereinbarung, war es attraktiv.

»Wir können bestimmt etwas ausarbeiten.« D'Orsay sah die Spieler der Reihe nach an.

»Vater«, protestierte Devereaux. »Wir können nicht einfach …«

»Später, Dev«, unterbrach D'Orsay seinen Sohn und hob die Hand.

Dev gab nach, obwohl seine Hände vor Ärger zuckten.

D'Orsay wandte sich an die anderen. »Mein Sohn und ich werden die Sammlung inventarisieren und eine persönliche Begutachtung arrangieren.«

Nach der Besprechung einiger weiterer logistischer Einzelheiten war das Treffen zu Ende. Die D'Orsays schickten die Rosen ihrer Wege und ließen die Diener den Pavillon abbauen. D'Orsay und Dev stiegen in die Schlucht hinab und konnten es kaum erwarten, sich wieder an den Kamin in der Burg zurückzuziehen.

»Also«, sagte D'Orsay, als sie den Talboden erreicht hatten. »Dir gefällt die Vorstellung nicht, die Waffensammlung mit den Rosen zu teilen.«

»Warum sollten wir? Sie gehört uns. *Unserer* Familie.«

»Wir müssen raus aus diesem verfluchten Ghyll, Dev. Was immer das Drachenherz ist, was immer es tut, wir müssen es zurückbekommen. Dann sind wir Spieler. Wir haben seit Wochen nichts von Alicia gehört. Ohne die Rosen werden wir daher wohl kaum weiterkommen.«

»Was denkst du, was mit diesem Mädchen passiert ist? Alicia?«

»Schwer zu sagen. Da draußen ist es gefährlich, Dev. Deshalb habe ich dich in meiner Nähe behalten.«

»Sie geht, wohin sie möchte. *Sie* tut, was ihr gefällt«, sagte Devereaux neidisch.

»Und *sie* könnte jetzt auch tot sein«, antwortete D'Orsay gereizt. Was war in letzter Zeit nur in Dev gefahren?

Dev blieb am Fuß der Gärten stehen, die zu der Burg hinaufführten. »Das ist komisch«, murmelte er. »Die Zugbrücke ist oben, und das Tor ist zu.«

D'Orsay blinzelte sich den Regen aus den Augen und

blickte zur Burg hinauf. Die Zugbrücke war seit der Unterzeichnung des Paktes vor Jahrhunderten kaum mehr als eine Dekoration gewesen.

Tatsächlich hatte er die Zugbrücke das letzte Mal in der Nacht geschlossen, in der Jason Haley in das Ghyll eingebrochen war. Schließlich hatte er Schutzzauber und Wachen, die ihn vor Gefahr warnten.

Jetzt war die Zugbrücke geschlossen.

»Was zum Teufel ...?«, knurrte D'Orsay. »Vielleicht ist Stephen wegen unserer Besucher heute Abend übereifrig.«

»Nun, er sollte nach uns Ausschau halten«, versetzte Dev. »Er hätte bemerken sollen, dass wir kommen, und das Tor öffnen sollen.« Dev tolerierte keine schlechte Arbeit vom Personal. Er begann mit schnellem Schritt die Straße hinaufzulaufen, wahrscheinlich in der Absicht, Stephen gründlich die Meinung zu sagen.

»Devereaux! Warte!«, zischte D'Orsay, aber der Junge war bereits zu weit entfernt. D'Orsay keuchte, als er den Geräteschuppen oben im Garten erreichte. Er lehnte sich an die Wand des Häuschens und warf dabei einen Blick hinein. Unter einer der Bänke sah er einen bis auf die Unterwäsche entkleideten Leichnam. Und weiter drinnen einen weiteren.

D'Orsay spähte in das düstere Innere und traute seinen Augen nicht. »Stephen?«, flüsterte er. Dann drehte er sich um und rannte hinter seinem Sohn her, der jetzt außer Sicht war. Als er den Gipfel des Hügels erreichte, sah er Dev am Graben stehen und zum Torhaus hinaufrufen.

»Stephen! Machen Sie auf, Sie erbärmlicher Trottel, oder ich werde ...«

»Devereaux!«, brüllte D'Orsay. »Komm da weg!«

Er stieß seinen Sohn in dem Moment beiseite, als ein Schwall Zaubererfeuer aus dem Torhaus brach und den Boden versengte, wo Dev gestanden hatte.

D'Orsay riss rechtzeitig einen Schild hoch, um drei weitere Angriffe aus seiner eigenen Festung zu vereiteln. Hatten die Rosen ihre Abwesenheit genutzt, um sich unbeobachtet in das Ghyll zu schleichen? Hatte seine Wache sich gegen ihn gewandt?

Schutzzauber kristallisierten sich überall auf den Befestigungsanlagen, starke Barrieren für jede Magie, mit der man die Wände zum Einsturz bringen könnte. Nicht dass D'Orsay vorhatte, sein eigenes Haus niederzureißen, wenn er es vermeiden konnte.

Sie zogen sich in sichere Entfernung zurück. Dev war erschüttert, aber unverletzt. Schnell fügte er seine Stärke D'Orsays Schild hinzu. »Was ist passiert, Vater? Ist Stephen, dieser Idiot, durchgedreht?«

»Stephen ist tot, Dev. Ich habe ihn im Garten gefunden.«

»Stephen? Tot?« Devs Augen wurden groß. »Das ist ja furchtbar. Ich kann es nicht glauben.«

In diesem Moment kamen ein Dutzend Wachmänner in der Livree der D'Orsays herbeigelaufen. »Was ist los, Sir?«, keuchte der Offizier. »Wir haben von unten Flammen gesehen.«

»Ich würde erwarten, dass *Sie* mir das hätten sagen können, wenn Sie auf Ihren Posten gewesen wären, wo Sie hingehörten«, entgegnete D'Orsay trocken. »Wo sind Sie gewesen?«

»Wir ... äh ...« Sie sahen einander an und traten von einem Fuß auf den anderen. Es war klar, das niemand derjenige sein wollte, der gestand. Schließlich ergriff der Hauptmann das Wort.

»Mylord, wir haben eine Frau singen hören und sind nachsehen gegangen.«

»Sie haben eine Frau singen hören.« D'Orsay schwieg, für den Fall, dass er ihn falsch verstanden hatte, und der Hauptmann nickte. »Und Sie – Sie *alle* – sind nachsehen gegangen.«

»Nun ja.« Der Hauptmann machte sich an seinem Ärmel zu schaffen. »Ja. Es war … nun, Sie hätten es selbst hören müssen.«

»Sie waren verzaubert, nicht wahr? Und haben Sie diese Frau gefunden?«

Er schüttelte den Kopf. »Wir haben das da gefunden.« Er streckte die Hand aus, und ein kleiner Kristallvogel funkelte auf seiner schwieligen Handfläche.

D'Orsay schlug ihm den Vogel aus der Hand. »Ein Betörertrick. Und Sie sind darauf hereingefallen. Und jetzt hat *irgendjemand* mich aus meinem eigenen Heim ausgesperrt.«

Und dann kam ihm ein Verdacht, wer dieser Jemand sein könnte.

D'Orsay drehte sich zur Burg um, legte die Hände an den Mund und rief: »Hastings!« Er wartete, dann wiederholte er: »Hastings! Ich weiß, dass Sie es sind, also können Sie sich auch zeigen!«

Einen Moment später hörte er die erheiterte Stimme einer Frau von der Brustwehr. »Leander, wie kommt es, dass du immer das Lob für alles einheimst?«

Sie traten Seite an Seite auf den Wehrgang, überzogen mit Magie – der hochgewachsene Zauberer und die kleine Betörerin, die wie Romeo und Julia in Kletterausrüstung aussahen.

Oder wie der neue Lord und die Lady des Herrenhauses.

Linda Downey. *Und* Leander Hastings. Und Claude D'Orsay hielt sie im Ghyll gefangen.

So konnte man das auch sehen.

D'Orsay wandte sich an seine Wache. »Umstellt die Festung«, blaffte er. »Sie dürfen nicht entkommen.«

»Oh, wir haben nicht die Absicht zu fliehen«, sagte Hastings. »Es gefällt uns hier.«

»Sie beide können unmöglich die Festung gegen eine Armee halten«, entgegnete D'Orsay und versuchte, überzeugend zu klingen.

»Wer sagt denn, dass wir nur zu zweit sind?«, antwortete Downey. »Und die Burg scheint bemerkenswert gut gebaut zu sein. Gibt es irgendwelche Schwachstellen, die wir kennen sollten?«

D'Orsay hätte sie ihr beinahe gesagt, bevor er sich fing. Ihre Stimme war wie ein Lied, das sich in den Verstand einschmeichelte, bis man sich dabei ertappte, dass man mitsummte.

Verdammt soll sie sein! Der Spielemeister zog es im Allgemeinen vor, nicht persönlich Gewalt anzuwenden. Er delegierte sie lieber. Aber in diesem Moment hätte er die Gelegenheit begrüßt, das Paar in kleine Stücke zu zerreißen. Höchstpersönlich. Mit eigener Hand.

Das Schlimmste daran war, dass mit Ausnahme einiger weniger geheimer Lager mit ausgewählten Stücken, die D'Orsay anderswo im Ghyll aufbewahrte, der Löwenanteil der Sammlung magischer Waffen sich in der inneren Burg der Festung von Raven's Ghyll befand – jetzt in Downeys und Hastings Besitz und für D'Orsay und seine neuen Verbündeten nicht länger zugänglich. Es bestand die Gefahr, dass die Rosen nicht beeindruckt sein würden von dem, was er noch würde liefern können – und das war immerhin sein Beitrag zu der Sache.

»Wir werden euch aushungern!«, rief er laut, obwohl er sonst nicht dazu neigte, leere Drohungen auszusprechen.

»Es scheint, dass das einige Zeit dauern wird«, erwiderte Hastings. »Meine Komplimente zu Ihrem Weinkeller, Claude.« Er hielt inne. »Tatsächlich finde ich Ihren Keller sehr ... faszinierend.«

Dann hatte er die Sammlung also gefunden. Sie war mit starken Schutzzaubern belegt, aber trotzdem ... es war schließlich Leander Hastings. Schon bald würde er die *Sefas* gegen sie einsetzen.

»Wo werden Sie in der Zwischenzeit wohnen?«, fragte Downey honigsüß. »Für den Fall, dass jemand anruft?«

Dev drängte vorwärts, und D'Orsay packte ihn am Arm und zog ihn zurück. »Nein, Dev, sie wollen nur, dass du etwas Dummes tust.«

»Mach, dass sie weggehen!« Devs Gesicht war weiß vor Zorn. »Das ist *unser Zuhause!*«

»Vergiss es, Dev.« Er wandte sich an seinen Hauptmann. »Ich will, dass diese Burg rund um die Uhr bewacht wird. Niemand geht ohne meine Erlaubnis hinein oder heraus. Jeder, der drinnen noch lebt, bleibt da.« Er schwieg. »Und verdammt, wenn Sie das nächste Mal jemanden singen hören, stopfen Sie sich was in die Ohren.«

»Wo werden wir leben, Vater?«, fragte Dev, dessen Schultern mutlos herabgesunken waren. »Meine ganzen *Sachen* sind da drin.«

D'Orsay klopfte seinem Sohn auf den Rücken. »Du wolltest doch ohnehin von hier fort. Also werden wir die Waffen sammeln, die wir finden können, und nach Trinity gehen. Ich halte es für das Beste, wenn wir unsere neuen Verbündeten im Auge behalten.« Er sah seinem Sohn in die Augen. »Verstehst du, ich glaube, dass Hastings und Downey einen taktischen Fehler gemacht haben, als sie hierhergekommen sind. Der Besitz der Waffensammlung ist unwichtig im Vergleich zum Besitz des Drachenherzens. Mit Hastings und Downey in der Festung haben die Rebellen zwei ihrer effektivsten Agenten verloren. Wir werden sehen, wie die Kinder allein zurechtkommen, hm?«

KAPITEL 23
Ein Ultimatum

Jack.«

Jack Swift zögerte, eine Hand auf den Riegel der Hintertür gelegt, und schaute die Treppe hinauf. Seine Mutter stand auf dem Treppenabsatz.

»Wo willst du hin?«, fragte sie. Es war schwer, diese Frage zu beantworten, da er auf dem Weg war, am Weirtor Wachdienst zu tun. Sein Job war es, dort den freien Zugang von Spionen, Attentätern und Möchtegerndieben von magischen Gegenständen zu verhindern. Er war froh, dass Schattentöter in der Tasche über seinem Rücken versteckt war.

»Ich ... gehe wandern. Im Perry Park.« Das Weirtor lag innerhalb des Perry Parks, des größten zusammenhängenden Waldes im Schutzgebiet.

Becka kam die Treppe herunter, bis sie auf einer Höhe stand, wo sie ihm in die Augen sehen konnte. »Einverstanden, wenn ich mitkomme? Es ist lange her, seit wir zusammen gewandert sind.«

»Nun, das wäre ...« *Eine Katastrophe.* »Das wäre toll, nur dass wir felsklettern gehen. In der Schlucht. Es ist technisches Klettern. Es würde dir nicht gefallen.«

Sie verschränkte die Arme. »Okay. Ich werde direkter sein. Was ist los?«

»Was los ist?«

Becka zögerte. Nörgeln fiel ihr nicht leicht. »Harold

beschwert sich, dass du nicht da warst, um die Boote für die Saison vorzubereiten. Er musste einen anderen Vollzeitkapitän engagieren, um beide Boote weiter betreiben zu können. Seph arbeitet gar nicht mehr am See. Jason auch nicht.«

Sie seufzte verärgert. »In wenigen Wochen machst du deinen Abschluss. Ich dachte, du würdest diesen Sommer Geld verdienen wollen. Oder dir einen Vorsprung für deine Kurse erarbeiten. Oder möchtest du nach Boston gehen und mit deinem Vater arbeiten?«

»Nein«, sagte Jack schnell. »Ich möchte hierbleiben.«

»Und was möchtest du tun?« Sie schwieg, und als Jack nicht antwortete, fügte sie hinzu: »Ich fühle mich für euch alle drei verantwortlich, solange Linda aus der Stadt ist.« Ein Anflug von Kritik schlich sich in ihre Stimme. »Obwohl *sie* zu denken scheint, dass Seph und Jason gut allein zurechtkommen. Ich habe Jason seit Wochen nicht gesehen. Und er war auch nicht in der Schule, wie ich gehört habe.«

Tante Linda hatte regelmäßig Mitteilungen des Schulbüros der Highschool erhalten, adressiert an *Eltern oder Vormund von Jason Haley.*

Eine gute Nachricht konnte er ihr überbringen. »Jason ist zurück, Mom. Er ist vor zwei Tagen wiedergekommen. Er … äh … hat Madison in Coalton County besucht.«

»Mitten im Semester?« Sie zog eine Augenbraue hoch.

»Ja, und dann ist er krank geworden.«

»Du weißt, wie wichtig die Teilnahme am Unterricht ist. Mr. Penworthy wird ihm die Hölle heißmachen.«

»Das hat er schon. Ihm die Hölle heißgemacht, meine ich. Jason war den ganzen Vormittag im Schulbüro.« Jack konnte nicht umhin zu denken, dass es einen

Grund gab, warum die klassischen Helden keine Anwältinnen als Mütter hatten.

»Es ist nicht so, als würdest du zu Hause rumliegen und Videospiele spielen. Eigentlich bist du nie zu Hause.« Sie legte ihm die Hände auf die Schultern. »Andererseits ist es nicht zu übersehen, dass du dein Training bekommst. Und ich habe nichts über nächtelange Partys am Strand gehört.«

Ironischerweise wäre es schwerer, damit in einer Kleinstadt durchzukommen als mit dem Bau einer magischen Festung. Linda und Hastings waren nicht die Einzigen mit einem Spionagenetzwerk in Trinity. Becka Downey erhielt Informationen aus der ganzen Stadt.

Als hätte sie seine Gedanken gelesen, lehnte Becka sich gegen das Geländer und sagte: »Bill Childers meint, er fürchtet, dass du und Will euch zerstritten hättet.« Wills Vater, der neugewählte Bürgermeister von Trinity, war einer von Beckas regelmäßigen Kontakten und engsten Freunden.

»Was? Nein, mit uns ist alles in Ordnung«, entgegnete Jack. »Es war einfach irgendwie verrückt mit Wills Arbeitsprogramm. Außerdem ist er im Fußballteam, und er hat Training und … überhaupt.«

»Das ist noch so eine Sache. Du hast dich in diesem Jahr nicht einmal für das Team beworben.« Sie hielt inne, und als er nichts erwiderte, fuhr sie fort: »Warum nicht? Du liebst Fußball oder hast es jedenfalls früher geliebt.«

»Ich habe einfach … ich habe einfach nicht gedacht, dass ich mit meinen Kursen die Zeit dazu hätte.«

»Bill hat gefragt, ob Ellen hier gewesen sei. Ich schätze, sie gehört ebenfalls zu den Vermissten.« Ellen lebte bei Wills Familie.

»Ja. Wir haben … äh … viel Zeit miteinander verbracht. Mit Wandern.« Jack warf einen verstohlenen Blick auf seine Armbanduhr. Er und Ellen teilten sich die nächste Schicht auf der Mauer, und sie würde ihm den Kopf abreißen, wenn er zu spät kam. Sie stand total auf militärische Disziplin, wenn es um die Sicherheit des Schutzgebiets ging.

»Hat Ellen entschieden, was sie im nächsten Herbst tun möchte?«

»Mmmh? Oh. Sie denkt noch darüber nach.«

»Ich mache mir Sorgen um sie. Sie ist so intelligent und hat so viel *Potenzial.* Aber sie scheint überhaupt nicht über ihre Zukunft nachzudenken.« Becka wischte mit den Saum ihres T-Shirts Staub von dem Treppenpfosten. »Wenn Geld ein Problem ist, lass mich ein paar Anrufe machen. Ich werde dafür sorgen, dass sie die nötigen Mittel hat, um aufs College zu gehen.«

Und das würde sie wirklich. Sein ganzes Leben hatte seine Mutter Streuner aufgenommen.

Sie war außerdem Pazifistin. Daher wusste er nicht, wie er ihr beibringen sollte, dass Ellens offensichtliches Betätigungsfeld – abgesehen von der drohenden Krise in Trinity – ein Posten in einer magischen Söldnerarmee war.

»Du weißt, dass morgen Besuchstag im Trinity College ist.«

Ups.

»Muss ich wirklich hingehen? Ich habe das Gefühl, als hätte ich mein ganzes Leben auf diesem Campus verbracht. Ich könnte wahrscheinlich die Führung machen und ihnen schmutzige Wahrheiten über den größten Teil des Lehrerkollegiums erzählen.«

Becka lachte. »Ich bin mir sicher, dass du das könntest. Aber diesmal wirst du in einer anderen Rolle dort sein.« Sie hielt inne. »Ich gebe es nur ungern zu, aber dein Vater könnte recht haben. Ich meine, dass du an eine andere Schule gehen solltest, Elite hin oder her.«

»Mom, ich …«

Becka fuhr fort. »Du hast dein ganzes Leben hier verbracht. Du hast nie etwas anderes gekannt. Um ehrlich zu sein, es überrascht mich, dass du das Trinity College besuchen willst. Ich weiß, dass dir das Leben in einer Kleinstadt auf die Nerven geht. Manchmal muss man irgendwo anders hingehen, um zu würdigen, was man hat.«

»Ich würdige durchaus, was wir hier haben.« Jack war langsam verzweifelt. »Ich möchte auf keine andere Schule gehen. Trinity ist in Ordnung.«

»Hör dir doch mal selber zu. ›Trinity ist in Ordnung.‹ Als ich in deinem Alter war, konnte ich es gar nicht erwarten, auswärts zur Schule zu gehen. Ich wollte so weit wie möglich von meinen Eltern entfernt sein. Ich wollte in einer schrecklichen Schülerunterkunft hausen und mich in die englische Dichtung vertiefen und die ganze Nacht ausbleiben.« Sie runzelte die Stirn und biss sich auf die Unterlippe. »Na gut. Vergiss den letzten Teil.«

Er tat sein Bestes, um eine richtige Lüge zu vermeiden. »Ich habe das Gefühl, als wäre dieses Jahr – du weißt schon – ein Wendepunkt. Als würde nichts jemals wieder so sein wie früher. Fitch geht nach Stanford. Will geht auf die Ohio State. Ich weiß, dass sie in den Ferien nach Hause kommen werden und so, aber trotzdem.«

Er schaute zu Boden und mied ihren Blick. »Seph und Ellen und Jason und ich – wir versuchen einfach, unseren Weg zu finden. Ich möchte den Sommer überstehen, bevor ich Pläne für den Rest meines Lebens mache. Ich hoffe, du kannst mir einfach – du weißt schon – vertrauen.«

Er sah sie an. »Glaub mir. Ich denke nicht, dass meine Zukunft davon abhängt, ob ich die juristische Fakultät von Harvard besuche.«

Sie musterte sein Gesicht, dann nickte sie. »In Ordnung. Ich werde dir ein wenig Raum geben. Aber ich will, dass du morgen in das Schülersekretariat gehst und dich für Kurse einträgst. Du kannst immer noch absagen, aber wenn du dich jetzt entscheidest, im September zu gehen, sind die Kurse noch nicht voll belegt.«

»Okay.« Er trat von einem Fuß auf den anderen und war sich Schattentöters Gewicht auf seinem Rücken bewusst. »Danke, Mom. Bis nachher.«

Im Laufschritt, um die verlorene Zeit aufzuholen, überquerte Jack den Campus auf dem Weg zum Perry Park. Efeubedeckte Gebäude drängten sich um Rasenanlagen. Hohe Bäume beschatteten die steinernen Gehwege, die die Grünflächen durchzogen. Es war ein Ort, um sich von der Außenwelt abzuschotten. Aber die Außenwelt hatte die unangenehme Gewohnheit, in Jacks Leben einzudringen.

Trotz seines schnellen Schrittes wurde er abgefangen, bevor er es hinter die Baumlinie schaffte. Will Childers tauchte auf einer Seite von ihm auf und Harmon Fitch auf der anderen. Sie hatten Sportshorts und Fußballpullover an und trugen Sporttaschen, und er wusste, dass sie gerade vom Fußballtraining kamen. Er verspürte einen Stich des Neids.

»Hi, Jack«, sagte Fitch und hielt trotz Jacks längerer Schritte mit ihm mit. »Was liegt an?«

»Lange nicht gesehen«, fügte Will hinzu.

»Das ist nicht wahr«, widersprach Jack. Heute musste der »Was-hat-Jack-so-getrieben«-Tag sein, dachte er.

»Fitch, denkst du, er weiß, dass wir in drei Monaten oder so fortgehen?«

»Unmöglich, Will. Sonst würde er sich mehr um seine alten Freunde kümmern. Voller Sehnsucht von den alten Zeiten reden in Erwartung des großen Lebewohls.«

»Also, wohin willst du, Jack?«, fragte Will und zog an Jacks Tasche. »Kriegsspielchen im Wald?«

»Wie können wir helfen?«, fragte Fitch. »Wir haben Jason zurückgeholt. Also, was können wir sonst noch tun?«

»Das ist nicht ...«

»Ich weiß«, unterbrach Will ihn und hob die Hand, um den Vortrag zu bremsen. »Es ist nicht unser Kampf. Er findet nur in unserer Stadt statt, und all unsere Freunde nehmen daran teil. Lass uns so tun, als hätten wir uns bereits darüber gestritten und wären übereingekommen, dass es doch unser Kampf ist.«

»Also gut«, gab Jack nach. »Kommt mit. Ich werde euch zeigen, was Ellen und ich so getrieben haben.« Nicht dass es für sie viel zu sehen geben würde.

Der Perry Park lag am Stadtrand von Trinity. Mercedes hatte das Weirtor tief in den Wald gelegt in der Hoffnung, dass die nicht magischen Bürger von den Vorgängen weniger mitbekommen würden. Nick Snowbeard hatte eine Barriere rund um das Tor gebaut, die den durchschnittlichen Anaweirwanderer abweisen sollte. Es war ein Verwirrungszauber mit ein wenig Struktur. Jack musste eine Öffnung für Will und Fitch schaffen. Dennoch war es nicht besonders angenehm für sie, die Barriere zu passieren.

»Es erinnert mich an Raven's Ghyll.« Will schauderte.

Fitch wurde so bleich, dass die Sommersprossen auf seinem Gesicht besonders deutlich hervorstachen. »Warum muss das denn so unangenehm sein?«

»Es ist gleich hier vorn.« Jack wies Will und Fitch in die richtige Richtung.

»Was?« Fitch spähte geradeaus, zwischen die Bäume. »Wo?«

»Hier«, sagte Jack mit einer ausholenden Handbewegung. »Es ist endlich fertig. Es ist – äh – etwa dreizehn Meter hoch und fünf Meter breit. Wir gehen zum Tor.« Jack zog den Reißverschluss seiner Tasche auf und holte Schattentöter heraus.

Will sah ihn misstrauisch an, als würde man sich über ihn lustig machen. »Wir sollen also glauben, dass hier eine Mauer ist.«

Jack nickte, schwang versuchsweise sein Schwert und spürte das vertraute Kribbeln, als er die Verbindung mit Schattentöter herstellte. Die Klinge blinkte in dem Licht, das durch die Bäume drang.

»Das andere Barrierenmauerding in Raven's Ghyll habe ich gesehen.«, sagte Fitch. »Aber das hier sehe ich nicht.«

»Das liegt daran, dass es nur für die Begabten gedacht ist. Sie sind die Einzigen, die es sehen können. Ihr könnt einfach durchgehen.« Er streifte sich sein Wehrgehänge über und schob das Schwert in die Scheide. »Erinnerst du dich, als Seph nach Trinity kam und diese Zauberer eine Barriere errichteten, um ihn draußen zu halten? Das ist das Gleiche.«

Aber es war überhaupt nicht das Gleiche. Warren Barber hatte ein Monsterspinnennetz um Trinity gesponnen in der Absicht, Seph McCauley zu fangen. Es war zweckmäßig – gewoben aus schlangenähnlichen Ranken, die einen packten, wenn man es durchdringen wollte.

Doch Mercedes konnte es nicht ertragen, etwas zu erschaffen, das der Welt nichts Schönes hinzufügte. Daher war diese Mauer ein elegantes Bauwerk – wie die kristalline Befestigungsmauer einer Märchenburg, bestückt mit Zinnen, Dachspitzen, Türmen und Türmchen. Banner mit dem Silbernen Drachen flatterten von den Türmen.

Das Tor befand sich in einem beeindruckenden Torhaus, das aus der Mauer hervorsprang. Jack konnte Ellen hören, bevor sie zu sehen war.

»Na los, traut euch«, rief sie. »Wer will der Erste sein?«

Jack hörte die Musik ihrer Klinge, als sie sie schwang.

Dem folgte ein unverständliches Zischen von Zaubererstimmen.

Jack zog Schattentöter und stürmte durch den Torbogen, wo er Ellen mit Wegbereiter in den Händen gegenüber von vier angepissten Zauberern fand.

Ellen sah blass, stur und mehr als ein wenig mitgenommen aus. Aus gutem Grund. Vor ihr standen in einer Reihe Ellens früherer Kriegermeister, Geoffrey Wylie von der Roten Rose, und Jacks alte Ärztin und Möchtegernkriegermeisterin Jessamine Longbranch von der Weißen Rose. Jacks Finger krochen zu der Stelle an seiner Brust, wo sie den Einschnitt gemacht hatte, der ihm das Leben gerettet und es für immer verändert hatte.

Es war kaum zu glauben, aber da war auch Claude D'Orsay, Gregory Leicesters Mitverschwörer, der es auf Second Sister darauf abgesehen hatte, den Rosen die Kontrolle über die Gilden abzuringen. Warum war er jetzt auf ihrer Seite?

Bei D'Orsay war ein blonder Junge von vielleicht vierzehn Jahren, der alles mit lebhaftem Interesse verfolgte. Ab und zu beugte sich D'Orsay herunter und sagte etwas zu dem Kind, als erkläre er etwas.

Irgendeine Art von Monsterlehrling?, fragte sich Jack.

Es war wie eine dieser Szenen, in denen man sich den Dämonen aus seiner Vergangenheit gegenübersah. Er hätte nie gedacht, dass die Anführer beider Zaubererhäuser zusammenarbeiten würden. Ganz zu schweigen von einer Versöhnung mit Claude D'Orsay. Es ließ Jack frösteln.

»Ich bin ja so froh, dass du es noch geschafft hast«, murmelte Ellen mit zusammengebissenen Zähnen, während Jack seinen Platz neben ihr einnahm. In die Zauberer kam Bewegung, jeder versuchte, nach hinten zu gelangen. Keiner schien den Wunsch zu verspüren, es mit Schattentöter aufzunehmen.

»Wo bist du gewesen?«, fragte Ellen scharf.

»Ich bin zu Hause aufgehalten worden. Meine Mom will wissen, wo wir unsere ganze Zeit verbringen und ob du aufs College gehen wirst.«

»Oh. Was hast du ihr gesagt?«

Die Zauberer rückten langsam vor. Jack schleuderte Flammen von der Spitze seiner Klinge und trieb sie zurück. »Ich habe gesagt, dass wir versuchen, unseren Weg zu finden.«

Ellen nickte widerwillig. »Das war gut.«

Jack fand, dass die Zauberer als Gruppe irgendwie krank und geschlagen aussahen. Aber sie wirkten auch aufgeregt, als hätten sie gerade die Rettung über den Hügel kommen sehen. Sie schauten immer wieder zum Stadtzentrum hinüber, wie Eisenspäne, die von einem starken Magneten angezogen wurden, obwohl D'Orsay sich etwas zurückhielt.

Schließlich drängelte sich Jessamine Longbranch nach vorn.

»Jackson. Ich bin froh, dass du hier bist«, sagte sie und warf ihre schwarze Mähne zurück. »Diese Kriegerin weigert sich, uns ins Schutzgebiet zu lassen. Sag ihr, dass sie zur Seite treten soll, bevor ich etwas Nichtwiedergutzumachendes tue.«

»Den Kopf verlieren«, blaffte Ellen zurück. *»Das* ist nicht wiedergutzumachen.« Wegbereiter sang in einem breiten Bogen und ließ Funken auf die Gruppe der Zauberer regnen. Longbranch sprang zurück und wäre beinahe gestürzt.

»Neue Regeln, Dr. Longbranch«, erklärte Jack. »Das Schutzgebiet ist bis auf Weiteres geschlossen.«

»Durch wessen Befehl?«, begehrte Wylie auf. Die Stimme des Zauberers hatte etwas Trockenes, Zischendes an sich, wie Luft, die aus einem Reifen entwich, und sein vernarbtes Gesicht war von einem finsteren Ausdruck verzerrt.

»Der Schutzgebietsvorstand«, antwortete Jack.

»Schwachsinn«, gab Wylie zurück. »Zauberer schlachten einander überall auf der Welt ab. Wir haben keine Zeit, uns mit den Dienergilden abzugeben.« Er machte Anstalten, als wolle er sich vorbeidrängen. Jack stieß den Zauberer mit einer Druckwelle zurück und warf ihn flach auf den Rücken.

Jack drückte Wylie die Spitze seines Schwerts in den Hals, bis Blut herausrann. Die anderen Zauberer murmelten missbilligend untereinander. Wylie starrte mit großen, irgendwie schielenden Augen auf die Klinge.

»Beim nächsten Mal stoße ich tiefer zu«, versprach Jack, hob Schattentöter von Wylie und trat zurück. Er schauderte. Was war los mit ihm? Er erinnerte sich an eine Zeit, da die Vorstellung, jemanden bluten zu lassen, undenkbar erschienen war.

Longbranch schaute auf Wylie hinab, als mache es ihr nichts aus, ihn so auf dem Rasen sitzen zu sehen, dann blickte sie zu Jack auf. »Du bist schon immer so herrlich körperlich gewesen, Jack.« Sie sagte es, als sei er eine Art unberechenbare barbarische Kuriosität. »Also gut. Wir verlangen, über diese neue Politik mit dem zuständigen *Zauberer* zu sprechen.«

Eine neue Stimme erklang: »Das wäre dann wohl ich.«

Köpfe drehten sich in Richtung des Sprechers.

Seph McCauley hatte sich zwar nicht passend gekleidet (er trug ein schwarzes T-Shirt und Jeans), aber Jack musste zugeben, dass er eine gewisse Ausstrahlung hatte, die einen veranlassen konnte, ihn ernst zu nehmen. Mehr und mehr erinnerte er Jack an Hastings. Es war weit mehr als sein Aussehen – es war die Aura von Macht, die ihn umgab, oder vielleicht auch die Intensität, die unter der Oberfläche zu brodeln schien.

»*Du* hast das Sagen?« Longbranch musterte Seph mit schmalen Augen.

»Ja.« Seph zuckte bescheiden die Achseln. »Zumindest, was Sicherheitsfragen betrifft.«

»Es ist also wahr. Dieser Ort wird tatsächlich von jungen Emporkömmlingen geleitet.«

Seph lächelte. »Wenn es eine Frage des Alters wäre, dann hätten sie den Ältesten gewählt.«

Wylie kämpfte sich auf die Füße, klopfte sich die Kleider ab und warf Jack einen giftigen Blick zu, der besagte, dass es ihm eines Tages noch leid tun würde.

Aber nicht heute. Jack hatte so viele solcher Blicke von Zauberern erhalten, dass er ihn einfach seiner Sammlung würde hinzufügen müssen.

Auf einmal war Nick Snowbeard da. Einfach so. Er hatte immer die erstaunliche Fähigkeit besessen, aus dem Nichts aufzutauchen. Es war nicht so, dass er sich schneller bewegte als Licht. Es war, als habe man ihn bis dahin nur nicht bemerkt.

»Jessamine. Geoffrey. Bitte«, sagte der alte Zauberer. »Hört auf, unsere Zeit zu verschwenden, und sagt uns, was zum Teufel ihr wollt.«

Longbranch schaute zum Stadtzentrum hinüber, wo der Glockenturm von St. Catherine's über den Bäumen aufragte. Dann sah sie wieder zu Nick. »Diese jungen Krieger verwehren uns den Zutritt.«

»Das ist ihr Job«, erwiderte Nick. »Sie handeln auf Befehl des Vorstands und auf Anweisung von Seph als Sicherheitsmeister.«

»Das können Sie nicht machen«, knurrte Wylie. »Wir haben das gleiche Recht, die Stadt zu betreten, wie jeder andere.«

»Was ist hier los?« Wieder fuhren Köpfe herum. Jason Haley trat zwischen den Bäumen hervor.

»Ah«, sagte D'Orsay leise, aber laut genug, dass Jack es hören konnte. »Hier bist du also.« Der blonde Junge neben ihm klopfte D'Orsay auf den Arm und zeigte auf Jason, dann flüsterte er dem Spielemeister etwas ins Ohr.

»Nun, nun, Jason Haley«, sagte Wylie und musterte Jason von Kopf bis Fuß, wie man vielleicht eine Exfreundin mustern würde, mit der man nicht hätte Schluss machen sollen. »Ich habe dich seit Second Sister nicht mehr gesehen.«

»Richtig«, bestätigte Jason. »Als Seph und ich Ihnen den Arsch gerettet haben.« Er drehte sich um und stolperte einen Schritt zurück, tat so, als entdecke er D'Orsay jetzt erst. »D'Orsay! Und der kleine D'Orsay! So weit fort von zu Hause? Was ist los?« Er lächelte ein Krokodilslächeln.

D'Orsay neigte den Kopf und grüßte: »Mr. Haley.« Seine Augen glitzerten, und er sah genauso raubtierhaft aus.

Jason schaute von Longbranch und Wylie zu D'Orsay und wieder zurück. »Mann, das kann nicht wahr sein. Sie arbeiten zusammen?« Er drückte sich den Handrücken auf die Stirn, als wolle er feststellen, ob er Fieber hatte. »Moment mal, ist das ein Traum?«

»Wenn ihr uns nicht einlasst, werden wir ein Treffen verlangen«, erklärte Longbranch und gab ihr Bestes, Jason zu ignorieren.

»Alles vergeben und vergessen, was?« Jason grinste.

»... mit *demjenigen,* der in der Position ist, Verhandlungen führen zu können«, fuhr Longbranch halsstarrig fort.

»He, D'Orsays, an eurer Stelle würde ich mich vorsehen«, fuhr Jason fort. »Die Türen verschließen, das Passwort ändern, einen Vorkoster einstellen, so was alles. Das ist das Tolle an Zauberern, man muss jeden Tag von Neuem raten, wer noch auf deiner Seite steht.«

»Na schön, Jess«, meldete Nick sich zu Wort. Er schien nur mühsam ein Lächeln zu unterdrücken. »Wir werden euch für ein Treffen einlassen.« Er sah Seph an. »Was schlägst du vor?«

»Nicht mehr als drei Zauberer«, sagte Seph und ließ den Blick über die Spieler wandern. »Und keine *Sefas.«*

»Devereaux darf doch sicher mitkommen«, sagte D'Orsay. »Er ist schließlich nur ein Junge, und ich würde ihn nur ungern allein lassen.«

Seph zögerte, dann nickte er. »In Ordnung. Jack, Ellen, vielleicht sollten wir noch einige Krieger holen, um das Tor zu verstärken.«

Jason bemerkte, dass Longbranch und Wylie ihm den ganzen Weg zum Pavillon verstohlene Blicke zuwarfen. Man konnte beinahe sehen, wie die Rädchen sich drehten, was merkwürdig war, denn die meisten Zauberer hatten keine Mühe, einem ins Gesicht zu lächeln, während sie einem von hinten die Klinge in den Rücken rammten.

D'Orsay hielt Devereaux dicht bei sich, als könne Jason ihn angreifen, wenn er ihm die leiseste Blöße bot. Jason lächelte die beiden auf seine beunruhigendste Art und Weise an.

Sie ließen sich um einen Picknicktisch aus Rotholz nieder.

»Also«, begann Nick und legte die knorrigen Fingerspitzen auf der Tischfläche aneinander. »Worum geht es?«

Longbranch zog sich einen Rotholzsplitter aus der Hand. »In der Zaubererwelt herrscht Chaos. Attentate, Diebstähle, offene Feldschlachten. In einige der Waffenlager wurde eingebrochen, und es wurden Waffen gestohlen. Jeder Zauberer ist auf sich gestellt. Die Herrschaft des Rechts ist Vergangenheit. Doch als wir ins Schutzgebiet kamen, wurde uns der Zutritt verwehrt.«

Seph räusperte sich, und seine Mundwinkel zuckten. »Ähm. Wollen Sie sagen, dass Sie als … *Flüchtlinge* hier sind?«

»Wir sagen, dass wir alle zusammenarbeiten müssen, um in den Gilden wieder für Ordnung zu sorgen«, warf Wylie ruhig ein.

»Die Notwendigkeit, den Frieden wiederherzustellen, hat bereits einstige Feinde zusammengebracht«, meinte D'Orsay tugendhaft und deutete auf Wylie und Longbranch. »Wir hoffen, dass Sie sich alle dazu bereit erklären, sich uns ebenfalls anzuschließen.«

Als Nächstes werden sie noch alle zusammen »Kumbaya« singen, dachte Jason und trommelte mit den Fingern auf den Tisch.

»Und was dann?«, fragte Jason.

Wylie zupfte an seinen Ärmeln und spielte auf Zeit. »Was meinst du?«

»Wer hat das Kommando?«

»Ich bin mir sicher, dass wir zu einer … zufriedenstellenden Vereinbarung über die Aufgabenteilung kommen können«, sagte Longbranch und zog ihre dunklen Brauen hoch.

»Schwebt Ihnen etwas Spezielles vor, wenn Sie sagen, dass wir zusammenarbeiten sollten?«, fragte Nick.

Die drei Zauberer sahen einander an. Natürlich tat es das.

Der junge D'Orsay sprach zum ersten Mal. »Wir wissen, dass Haley in Raven's Ghyll eingebrochen ist und einige wichtige magische Gegenstände gestohlen hat – *Sefas,* die seit Generationen im Besitz unserer Familie gewesen sind.« D'Orsay sah Jason an, als könne er zusammenbrechen und gestehen.

»Gegenstände, die von Rechts wegen uns allen gehören«, warf Wylie ein. »Wir haben Grund zu der Annahme, dass sie sich hier im Schutzgebiet befinden.«

»Worum geht es also?«, fragte Nick, dessen legendäre Geduld schwand. »Was wollen Sie?«

»Wir wollen das, was aus dem Ghyll gestohlen wurde«, antwortete Longbranch. »Wir wollen das Drachenherz.«

Es war, als hätte sie eine Bombe mitten auf den Tisch

geworfen. Alle saßen wie erstarrt da und musterten einander.

»Das Drachenherz«, wiederholte Seph langsam und bedächtig. »Und das ist …«

»Es ist die Waffe der Zeit«, blaffte Wylie. »Unvorstellbar mächtig.«

»Wirklich?« Jason beugte sich vor. »Wer hat Ihnen das gesagt?«

»Wir haben das Buch, das du im Ghyll fallen gelassen hast, als du meinen Sohn angegriffen hast«, sagte D'Orsay und tätschelte dem kleinen Devereaux die Schulter.

»Er hat eher mich angesprungen«, verteidigte sich Jason.

»Während du dich *unbefugt* auf unserem Grundstück aufgehalten hast.« Devereaux erhob sich halb von seinem Sitz. »Du bist ein *Dieb,* jawohl.«

»Devereaux, nicht jetzt«, murmelte D'Orsay und drückte seinen Sohn auf den Stuhl zurück. Devereaux entriss ihm den Arm und funkelte ihn wütend an.

D'Orsay tat so, als bemerke er es nicht. »Das Tagebuch sagt sehr deutlich, dass jeder, der das Drachenherz kontrolliert, die Gilden beherrschen wird. Oder zerstören.«

»Wir werden es benutzen, um die Ordnung wiederherzustellen«, warf Longbranch ein. »Und einen dauerhaften Frieden zu gewährleisten.«

»Ordnung wiederherstellen«, wiederholte Nick nachdenklich. »Eine heikle Angelegenheit, so viel steht fest.«

»Versuchen Sie nicht zu leugnen, dass es hier ist.« Longbranchs Wangen hatten sich gerötet, als sei sie überhitzt. »Wir können seine Gegenwart spüren. Ihnen ist doch wohl klar, dass es nicht so weitergehen kann wie bisher. Und sobald sich die Lage stabilisiert hat, wird jeder an diesem Tisch eine Rolle zu spielen haben.« Sie ließ den Blick über die Runde schweifen.

Ja, dachte Jason. Ich werde den Kadaver spielen. Einen unter vielen.

»Wenn wir eine Waffe hätten«, schaltete sich Seph ein, »warum sollten wir sie mit Ihnen teilen?«

Wylie lächelte. »Mächtige *Sefas* müssen mit Feingefühl und Geschick behandelt werden. Andernfalls ist es riskanter, sie zu benutzen, als sie in Ruhe zu lassen. Wir sind bereit, dieses Risiko für euch einzugehen.«

»Wie großzügig«, murmelte Nick. »Haben Sie eine Ahnung, wie man das Drachenherz benutzt? Oder wird es ein Schuss ins Blaue?«

»Keine Angst«, sagte D'Orsay mit fröhlichem Selbstbewusstsein. »Der Text hat detaillierte Anweisungen geliefert.«

»Ich erinnere mich nicht daran, das gesehen zu haben«, widersprach Jason. Er hatte nur einen schnellen Blick darauf werfen können, aber das Drachenherz war bis zur letzten Seite nicht einmal erwähnt worden, als die Drachin tot war und ihre Dienerin starb.

»Du musst es übersehen haben«, sagte D'Orsay, während Longbranch und Wylie ihn argwöhnisch musterten.

»Also«, ergriff Wylie das Wort. »Ich denke, Ihnen ist klar, dass es in Ihrem besten Interesse ist, zu kooperieren. Wenn nicht, können wir Ihnen das Leben ausgesprochen unangenehm machen.«

»Wenn wir Ihnen eine unglaublich mächtige Waffe aushändigten«, sagte Nick, »scheint es mir, dass Sie mehr als unangenehm werden könnten.«

Longbranchs Augen glitzerten verärgert. »Lassen Sie mich offen sein. Geben Sie uns das Drachenherz, und

Sie werden neben uns über die Gilden herrschen. Weigern Sie sich, und wir werden diese Stadt und alles und jeden darin vernichten. Bis hin zum kleinsten Kind und Haustier.«

So viel zu »Kumbaya«, dachte Jason.

Nick stand abrupt auf, ein Signal, dass das Treffen zu Ende war. »Wir haben Sie hereinkommen und Ihr Anliegen vortragen lassen. Jetzt werde ich mein Anliegen vortragen.« Er schwieg und blickte in die Runde. »Seien Sie vorsichtig, wem Sie drohen, sonst könnten Sie sich auf der Gegenseite einer Macht wiederfinden, die Sie sich nicht einmal ansatzweise vorstellen können.«

»Was wollen Sie damit sagen?«, polterte Wylie. »Sie haben nicht einmal ...«

Seph richtete sich zu seiner vollen Größe auf, eine tödliche Schlange, die sich entrollte. »Was wir sagen, ist: Wenn Sie das Schutzgebiet angreifen, *werden wir das Drachenherz benutzen.* Es wird der letzte Fehler sein, den Sie jemals machen werden.«

Longbranch erhob sich und gab Wylie ein Zeichen. »Wenn es zum Krieg kommt, wird niemand innerhalb dieser Mauern überleben.« Sie warf einen boshaften Blick auf Will und Fitch, die am Rand standen. »Und das schließt eure Familien und eure Anaweirfreunde ein.«

Nick hob ungeduldig die Hand, um dem Strom von Ultimaten Einhalt zu gebieten. »Jason. Könntest du unsere Besucher zum Tor begleiten?«

Jason nickte und stand auf. »Mit Vergnügen.«

Sie gingen zurück zum Tor, Jason und Longbranch Seite an Seite und Wylie, D'Orsay und Devereaux an der Spitze der Gruppe. Longbranch verlangsamte ihr Tempo, um mehr Abstand zwischen sie zu bringen.

Kaum waren sie außer Hörweite der anderen, als Longbranch sich an Jason wandte. »Du scheinst mir ein ziemlich cleverer junger Mann zu sein«, begann sie. »Und doch hat man dich zu dem riskanten Job in Raven's Ghyll geschickt, während McCauley und Snowbeard und Hastings die Befehle erteilen.«

Jason schaute geradeaus. »Ich ... ähm ... habe mich freiwillig gemeldet.«

»Warum?«

»Ich hatte meine Gründe.«

Sie legte ihm eine Hand auf den Arm, und er spürte den Stich der Macht. Er fuhr herum, und sie standen einander gegenüber, abgeschirmt von einem Kreis von Bäumen.

»Der Stein gehört von Rechts wegen dir«, sagte Longbranch. *»Du* hast ihn aus dem Ghyll mitgebracht. *Du* solltest derjenige sein, der von ihm profitiert.«

Jason schwieg. Der Stein war niemals fern von seinen Gedanken, und jetzt, da er in seiner Reichweite war, war er noch berauschender.

Ermutigt durch sein Schweigen hakte Longbranch nach. »Was willst du? Du könntest in der Hierarchie aufsteigen, wenn es dir gefällt. Oder du könntest die Politik meiden und wie ein König leben, mit einem Gefolge von Betörern, Hexern und Anaweir, die dich bedienen würden. Wir können dir uneingeschränkten Zugang zu allem bieten, was dich glücklich macht.«

»Alles, was mich glücklich macht?«

»Ja«, flüsterte Longbranch und beugte sich näher zu ihm vor. »Was wünschst du dir?«

»D'Orsay.«

Longbranch blinzelte ihn an, für einen Moment sprachlos. »Was?«

»Ich will D'Orsay. Das ist der Grund, warum ich mich freiwillig gemeldet habe, in das Ghyll zu gehen.« Jason lächelte schief. »Aber andererseits haben Sie monatelang erfolglos versucht, an ihn heranzukommen. Ich bin ihm nähergekommen, als Sie es jemals geschafft haben, und ich bin lebend zurückgekehrt. Also habe ich keinen Grund zu denken, dass Sie mir das Gewünschte liefern können.«

Longbranch warf einen Blick zu Wylie und D'Orsay, dann drehte sie sich wieder zu Jason um und lächelte. Diesmal war das Lächeln aufrichtig. »Mach dir darüber keine Sorgen. Du beschaffst mir das Drachenherz, und ich kann D'Orsay liefern.«

KAPITEL 24
Idiot

Leesha kannte den Grundriss des Apartments auswendig. Sie war tausendmal darin auf und ab gegangen, von der Tür, die nach draußen und in die Freiheit führte, durch die praktische Küche, vorbei am Sitzbereich und in das kleine Schlafzimmer dahinter. Jeder Raum war gefüllt mit Bücherregalen. Jedes Bücherregal war voll mit Büchern.

Sie schlief auf einem Futon im zweiten Stock, in dem Arbeitsraum mit den Regalen mit Schriftrollen und Eimern voller rätselhaftem, klebrigem Zeug und Flaschen mit stinkenden Tränken. Auf den Arbeitstischen türmten sich Manuskripte, Blaupausen, nicht zu identifizierende magische Objekte und seltsame Apparate.

Der alte Mann hatte ihr gesagt, was für sie verboten war, und nach zwei Wochen war sie klug genug, nichts davon zu berühren. Gedankenverloren saugte sie an ihren blasigen Fingern, griff nach nicht verbotenen Gegenständen und stellte sie wieder hin. Der Höhepunkt des Tages war, wenn Jacks Mutter Becka aus dem Haus ging, in ihren Wagen stieg und davonfuhr.

Sie vermisste sogar Tante Milli. Obwohl das Leben mit ihr auf seine eigene Weise beängstigend sein konnte, hatte ihre Tante Leesha immer das Geschenk von Zeit und Aufmerksamkeit gemacht, die sie von niemandem sonst bekam.

Trotzdem, im Herzen wusste sie, dass es viel Schlimmeres gab, als sich in Nick Snowbeards vollständig mit Schutzzaubern belegter Wohnung über der Garage zu verstecken.

Irgendwo da draußen war Barber. Jetzt, da die Mauer stand, konnte er zumindest die Stadt nicht frei betreten und wieder verlassen. Hoffentlich dachte er, sie wäre tot. Selbst hier, im Herzen des Schutzgebiets, zuckte sie bei kleinen Geräuschen zusammen und wachte mitten in der Nacht schweißgebadet auf.

Jedes Mal, wenn sie an Jason dachte, wurde ihr schlecht, was bedeutete, dass ihr fast die ganze Zeit übel war. Eine Erinnerung überkam sie – die Sonne, die durch schneebedeckte Kiefern glitzerte, die kleine, aufgeplusterte Eule, Jasons strahlend blaue Augen und sein Eifer, ihr etwas Neues zu zeigen.

»Es wäre cool, wenn wir einfach zusammen sein könnten«, hatte er auf eine Art gesagt, die nicht mehr von ihr verlangte als ihre Gesellschaft.

Wie hatte sie ihn Barber überlassen können? Warum konnte man im Leben nicht etwas noch einmal machen?

Sie war an Schuldgefühle nicht gewöhnt. Sie war es gewohnt, eine Spielerin zu sein. Sie war es gewohnt, Alternativen zu haben, immer ihren nächsten Schritt zu planen. Sie konnte nach anderen Verbündeten Ausschau halten – Longbranch und Wylie zum Beispiel. Sie konnte zu D'Orsay zurückgehen. Das Drachenherz konnte ihr Ticket zu ihrer Befreiung sein.

Sie konnte seine ständige Anziehungskraft spüren, Tag und Nacht, eine Verbindung mit ihrem Weirstein. Es war, als sei der Stein erwacht, und seine wachsende Macht pulsierte durch das Schutzgebiet.

Ihn zu *finden,* war nicht das Problem, obwohl er zweifellos schwer mit Schutzzaubern belegt sein würde. *Ihr* Problem war, dass sie unbeweglich war, beschwert vom Verlust. Sie wollte keine Spielerin mehr sein.

Als hätten ihre Gedanken den Teufel heraufbeschworen, hörte sie in der Garage ein Geräusch. Dann der langsame, gemessene Klang von Schritten auf der Treppe. Ein Schlüssel knirschte im Schloss, und die Tür flog auf.

Es war Snowbeard. Der alte Mann stand im Türrahmen, Päckchen in den Händen, und sein Lächeln verwandelte sich in Verwirrung. »Geht es dir gut, Alicia?«

Sie schluckte ihre Furcht herunter. »Was denken Sie, wie es mir geht?«, flüsterte sie.

»Ah.« Er schlurfte vorwärts, warf die Schlüssel in eine Schale neben der Tür und stellte eine Bäckereitüte und eine Dose Tee auf den Tisch. »Konntest du dich nicht amüsieren?«

Was ihr das Gefühl gab, als sei es ihre Schuld, dass sie sich langweilte. »Mich amüsieren? Wie denn?«

Snowbeard setzte den Kessel auf, nahm einen Teller aus dem Schrank über der Spüle und arrangierte darauf einige wirklich sündhafte Brownies. »Hast du es mit einem der Bücher versucht, die ich dir dagelassen habe?«

Sie schüttelte den Kopf, den Blick auf die Brownies gerichtet. »Ich konnte mich nicht konzentrieren.«

»Schade. Es sind einige meiner Lieblingsbücher. Ich hatte gehofft, dass wir heute Abend darüber sprechen könnten.« Er deutete auf den Tisch. »Bitte. Setz dich. Wir werden bald zu Abend essen, aber ich glaube, wir sollten den Nachtisch zuerst essen. Möchtest du Tee, Kaffee, Limonade?«

Irgendwie sagte sie: »Tee« und ging an den Tisch und setzte sich.

Sie biss in ein Brownie. Sie war froh, dass sie den Stoffwechsel eines Zauberers hatte. Der alte Mann brachte jeden Tag Killersüßigkeiten mit nach Hause.

Als der Kessel pfiff, stellte er ihn auf den Tisch und goss ein, dann nahm er selbst Platz.

Leesha blies auf ihren Tee und griff nach einem weiteren Brownie. »Ich kann es nicht ertragen«, murmelte sie. »Ich meine, nicht zu wissen, was los ist.«

»Nun, mal sehen. Wir haben uns heute mit Wylie, Longbranch und D'Orsay getroffen«, berichtete Snowbeard.

Leesha verschluckte sich an ihrem Tee und spuckte ihn auf den Tisch.

Snowbeard tat so, als bemerke er es nicht.

Leesha tupfte mit ihrer Serviette die Tischdecke ab. »Mit allen zusammen?«

Der alte Mann nickte. »Es scheint, dass sie Gemeinsamkeiten gefunden haben.«

Zum einen hassten sie alle Alicia Middleton. »Was haben sie ... was haben sie gesagt?«

»Sie haben um Erlaubnis gebeten, das Schutzgebiet betreten zu dürfen.«

Leesha packte ihre Teetasse. »Und Sie sagten ...?«

»Wir haben abgelehnt.«

»Haben sie gesagt, warum sie hereinwollten?«

»Sie wollen das Drachenherz.«

»Das Dra... was ist das?«

Snowbeard schüttelte den Kopf und wirkte enttäuscht. »Ich bitte dich.«

Sie richtete sich verärgert auf. »Es ist mir egal, was die Leute sagen, ich habe nie ...« Sie verstummte, als der Blick des alten Mannes sie auf dem Stuhl festnagelte. Sie schluckte hörbar. »Also, was jetzt?«

Er zuckte die Achseln und legte seine runzligen Hände auf den Tisch. »Sie haben gedroht, uns alle zu vernichten.«

»Was haben Sie gesagt?«, fragte Leesha, gegen ihren Willen fasziniert.

»Im Wesentlichen haben wir gesagt, dass sie nur kommen und es versuchen sollen.« Snowbeard grinste und sah dabei irgendwie jungenhaft aus.

»Wow, Sie sind … ähm … zuversichtlich.«

Snowbeard rieb sich die Nase. »Wir haben Waffen, von denen sie noch nicht einmal geträumt haben.«

»Was werden Sie mit mir machen?« Leesha betrachtete den alten Mann prüfend und hoffte, er würde seine Absichten verraten. Sie würden sie umbringen. Sie wusste es. Sie hatte keine Ahnung, warum sie noch lebte, selbst jetzt noch, es sei denn, sie warteten auf Hastings. Sie hatte bei der Mauer geholfen, aber das würde keine Rolle spielen, wenn man die Dinge gegeneinander abwog. Sie hatte Will und Fitch gekidnappt, Jason verraten und es nicht geschafft, Barber auszuliefern.

Das mit Jason wussten sie natürlich nicht.

»Die Existenz des Drachenherzens und die Tatsache, dass es sich im Schutzgebiet befindet, scheinen allgemein bekannt zu sein. Daher hast du keine Information, die uns schaden kann. Also. Du hast die Wahl, meine Liebe. Du kannst das Schutzgebiet verlassen und hingehen, wo du willst.«

»Sie würden mich gehen lassen?«, platzte Leesha heraus.

Snowbeard lächelte sanft. »Unter der Auflage, dass du nie mehr zurückkehrst.«

Leesha drehte und wendete diese Information wie einen kostbaren Stein und suchte nach Haken. »Meine

Feinde werden mich umbringen«, stellte sie fest. »Barber und Dr. Longbranch.«

»Du könntest womöglich feststellen, dass sie ... anderweitig beschäftigt sind ... zumindest vorläufig. Es könnte ein guter Moment sein, um zu verschwinden.«

Leesha nickte. »Okay. Sie sagten, ich hätte die Wahl. Was ist meine Alternative?«

»Du kannst hierbleiben, so wie bisher.«

Sie zeigte mit einer ausholenden Armbewegung auf die kleine Wohnung. »Wenn ich noch länger hierbleibe, werde ich vor Langeweile sterben.« Oder eher vor Schuldgefühlen. Sie brauchte etwas zu tun, etwas, um sich von den Gedanken an Jason abzulenken.

Snowbeards Mundwinkel zuckten. »Keine Sorge. Wenn du bleibst, werden wir sicher eine Aufgabe für dich finden.«

»Warum würden Sie mich bleiben lassen?« Leesha war aufrichtig neugierig.

»Nun«, antwortete Snowbeard, »angesichts deiner Vergangenheit spricht einiges dafür, dich dort zu haben, wo wir dich sehen können. Und gerade Zauberer sind Mangelware.« Er hielt inne. »Bevor du deine Entscheidung triffst, gibt es noch etwas, das du wissen solltest. Jason ist vor zwei Tagen zurückgekehrt.«

Für einen Moment dachte Leesha, dass sie wirklich in Ohnmacht fallen würde (sie hatte es Dutzende von Malen vorgetäuscht). Alles Blut wich aus ihrem Kopf und floss, wo immer Blut hinfließt, wenn man unter Schock steht.

Wenn sie nicht gesessen hätte, wäre sie zusammengebrochen. »J-J-Jason *zurück?* Er *lebt?* Ist er *okay?«* Sie schrie es förmlich.

»Nun, die Antwort auf alle drei Fragen lautet Ja.«

»Ich kann es nicht glauben!« Spontan umarmte Leesha den alten Mann (was sie normalerweise nicht tat), dann zog sie sich zurück und beäugte ihn argwöhnisch. »Sie würden mich doch nicht anlügen, oder?«

»Nein, das würde ich nicht.« Snowbeard musterte sie scharfsinnig. »Obwohl Jason eine ziemlich scheußliche Begegnung mit Warren Barber hatte.«

Es folgte eine lange Pause. Er weiß Bescheid, dachte Leesha. Der alte Knacker weiß Bescheid. Aber sie war zu glücklich, um sich deswegen den Kopf zu zerbrechen. »Also. Hat Jason … etwas über mich gesagt?«

»Ich denke, ihr beide werdet unter vier Augen reden müssen«, erwiderte Snowbeard.

Nicht einmal diese Aussicht konnte ihr die gute Laune verderben. Am Ende würde es ihr wenig nützen, dass Jason noch lebte, aber es munterte sie total auf.

In ihrem Hinterkopf krähte eine Stimme: »Ein Neuanfang.«

Vielleicht.

»Solltest du dich dafür entscheiden zu bleiben, sollte ich dich darauf hinweisen, dass du deine Meinung später nicht mehr ändern kannst«, sagte Snowbeard. »Wenn sie die Stadt belagern, wird es schwer sein, hinauszukommen.«

Es war eine haarsträubende Vorstellung, dass sie bald belagert werden würden. Sie spürte, wie sich Hunderte von Zauberern sammelten, wie eine Schlinge, die sich um die Stadt zusammenzog. Doch es widerstrebte ihr fortzugehen, genau wie es diesen Idioten ging, die einen Hurrikan in einem Wohnwagenpark aussitzen wollten.

Da war Macht in dieser Stadt, wie ein großes, pochendes Herz, das einen in seinen Rhythmus zog, bis man sich ihm angepasst hatte, Schlag für Schlag. Sich davon abzuwenden war, als verließe man den Kamin und trete in die Kälte des Winters hinaus.

Es war das Drachenherz. Das musste es sein. Aber vielleicht steckte noch mehr dahinter. Und wenn sie blieb, konnte sie vielleicht einen Weg finden, Jason zurückzugewinnen.

»Was werden Sie wegen der Anaweir unternehmen?«, fragte sie.

»Weiß der Himmel«, antwortete Snowbeard und verdrehte die Augen. »Hast du irgendwelche Vorschläge?«

Nun, dachte sie, zumindest waren die Anaweir beeinflussbar. Vielleicht konnte man sie alle für ein paar Wochen nach Cedar Point in den Urlaub schicken. Oder in Boote verfrachten und über den See fahren. Nur gut, dass das College nicht …

Plötzlich schaute sie auf. »Was machen Sie mit mir?«, fragte sie scharf.

»Was ich mit dir mache? Was meinst du?«

Sie und Snowbeard griffen beide nach dem letzten Brownie, und ihre Hände prallten zusammen. Der alte Mann brach ihn in zwei Teile und gab ihr eine Hälfte.

»Sie verzaubern mich oder so was. Benutzen Überzeugungsmagie. Sie haben mich dazu gebracht, mir um die verdammten Anaweir Sorgen zu machen, obwohl ich darüber nachdenken sollte, meine eigene Haut zu retten.«

»Meine Liebe, ich versichere dir, wenn du dir Sorgen um die Anaweir machst, dann tust du es aus eigenem Antrieb.« Er stand auf und trug den Teller zur Spüle, dann drehte er sich um und lehnte sich an das Abtropfbrett. »Ich bin ein sehr alter Mann, Alicia, und ich habe in einem sehr langen Leben viele Fehler gemacht. Einige davon waren unverzeihlich. Ich muss daran glauben, dass Menschen sich ändern können. Dass Menschen eine zweite Chance verdienen.«

»Ich könnte wirklich hierbleiben?«, fragte Leesha demütig.

»Das habe ich gesagt. Würdest du denn gern bleiben?« In dem Gesicht des alten Mannes stand Verständnis, aber kein Anflug von Kritik.

»Ja«, antwortete sie schlicht. Und zu sich selbst sagte sie: »Idiot.«

KAPITEL 25
Im Visier

Warren Barber war außen vor, hungerte nach Neuigkeiten und hatte bald keine Alternativen mehr. Nachdem er für eine Weile untergetaucht war, beschloss er, nach Trinity zurückzukehren in der Hoffnung, in der Kneipe am See etwas über den Ausgang des Feuers zu erfahren. Zu seiner Überraschung fand er die Stadt von einer fünfzehn Meter hohen Weirmauer umgeben, die viel kunstvoller war als alles, was er jemals erbaut hatte. Und wer bewachte das Tor? Jack Swift und Ellen Stephenson, die irgendwie der Falle entkommen waren, die er ihnen gestellt hatte.

Leesha war sicher tot. Niemand außer ihm konnte ihr diesen Kragen abgenommen haben. Aber Leeshas Tod war nicht zwangsläufig gut. Denn allein würde er nie an den Wachen am Tor vorbeikommen.

Er fühlte sich wie ein Kind, das aus dem Zirkus ausgesperrt war – überzeugt, dass sich alles Aufregende innen abspielte. Er ging wieder und wieder zurück zur Grenze. Wellen der Macht kamen von der Stadt – als hätte jemand einen Stein in die Mitte eines magischen Teiches geworfen. Die ganze Stadt war machtgeladen und er wollte einfach darin baden.

Er hatte nie behauptet, ein Dichter zu sein.

Warren war nicht der Einzige, der auf der falschen Seite der Mauer die Zeit totschlug. Auf dem Land und in den umgebenden Seeorten gab es regelrechte Lager von Zauberern. Er hatte sich verstecken müssen, als er seinen einstigen Verbündeten, Claude D'Orsay, mit Geoffrey Wylie von der Roten Rose erspäht hatte. Sie hatten die Mauer untersucht und sie vorsichtig mit kleinen Mengen Magie getestet. Zweifellos auf der Suche nach Schwachstellen.

Was sollte das? Seit wann waren sie beste Kumpel? D'Orsay sollte mit ihm zusammenarbeiten, *gegen* die Rosen. Natürlich hatte es keine Kommunikation zwischen ihnen gegeben, außer durch Leesha, und D'Orsay sollte nicht wissen, wer ihr Partner war. Als hätte Leesha ihn nicht sofort verraten.

Warren kam sich allmählich unbedeutend vor. Es war Wochen her, seit jemand versucht hatte, ihn zu töten. Solange jemand versuchte, einen zu töten, wusste man, dass man wichtig war.

Er hatte die Vereinbarung, aber sie erschien ihm mehr und mehr wie ein wertloses Stück Papier, da er nicht die Mittel hatte, sie zu weihen. Die Vereinbarung hatte niemanden Nützlichen zu ihm geführt.

Es war eine Klassenfrage. Warren mochte zwar ein Zauberer sein, Herrscher über die Anaweir und die Dienergilden, aber die Aristokraten, die die Macht über die Rosenhäuser hatten, würden ihm nie einen Platz an ihrem Tisch anbieten.

Nach einigen Tagen war er es müde, sich in reflektierten Strahlen zu baden. Was er brauchte, war ein neuer Partner. Oder vorzugsweise ein Diener. Er konnte sich unter den Anaweir aussuchen, wen er wollte, aber er wollte jemanden, der mehr beitragen konnte.

Jemanden wie Madison Moss.

Soweit er wusste, hatte Madison Trinity verlassen. Er

hatte keinerlei Hinweise darauf gefunden, wohin sie gegangen war, als er ihr Zimmer durchsucht hatte. Aber wenn sie nicht in Trinity war, dann war sie irgendwo anders.

Es war jämmerlich einfach. Er schnappte sich einen Wagen von einem nahen Parkplatz und fuhr nach Cleveland, betrat den Zweig einer öffentlichen Bibliothek und ging online. Seine Suche nach Madison Moss ergab eine Reihe von Treffern zu Kunstausstellungen in Coalton County, Ohio.

Coalton County. Er war Jason Haley in südliche Richtung nach Coalton County gefolgt. Warren hatte nie herausfinden können, warum er dort unten war.

Jetzt wusste er es. Und jetzt, da er einen Namen und einen Ort hatte, sollte es nicht schwer sein, sie zu finden.

Brice Roper begann zu glauben, dass das Zaubererdasein überbewertet wurde. Ja, er konnte *fast* jedes Mädchen bekommen, *fast* alles bekommen, *fast* alles niederbrennen, was er wollte.

Aber so war es sein ganzes Leben lang gewesen. Er war reich, er war verwöhnt, und seit er denken konnte, hatte er sich auf das konzentriert, was er nicht hatte. Und was er nicht hatte, war die Fähigkeit, das von Madison Moss zu bekommen, was er wollte. Dies war mit vielen anderen Dingen verknüpft. Er musste zum Beispiel seinen Vater beeindrucken, was wichtig war, denn er konnte sich nicht daran erinnern, dass er das je getan hätte. Das waren seine Ziele – seinen alten Herrn zu beeindrucken und dann für immer aus Coalton County zu verschwinden.

Es nagte an ihm, obwohl er wusste, dass er einfach

fortgehen und Roper Coal und seinen Vater vergessen sollte und dass er auf Booker Mountain gedemütigt worden war.

Er dachte daran, wenn er aufwachte, und er dachte daran, wenn er zu Bett ging, und es verseuchte seine Träume. Er brütete im Unterricht darüber und blaffte diejenigen an, die so mutig waren, sich mittags an seinen Tisch zu setzen. Der ganze Reiz, König eines Hofes von Highschooloberklässlern zu sein, verlor sich.

Es half nicht, dass sein Vater immer nerviger wurde, je mehr er auf den finanziellen Ruin zusteuerte. Bryson Roper senior hatte sich wegen des Verkaufs von Booker Mountain förmlich an Madison Moss gewandt, und sie hatte förmlich abgelehnt. Das einzig Gute war, dass Bryson senior nur selten in der Stadt war, während er versuchte, eine Finanzierung zu organisieren, eine Vereinbarung zu treffen, einen Partner zu finden oder sonstwas.

Carlene war keine Hilfe. Sie behauptete, sie habe sich den Mund fusselig geredet, um Madison umzustimmen, aber es habe nichts gebracht.

Brice kam immer noch nicht dahinter, wie Madison in die magischen Gegebenheiten hineinpasste. Er hatte sich erkundigt, und niemand hatte von einer Hexengilde gehört. Niemand außer Zauberern hatte jemals diese Art von Macht gezeigt.

Er würde nicht zugeben, dass ihm bei dem Gedanken übel wurde, ihr noch einmal gegenüberzutreten.

Also verbrachte er seine Tage damit, den Unterricht im Halbschlaf zu verfolgen, seinem Vater aus dem Weg zu gehen und von Rache zu träumen.

Eines Samstags hatte er gerade einen langen Ritt beendet und gab sein Pferd an Mike weiter. Er ging zum

Haus, um eine dringend nötige Dusche zu nehmen, als jemand in einem Jeep die Einfahrt hinaufgerattert kam und vor der Scheune hielt.

Sie bekamen nicht viele unangemeldete Besucher, daher wartete Brice und lehnte sich an den Zaun, der die Koppel umgab.

Es war ein Junge, ein Fremder von mittlerer Größe, vielleicht ein wenig älter als Brice, mit ungepflegtem, weißblondem Haar und hellblauen Augen, die irgendwie erschreckend waren. Mit seinem geschmeidigen Gang glitt er über den Boden wie ein Raubtier. Brice verspürte sowohl ein intensives Interesse als auch ein kribbelndes Unbehagen. Er warf einen Blick nach hinten, ob Mike noch zu sehen war, aber er hatte Annie in den Stall geführt.

»Kann ich dir helfen?«, fragte Brice mit einer Lässigkeit, die er nicht empfand.

»Vielleicht«, antwortete der Junge lächelnd. »Ich schätze, ich habe mich verfahren. Ich suche nach Madison Moss.« Seine Stimme war leise, aber wie sein Gang erregte sie Aufmerksamkeit. »Ich habe gehört, dass sie in dieser Straße wohnt. Bin ich hier richtig?«

Nein, wollte Brice sagen. Bist du nicht. Jetzt mach, dass du wegkommst.

Aber das tat er nicht. Dieser Junge suchte nach Madison. Konnte er ebenfalls ein Hexer sein? War das der Grund, warum er so einschüchternd war?

»Du hast dich wirklich verfahren.« Brice zwang sich zu einem Lächeln. »Was willst du von Madison?«

»Wir haben uns letzten Sommer kennengelernt, und seitdem bin ich auf der Suche nach ihr«, erwiderte der Fremde. »Ich wollte sie überraschen.«

Es war eine eigenartige Bemerkung – irgendwie stalkermäßig –, aber Brice hatte das Gefühl, dass es diesem Jungen egal war, was er davon hielt. Als spiele seine Meinung keine Rolle.

»Vielleicht hat sie dich erwähnt«, sagte Brice und schaute wieder über die Schulter nach Mike, der nicht wieder aufgetaucht war. »Wie heißt du denn?«

»Das ist unwichtig«, gab der hellhaarige Junge zurück. »Wie komme ich zu ihr?«

»Nun«, sagte Brice und bemühte sich, abweisend zu klingen. »Ich will dich nicht da raufschicken, wenn ich nicht weiß, wer du bist.«

Der Fremde griff schnell wie eine Schlange an und stieß Brice gegen den Zaun. Er packte ihn an den Schultern und ließ eine Flut von Überzeugungsmagie in ihn einströmen. Brice' reflexhafte magische Abwehr war im Vergleich dazu schwach, aber sie erregte die Aufmerksamkeit des anderen Jungen.

»Du bist ein Zauberer!«, sagte er und ließ Brice los. Er klang überrascht und sah ein wenig misstrauisch aus, aber nicht besonders beeindruckt.

»D-du auch?«, stammelte Brice.

Der Zauberer hielt die Hände auf Taillenhöhe, wie um sich zu verteidigen. »So, so«, sagte der Junge. »Wer hätte das gedacht?« Er musterte Brice, dann sah er sich um, als ob plötzlich noch andere, mächtigere Zauberer auftauchen könnten. »Zu welchem Haus gehörst du?«

»Ähm«, antwortete Brice, der nicht an gesellschaftliche Unterlegenheit gewöhnt war, »ich bin ... ähm ... im Moment an gar kein Haus gebunden.«

»Was sagt man dazu! Ich auch nicht«, entgegnete der andere Junge. »Wie heißt du?«

»Brice Roper.«

»Bist du ein Freund von Madison oder was?«

»Eigentlich nicht«, sagte Brice, der dies für die sicherste Antwort hielt. Der andere Zauberer hatte seinen eigenen Namen immer noch nicht genannt. Es war auch eher ein Verhör als ein Gespräch. »Ich kenne sie, das ist alles. Ich bin mit ihr zur Schule gegangen.«

»Dann seid ihr nicht zusammen oder so?« Der Ton des Jungen war leicht spöttisch.

»Ganz bestimmt nicht!« Brice konnte die Verbitterung in seiner Stimme nicht unterdrücken.

Der Junge lächelte. »Dann hast du nichts dagegen, wenn ich ihr einen Besuch abstatte, oder?«

Brice fühlte sich geschmeichelt. Es war eine Art gegenseitiges Zaubererding, als suche der Junge nach seiner Erlaubnis, sein Gebiet zu betreten.

»Nun, eigentlich würde ich gern wissen, was du von ihr willst.« Nicht dass Brice sich um Madison gesorgt hätte, aber jetzt war seine Neugier geweckt.

»Keine Angst«, sagte der Junge. »Ich will ihr nichts Böses.« Er lächelte, und seine Augen glitzerten. »Nicht, wenn sie kooperiert.«

Brice sah den anderen Zauberer an. Hoffnung verdrängte Überraschung. Vielleicht hatte er die Lösung für sein Problem gefunden. Einen Weg, es Madison heimzuzahlen.

Aber dann dachte er an den Vorfall auf Booker Mountain. Wusste dieser arrogante Zauberer, wozu sie fähig war?

»Nun«, murmelte Brice. »Sie war in letzter Zeit … ähm … nicht besonders kooperativ. An deiner Stelle wäre ich vorsichtig.«

»Wirklich?«, sagte der Junge und musterte ihn mit plötzlicher Intensität. »Erzähl.«

»Warum gehen wir nicht rein«, schlug Brice vor.

»Ich werde dir alles über sie erzählen.« Er drehte sich zum Haus um, dann hielt er inne und gewann ein wenig Selbstvertrauen zurück. »Was hast du gesagt, wie du heißt?«

Ärger blitzte im Gesicht des Jungen auf, und Brice dachte, er hätte einen Fehler gemacht. Dann lächelte der Zauberer und streckte die Hand aus. »Ich habe es dir nicht gesagt. Ich bin Warren Barber.«

KAPITEL 26
Niemandsland

Jason sprach den Nichtwahrnehmbarkeitszauber und schlüpfte durch das Weirtor, hörte das Flüstern magischer Schlösser, als Mick, einer der Geisterkrieger, es hinter sich zuzog. Es war nach Mitternacht, aber der Mond war noch nicht aufgegangen. Jenseits der Mauer senkte sich die Dunkelheit schwer herab, und stetiger Regen verschluckte das Licht. Aber Jason ging diesen Weg fast jede Nacht in seiner Rolle als Spion. Damals in The Havens hatte er viel Übung darin gehabt, unbemerkt herumzuschleichen. Jetzt glitt er durch die Bäume wie ein Nebel.

Er war für die Rolle des Spions gut geeignet, da es keine große magische Macht erforderte. Trotzdem war es in diesen Tagen schwierig, um die Grenze herumzugehen. Man konnte sich kaum bewegen, ohne über Zauberer zu stolpern. Wo er auch hinsah, funkelten Zaubererfeuer in der Dunkelheit wie auf die Erde gefallene Sterne. Zaubererstimmen in vielen Sprachen vermischten sich unter dem Baldachin der Bäume.

Sie waren von überall hergekommen, mit jedem Tag waren es mehr geworden. Die Rote Rose. Die Weiße Rose. Händler. Die nicht an ein Haus gebundenen Zauberer. Von Trinity angezogen durch das Summen der Macht innerhalb seiner Mauern.

Zauberer, die verdammt noch mal *campten.* Die ohne

Komfort im Wald lebten. Wie ein Zaubererwoodstock. Es hätte fast schon komisch sein können.

War es aber nicht.

Und die ganze Zeit über kamen und gingen die Anaweir, die nichts von der sich sammelnden Horde ahnten, die nichts von der wachsenden Spannung auf beiden Seiten von Mercedes' Mauer mitbekamen.

Jason wich mehreren mit Schutzzaubern belegten Lagerplätzen aus, überquerte ein steiniges Flussbett und stieg dahinter den Hügel hinauf. Von dort aus konnte er das Kommen und Gehen in den Zaubererlagern überwachen und eine grobe Zählung der Weir an der Grenze vornehmen. Aber als er diesmal oben ankam, sah er, dass sich die Aussicht dramatisch verändert hatte. Die Landschaft wurde von einem unheilvollen Schatten verdunkelt, der sich in beide Richtungen so weit erstreckte, wie Jason sehen konnte. Er brauchte einen Moment, um dahinterzukommen, was es war. Und als er es begriff, fluchte er und schlug sich mit der Faust in die offene Hand.

Die Rosen bauten ihre eigene Mauer, einige hundert Meter von Mercedes' Befestigung entfernt. Sie war hoch und glatt und bedrohlich, mit Stacheldraht bekrönt und ohne die Anmut und den Stil von Mercedes' Barriere. Die Mauer warf ein giftgrünes Licht zurück wie ein Ölfleck auf schwarzem Wasser.

Es war eine albtraumhafte Mauer – wie sie die Hexe baut, um den Prinzen draußen zu halten. Oder drinnen. Wie sie die Burg des dunklen Lords umgibt. Es war eine Mauer, die sowohl Weir als auch Anaweir einschließen würde. Und so wie es aussah, war sie fast fertig.

Sie mussten Glamourzauber benutzt haben, um den Baufortschritt zu verbergen. Selbst wenn sie mit den

Bauarbeiten bis nach Einbruch der Dunkelheit gewartet hatten, hätten sie mehr Männer haben müssen, um sich die Arbeit zu teilen, als Mercedes und ihre Trupps. Ganz zu schweigen von unbegrenzter magischer Feuerkraft. Es war ein Zeugnis für die Truppen, die gegen sie aufmarschiert waren.

Jason stieg den Hügel auf der anderen Seite hinunter, rutschte und schlitterte über das lose Geröll. Er wusste, wem sie das zu verdanken hatten.

Wylies und Longbranchs und D'Orsays kunstvolle, schwer mit Schutzzaubern belegte Pavillons standen jetzt direkt am Rand der halb fertigen Mauer. Dort brüteten sie Pläne aus und kämpften miteinander, nach dem, was Jason im Laufe der vergangenen Tage erfahren hatte.

Jason näherte sich den Pavillons mit äußerster Vorsicht und achtete auf Fallen und Alarmanlagen. Er wäre tot besser dran, als wenn man ihn hier allein erwischte. Vor sich konnte er die erleuchteten Seidenwände der Zelte sehen. Sie waren verzaubert, um den Regen abzuhalten. Über den Spitzen wehten die Banner der Roten und Weißen Rose sowie ein schwarzer Rabe auf Weiß, der D'Orsays neues Wappen war.

Geoffrey Wylie stand vor den Zelten und erteilte einer großen Menge eifriger, junger Zauberer, die feuchte Tarnkleidung trugen, Befehle. Unter ihnen war Bruce Hays, ein Alumnus aus The Havens, der Gregory Leicesters Zauberstab aus Glas und Metall hielt und verdammt stolz darauf zu sein schien.

Bei Wylie war Jessamine Longbranch in maßgeschneiderter Tarnkleidung. Und Claude D'Orsay.

D'Orsays edle Züge wurden deutlich in dem Licht offenbart, das aus dem Pavillon fiel. Der hochgewachsene Zauberer stand inmitten seiner Feinde, scheinbar entspannt, und hielt den Regen mit etwas Machtanwendung von sich ab. Er trug Ringe an beiden Händen – mächtige *Sefas,* soweit Jason es beurteilen konnte. Also war D'Orsay gut bewaffnet zu diesem Treffen gekommen.

Devereaux stand neben seinem Vater und verfolgte das Geschehen mit großen Augen.

»Wir werden sofort beginnen«, sagte Wylie. »Die Anaweir … ähm … wissen nichts von der Weirmauer der Rebellen, da sie sie ungehindert passieren können. Doch jeder, der das Schutzgebiet verlässt, wird innerhalb *unserer* Mauer festsitzen. Ihr werdet sie festnehmen – Weir und Anaweir – und sie zur Bearbeitung und Identifizierung in den Retentionsbereich bringen. Wenn sich die Sache herumspricht, werden zweifellos panische Städter durch die innere Mauer geströmt kommen. Wir werden Hunderte von Geiseln haben, einige von ihnen mit starken Verbindungen zu den Rebellen.«

»Was werden wir mit ihnen machen?«, fragte Hays.

»Wenn wir die innere Mauer durchbrechen, werden wir das Gebiet dazwischen mit bewegungsunfähigen Geiseln füllen. Auf diese Weise werden die Rebellen nicht in der Lage sein, ihr Waffenarsenal gegen uns einzusetzen.«

Das war anscheinend Wylies Plan, denn Longbranch verdrehte die Augen. »Denkst du wirklich, dass Zauberer Verhandlungen über Anaweirgeiseln führen werden?«

Wylie zuckte die Achseln. »Wer weiß? Sie schienen in der Vergangenheit eine unerklärliche Zuneigung zu ihnen gefasst zu haben.«

»Seltsam.« Longbranch wandte sich wieder an die Soldaten. »Sie müssen die Gefangenen so schnell wie möglich unbeweglich machen, damit kein Aufschrei durch die Bevölkerung geht. Vor allem die Weir.« Sie verteilte Lederbeutel an die Soldaten. »Dies ist *Gemynd bana*. Bewusstseinstöter. Es wird sie besinnungslos machen, ohne dass jemand innerhalb der Mauer es wahrnehmen kann. Seien Sie bloß vorsichtig damit, sonst werden Sie selbst flach auf dem Rücken liegen.«

Jason stand wie gebannt da. Panik schnürte ihm die Kehle zu und machte das Atmen schwer.

Mist, dachte er. Es geht los. Es passiert wirklich. Wenn man Angst hat, warum wird einem dann der Mund trocken, während die Hände zu schwitzen anfangen?

»Falls es Fragen gibt«, fuhr Longbranch fort, »benutzen Sie einen Unbeweglichkeitszauber. Versuchen Sie, es nicht zu vermasseln. Jetzt gehen Sie.«

Die Zauberersoldaten zerstreuten sich und ließen die drei Zauberer und den Jungen allein zurück.

»Es wäre gut, wenn wir mehr über die Waffen wüssten, mit denen du uns versorgt hast, Claude«, sagte Longbranch.

»Hm?« D'Orsay wirkte abwesend und blickte versonnen an Longbranch und Wylie vorbei zu den Mauern des Schutzgebiets.

Vergiss es, dachte Jason. Du wirst das Drachenherz nie in die Hände bekommen.

D'Orsay riss sich von seinem Studium des Schutzgebiets los und wandte sich an Longbranch. »Du weißt genauso viel wie ich, Jessamine. Wir werden ein gewisses Risiko eingehen müssen.«

»Mir scheint, dass *wir* das Risiko eingehen, da es *unsere* Zauberer sind, die den Angriff führen werden.«

»Ich würde ja gerne meinen Beitrag leisten«, antwortete D'Orsay, »aber ich fürchte, dass ich im Moment ein wenig knapp an Soldaten bin. Ich musste meine Wache zurücklassen, um das Ghyll zu sichern.«

»Ich kann kämpfen, Vater«, warf Devereaux eifrig ein. »Ich bin zwar nur einer, aber …«

»Nein, Dev.« D'Orsay runzelte die Stirn. »Diesmal nicht.« Er wandte sich an die Rosen. »Wie sollen wir auf der Suche nach dem Drachenherz vorgehen, sobald wir drinnen sind?«

Longbranch und Wylie schauten einander an, dann blickten sie zum Schutzgebiet hinüber. »Denkst du wirklich, es wird schwer zu finden sein?«, fragte Wylie.

Jason wog die Chancen ab, dachte über mehrere Möglichkeiten nach und verwarf sie wieder. Er würde vielleicht noch mehr hören, wenn er blieb, aber es lagen bereits Zauberer auf der Lauer und hielten Ausschau nach jedem, der die Barriere passierte. Er durfte keine Zeit verlieren.

Er entfernte sich rückwärts von den Zaubererpavillons und achtete auf jeden Schritt, um sich nicht zu verraten, obwohl er das Gefühl hatte, dass sein Herz so laut schlug, dass es jeder hören konnte.

Dann drehte er sich um und rannte in die Richtung, aus der er gekommen war.

Als Jason sich der inneren Mauer näherte, verlangsamte er seinen Schritt. Der Mond war aufgegangen, und Lichtstrahlen durchdrangen den Baldachin der Bäume und tauchten den Pfad in silbriges Licht. Der Weg vor ihm schien frei zu sein.

Jason verließ den Pfad und ging zwischen den Bäumen hindurch, um sich dem Tor von Osten her zu nähern. Er ließ den Blick über die dunkle Waldgrenze jenseits der Lichtung gleiten und sah eine Bewegung in den Schatten. Dann schlug jemand erschreckend nah nach einer Mücke. Jason hatte Mühe, nicht rückwärts ins Gebüsch zu fallen.

Die Falle für die Bewohner von Trinity war bereits gestellt worden. Jason war entschlossen, nicht hineinzutappen. Nicht wahrnehmbar oder nicht, Mick würde trotzdem das Tor öffnen müssen, um ihn hineinzulassen.

Mit halb angehaltenem Atem ging Jason über die offene Wiese auf das Tor zu. Sein Nacken kribbelte. Jeden Moment erwartete er, von einem Unbeweglichkeitszauber getroffen zu werden.

Als er die Mauer erreichte, drückte er gegen das Tor. »Mick«, flüsterte er. »Mach auf.«

Er bekam keine Antwort.

»Mick«, wiederholte Jason etwas lauter. »Ich bin's, Jase. Lass mich rein. Mach schon.« Er warf einen Blick über die Schulter und sah drei Zauberer aus den Bäumen treten. Sie spähten zum Tor herüber. Jason erkannte Bruce Hays, der seinen schicken Stab bei sich trug.

Jason hämmerte mit dem Handballen gegen das Tor. »Komm schon, Mick. Öffne das verdammte Tor!«

Endlich hörte er von der anderen Seite eine Bewegung, das unglücklicherweise laute Brummen von Micks Stimme, der irische Flüche aus einem anderen Zeitalter spie. »Kann man nicht mal mitten in der Nacht pissen gehen, ohne sich die Eier in einer verfluchten …«

Jason schaute zu den Zauberern hinüber. Hays hob den Stab und zeigte damit genau auf Jason.

»Aetywan!«, rief Hays. Nebel quoll aus der Spitze des Stabes und umgab Jason in einer Dunstwolke.

Unfähig, in seinem nicht wahrnehmbaren Zustand zu antworten, hielt Jason die Luft an, um die Dämpfe nicht einzuatmen. Er kauerte sich hin, um ein möglichst kleines Ziel abzugeben, und versuchte krampfhaft, sich an sein dürftiges Altenglisch zu erinnern.

Aetywan. Das würde bedeuten … *zeigen?*

»Es ist Haley!« Rufe hallten über die Lichtung.

Jason schaute an sich herab. Der zuvor nicht wahrnehmbare Jason war in der Tat gezeigt worden. Es war, als würde man mitten auf der Hauptstraße während eines Straßenfests seiner schlimmsten Feinde nackt ausgezogen werden.

»Ergreift ihn!«, rief Hays. »Packt ihn! Fasst ihn lebend!« Sie stürmten auf ihn zu und bellten wie Hunde, die Witterung aufgenommen haben. Mehr Zauberer strömten aus dem Wald.

»Mick!« Jason errichtete einen jämmerlichen Schild, stemmte die Füße gegen die Mauer, griff den Rand des Tores und zerrte daran. »Mach jetzt auf, oder du kannst es vergessen!«

Er war von Zauberern umringt, einem Kaleidoskop erregter Gesichter, und viele warfen Bewusstseinstöter nach ihm. Obwohl es so schwach war, prallte die Macht an seinem Schild ab. Ein Zauberer taumelte und ging zu Boden, ein Opfer von Eigenbeschuss.

Das Tor bewegte sich jetzt, quälend langsam, während Micks Litanei der Flüche auf der anderen Seite fortdauerte, wenn auch jetzt mit einem gewissen Hauch von Dringlichkeit. Jason hörte rennende Schritte innerhalb des Torhauses, den dumpfen Aufprall von Leibern gegen das Doppeltor, und dann flog es krachend auf und warf Jason und eine Handvoll Krieger in das Niemandsland zwischen den Barrieren.

Jason kämpfte sich auf die Füße, während Mick an ihm vorbeirannte, vergnügt seine Axt schwang und einen gälischen Schlachtruf brüllte. Jack, Ellen und Jeremiah folgten mit blinkenden Waffen und trieben die Zauberer zurück auf die äußere Mauer zu. Zaubererfeuer schoss in die Luft und steckte die Baumwipfel in Brand.

Wie lange würde es dauern, bis das Feuerwerk und die Kampfgeräusche Anaweir an der inneren Barriere vorbei und in die Hände der Rosen lockten?

Unbewaffnet sprintete Jason hinter den Kriegern her, als sich ihnen zwei Zauberer von hinten näherten. Jason rang einen der Zauberer zu Boden und setzte ihn mit dem Zauberergriff außer Gefecht, indem er ihm die Finger unters Kinn rammte und seine Macht direkt an dieser verletzbaren Stelle einsetzte. Ellen schleuderte den anderen mit der flachen Seite ihrer Klinge zu Boden.

»Was ist hier los?«, fragte Jack, der einen Blitz von Hays elegantem Stab zurückschlug. »Sieht so aus, als wäre die Hölle losgebrochen.«

»Große Probleme«, keuchte Jason. »Da draußen wartet eine Armee. Sie haben ihre eigene Mauer errichtet. Sie haben vor, Menschen zu fangen und als Geiseln zu nehmen. Wir müssen zurück.«

Widerstrebend ließen die Krieger von ihrer Jagd auf Zauberer ab und zogen sich zurück, wobei sie Flammen hinter sich sprühten, um Verfolger abzuwimmeln. Sobald sie innerhalb des Tores waren, half Jason, es zu verriegeln, während die Mauern unter dem Angriff der Zauberer erbebten.

»Wo ist Seph?«, stieß Jason atemlos hervor. »Wir können nicht länger warten. Wir müssen etwas wegen der Anaweir unternehmen. Sofort.«

KAPITEL 27
Ein Handel mit dem Teufel

Das Radio in Mins altem Pick-up bekam nur drei Sender rein. Man konnte hören, was man wollte, solange es Country und Western oder klassischer Rock 'n' Roll war. Madison drehte die Lautstärke hoch und sang mit, erfand den Text, den sie nicht kannte.

Sie kurbelte die Fenster runter, und das Haar peitschte ihr um die Schultern. Jetzt wetteiferten Frühlingspfeifer und leise grollender Donner mit dem Radio. Der Geschmack der Luft sagte ihr, dass es vor Morgengrauen regnen würde.

Als die Hügel zu beiden Seiten immer höher wurden, wurde der Empfang selbst der stärksten Sender immer schwächer. Also schaltete sie das Radio aus und übte ihren Text.

»Ich bin Madison Moss. Ich gehe auf die Kunsthochschule am Art Institute von Chicago.« Und dann schlug ihr Magen wieder diesen kleinen Purzelbaum – halb Angst, halb Glück.

Sara hatte das Geld durch ein Stipendienprogramm für benachteiligte Schüler aufgetrieben. Wer hätte gedacht, dass es sich auszahlen würde, dass sie ihr Leben lang nur von Träumen gelebt hatte? Aber Sara sagte, nicht nur die Bedürftigkeit sei entscheidend gewesen.

»Der Stipendienausschuss hat deine Arbeiten geliebt, Maddie«, hatte Sara berichtet. »Du hättest eine einzigartige Perspektive, die sowohl Betrachter anspricht, die primitive Kunst, als auch solche, die Konzeptkunst mögen. Sie können es gar nicht erwarten, dich kennenzulernen.«

Dieser Teil machte sie nervös. Was, wenn sie ihre wilde Haarmähne und die Kleider aus dem Secondhandladen sahen und hörten, wie sie sprach, und entschieden, dass sie einen Fehler gemacht hatten? Was, wenn sie sie wie eine Art peinlichen Wohltätigkeitsfall aus der hintersten Provinz behandelten?

Egal. Die Arbeit zählte. Sie würde einen Weg finden, den Ausschuss zu überleben. Und im Herbst mit einem Stipendium die Kunsthochschule in Chicago besuchen.

Ihre Mappe lag neben ihr auf dem Beifahrersitz. Sara war von einigen der fremdartigeren Bilder ein wenig verwirrt gewesen. Aber sie dachte, sie würden in Chicago gut ankommen.

Chicago. Madison war noch nie dort gewesen. Es würde Bibliotheken und Museen und Theater geben. Sie konnte in Cafés sitzen und über Bücher und Kunst und Musik reden. Dinge, über die in Coal Grove nie geredet wurde. Jeden Tag würde sie Tausende von Menschen sehen, die nichts über sie wussten. Die sich über Madison Moss noch kein Urteil gebildet hatten.

Sie konnte es kaum erwarten.

Sie hatte Todesangst.

Ein Traum konnte zu einem anderen führen. Vielleicht konnte sie Seph immer noch überreden, an die Northwestern zu gehen. Wenn es für den Herbst zu spät war, konnte er im Frühling die Schule wechseln. Es wäre möglich. Er war überall zu Hause. Außerdem fühlte er sich in Städten wohl. Er hatte eine Art, die Welt um sich herum so einzurichten, dass sie ihm passte wie eine zweite Haut. Zu wissen, dass sie einen Freund hatte, würde so viel ausmachen. Zu wissen, dass es Seph war …

Plötzlich drängte sich ihr das Bild seines Gesichtes auf: seine graugrünen Augen wie Rauch auf stillem Wasser, der Geheimnisse verbarg. Sein langgliedriger Körper, der einen Türrahmen füllte. Sein Lächeln: so lebensklug und doch nicht selbstherrlich. Die Art, wie er ins Französische wechselte, wenn das Englische einfach nicht ausreichte.

Seine Küsse.

Sie musste auf die Bremse treten und den Lenker herumreißen, um die Abfahrt zum Booker Mountain nicht zu verpassen.

Du bist hoffnungslos. Genau wie Carlene. Seph wird nie nach Chicago kommen. Nicht deinetwegen. Nicht, solange das Schicksal der Welt am seidenen Faden hängt. Und wer wusste, was geschehen würde, wenn er es doch tat? Sie ließ das Lenkrad los und untersuchte ihre Hände. Seit dem Tag, an dem sie das Drachenherz berührt hatte, hatte es kein Zeichen der Hexenmagie mehr gegeben, die sie auf Second Sister absorbiert hatte. War sie wirklich und wahrhaftig verschwunden, oder lag es nur daran, dass sie nicht mehr in Sephs Nähe war?

Sich zu verlieben war wie ein Sturz in einen Abgrund. Es fühlte sich fast genauso wie Fliegen an, bis man auf dem Boden aufschlug.

Die Straße tauchte wieder in dichten Wald ein und schlängelte sich durch mehrere Haarnadelkurven, wobei sie den Booker Creek auf den Steinbrücken überquerte, die Maddies Urgroßvater gebaut hatte.

Die ersten großen Regentropfen trafen das Dach des Pick-ups, als sie in den Innenhof einbog. Es war inzwischen pechschwarz, und Carlene hatte nicht einmal das Verandalicht eingeschaltet.

Madison drückte die Fahrertür auf und glitt aus dem Wagen. Sie nahm eine Tüte mit Lebensmitteln vom Sitz, warf sich den Rucksack über die Schulter und klemmte sich die Mappe unter den Arm, damit sie vor dem Regenguss nur einmal zu gehen brauchte.

Als sie es die Treppe hinaufgeschafft hatte, goss es bereits in Strömen. Sie zögerte unter dem unzureichenden Schutz des Verandadaches und rechnete damit, dass Hamlet und Ophelia herauskommen würden, um sie zu begrüßen. Aber keine begeisterten, nassen Hunde kamen auf die Veranda gesprungen. Auch keine Grace und kein John Robert.

Ich schätze, sie sind klug genug, bei dem Regen im Haus zu bleiben.

Sobald sie die Vordertür mit der Schulter aufgedrückt hatte, konnte sie den Fernseher im Wohnzimmer hören. Sie stellte ihre Mappe und den Rucksack neben die Tür.

»Mama?«, rief sie. »Grace? J. R.? Ich habe tolle Neuigkeiten. Wartet, bis ihr sie hört.«

»Hi, Schätzchen«, sagte Carlene aus dem Zimmer. »Ich schaue mir meine Sendungen an.«

Madison räumte die Eier, die Milch, den Saft, den Aufschnitt und den Käse in den Kühlschrank zu einem Glas Miracle Whip, verschimmeltem Schinken, vier Flaschen Bier und einem Krug Kool-Aid.

Sie warf den Schinken weg.

Auch im Wohnzimmer war es dunkel. Carlene lümmelte in einer Ecke der Couch, ihr Gesicht von den wechselnden Bildern auf dem Fernsehschirm beleuchtet.

Madison knipste die Tischlampe an. »Sitzt du hier im Dunkeln, Mama?«

»Hm?« Carlene blinzelte zu ihr empor. »Ich glaube schon.« Sie wirkte irgendwie schläfrig und weggetreten.

»Wo sind die Kinder?«

Carlene zuckte die Achseln und sah sich um, als hätte sie sie nicht vermisst. »Oh. Genau. Sie sind zu den Ropers gegangen.«

»Zu den Ropers!« Träume von Chicago zerplatzten. Madison starrte Carlene an. »Warum?«

»Ich schätze, sie sind reiten gegangen.«

Madison schaute durch die regennassen Fenster. »Nun, jetzt werden sie bestimmt nicht mehr reiten. Es gießt wie aus Kübeln. Wann sind sie weg?«

»Heute Morgen.« Eine Falte erschien zwischen Carlenes nachgezogenen Augenbrauen. »Glaube ich.«

Madison fühlte sich versucht, ihre Mutter an den Schultern zu packen und zu schütteln. Aber irgendetwas hinderte sie daran. Carlene wirkte beinahe ... verzaubert.

»Mama.« Sie setzte sich neben Carlene und nahm ihre Hände. »Wie ist es dazu gekommen, dass sie zu den Ropers zum Reiten gegangen sind?«

»Brice Roper ist vorbeigekommen. Mit einem anderen Jungen. Den habe ich vorher noch nie gesehen.« Ihre Gedanken schienen abzuschweifen.

»Wie sah der andere Junge aus?«

»Er hatte langes Haar, das noch heller war als das von John Robert.«

Mins Worte von vor langer Zeit fielen ihr wieder ein. *Ich sehe vier hübsche Männer kommen. Zwei werden auf verschiedene Weise dein Herz erobern. Zwei sind Betrüger. Zwei werden an deine Tür kommen, einer dunkel, einer hell. All diese Männer verfügen über Magie ...*

Aber sie haben keine Macht, die du ihnen nicht gibst.

Madison stand auf, straffte die Schultern und atmete tief durch. Dann ging sie zum Kamin, grub die Pistole ihres Vaters aus der kleinen Holzkiste aus und stopfte sie in ihren Rucksack. Schließlich griff sie sich ihre Schlüssel und kehrte ins Wohnzimmer zurück.

»Du bleibst hier, Mama«, sagte sie, obwohl Carlene sowieso keinerlei Anstalten machte, irgendwo hinzugehen.

Carlene nickte abwesend, bereits verloren in dem flackernden Bildschirm.

Maddies Truck mit seinen fast abgefahrenen Reifen schlitterte und rutschte auf der regennassen Straße. Es schien eine Ewigkeit zu dauern, bis sie die Abfahrt erreichte. Dann bog sie zwischen den eleganten Klinkersäulen in die Einfahrt der Ropers ein, und durch die verschmierte Windschutzscheibe kamen das Haus und die Scheune in Sicht. Brice' Luxus-Sportwagen parkte mitten in der Einfahrt vor dem Haus. Madison hielt neben dem Wagen an, stieß die Tür des Trucks auf und sprang heraus. Sie drehte sich um, stieß die Hand in den Rucksack und schloss sie um Jordan Moss' Pistole.

Dann stieg sie die breiten Stufen zur Veranda hinauf und wollte gegen die massive Walnusstür hämmern, aber sie schwang unter ihrer Faust auf.

Das Haus gähnte leer vor ihr und schien von ihren Schritten widerzuhallen. Sie ging über das glänzende Parkett durch die Eingangshalle in den Flur und spähte dabei zu beiden Seiten in üppig möblierte Räume. Im hinteren Teil des Hauses brannte im Wohnzimmer über zwei Etagen ein Feuer im Kamin, von dem das einzige Licht ausging. Rechts führte eine Tür in einen Raum, bei dem es sich um das Esszimmer handeln musste.

Ein Leichnam lag in der Tür, und bestiefelte Füße ragten in die Küche hinein. Die Stiefel schienen ihr vertraut – sie waren aus teurem, schwarzem Leder.

Madison unterdrückte einen Schrei und stolperte auf Brice Ropers Leiche zu.

»Ich würde nicht zu nah rangehen«, erklang eine Stimme hinter ihr. »Es ist etwas unschön. Nicht meine beste Arbeit.«

Sie fuhr herum. Ihre Schlüssel klapperten, als sie auf die Steinfliesen fielen.

Er stand zwischen ihr und dem Flur wie eine Kerze im Dunkeln, hellglitzernd vor Macht, dampfend, während er den Regen aus seiner Kleidung trieb. Er war ganz in Schwarz, aber sein Haar war so hell, dass es durchscheinend wirkte.

Es war Warren Barber.

Er lächelte. »Du bist nicht leicht zu finden.«

Obwohl ihr Herz heftig klopfte, schaffte sie es, mit klarer, fester Stimme zu sprechen. »Wo sind sie?«

»Was? Keine Tränen für den armen Brice?«

»Ich will wissen, was du mit meinen Geschwistern gemacht hast.«

»Weißt du, Madison, den hast du ja schön reingelegt. Was hast du ihm erzählt – dass du eine Hexe bist?«

Madison schwieg.

»Aber du bist keine Hexe, oder? Du bist etwas völlig anderes.« Er hielt inne, forderte sie zum Sprechen auf, aber sie sagte immer noch nichts. »Jedenfalls, er war felsenfest davon überzeugt. Der arme Brice hat sich so gefreut, ein bisschen mehr Feuerkraft auf seiner Seite zu haben. Er hat dich gehasst wie die Pest, weißt du. Du solltest mir dankbar sein.«

Ihre Gedanken überschlugen sich. Wie hatte er sie gefunden? Wie viel wusste er? Konnte sie ihn dazu bringen, sie zu verzaubern?

»Was willst du?«, fragte sie.

»Ich brauche deine Hilfe, Madison.« Es schien ihm zu gefallen, ihren Namen auszusprechen, als sei er sein Besitz. »Du musst etwas für mich tun.«

»Du spinnst.«

Barber lachte. »Wir werden sehen. Ich denke, du wirst alles tun, was ich verlange.«

Vielleicht wusste er weniger, als sie dachte. Er wirkte beinahe zu sicher. Wenn sie ihn angriff, würde er vielleicht versuchen, Macht gegen sie freizusetzen.

Seine blassen Augen glitzerten boshaft. »Ich habe nicht vergessen, was du auf Second Sister getan hast.« Er machte einen Schritt auf sie zu. »Es war ein großer Fehler. Niemand stürzt sich mit einem Messer auf mich. Ich sollte dir eine Lektion erteilen.« Er hob die Hände und damit auch Madisons Hoffnungen, dann ließ er sie lächelnd wieder sinken. »Aber ich bin bereit zu vergeben und zu vergessen.«

Er weiß Bescheid. Er spielt nur mit mir.

Sie zog die Pistole hervor, umfasste sie mit beiden Händen, wie ihr Vater es ihr gezeigt hatte, und richtete sie auf Warren Barber.

Als Barber die Waffe sah, hörte er auf zu lächeln.

»Ich sagte: Wo sind meine Geschwister?«

Barber schwieg für einen langen Moment, dann sagte er: »Ich verliere langsam die Geduld, Madison. Jetzt leg das weg, bevor noch jemand verletzt wird.« Er tat einen Schritt auf sie zu.

»Ich warne dich«, sagte Madison. »Ich bin ein ausgezeichneter Schütze.« Was der Wahrheit entsprach. Ihr Daddy hatte ihr das Schießen beigebracht. Nur war sie als Jägerin gescheitert, weil sie nicht in der Lage gewesen war, auf etwas Lebendiges zu schießen. Vielleicht würde sich das mit Barber ändern.

Barbers Augen mit der blassen Iris und dem Kranz weißer Wimpern waren kalt und starr wie die einer Schlange. »Na gut. Du kommst gleich zur Sache, was? Ich muss dir etwas zeigen.« Er klopfte auf seine Jackentasche. »Darf ich?«

Widerstrebend nickte Madison.

Barber schob die Finger in seine Tasche und holte etwas Glitzerndes hervor. Er hielt es Madison hin.

Sie gestikulierte mit der Pistole. »Wirf es auf den Tisch«, verlangte sie.

Barber tat wie geheißen. Zwei Gegenstände fielen klappernd auf das Resopal. Madison brachte den Tisch zwischen sich und den Zauberer und schaute hinab.

Es war, als hätte ihr jemand in die Brust gegriffen, das Herz gepackt und zugedrückt.

Einer der Gegenstände war ein verkratztes Schweizer Armeemesser, in dessen Griff die Initialen JR geschnitzt waren. Bei dem anderen Gegenstand handelte es sich um ein goldenes Medaillon mit eingravierten Rosen, das an einer leichten Goldkette hing.

Das Messer hatte ihrem Vater gehört. John Robert trug es überall mit sich herum und schob es nachts unter sein Kopfkissen. Min hatte Grace das Medaillon hinterlassen. Madison hatte die Schließe tausendmal zugemacht, wenn Grace es nicht geschafft hatte, hatte die Kette sorgfältig abgenommen und auf die Kommode gelegt, wenn Grace über einem Buch eingeschlafen war. Sie trug sie an jedem Tag ihres Lebens.

Madison schaute zu Barber auf. Sie brauchte zwei Anläufe, bis sie ihre Stimme wiederfand.

»Wo sind sie?« Diesmal konnte sie das Zittern in ihrer Stimme nicht unterdrücken.

»Wenn du mich erschießt, wird niemand sie jemals finden.«

Sie wappnete sich und zielte tiefer. »Ich brauche dir nicht in den Kopf zu schießen«, erklärte sie.

»Und wenn ich verblute?« Er zog eine Augenbraue hoch. »Komm schon, Madison, du bist kein Killer. Außerdem kann ich den Schuss wahrscheinlich blockieren. Leg die Waffe weg, und wir werden reden.«

»Wenn du ihnen wehgetan hast, dann ...«

»Du bist die Einzige, die das verhindern kann. Kooperiere, und ich werde sie gehen lassen. Wenn nicht ...« Er zuckte die Achseln. »Es wäre schade.«

»Woher weiß ich, dass sie noch leben?«

Barber tat ihre Frage mit einer ungeduldigen Handbewegung ab. »Sie sind mein Druckmittel. Es wäre dumm, sie umzubringen. Es sei denn, du enttäuschst mich. Wenn unsere Angelegenheit geregelt ist, werde ich sie gehen lassen. Siehst du? Niemand wird verletzt. Jetzt leg die Waffe weg, bevor ich die Geduld verliere.«

Grace und John Robert. Die aufsässige, eigensinnige Grace und der unschuldige John Robert in den Händen dieses Monsters. Was wollte er von ihr, dass er die Kinder benutzte?

Vorsichtig legte sie die Waffe auf den Tisch, trat mit hängenden Armen einen Schritt zurück und sah Warren Barber hasserfüllt an.

»Gut«, sagte Barber. Er deutete mit dem Kopf auf den Küchentisch. »Bitte. Setz dich.«

Madison ging hölzern zum Tisch und nahm Platz. Sie versuchte, überall hinzusehen außer zu Brice' Leiche und dem Blut, das auf den Boden gespritzt war. Barber hatte recht. Sie war kein Killer.

Barber ging zum Kühlschrank und stöberte darin herum. »Hunger?«

»Nein.« Madisons Magen hob sich und drohte das wenige, das darin war, von sich zu geben.

Barber nahm zwei Colaflaschen und einen Teller kalte Pizza aus dem Kühlschrank und trug sie an den Tisch.

»Von einem Streit krieg ich immer Hunger, wenn du verstehst, was ich meine.«

Er stellte eine Flasche vor sie hin.

»Haben ... haben J. R. und Grace etwas zu essen?«, flüsterte sie.

»Du machst dir zu viele Sorgen. Es bringt nichts und kostet dich Jahre deines Lebens.« Er nahm ihr gegenüber Platz und rollte die andere Flasche zwischen seinen Zaubererhänden. Spinnennetztätowierungen zogen sich über seine Unterarme.

Sie schob ihm die Flasche wieder hin. »Ich werde nicht ...«

»Trink es«, befahl er.

Sie schaute in seine eiskalten Augen, packte die Flasche, nahm einen langen Schluck und zwang ihn irgendwie die Kehle hinunter.

»So ist es besser.« Er lächelte. »Gewöhn dich dran, das zu tun, was ich sage, und wir werden uns gut verstehen. Also. Folgendes sollst du für mich tun. Du gehst und holst das Drachenherz. Dann werden wir einen Tausch vornehmen – das Drachenherz gegen Grace und J. R. Ist das fair?«

»W... was willst du damit?«, fragte sie. Sie sah keinen Sinn darin abzustreiten, dass sie davon gehört hatte. »Was hast du vor?«

»Konzentrier dich einfach darauf, es zu beschaffen.« Warren biss in die Pizza. »Den Rest überlass mir.«

Gedanken und Bilder überschlugen sich wie Steine, die einen Hang hinunterstürzten und gegeneinanderkrachten. Das Drachenherz pulsierte immer noch in ihr wie ein zweites Herz. Wenn es so mächtig war, wie man sagte, konnte sie diese Art von Macht dann in die Hände von jemand wie Barber legen?

Seph und Jason und Jack und Ellen und Nick – sie alle kämpften ohne realistische Erfolgschancen um etwas, woran sie glaubten. Es war schlimm genug, dass sie ihnen nicht geholfen hatte. Jetzt wollte Warren Barber, dass sie mitten ins Schutzgebiet spazierte und die Menschen verriet, die ihr am meisten bedeuteten.

Nur dass Grace und J. R. ihretwegen in dieser Lage waren. Seph hatte sie gewarnt, dass sie nicht entkommen könne, indem sie davonlief, und sie hatte nicht auf ihn gehört. Und wenn Barber herausfand, dass Grace ebenfalls eine Induktorin war …

Mein ganzes Leben lang habe ich für Carlenes Fehler bezahlt, dachte sie. Grace und J. R. werden nicht für meine bezahlen.

»Es wird vielleicht nicht einfach werden«, sagte sie. »Es könnte eine Weile dauern.«

Barber stopfte sich den Rest Pizza in den Mund und wischte sich die Finger an der Tischdecke ab. »Aber denk dran, je länger es dauert, desto länger bleiben Grace und J. R. eingesperrt.«

KAPITEL 28
Zu den Salzminen

Jack hatte an seiner Mutter immer die Fähigkeit bewundert, etwas zu bewegen, selbst wenn man sie mitten in der Nacht aus tiefem Schlaf riss. Rückblickend konnte er sich nicht einmal mehr daran erinnern, was er zu ihr gesagt hatte. Oder vielleicht war es sein Aussehen gewesen – er war von oben bis unten mit Schlamm und Blut verschmiert. Wie dem auch sei, es reichte, um sie aus dem Bett zu scheuchen und ans Telefon eilen zu lassen. Als sie feststellte, dass die Leitung tot war, sandte sie Läufer aus, und das Resultat war dieses Treffen um den Küchentisch in Stone Cottage eine knappe Stunde später.

Der Wind peitschte um das Haus, und Hagel prasselte gegen die Fenster. Donner grollte über dem See. In letzter Zeit schien es immer zu stürmen.

Es war eine ungleiche Gruppe. Ellen lief rastlos mit geröteten Wangen im Raum umher, noch immer außer sich, weil sie die Zauberer vor der Grenze hatten laufen lassen müssen. Schweiß glänzte trotz des kalten Luftzugs, der durch die Terrassentüren hereinwehte, auf ihren sehnigen Armen, und sie wischte sich mit dem Shirt das Gesicht ab. Ihre grauen Augen waren so aufgewühlt wie die Oberfläche des Sees.

Jack verstand sie – auch sein Blut pulsierte noch immer heftig in den Adern, auch sein rebellischer Körper war in einer nicht enden wollenden Vorbereitung auf einen Kampf.

Nicodemus Snowbeard sah aus, als sei er um mehrere hundert Jahre gealtert, doch in seinen schwarzen Augen glänzte noch immer dieselbe alte Intensität. Nick hatte darauf bestanden, Leesha Middleton mit einzubeziehen, obwohl fast alle anderen dagegen gestimmt hätten. Aber der alte Mann war eine Ein-Mann-Mehrheit.

Leesha hatte ausnahmsweise einmal wenig zu sagen. Sie saß am Rand des Kamins, die Arme um die Knie geschlungen. Immer wieder schaute sie zu Jason hinüber, als versuche sie, seine Aufmerksamkeit zu erregen, und Jason schaute überall hin, nur nicht zu ihr.

Jason war so nervös wie immer, rutschte unruhig herum und sah auf seinem Handy nach, wie spät es war. Für ihn ging es nie schnell genug.

Seph, grüblerisch und gefährlich, qualmte praktisch vor Macht.

Mercedes Foster ähnelte in ihrem Overall, dem Gewand aus Kasuri-Stoff und den japanischen Slippern einem Mangabauarbeiter. Iris Bolingame hatte sich erschöpft in der Ecke niedergelassen. Sie war gerade von der Mauer gekommen.

Will und Fitch hielten sich dicht bei Jack und Ellen, als wollten sie unbedingt dabei sein, was auch geschah.

Wills Vater, Bill Childers, der Bürgermeister von Trinity, und sein Onkel, Ross Childers, jetzt Polizeichef, wirkten so unbeholfen wie zwei Baptisten in einem Hindutempel.

»Ich denke, wir sind vollzählig«, sagte Becka zu Jack. »Jetzt könntest du uns verraten, was los ist.«

»Da bin ich mal gespannt«, fügte Ross schroff hinzu, gähnte und funkelte Will an. *»Wirklich* gespannt.«

Nick stemmte sich hoch. »Ross. Bill. Becka. Diese junge Leute werden euch gleich eine außerordentliche Geschichte erzählen. Aber ich kann euch versichern, dass sie vollkommen wahr ist. Ich hoffe, ihr werdet euch unvoreingenommen anhören, was sie zu sagen haben.« Er nickte Jack zu.

»Also.« Jack räusperte sich. »Das heißt, wir … äh …« Er hatte so lange Geheimnisse gehabt, dass es schwer war, nun das Schweigen zu brechen. Verzweifelt griff er über seine Schulter und zog Schattentöter aus dem Wehrgehänge, dann legte er das große Schwert auf den Küchentisch. Ellen folgte seinem Beispiel, zog Wegbereiter aus seiner Scheide und legte ihn neben Schattentöter.

Alle blickten die beiden leuchtenden Schwerter auf dem Tisch an, als könnten die Waffen sprechen.

Becka fand schließlich ihre Stimme wieder. »Jack. Woher kommen diese Schwerter? Sie sehen wie Museumsstücke aus.«

Ellen legte die Hand auf den Griff ihres Schwertes und sprach ziemlich förmlich: »Wegbereiter wurde aus einem Waffenhort in Raven's Ghyll in Cumbria, Großbritannien, genommen. In der Nähe des Ortes, wo Sie damals mit Mr. Hastings waren. Es ist eine der sieben großen Klingen, geschmiedet von Hexern unter der Herrschaft der Drachendame Aidan Ladhra. Jason … äh … hat es gefunden und … ähm …«

Ihre Stimme verlor sich. Becka, Ross und Bill Childers starrten sie an, als sei ihr ein zweiter Kopf gewachsen. Sie sah zu Boden, und ihre Wangen färbten sich rot. Ellen hasste es selbst unter den besten Umständen, vor Menschen zu sprechen.

Jack legte Ellen die rechte Hand auf den Rücken und

berührte mit der anderen den Griff seines Schwertes. »Mom. Dies ist Schattentöter. Er gehört auch zu den sieben Klingen. Er hat Ururgroßmutter Susannah gehört. Wir – Will, Fitch und ich – haben das Schwert aus ihrem Grab unten in Coalton County ausgegraben.«

»Susannah besaß ein Schwert?« Becka sah Jack mit einem misstrauischen Stirnrunzeln an, dann wandte sie sich wegen der Pointe hilfesuchend an Will und Fitch.

»Susannah war eine magische Kriegerin«, sagte Fitch in das skeptische Schweigen hinein. »Wie Ellen und Jack.«

»Sie haben gegen eine Armee von Zauberern gekämpft, Ms. Downey«, ergänzte Will. »Erinnern Sie sich, wie wir mit Tante Linda wegen der Stammbaumforschung nach Coal Grove gefahren sind? Wir haben das Schwert gefunden, aber dann wurden wir von Zauberern angegriffen. Sie haben versucht, es zu stehlen, und wir mussten es in einer Kirche verstecken. Tante Linda ist auf den Parkplatz gefahren, und Jack hat Flammen ...«

»Linda? Was ist mit Linda?«, unterbrach Becka ihn. »Willst du sagen, dass sie ebenfalls eine Kriegerin ist?«

»Nun.« Bill räusperte sich. »Äh, nein. Sie ist eine Betörerin.«

»Eine Betörerin.« Ross Childers schlug sich den Handballen gegen die Stirn. »Na klar.« Er hatte Linda mehrmals zum Ausgehen eingeladen, bevor ihre Beziehung zu Hastings bekannt wurde.

»Wir haben es nach Trinity zurückgeschafft, aber dann haben Zauberer sich hier auf Jacks Fährte gesetzt«, berichtete Fitch weiter. »Erinnern Sie sich, als diese Typen versucht haben, ihn von der Highschool zu entführen, und Mr. Hastings sie verjagt hat?«

Becka hob den Kopf und trug diese vertraute Anwaltsmiene, die besagte, dass sie im Begriff stand, einen unzuverlässigen Zeugen auseinanderzunehmen. Obwohl sie ihnen damals die Geschichte, die sie erzählt hatten, nicht ganz abgekauft hatte, kaufte sie ihnen diese auch nicht ab.

»Sie waren Händler«, erklärte Will. »Auf Jacks Kopf war ein hoher Preis ausgesetzt, und sie wollten ihn bei einer Auktion verkaufen. Sie müssen wissen, dass Zauberer Krieger in diesen großen, magischen Turnieren gegeneinander antreten lassen. Man nennt es ›Das Spiel‹.«

»Du willst mir erzählen, dass diese Männer *Zauberer* waren. Und dass Leander Hastings sie verjagt hat?« Becka zog die Augenbrauen hoch.

»Nun, in Wirklichkeit sind sie unter dem Schulparkplatz begraben«, gab Jack zu. »Er musste die Leichen beseitigen, bevor die Polizei kam.« Er warf Ross einen entschuldigenden Blick zu, der der leitende Ermittler am Tatort gewesen war.

»Mr. Hastings ist ebenfalls ein Zauberer«, sagte Will. »Genau wie Nick.«

Alle drehte sich um und sahen Nick an, der leicht den Kopf neigte. »Allerdings«, bestätigte er. »Ich fürchte, so ist es.«

Bill Childers schaute von Nick zu Will, dann beschwor er seine eigene Erklärung herauf. »Sie haben uns alle aus dem Bett geholt, damit wir über … über eine Art Rollenspiel reden?«

»Nein«, widersprach Jason von seinem Platz an der Wand. »Es ist echt. Und es wird ein Massaker geben, wenn wir nicht … wenn wir nicht etwas tun.«

»Also Moment mal.« Bill funkelte Jason an, der nie besonders glaubwürdig aussah. »Ein *Massaker?*«

»Zauberer haben diese Stadt umstellt«, sagte Mercedes auf ihre knappe Art. »Wir haben eine Weirmauer errichtet, eine magische Barrikade. Das ist das Einzige, was sie im Moment draußen hält. Jetzt haben die Zauberer ihre eigene Mauer hochgezogen – eine Zauberermauer. Sie haben vor, jeden zu fangen oder zu töten, der die Stadt zu verlassen versucht.«

»Hört mal«, sagte Ross, schlüpfte aus seiner Jacke und warf sie über einen Stuhl. Sein Hemd hatte große Schweißflecken unter den Armen. »Ich bin während der letzten zwei Wochen ein Dutzend Mal in die Stadt rein- und wieder rausgegangen. Ich habe keine Mauer gesehen, erst recht nicht zwei.«

»Die Weirmauer kann man nicht sehen«, erklärte Mercedes. »Sie ist für die Anaweir unsichtbar. Die Nichtbegabten. Die ohne Weirsteine. Wie Sie.«

»Die andere Mauer ist heute Nacht hochgezogen worden«, ergänzte Jason. »Diese Mauer ist sichtbar. Ich kann sie Ihnen zeigen, aber wir werden vorsichtig sein müssen. Sie sind schon da draußen und warten.«

»Wir sollen also glauben, dass jemand seit Sonnenuntergang eine Mauer um die ganze Stadt gebaut hat.« Ross krempelte die Ärmel hoch und entblößte seine fleischigen Arme.

Mercedes rümpfte die Nase. »Die Mauer ist wirklich hässlich. Schlampig. Aber wir müssen davon ausgehen, dass sie wirksam ist.«

»Sie haben diese Mauer gesehen?«, fragte Bill.

»Ich habe sie gesehen«, sagte Jason. »Wenn sie anfangen, die Städter zu gefangen zu nehmen, wird eine Massenpanik ausbrechen. Wir müssen einen Ort finden, um die Ana… die Nichtbegabten … zu verstecken, bis dieser Krieg vorbei ist. Auf die eine oder andere Art.«

»Wir verschwenden Zeit.« Seph ergriff zum ersten Mal das Wort. »In zwei Stunden beginnt der morgendliche Pendelverkehr. Wir haben Wachen aufgestellt, die die Leute zurückschicken sollen, aber jeder, der hindurchschlüpft, wird an der äußeren Mauer aufgehalten und gefasst werden. Ich werde das nicht zulassen. Ich werde sie alle unbeweglich machen, wenn es sein muss.«

Becka blinzelte ihn an. »Seph?«

»Hört mal«, knurrte Ross verärgert. »Ich kenne die meisten von euch Kindern schon euer ganzes Leben, aber ich muss sagen, ihr macht mir Angst. Ich denke, wir sollten wieder ins Bett gehen und schauen, ob diese Zauberer morgen früh nicht wieder verschwunden sind.«

»Hören Sie unvoreingenommen zu«, wiederholte Nick leise.

»He.« Jason blickte durch die Terrassentüren auf den See hinaus. »Kommt und seht euch das an.«

Sie drängten sich auf die Terrasse, stellten sich an der Wand entlang auf und zogen die Schultern hoch, um sich vor den Eiskörnern zu schützen, die auf sie einprasselten. Jason streckte die Hände aus. Licht drang aus seinen Fingern und vergoldete die Wellenkämme auf einer grauen Wasserfläche, bis es auf eine dicke, schwarze Barriere hundert Meter vom Ufer entfernt traf. Die Barriere erstreckte sich von einem Ende des Horizonts zum anderen. Sie ähnelte tief herabgesunkenen Sturmwolken oder einer Schicht dicken, wabernden Rauchs, dessen Ränder von grünlichen Blitzen umspielt wurden.

»Was zum Teufel …?« Ross starrte auf den See hinaus und rieb sich sein unrasiertes Gesicht. »Ist das eine Art Fontäne oder Sturmfront oder …«

»Es ist ein Teil der Zauberermauer«, sagte Jason tonlos, »und es wäre keine gute Idee zu versuchen, mit dem Boot hindurchzufahren. Es bedeutet, dass eine Flucht übers Wasser unmöglich ist.«

»Wie hast du das gemacht?«, fragte Bill scharf. »Diese Sache mit deinen Händen?«

»Magie«, erwiderte Jason sachlich. »Gewöhnen Sie sich daran, denn Sie werden davon noch viel mehr zu sehen bekommen, ob es Ihnen gefällt oder nicht.«

Jack erinnerte sich an seine eigene Erfahrung von vor zwei Jahren, als Tante Linda ihm erzählt hatte, dass sie eine Betörerin sei, dass Jack ein Krieger sei und dass Zauberer Jagd auf ihn machten.

Es gab einfach keine Möglichkeit, es einem schonend beizubringen.

Jack ging ins Haus, nahm Schattentöter vom Tisch und schritt wieder auf die Terrasse hinaus.

»Treten Sie zurück«, sagte er.

Er packte den Griff mit beiden Händen, schwang das große Schwert in einem weiten, zischenden Bogen und sandte kreischende Flammenstrahlen über das dunkle Wasser und ließ sie gegen die Mauer krachen, wobei er das vertraute, berauschende Gefühl der Befreiung verspürte. Rauch und Flammen schossen in den Nachthimmel empor, und kleinere Explosionen hallten von dem felsigen Seeufer wider. Und wieder. Flammen zuckten in die Nacht, explodierten an der Barriere und färbten die Wellen in buntem Orange und Rot. Als sich der Rauch wieder verzog, stand die Mauer noch, wenn sie auch ein wenig mitgenommen war.

»Allmächtiger Gott«, murmelte Bill nach einem Moment benommenen Schweigens.

Der auflandige Wind trieb einen beißenden Brandgeruch zu ihnen herüber. Hunde bellten wild am ganzen Ufer.

Becka sackte gegen die Wand und stützte sich mit den Händen ab. Emotionen huschten über ihre Züge. Erstaunen. Furcht. Bedauern. Schuldgefühle. »Das muss ein Traum sein«, sagte sie.

»Ist schon gut, Mom«, erwiderte Jack verlegen, dann setzte er sich neben sie und lehnte Schattentöter an die Wand.

Ellen warf einen Blick auf die beiden, dann trieb sie den Rest der Gruppe ins Haus. »Mach zehn Minuten Pause, Jack. Wir werden die Städter auf den neuesten Stand bringen.« Sie zog die Türen zu.

»Es bleibt nicht viel Zeit«, sagte Jack. »Es tut mir leid, dass es so herauskommen musste.«

»Ich muss blind gewesen sein«, murmelte Becka. Sie schaute zu Jack auf. »Wann hast du es erfahren?«

»Nicht vor meinem zweiten Highschooljahr. Krieger manifestieren sich nicht, bis sie alt genug sind, um ... ähm ... zu kämpfen.«

»Aber was ist mit der Zeit danach? Warum hast du es mir nicht gesagt?« Sie nahm ihn am Kinn und drehte seinen Kopf so, dass sie ihm in die Augen sehen konnte. »Ich hätte mehr Fragen stellen sollen. Du musstest mit dieser Sache ganz allein fertig werden.«

»Mom. Du hast gefragt«, antwortete Jack verzweifelt. »Du hast ungefähr hundert Mal gefragt, was los ist. Ich konnte es dir einfach nicht sagen. Ich wusste nicht, wie.« Er sah an seinem schlanken, muskulösen Körper herab. Der für einen bestimmten Zweck geschaffen war.

»Wie sollte ich dir sagen, dass ich ein Krieger bin? Ein programmierter Killer? Das widerspricht so total allem, woran du glaubst – woran ich mein Leben lang geglaubt habe.« Er stützte die Arme auf die Mauer, legte das Kinn auf die Arme und blickte auf den See hinaus. »Ich meine, ich war nicht ganz allein. Linda hat es die ganze Zeit über gewusst. Und Nick war da, um ein Auge auf mich zu haben. Er hat mir ein bisschen Zauberei beigebracht. Und Hastings hat mich gelehrt, wie man kämpft.«

»Hastings.« Sie stieß einen langen Atemzug aus. »Was ist mit Ellen?«

»Ellen hatte das Leben, das ich gehabt hätte, wenn … alles anders gewesen wäre.« Er hielt inne und sammelte sich. »Sie haben sie hergeschickt, um mich zu töten. Und das hätte sie tun können. Aber sie hat es nicht.«

Seph steckte den Kopf durch die Tür. »Jack.«

Jack stand auf und schaute auf seine Mutter hinab. »Das ganze Jahr haben du und Dad versucht, mich dazu zu bringen, mich auf meine Zukunft zu konzentrieren, obwohl ich nicht wusste, ob ich überhaupt eine Zukunft habe, ob ich das Jahr überleben würde. Ich weiß, dass wir reden müssen. Und das werden wir auch. Aber für den Moment will ich dir einfach nur sagen, dass ich dich lieb habe. Und dass es mir leid tut.«

Becka stand auf, zog seinen Kopf herunter und küsste ihn auf die Stirn. »Ich habe *dich* lieb, Jack«, erklärte sie heftig. »Und ich glaube an dich. Zauberer, Krieger, was auch immer.« Und ging ihm voran zurück ins Haus.

Die anderen waren um den Küchentisch versammelt und ersetzten Schlaf durch literweise Kaffee. In der Zwischenzeit war etwas geschehen. Die Überzeugung durch einen Zauberer vielleicht. Aus der hartnäckigen Skepsis des Bürgermeisters und des Polizeichefs war ein zögerlicher Glaube geworden.

»Ich kapiere es immer noch nicht«, sagte Ross gerade. »Warum sollten sie eine kleine Collegestadt in Ohio angreifen? Was wollen sie?«

Nick und Seph wechselten einen Blick. »Wir haben etwas, das sie wollen«, erwiderte Nick sanft. »Einen magischen Gegenstand, der angeblich außerordentlich mächtig ist. Eine kleine Gruppe von Zauberern hofft, mit seiner Hilfe die Kontrolle über die magischen Gilden zu gewinnen. Um die Welt zu beherrschen.«

»Können wir diesen Gegenstand nicht gegen sie einsetzen?«, hakte Bill nach.

Seph schüttelte den Kopf. »Wir wissen nicht, wie.«

»Könnten wir … könnten wir ihnen diesen Gegenstand nicht geben?«, fragte Ross. »Ich meine, wenn er ohnehin nichts taugt.«

»Das ist keine Option«, sagte Nick. »In diesem Punkt werden Sie mir vertrauen müssen.«

Was weiß er, das er uns nicht sagt?, fragte sich Jack.

»Wir sind nur eine Kleinstadtpolizei«, meinte Ross. »Wir haben nicht genug Leute und verfügen auch nicht über die Ausrüstung, um mit größeren Problemen fertigzuwerden. Wir brauchen Hilfe. Ich könnte im Büro des Gouverneurs anrufen. Die Nationalgarde holen.«

»Es würde nichts nützen«, entgegnete Seph. »Sie würden vielleicht einige Zauberer mit konventionellen Waffen töten, wenn sie sie überraschen. Dann würden die Rosen sie unbeweglich machen und abschlachten. Es würde nur noch mehr Tote geben.«

Ross nickte und wirkte beinahe erleichtert, als wolle er nicht über das Gespräch mit dem Gouverneur nachdenken. »Okay. Was wäre, wenn die – äh – Untergilden fortgingen? Würden die … Zauberer Trinity dann nicht in Ruhe lassen?« Der Polizeichef tat sein Bestes, um den

Jargon zu lernen und mit den Monstern zu ringen, die unter dem Bett hervorgekrochen waren.

»Dafür ist es jetzt zu spät«, sagte Jason. »Da draußen sind Hunderte von Zauberern. Wir können unmöglich durchkommen, ohne gefangen genommen oder getötet zu werden.«

»Es sind noch Kinder, vergessen Sie das nicht.« Becka lehnte sich mit der Hüfte gegen die Küchentheke. »Was immer sie für Kräfte haben, Sie können nicht erwarten, dass sie ... sich opfern.«

»Es spielt keine Rolle, Mom«, warf Jack ein. »Wir würden versuchen auszubrechen, wenn wir glauben würden, dass es etwas nützt. Wir würden aufgeben, wenn wir glauben würden, dass das die Stadt retten könnte. Aber ... sie wissen, dass wir mit den Menschen hier eng verbunden sind. Und Zauberer sind rachsüchtig. Die Anaweir sind für sie Wegwerfmenschen. Die, die sie als Geiseln benutzen wollen, werden sie gefangen nehmen. Den Rest, nun ...« Er stellte fest, dass er es nicht recht in Worte fassen konnte.

Aber Jason konnte es. »Sie werden jeden töten: Männer, Frauen, Kinder, selbst Hunde und Katzen. Kein Stein wird mehr auf dem anderen stehen. Sie werden alles bis auf den Grund niederbrennen. Dann werden sie den Boden vergiften, damit hier nichts mehr wächst. Es wird wie eine atomare Vernichtung des Stadtparks sein.«

»Gibt es denn niemanden, der helfen kann?«, fragte Becka. »Wo sind Linda und Hastings?«

»Das wissen wir nicht, Becka«, antwortete Nick leise. »Sie sind nach England gegangen, um eine Sammlung magischer Waffen zu sichern, damit sie unseren Feinden nicht in die Hände fällt. Also sind wir auf uns allein gestellt und werden unser Bestes geben müssen.« Er tätschelte ihre Schulter. »Noch ist nicht alles verloren. Wir haben einige prinzipientreue Zauberer auf unserer Seite. Seph mag jung sein, aber er ist ziemlich mächtig. Und dann ist da noch Jason. Iris. Und ich«, fügte er hinzu, als sei es ihm erst nachträglich eingefallen.

»Und ich«, warf Leesha ein. Sie saß immer noch am Kamin, reckte aber dickköpfig das Kinn vor, als sei sie bereit, einen Streit zu provozieren.

»In Ordnung, Seph, Jason, Iris, ich und Leesha«, sagte Nick. »Und ein paar andere.«

Jack beschlich ein mulmiges Gefühl in der Magengegend. Eine Handvoll gegen Hunderte. Falls sie Leesha überhaupt trauen konnten.

»Wir haben Krieger«, fuhr Nick fort. »Da sind natürlich Jack und Ellen, und wir haben außerdem eine beeindruckende Armee von Geisterkriegern. Wir haben Hunderte von Hexern, Betörern und Sehern. Wir haben eine große Sammlung magischer Waffen, und von den meisten wissen wir sogar, wie man sie benutzt.« Nick grinste, und Jack fühlte sich ein wenig besser.

»Also schön.« Becka richtete sich auf und gewann ihre gewohnte Sachlichkeit zurück. »Denkt nach. Was können wir wegen der … Leute tun? Wir könnten sie in die Sportarena bringen, aber sie würde nur zu einer leichten Zielscheibe werden.«

»Wir müssen sie irgendwo verstecken«, schlug Ellen vor. »Ihnen irgendeine Geschichte erzählen, damit sie bleiben, wo sie sind. Wie viele Keller würde man brauchen, um zehntausend Menschen zu verstecken?«

»Weißt du, ich kann mir nicht vorstellen, den Bürgern von Trinity zu erzählen, dass wir von Zauberern angegriffen werden«, meinte Bill. »Aus dem Amt gejagt zu werden ist noch das Geringste. Ich wünschte, wir könnten einen Weg finden, um sie hier rauszuschaffen.«

Und wie genau sollen wir das anstellen?, dachte Jack. Einen Tunnel unter der Mauer graben? Und wie lange würde *das* dauern?

Da kam ihm eine Idee.

»Wir müssen einen Ort finden, wo wir sie unterbringen können, bis es vorbei ist«, meldete sich Seph zu Wort. »Wie … wie einen atombombensicheren Bunker oder so etwas.«

»Nun«, sagte Jack nachdenklich, »da wären die Salzminen.«

»Ich bitte dich, Jack«, blaffte Jason. »Wir haben keine Zeit für …«

»Ich meine es ernst«, unterbrach ihn Jack. »Da ist jede Menge Platz, und sie sind gut belüftet und …«

Jasons niedergeschlagene Miene wich Interesse. »Wovon redest du?«

»Unter dem See wird Salz abgebaut«, erklärte Ross Childers und musterte Jack dabei spekulativ. »Schon seit Jahren. Die Minen sind wie riesige, von Menschenhand geschaffene Höhlen, die sich fast bis nach Kanada ziehen.«

Jack grinste. »Fast bis nach Kanada, aber ganz bis zu den Sisters.«

Bill Childers sah Jack an und nickte widerstrebend. »Weißt du, das ist eine Idee.«

»Ich habe noch nie von irgendwelchen Salzminen gehört«, wandte Jason ein. »Wo sind sie?«

»Der Eingang befindet sich im Industriegebiet am Seeufer«, erklärte Ross. »Innerhalb der – äh – Grenze. Einige Schüler und Dozenten aus dem College sind im Frühling verhaftet worden, als sie dort Picknicks veranstaltet haben. Anscheinend hat es einen Vorschlag gegeben, die Minen zu schließen und als Atommülllager zu benutzen.« Ross rieb sich mit dem Zeigefinger den Nasenrücken und warf Becka einen Blick zu.

Jack verdrehte die Augen. Natürlich war seine Mutter die Anführerin des Protestes gewesen.

Becka tat ihre Verhaftung mit einer Handbewegung ab; es schien ihr nicht im Mindesten leidzutun. »Nachdem wir die Atommüllidee im Keim erstickt hatten, haben uns die Besitzer eine private Führung durch die Anlage gegeben. Es ist wie ein unterirdischer Palast, man nennt es Kammer- und Pfeilerbau. Die Minen reichen nach Norden bis zu den Sisters, und es gibt Belüftungsschächte, die auf einigen der kleineren Inseln nach oben kommen.«

»Also könnten wir die Menschen durch die Minen aus der Stadt schaffen und auf den Sisters wieder über Tage bringen«, folgerte Ross.

»Es wird wie die Minen von Moria sein«, sagte Fitch. »Hoffentlich ohne die Orks.«

Jack nickte. »Es ist nicht perfekt. Ich meine, man müsste immer noch die Essensversorgung klären, und es würde lange Schlangen vor den Toilettenkabinen geben.«

»Wir haben tonnenweise Wasserflaschen und Verpflegungspakete im Keller des Rathauses«, warf Ross ein. »Für den Fall eines terroristischen Angriffs.«

»Nun, ich würde sagen, dies ist fast einer«, murmelte Ellen.

»Die städtische Essensausgabe ist gefüllt«, sagte Beka. »Wir haben gerade die jährliche Spendenaktion beendet. Aber wie werden wir die Menschen dazu bringen, in die Mine zu gehen?«

»Drohender Atomunfall«, schlug Fitch vor. »Bei Ohio Power. Der gesamte Nordwesten von Ohio könnte kontaminiert werden. Es wäre besser als ein Chemieunfall, da Verstrahlung nicht wahrnehmbar ist. Also gehen wir von Tür zu Tür und sagen den Menschen, dass sie eine Stunde Zeit haben, um zu packen …«

»Eine halbe Stunde«, warf Seph ein.

»Eine halbe Stunde, und dann müssen sie zu ihrem eigenen Schutz in die Minen hinuntergehen, bis Entwarnung gegeben wird.«

Seph lehnte sich gegen den Kaminsims. »Niemand darf die Stadt verlassen. Es darf nichts von dem durchsickern, was wir tun. Die Anaweir werden verwundbar sein, sobald sie das Schutzgebiet verlassen.«

Jack schauderte. Es war seine Idee gewesen, und wenn es schiefging ...

Ross' dicke Finger zuckten und schlugen einen Trommelwirbel auf dem Tisch. »Sobald sie die Sisters erreichen, könnten wir sie ausfliegen lassen oder Boote vom Festland schicken, und …«

»Nein.« Seph schüttelte den Kopf. »Auf gar keinen Fall. Wenn die Rosen davon Wind bekommen, wären die Leute auf dem Wasser noch angreifbarer. Ich werde mich auch um den Telefonservice auf den Inseln kümmern«, fügte er hinzu. »Wir dürfen niemanden wissen lassen, dass sie dort sind. Das bedeutet, dass wir die Sache beenden müssen, bevor die Lebensmittel knapp werden«, sagte er halb zu sich selbst.

»Keine Angst.« Jason lächelte schief. »Sobald es losgeht, wird es im Handumdrehen vorbei sein.«

»Will und ich werden von Tür zu Tür gehen«, erklärte Fitch. Er trug seine Stadtpiratenkluft, Khakihosen, Tarnhemd und Stiefel aus Armeebeständen, schwere Ketten um den Hals und ein Tuch, das er sich verwegen um den Kopf gebunden hatte. Neben ihm sah Will aus wie ein Chorknabe.

»Du wirst Hilfe brauchen.« Seph musterte ihn skeptisch. Jack wusste, was er dachte. Manche Leute in der Stadt würden Fitch wahrscheinlich die Tür vor der Nase zuknallen, wenn er mitten in der Nacht auf ihrer Türschwelle erschien. »Wir müssen die Menschen erreichen, bevor sie zur Arbeit fahren.«

»Fitch, warum machst du nicht mit Will die Collegehäuser?«, schlug Becka vor. »Wenn ihr mit den Wohnheimen fertig seid, fangt mit den Straßen südlich des Campus an. Ich werde mir das nördliche Ende vornehmen.«

»Ich werde auch helfen«, verkündete Leesha.

Alle fuhren herum, um sie anzusehen. Jack hatte ganz vergessen, dass sie da war.

»Du?«, platzte Jack heraus.

»Ihr könnt meine Hilfe wirklich gebrauchen«, sagte sie defensiv. »Ich kann sehr überzeugend sein.«

»Wir können jede willige Hand gebrauchen«, bestimmte Nick.

»Abgemacht«, sagte Fitch. »Du kommst mit uns. Lasst uns gehen.« Er warf Leesha ein Kopftuch zu, wie er es trug. »Binde es dir um den Kopf oder den Arm oder sonstwohin.«

Leesha warf einen Blick zu Jason, der in den Kamin starrte und so tat, als höre er nicht zu, dann folgte sie Fitch durch die Tür.

Was soll's, dachte Jack. Wenn Fitch es verzeihen kann, dass man ihn entführt und als Geisel in das Ghyll verschleppt hat, dann kann ich das auch.

»Ellen und ich werden die Grenze übernehmen, um

sicherzustellen, dass sich niemand hinausschleicht«, sagte Jack zu Ross.

»Ich gehe wieder aufs Revier und informiere die Frühschicht«, erwiderte Ross. »Ich werde ein paar Streifenwagen losschicken, um bei der Räumung der Häuser zu helfen, die Leute zur Mine zu fahren und zu verhindern, dass sie sich heimlich davonmachen. Wir werden bei der Geschichte über einen Atomunfall bleiben.«

Er stürmte durch die Tür.

Die anderen gingen in Zweier- und Dreiergruppen davon, bis nur noch Seph, Jack, Ellen und Jason übrig waren.

»Nun«, sagte Ellen und schob Wegbereiter in sein Wehrgehänge. »Wir sollten besser auch los.« Ellen schaute zwischen Seph und Jason hin und her. »Was machen wir, wenn die Anaweir gehen? Gehen wir mit ihnen mit, oder was?«

Jason schüttelte den Kopf. »Wenn wir gehen, werden die Zauberer wissen, dass wir irgendwie entkommen sind. Sie werden nicht lange brauchen, um den Eingang zur Mine zu finden. Und wenn wir das Drachenherz mitnehmen, werden sie uns sicher aufspüren. Ich denke nicht, dass wir exponiert in der Mitte des Sees sein wollen, wenn das passiert. Wir müssen Widerstand leisten, und das können wir genauso gut hier tun.«

Aber sie werden die Stadt dem Erdboden gleichmachen, dachte Jack. Er spürte, wie ihm seine Kindheit entrissen wurde, wie ein Seil, das von einer Trommel abgewickelt wurde. »Es kommt mir komisch vor. Dass alle es wissen, meine ich«, fügte er hinzu. »Selbst wenn wir es durchstehen, wird es nie wieder dasselbe sein.«

»Ich denke nicht, dass das ein Problem sein wird«, meinte Jason. »Wir werden alle tot sein.«

Als Seph den Mund öffnete, um zu sprechen, hob

Jason die Hand, damit er schwieg. »Ich weiß, dass wir Waffen haben. Ich weiß, dass wir Talent und Intelligenz besitzen und dass das Recht auf unserer Seite ist und überhaupt. Aber ich habe gesehen, was da draußen los ist. Mauer oder nicht, sie kommen rein. Wenn dies ein fairer Kampf wäre, würden wir gewinnen. Wie die Dinge liegen, verlieren wir. Ganz egal, wie viel Feuer du dir reinziehst.«

Seph versteifte sich. »Ich …«

»Ich bitte dich«, murmelte Jason. »Hältst du uns für blöd? Als wärst du nicht selbst schon machtgeladen genug.«

»Seph.« Ellen erhob sich und baute sich vor Seph auf, stellte sich auf die Zehenspitzen, die Hände zu Fäusten geballt. »Du hast es versprochen.«

»Ich habe versprochen, es nicht unnötig zu nehmen. Und das tue ich auch nicht.«

»Es wäre schön, wenn er es mit einigen von uns teilen würde«, bemerkte Jason.

»Komm, Ellen«, sagte Jack, der plötzlich den starken Wunsch verspürte, den drückenden Raum zu verlassen und irgendjemanden abzuschlachten. »Lass uns helfen, die Nachzügler einzusammeln.«

»Also«, sagte Jason, als Jack und Ellen gegangen waren, »du hast nichts von deinen Eltern gehört?«

Seph musterte ihn argwöhnisch, als habe er Angst, dass sie immer noch beim Thema Zaubererfeuer sein könnten. Dann schüttelte er den Kopf. »Ich wünschte, ich hätte D'Orsay fragen können, ob er sie gesehen hat, aber ich wollte nichts verraten. Ich weiß noch nicht mal, ob sie es zum Ghyll geschafft haben.«

»Nun«, erwiderte Jason, »wenn sie in der Burg von

Raven's Ghyll wären, würde das erklären, warum sie nicht angerufen haben.«

»Ja.« Seph rieb sich die Stirn, als schmerze sie. Er sah schlecht aus, dachte Jason. Unter seinen Augen waren dunkle Ringe, die Knochen in seinem Gesicht ragten deutlicher hervor als gewöhnlich, und seine Hände zitterten leicht. Als er Jasons Blick bemerkte, stieß er die Hände in die Taschen und funkelte ihn mit zusammengepressten Lippen an, als fordere er ihn dazu heraus, das Thema anzuschneiden.

Was auch immer, dachte Jason. Nick, Linda und Hastings hatten Seph sicher schlecht behandelt. Und sie alle sprachen die Möglichkeit nicht aus, dass Linda und Hastings tot sein könnten.

Rührselig. Du wirst total rührselig.

»So schlimm ist es also?«, fragte Seph.

Jason schaute verblüfft auf und dachte, dass Seph irgendwie seine Gedanken gelesen habe. Aber dann begriff Jason, dass er über die Situation im Schutzgebiet sprach.

Jason erinnerte sich an die Reihen von Pavillons, die die Mauern umringten, das Flackern von Zaubererlichtern durch die Bäume. »Ja. Schlimmer.« Er schwieg und fragte sich, wie er seine nächsten Worte formulieren sollte. »Ich habe nachgedacht. Es gibt irgendeine Art von Verbindung zwischen Madison und dem Drachenherz. Wir sollten sie zurückholen.«

»Nein.« Seph antwortete so schnell, dass Jason wusste, er hatte das Gleiche gedacht.

»Aber sie kann helfen«, beharrte Jason. »Das Drachenherz ist der Schlüssel, und wir müssen ihr die Möglichkeit geben, es zu versuchen. Es geht nicht nur um uns. Es geht auch um alle anderen. Es wird ein Gemetzel geben. Das könnte das Ende der Untergilden bedeuten.«

»Sie ist keine von uns. Sie muss an ihre Familie denken.« Jason gewann den Eindruck, dass Seph versuchte, sich selbst davon zu überzeugen. »Außerdem mag sie zwar unverwundbar gegenüber Magie sein, aber sie kann trotzdem getötet werden. Dafür möchte ich nicht verantwortlich sein.«

»Wenn du sie darum bittest, wird sie es tun.«

»Du hörst dich an wie mein Vater.« Seph fuhr sich ungeduldig durchs Haar. »Natürlich würde sie Ja sagen, wenn ich zu ihr gehen und ihr sagen würde, dass wir alle getötet würden, wenn sie nicht kommt.«

Jason zuckte die Achseln. »Mir gefällt es auch nicht, aber …«

»*Kapierst* du es denn nicht? Seit ich ihr begegnet bin, habe ich nichts anderes getan, als sie in Gefahr zu bringen. Wenn wir irgendetwas mit Bestimmtheit wüssten, wäre es etwas anderes. Aber es sind alles nur Vermutungen und Spekulationen. Wir haben keinen Beweis dafür, dass Madison uns überhaupt helfen könnte. Wenn es so schlimm ist, wie du sagst, und wir sie hierherholen, wird sie mit uns getötet werden. Auf diese Weise bleibt zumindest *einer* am Leben.«

Sieht so aus, als gäbe es keinen leichten Ausweg, dachte Jason. Vielleicht nicht einmal einen schwierigen Ausweg. Und wenn sie verloren, tja dann … er schauderte. Zauberer hatten ein Talent für Folter. Er hatte seine Erlebnisse unter Leicesters Händen nicht vergessen.

Notiz an mich selbst: Lass dich nicht lebend fangen.

Er würde mit Mercedes sprechen. Sie würde ihm zwar nichts von dem Zaubererfeuer geben, aber sie hatte bestimmt etwas anderes – irgendeine Art von Giftpille, die ihn notfalls außer Reichweite bringen konnte.

KAPITEL 29
Exodus

Jason hatte die Straßen von Trinity, Ohio, um fünf Uhr morgens noch nie so belebt gesehen. Polizisten gingen mit abgeblendeten Taschenlampen von Haus zu Haus, hämmerten an Türen und weckten die Bewohner – schlugen wenn nötig Fenster ein und räumten Häuser mit Gewalt. Familien strömten aus ihren Häusern und schleppten Koffer und verschlafene Kinder, trugen Reisetaschen und Haustiere in Käfigen, die zum Schutz vor dem Wind mit Tüchern verhängt waren. Streifenwagen und Ambulanzen transportierten die Alten und Kranken.

Jack und Ellen hatten ihre ledernen Panzerhandschuhe und leichte Kettenhemden angezogen. Ihre großen Schwerter ragten über ihre Schultern hinaus, aber unter den gegebenen Umständen achtete niemand groß darauf. Wenn man mit Gepäck davonkommen will, hängt das stark von der Einstellung ab, dachte Jason.

Die Evakuierten hatten an Schutz zusammengesucht, was sie finden konnten. Eine ganze Familie bis hin zu einem Säugling trug Helme aus Alufolie zum Schutz gegen Verstrahlung. Der Cosmic Shop neben dem Campus hatte seine Türen geöffnet und machte blühende Geschäfte mit heilenden Kristallen.

Will, Fitch und Leesha hatten ihre Arbeit in den Wohnheimen und Schülerapartments gemacht. Schüler fuhren auf Skateboards, Fahrrädern und Rollerblades vorbei. Sie trugen Rucksäcke, Kopfhörer und Ohrhörer, waren eingehüllt in Fleecedecken und hatten Stofftiere und Laptops unter dem Arm. Viele trugen immer noch Nachtkleidung unter ihren Mänteln: T-Shirts und Jogginghosen, Flipflops oder Pantoffeln. Sie sahen aus wie Flüchtlinge aus einem Land, das auf Audiotechnik, unpraktisches Schuhwerk und persönliche Transportmittel stand.

An Straßenecken dirigierten Polizisten in leuchtend gelben Schutzjacken mit der Aufschrift: TRINITY POLICE den Strom der Menschen in Richtung See.

»He, Mann!« Ein Schüler hielt Fitch sein Radio hin und klopfte an seinen Kopfhörer. »Wie kommt es, dass ich keine Sender reinbekomme?«

»Muss an der Strahlung liegen«, antwortete Fitch.

Trotz der Menschenmengen und vielleicht wegen der frühen Stunde verlief die Flucht relativ ruhig. Die Leute schlurften schweigend voran, umklammerten ihre Habseligkeiten, Furcht und Sorge auf den Gesichtern.

Gut, dachte Jason. Vielleicht können wir die Sache wirklich durchziehen, ohne die Aufmerksamkeit der Zauberer draußen zu erregen.

Jason verließ den Strom der Menschen zu der Salzmine und ging entlang des Seeufers nach Westen. Blitze zuckten nahezu unablässig am Himmel, und Donner ließ die Fenster der Strandhütten klappern. Wellen krachten gegen die Mole und überschwemmten sie mit eisiger Gischt. Der Wind heulte vom See her, und Eisregen stach ihm ins Gesicht.

Zauberer, die Stellung beziehen.

Er arbeitete sich an der Reihe von Hütten entlang und perfektionierte sein Evakuierungssystem. Wenn niemand auf sein Klopfen antwortete, sprengte er ein Loch in die Tür, griff hinein und schloss sie auf. Dann weckte er die Familie, setzte beim Oberhaupt des Haushalts Überzeugungsmagie ein, damit sie sofort kooperierten (sonst hätte niemand bei diesem Wetter freiwillig das Haus verlassen), und scheuchte sie nach draußen. Bald schaffte er ein Haus in fünfzehn Minuten.

An die Weirmauer angrenzend lag Shrewsbury Place, das aussah wie ein rosafarbener Kaugummiklumpen, der am Seeufer klebte. Er hatte Leesha dort besucht, als sie bei Tante Millisandra gewohnt hatte. Bevor er nach Coalton County gefahren war. Jetzt wohnte Leesha bei Snowbeard. Aber was war mit Tante Milli?

Er überprüfte das Gelände, das mit einem kunstvollen, schmiedeeisernen Zaun geschmückt war. Leesha war bestimmt längst da gewesen und hatte ihre Tante abgeholt. Ganz sicher.

Aber sie machte das südliche Ende am Campus.

Niemand antwortete auf sein Klopfen, daher ließ er sich auf die übliche Weise selbst ein.

Die Leute wurden für gewöhnlich wach, wenn er die Tür heraussprengte, aber niemand reagierte, und er hoffte, das bedeutete, dass Tante Milli bereits fort war.

Am Ende überraschte er die alte Frau in ihrem Bett. Tante Millisandra schrie, als sie die Augen öffnete und er über ihr aufragte. Sie warf eine Lampe nach ihm, gefolgt von einem Feuerstrahl. Er ließ sich mit dem Gesicht nach unten auf den Perserteppich fallen, und Flammen versengten ihm den Hinterkopf.

Sie sprang für ihr Alter erstaunlich behände aus dem Bett und schloss sich im Badezimmer ein. Er konnte sie hinter der Tür hören; sie wimmerte und führte Selbstgespräche.

Da sie so nah war, hatte er Angst, die Tür zu sprengen. »Hey, ich werde Ihnen nichts tun. Ich bin es, Jason, erinnern Sie sich? Alle Einwohner müssen die Stadt verlassen. Ich bin gekommen, um Sie zu holen. Bitte gehen Sie von der Tür weg.«

Sie antwortete nicht, sondern brabbelte weiter vor sich hin. Er konnte Glas splittern und Lampen explodieren hören. Wasser strömte unter der Tür hindurch. Tante Milli schuf ihr übliches magisches Katastrophengebiet.

Verdammt. Für so was hatte er keine Zeit. »Kommen Sie, Tante Milli. Beruhigen Sie sich einfach, und gehen Sie von der Tür weg.«

Nichts. Er würde die Tür sprengen müssen, ob es ihm gefiel oder nicht.

Er hörte ein Geräusch vorn im Haus, eine Tür, die zugeschlagen wurde.

Es war Leesha. Ihre Wangen waren rosig von der Kälte, und sie hatte sich Fitchs Halstuch um die Locken gebunden. Sie hatte ihn überrascht, und ihm wurde klar, wie sehr er sie vermisst hatte.

»Sie ist da drin«, sagte er, schluckte hörbar und deutete mit dem Kopf aufs Badezimmer.

»Tante Milli?« Leesha klopfte an die Tür. »Ich bin es, Alicia. Mach auf.« Sie bekam keine Antwort und wiederholte ihre Worte lauter. »Sie ist ziemlich taub, weißt du noch?«, murmelte sie an Jason gewandt.

Eine zittrige Stimme erklang von der anderen Seite der Tür. »Ich glaube dir nicht. Geh weg.«

»Tante Milli, es tut mir leid, dass Jason dich erschreckt hat. Erinnerst du dich an Jason? Er ist zum Tee gekommen.«

»Ich erinnere mich an keinen Jason.«

Wie wäre es mit Jasper?, dachte Jason. Ob sie sich an den erinnerte?

Leesha blickte auf das knöcheltiefe Wasser hinab. »Du musst uns reinlassen, Tante Milli. Sieht so aus, als gäbe es eine Überschwemmung.«

»Es ist mitten in der Nacht«, erklang Millisandras bebende Antwort.

»Nein, es ist noch früh«, widersprach Leesha. Sie schwieg, dann fügte sie hinzu: »Es gibt einen Tanz im Pavillon am See, und ich dachte, du würdest vielleicht gern hingehen.«

Es folgte eine Pause, dann: »Wirklich? Ist es nicht zu kalt?«

»Es ist eine wunderschöne Nacht«, schmeichelte Leesha. »Der Mond ist aufgegangen und scheint aufs Wasser, und ich wette, man kann die Band bis nach Kanada hören.«

»Ach ja, es ist lange her. Vielleicht könnte ich doch für ein Weilchen hingehen.«

Jason hörte, wie sie am Schloss fummelte, dann ging die Tür einen Spalt auf und brachte eine schüchtern lächelnde Millisandra zum Vorschein.

Leesha hob die Hand und stäubte ihrer Tante eine Puderquaste ins Gesicht. *Gemynd bana.* Bewusstseinstöter. Tante Milli brach zusammen, und Jason fing sie geschickt auf, bevor sie auf den Fliesen aufschlug. Er hob sie hoch. Sie wog nichts.

Sie schlossen sich dem Menschenstrom an, der am Seeufer auf die Minen zufloss.

»Danke, dass du Tante Milli holen wolltest«, sagte Leesha und berührte ihn am Arm. »Ich hätte sie wahrscheinlich nicht tragen können.«

Jason erwiderte nichts.

Sie machten noch ein halbes Dutzend Schritte, dann sagte Leesha: »Jason, hör zu. Es tut mir leid. Das mit Barber.«

»Seph und Jack haben mir von dem Halsband erzählt.« Jason blickte starr geradeaus.

Leesha schien entschlossen zu sagen, was sie auf dem Herzen hatte. Als wäre dies ihre letzte Chance für Erklärungen. »Barber hat mich geschlagen. Er hat mir erklärt, dass er mich bei euch allen verraten würde, wenn ich ihm nicht helfe. Ihr hättet mich aus dem Schutzgebiet geworfen, und dann hätte er mich umgebracht.«

Jason erinnerte sich an den Tee mit Tante Milli, an den Abend vor seinem Aufbruch nach Coalton County. Leeshas Gesicht war verfärbt und geschwollen gewesen.

»Also hattest du keine Wahl«, sagte er. »Verständlich.«

»Nachdem ich den Magneten in deinen Rucksack gesteckt hatte, wusste ich, dass ich einen Fehler gemacht hatte. Ich habe versucht, dich anzurufen, um dich zu warnen, aber du bist nicht rangegangen.«

Jason erinnerte sich an die verpassten Anrufe auf seinem Handy. »Dann war es wohl meine Schuld.« Jedes Mal, wenn er den Mund aufmachte, kamen kalte, harte Worte heraus.

»Jason.« Sie legte ihm wieder die Hand auf den Arm, und er schüttelte sie ab. »Ich ... das habe ich nicht gemeint, ich wollte nur, dass du weißt ... dass ich es nicht tun wollte.«

Er hatte Angst davor, sie anzusehen, Angst davor nachzugeben. »Okay.« Jason trat herumliegende Äste aus dem Weg. Sie näherten sich dem Checkpoint der Polizei am Eingang der Minen. »Ich glaube dir, dass es dir leidtut, dass du mich an Barber ausgeliefert hast.«

»Hat er dich verletzt?« Sie schüttelte Eis aus ihren Locken, blinzelte es aus ihren Wimpern.

Nicht so wie du, dachte Jason. Es war seine eigene Schuld. Es war nicht so, als wäre er blind hineingestolpert. »Ich bin okay.«

Zwei Helfer des Rettungsdienstes brachten eine Trage, und er legte Tante Millisandra vorsichtig darauf. »Du bleibst besser bei ihr und sorgst dafür, dass sie nicht wieder zu Bewusstsein kommt«, sagte er zu Leesha und stellte sich vor, was für ein Chaos sie in den Minen anrichten würde. »Ich werde noch eine Runde Leute einsammeln.«

Aber Leesha war nicht bereit, es dabei bewenden zu lassen. Sie vertrat ihm den Weg. »Wenn du glaubst, dass ich keine andere Wahl hatte, was ist es dann?« Als er nicht antwortete, hakte sie nach. »Was?«

»Ich dachte, du würdest mich mögen. Mir war nicht klar, dass das Ganze eine Falle war.« Erbärmlich.

Sie nahm seine Hand und umfasste sie fest mit ihren beiden, als wolle sie nie mehr loslassen. »Ich mag dich wirklich. Jason, bitte, du musst mir glauben. Ich ...«

»Ich muss gar nichts. Und ich glaube dir nicht. Nicht mehr.« Sanft befreite er seine Hand.

Und ging davon.

KAPITEL 30
Übereinstimmend unterschiedlicher Meinung sein

Jessamine Longbranch war der Entbehrungen des Krieges müde.

Sie vermisste ihren Palast an den Ufern der Themse: Die verschwenderische Pracht der weißen Rosen in den Gärten, die Diener, die kultivierten Intrigen.

Zitternd zog sie ihre Jacke enger um die Schultern und schob den Teller mit Garnelen von sich. Um drei Uhr morgens war sie allein in ihrem Pavillon.

Das Problem mit der Belagerung einer Festung war, dass die Belagerer genauso gefangen waren wie die Belagerten. Für ein oder zwei Tage mochte es amüsant sein, Armee zu spielen, aber dies war zu viel.

Sie wurde das nagende Gefühl nicht los, dass man sie reingelegt hatte. Wo waren die Anaweirbürger von Trinity? Warum stürmten sie nicht durch die Weirmauer, um von den wartenden Zauberern ergriffen zu werden? Wo war die Panik auf den Straßen? Genau das, was diese Belagerung brauchte, um der Pattsituation ein Ende zu machen. Obwohl es Wylies Idee gewesen war, hatte sie gedacht, dass es funktionieren würde.

Sie beugte sich auf ihrem Stuhl vor und schenkte sich ein weiteres Glas Wein ein. Dann hätte sie es beinahe verschüttet, als jemand sagte: »Hi.«

Sie wirbelte herum und wusste, dass es bereits zu spät war, um sich zu verteidigen.

»Entspannen Sie sich«, sagte Jason Haley und hob die Hände zum Zeichen, dass er so unbewaffnet war, wie es ein Zauberer nur sein konnte. »Wenn ich gekommen wäre, um Sie zu töten, wären Sie längst tot.«

»Warum bist du dann hier?«, fragte Jess scharf, immer noch erschüttert. »Und wie bist du hereingekommen?«

Er ignorierte die Frage und ließ sich ihr gegenüber auf den Stuhl fallen. »Ich brauche eine sichere Passage aus dem Schutzgebiet.«

Jess blinzelte ihn überrascht an. »Was? Warum?«

»McCauley ist wahnsinnig«, sagte Jason unumwunden. »Er wird uns noch alle umbringen.«

»Ah.« Jess drückte sich tiefer in ihren Stuhl. Streit und Intrigen. Vielleicht würde sie die Wachen jetzt noch nicht rufen. »Also ist diese Waffe, von der er redet, doch nicht so mächtig?«

Haley schüttelte ungeduldig den Kopf. »Falsch. Sie ist unglaublich mächtig. Das ist ja das Problem.«

»Was meinst du?«, fragte Jess, die bei dem Schneckentempo der Geschichte langsam die Geduld verlor. Der Junge wirkte nervös. Er zuckte bei jedem Geräusch zusammen und trommelte mit den Fingern auf dem Oberschenkel, klopfte einen unregelmäßigen Rhythmus.

»Sie sind alle tot«, sagte er schließlich, dann schaute er zu ihr auf und wandte den Blick wieder ab. »Die Anaweir.«

»Was?« Jess starrte ihn an, denn sie dachte, sie hätte sich verhört. Nach dem Ausdruck auf seinem Gesicht zu urteilen, hatte sie richtig verstanden. »Wie ist das passiert?«

»Es war ein Unfall.« Haley starrte ins Leere, und ein

Muskel an seinem Kiefer zuckte. »Er hat mit dem Drachenherz experimentiert.«

»Du sagst, McCauley hat die gesamte Anaweirbevölkerung der Stadt ausgelöscht?«

Haley nickte und holte tief Luft. »Einige befinden sich in den Händen der Heiler, aber selbst wenn sie überleben, denke ich nicht ... egal. Es war eine Katastrophe.« Er rieb sich mit der Hand durch sein wirres Haar.

Jessamine betrachtete prüfend sein Gesicht. Entweder war der Junge ein verdammt guter Lügner, oder er sagte die Wahrheit. »Becka Swift? Diese Jungen, die nach Raven's Ghyll gekommen sind?«

Er nickte und sah zu Boden.

Jess konnte nicht umhin, die Strategie zu bewundern, obwohl sie ihr ihre Aufgabe schwerer machte. »Wie praktisch. Jetzt braucht McCauley sich nicht mehr um sie zu kümmern.«

Aufgrund von Haleys mangelnder Reaktion vermutete Jess, dass er das Gleiche gedacht hatte, auch wenn er es nicht aussprechen würde.

»Nun«, begann sie. »Der arme Jackson muss sich ein wenig verraten fühlen.«

»Ich weiß nicht, was er denkt. Die Leute haben Angst, zu viel zu sagen. Jetzt weiß McCauley irgendwie, wie man es benutzt, aber das ist nicht gut genug, wenn es das ganze nördliche Ohio und Indiana zerstören könnte. Aber das ist ihm egal. Seit – nun – dem, was passiert ist, ist er entschlossen, die Sache durchzuziehen. Sie wissen schon, damit das Opfer sich lohnt.«

McCauley war ihr bei ihrer letzten Begegnung tatsächlich arrogant und selbstherrlich erschienen.

»Und du willst kein Märtyrer sein?« Natürlich nicht. Was immer sie von Jason Haley hielt, ein Narr war er nicht.

»Ich will mein Leben nicht sinnlos wegwerfen. Ich werde versuchen, dieser Sache ein Ende zu machen.«

Jess zog eine Augenbraue hoch. »Du wirst gegen McCauley vorgehen? Seid ihr nicht etwas … ungleiche Gegner?«

Haleys Kopf fuhr hoch, und Jess verbarg ihr Lächeln. Der Junge war natürlich eifersüchtig. McCauley bekam die ganze Aufmerksamkeit. Er war der Star der Rebellenshow.

»Wir werden sehen«, antwortete Haley. »Ich traue mich nicht, das Drachenherz zu berühren. Es ist zu unsicher. Aber ich werde jemanden mit zurückbringen, der damit umgehen kann, ohne getötet zu werden.«

Longbranch rieb sich das Kinn. »Jemanden, der mächtiger ist als McCauley?«

»In gewisser Weise.«

»Wen?«

»Madison Moss.«

Longbranch beugte sich vor. »Das Mädchen von Second Sister? Dann ist sie wirklich begabt?«

»Nicht direkt. Sie kann den Stein nicht benutzen wie ein Zauberer, aber er wird bei ihr nicht losgehen.«

Sie musterte ihn. »Weißt du das sicher?«

Haley nickte.

»Wo ist sie?«, fragte Longbranch.

Haley schnaubte. »Klar. Als wäre ich ein Idiot.«

Jess seufzte. »Wie lautet dein Vorschlag?«

»Ich denke, wir könnten einen Handel abschließen. Wenn ich Ihnen das Drachenherz bringe, wird McCauley sich ergeben. Er wird keine andere Wahl haben.«

»Warum solltest du das tun?«, fragte Jess. »Warum solltest du uns die einzige Waffe überlassen, die ihr habt?« Sie wollte es glauben.

Haley deutete mit dem Kopf in Richtung der Stadt. »Da drin sind Menschen, die ich gern retten würde. Außerdem geben Sie mir D'Orsay. Wie Sie es versprochen haben.«

Mmmh. Sie hätte nichts dagegen, D'Orsay loszuwerden, jetzt, da er nicht mehr nützlich war. Sie hatten die *Sefas* aus der Waffensammlung, aber sie hatten sich als enttäuschend herausgestellt.

»Woher wissen wir, dass du nicht Hastings holen wirst?«

»Sie kontrollieren die äußere Mauer«, stellte Haley fest. »Wie sollte er ohne Ihr Wissen hineingelangen? Ich wette, Sie würden ihn liebend gern allein dort draußen fangen.«

Ah. Ja. Allerdings. »Warum sollte Madeline … Madison Moss *dir* helfen?«, fragte sie behutsam. »Geht sie nicht mit McCauley?«

»Ging«, sagte Haley. »Sie haben Schluss gemacht. Sagen wir einfach, dass sie offen für neue … Möglichkeiten ist.« Er sah sie direkt an, reizend schamlos.

Haley hatte ein freches Charisma. Junge Mädchen standen immer auf die bösen Jungs. Die Sache sah immer besser aus. Aber Jess war misstrauisch, wenn es zu gut aussah, um wahr zu sein.

Haley lächelte, als lese er ihre Gedanken. »Hören Sie. Ob Sie mir glauben oder nicht, für Sie besteht kein großes Risiko. Meine Anwesenheit oder Abwesenheit wird am Endergebnis nicht viel ändern. Wenn ich die Wahrheit sage und wir einen Handel abschließen, werden Sie alle Ihre Haut retten. Vertrauen Sie mir. Wenn McCauley das Drachenherz benutzt, werden alle sterben.«

»Du würdest deine Freunde verraten?«, fragte sie und

dachte: Warum nicht? So verhielten sich Zauberer nun mal.

»Besser verraten als tot«, bestätigte Haley. »Wir können Gnadenerlasse aushandeln, sobald alles vorbei ist.«

»Natürlich«, antwortete Jess glattzüngig. »Wann hast du vor zu gehen?«

»Heute Nacht«, sagte Haley. »Ich werde kurz nach Mitternacht durch das äußere Tor kommen. Sorgen Sie dafür, dass Sie meine ›Du-kommst-aus-dem-Gefängnis-frei‹-Karte bereithalten.«

Stone Cottage war verlassen, wie üblich in diesen Tagen. Jason brauchte keine Stunde, um seine Sachen einzusammeln und in eine Reisetasche zu stopfen. Er musste nicht viel mitnehmen.

Es war ein langer, unheimlicher Weg durch die fast leeren Straßen zum Park. Jason hielt sich im Dunkeln und hoffte, dass er niemandem begegnete, den er kannte. Die Sicherheitskräfte von Trinity waren mit den Bürgern in die Minen gegangen und hielten die Fiktion aufrecht, dass sie wegen »Strahlungskontamination« evakuiert würden.

Einige wenige Geisterkrieger patrouillierten die Straßen, um Plünderungen zu verhindern. Jason erschien es als vergebliche Mühe. Angesichts der von den Rosen ausgerufenen Politik der verbrannten Erde würde die Stadt ohnehin bald Toast sein.

Die Zeiger auf dem Uhrturm trafen sich, als er über den verwaisten Rasen ging. Die Glocken läuteten zwölf Mal.

Der übliche zusammengewürfelte Haufen Krieger stand am Weirtor Wache. Jason nickte schnell im Vorbeigehen und hoffte, auf diese Weise Gespräche zu verhindern, aber Jeremiah Brooks trat aus ihrer Mitte hervor. »Mr. Haley, nicht wahr?«

Jason hob die Hand zum Gruß. »Brooks.« Er blieb nicht stehen und hoffte, die Geste würde deutlich machen, dass er in einer dringenden Mission unterwegs war. Aber der Krieger verließ seine Kameraden und hielt mit Jason Schritt.

Die Nachtluft trug den Geruch des Kriegers zu Jason herüber: Ein schwacher Duft nach Schweiß, Leder, altem Blut und Tabak. Er hatte sich das Gesicht bemalt und Federn ins Haar gesteckt, was ihm ein grimmiges, wildes Aussehen verlieh.

»Also, wohin des Wegs?«, fragte Mr. Brooks, dessen singender Tonfall seine Herkunft aus dem Großbritannien des achtzehnten Jahrhunderts verriet.

»Ich dachte, ich sehe mich mal draußen um«, antwortete Jason vage. »Schauen, ob es entlang der Grenze irgendeine Bewegung gibt.«

»Gut«, sagte Brooks. »Nun denn.« Er rieb sich die Nase. »Sehen Sie sich vor. Die Rosen sind ziemlich verschlagen.«

»Klar«, erwiderte Jason. »Man sieht sich.« Er passierte das Tor und betrat Niemandsland. Es kribbelte ihn im Nacken. Er konnte nicht umhin sich zu fragen, ob Longbranch wirklich mitspielen würde und ob die wachhabenden Zauberer über den Plan informiert worden waren. Sonst würde es vielleicht eine sehr kurze Reise werden. Er widerstand der Versuchung, noch einmal alle an seinem Körper versteckten *Sefas* zu überprüfen.

Als er sich der äußeren Mauer näherte, sah er ein halbes Dutzend Zauberer der Weißen Rose um das Tor der Zauberermauer versammelt. Longbranchs Haus. Kein Zeichen von der Roten Rose.

Die Wachposten verstellten ihm den Weg. »Name?«

»Haley.«

Schweigend traten sie auseinander, um ihn durchzulassen.

Vor ihm gähnte das Tor. Jason machte einen Schritt vorwärts, dann noch einen und erwartete jeden Moment, von irgendeiner Falle, die sie zu entschärfen vergessen hatten, in Brand gesteckt zu werden. Fünf weitere Schritte, und er war durch. Er blickte zurück. Die Zauberer der Weißen Rose standen da und beobachteten ihn. Er drehte sich um und ging weiter, durch das Labyrinth von Zaubererpavillons, vorbei an den Lagern der Rosen. Noch fünfzig Schritte, und er war gut versteckt im Wald. Einen Moment blieb er stehen, um sich die magischen Spionageprogramme und Stricke abzustreifen, die am Tor an ihn geheftet worden waren.

Er lief zügig weiter. Erstaunlich, wie viel Ausdauer er hatte, seit er mit dem Rauchen aufgehört hatte. Er musste ein Haus finden, ein Auto beschlagnahmen. Ihm blieb nicht viel Zeit.

Er blickte nur noch einmal zurück, als er eine kleine Anhöhe überwand. Trinity schwamm unsicher in einem Meer aus Zauberernebel wie eine Märchenburg, die Türmchen von Mercedes' Mauer stachen in den Himmel. Dunkle Wolken rollten vom See heran. Sie warfen tiefe Schatten über die Stadt und ließen die Nacht noch dunkler erscheinen.

Er drehte sich um und rannte schneller.

KAPITEL 31

Armageddon am See

Vielleicht hätten wir uns bei Jack treffen sollen, dachte Seph. Im Moment schien es gefährlich zu sein, auf einem Felsvorsprung am Rande des Sees zu hocken.

Der Wind heulte und trieb gischtige Wellen gegen die Mole, riss Schieferplatten von den Dächern und schleuderte sie in die Dunkelheit. Die Bäume im Garten bogen sich unter einer glitzernden Eisschicht. Hagel prasselte gegen die Bleiglasfenster von Stone Cottage, der Hexenwind schrie in den Schornsteinen, und Donner und Blitze tobten über dem See. Sie mussten laut sprechen, um den Lärm zu übertönen.

Für Seph war es schlimmer als für alle anderen. Das *Aelfaeling* machte ihn überempfindlich – für den heraufbeschworenen Sturm, für die tiefhängenden Wolken, für die Zauberer, die sich um die Mauern zusammenzogen wie Dunkelheit um eine abgeblendete Lampe. Es war, als hätte man seine Nervenenden abgeschmirgelt. Die magische Aktivität an der Grenze war ein beständiges Flackern in den Augenwinkeln. Er konnte alle Möglichkeiten sehen, und sie sahen alle schlecht aus.

Er dachte an die Flüchtlinge draußen auf den Sisters und fragte sich, wie es ihnen erging. Sie mussten denken, dass der Weltuntergang kurz bevorstand.

»Ich frage mich, was die Wetterfrösche dazu sagen«, murmelte er.

»Man kann es sich nur vorstellen«, bemerkte Nick trocken von seinem Platz am Feuer. »Wenn man bedenkt, dass sie die Angewohnheit haben, schon ein ganz normales Gewitter wie Armageddon klingen zu lassen.«

Der alte Zauberer hatte sich eine Wolldecke um die Schultern gelegt. Er und Leesha hatten ein Schachbrett zwischen sich. Entweder war sie wirklich gut, oder Nick ließ sie gewinnen. Aus irgendeinem Grund schien er sich große Mühe zu geben, sie aufzumuntern.

Jack und Ellen kamen hereingestürmt und schüttelten wie Hunde den Hagel und Regen ab. Und nach ihnen kamen Will und Fitch.

Seph schaute von Will und Fitch zu Jack und zog eine Augenbraue hoch. »Sollten diese beiden nicht auf den Sisters sein?«

»Sie haben sich versteckt«, erklärte Jack. »Aber es ist nicht so, als wären sie nicht fleißig gewesen.«

»Sie haben das Niemandsland zwischen den Mauern vermint«, grinste Ellen und schlug Will auf den Rücken, woraufhin Eis in alle Richtungen spritzte. »Wir haben ihnen Deckung gegeben.«

Will und Fitch erinnerten entfernt an Mitglieder der französischen Resistance. Sie waren bekleidet mit schwarzen Jeans und Kapuzenshirts und schwarzen Strickmützen, die Gesichter schwarz gefärbt, damit sie in der Dunkelheit nicht hervorstachen.

»Die Rosen sind auf Geiseln aus«, sagte Seph. »Keine gute Idee, sich draußen aufzuhalten.«

»Haben wir doch alles schon erlebt«, entgegnete Fitch, stöberte im Kühlschrank und nahm eine Flasche Saft heraus.

Seph drehte sich hilfesuchend zu Jack um. »Hast du keine Angst, unsere eigenen Krieger in die Luft zu sprengen? Ich meine, wir sind da draußen und patrouillieren die Gegend.«

»Die Bewegungsmelder werden uns sagen, wenn jemand da draußen ist«, meinte Fitch. »Aber es explodiert nichts, bis ich es sage.« Er zog ein elektronisches Gerät hervor, klein wie ein MP3-Player, und ließ es vor Seph baumeln.

»Wir gehen jedenfalls nicht in die Salzminen.« Will reckte streitlustig das Kinn vor, als wolle er das Thema begraben. »Also vergiss es.«

»Gegen Zauberei habt ihr keine Chance«, gab Seph zu bedenken.

Wills Antwort war etwas wie »Hmpf.«

»Na gut«, sagte Seph. »Danke. Aber lasst euch nicht umbringen, okay?« Er nahm sich vor, sie in Sicherheit zu bringen, wenn es ernst wurde. Noch etwas, an das er denken musste.

Mercedes war während ihres Gesprächs hereingekommen. Also waren sie alle da, bis auf ...

»Hat irgendjemand Jason gesehen?«, fragte Jack und sah sich auf übertriebene Weise um.

»Jason? Seph zuckte die Achseln. »Er wird schon noch kommen. Ist wahrscheinlich aufgehalten worden. Warum?«

»Er sollte sich vor zwei Stunden mit uns treffen«, berichtete Ellen. »Um die Anlage des Lagers vor den Mauern zu besprechen. Er ist nicht aufgetaucht.«

Es folgte eine lange, aufgeladene Pause, in der sich geräuspert und vielsagend um sich geblickt wurde. »Was willst du andeuten?«, fragte Seph gereizt.

»Ich finde es nur seltsam, das ist alles.« Jack stieß die Spitze des Schüreisens in die Flammen im Kamin. Funken wirbelten empor. »Ich meine, er war die ganze

Zeit über unberechenbar. Es war verrückt, dass er nach Coalton County gefahren ist.«

Seph wartete darauf, dass ihm jemand widersprach. Niemand tat es. »Jason war frustriert, das ist richtig, aber das lag daran, dass er dachte, er könne in Großbritannien mehr Gutes tun als hier. Jetzt wird er das anders sehen.«

»Also, wo steckt er?«, fragte Jack.

»He.« Ellen sah Jack stirnrunzelnd an. »Immer mit der Ruhe.«

Schweigen knisterte zwischen ihnen.

»Brooks hat ihn kurz vor Mitternacht an der Grenze gesehen«, berichtete Jack und lehnte das Schüreisen gegen den Kamin. »Er war auf dem Weg zum Zauberertor. Seitdem ist er verschwunden.«

»Was willst du damit sagen?«, fragte Seph. »Dass er uns davongelaufen ist?«

Jack zuckte die Schultern.

»Er würde nicht einfach fortgehen«, erklärte Seph energisch. Wieder verspürte er die alten Spannungen mit Jack.

Ohne es zu wollen, tastete Seph mit seinem Geist nach dem wütenden Funken, der Jason war. Und fand ihn nirgendwo innerhalb der Grenze. Konnte er zu den Sisters hinausgefahren sein? War er irgendwie außer Gefecht, sodass man ihn nicht wahrnehmen konnte?

Wenn nicht, wie wäre er durch die äußere Grenze und die Linien der Zauberer gelangt?

»Er würde euch nicht davonlaufen«, meldete sich Leesha plötzlich zu Wort. Alle drehten sich zu ihr um. »Das würde er einfach nicht tun«, beharrte sie und stieß das Schachbrett von sich, sodass die Spielfiguren zu Boden fielen.

Jack warf ihr einen Blick zu und verdrehte die Augen, als wolle er sagen: *Bedenkt, von wem diese Information gekommen ist.*

»Das hat niemand gesagt«, stellte Seph fest. Er sah die anderen an und forderte sie stumm dazu heraus, ihm zu widersprechen. Jack fixierte ihn mit seinen blauen Augen, sagte jedoch nichts. Seph fiel wieder ein, was Ellen ihm vor über einem Jahr erzählt hatte. *Jack ist argwöhnischer als früher. Vor Raven's Ghyll.*

»Vielleicht sollten wir über das sprechen, was morgen geschehen wird«, schlug Nick leise vor.

Jack war sich eines überwältigenden Durstes bewusst. Müdigkeit zerrte wie Mühlsteine an seinen Armen und Beinen. Vielleicht war es auch die Rüstung, die er trug. Wann immer er die Augen schloss, sah er die Bilder der Männer, die er getötet hatte, als wären sie auf seine Augenlider gemalt. Also mühte er sich, die Augen offen zu halten, und blinzelte, um durch die Kruste aus Staub und Schweiß und Blut hindurchzusehen, die sein Gesicht bedeckte.

Er suchte nach seinen Kameraden. Irgendwie hatte er sie während seines letzten Kampfes mit einem Zauberer verloren, der ein hartnäckiger Gegner war. Als er ihn endlich erledigt hatte, war er allein zwischen den Bäumen, in einem Wald, der von Leichen übersät und mit Blut getränkt war.

Und so drang er lautlos durch den Wald, lauschte auf das verräterische Klirren von Metall und Magie, das ihn zu der Schlacht führen würde. Aber nichts. Selbst die Vögel hatten diesen trostlosen Ort schon vor Stunden verlassen und verstanden, dass es kein Platz für lebende Wesen war. Es ist eine Eigenart des Menschen – die-

ses Aufstellung-Nehmen und In-den-Tod-Marschieren. Die einzigen anderen Geschöpfe, die nicht von einem Schlachtfeld fliehen, sind die Aasgeier, die danach kommen.

Auf allen Seiten lagen Überreste, die von einem schrecklichen Ende zeugten. Oder von einem heroischen Ende. Das Ergebnis war das gleiche.

Schließlich brach er aus dem Wald und gelangte auf eine Wiese mit alten Bäumen, viele von ihnen verkohlt und zersplittert und geborsten. Und doch taten sie so, als wüssten sie noch nicht, dass sie dem Untergang geweiht waren. Sie streckten einem leuchtend blauen Himmel eine Handvoll Blätter entgegen. Das Grün war ringsum von Steinhäusern umgeben.

Der Stadtpark. Und wohin er auch blickte, Leichen.

»Jack!« Ellen zog Jack sanft am Arm. Er reagierte, indem er die Faust nach ihr schwang, und sie hielt sie mit beiden Händen fest und drückte sie wieder auf das Kissen. »Jack, du träumst, hör auf damit!«

Er bäumte sich auf und wand sich bei dem Versuch, sich zu befreien. Sein rotgoldenes Haar strömte über das Kissen, feucht vor Schweiß, und er murmelte etwas Unverständliches. »Komm schon, Jack, du weckst noch das ganze Haus auf!« Mann, ist er stark, dachte sie, unfähig, sich ein wenig professionellen Neid zu verkneifen.

Nachdem sie der großen Faust erneut nur knapp entgangen war, griff sie nach dem Glas auf dem Nachttisch und schüttete ihm den Inhalt ins Gesicht.

Er schoss in eine sitzende Position hoch, prustete und tastete nach seinem Gürteldolch. Nur gut, dass er ihn nicht hatte, sonst wäre sie aufgespießt worden, bevor er wach wurde. Sie wich seinem Griff aus, ließ sich zu

Boden gleiten, zog sich einige Schritte zurück und beobachtete ihn.

Endlich wurden seine trüben, blauen Augen klar und sahen sie an. »Was zum …?«

»Du hast geträumt«, wiederholte Ellen. »Du hast die halbe Nacht geschrien und gebrüllt. Keiner kann schlafen.«

Er starrte sie an, als sei sie ein Geist. Es war beunruhigend.

»Ich wurde ausgewählt, in dein Zimmer zu gehen und dem ein Ende zu machen. Du bist ein ziemlicher Morgenmuffel. Ich würde dir raten, keine Waffe mit ins Bett zu nehmen.«

»Ellen«, flüsterte er heiser, »ich habe sie getötet. Ich habe sie alle getötet.« Er blickte auf seine Hände hinab und drehte die Handflächen nach oben, als seien sie mit Blut bedeckt.

»Wen hast du getötet?«, fragte Ellen, aber Jack schien sie nicht zu hören.

Sie setzte sich auf die Bettkante. »Komm schon. Es war nur ein Traum.«

Er warf die Decken zurück und sprang aus dem Bett, ohne darauf zu achten, was er anhatte. Dann zerrte er seine Reisetasche aus dem Schrank und leerte sie auf den Boden. Er durchwühlte seine Sachen und hielt schließlich ein in helles Leder gewickeltes Päckchen hoch.

Er setzte sich neben Ellen aufs Bett und riss mit zitternden Fingern das Leder weg. Es war ein Spiegel, und sein silberner Rahmen war mit Drachen und anderen fantastischen Bildern geschmückt. Jack blickte mit einer verzweifelten Intensität hinein.

»Wow, das ist cool«, sagte Ellen und fuhr Jack dabei mit den Fingern durchs Haar, das ihm in alle Richtungen vom Kopf abstand. »Was ist das für ein Spiegel?« Sie beugte sich dicht vor, damit sie sehen konnte. »Ist er magisch?«

Was sie sah, war nicht Jacks Gesicht, sondern ein Bild, das wie ein Schlachtfeld aussah. Nur vertraut.

»Ist das das Niemandsland?«, fragte sie.

Ein einsamer Krieger stand in der Mitte des Feldes. Das Sonnenlicht fiel auf sein rotgoldenes Haar, und er hielt den Kopf gesenkt und wiegte einen Kameraden in den Armen. Überall um ihn herum lagen die Gefallenen – Krieger aus fünf Jahrhunderten, umgeben von Ausrüstung und Waffen, die ihrer Zeit entsprachen.

»Das bist du«, murmelte Ellen. »Was hat das zu bedeuten?«

Jack riss den Spiegel weg und schleuderte ihn durch den Raum. Er krachte gegen die Wand und fiel hinter die Kommode.

KAPITEL 32
Schau nicht zurück

Madison Moss hatte vor langer Zeit die Fähigkeit gemeistert, nach vorn zu schauen – es gelang ihr, sich ganz auf ihre Ziele zu konzentrieren. Nicht, dass es nicht einen Preis gehabt hätte. Manchmal fragte sie sich, ob sie dazu verdammt war, die Fehler der Vergangenheit zu wiederholen, da sie sich dazu erzogen hatte, nicht auf sie zurückzublicken.

Aber Maddie war in erster Linie eine Überlebenskünstlerin. Darüber hinaus würde sie die Menschen beschützen, die sie liebte. Um jeden Preis. Das gab ihr zumindest eine Richtung.

Also konnte sie für den Moment die Frage beiseiteschieben, was auf der Bryson-Farm geschehen war. Konnte die Chicagoer Kunsthochschule und Seph McCauley beiseiteschieben.

Warren Barbers Drohungen beiseiteschieben.

Sie brauchte nicht lange, um zu packen. Sie stopfte zwei Sätze Kleider zum Wechseln in eine Reisetasche. Nach kurzem Nachdenken legte sie die Pistole ihres Vaters in die Holzkiste zurück, machte sich zwei Sandwiches von den Lebensmitteln, die sie gekauft hatte, und stapelte sie mit zwei Coladosen in eine kleine Kühltasche. Sie hatte nicht vor, unterwegs anzuhalten.

Schließlich zog sie Jeans und ein Sweatshirt an und Stiefel über dicke Socken. Kleider, die sagten, dass sie es ernst meinte. Sie stellte die Reisetasche neben die Tür und legte ihre Jeansjacke mit den Nieten obenauf, dann band sie sich das Haar mit einem Tuch zurück.

Ihr Plan war einfach – sie würde nach Trinity fahren und direkt zu St. Catherine's gehen. Sephs Barrieren und Schutzzauber würden ihr keine Probleme bereiten. Mit ein bisschen Glück konnte sie sich das Drachenherz holen und wieder weg sein, bevor jemand merkte, dass sie dagewesen war.

Das war es. Was sollte sie tun, wenn sie Seph begegnete? Ihr würde schon etwas einfallen.

Sie versuchte sich vorzustellen, was danach kam, aber ihr Kopf war wie leer gefegt. Sie vertraute Barber nicht, hatte aber keinen Schimmer, wie sie ihn umgehen sollte.

Sie hörte das Prasseln von Schotter gegen Metall, als ein Auto in den Innenhof einbog, gefolgt von einer zuschlagenden Tür.

War Barber aus irgendeinem Grund zurückgekommen? Die Polizei? Die Kinderfürsorge des Countys? Sie überlegte, ob sie durch die Hintertür fliehen sollte, aber um den Berg hinunterzugelangen, würde sie trotzdem an der Person vorbeimüssen, wer immer es war. Also kniete sie sich wie ein in die Enge getriebenes Tier neben die Holzkiste auf den Boden, eine Hand um den Griff der geladenen Pistole gelegt.

Sie hörte Schritte auf der knarrenden Veranda, fuhr aber trotzdem zusammen, als jemand an die Tür pochte.

»Herein!«, rief sie und zielte durch die Holzkiste auf die Vordertür.

Der Besucher zeichnete sich dunkel gegen ein Rechteck von Sonnenlicht ab, spähte in den schummrigen Raum und trat dann einige zögernde Schritte vor.

»Madison?«

»Jason?« Sie ließ die Pistole los, hockte sich hin und stieß erleichtert den Atem aus.

Das Licht fiel auf sein Gesicht, als er durch die Tür trat. Er sah besser aus als vor seiner Rückfahrt nach Trinity, als sie ihn das letzte Mal gesehen hatte. Er hatte wieder Farbe im Gesicht, obwohl er den Eindruck machte, als hätte er seit Tagen nicht geschlafen. Sein Haar war lang und wirr.

Sie wollte ihn packen, wollte irgendwie ihre Last von Problemen auf ihm abladen. Aber er war vielleicht gar kein Verbündeter. Sie hatte nur einen Punkt auf ihrer Tagesordnung – konnte nur einen haben. Seine Tagesordnung mochte anders aussehen.

Sie stand ein wenig zittrig da und überlegte fieberhaft. »Also. Ich will ja nicht unhöflich sein, aber was machst du schon wieder hier?«, fragte sie.

Die Frage schien ihn zu überraschen, als hätte er nichts weiter geplant, als bis zum Booker Mountain zu fahren. »Nun, wir – ähm – das heißt, ich habe mich gefragt, ob du gehört hast, was in Trinity los ist.«

Barber hatte ihr erzählt, dass es Probleme gab, aber sie war sich nicht sicher, was für welche, und außerdem konnte sie schlecht sagen, dass sie mit Warren Barber geplaudert hatte. Daher schüttelte sie den Kopf.

Jasons Blick fiel auf ihre Reisetasche neben der Tür. »Wolltest du wegfahren?«

Sie dachte einen Moment nach, entschied sich und antwortete hastig. »Ich wollte gerade aufbrechen. Um wieder nach Norden zu fahren. Meine …« Sie schluckte, geriet kurz aus dem Konzept, dann fuhr sie fort: »Jemand anders passt für eine Weile auf die Kinder auf. Daher dachte ich …«

»Toll«, unterbrach Jason sie. »Das ist toll.« Sie standen für einen Moment in verlegenem Schweigen da, dann warf er einen Blick zur Küche. »Ich bin durchgefahren. Könnte ich etwas zu trinken bekommen?«

»Ja, klar.« Sie bedeutete ihm, sich an den Küchentisch zu setzen, und holte ihm eine Cola aus dem Kühlschrank, obwohl sie am liebsten sofort gefahren wäre.

Sie stellte die Dose vor ihn auf den Tisch und lehnte sich an die Küchentheke. »Du siehst besser aus«, bemerkte sie.

Er verzog das Gesicht. »Ja. Ich bin bald wieder bei hundert Prozent. Aber hundert Prozent bei mir sind auch nicht gerade toll.« Er sagte es nicht so, als fische er nach einem Kompliment. »Der verdammte Warren Barber, wo immer er jetzt ist.«

Ja, dachte sie. Der verdammte Warren Barber.

»Also. Wie geht es Seph?« Sie konnte sich die Frage nicht verkneifen.

Jasons Worte überschlugen sich, als sei ein innerer Damm gebrochen. »Schlecht. Hör mal, Maddie. Wir brauchen deine Hilfe, aber er wird dich nicht darum bitten. Trinity wird belagert. Der Ort ist umstellt, und sie sagen, dass sie morgen angreifen werden, wenn wir uns nicht ergeben.«

Sie blinzelte, für einen Moment abgelenkt von dem Drang, endlich fortzukommen. »Wie meinst du das, die Stadt ist umstellt? Von wem?«

»Von den Rosen. Und D'Orsay. Sie haben eine Mammutzaubierermauer um die ganze Stadt gebaut, die alle drinnen festhält – Weir und Anaweir. Das heißt, zuerst hat Mercedes eine Mauer errichtet. Erinnerst du dich? Will und Fitch haben uns davon erzählt, als sie gekommen sind. Aber diese Mauer hat nur bei den Weir gewirkt.«

Sekunden verstrichen, während sie das alles verdaute. »Okay. Du sagst, es gibt zwei Mauern, eine innerhalb der anderen. Und die äußere fängt die Anaweir. Es kann also niemand nach Trinity hinein oder hinaus? Wie kann das sein? Es ist nicht so, als würde es niemand bemerken. Was ist mit der … der Polizei?«

Jason tat die Polizei mit einer knappen Handbewegung ab. »Was kümmert das die Rosen? Die Behörden der Anaweir können nichts tun. Trinity ist ohnehin irgendwie isoliert. Sie haben die Mauer mit Verwirrungszaubern versehen, daher kann uns niemand finden. Telefone, Fernsehen und Radio funktionieren innerhalb der Mauer nicht. Wir könnten genauso gut im Mittelalter leben.«

Ein Bild stieg vor ihr auf – Trinity als Universitätsstadt des fünfzehnten Jahrhunderts, belagert, in ewigem Dämmerlicht, beschattet von bedrohlichen, schwarzen Mauern. »Aber … werden nicht alle darin verrückt? Was ist mit den Kindern in der Highschool? Und die Menschen … die Menschen haben Jobs …«

Jason zögerte, als ringe er mit der Entscheidung, ob es klug war, ein Geheimnis zu verraten. »Die Anaweir sind fort. Seph hat sie aus der Stadt geschmuggelt.«

»Und Seph ist …«

»Er nimmt Zaubererfeuer«, antwortete Jason brutal. »Es macht ihn unglaublich mächtig, aber ich schätze, es ist gefährlich. Er wird die Stadt und alle darin retten oder bei dem Versuch draufgehen.«

Nein. Denk nach vorn und nicht zurück. In der Vergangenheit gibt es nichts als Monster. »Aber warum tun sie das? Was wollen sie?«

»Sie wollen das Drachenherz.«

Madison drehte sich um und sah aus dem Küchenfenster, zu den Bergen in der Ferne. Sie hoffte, dass die Aussicht sie beruhigen würde, damit sie sich nicht ins Spülbecken übergeben musste. »Was wollen sie damit?«

Sie spürte Jasons Blick im Nacken. »Sie halten es für eine Waffe – die Mutter aller Waffen.«

»Eine Waffe?« Also deshalb wollte Barber das Drachenherz haben. Madison hatte es nie als etwas *Gefährliches* betrachtet. Aber was wusste sie schon? »Wenn es eine Waffe ist, könnt ihr sie nicht gegen sie einsetzen?«

»Wir wissen nicht, wie. Wir sind uns nicht einmal sicher, was es tut.« Er holte tief Luft. »Und … und wir können nicht in seine Nähe kommen.«

Sie wirbelte zu ihm herum. »Was? Seit wann das?«

»Seit du fortgegangen bist. Es ist, als sei das Drachenherz von einer Art Kraftfeld umgeben. Wenn wir versuchen, es zu berühren, bricht es in Flammen aus oder schleudert uns von sich.«

»Du willst mir erzählen, dass vier Zauberer nicht in der Lage sind, einen Stein aufzuheben?« Er nickte, und sie fuhr fort: »Warum hast du mir das nicht gesagt?«

Er zuckte unglücklich die Achseln. »Ich habe gedacht, es würde sich geben. Ich … ich wollte versuchen, es zu benutzen.«

Könnte es denn noch schlimmer werden? »Aber du hast es doch früher berührt, nicht? Das Drachenherz. Hattest du damals Probleme?«

»Nein.« Jason rieb sich sein stoppeliges Kinn. »Nick und Mercedes und ich haben uns wochenlang damit beschäftigt und versucht herauszufinden, wozu es gut ist. Aber es ist, als sei es aufgeweckt worden. Das Ding verströmt einfach Macht. Es ist wie eine große Antenne, die Zauberer und Weir von überallher anzieht.« Er sah sie an, nagelte sie mit seinen blauen Augen fest. »Es schien schon früher auf dich zu reagieren. Ich dachte, dass … deine Abreise aus Trinity … es vielleicht ausgelöst hat. Irgendwie.«

Das letzte Mal hatte sie das Drachenherz an dem Tag berührt, an dem sie nach Coalton County aufgebrochen war. Es war aufgeflammt, so hell, dass es den Augen wehgetan hatte. Magie war in sie hineingeströmt, bis sie die Hände weggerissen hatte.

Vielleicht hatte sie etwas mit der Veränderung in dem Stein zu tun. Vielleicht war sie diejenige, die ihn verdorben hatte. Oder es war die Hexenmagie, die er aus ihr herausgetrieben hatte.

Jason beobachtete sie noch immer und wartete auf eine Antwort.

»Was kann ich deiner Meinung nach tun?«, fragte sie.

Er musterte sie, als schätze er seine Erfolgschancen ab. »Zwei Dinge. Ich möchte sehen, ob du etwas mit dem Drachenherz tun kannst. Magie kann dir nichts anhaben, daher solltest du zumindest in der Lage sein, es zu berühren.«

»Aber … ich bin nicht begabt«, protestierte Madison. »Ich weiß nicht, wie Magie wirkt.« Sie fühlte sich so hin und her gerissen, dass sie nicht einmal wusste, wie sie strategisch vorgehen sollte.

Jason nahm ihre Hände und spielte seine beste Karte aus. »Hör zu. Seph und Nick haben dein Gemälde gesehen. Das verhexte Gemälde. Seph war davon tagelang bewusstlos. Er hat sich immer noch nicht ganz erholt. Das ist der Grund, warum er Feuer nimmt. Sie dachten, dass du vielleicht … dass du uns vielleicht verraten hättest. Das ist der Grund, warum ich letztes Mal hergekommen bin. Ich sollte es herausfinden.«

Madison suchte hilflos nach einer Antwort. »Ich würde ... ich würde Seph niemals wehtun«, stammelte sie und kam sich wie die schlimmste Lügnerin vor. »Das sollte er wissen.«

»Das tut er. Er hat nie geglaubt, dass du die Seiten gewechselt haben könntest. Aber jetzt braucht er deine Hilfe. Abgesehen von dem Drachenherzen kannst du uns helfen, wenn die Rosen angreifen. Vielleicht kannst du sie wie auf Second Sister entwaffnen, wenn wir es richtig angehen.«

Ich kann nicht.

Aber vielleicht konnte sie ihnen irgendwie helfen, nachdem sie Barber das Drachenherz gegeben hatte. Sie könnte wiedergutmachen, was sie getan hatte. Falls sie nicht längst tot waren. Falls sie ihre Hilfe überhaupt annehmen würden.

Ihren Plan konnte sie jetzt vergessen. Ohne Jasons Hilfe würde sie nicht in die Stadt gelangen.

Sie schluckte hörbar. »Trinity ist umstellt, sagst du. Kannst du mich hineinbringen?«

Er zögerte für den Bruchteil einer Sekunde, dann sagte er: »Ja.«

»Dann sollten wir besser fahren«, meinte Madison. »Wir dürfen keine Zeit verschwenden.«

Ein erleichtertes Lächeln breitete sich auf Jasons Gesicht aus. »Toll«, sagte er. »Toll. Ähm, könnten wir deinen Truck nehmen? Ich habe mir quasi ohne zu fragen einen Wagen geborgt. Ich möchte lieber nicht darin herumfahren.«

Madison hatte vorschlagen wollen, dass sie ihm in dem Truck folgte, damit sie wegkonnte, wenn sie in Trinity fertig war. Aber da war eine gespannte Intensität in Jasons Bewegungen, die ihr sagte, dass das nicht verhandelbar war.

»Oh. Okay.« Sie nahm ihre Schlüssel vom Tisch und schlang sich die Reisetasche über die Schulter.

Doch er packte sie am Handgelenk und nahm ihr die Schlüssel ab. »Ich fahre«, erklärte er.

KAPITEL 33
Weirsturm

Vor Sonnenaufgang weckten die Rosen die verbliebenen Einwohner Trinitys mit einer Salve magischer Geschosse – Behälter mit *Ligfyr* –, die sie von oben auf der Zaubererbarriere schleuderten. Sie zerplatzten an der kunstvollen inneren Mauer der Rebellen mit markerschütternder Wucht und tauchten das Gebiet dazwischen in Zaubererflammen. Giftiger Rauch brodelte von den Bränden zwischen den Mauern empor und färbte den unteren Rand der tiefhängenden Wolken blutrot. Verteidiger fielen von der inneren Mauer wie faules Obst und hielten sich die Kehlen.

Die Rebellen antworteten ihrerseits mit einem vernichtenden Feuer auf die Krone der äußeren Mauer und mähten Zauberer und Waffen nieder. Jessamine beugte sich vor, spähte in die Dunkelheit und umklammerte die Brustwehr. Eine hohe, schlanke Gestalt schritt auf die Zinnen vorne an dem Wachturm über dem Rebellentor zu und ignorierte die Geschosse, die überall explodierten. McCauley. Schon wieder. Er hob beide Arme, und der Rauch wallte zurück, weg von den Rebellen, und hüllte die Befestigungen der Rosen in eine Giftwolke ein.

Jess stürmte aus ihrer Bastion und versuchte, den Rauch wieder dorthin zurückzutreiben, wo er hingehörte, dann sprang sie in Deckung, als ein Feuerstoß genau unter ihr in die Wand einschlug.

Sie spähte über den Rand und begutachtete den Schaden: Aus der glatten Oberfläche der Zauberermauer war ein gewaltiges Stück herausgebissen worden, und große Steinbrocken lagen darunter auf dem Boden verstreut. Noch mehr davon, und die Mauer würde so durchlöchert sein wie ein Sieb.

Wie hat er das gemacht? Ihre Barriere war dazu erbaut, magischen Angriffen standzuhalten – das war der Sinn der Sache. Jessamine stürmte entlang der Mauer zurück, rauschte an den Zauberern vorbei, die flammende Steine aus *Ligfyr* aus schwerer Deckung heraus auf die Rebellen schleuderten.

»Schickt eine Patrouille runter, um sofort die Mauer zu reparieren«, befahl sie. »Und tötet McCauley«, fügte sie als nachträglichen Einfall hinzu.

Draußen vor dem Tor hatte sich die Armee der Rosen über Äcker ausgebreitet und überzog die bewaldeten Haine. Die meisten waren Zauberer, und einige wenige mürrische Hexer rührten in Kesseln mit magisch verstärktem *Ligfyr*. Andere schmiedeten Wurfsterne aus glühendem Metall, die mit tödlichen Zaubern getränkt waren.

D'Orsays berühmte Waffensammlung war gelinde gesagt enttäuschend gewesen. Jess konnte nicht umhin sich zu fragen, ob er etwas zurückhielt – ob er irgendwo ein geheimes Versteck hatte. Sie waren gezwungen gewesen, die Waffen sparsam zu benutzen – hauptsächlich, um Panik unter den Verteidigern zu erzeugen. Einige waren herrlich scheußlich – wie die Glaskugeln, die beim Aufprall zerbrachen und innerhalb des Schutzgebiets hundert tödliche *Naedercynn* Giftschlangen freiließen. Oder die *Gliwdream* Dudelsäcke, deren schrille Musik die Verteidiger in den Wahnsinn trieb.

Jessamine blieb stehen, um ihre Agenten am Tor zu befragen. Immer noch kein Zeichen von Haley.

Draußen auf dem Exerzierfeld mühte Geoffrey Wylie sich, Horden von Zauberern zur Ordnung zu zwingen. Zauberer waren nicht besonders teamfähig. Als er Jess sah, unterbrach er seine Tirade und übergab das Kommando an einen hübschen jungen Zauberer im Gewand der Roten Rose. Hays war sein Name, wenn sie sich recht erinnerte.

»Ich mag dieses Doppelmauersystem nicht«, sagte Wylie und wischte sich Eis von den Schultern (der letzte Weirsturm war ein wenig übers Ziel hinausgeschossen). »Wir könnten zwischen ihnen eingeschlossen und ausgelöscht werden. Wir sollten besser die äußere Mauer niederreißen, wenn die Zeit zum Angriff kommt.«

Jessamine tat den Vorschlag mit einer Handbewegung ab. »Damit sie wie Wachteln auseinanderstieben und sich irgendwo anders neu gruppieren? Auf keinen Fall. Wir müssen ihnen eine Lektion erteilen. Außerdem können wir es nicht riskieren, das Drachenherz zu verlieren.«

»Du musst ja auch nicht den Angriff durch das Tor gegen eine unbekannte Waffe anführen.«

Jessamine zuckte vor Ärger zusammen. Wylie war zum Kommandanten bestimmt worden, weil er vor hundert Jahren West Point besucht hatte. Und er sah auch entsprechend aus, da er groß und gebieterisch war.

Aber Wylie gehörte zum falschen Haus. Das Zweitschlimmste neben dem Verlust des Drachenherzens an die Rebellen wäre, wenn es in die Hände der Roten Rose fiele.

»Sie sind so bereit, wie sie nur sein können«, beharrte Wylie. »Wenn wir die Mauern durchbrechen wollen, sollten wir es bald tun.« Wylie deutete mit dem Kopf auf seine magische Armee. »Wenn wir noch lange so viele Zauberer auf engem Raum zusammenlassen, werden sie sich gegenseitig umbringen.«

»Warum betraust du die Unruhestifter nicht mit der Reparatur der Mauer? McCauley sprengt Löcher hinein, weiß der Himmel, wie er das anstellt.«

Jess wollte aus einer ganzen Reihe von Gründen lieber auf Haley warten. Während eines Scharmützels innerhalb der Festungsmauern konnte alles Mögliche passieren. Jeder konnte das Drachenherz an sich bringen. Wylie zum Beispiel. Das wäre eine Katastrophe.

Aber sie wusste, dass sie es nicht mehr lange hinauszögern konnte.

Als Ellen das vertraute Pfeifen eines Geschosses hörte, verkrampfte sie sich unwillkürlich und kniff die Augen zusammen. Es folgte das Donnern des Aufpralls. Wieder war eins an ihr vorbeigegangen.

Sie drehte sich um und blickte über den Park und die Library Street entlang. Eine Säule aus rötlichen Flammen und Rauch erhob sich im Stadtzentrum. Das Geschoss musste irgendwo im Stadtpark eingeschlagen haben. Es gab nicht mehr viel auf der Grünfläche, was man zerstören konnte, bis auf einen unglaublich hässlichen Springbrunnen, der ohne Zweifel den ganzen Krieg überstehen würde.

Die Rosen schossen Behälter mit Zaubererfeuer herüber, das Flächenbrände auslöste. Gruppen von Hexern waren den ganzen Tag und die ganze Nacht damit beschäftigt, Brände zu löschen, sonst wäre die Stadt schon längst bis auf die Grundmauern niedergebrannt.

Aber einige der Wurfgeschosse waren mit versteckten Sprengsätzen versehen und spien *Gemynd bana* und Schlimmeres, wenn die Feuerlöschteams sich ihnen näherten. Jene, die nicht getötet wurden, wurden für Tage kampfunfähig gemacht. Und sie konnten es sich nicht leisten, auch nur einen einzigen Mann zu verlieren.

Ellen zog es vor, ihren Feinden am Boden Schwert gegen Schwert zu begegnen. Dieser gesichtslose Angriff aus der Luft raubte ihr den letzten Nerv. Sie holte tief Luft und zwang sich, über den schwarzen Abgrund des Niemandslands zu der Stelle zu schauen, wo Lichtpunkte sich wie Glühwürmchen auf der Zauberermauer bewegten. Zauberer bereiteten den nächsten Ansturm vor. Es war ihre dritte Nacht in Folge an der Grenze, und sie war so erschöpft, dass sie Fehler machte. Aber die Arbeit, die sie und Jack auf der Mauer taten, hielt die Bombardierung ein wenig im Zaum.

Auf der anderen Seite des Weges leuchtete eins der Glühwürmchen auf – ein Zauberer, der Macht sammelte und sich bereit machte zu feuern. Ellen angelte einen Wurfstern aus dem Beutel unter ihrem Arm und ließ ihn pfeifend ins Dunkle sausen, dann rollte sie sich zur Seite ab und stieß sich den Ellbogen an der Mauer an, als ein Feuerschwall auf sie zuraste.

Gegenüber schrie jemand. Das Glühwürmchen warf sich unbeholfen von der Mauer und trudelte in die Dunkelheit hinab, um am Fuß der Mauer zu erlöschen.

»Einen Stern vom Himmel holen«, murmelte Ellen, tupfte sich Blut vom Ellbogen und hielt Ausschau nach einem anderen Ziel.

Zu ihrer Linken deutete ein rauchendes Flammenmeer an, dass Seph an der Arbeit war. Mehrmals war er während der Nacht an ihr vorbeigewirbelt, der heiße Schwall von Magie, den er nach sich zog, identifizierte ihn. Er war ständig in Bewegung, säuberte die Zauberermauer von Bombenschützen, gab den Kriegerpatrouillen zwischen den Mauern Deckung. Sprengte zerstörerische Löcher in die Zauberermauer gegenüber.

Ellen, Jack und Iris Bolingame und einige der anderen Zauberer halfen, aber Ellen musste zugeben, dass es bisher Seph war, der die Rosen in Schach hielt. Sie würden bald gezwungen sein, Reparaturen an ihrer Mauer vorzunehmen, die allmählich einem finsteren, schwarzen Schweizer Käse zu ähneln begann.

Sollen sie es doch versuchen, dachte Ellen und spähte durch die Schießscharte nach unten zum Boden, schätzte die Schussentfernung zum Fuß der Mauer ab. Sie würden wie Enten auf einem Teich sein.

Warum versuchen sie nicht, die Mauer zu durchbrechen?, dachte sie. Wir sind total in der Minderzahl. Worauf warten sie? Wie lange konnte diese Bombardierung noch andauern? Wie lange würden die Anaweir auf den Sisters bleiben können, bevor die Rosen auf sie aufmerksam wurden? Bevor ihnen die Lebensmittel ausgingen?

Ein leises Geräusch hinter ihr ließ sie herumwirbeln und den Griff ihres Messers packen.

»Holla. Nicht den Boten erstechen.« Es war Fitch, noch immer in seiner Resistancekluft. Er drückte ihr ein Päckchen in die Hand. »Noch mehr Sterne.« Und noch eins. »Mitternachtssnack.«

Die Weir hatten ihre Mauer auf der Schutzgebietsseite eingerüstet, damit die Anaweir sie begehen konnten. Die Mauer selbst war für sie immer noch unsichtbar.

Ellen riss das Päckchen mit Wurfsternen auf und schüttete sie in ihren Beutel. »Sag Mercedes danke.« Und wandte sich wieder ihrer Arbeit zu. Sie würde nicht noch einen Treffer durchgehen lassen, nicht wenn sie es verhindern konnte.

Fitch legte ihr die Hand auf den Arm. »Jack sagt, er hat die Mauer gesichert, also nimm dir zehn Minuten Zeit, um zu essen.«

Ellen blickte die Vorhangmauer hinab zu der Stelle, wo Jack sein musste. Sie vermisste seine feste Präsenz an ihrer Seite. Es wäre toll gewesen, ihn neben sich zu haben, aber so würde nur einer von ihnen umkommen, falls ihre Position getroffen wurde.

Vom Kämpfen bekam sie immer einen Bärenhunger. Sie glitt in eine sitzende Haltung, wickelte ihr Abendessen aus und legte es sich auf die Knie.

Fitch hielt ihr eine Wasserflasche hin, die mit grüner Flüssigkeit gefüllt war.

»Was ist das?«, fragte sie argwöhnisch und drehte es in der Hand.

»Irgendeine Art von Elektrolyttrank, den Mercedes zusammengebraut hat.«

»Keine Drogen«, sagte Ellen und versuchte, ihm die Flasche zurückzugeben.

»Ich denke nicht, dass es eine Droge ist«, erwiderte Fitch mit einem Achselzucken, das besagte: Was weiß ich schon. »Es ist eher so etwas wie – du weißt schon – ein Energydrink.«

»Hmpf.« Sie nahm versuchsweise einen Schluck. Und dann noch einen. Es schmeckte wie frische Luft in einem unberührten Teil der Erde.

Sie leerte die halbe Flasche, stellte sie auf den Boden und biss in ihr Sandwich.

Fitch hing immer noch an dem Gerüst und zog eine Digitalkamera heraus. Er machte mehrere Fotos von Ellen.

»Du fotografierst mich, während ich *esse?«* Sie wedelte mit einem Hühnerbein in seine Richtung. »Wie aufregend. Wofür?«

»Irgendeiner muss es ja tun«, sagte er und sah zu den Feuern jenseits der Mauern hinüber. Sein Gesicht war ernst und schimmerte rötlich im blutigen Licht. »Wie dieser Fotograf während des Bürgerkriegs. Mathew Brady. Die US-Regierung hat ihn damit beauftragt, den Krieg zu dokumentieren.«

»Fitch, du bist so ein Spinner.«

Er erwiderte nichts.

Sie aß das Sandwich auf und wischte sich mit dem Handrücken über den Mund. »Du denkst, dass wir verlieren werden, nicht?«

»Wie kommst du darauf?«, fragte er.

Ellen fiel auf, dass er es nicht abstritt. »Weil die Gewinner immer die Geschichte schreiben. Du möchtest dafür sorgen, dass etwas überlebt. Von uns.«

Er lächelte darüber und wirkte ein wenig verlegen. »Selbst wenn es nur digital ist.«

KAPITEL 34
Durch feindliche Linien

Es war die atemlose Stunde vor Sonnenaufgang. Oben auf dem Booker Mountain hätte Maddie sich vielleicht auf das beginnende Licht im Osten vorbereitet, darauf, dass sich die zuverlässigen Berge aus der Dunkelheit drängten.

Doch Maddie war nicht auf Booker Mountain. Sie schlich hinter Jason Haley durch das Unterholz des Perry Parks und fragte sich, auf was für ein aussichtsloses Unterfangen sie sich da eingelassen hatte.

Für einen Stadtjungen war er im Wald sehr trittsicher. Maddie brauchte nur seiner beleuchteten Gestalt zu folgen, wie eine Wolke, die sich vor die Sonne geschoben hatte.

Jetzt konnte sie vor sich Lichter durch die Bäume dringen sehen. Jason blieb stehen und wartete, bis sie ihn eingeholt hatte. »Lager der Rosenarmeen«, flüsterte er ihr ins Ohr.

Das Unterholz lichtete sich, als sie einen dezimierten Hain mit altem Baumbestand betraten. Uralte Eichen lagen umgestürzt am Boden – Zauberer hatten die Bäume gefällt und verstreute Lichtungen geschaffen, wo sie ihre Pavillons aufbauen und Schutzzauber und Wachposten gegen ihre Brüder aufstellen konnten.

Eine gewaltige, unförmige Masse erhob sich jenseits des Lagers über den Bäumen und löschte die sterbenden

Sterne aus. »Was ist das?«, wisperte Madison, die sich der Zauberer in der Umgebung bewusst war.

»Das ist die Zauberermauer«, murmelte Jason.

»Das verstehe ich nicht. Warum kann ich sie sehen?« Sie kannte Weirnetze, die die Weir fingen, aber für alle anderen unsichtbar waren – für Anaweir und Induktoren.

Jason schüttelte den Kopf. »Ich hatte gehofft, dass du einfach hindurchgehen könntest. Es ist kein Weirnetz, es ist eine Zauberermauer. Sie wurde durch Zauberermagie gebaut, aber wie jede andere Festung aus Stein errichtet. Das macht alles kompliziert. Wir werden durchs Tor gehen müssen«, sagte er, sah sie an und schaute dann wieder weg. Er hatte ihr in letzter Zeit viele solcher Blicke zugeworfen.

Sie schwieg und wartete darauf, dass er fortfuhr.

»Es besteht also die Möglichkeit, dass man uns schnappt. Falls das passiert, kannst du mir einfach vertrauen?«

»Was?« Sie sprach lauter, und Jason zuckte zusammen und legte sich einen Finger auf die Lippen, um sie zum Schweigen zu bringen. Sie fuhr in einem heiseren Flüstern fort: »Was ist das für eine Frage?«

»Ich werde dich durch das Tor bekommen, versprochen, aber … spiel einfach mit … okay? Und keine Fragen stellen.« Er wirkte verlegen.

»Ähm. Okay.«

Und so liefen sie weiter. Madison ging in Gedanken durch, was er gesagt hatte, und fragte sich, worauf genau sie sich da eingelassen hatte.

Je näher sie der Barriere kamen, umso schwieriger wurde es, unentdeckt zu bleiben. Hundert Meter vom Tor entfernt mussten sie stehen bleiben. Sie hatten keine

Deckung mehr – in unmittelbarer Nähe der Mauer waren die Bäume gerodet worden. Zauberer drängten sich um das Tor, anscheinend in Vorbereitung auf eine unmittelbar bevorstehende Schlacht.

Munitionsmeister verteilten Rucksäcke, Rüstungen und Nachschub an die versammelten Truppen. Brennende Wurfgeschosse flogen über den Himmel und verschwanden hinter der Mauer des Schutzgebiets. Der Boden erbebte, als sie ihre Ziele trafen. Rauch und Flammen stiegen in den Himmel auf. Trinity war während Madisons Abwesenheit zu einer Festung gemacht worden.

Sie konnte den verführerischen Sog des Drachenherzens hinter den Mauern spüren. Ihr eigenes Herz schlug schneller – sie schwankte zwischen angstvollem Grauen und Aufregung.

Jason tanzte rastlos auf der Stelle. »Uns läuft die Zeit davon. Ich schätze, wir werden den direkten Weg wählen müssen.« Er nahm Madisons Hand und rempelte sich durch die sich drängenden Mengen von Zauberersoldaten und Unterstützungskräften.

In dem ganzen Durcheinander und der Verwirrung schien niemand sie zu bemerken, bis sie nur noch wenige Schritte vom Tor entfernt waren. Dann traten ein halbes Dutzend Zauberer in der Livree der Roten Rose aus der Menge und umringten sie mit erhobenen Schilden. Madison rückte näher an Jason heran und erinnerte sich an das, was er gesagt hatte.

»Haley? Du bist es wirklich. Der berühmte Dieb des Drachenherzens.« Der Sprecher, ein hochgewachsener, narbiger Zauberer, kam ihr irgendwie bekannt vor.

Jason musterte ihn für einen Moment, als erwäge er die Möglichkeit, es zu leugnen, dann nickte er widerwillig. »Wylie.«

Wylie grinste. »Das ist allerdings eine Überraschung. Du spazierst also durch feindliche Linien, was? Ich wusste ja, dass du tollkühn bist, aber es scheint, du bist tatsächlich lebensmüde.« Er sah Madison an, dann stutzte er. »Ich kenne dich! Du warst das Mädchen auf Second Sister. Mit McCauley.«

Madison blinzelte ihn an und öffnete den Mund, um zu antworten, dann zuckte sie überrascht zusammen, als Jason einen Arm um sie legte und sie an sich zog. Er umfasste ihr Kinn, hob ihren Kopf und küsste sie überzeugend auf die Lippen. Ohne sie loszulassen, erklärte er: »Sie ist jetzt mit mir zusammen.«

Die Zauberer der Roten Rose lachten und stießen einander an wie prahlende Highschooljungs unter den Tribünen.

Madison wollte Jason auf den Fuß treten, sich aus seinem Griff winden und ihn fragen, was er sich einbildete, aber die Starrheit seines Körpers war eine Warnung.

»Wie meinst du das? Ich dachte, sie wäre mit McCauley zusammen«, sagte Wylie.

»*War* mit ihm zusammen«, entgegnete Jason grinsend.

Madison war empört. Sie redeten in ihrer Gegenwart über sie, als sei sie taub oder dumm.

Ihre Laune musste sich auf ihrem Gesicht gezeigt haben, denn Jason sah sie an und schüttelte beinahe unmerklich den Kopf, dann wandte er sich wieder an Wylie. »Jedenfalls. Schön, mal zu reden. Aber wir müssen weiter.«

Zwei von Wylies Gefährten packten Jason an den Armen. »Oh nein«, sagte Wylie und baute sich vor Jason auf. »Ihr kommt beide mit mir. Ihr werdet mir alles über das Drachenherz erzählen und was im Schutzgebiet vor sich geht.« Er lächelte wild und tätschelte

Jason die Wange. »Ich freue mich schon auf unser Gespräch.«

Jason riss den Kopf weg. »Hat Dr. Longbranch es Ihnen nicht gesagt?«

Wylies Lächeln verging schnell. »Was meinst du?«

»Fragen Sie sie. Es ist alles arrangiert. Sie wird es erklären.«

Madison schaute zwischen Jason und Wylie hin und her. Wenn es ein Bluff war, dann war er gut.

Wylie wurde weiß vor Zorn. »Den Teufel werde ich tun. Ihr seid meine Gefangenen, und ...«

Plötzlich wurden sie von einem vollen Dutzend Zauberern der Weißen Rose umzingelt.

»Mr. Wylie, Sir, Dr. Longbranch wartet auf diese beiden«, erklärte einer von ihnen.

Es blieb ihnen nichts anderes übrig, als sich zu einem kunstvollen, spitzen Zelt mit dem Banner der Weißen Rose stoßen zu lassen. Wylie und seine Zauberer folgten unglücklich hinterdrein. Jason blickte geradeaus, hielt aber Madisons Ellbogen mit hartem Griff umfasst. Madison konnte es sich nicht verkneifen, zum Tor zurückzuschauen. Was dachte Jason sich dabei? Glaubte er wirklich, er würde mit Longbranch mehr Glück haben?

Dr. Longbranchs Zelt wurde von einem Dutzend weiterer Zauberer in den Gewändern der Weißen Rose bewacht. Eine der Wachen verschwand im Zelt. Als er zurückkehrte, nickte er Jason und Madison zu. »Ihr zwei. Rein da. Der Rest bleibt hier draußen.«

Wylie beobachtete verdrossen, wie die Wachen seine Gefangenen hineinführten.

Das Zeltinnere wirkte fast palastartig. Elegante Teppiche auf dem Boden, Wandbehänge aus Samt und Satin an den Zeltwänden und zur Abteilung eines Schlafbereichs. Am anderen Ende des Zeltes standen Stühle um einen Konferenztisch herum. Zaubererlichter warfen lange Schatten. Leise Musik erklang und wirkte irgendwie gegen den Schlachtenlärm an der Mauer, und Räuchergefäße überdeckten den Gestank des Krieges.

Madison hatte gerade noch Zeit, all das zu betrachten, bevor eine hochgewachsene Hexe auf sie zugerauscht kam. Der samtene Saum ihres Gewandes glitt über die Teppiche. Sie hatte grüne Augen und langes, rabenschwarzes Haar. Ohne auf Jason zu achten, umfasste sie beide Hände Madisons und schaute ihr in die Augen. Im Gegensatz zu den meisten Zauberern schien sie sich nicht vor Madisons Berührung zu fürchten, achtete aber darauf, keine Überzeugungsmagie anzuwenden.

»Madison«, begann sie. »Es freut mich ja so, dass du kommen konntest. Ich bin Jessamine Longbranch.«

»Hal… hallo«, stammelte Madison, während ihre Gedanken rasten. *Sie weiß, wer ich bin. Sie hat mich erwartet.* Sie warf Jason einen Blick zu, dessen Gesicht völlig versteinert war, bis auf die Augen, die im Zaubererlicht glitzerten.

»Ich höre, du bist Künstlerin«, fuhr Longbranch fort.

»Ja, Ma'am«, bestätigte Madison und zog ihre Hände zurück.

»Ich bin selbst eine Art Mäzenin. Vielleicht könnte ich dich mit einigen Leuten bekannt machen.«

»Klar. Sicher«, sagte Madison. »Das wäre toll.« Plötzlich interessierte sich jeder für ihre Kunst. Weil sie andere Absichten hatten.

»Aber zuerst müssen wir diesen Krieg beenden«, sprach Longbranch weiter. »Dieses viele Blutvergießen ist so unnötig.«

»Sie machen sich zum Angriff bereit?«, fragte Jason.

»Ja.« Dr. Longbranch nickte. »Wir haben nur auf euch gewartet.«

»Gut.« Jason drückte Madisons Arm: eine Warnung. »Dann sollten wir besser gehen.«

Dr. Longbranch hob die Hand, um jeden Gedanken an einen sofortigen Aufbruch im Keim zu ersticken, und wandte sich an Madison. »Die Rebellen werden sich nicht ergeben, solange sie das Drachenherz in ihrem Besitz haben. Das ist der Punkt, an dem du ins Spiel kommst.« Sie hielt inne. »Jason sagte, du kannst ins Schutzgebiet gehen und uns das Drachenherz bringen.«

Es war wie ein Schlag in die Magengrube. »Was?« Madison sah von Jason zu Dr. Longbranch.

»Hey, Maddie. Du weißt schon. Der Stein, von dem wir gesprochen haben, erinnerst du dich?« Jason drehte sich schnell zu Madison um, legte ihr die Hände auf die Schultern und sah ihr eindringlich in die Augen. »Wir brauchen ihn nur Dr. Longbranch zu bringen, und der Krieg ist vorbei. Wir werden mehr Geld haben, als wir jemals ausgeben können. Wir können gehen, wohin du möchtest. Paris. London. Bali. Du kannst die ganze Zeit malen. Wir können zusammen sein.« Und dann küsste er sie wieder, wahrscheinlich, um sie zum Schweigen zu bringen.

Dr. Longbranch lachte. »Du bist schon einer, Haley. Weiß McCauley, dass du ihm sein Mädchen ausgespannt hast?«

Alle sind verrückt, dachte Madison, als Jason sie losließ. Aber es spielt keine Rolle. Ich muss ins Schutzgebiet. Und wenn dies der Weg ist, der hineinführt, nun … sie würde sich spontan etwas ausdenken müssen.

»Seph hatte nie Zeit für mich«, sagte sie und wünschte sich zum hundertsten Mal, sie hätte das Lügen-Gen geerbt. »Er ist selbst schuld, wenn ein anderer daherkommt, der weiß, wie man mit Frauen umgeht.« Ich klinge wie Mama, dachte Madison. Immer tauschte sie den Teufel, den sie kannte, gegen den ein, den sie nicht kannte.

»Richtig.« Dr. Longbranch lächelte. »Es ist wirklich seine eigene Schuld.«

»Sollen wir dann gehen?«, fragte Jason, nervös wie immer, wenn er warten musste.

»Ja und nein«, antwortete Dr. Longbranch. »Madison wird gehen und das Drachenherz holen. Haley, du wirst hierbleiben, sodass wir sicher sein können, dass sie auch zurückkommt.«

»Was?« Madison wirbelte herum und funkelte die Zauberin an. »Auf keinen Fall. Ohne Jason gehe ich nicht.« Sie klammerte sich an seinen Arm, als wären sie beide zusammengeschweißt.

Auf ein Nicken von Longbranch traten zwei Wachposten der Weißen Rose aus dem Dunkeln, packten Jason an den Armen und zerrten ihn aus Madisons Griff. »Bringt ihn in unser Gefangenenlager, und bewacht ihn gut«, befahl sie.

Dann drehte sie sich wieder zu Madison um. »Meine Liebe, sei vernünftig. Geh und hol das Drachenherz, und bring es mir. Dein junger Freund wird im Handumdrehen frei sein, und ihr werdet mit einem Vermögen an Bargeld davongehen. Wenn du dich weigerst, werde ich ihn auf der Stelle töten.«

»Geh, Madison«, sagte Jason und warf ihr einen Blick zu, der besagte, dass sie den Mund halten solle. »Mir wird nichts passieren. Je schneller du gehst, desto eher bist du zurück.«

»Und händige den Stein nur mir persönlich aus«,

schärfte Longbranch ihr ein. »Wir wollen doch nicht, dass er in falsche Hände gerät.«

Madison schaute von Jason, der ihr einen Wink mit dem Kopf in Richtung des Tores als Zeichen gab, dass sie sich in Bewegung setzen solle, zu Longbranch, deren kalter, direkter Blick besagte, dass Jason für jeden Verrat mit seinem Blut bezahlen würde.

Eins war klar: Jason Haley hatte sie belogen, seit er den Fuß auf ihre Veranda gesetzt hatte. Steckte er wirklich mit den Rosen unter einer Decke? Oder hatte er beschlossen, sich selbst zu opfern, um sie ins Schutzgebiet zu bringen?

Madison schlang Jason die Arme um den Hals, als könne sie es nicht ertragen, von ihm getrennt zu werden, und flüsterte ihm heftig ins Ohr: »Du verlogener, wahnsinniger Mistkerl. Sie werden dich *umbringen.«*

»Ich liebe dich auch«, murmelte er. »Geh und finde Seph. Hilf ihm.«

Sie ließ ihn los, drehte sich um und ging – eskortiert von Soldaten der Weißen Rose – mit großen Schritten auf das Tor zu, ohne das Chaos um sich herum wahrzunehmen.

Was für eine Scheiße. Was für eine absolute, totale Scheiße, denn egal was sie tat, am Ende würde Blut an ihren Händen kleben.

Denn es war völlig ausgeschlossen, dass sie Jessamine Longbranch das Drachenherz brachte.

Geoffrey Wylie beobachtete, wie die Soldaten der Weißen Rose die Induktorin Madison Moss zum Tor begleiteten, und seine Hände zuckten, als er gegen den Impuls ankämpfte, sie zu verbrennen. Momente später stießen weitere von Longbranchs Zauberern Jason Haley in die andere Richtung, auf die Mitte des Lagers der Weißen Rose zu.

Der Gestank von Verrat lag in der Luft. Und er konzentrierte sich auf Haley, das Mädchen und das Drachenherz. Er konnte spüren, wie sich hinter den Mauern Macht aufbaute wie eine sich anbahnende Katastrophe. Was würde geschehen, wenn sie die Mauer durchbrachen? Würden sie verdampfen, würden sie binnen einer Sekunde ausgelöscht werden?

Longbranch führte irgendetwas im Schilde, und Wylie hatte nicht vor, das Opferlamm zu spielen.

Er wandte sich an Bruce Hays, seinen Hauptmann von der Roten Rose, der neben ihm stand und auf Befehle wartete. »Wie viele Zauberer haben wir?«

»Für die Rote Rose?« Der Offizier dachte nach. »Etwa dreihundert, plus/minus einige Eindringlinge und Spione von den anderen Seiten.«

Wylie lächelte. Dreihundert Zauberer war eine größere Armee, als man sie seit den Rosenkriegen gesehen hatte.

»Wir werden Folgendes tun. Sammeln Sie die Zauberer der Roten Rose, und bringen Sie sie zum Tor. Wir warten nicht auf Longbranchs Zeichen. Die Weiße Rose kann gegen die Rebellen kämpfen, während wir uns auf die Suche nach dem Mädchen und dem Drachenherz machen.«

Longbranchs Wärter schienen Jason nicht als große Bedrohung anzusehen. Obwohl sie ihm *Sefa*-Fesseln um die Handgelenke legten, machten sie sich nicht die Mühe, ihn kampfunfähig zu machen oder ihn auf Herzsteine zu durchsuchen, bevor sie ihn zwischen den Zelten hindurchschubsten.

Wenn er also fliehen wollte, dann sollte er es besser tun, bevor sie ihn in Longbranchs Kerker warfen. Er hatte das Gefühl, dass es die Art von Ort war, von dem man nur schwer wieder wegkam. Aber er wollte Longbranch keinen Wink geben, bevor Madison nicht in sicherer Entfernung war.

Das Lager war leer, da die meisten Soldaten in Vorbereitung auf den bevorstehenden Angriff an der Mauer postiert worden waren. Gerade als Jason und seine Wachen eine abgeschiedene Stelle erreichten, wo er dachte, dass seine Flucht unbemerkt über die Bühne gehen könnte, brachen die Zauberer der Weißen Rose zu beiden Seiten von ihm lautlos zusammen, und eine Schar von Zauberern in den Livreen der Roten Rose rissen ihn herum und zerrten ihn zurück in die Richtung, aus der sie gekommen waren.

Jason kam sich vor wie die verdammte Prinzessin in einem Videospiel.

»Was ist los?«, fragte er scharf.

»Wylie hat ein paar Fragen an dich. Jetzt halt den Mund.« Als sie sich dem Rand des Lagers näherten, erschollen hinter ihnen Rufe. Die Weiße Rose hatte entdeckt, dass ihr Gefangener gestohlen worden war.

Die Zauberer der Roten Rose ließen Jason los und drehten sich um, um sich zu verteidigen. Während die Schilde erhoben wurden und Zauberer zu fliegen begannen, ließ Jason seine Wärter stehen und rannte zum Tor.

KAPITEL 35
Ein geteiltes Haus

Fitch spähte durch das Hexengebräu aus Rauch und Flammen im Niemandsland, rieb sich die Augen und schaute noch einmal hin. Ja. Da war eine verstohlene Bewegung am äußeren Tor, die Gestalten mehrerer Dutzend Männer, die das offene Feld überquerten.

Er wischte sich die verschwitzten Hände an der Jeans ab. War es das? Der Angriff, auf den sie gewartet hatten? Es war nicht gerade eine Armee. Aber schon ein paar Zauberer konnten großen Schaden anrichten. Er spähte durch sein Fernglas und machte an mehreren Eindringlingen das Emblem der Weißen Rose aus.

Als er sich umdrehte und nach Will Ausschau hielt, sah er, dass sein Freund eingeschlafen war und an dem Gerüst am Ende der Vorhangmauer lehnte. Fitch konnte sich nicht daran erinnern, wann sie zuletzt richtig geschlafen hatten und nicht nur aus Versehen eingenickt waren.

»He, Will«, sagte er. »Wach auf.«

Will schreckte sofort hoch und löste sich hastig von der Mauer. »Was? Ich habe nur meine Augen ausgeruht.«

»Erzähl das Jack. Irgendwas geht da vor.« Fitch deutete mit dem Kinn hinter die Mauer.

Will kroch auf Händen und Knien vorwärts und spähte über die Zinnen, dann kroch er wie eine übergroße Krabbe rückwärts. Er sah Fitch an und reckte den Daumen hoch, dann ging er an dem Gerüst entlang und verschwand in die Dunkelheit. Für einen Sportler konnte er erstaunlich leise sein.

Fitch setzte seine Beobachtung fort und kam sich vor wie ein Mitglied der Grenzpatrouille der Einwanderungsbehörde. Er fischte die Fernbedienung aus der Tasche und hielt sie in einer Hand. Er hatte entlang der ganzen Außenmauer Sprengkörper verteilt, eine moderne Version der Methode, mit der mittelalterliche Tunnelgräber eine Festung untergruben.

Die erste Gruppe hatte das Feld halb überquert, als eine weitere, größere Truppe aus dem Tor der Bösewichte strömte und der ersten Welle von Zauberern der Weißen Rose folgte. Soweit er das durch sein Fernglas erkennen konnte, schien es sich bei der zweiten Gruppe um Zauberer der Roten Rose zu handeln.

Die Vorhut der Weißen Rose bemerkte sie anfangs nicht. Dann schienen sie nicht glücklich über die Verstärkung zu sein. Nach einem kurzen, wirren Gedränge setzte die Hälfte der Gruppe ihren Weg fort und beschleunigte den Schritt, während die andere Hälfte zurückblieb und sich umdrehte, um sich der herannahenden Armee zu stellen.

Als die beiden Gruppen aufeinandertrafen, loderten überall entlang der Linie Zaubererflammen auf. Die Rosen kämpften gegeneinander!

Fitch befingerte nervös die Fernbedienung. Wenn dies der Angriff war, den sie erwartet hatten, dann war jetzt Showtime. Aber er wusste nicht, was er von den Ereignissen unten halten sollte.

Seph hatte in einem der vielen Rundtürme, die Mercedes in ihre kunstvolle Mauer eingebaut hatte, ein stilles Plätzchen gefunden, von dem aus er die Grenze des Schutzgebiets überwachen konnte. Es war gut, von Stein umgeben zu sein, da er sonst dazu neigte, Dinge in Brand zu stecken.

Dort hing er lautlos wie eine Fledermaus in einer Höhle, während sein magisches Sonar leicht die konzentrischen Mauern der inneren Festung und der äußeren Zauberermauer abtastete und den umkämpften Raum dazwischen absuchte. Er war seit drei Tagen auf der Mauer – löschte Feuer und schuf seine eigenen Feuersbrünste.

Feuersbrunst. Ein perfektes Wort für einen perfekten Sturm des Todes. Seine Feinde verglühten wie Mücken, die in eine Starkstromleitung geflogen waren.

Wie spät war es? Er stand auf, dehnte seine überstrapazierten Muskeln und massierte sich das Rückgrat. Er rieb sich die müden Augen und versuchte, den unangenehmen Geschmack im Mund auszuspucken. Als das nicht gelang, zog er die Feldflasche heraus und spülte den Geschmack mit einem langen Schluck Zaubererfeuer hinunter.

Er hatte keine Ahnung, ob er wirklich süchtig nach dem Zeug war oder ob Schmerz und Erschöpfung es vorübergehend notwendig machten. Früher wäre diese Unterscheidung wichtig erschienen. Wenn Mercedes den Trank nicht für ihn machen würde, gäbe es viele Hexer, die dazu bereit wären. Sie hatten gesehen, was er auf der Mauer tat. Sie wussten, dass er zwischen ihnen und Hunderten von Zauberern stand, und sie wussten, was geschehen würde, wenn er versagte.

Das Feuer floss durch ihn hindurch, und es ging ihm wieder gut. Total. Tatsächlich fühlte er sich beinahe schwindlig. Immun. Das war ein weiteres perfektes Wort.

Die Welt drängte heran, und er begrüßte sie, jeden

kleinen Grashalm und jedes Blatt von einem Baum und jeden machtbesessenen Zauberer. Einmal mehr fühlte er sich darin verwurzelt. Damit verbunden.

Irgendwo hinter ihm pochte das Drachenherz wie ein Zahnschmerz. Sein eigenes Herz schien im gleichen Rhythmus zu schlagen. Er war die Energie, die verband und zerstörte.

Er spürte die Eindringlinge, bevor er sie sah, fühlte die rohe Macht von Hunderten von Zauberern, die durch die Zauberermauer brachen und auf das Schutzgebiet zuströmten.

Seph verließ den Rundturm und bewegte sich lautlos vorwärts, bis er über die Vorhangmauer blicken konnte. Die Sonne hatte den Horizont noch nicht überschritten, und kein Schimmern der Morgendämmerung war zwischen die Mauern gedrungen.

Ich weiß, dass ihr da unten seid, dachte Seph und schob sich die Ärmel hoch. Habt ihr gedacht, ich würde es nicht merken? Er war vorbereitet, strotzte vor Macht. Sie würden Geschichte sein, noch bevor sie die Mauer bezwungen hatten.

Sie kamen in zwei Wellen, von denen die eine die andere schnell überholte.

Feuer brach zwischen den Mauern aus, als sie aufeinandertrafen, eine gezackte Linie, die eine Wolke rötlichen Qualms wie Lava spie, die das kalte Meer traf. Zauberer bekämpften sich unten gegenseitig. Aber eine Handvoll Angreifer kam heran und steuerte das Weirtor an. Sie waren zu nah.

Seph hob die Hände und wollte Flammen in die Gruppe schleudern, die das Tor angriff. Und brach ab, als er einen vertrauten Riss im Gewebe der Magie spürte. Eine Erinnerung.

Stattdessen schleuderte er einen flimmernden Lichtbogen in den Himmel. Das Licht beleuchtete eine apokalyptische Szene.

Hunderte von Zauberern kämpften zwischen den Mauern gegeneinander. Die meisten trugen Embleme der Roten oder Weißen Rose. Am Tor war eine kleine Gruppe von Zauberern der Weißen Rose zum Stehen gekommen, aufgehalten durch die Barrikade. Und unter ihnen sah Seph jemanden, bei dessen Anblick ihm das Herz stehen blieb.

Madison.

Sie war in der Mitte, weitergetragen von dem Strom von Leibern wie ein Holzspan auf einer Flut, herumgestoßen und angerempelt von den Zauberern, die sie umgaben. Ihr Haar glitzerte im Zaubererlicht und peitschte im heißen Luftstrom der Flammen. War sie eine Gefangene? Eine Geisel?

Seph schwang sich über die Zinnen und landete auf halber Höhe auf einer Innentreppe, die in den Hof am Fuß der Mauer führte. Dann rannte er die Stufen hinunter, wobei er nur jede dritte oder vierte von ihnen berührte.

»Kommandant! Sir! Wachen Sie auf!«

Jack tauchte aus dem Schlaf auf, fragte sich, wer der Kommandant war, und wünschte, er würde antworten, damit er weiterschlafen konnte – bis ihm einfiel, dass *er* der Kommandant war. Er setzte sich auf und schlug sich den Kopf an dem Etagenbett über ihm an. Es war das erste Mal seit einer Woche, dass er in einem Bett gelegen hatte, und jetzt …

»Will ist hier.« Es war Mick. Der große irische Krieger war zu seinem Leibwächter ernannt worden.

Will Childers drängte sich an Mick vorbei. »Jack. Sie kommen. Sie greifen an. Oder so was in der Art. Es sind Hunderte. Sie marschieren auf das Tor zu.«

Jack war in seine Stiefel gefahren und auf den Beinen, bevor Will zu Ende gesprochen hatte.

»Wir sind bereit, Kommandant«, sagte Mick.

»Wo ist Stephenson?«

»Sie ist da draußen, mittendrin.«

»Was tut sie?« Jack griff nach seinem Wehrgehänge und gürtete es um. Er drängte sich aus dem Zelt und eilte auf das Tor zu, während Mick und Will sich mühten, ihn einzuholen.

Der *Plan* war, dass es keine heldenhaften Einsätze außerhalb der Mauer geben sollte, wo sie aufgrund ihrer zahlenmäßigen Unterlegenheit benachteiligt wären. Stattdessen würden sie sich oben auf der Weirmauer aufstellen und Vernichtung auf alle Feinde herabregnen lassen, die so mutig waren, sich der Mauer zu nähern.

Ellen war die Strategin. Was dachte sie sich dabei?

Sie warteten auf ihn, auf seine Geisterkrieger. Sie hatten seit Monaten für diesen Moment trainiert. Irgendwo da draußen in der Dunkelheit waren Ellen und ihre hundert Leute und stemmten sich gegen Horden von Zauberern, die durch die Lücke strömten. Warum sollte sie die relative Sicherheit des Schutzgebiets verlassen und sich in eine Schlacht stürzen, die nicht zu gewinnen war?

»Sie sind bereits zugange, Sir«, berichtete Brooks und nahm sein Haar zu einem unordentlichen Zopf zurück, den er mit einem Lederstreifen zusammenband. »Es ist ein Scharmützel.«

Draußen vor der Weirmauer konnte Jack das Geräusch aufeinanderprallender Leiber und die Schreie der Verletzten hören. Es war ziemlich laut. Selbst wenn man die Tatsache berücksichtigte, dass Ellen daran beteiligt war.

»Warum ist sie da rausgegangen?«, fragte Jack scharf. »Warum habt ihr sie nicht aufgehalten?

Brooks spuckte aus. »Haben Sie jemals versucht, Captain Stephenson von irgendetwas abzuhalten? Sie hat von der Mauer geschaut und da draußen etwas gesehen und hat sich aufgemacht und ist hin. Die anderen sind ihr gefolgt.« Er schwieg. »Ich schätze, wir müssen ihr hinterher. Sie würde nicht dort hinausgehen, wenn sie nicht einen guten Grund hätte.«

Das war es, was Jack hören wollte. Er versuchte, nicht daran zu denken, dass er womöglich seine Krieger in Gefahr brachte, um Ellen das Leben zu retten.

»Gut, ich folge Captain Stephenson. Wenn jemand mitkommen möchte, kann er das gern tun, aber es sieht ganz so aus, als würde dort draußen ein Blutbad stattfinden.«

Seine Krieger wogten vorwärts. Alle.

»Nun.« Jack versuchte, den Kloß im Hals herunterzuschlucken. »Äh, mindestens die Hälfte von euch muss hierbleiben und die Mauern halten.«

Am Ende musste er sie zwingen abzuzählen. Brooks wurde ausgewählt zurückzubleiben, aber er forderte eine Spielschuld ein und gesellte sich im Torhaus zu Jack.

»Lasst uns gehen.« Jack und seine fünfzig Männer passierten den langen Tunnel des Tores unter Mercedes' Mordlöchern und warfen sich ins Chaos.

Es war wie ein Meer aus Körpern – an manchen Stellen so dicht zusammengedrängt, dass es unmöglich war, eine Klinge zu schwingen, geschweige denn, Freund von Feind zu unterscheiden. Andere Paare tanzten und duellierten sich, ohne die rings um sie tobende Schlacht wahrzunehmen, als wären sie allein auf dem Übungsplatz. Zauberer gegen Zauberer, Krieger gegen Zauberer – aber keine Krieger gegen Krieger, da kein Krieger für die andere Seite kämpfte. Flammen kreiselten in den Himmel empor und röhrten über den Boden wie ein Feuerwerk, bei dem alles schiefging. Einige der Kämpfer waren deutlich mit Emblemen der Roten oder Weißen Rose gekennzeichnet, doch seltsamerweise schienen sie vor allem daran interessiert zu sein, sich gegenseitig umzubringen.

Was nur gut war, denn sonst wäre es bereits vorbeigewesen.

Auf allen Seiten hörte Jack den Schlag von Metall auf Mensch, das Aufkeuchen, wenn Schläge ihr Ziel trafen, das vielstimmige Brüllen seiner Mitkrieger. Dann wurde er von den Kämpfen verschluckt und gab sich für eine Weile der Schlacht hin, schlug sich mit Schattentöter einen Weg frei. Er suchte immer noch nach Ellen.

Plötzlich hörte er einen unverkennbaren, jodelnden Kriegsschrei und drehte sich um. Dort drüben stand Brooks allein auf einem kleinen Hügel. Er blutete aus einer Reihe von Wunden und war mit einem Schild und seinem unvermeidlichen Tomahawk bewaffnet. Vier Zauberer griffen ihn an. Der Boden zu seinen Füßen war von Leichen übersät, und Jack fragte sich, wie viele davon Krieger waren.

Brooks verlor an Kraft. Unbeholfen parierte er die Angriffe der Zauberer, taumelte von Stellung zu Stellung, während die Zauberer Blut rochen und den Kreis um ihn enger schlossen. Zweifellos hätte man ihn längst besiegt, aber sie wollten ihn lebend.

Jack war immer noch hundert Meter entfernt, als ein Strahl Zaubererfeuer Brooks in die Brust traf und ihn in die Knie sinken ließ. Die Zauberer griffen an, und Brooks hob seine Axt mit beiden Händen, spie Flüche und Verwünschungen des achtzehnten Jahrhunderts aus und hoffte wahrscheinlich, sie dazu anzustacheln, ihn sofort zu töten.

Jack suchte in einem Beutel, der quer über seiner Brust hing, und holte einen Wurfstern heraus, der aus Raven's Ghyll stammte. Er hatte keine Ahnung, wie sich der Stern verhalten würde. Verzweifelt schleuderte er ihn aus der Hüfte auf die Zauberer, die sich auf Brooks stürzten.

Der Wurfstern durchschnitt die Gruppe, und zwei von ihnen gingen kreischend zu Boden.

Jack parierte mehrere Flammenstrahlen, und dann war er bei ihnen, schwang seine Klinge von einer Seite zur anderen und trieb die Zauberer zurück. Heißes Blut spritzte ihm ins Gesicht und auf die Hände. Jemand trat ihm fest auf den Fuß und murmelte tatsächlich: »Entschuldigung.«

Brooks wand sich auf dem Boden und versuchte immer noch, den Zauberer, der sich über ihn beugte, zu durchbohren. Jack hörte wie in Zeitlupe, wie sich ein Unbeweglichkeitszauber entrollte, und er krachte in den Sprecher hinein und stach blind mit seinem Gürtelmesser zu. Der Zauberer fiel.

Jack kniete sich neben Brooks in einer dieser kleinen Zeitblasen, die wahrscheinlich eine halbe Sekunde dauern, sich aber über eine Ewigkeit hinzuziehen schienen. »Kommen Sie, Brooks. Auf. Wir bringen Sie zu Mercedes.«

Blut tröpfelte aus dem Mund des Kriegers. »Ich bin

erledigt, Jack. Aber ich habe zehn von den verdammten Bastarden mitgenommen, und das ist schon was.« Er packte Jacks Hand, als suche er nach einer Bestätigung. Jack konnte nur nicken. »All die Turniere, die ich gewonnen habe, all die armen Krieger, die ich erledigt habe … es war nicht halb so … befriedigend.«

Jack konnte kaum sprechen. »Hoch mit Ihnen«, flüsterte er, während er sich mit dem Panzerhandschuh Tränen vom Gesicht wischte. »Hören Sie auf zu simulieren.«

»Sagen Sie dem Mädchen, wenn Sie es finden … sie hat Talent«, keuchte Brooks. »Sie ist eine prächtige Kämpferin. Ist es immer gewesen.« Und der Krieger schloss die Augen.

Jack erinnerte sich an einen sonnigen Morgen in Cumbria, als Brooks über das Gras hinweg auf ihn zugestürmt kam, das wehende, mit Perlen geschmückte Haar, die Mokassins nass vom Tau. Er hatte einen Tomahawk in jeder Hand gehalten und war lebendiger gewesen, als ein Geist sein durfte.

Er stand auf und sah sich um. Das Zentrum der Schlacht hatte sich um hundert Meter verlagert. Ellen. Er musste sie finden. Er mähte sich einen Weg durch das Chaos und schwang sein Schwert mit tödlicher Präzision.

Schließlich löste er sich lange genug, um eine Gruppe von Zauberern der Weißen Rose zu bemerken, die sich am Tor eine offene Feldschlacht mit einigen Zauberern der Roten Rose lieferten. Und mittendrin entdeckte er Ellen und den Rest ihrer Patrouille – etwa zwanzig blutverschmierte Krieger, die um ihr Leben kämpften.

Ellen war die übliche Ein-Mann-Armee, schlug mit Wegbereiter um sich, wehrte Hiebe mit ihrem Schild ab, sammelte ihre dezimierten Soldaten und machte jedem das Leben zur Hölle, der in ihre Reichweite kam.

Jack drängte rücksichtslos auf die Gruppe zu und fragte sich, warum sich Krieger in eine Schlacht unter verfeindeten Zauberern mischten. Dann sah er an der Mauer unter den Zauberern der Weißen Rose ein bekanntes Gesicht. Die nietenbesetzte Jeansjacke blutbespritzt, die blauen Augen groß vor Angst, wurde sie hinter einer Phalanx von Zauberern und Kriegern geschützt.

Madison?

So konzentriert waren die Angreifer der Roten Rose auf ihre Auserkorene, dass Jack ein halbes Dutzend niedermähte, bevor sie seine Anwesenheit überhaupt bemerkten. Selbst als er nicht länger ignoriert werden konnte, wandten sich ihm nur wenige Zauberer zu, um gegen ihn zu kämpfen, während die Mehrheit ihren gnadenlosen Angriff auf die Weiße Rose fortsetzte. Sie machten einen der Zaubererverteidiger nieder und traten durch die Lücke, nur um von Ellens grimmigem Gegenangriff zurückgetrieben zu werden.

Sie sind hinter Madison her, dachte Jack, während ihm allmählich aufging, was er vor sich sah. Und die Weiße Rose verteidigt sie?

Vielleicht hatte die Rote Rose Anweisung, sie lebend zu ergreifen, vielleicht war sie sich auch der Konsequenzen bewusst, die ein magischer Angriff auf Madison hatte. Aus welchem Grund auch immer, sie taten alle ihr Bestes, jeden in ihrer Nähe zu töten, sie selbst jedoch nicht anzutasten.

Zauberer ergossen sich in einem scheinbar endlosen Strom auf das Feld. Hinter ihnen waren Zauberer. Zauberer auf allen Seiten. Zauberer der Roten und der Weißen Rose. Zauberer ohne Kennzeichen. Es war, als sei der ganze unterdrückte Zorn der vergangenen Jahrhunderte in dieser einen Schlacht entfesselt worden. Wenn auf dem Feld nicht so viel Verwirrung geherrscht hätte, wäre Jack längst tot gewesen, bevor er auch nur in die Nähe von Ellen kam.

Einer nach dem anderen wurden die Mitglieder der kleinen Gruppe von Zauberern der Weißen Rose ausgelöscht, bis nur noch Ellen zwischen der Roten Rose und Madison Moss stand. Sie blutete bereits aus mehreren Wunden, aber sie trug diesen vertrauten, sturen Gesichtsausdruck, der besagte: Trau dich doch!, während sie einem halben Dutzend Zauberer entgegentrat. Sie griff hinter sich und reichte Madison einen Dolch, mit dem Griff zuerst.

Jacks Wurfstern traf einen der Zauberer hinter dem linken Ohr, und er kippte nach vorn. Ellens Schwert tötete einen anderen. Jetzt waren es vier gegen einen, gleiche Chancen, was Ellen betraf.

Sie schaute zu Jack auf und runzelte die Stirn. Ihr Gesicht war blut- und dreckverschmiert. »Sag ihnen, dass sie das verdammte Tor so lange öffnen sollen, dass sie durchkann!«

Jack bemerkte, dass sie sich immer mehr dem Weirtor genähert hatte. Jetzt war es direkt hinter ihnen. Aber die Verteidiger würden es niemals öffnen, nicht mit Hunderten von Zauberern davor. Sie würden keine Ahnung haben, wer Madison war.

»Mick! Geh und sag ihnen, dass sie das Tor öffnen sollen.« Er wies dem Krieger mit einer Kopfbewegung die Richtung. Dann drängte Jack sich an mehreren Zauberern vorbei und nahm seinen Platz links neben Ellen ein, wo sein linkshändiger Schwertkampf ihre nicht dominante Seite decken würde. An ihrer Art sich zu bewegen merkte er, dass sie verletzt war, und ihre Tunika hatte dunkle Flecken, doch ob von Schweiß oder Blut, konnte er nicht sagen.

»Bring Madison rein«, schlug er vor. »Du bist völlig erledigt.«

Sie schüttelte den Kopf und richtete sich auf. Jack bemerkte aus dem Augenwinkel eine Bewegung und drehte sich um. Ein Zauberer war irgendwie hinter sie geschlüpft und näherte sich Madison, die versuchte, ihn mit Ellens Dolch fernzuhalten. Es war der junge Devereaux D'Orsay.

»Devereaux! Komm da weg!« Ein hochgewachsener Zauberer rannte auf sie zu und versuchte, sich zwischen die beiden Krieger und den Jungen zu stellen. Claude D'Orsay.

Während Madison von D'Orsay abgelenkt war, versuchte Devereaux, sie zu packen.

Jack machte zwei Schritte, aber Ellen war schon vor ihm da. »He!« Sie stieß den jungen Zauberer aus dem Weg. Der Junge drehte sich um, grinste und hob die Hände. Zu nah, um sie zu verfehlen.

»Nein!« Es war wie in einem dieser Träume, in denen man wie erstarrt ist, sich nicht von der Stelle rühren kann. Nur wenige Meter trennten sie, aber Jack konnte die Entfernung nicht rechtzeitig überwinden. Flammen loderten aus Devereauxs Händen und trafen Ellen, hoben sie von den Füßen, bevor sie rückwärts zu Boden fiel.

»Eine hab ich!«, krähte der Junge, dann wandte er sich Jack zu, ein gieriges Lächeln auf dem Kindergesicht, seine bleichen Augen hinter runden Brillengläsern blitzend vor Vergnügen. »Wer hätte gedacht, dass Krieger so leicht ster…«

Schattentöter beendete es. Der Junge starb mit einem Lächeln auf dem Gesicht.

Jemand schrie: »Devereaux!«

Jack drehte sich um. Es war Claude D'Orsay, sein Gesicht verzerrt von Trauer und Zorn. Noch nie hatte Jack den eiskalten Spielemeister in einem derartigen Zustand gesehen.

»Du hast ihn umgebracht! Du barbarischer Bastard, du hast meinen Sohn getötet!« D'Orsay trat vor und trieb eine gewaltige Flammenwand über das Schlachtfeld auf Jack zu. Dabei schien es ihn nicht im Geringsten zu kümmern, wen er noch in Brand steckte, solange nur Jack unter den Opfern war.

Jack trat vor die am Boden liegende Ellen und wusste, dass er keine Möglichkeit hatte, das Unvermeidliche aufzuhalten. Er hob Schattentöter und sprach ein Gebet.

D'Orsay war so auf sein Opfer konzentriert, dass er den jungen Mann nicht sah, der hinter ihm auftauchte. Jack blinzelte ungläubig. Es war Jason Haley, einen Dolch in den gefesselten Händen.

Jason rannte in D'Orsay hinein und warf ihn um. Sie wälzten sich über den Boden und zogen eine Flammenspur hinter sich her. Jason kam oben zum Liegen. Er packte den Griff des Dolches mit beiden Händen und rammte ihn D'Orsay in die Brust. D'Orsay schrie, ein hoher, heulender Ton, dann sandte er einen Flammenstoß, der sich in Jason hineinbohrte und ihn beinahe entzweischnitt. D'Orsay schob Jason beiseite, versuchte aufzustehen, fiel dann aufs Gesicht und blieb reglos liegen.

Die heranbrausenden Flammen zögerten, türmten sich höher und höher auf, wie ein riesiger Brecher, der auf ein Riff traf, dann brachen sie in sich zusammen und lösten sich auf. D'Orsay war tot.

»Jason!«, schrie Madison und versuchte, sich an Jack vorbei zu Jason zu drängen, der neben D'Orsay lag.

Jack streckte schnell den Arm mit dem Panzerhandschuh aus, blockierte ihren Weg und stieß sie hinter sich. »Nein! Bitte, Madison.«

Ellen lag, wo sie gefallen war, aber Jack konnte nicht zu ihr. Zauberer gingen immer wieder auf Madison los und starben durch Jacks Schwert, so schnell sie kamen. Mick rief ihnen vom Tor der Weirmauer etwas zu und winkte sie herbei. Aber zwischen ihnen war ein Meer von Zauberern. Madison stand da wie gelähmt, die Augen geschlossen, die Fäuste geballt, als wolle sie das Grauen um sich herum ausblenden.

Jack sah eine Bewegung auf dem Schlachtfeld, eine Art Kräuseln, als winde sich eine Schlange durch das hohe Gras der Menschen.

Es war Seph, mit rauchfarbenen Augen und strotzend vor Macht, der den Weg zum Tor freischlug. Ohne auf die feindlichen Zauberer zu achten, die ihr Bestes taten, ihn zu töten, packte er Madisons Hände, beugte sich dicht zu ihr vor und sprach ihr ins Ohr. Er legte ihr den Arm um die Schultern und drehte sie zum Tor um. Dann schaute er zu Jack. »Komm, Jack. Lass gut sein. Bring Ellen mit.«

Jacks Kehle war heiser vor Trauer und Rauch. »Seph. Jason ist tot.« Er zeigte hin.

»Jason?« Sephs Kopf schnellte hoch, und er wurde ganz still. »Aber er ist nicht mal …« Er drehte sich um und reichte Madison an Mick weiter. »Bringen Sie sie für mich rein. Sofort.«

Madison schrie und versuchte, sich loszureißen und

zu Jason zurückzukehren, aber Mick hob sie hoch und trug sie auf das Tor zu. Seph stellte sich mit gesenktem Kopf neben Jason, wie ein großer, schwarzer Vogel mit hängenden Flügeln. Er bekreuzigte sich, nahm den Mantel ab und wickelte seinen Freund hinein. Dann hockte er sich hin, rollte Jason in seine Arme und erhob sich. Er warf einen Blick zurück zu Jack, die Augen wie große Wunden in seinem blassen Gesicht. »Gehen wir.« Und er ging aufrecht zum Tor und schüttelte hundert flammende Angriffe von den Rosen ab.

Zauberer schwärmten hinter ihm in die Bresche. Jack wusste, dass er unmöglich Ellen tragen und gleichzeitig Schattentöter im Spiel halten konnte. Er wäre tot, bevor er ein Dutzend Meter weit gekommen war. Aber er musste es versuchen.

Mick hatte gerade mit Madison das Tor erreicht. Jack sah jemanden durch die schmale Öffnung schlüpfen und dann auf sich zulaufen, wobei sie Kämpfern und Trümmern gewandt auswich. Eine kleine Zauberin, aber machtvoll beleuchtet, in einem rosafarbenen Pullover und Jeans. Flammen strömten aus ihren Fingerspitzen und tosten über das Feld in die Phalanx der Rosen hinein, die drohten, Jack zu verschlingen. Der Angriff stockte, wich zurück.

Sie trat neben ihn. Es war Alicia Anne Middleton.

Sie sandte eine Druckwelle in die anrückenden Zauberer, riss sie wie Kegel um und errichtete einen Schutzschild, um ihr Feuer zurückzuwerfen. »Jackson. Bringst du sie nun rein oder was?« Ihre Stimme brach, und sie blinzelte Tränen weg.

Jack stieß Schattentöter in sein Wehrgehänge. Neigte den Kopf in Leeshas Richtung. Dann kniete er sich hin und schob die Arme unter Ellen. Und stand auf, hielt sie eng an sich gedrückt und atmete ihren Duft ein. Ihre Kleider qualmten noch von dem Angriff des Zauberers, aber für ihn roch sie immer nach Blumen.

Er ging zum Tor, während Leesha ihm Deckung gab. Dies war die Szene, die er so oft in seinem Spiegel gesehen hatte. Er war der letzte Krieger, der seine gefallene Kameradin trug.

KAPITEL 36
Das Drachenherz

Sie gingen durch die Torwölbung, und Madison fragte sich, warum sie es sehen konnte. War es nicht ein Weirnetz? Es ergab keinen Sinn.

Die Welt drehte sich wie ein Kaleidoskop, während Mick Madison durch die Bäume trug. Ein eisiger Nebel hing hüfttief über dem Boden und wirbelte auf, als sie hindurchschritten. Die Sonne stieg gerade über den Horizont. Es war wie eine Traumsequenz in einem Stück, das Madison einmal gesehen hatte.

Ein Albtraum. Jason war tot. Ihretwegen.

Micks stählerner Griff lockerte sich ein wenig, als sie schließlich aufhörte, sich zu wehren. Ihr ganzer Körper kribbelte, summte von Macht. Die Quelle dieser Macht lag irgendwo vor ihr, innerhalb des Schutzgebiets. Das Drachenherz. Es war noch viel mächtiger, als sie es in Erinnerung hatte.

Seph glühte rechts hinter ihr, sein Blick war unwahrscheinlich strahlend durch tränenverschmierte Augen. Seltsam verstärkt. Sie erinnerte sich an Jasons Worte. *Er hat Zaubererfeuer genommen.*

Die Heiler hatten in einem der Pavillons im Park eine Notaufnahme eingerichtet, in der sie Verwundete aufnahmen. Mercedes hatte irgendwie eine Tragödie geahnt und kam ihnen an der Tür entgegen. Es folgte eine hastige Besprechung, dann gingen Jack und Seph hinter ihr hinein. Sie trugen Jason und Ellen und legten sie auf Pritschen in der Mitte des Raumes.

Mick stellte Madison schließlich neben der Tür auf den Boden, behielt aber einen Arm um ihre Schultern gelegt. Madison wusste nicht, ob er damit eine Flucht verhindern wollte oder dass sie auf dem Steinboden zusammenbrach. Sie wurde von heftigen, stummen Schluchzern geschüttelt, während Mick ihr unbeholfen den Rücken klopfte und sie auf Gälisch beruhigte.

Leesha stand etwas abseits, papierweiß, den Blick starr auf Jasons Leichnam gerichtet.

»Wo sind die anderen?«, flüsterte Madison und versuchte, sich zu sammeln. Sie deutete auf das improvisierte Krankenhaus. Trotz des Blutvergießens draußen gab es nicht viele Patienten.

Mick schüttelte den Kopf. »Sie sind entweder tot, oder sie wurden geheilt und kämpfen weiter«, antwortete er.

»Können ... können Geisterkrieger zurückkommen, wenn sie getötet werden?«

Wieder schüttelte er den Kopf. »Nicht, wenn sie von Zauberern erledigt werden.«

Sie sahen zu, als Mercedes sich über Jason beugte und die Hände auf seinen Leichnam legte. Sie schloss die Augen und blieb lange Sekunden so stehen, während ihre Tränen auf Sephs Umhang fielen.

»Du hast jetzt deinen Frieden, Junge«, sagte sie. Dann richtete sie sich auf und drehte sich zu Ellen um.

Sobald Mercedes sich abwandte, ging Leesha zu Jasons Lager und befreite seine Hände aus ihren Fesseln. Dann hielt sie seine Hände fest, beugte sich vor und küsste ihn auf die Lippen, während ihr Tränen über die Wangen strömten.

Jack und Seph gingen zu Madison und Mick. »Ich sollte besser zurückgehen«, murmelte Jack schroff. »Sie werden mich an der Mauer brauchen. Ich denke, wir haben die Hälfte unserer Krieger verloren in diesen … diesem …« Seine Stimme brach.

»Ich sollte auch gehen«, sagte Seph. »Aber …« Er sah Madison an, als wisse er nicht, was er mit ihr machen sollte.

»Ihr werdet alle bleiben. Ich gehe zur Mauer.«

Sie drehten sich alle zu Leesha um, die plötzlich wieder bei ihnen war, das Gesicht von Mascara verschmiert. »Ich meine, wir werden ohnehin so was von verlieren. Ihr zwei könnt lange genug hierbleiben, um … um auf Neuigkeiten zu warten.«

Sie nahm Mick am Arm. »Kommen Sie, Mick. Lassen Sie uns für eine verlorene Sache kämpfen. Ich habe es satt, auf der Gewinnerseite zu stehen.«

Mick und Leesha machten sich auf den Weg zur Mauer, zurück an die Arbeit, die nicht warten würde. Die anderen versammelten sich um einen Picknicktisch draußen vor dem Pavillon.

Jack war rastlos. Er ging auf und ab und sah so blass und niedergeschlagen aus, wie Madison ihn noch nie gesehen hatte.

Seph starrte geradeaus, den schlanken, muskulösen Körper aufrecht, die langen Hände vor sich gefaltet. Sein wirres Haar ließ die harten Züge seines Gesichtes weicher wirken und beschattete seine Augen. Madisons Finger zuckten. Sie sehnte sich danach, ihn so zu malen – irgendwie zu bewahren, was schon bald für immer für sie verloren sein würde.

Er wird mir nie verzeihen, was ich gleich tun werde.

Und dann stellte Seph, ohne Madison anzusehen, die

Frage, vor der ihr gegraut hatte. »Was ist passiert, Madison? Was machst du hier? Wie bist du durch das Zauberertor gekommen?« Seine Stimme bebte leicht und erinnerte sie daran, dass er erst siebzehn war.

Sie hatte sich zwar überlegt, was sie sagen wollte, aber sie stotterte trotzdem. »Ich ... Jason ist zu mir auf den Booker Mountain gekommen. Er ... er sagte, ihr wärt nicht in der Lage gewesen, in die Nähe des Drachenherzens zu kommen, und er dachte, ich könne vielleicht helfen. Also hat er mich hierher zurückgebracht.«

»Ich habe ihm gesagt, dass er dich nicht in die Sache hineinziehen soll«, erwiderte Seph und strich sich mit der Hand übers Gesicht, als könne er den Schmerz wegwischen.

»Wir sind erwischt worden, als wir versucht haben, durch die Linien zu kommen. Er hat ihnen gesagt, dass ich ihnen das Drachenherz bringen könne, wenn sie mich gehen ließen. Also haben sie mich mit einigen Zauberern als Eskorte durch das Tor geschickt und ihn als ... als Geisel dabehalten. Er muss entkommen sein.«

»Die Rosen haben sich gegenseitig bekämpft.« Seph schaute schnell zu ihr, dann wandte er den Blick wieder ab.

»Diese Hexenfrau – Dr. Longbranch – sagte, ich solle ihr das Drachenherz bringen. Einige andere Zauberer kamen hinter uns her. Ich schätze, sie wollten es für sich selbst haben.«

Seph nickte und schluckte vernehmlich. »Jack. Wie sind ... was ist mit Ellen und Jason passiert?«

Mit einigen wenigen Worten erklärte Jack, was mit Ellen und Devereaux D'Orsay geschehen war. »Dann ist D'Orsay durchgedreht. Er hätte mich umgebracht, aber plötzlich war Jason da. Er hat D'Orsay fixiert und mir das Leben gerettet. Aber D'Orsay ...« Seine Stimme verlor sich.

»Also ist D'Orsay auch tot«, murmelte Seph. Der Lärm der Schlacht drang zu ihnen durch die stille Morgenluft. Flammen züngelten über den Bäumen auf. »Nicht, dass es uns viel nützen würde.« Er sah müde und erschöpft aus, plötzlich zittrig. Er schob die Hand in sein Hemd, holte eine Flasche hervor und machte keinen Versuch, sie zu verbergen. Er entkorkte sie mit den Zähnen, nahm einen Schluck, schüttelte sich.

Madison holte tief Luft. »Vielleicht – wenn ich das Drachenherz sehe – könnte ich erkennen, ob es uns irgendwie weiterhilft.« Sie hielt bewusst den Blick abgewandt.

»Na gut«, sagte Seph erschöpft. »Einen Versuch ist es wohl wert. Aber wir sollten uns besser beeilen. Ich muss zurück.«

»Wenn es noch in der Kirche ist, könnte ich allein gehen«, erbot sie sich und hoffte, dass er einverstanden war.

Will Childers kam auf die Lichtung gestürzt, atemlos vom Rennen. »Wo ist Ellen?«, fragte er scharf. »Ich habe gehört, sie ist verletzt worden.«

Jack sah ihn an, dann schaute er wieder auf seine Stiefel hinab und presste die Lippen zusammen. Will setzte sich neben ihn und legte ihm eine Hand auf die Schulter. »Die Rosen haben einen Großangriff auf die Mauer gestartet«, berichtete Will. »Fitch ist unterwegs. Er kommt, wenn er ein paar Zauberer in die Luft gesprengt hat.«

Dies entlockte Jack ein schwaches Lächeln.

In dem Moment kam Mercedes mit ernster Miene aus dem Pavillon. Alle drehten sich zu ihr um. Jack blieb sitzen, als denke er, er solle ihre Nachricht besser im Sitzen erhalten.

»Ellen lebt«, sagte sie, und sie stießen hörbar die Luft aus, als hätten sie alle den Atem angehalten. »Aber es hat sie schwer erwischt. Ich vermute eine Zauberergraffe, wie Barber sie bei Jason benutzt hat. Sie ist von Zaubern überlagert, daher ist es schwer zu diagnostizieren oder zu behandeln. Ich kann nicht einmal die Eintrittsstelle finden; es ist, als würde sie sich die ganze Zeit bewegen. Teuflisch. Sie muss in eine Kirche.«

»Was?« Madison blinzelte sie an.

»Wir werden sie nach St. Catherine's bringen. Die überlagernden Zauber sind nur oberflächlich. Sie werden hoffentlich in einer geweihten Kirche verschwinden, und wir können sehen, was Sache ist.« Sie wandte sich an Jack. »Kannst du sie mit Will dorthin bringen?«

»Wir werden alle gehen«, entschied Seph mit Blick auf Madison. »Das Drachenherz ist dort.«

»Aber was ist mit der Mauer?«, stammelte Madison. »Meinst du nicht ... solltest du nicht ...?« Ihr war es lieber, wenn so wenige Leute wie möglich in die Kirche kamen.

Sephs Hand auf ihrer Schulter führte sie aus dem Pavillon. Seine grünen Augen blickten niedergeschlagen. »Wenn wir das Drachenherz nicht benutzen können, werden wir ohnehin verlieren. Egal was ich tue. Jason wusste, dass das Drachenherz unsere einzige Chance war. Das ist der Grund, warum er dich hergebracht hat.«

Und jetzt würde Madison Jason und alle anderen verraten.

Die Prozession zu St. Catherine's hatte den Rhythmus und das Verhalten eines Trauermarsches, jeder Teilnehmer ein Gefangener seiner eigenen Gedanken. Jack und Will trugen Ellen auf einer Bahre. Fitch gesellte sich irgendwann unterwegs zu ihnen, kam aus einer Nebenstraße geschlichen, als sei er selbst ein Geist.

Seit Weihnachten hatte sich viel verändert.

Trinity war wie ein bekanntes Gemälde, in dem wichtige Teile schlecht übermalt worden waren. Die Bereiche unmittelbar an der Weirmauer waren fast unversehrt – die Feuerrichtung machte es für die Rosen schwer, sie von hinter der Mauer zu treffen. Dort waren die Straßen auf unheimliche Weise unverändert geblieben – nur dass keine Kinder in den Gärten und auf den Spielplätzen spielten; keine Ladenbesitzer Laub von den Gehwegen kehrten; keine Schüler an Straßenecken flirteten oder vor Corcoran's darauf warteten, dass sie jemand abholte. Keine Feuerwehrautos rasten mit heulenden Sirenen vorbei, um sich um die Brände zu kümmern, die überall in der Stadt loderten. Madison stellte sich vor, wie die Bewohner Trinitys wie Lemminge unter den See geführt wurden.

Das Stadtzentrum erinnerte sie an Bilder, die sie von ausgebombten europäischen Hauptstädten aus dem Zweiten Weltkrieg gesehen hatte. Obwohl die Steingebäude des Colleges dem Feuer widerstanden hatten, waren sie von Rauch und Explosionen schwer beschädigt worden. Der malerische Platz war verbrannt und von Kratern übersät, die alten Eichen gesplittert und verkohlt, ihrer Blätter beraubt. Aufräumtrupps von Hexern schaufelten Schutt von der Straße und brachten magische Flicken an beschädigten Wasserleitungen an.

Auch Seph hatte sich in Madisons Abwesenheit verändert. Menschen machten ihm auf den Straßen Platz und steckten die Köpfe zusammen und tuschelten, sobald er vorüber war, als wäre er eine Berühmtheit oder ein Heiliger.

Seph schien sie nicht zu bemerken. Es schien, als spiele sich das eigentliche Geschehen des Tages in seinem Kopf ab. Manchmal zuckte er zusammen und sog die Luft ein, und seine Augen weiteten sich, als reagiere er auf einen geheimen Schmerz.

»Bist du okay?«, fragte sie und dachte dann: Mein Gott, was für eine dumme Frage.

Er zögerte, als überlege er, wie viel er ihr sagen wollte. »Ich spüre es jedes Mal, wenn jemand stirbt«, antwortete er schließlich.

Sie erschauerte. »Kannst du dich nicht irgendwie abschirmen?«

»Nicht wenn ich wissen möchte, was los ist.«

Sie war froh, dass er nicht in ihren Verstand gelangen konnte. Froh, dass ihre eigenen Gedanken im Verborgenen lagen. Sie musste sich auf den Weg konzentrieren, der vor ihr lag, oder sie verzagte gleich hier und jetzt.

Sie bogen in die Maple Street ein, in Richtung See. Madison konnte das Drachenherz vor sich fühlen; es wärmte sie, als würde sie sich an einem tropischen Ort der Sonne zuwenden. Seph sprach wenig, führte sie aber meistens durch seine heiße Hand an ihrem Ellbogen.

Zumindest schien die Hexenmagie in ihrem Innern völlig verschwunden zu sein. Nicht dass es noch eine Rolle spielte.

Sie erreichten St. Catherine's. Die Geisterkrieger, die die Tür bewachten, hatten bereits von Ellen gehört. Sie nahmen ihre Kopfbedeckungen aus den verschiedensten Epochen ab und standen schweigend da, während die ernste Gruppe eintrat. Jack und Will trugen sie durch das Mittelschiff und in eine Seitenkapelle, wo sie sie wie eine Leiche auf einer Totenbahre auf den Altar legten.

Ellen lag kalt und reglos da und trug die stummen Spuren der Schlacht – Kratzer und Flecken im Gesicht und an den Armen. Mercedes strich mit den Händen über Ellens Körper und hielt kurz über der Taille inne. »Aha. Endlich. Das ist die Einstichstelle.«

Jack stand an der Stirnseite des Altars, hielt Ellens Hand und redete leise auf sie ein. Will und Fitch hielten sich im Eingang der Kapelle, sodass sie nicht im Weg waren, während Mercedes sich über Ellen beugte.

»Mercedes«, sagte Madison schüchtern und berührte sie am Arm. »Vielleicht kann ich etwas tun.«

Die Heilerin sah überrascht auf, zögerte, dann trat sie zurück. »Bitte sehr, Mädchen.«

Hier ist es, dachte Madison. Eine kleine Geste wird einem großen Verrat entgegengesetzt.

Sie schob die Hände unter Ellens Jacke, drückte die Fingerspitzen auf die Haut und spürte die heimtückische Hitze des Fluches. Madison zog daran, saugte die dunkle Magie in den Hohlraum, der immer in ihr existierte. Neben dem Fluch von Leicester nahm er sich klein aus, aber er war trotzdem tödlich.

Ellen erstarrte, bäumte sich unter Madisons Händen auf. Sie stieß einen Schrei aus, und ihre Lider flatterten. Als Madison die Hitze nicht mehr spüren konnte, zog sie die Hände zurück und zuckte die Achseln.

Ellens schmerzverzerrtes Gesicht glänzte vor Schweiß. Sie lag nun unruhig da, stöhnte und atmete in schnellen, flachen Zügen. Ihr Haarhelm leuchtete im Licht der Kerzen, die zu beiden Seiten in hohen Wandhaltern steckten.

»Sie kämpft jetzt«, sagte die Hexerin und sah hoffnungsvoller aus als zuvor. »Das ist gut.«

»Madison. Lass uns nach unten gehen.« Seph wandte sich abrupt ab.

Sie blieben oben an der schmalen Treppe stehen, sodass Seph die magischen Fallen außer Kraft setzen konnte, die er installiert hatte. Dann stiegen sie die unebenen Stufen in die Krypta hinab.

Seph entzündete eine Reihe hoher Bienenwachskerzen, die die elektrischen Lichter ersetzt hatten. Ein Generator lieferte einen unbeständigen Strom, und er war ein kostbares Gut. Die Flammen flackerten in dem Luftzug von den Treppen und verbargen und enthüllten dann wieder die Namen an den belegten Grabstätten.

Im Gegensatz zu dem dämmrigen Gang war die Nische am Ende der Reihe hell erleuchtet. Eine gebeugte Gestalt saß in ein Tuch gehüllt daneben auf dem Boden und schien zu schlafen.

»Nick?«, flüsterte Seph.

Der alte Mann hob den Kopf, als sie näher kamen. Madison war erschrocken, wie sehr – und wie schlecht – Nick in ihrer Abwesenheit gealtert war. Er hatte sich von einem lebhaften alten Mann unbestimmten Alters in jemanden verwandelt, der aussah, als hätte er die ältesten Patriarchen überlebt.

Trotzdem. Warum war er hier und nicht auf dem Schlachtfeld?

»Ah.« Nick sah so aus, als hätte er sie erwartet. »Ihr seid gekommen.«

Seph wirkte selbst ein wenig verwirrt. »Ähm. Ellen, Jack und die anderen sind oben. Ellen ist verletzt. Madison ist gekommen, um zu sehen, ob sie etwas mit dem Drachenherz tun kann.«

»Ja. Natürlich.« Nick lächelte, als sei Madison die Antwort auf ein Gebet. »Meine Liebe, ich bin so froh, dass du da bist.«

Aber Seph zögerte immer noch. »Nick? Geht es Ihnen gut?«

Snowbeard schloss die Augen, als sei er zu erschöpft, um sie offen zu halten. »Ja. Ich glaube, jetzt, da ihr gekommen seid, wird alles gut.«

Vielleicht verlor der alte Mann den Verstand. Madison sah Seph an, dann wieder Nick, doch keiner der beiden sagte ihr, was sie tun sollte. »Na gut. Dann schau ich einfach mal.«

Vorsichtig näherte sie sich der Nische. Wer wusste, was hier für Regeln galten? Madison kniff die Augen zusammen, da das helle Licht sie blendete, und trat hinein.

Der Stein war heller und lebendiger als bei ihrem letzten Besuch. Flammen und Farben kreiselten unter seiner kristallinen Oberfläche und warfen zuckende Schatten an die Wände, sodass sie das Gefühl hatte, unter Wasser zu schweben. Es war, als stünde man neben einem heißen Kohlenofen. Nur dass da noch etwas anderes war, etwas jenseits von Hitze, eine Herausforderung, der es zu begegnen galt. Es streifte ihr Bewusstsein wie eine Feder, wie eine gewisse ... Skepsis. Sie streckte die Hand aus, dann riss sie sie wieder zurück, als jemand sprach.

»Vorsicht«, sagte Seph von der Tür her. »Es hat mir die Hand verbrannt, als ich versucht habe, es zu berühren.«

Madison schluckte. Sie wickelte sich die Jacke um die Hand und streckte sie erneut aus. Sie knirschte mit den Zähnen und erwartete fast, bei lebendigem Leib verbrannt zu werden. Eine Waffe hatten sie es genannt, mächtiger als alles, was man je zuvor gesehen hatte. Sie warf die Jacke über den Stein, schob die Hände darunter, wickelte den Stoff darum und hob das Drachenherz von seinem Ständer, als wäre es ein zerbrechliches Ei.

Nichts geschah, außer dass sie sich schwindlig und überhitzt, verwirrt und hin und her gerissen fühlte. Eine Stimme flüsterte in ihrem Kopf, aber sie war zu schwach, um sie zu verstehen. Wenigstens explodierte der Stein nicht.

Sie drehte sich zu Seph um, der sie mit einem verwirrten Stirnrunzeln beobachtete. »Und?«, fragte er. »Irgendetwas?«

»Vielleicht«, antwortete sie und schwankte ein wenig. Irgendwie musste sie den Stein aus der Kirche schaffen. »Es ist nur ... mir ist etwas schummrig. Ich muss raus an die frische Luft.«

Madison schob sich an ihm vorbei und beschützte den Stein mit ihrem Körper. Als sie aus der Nische trat, schaute Nick von seinem Platz auf dem Boden auf. »Wickle den Stein aus, Madison«, verlangte er scharf. »Nimm ihn in die Hand.«

»Wartet alle hier. Ich bin gleich wieder da.« Sie stolperte zur Treppe und stopfte die Jacke mit dem Drachenherz in ihren Rucksack.

»Madison!« Sie hatte das obere Ende der Treppe fast erreicht, als sie Sephs schnelle Schritte hinter sich hörte; sie setzte zum Spurt an. Zum Treppenabsatz, durch die Tür und hinaus in den Altarraum. Vorbei an der Seitenkapelle, wo Will und Fitch im Eingang standen, ihre bleichen, erschrockenen Gesichter ihr zugewandt. Sie hörte Seph hinter sich und rannte das Mittelschiff entlang. Wären sie gleichzeitig gestartet, würde sie diesen langen Beinen unmöglich davonlaufen können, aber seine Verwirrung hatte ihr einen Vorsprung verschafft.

Sie hielt den Rucksack fest umklammert und hatte Angst, ihn zu sehr zu schütteln, dann erreichte sie zehn Meter vor Seph die Doppeltüren am Eingang der Kirche. Und rannte genau in Jack Swift hinein, was ungefähr so war, als würde man gegen eine Ziegelmauer knallen.

»He!« Er packte sie an den Schultern, damit sie nicht zurückprallte und auf den Hintern fiel. »Madison? Was ist passiert? Wo willst du so schnell hin?«

Sie versuchte sich loszureißen und an ihm vorbeizuschlüpfen, aber Seph rief: »Pack sie, Jack!« Und dann hätte es eigentlich hoffnungslos sein sollen, aber sie rammte Jack das Knie in den Leib, wie Carlene es ihr beigebracht hatte, und er war so verblüfft, dass er losließ. Aber er versperrte immer noch die Tür.

Sie lief das Seitenschiff entlang. Es endete in einer kleinen Kapelle. Aber da war eine Treppe, die nach oben führte, daher stieg sie sie hoch, obwohl sie ahnte, dass sie wahrscheinlich in einer weiteren Sackgasse landen würde. Die Treppe führte auf den Balkon, und Madison lief ihn entlang und hoffte, auf der anderen Seite hinabschlüpfen zu können. Seph kam ihr von unten entgegen, und Jack war hinter ihr, daher rannte sie zum Geländer und ließ den Rucksack über den Steinboden des Altarraums tief unter ihnen baumeln.

Seph kam von rechts, Jack von links.

»Geht zurück, sonst lasse ich ihn fallen«, warnte sie und schüttelte den Rucksack.

»Madison?« Seph blieb einige Schritte entfernt stehen, seine dunklen Brauen zusammengezogen. »Was ist los? Was tust du da?«

»Ich brauche das Drachenherz«, antwortete sie. »Geht weg, und lasst mich in Ruhe.«

»Lass es nicht fallen«, sagte Seph beruhigend. »Es könnte zerbrechen. Oder explodieren.« Er näherte sich ihr wieder vorsichtig.

Madison packte das Geländer, klettere darüber und hielt sich von außen daran fest. »Wenn ihr mir zu nahe kommt, werde ich springen. Ich meine es ernst. Es ist mir egal, was aus mir wird.«

Jack und Seph blieben wieder beide stehen. »Hat das etwas mit den Rosen zu tun?«, fragte Seph, auf der Suche nach einer Erklärung für ihr seltsames Verhalten. »Denkst du, dass du sie mit dem Drachenherz bestechen kannst?«

»Du darfst es ihnen nicht geben«, warf Jack ein. »Du darfst ihnen nicht vertrauen. Sie werden uns töten.«

»Es geht nicht um die Rosen.« Sie schien außerstande, ihren Atem zu kontrollieren. Er kam in großen, bebenden Stößen.

»Worum geht es denn dann?« Seph war sichtlich ratlos.

»Es ... es geht um Grace und John Robert. Warren Barber hat sie. Er wird sie töten, wenn ich ihm das Drachenherz nicht bringe.«

Ein Ausdruck des Verständnisses breitete sich auf Sephs Gesicht aus. »Maddie. Das tut mir so leid.«

»Nun, Mitleid wird nichts nützen. Ich werde sie nicht verlieren, hörst du?«

»Du darfst Barber das Drachenherz nicht geben. Das muss dir doch klar sein.«

»Ich werde alles tun, um sie zurückzubekommen.«

»Das wird sie nicht zurückbringen. Bitte, Maddie. Wir möchten dir helfen.«

»Ihr müsst eine ganze Stadt retten. Und alle Untergilden. Grace und J. R. dürfen für euch keine Priorität haben. Aber für mich haben sie Priorität.«

Und irgendwie überwand Jack die Entfernung zwischen ihnen mit einem Sprung und versuchte, den Rucksack zu fassen zu kriegen. Sie ließ das Geländer los, drückte den Rucksack fest an sich und fiel, und Seph packte sie mit seinen heißen Händen an den Handgelenken und riss sie mit übermenschlicher Kraft über das Geländer. Einen Moment später wälzten sich alle drei auf dem Boden und kämpften um den Rucksack. Jack oder Seph entrang ihn Madison beinahe, aber sie hatte den Reißverschluss halb geöffnet und steckte die Hand hinein, tastete nach dem Stein und wusste, es hieß jetzt oder nie.

Die Jacke glitt herab, und Madison spürte die glatte Oberfläche des Steins. Sie zog ihn heraus, drückte ihn an die Brust und wich zurück, nahm undeutlich die Treppe hinter sich wahr. »Ich warne euch. Bleibt weg.«

Sie näherten sich ihr aus zwei Richtungen, und das Geräusch ihres Atems wetteiferte mit dem Trommelschlag ihres Herzens. Draußen explodierte etwas. Das Gebäude wackelte, der Stuck bekam Risse und rieselte von der Decke. Die großen Kronleuchter schwangen hin und her.

Madison drehte sich um, sprang die Treppe hinab, knallte an der Biegung gegen die Wand und fiel die letzten Stufen nach unten. Sie schlug der Länge nach auf dem Boden des Altarraums auf und legte die Hände schützend um den Stein. Sie lag auf dem Rücken und konnte sich nicht bewegen. Der Stein zwischen ihren Händen loderte auf und pulsierte, das Licht drang ihr durch Haut und Fleisch und ließ die Knochen darunter sichtbar werden wie bei dem anatomischen Modell zu Hause in der Schule.

Sie blinzelte in der Helligkeit, die das Kirchenschiff durchströmte und die Schatten aus dem höchsten Gewölbe vertrieb. In weiter Ferne rief jemand: *Madison!* Ein Name, der ihr bekannt vorkam. Der Stein unter ihren Fingern wurde weicher, die harte Oberfläche löste sich auf wie Zuckerwatte. Macht fuhr in sie hinein wie Mins medizinischer Apfelbranntwein und machte sie trunken und hilflos. Der Raum drehte sich, bis sie dachte, sie müsse sich übergeben. Eine unlöschbare Flamme brannte in ihrem Zentrum und schwoll unter ihrer Haut auf und ab, drohte sie aufzureißen. Irgendjemand schrie, und sie begriff, dass sie es war.

Der Stein war eine Flamme zwischen ihren Händen. Und dann war er verschwunden, aufgenommen von ihrem Körper, bis sie von innen beleuchtet wurde.

Ihr fiel etwas ein, das Hastings gesagt hatte. *Induktoren saugen alle Arten von Magie auf.*

Von irgendwo in der Nähe drang Schlachtenlärm zu ihr. Die Rosen mussten innerhalb der Mauern sein. Jetzt gab es kein Fortkommen mehr.

Sie hatte ihre einzige Hoffnung auf die Rettung von Grace und J. R. zerstört. Sie wünschte, die Flamme in ihrem Innersten würde sie einfach verbrennen, sodass nichts als Asche übrig blieb.

Madison presste die heißen Hände auf den kühlen Boden, setzte sich auf und rutschte zurück, bis sie an einer Kirchenbank lehnte. Sie beleuchtete den ganzen Altarraum und vertrieb die Schatten wie eine aufgehende Sonne. »Er ist weg«, sagte sie hoffnungslos. Tränen zischten auf ihren Wangen und verdampften, sobald sie kamen.

»Nicht weg«, widersprach jemand.

Madison hob den Kopf. Snowbeard schlurfte den Gang entlang, hielt sich an den Bänken zu beiden Seiten fest, kleiner, als sie ihn in Erinnerung hatte, das zerfurchte Gesicht in dem hell erleuchteten Mittelschiff brutal offenbart. Die Hitze in ihrem Inneren bekam Risse und brach. Sie zog sich kampflos zurück, beiseitegeschoben von einer anderen Präsenz unter ihrer Haut.

»Madison«, flüsterte Seph. Jack trat hinter ihn, und sie gingen auf sie zu, so wie man sich einem Sprengkörper oder einem Dämon nähern würde. Will und Fitch folgten in diskretem Abstand, zweifellos angelockt vom Lärm der Verfolgung. Mercedes stand wie erstarrt in der Tür der Seitenkapelle, sie wollte ihre Patientin nicht verlassen.

Die Fremde in ihr regte sich, übernahm die Kontrolle über ihren Körper. Madison erhob sich anmutig auf die Füße und schien sich dabei auszudehnen, bis sie alle überragte. Ihre Arme zogen eine flügelähnliche Lichtspur hinter sich her. Ihre Haut reflektierte Licht wie glitzernde Schuppen, und ihre Augen veränderten sich, ihre Pupillen wurden zu senkrechten Schlitzen. Sie war schön und schrecklich und irgendwie nicht mehr Madison Moss.

»Nein.« Seph schaute entsetzt mit aufgerissenen Augen zu ihr hoch. »Bitte. Maddie …«

Ein mächtiger Verstand drängte sich gegen sie. Eine Welle von Erinnerungen und Gefühlen, Kummer und Schmerz schlug über ihr zusammen, stieß sich in ihren Geist wie ein Schwert durch Papier. Sie war bei der Lady, sie *war* die Lady. Mal war sie die eine, mal die andere.

Sie war ein Drache, gepanzert mit schimmernden

Platten aus Rubin, Smaragd und Gold, den langen, schmalen Kopf suchend nach Seph und den anderen ausgestreckt, ihre glitzernden Flügel eng angelegt, um nicht an die Wände der Kirche zu stoßen. Eine erneute Verwandlung, und sie war wieder Madison. Mehr oder weniger.

Die Erinnerungen der Lady erfassten sie, und sie blickte durch Drachenaugen. Die Kirche wich zurück, wurde von einer zerklüfteten, grünen Landschaft ersetzt, die mit Felsen übersät war. Nicodemus Snowbeard hatte sich in einen viel jüngeren Mann verwandelt, gut aussehend, bartlos, mit schwarzen Raubtieraugen und Haar von der gleichen rotgoldenen Farbe wie Jacks. Seph und die anderen standen starr wie ein Steinkreis da, umgeben und überwältigt von dem Willen der Lady.

Madison schaute aus großer Höhe auf sie hinab. Sie streckte ihren langen Hals nach ihnen aus, und sie wichen ängstlich zurück.

»Demus!« Die Lady sprach durch Madison. »Nicodemus Hawk.« Ihre Stimme erscholl zwischen den Gipfeln so erschreckend laut, dass die Vögel von den Bäumen aufflatterten.

Dieser jüngere Nick fiel auf ein Knie und neigte den Kopf. Er war teuer gekleidet, in feines Leder und Seide, und der Schnitt seiner Kleidung offenbarte den Körperbau eines Soldaten. »Mylady Aidan Ladhra.«

»Nick«, sagte Jack, die Hand auf dem Griff seines Schwertes. Doch Nicodemus Hawk Snowbeard hob die Hand und schüttelte den Kopf. Da war etwas in Demus' Gesicht, das beinahe wie Hoffnung wirkte.

Die Erinnerungen der Lady rollten durch Madisons Verstand wie helle Kiesel in einem Fluss, während Madison in der Ecke kauerte.

»Du hast mich verraten«, sagte Lady Aidan.

Demus berührte mit der Stirn den Boden. »Ja, Mylady.« Er veränderte sich abermals, wurde wieder zu dem vertrauten alten Mann mit dem weißen Bart. Aber die Augen – sie waren dieselben.

»Ich habe die Jahre verschlafen«, fuhr sie fort und klang dabei leicht erstaunt. »Während du alt geworden bist.«

Er zuckte mit keiner Wimper. »Ja, Mylady. Es waren über tausend Jahre. Sie nennen mich jetzt Snowbeard.«

»Das ist passend, alter Mann«, sagte sie sarkastisch. »Bist du mit dem Alter auch weiser geworden?«

Nun zuckte Demus doch zusammen. »Man hofft, Mylady.«

»Warum hast du mich aus dem Berg ausgegraben?«

»Ihr habt versprochen einzugreifen, wenn wir den Pakt brechen.«

»Ich habe nichts versprochen. Der Pakt war deine Erfindung, nicht meine. Deine Lügen, nicht meine.«

Nick hob die Hände, die Handflächen nach oben gedreht, eine bittende Geste. »Der Pakt hat die Zaubererkriege beendet. Für eine gewisse Zeit.«

Madison/Lady Aidan gähnte und spie Flammen bis ans Ende des Tals. »Meinetwegen könnt ihr euch gegenseitig umbringen. Die Welt wird dadurch nur besser werden.«

»Wir brauchen Eure Hilfe«, beharrte Nick.

»Dann seid schöpferisch. Benutzt meinen Namen, wenn ihr wollt. Das habt ihr jahrelang getan. Ich werde weiterschlafen. Ich hatte die wunderbarsten Träume.« Sie schloss die Augen, als wolle sie sich an diesen Ort der Träume zurückziehen und Madison zurücklassen.

»Ich habe Fehler gemacht.«

Die Augen öffneten sich wieder. Sie musterte ihn leidenschaftslos. »Vielleicht bist du wirklich weiser. Früher warst du arrogant. Aber ehrlich. War es überhaupt gerecht, eine Induktorin zu benutzen, um mich hervorzulocken?«

»Sie passt gut zu Euch, Mylady. Sie ist Malerin, eine Liebhaberin der Künste. Und glänzender Dinge. Wie Ihr.«

»Niemand passt gut zu einem Drachen. Wir sind allem Anschein nach für die Einsamkeit gedacht.« Sie schwieg, schloss halb die Augen, und Madison spürte die Intensität ihrer Musterung. »Madison Moss. Was für ein eigenartiger Name. Sie ist hungrig in der Art der Drachen, voller Begehren. Sie hat mehr Bilder in ihrem Kopf, als sie in drei sterblichen Lebenszeiten malen kann.« Sie öffnete die Augen. »Sie liebt den Jungen«, sagte Lady Aidan plötzlich und funkelte Seph an.

Nick nickte. »Ja.«

»Er wird sie betrügen«, sagte die Lady und geriet gefährlich in Wut, griff mit der krallenbewehrten Hand nach Seph. Seph stand wie erstarrt da und schloss die Augen.

Nein! Lass ihn Ruhe! Madison rang unbeholfen mit der Lady in sich und versuchte, ihr die Kontrolle zu entreißen.

»Nein!«, sagte Nick schnell und verwandelte sich wieder in den jungen Demus. »Er liebt sie auch. Ich glaube, dass er weiser ist, als ich es war.« Er hielt inne. »Ich weiß, Ihr seid des Lebens müde. Aber es liegt Hoffnung in der Jugend. Ich denke, sie werden ihren Weg zum Frieden finden.«

Lady Aidan betrachtete sie, und ihr Blick wanderte von Jack zu Seph – der immer noch unter ihrer glitzernden Musterung zitterte. »Der Junge ist geschädigt«, stellte sie fest und bleckte die Lippen, um rasiermesserscharfe Zähne zu enthüllen. »Er nimmt Feuer.«

»Er will verzweifelt diejenigen retten, die er liebt. Er würde sein Leben für ihres geben.«

»Hm.« Die Lady verwandelte sich zurück in Madisons Gestalt, streckte die Hand aus und berührte Seph in der Mitte seiner Stirn. Er entspannte sich, seine Fäuste öffneten sich, und der Schmerz und die Erschöpfung und das Verlangen in seinem Gesicht verschwanden. Seph ließ sich auf dem Rasen auf die Knie fallen, den Kopf gesenkt. »M... Mylady«, flüsterte er, und die Worte stockten ihm in der Kehle. »Madison – ist sie – in Ordnung? Bitte. Sie wollte nicht, dass dies geschieht. Tötet sie nicht. Tötet mich stattdessen.«

Sie blickte für einen Moment auf ihn hinab, beugte sich vor und küsste ihn auf den Kopf. Dann drehte sie sich zu Demus um. »Was soll ich tun?«

»Macht diesem Kampf ein Ende. Bereinigt den Streit zwischen den Rosen.«

Die Lady schnaubte Feuer. »Ich wollte nie über euch herrschen. Gerade du solltest das wissen. Ich wollte eine Akademie. Die Zusammenarbeit von Meistern. Begegnungen des Geistes und Gemeinschaft des Herzens. Philosophie und Vorträge unter den Bäumen. Und doch hast du eine Verschwörung gegen mich angeführt.«

Demus antwortete nicht, und sein Schweigen schien ewig zu dauern. Als er sprach, war seine Stimme gebrochen. »Ich bin ... es so müde ... zu versuchen, alles richtig zu machen. Wenn ich es ungeschehen machen könnte, würde ich es tun.« Er verwandelte sich zurück in den alten Nick. »Wenn Ihr diesen Streit nicht schlichten wollt, dann nehmt Eure Geschenke zurück. Die Weirsteine.«

Sie deutete auf Seph und die anderen. »Du hast ein langes Leben gelebt, aber sie sind jung. Die Herausgabe ihrer Weirsteine ist ein großer Preis für sie, um dich von Schuld reinzuwaschen.« Sie lächelte traurig und streckte die Hand aus. »Nicodemus. Das Zeitalter der Drachen ist vorbei. Ich werde mich wieder im Berg schlafen legen. Komm mit mir, und ruh dich aus.«

»Die Rosen werden die anderen Gilden auslöschen oder versklaven.« Nick sah Madison in die Augen, dann wandte er den Blick ab. »Danach werden sie sich gegenseitig ermorden. Sie werden die Welt zerstören.«

Die Lady zuckte die Achseln, als wolle sie sagen: *Wen interessiert's?* Dann schien sie Mitleid mit Nick zu haben. »Es ist ohnehin zu spät. Ich habe zugunsten des Mädchens abgedankt.«

Nicks Kopf fuhr hoch. »Was?«

»Das Mädchen ist eine Erbin des Drachenwächters. Sie trägt den Stein dieses Geschlechts. Ich ernenne sie zur Erbin des Drachenherzens, sie wird die Macht geben oder sie nehmen. Wenn du jemanden willst, der über euch herrscht, dann kann sie es tun.«

Also, Moment mal, dachte Madison und wehrte sich gegen ihre Gefangenschaft wie eine Murmel, die in einem Glas klapperte. Wer ist dieses Mädchen, von dem ihr sprecht?

Nick räusperte sich. »Aber ... so viel Macht in den Händen eines einzigen Menschen?«

Lady Aidan zuckte achtlos die Achseln. »Sie will es auch nicht«, sagte sie. »Das ist ein gutes Zeichen. Vertrauen wir darauf, dass sie die Macht gut nutzen wird.«

»Aber Mylady ...«

Die Lady richtete sich auf. »Leb wohl, Demus. Du weißt, wo du mich findest.« Madison spürte, wie der

Geist der Lady sie streifte, als sie ging – und plötzlich war sie schrecklich allein.

Die grüne Landschaft verblasste, und die Steinwände der Kirche schlossen sich wieder um sie. Die anderen rührten sich, als sei ein Bann gebrochen.

Madison schaute an sich herab. Vor ihrem Blick verschwamm alles, und sie wusste, dass sie halluzinieren musste. Ihre Haut glühte noch immer, und sie schien fast unmerklich von einer Gestalt in die andere zu wechseln – von einem Mädchen in Jeans und Jeansjacke zu der Lady mit der juwelenbesetzten Haut zu etwas Drachenähnlichem. Ihre Haut glitzerte, je nachdem, wie das Licht darauf fiel, und bei jeder Geste schien sie Flammen nach sich zu ziehen.

Seph hielt sich an einer Bank fest und zog sich hoch. »Madison?«, fragte er vorsichtig. »Du bist es doch wirklich, oder? Aber du … verwandelst dich.« Er griff nach ihren Händen, und als Snowbeard »Vorsicht!« rief, ignorierte er es.

Es war, als berühre man eine Stromleitung – in ihren Fingerspitzen prallte Macht aufeinander und vermischte sich. Sephs Berührung schien sie zu verankern, und sie hielt ihn fest, schaute hungrig in sein Gesicht. Seine grünen Augen waren jetzt klar und nicht mehr trüb vor Schmerz. Er beugte sich vor und küsste sie, ein weiterer Austausch von starker Macht, der Madison von Schuld und Dankbarkeit überwältigt zurückließ.

Er weiß, was ich getan habe, er weiß, was ich bin, und er hasst mich nicht.

»Nick. Also waren *Sie* es.« Jacks Stimme war eiskalt.

Madison drehte sich um. Sie hatte vergessen, dass noch andere da waren.

Jack zog seinen Dolch und richtete ihn auf Nick. Seine blauen Augen stachen leuchtend in seinem Gesicht hervor, das bleich vor Zorn war. »Sie waren Demus – der Zauberer, der die Gilden gegründet hat, der ... der den Pakt geschrieben hat.«

Nick schwieg so lange, dass Seph dachte, der alte Zauberer würde gar nicht mehr antworten. Als er sprach, war seine Stimme kaum zu hören. »Ja. Ich habe die ursprüngliche Verschwörung gegen Lady Aidan angeführt. Das war vor langer Zeit, Jack. Ich war ... sehr ehrgeizig. Sehr von mir eingenommen. Ich habe keinen Grund gesehen, warum wir uns einem Drachen unterwerfen sollten, ganz gleich, wie weise und tugendhaft er war. Der Preis, den man für ein langes Leben zu zahlen hat, ist der, dass man seine eigenen Fehler erkennt.«

»Und die Turniere? Waren die auch Ihre Idee?« Jacks Stimme zitterte.

Nick senkte den Kopf. »Das Ausmaß der Zerstörung, das aus dieser vernichtenden Macht in den Händen fehlerhafter Menschen resultierte, habe ich nicht vorausgesehen. Es waren nicht nur die Weir, die starben, sondern auch Tausende von Anaweir, die in Schlachten rund um den Erdball fielen. Wir zerstörten die Erde – wir vergifteten die Atmosphäre, verschmutzten unsere Wasserläufe, tränkten den Boden mit Blut.

Daher habe ich mit Hilfe einiger Verbündeter den Pakt geschrieben, die Vertreter der Gilden dazu überredet, zu unterschreiben, und die Nation von Zauberern davon überzeugt, dass uns eine magische Katastrophe drohen würde, wenn wir uns nicht daran hielten. Ich habe eine Legende erschaffen und sie mit Magie verstärkt. Jene, die den Pakt brachen, haben den Preis bezahlt. Keine geringe Leistung, aber damals war ich in den besten Jahren.« Er schaute zu Jack auf. »Ich weiß, dass es schwer zu glauben ist, aber das Spiel hat Tausende von Leben gerettet.«

»Nur nicht das Leben der Krieger«, sagte Jack voller Bitterkeit. »Wir sind entbehrlich.«

Snowbeard sackte auf der nächsten Kirchenbank in sich zusammen, den Blick immer noch auf Madison gerichtet. »Das schien einst ... ein vernünftiger Kompromiss zu sein.«

»Ein vernünftiger Kompromiss?« Jacks Stimme zitterte. »Und jetzt liegt Ellen mit einer tödlichen Wunde da ...«

Wie um dieser Feststellung Nachdruck zu verleihen, krachte ein flammendes Wurfgeschoss durch das bunte Glasfenster über dem Altar und ließ Glasscherben auf sie herabregnen. Seph hob eine Hand, und die Splitter fielen zu Boden, als hätten sie ein unsichtbares Hindernis getroffen. »Sie kommen näher«, stellte er fest. »Wir sollten gehen.«

Aber Madison legte Nick eine Hand auf die Schulter. Er zuckte heftig zusammen, als sie ihn berührte, und sie zog die Hand zurück. »Was hat Sie verändert?«, fragte sie.

Er lächelte, und sein Gesicht runzelte sich in vertraute Falten. »Nun, meine Liebe, ich habe mich verliebt. Eine dieser Affären von Mai bis Dezember, meine ... fünfzehnte Braut. Ich war völlig vernarrt. Ich hatte keine Ahnung, dass sie Kriegerblut in sich trug. Als unser Sohn als Krieger geboren wurde, versuchte ich, ihn zu verbergen. Als die Rosen ihn für das Spiel holten, habe ich – äh – ihn befreit und bin nach Amerika geflohen. Das war 1802.« Er rieb sich das Gesicht. »Jack, deine Urgroßmutter Susannah war meine Altenkelin.«

Jack blieb stehen und wirbelte herum, einen entsetzten Ausdruck im Gesicht. »Sie meinen, Sie sind mein … Großvater?«

»Sozusagen. Mit vielen, vielen Urs. Ich sah dir als junger Mann sehr ähnlich. Wenn ich auch nicht ganz so … muskulös war.« Nick schob die Erinnerung beiseite. »In jüngsten Jahren habe ich versucht, die Hierarchie der Gilden zu erneuern, stellte aber fest, dass ich die Macht darüber verloren hatte. Meine Macht ist geschwunden, während das System ein Eigenleben entwickelt hat. Als Jason das Drachenherz gebracht hat, war ich voller Hoffnung, dass es eine Verbindung zu der verlorenen Lady sein könnte. Eine letzte Chance.«

»Was … war es, genau?«, fragte Seph. »Das Drachenherz, meine ich.«

Nick zuckte die Achseln. »Das Drachenherz ist die verschlüsselte Erinnerung der Lady. Sowohl ihr Wesen als auch die Quelle der Macht, die die Lady den Weirgilden überlassen hat.«

Draußen rückten die Kämpfe der Kirche immer näher. Ihr Herannahen wurde von den Erschütterungen der Explosionen markiert. Flammen flackerten vor den Fenstern und warfen bizarre Schatten auf die Wände und den Boden, und dichter Rauch drang durch die Fensterritzen herein.

»Nun, bald wird das alles für uns keine Rolle mehr spielen«, sagte Seph. »Sie sind im Schutzgebiet. Wie man merkt.«

»Dann ist das wohl das Ende«, murmelte Fitch und schlug sich die Faust aufs Herz. »Ich muss sagen, es war wirklich …« Er schluckte vernehmlich. »Ich bin froh, dass ich dabei war«, fügte er mit einer Stimme hinzu, die in dem höhlenartigen Altarraum kaum zu hören war.

Seph griff in seine Jacke und zog die Flasche mit Feuer heraus. Er betrachtete sie einen Moment lang, dann öffnete er die Hand, sodass sie fiel und auf dem Steinboden zerbrach.

»Hört zu«, begann Seph. »Holt Ellen und geht runter in die Krypta und durch den Tunnel zum See. Sie werden nicht wissen, wie viele wir sind. Sie sind durch die Mauern gebrochen, also gibt es vielleicht einen Weg hinaus.«

»Und was wirst du tun?«, fragte Will argwöhnisch.

»Ich werde sie aufhalten, so lange ich kann. Du weißt schon, um euch mit Ellen einen Vorsprung zu geben. Dann komme ich nach«, sagte Seph leichthin.

»Na klar.« Will kaufte es ihm nicht ab. »Keine Chance. Entweder gehen wir alle oder keiner.«

»Das Ganze ist meine Schuld«, sagte Madison. »Es tut mir so leid. Ich habe nur … nur versucht … Grace und J. R. zu retten, und ich habe alles kaputt gemacht. Ihr hattet eine kleine Chance, und ich habe sie zerstört. Jetzt ist Jason tot, und Ellen ist verletzt, das Drachenherz ist fort, und sie sind hinter uns her.«

»Madison«, hob Seph zu sprechen an, aber sie war klug genug, ihn nicht anzusehen.

»Ihr geht jedenfalls alle voraus. Ich werde nach draußen gehen und schauen, ob ich einigen von ihnen die Macht aussaugen kann. Einen Versuch ist es wert.«

»Madison.« Diesmal war es Nick. »Das wird jetzt nicht mehr funktionieren. Nicht so, wie du denkst. Du *saugst* keine Macht mehr. Aber …«

»Streitet nicht mit mir; mein Entschluss steht fest.« Sie fühlte sich jetzt, da sie ihre Entscheidung getroffen hatte, beinahe friedlich.

»Nein«, widersprach Seph. »Du wolltest von Anfang

an nichts damit zu tun haben. Wir haben dich in die Sache hineingezogen, und jetzt …«

»Hört mir zu!« Nick Snowbeards Stimme dröhnte mit einem Teil seiner alten Kraft, und alle hörten auf zu reden. »Madison«, fuhr er sanfter fort. »Du hast tatsächlich die Möglichkeit, uns alle zu retten, aber du musst schnell und klug handeln. Ich kann dir einiges beibringen, aber wir haben nicht viel Zeit.«

»Wie? Womit?« Sie schaute die anderen an, die genauso verwirrt zu sein schienen wie sie.

»Mit dem Drachenherz.«

Sie sah ihn an, als habe er den Verstand verloren. »Das Drachenherz ist weg.«

»Du irrst dich.« Nick stand auf und drückte ihr die Finger unter das Schlüsselbein. »Das Drachenherz ist hier.«

»Was?« Madison wirkte völlig verblüfft.

Nick lächelte grimmig. »Madison, ob es dir gefällt oder nicht, du bist die Drachenerbin.«

KAPITEL 37
Die Drachenerbin

Als es zum letzten Angriff kam, war Jessamine Longbranch über den fehlenden Widerstand an der Mauer überrascht. Nach den Tagen und Wochen des Belagerungskrieges schien es, als hätten die Rebellen weit weniger Kraft, als sie geglaubt hatten. Tatsächlich hatten die Rosen ihre größten Verluste außerhalb der Grenze erlitten – in Kämpfen zwischen den beiden Häusern und einer teuflischen Abfolge nicht magischer Minen und Sprengkörper, mit denen der Boden zwischen den Mauern verseucht war.

Unter Zauberern galt es als Zeichen schlechter Erziehung, solche Taktiken gegen andere Begabte einzusetzen.

Am Ende durchschnitten sie die Weirmauer an drei Stellen. Als die Armeen in die Stadt strömten, lösten sich die Rebellen in Luft auf. Die Rosen sandten brüllende Flammen die Straßen und Gassen von Trinity entlang, aber es war wie eine Jagd auf Sternenstaub.

Dennoch war Jess über das auffällige Fehlen von Joseph McCauley, Jack Swift und Ellen Stephenson beunruhigt. Ihre größte Angst war, dass sie irgendwie einen Weg gefunden hatten, mit dem Drachenherzen zu entkommen, und in diesem Moment auf dem Weg zu einem Treffen mit Hastings und Downey waren.

Es gab auch keine Spur von Madison Moss. Aber es

konnte kein Zweifel daran bestehen, dass das Drachenherz immer noch in der Nähe war, irgendwo im Stadtzentrum. Jetzt bestand ihr Ziel darin, es vor Geoffrey Wylie und der Roten Rose zu finden.

Als sie also durch die Mauer kam, hielt sie sich nicht damit auf, den letzten Verteidigern den Rest zu geben. Sie überließ die Aufräumarbeiten anderen und führte zwanzig ihrer treuesten Leutnants zu der Quelle der Macht, die aus dem Herzen der Stadt sprudelte.

Die Stadt lag in Trümmern. Von dem einst malerischen Platz, der von zerstörten Ladenfronten umgeben und mit Glasscherben übersät war, stieg schwarzer Rauch in die Morgendämmerung auf. Trinitys viktorianische Pfefferkuchenhäuser standen in Flammen. Die Straßen waren verlassen, die Anaweirbewohner nirgendwo zu sehen.

Jess bemerkte rechts und links eine Bewegung, ein Aufblitzen roter Livreen. Keine Rebellen, sondern einige ihrer angeblichen Verbündeten. Sie sandte Feuerwirbel in beide Richtungen und hörte Schreie, als sie ihr Ziel trafen. Etwas weniger Konkurrenz konnte nicht schaden.

Sie beschleunigte den Schritt zu einem würdelosen Trab. Wenn sie das Drachenherz finden konnte, konnte es jeder.

Sie bog um eine Ecke, fluchte ausgiebig und kam schlitternd zum Stehen. Vor ihr erhob sich eine große, steinerne Kirche, die wie ein großes Schiff in einem Meer von Zauberern schwamm – Rote Rose, Weiße Rose, und einige tapfere, unentschlossene Narren, die sich die neue Ökumene zu Herzen genommen hatten.

Sie kam zu spät. Rasch zählte sie durch und schüttelte den Kopf.

Geoffrey Wylie begrüßte sie auf den Kirchenstufen, ein breites Lächeln auf dem hässlichen Gesicht, seine Schilde fest gegen einen Überraschungsangriff aus dem Altarraum platziert. Oder von seinen Verbündeten. »Jess! Wie schön, dass du noch hergefunden hast. Wir haben die Herausgabe des Drachenherzens verlangt und warten jetzt auf die Antwort der Rebellen.«

Jess warf das Haar zurück und bedachte ihn mit einem höhnischen Blick. »Also wirklich, Geoffrey. Warum verhandelst du überhaupt mit ihnen?«

Er lächelte weiter. »Sobald wir das Drachenherz in unseren Händen haben, werden wir natürlich nachverhandeln. Sieh zu und lerne.«

Wie durch ihr Gespräch gerufen, tauchte der Zauberjunge Joseph McCauley auf einem Balkon auf, ganz in Schwarz gekleidet und glitzernd vor Schutzzaubern. Einige übereifrige Zauberer (hauptsächlich Rote Rosen) richteten ein paar vereinzelte Feuerstrahlen auf ihn, die er verächtlich beiseitewischte. Der Junge musterte die Versammlung, wie man einen Feuerameisenbefall mustern würde – unangenehm, aber im Großen und Ganzen in den Griff zu kriegen.

Er sah gut aus, das musste man zugeben, obwohl er bereits die Gewohnheit seines Vaters übernommen hatte, Respektspersonen mit schmalen Augen an seiner langen Nase entlang anzublicken. Zu dumm, dass er so viel schlechtes Blut in sich trug.

Ich hätte das Mädchen nicht freilassen dürfen, dachte sie. Vielleicht hätte man McCauley noch auf unsere Seite bringen können.

Die Stimme des Jungen erscholl über dem Kirchhof. »Wir haben Ihren Vorschlag besprochen«, rief er. »Und wir haben ein Gegenangebot.« Er hielt inne, als wolle er sich vergewissern, dass er alle Aufmerksamkeit hatte. »Wir schlagen einen neuen Pakt des Friedens und der Vergebung vor. Wenn Sie alle dorthin zurückkehren, woher Sie gekommen sind, und Gewalt, Zwang und Angriffsmagie abschwören, lassen wir Sie abziehen.«

Für einen Moment war Wylie zu keiner Antwort fähig. »Hast du den Verstand verloren?«, prustete er schließlich. »Was ist denn das für ein Vorschlag?«

»Wenn Sie ablehnen«, fuhr McCauley ungerührt fort, »werden wir Sie Ihrer Magie berauben und zu Anaweir machen.«

Unter den versammelten Zauberern erhob sich entrüstetes Gemurmel.

Jess konnte nicht umhin, die Vermessenheit des Jungen zu bewundern. Anscheinend hatte McCauley auch die Unfähigkeit seines Vaters geerbt zu erkennen, wann er geschlagen war.

Wylie war nicht ganz so beeindruckt. »Na warte, du selbstherrlicher junger …«

»Es ist ein *großzügiges* Angebot«, dröhnte McCauleys Stimme von Neuem und übertönte die Bemerkung von Wylie und das Raunen der Menge, »wenn man die Verbrechen bedenkt, die einige von Ihnen verübt haben. Einschließlich der Morde an Jason Haley und Madison Moss.« Am Schluss zitterte seine Stimme ein wenig, doch Jess wusste nicht, ob vor Zorn oder Trauer.

Jess fühlte sich schließlich genötigt, etwas zu sagen. »Das Mädchen ist tot?«

»Sie wurde während des Angriffs von Trümmern erschlagen.«

Jess rümpfte die Nase. »Haley hat bekommen, was er verdiente, weil er nicht geliefert hat, was versprochen war. Und wenn das Mädchen tot ist, ist es eure eigene Schuld, weil ihr euch widersetzt habt.«

McCauley wurde sehr still. »Nun, tot ist sie trotzdem, nicht wahr?«, sagte er leise. »Und wären Sie nicht gewesen, würde sie noch leben.«

»Genug jetzt«, rief Wylie. »Gib uns das Drachenherz.«

McCauley senkte den Kopf, und als er ihn wieder hob, lächelte er. Es war ein schreckliches Lächeln. »Seien Sie vorsichtig mit Ihren Wünschen. Manche könnten in Erfüllung gehen«, erwiderte er. Er drehte sich um und blickte in die Kirche. Die Fenster entflammten, beleuchtet von einem Licht, das so hell war, dass Jess die Augen beschatten musste.

In der Tür bewegte sich etwas: Ein langer, geschmeidiger Hals entrollte sich und wand sich um den Kirchturm, gefolgt von einem glitzernden Leib und einem gepanzerten Schwanz, der gegen die Steinmauern klapperte, die Andeutung von Flügeln, die sich in Jess' Netzhaut eingebrannt hatten, als sie die Augen schloss. Schieferplatten fielen polternd herab, gefolgt von einem Wasserspeier, als sich die Bestie in die Architektur des Gebäudes schmiegte. Ihr Schlangenkopf näherte sich suchend den Zauberern auf dem Boden, ihre klauenbewehrten Vorderbeine umklammerten das Mauerwerk über der Tür. Zauberer schwankten und fielen, landeten hart auf dem Pflaster des Parkplatzes, umgeworfen von roher und unwiderstehlicher Macht.

Drache! Das Wort lief durch die schaudernde Menge.

Jess gelang es, stehen zu bleiben, aber nur mit knapper Not. Die Erscheinung war so grell, dass man sie kaum länger anschauen konnte. Das Bild flimmerte und verwandelte sich für einen Moment in eine menschliche Gestalt, eine Frau, hochgewachsen und furchterregend, mit strahlend blauen Augen und einer glitzernden Haarwolke. Sie hatte einen eher verblüfften Ausdruck auf dem Gesicht. Jessamine runzelte die Stirn und meinte, sie von irgendwoher zu kennen.

Wylie war umgefallen. Jetzt sammelte er sich und zwang sich in eine aufrechte Position. »Wir haben das schon einmal erlebt«, keuchte er, sein Gesicht fischbauchweiß. »Auf Second Sister. Es ist nur ein Schatten. Ein … ein Glamourzauber. N-nichts, wovor man sich fürchten muss.« Er klang nicht wirklich überzeugt.

Jessamine war von einem kalten und verzehrenden Grauen erfüllt. Dies war anders als Second Sister. Auf schreckliche Weise anders. Rohe Macht ging stoßweise von dem Ungeheuer aus, schlug gegen Jessamines Bewusstsein wie eine sturmgepeitschte Brandung.

Ein Dutzend Zauberer drängten in einem Angriff über den gepflasterten Platz vorwärts. Flammen brachen aus der unregelmäßigen Reihe und schlugen einen Bogen zu dem Drachen, der sich um den Sockel des Kirchturms gelegt hatte. Die Flammen trafen sich, aber es waren die Zauberer, die schreiend zu Boden gingen.

Eine weitere Welle von zwanzig Zauberern strömte vorwärts, griff an und kippte um.

Nach kurzem Zögern drehten sich die verbliebenen Zauberer auf dem Platz um und machten, dass sie zur Grenze kamen. Nur Jess hatte das ungute Gefühl, dass sie immer noch eine entscheidende Rolle zu spielen hatte.

»Geoffrey Wylie«, sagte das Ungeheuer. Es war eine weibliche Stimme mit einem weichen Rhythmus, die seltsam vertraut klang. Wylie zuckte zusammen und bedeckte den Kopf mit den Armen, als könne er sich verstecken. Der einstige Kriegerbeschaffer für die Rote

Rose ruderte hastig zurück, bis der Drache ihn mit seinen Schlangenaugen fixierte. Dann stand er wie erstarrt da, wie eine Maus, die im Blick einer Schlange gefangen war.

Der Drache schimmerte und verwandelte sich einmal mehr in die Lady, die mit einer Art grob gesponnener Mönchsrobe bekleidet war. Ihr Strahlen machte es unmöglich, ihre Züge zu erkennen. Langsam stieg sie mit raschelndem Gewand die Kirchentreppe hinab und blieb drei Stufen über dem Boden stehen. »Tritt vor«, sagte sie mit schrecklicher Stimme.

Wylie schlurfte vorwärts, den Blick gesenkt.

»Du hast mein Geschenk an dich verfälscht und missbraucht«, sagte die Lady beinahe sanft. Sie streckte die Hand aus, bis sie Wylies Brust berührte. »Und so nehme ich es zurück.«

Wylie versteifte sich und riss die Augen auf, bis das Weiße um die Iris zu sehen war, packte den Arm der Lady mit beiden Händen und versuchte, sie wegzustoßen. Dann schrie er, ein hoher, klagender, verzweifelter Laut, bevor er weinend auf dem Boden zusammenbrach.

»Du bist jetzt Anaweir. Deine Verbindung mit dem Drachenherzen ist gebrochen. Lebe weiter in dem Wissen um das, was du verloren hast.«

Jess hatte es fast in den Schutz der Gasse geschafft, als die Lady ihren Namen rief.

»Jessamine Longbranch!«

Jess drehte sich um, um zu fliehen, wurde jedoch auf den Asphalt gestoßen. »Lass mich in Ruhe! Ich habe nichts getan.« Sie versuchte, auf allen vieren wegzukriechen, aber die Stimme der Lady ließ sie erstarren.

»Komm her.«

Die Verbindung zwischen ihnen zog sie vorwärts. Unfähig, sich zu widersetzen, drehte Jess sich um und stolperte zurück über den Platz zu der Stelle, wo die Lady stand.

»Du bist eine Mörderin, eine Sklavenmeisterin, eine Zerstörerin von Leben«, fuhr die Lady fort. »Jason und – und Maddie sind tot, und Ellen ist verletzt, und glaub mir, es steht mir bis *obenhin.«* Die Lady hielt inne, als müsse sie sich sammeln. »Du hast das Geschenk der Macht entweiht. Und daher nehme ich es zurück.«

Die Lady griff tief in Jessamine hinein, packte ihren Weirstein und zog ihn heraus, so wie man eine Kirsche entkernen würde. Es fühlte sich so an, als sei sie ausgeweidet worden, obwohl ihre Haut unverletzt war. Jess rollte sich auf den Rücken und schrie vor Schmerz.

»Du bist Anaweir«, sagte die Lady.

Jess blickte in eine Welt, die aller Farben beraubt war. Sie schlang die Arme um sich und atmete keuchend, stoßweise ein, als könne sie damit irgendwie die Leere in sich füllen. Sie war ein magischer Eunuch und sich nur zu bewusst, was sie verloren hatte.

Jess spürte die Berührung durch den Verstand des Ungeheuers, und eine weitere Welle des Entsetzens schlug über ihr zusammen. Durch ihren Zorn und ihren Schmerz hörte Jessamine die Lady sagen: »Und jetzt sollten die anderen besser nach Hause gehen. Sie sollten sich ändern und ihren Freunden predigen und beten, dass ich nicht ihren Namen rufe.«

Zauberer stürmten aus dem Kirchhof. Sie blieben nicht stehen, um ihren gefallenen Kameraden zu helfen.

Madison war so voller Angst, dass sie befürchtete, dass die Sorge herausquellen und all die Möglichkeiten Wirklichkeit werden lassen würde, wenn sie den Mund aufmachte. Also hielt sie den Mund fest geschlossen und sah aus dem Fenster; die vertraute Landschaft, die an ihnen vorüberzog, war verschwommen von ungeweinten Tränen.

Seph war genauso still. Hin und wieder stellte er eine Frage über die Straße, auf der sie fuhren, oder wie weit es noch bis zum Booker Mountain war. Sie konnte die Anspannung in ihm spüren, sah, wie er die Zähne zusammenbiss und das Lenkrad umklammerte, und sie wusste, dass er sich vollauf verantwortlich fühlte für das, was mit ihr geschehen war.

Alles hatte sich verändert. Sie hatte das wilde Verlangen in ihrem Bauch verloren, das sie nicht erkannt hatte, bis es nachgelassen hatte. Es schien, als sei ein Induktor nur ein leeres Gefäß, immer hungrig nach Macht. *Total durchgeknallt,* hatte sie es genannt. Sie konnte nicht umhin, sich zu fragen, ob es nur Sephs Gabe war, die sie zu ihm hingezogen hatte.

Sie und Seph umkreisten einander immer noch, misstrauisch wie fremde Hunde. Sie spürte eine Verbindung mit ihm, die vorher nicht da gewesen war. Seine Macht war mit ihrer verknüpft, verwoben. Wenn man den Strom von Macht von innen heraus nicht erlebt hatte, konnte man den Rausch nicht verstehen. Aber sie war wie ein Kind mit einer mächtigen Waffe, die entsichert worden war: Voll bis obenhin mit Macht und ohne eine Ahnung, wie man sie benutzen sollte, worauf Seph sie auch gleich hinwies.

»Versuche, dich zu beruhigen«, sagte er, legte ihr die Hand aufs Knie und zwang sich zu einem Lächeln. »Du sprühst Funken. Wir werden die restliche Strecke zu Fuß gehen müssen, wenn du das Elektrosystem kurzschließt.«

»Das musst du gerade sagen.«

»Ich meine ja nur.«

»Dann bring es mir bei.« Sie konnte nicht anders. Madison hungerte mit einer Verzweiflung nach Wissen, die sie bisher nur bei der Malerei gekannt hatte.

Seph nahm die Hand von ihrem Knie. »Das habe ich doch gesagt. Ich werde es dir beibringen. Aber du kannst es nicht über Nacht lernen. Ich war vorher eine Katastrophe. Du bist viel mächtiger als ich, also kann auch mehr schiefgehen.«

Als sie sein blasses, ausgezehrtes Gesicht sah, überkam sie eine Welle von Schuldgefühlen. »Du solltest zu deinen Eltern fahren.«

»Das werde ich auch. Wenn das hier erledigt ist.« Er schwieg und suchte nach den richtigen Worten. »Zumindest sind sie Erwachsene. Sie können sich selbst verteidigen.«

Ehrlich gesagt war sie froh, dass er darauf bestanden hatte mitzukommen. Sie hätte eine Armee hinter sich begrüßt. Alles, um die Kinder heil nach Hause zu bringen.

Wenn sie wirklich eine Art Drache war, würde sie über die flachen Hügel ihrer Heimat gleiten und auf Warren Barber hinabstoßen, ihn hoch in die Luft heben und dann in den nächsten Abgrund werfen, nachdem sie ihm den Aufenthaltsort von Grace und J. R. abgerungen hatte.

Aber sie konnte diese Metamorphose ebenso wenig kontrollieren wie etwas anderes. Ihr Drachen-Ich war wie die Erinnerung eines anderen, die ungebeten und unangemeldet kam.

Und dann sah sie es, das gelbe Band, das an den Ästen einer knorrigen Kiefer flatterte. »Hier! Abbiegen!«

Seph bog scharf nach rechts ab, geriet leicht ins Schleudern und kämpfte darum, den Wagen auf dem Pflaster zu halten. »Du musst mir ein bisschen früher Bescheid sagen.«

»Das ist die Booker Mountain Road«, sagte Madison und fragte sich, ob Barber vorhatte, sie auf ihrem Heimatboden zu treffen. »Wo könnte er sie festhalten? Es gibt nur mein Haus. Und das der Ropers.« Den Gedanken, dass sie bereits tot waren, würde sie nicht – konnte sie nicht – zulassen.

»Was hat er gesagt, als du ihn angerufen hast?«

»Er sagte, ich solle den gelben Bändern folgen. Er würde Kontakt herstellen.«

Es war fast dunkel. Das Licht vom Armaturenbrett beleuchtete Sephs Züge und brach sich glitzernd auf den Amuletten, die er um den Hals trug. Die Luft aus dem offenen Fenster verwirbelte sein Haar zu dicken, dunklen Strähnen, die an seiner blassen Haut klebten.

Es hatte eine Zeit gegeben, als sie geglaubt hatte, sie würde vor Verlegenheit sterben, wenn Seph sah, woher sie kam – das Booker Haus und seine schäbige, verfallende Grandezza; ihre Mutter Carlene, die dem sehr ähnlich war. Ihre Geschwister, die wie junge Wilde auf dem Berg lebten und sich Madisons Vorstellung von Zivilisation widersetzten. Jetzt wollte sie sie einatmen wie den Duft wilder Blumen, der von einer sonnigen Wiese aufstieg.

Seph spürte die Intensität ihres Blickes und sah sie fragend an, dann schaute er wieder auf die Straße – die nicht mehr da war, nur leerer Raum, wo früher die Brücke gewesen war. Seph trat auf die Bremse und riss das Lenkrad herum. Der Wagen schlingerte zur Seite und überschlug sich einmal, bevor er schwer auf den Rädern im Booker Creek landete. Für einen Moment kämpfte Madison mit dem Seitenairbag, dann war er fort, und der rechte Arm, den sie vor sich gehalten hatte, um nicht gegen das Armaturenbrett zu prallen, hatte eine tiefe Schnittwunde und blutete.

Sie sah zu Seph hinüber, der bewusstlos über dem Lenkrad lag. Eine purpurne Schwellung wuchs über seinem rechten Auge. Sie legte ihm die Finger seitlich an den Hals und spürte seinen Pulsschlag. Sie wusste, dass sie nur eine Möglichkeit hatte, ihn am Leben zu halten: Sie musste von dem Wagen wegkommen.

Hastig wand sie sich aus dem Sicherheitsgurt, drückte gewaltsam mit ihrem guten Arm die Tür auf und rutschte hinaus in den Bach, der an dieser Stelle zum Glück nur knietief war.

»Das ist das Problem mit Zauberern«, sagte Warren Barber vom Ufer aus. »Sie sind es nicht gewöhnt, ihren Verstand einzusetzen. Ihr arbeitet immer nur mit Tricks.«

Und alles, was Madison hatte, war ein Trick, den Nick ihr in der Kirche beigebracht hatte. Es würde reichen müssen. »Du *Idiot«,* sagte sie und meinte mehr sich selbst als ihn. »Du hättest mich umbringen können. Dann hättest du das Drachenherz nie bekommen.«

Die hellen Brauen trafen sich über der Nasenwurzel. »Ich habe dir gesagt, dass du allein kommen sollst.«

»Ich brauchte jemanden, der mich fährt.«

»Also hast du *McCauley* gefragt.«

Madison holte tief Luft und rang um Kontrolle. Sie durfte ihr schwaches Blatt nicht zu früh ausspielen. »Wer wäre denn deiner Meinung nach sonst bereit gewesen, mich den ganzen Weg hier runter zu fahren?«

»Du denkst, er würde zulassen, dass du mir das Drachenherz aushändigst?«

»Er weiß nicht, dass ich es habe. Ich wollte mich vor unserem Treffen von ihm trennen.«

»Also, wo ist es?«

»Ich werde es dir zeigen, sobald ich Grace und J. R. gesehen habe.«

Er beschattete die Augen, als sei sie zu hell, um sie anzusehen. »Zeig mir zuerst den Stein.«

»Ich trage ihn nicht am Körper.«

Barber trat überrascht einen Schritt zurück. Sie merkte, dass er es nicht gewöhnt war, ein Nein zu hören. »Du solltest mich besser nicht belügen.« Er rutschte das Ufer herunter, landete leicht auf den Füßen und ging auf den Wagen zu.

»Lass Seph in Ruhe«, sagte Madison scharf. »Er ist bewusstlos.« Als Barber sich in das Fenster lehnte, fügte sie hinzu: »Wenn du ihn auch nur anatmest, ist der Deal geplatzt.«

Barber richtete sich auf und blinzelte sie unsicher an. »Was ist los? Du wirkst verändert.«

»Ich will das Ganze einfach nur hinter mich bringen. Komm. Lass uns gehen.«

Barbers Jeep parkte am Fuß einer Schotterstraße, die sich über die Schulter des Berges oberhalb des Anwesens der Ropers schlängelte. Sie fuhren den Hang durch Haarnadelkurven auf einer Straße hinauf, die besser für den schwerfälligen Gang von Ochsen geeignet war, die Abraum und Roheisen zogen. In dem Moment wusste Madison, wohin sie unterwegs waren.

Coalton Furnace war ein kurzlebiges Unternehmen ihres Urgroßvaters gewesen. Er hatte den Schornstein aus mit Schamott ausgekleidetem Sandstein gebaut, Eisenerz aus dem Berg gewonnen und aus den Hartholzwäldern Holzkohle gemacht. Der Schmelzofen produzierte Eisenbarren, die auf Flößen den Booker Creek hinab und dann zum Scioto und dem Ohio River transportiert wurden.

Der Schornstein an der Schulter des Berges war stehen geblieben, obwohl der Firmenladen, die Kirche und die Schule vor langer Zeit verschwunden waren, Opfer von Erosion und Kahlschlägen. Brice Roper kannte den Schmelzofen. Er musste Barber vorgeschlagen haben, die Kinder dort gefangen zu halten.

Sie mussten die letzten paar hundert Meter über Geröll und Felsen zu Fuß gehen, da die Fuhrwerkstraße zu gefährlich und instabil war, um sie weiter zu benutzen.

Die Stützmauer, die den Berg in Schach hielt, war eingestürzt, sodass der Kamin an drei Seiten halb vergraben war. Junge Bäume sprossen aus dem Schornstein, wo sie zwischen den Steinen ein wenig Erde gefunden hatten. Irgendjemand hatte an dem Kamin eine schmiedeeiserne Tür angebracht, um Vandalen daran zu hindern, hineinzugelangen und die historischen Ruinen zu beschädigen. Die Tür war immer noch an Ort und Stelle, mit einem Vorhängeschloss gesichert und halb unter Abraum begraben.

Madison wirbelte zu Barber herum. »Wo sind sie?«

Er zuckte die Schultern und zeigte zur Spitze des Schornsteins. »Ich habe sie von oben reingeworfen.«

»Du hast *was?«* Madison kletterte den instabilen Hang neben dem Schornstein hinauf. Steine lösten sich unter ihren Füßen, und sie hielt sich mit einer Hand am Schornstein fest, um nicht selbst hinunterzurutschen. Oben angekommen, konnte sie in das schwarze Innere des Kamins hinabschauen. »Grace? John Robert?«

Für einen Moment kam nichts, und dann hörte sie unten eine Bewegung. Eine Wolke schlechter Luft schlug ihr entgegen, was zu erwarten war, wenn die zwei Kinder tagelang zusammengepfercht gewesen waren.

»M-Madison?« Es war Grace, ihre Stimme untypisch grell und dünn.

»Gracie? Ist John Robert bei dir?«

Und dann schrien und weinten sie beide und riefen ihren Namen, als dächten sie, sie würde sie vergessen und weggehen, wenn sie verstummten.

»Haltet durch, ich hole euch da raus.«

Von ihrem Platz hoch oben auf dem Hang schaute sie auf Warren Barber hinab. Sie überlegte, dass sie gern den Berg auf ihn werfen würde, und fragte sich, ob sie es konnte. Aber zuerst musste er etwas tun, wozu sie nicht in der Lage war.

»Du machst jetzt diese Tür auf«, sagte sie, und Zorn überwältigte die Ängste, die sie gehabt hatte. »Sofort.«

»Erst das Drachenherz.«

»Ich habe die Kinder noch nicht gesehen. Ich weiß nicht, ob es ihnen gut geht.« Sie hob ein faustgroßes Stück Schlacke auf und schleuderte es auf ihn hinab, traf ihn an der Schulter. Dumm, aber befriedigend.

Er rieb sich die Schulter und bleckte die Zähne zu einem Knurren. »Dafür wirst du bezahlen.«

Und sie wusste, dass sie es vielleicht tun würde, aber das war ihr egal.

Madison glitt den Hang hinab und landete in einem Steinregen neben Warren Barber. »Ich will mich selbst davon überzeugen, dass sie unverletzt sind.« Sie wünschte, sie könnte sich so konzentrieren wie die Zauberer, damit er das tat, was sie wollte. Stattdessen prallte ihre Willenskraft völlig willkürlich gegen ihn.

Barber sah sie mit schmalen Augen an und ballte die Fäuste, zuckte vor Frustration. Es war beinahe so, als könnte sie den Kern seiner Gedanken aus ihm herauskitzeln. Sie erwies sich als unerwartet stur, und in diesem Moment konnte er nicht zu den Kindern und sie als Druckmittel benutzen, daher konnte er sie auch nicht zwingen, das zu tun, was er wollte. Also.

»Na gut«, erwiderte er mit einem Lächeln, das ihr das Blut in den Adern gefrieren ließ. »Was immer du sagst.« Er stieß die Hand vor, mit der Handfläche nach oben, und eine Druckwelle traf die Eisentür und bog sie nach innen. Steine sprangen den instabilen Hang herunter und landeten zu ihren Füßen.

»Pass doch auf!«, zischte Madison.

Barber starrte sie an. »Was ist mit deinen Augen?«

Sie begriff, dass sie wieder Funken sprühte, wie Seph es genannt hatte. Beruhige dich, Maddie, sagte sie zu sich. Und dann, laut: »Beeil dich!«

Diesmal ließ Barber eine Flammenlinie wie einen Schneidbrenner außen um die Tür herumlaufen. Er sandte eine Druckwelle in ihre Richtung, und die Tür fiel scheppernd nach innen.

Wieder ein Schwall stinkender Luft. Gefolgt von Grace, die ins Mondlicht blinzelte, ihr Gesicht von Ruß und Tränen verschmiert. Sie duckte sich durch die Tür, trat über die gezackte, metallene Schwelle und hob dann John Robert heraus.

»Also schön«, sagte Barber und griff nach Gracie. »Und jetzt Schluss mit den Kindereien.«

»Lauft!«, schrie Madison und rammte Barber die Schulter in die Brust. Sie stolperten hügelabwärts, und Madison konzentrierte sich auf seinen Weirstein, wie Nick es ihr gezeigt hatte; aber dann schlug sie sich den Kopf an einem Felsbrocken an und sah für einen Moment Sterne, und als sie wieder bei Sinnen war, war

Barber verschwunden, stürmte den Berghang hinunter hinter Grace und John Robert her. Wenn er sie erwischte, würde er die Kontrolle über sie haben, und das wusste er.

Madison stand auf und wäre vor Schwindel beinahe wieder hingefallen, dann taumelte sie hinter ihnen her.

John Robert glitt auf dem Schiefer aus und fiel, und Barber hatte ihn, ließ ihn in der Luft baumeln, während der Junge mit Armen und Beinen ruderte, um sich freizukämpfen. Grace wollte sich umdrehen, und Madison, die hinzukam, brüllte: »Nein, Grace! Lauf weg!«, und Grace wandte sich um, um wegzurennen.

Barber streckte den Arm aus, und Madison wusste, dass er sein Ziel nicht verfehlen würde, als Flammen aus seiner Hand strömten. Madison schrie, als sie in Grace hineinkrachten und weiter und immer weiterkamen, ein unerbittlicher Flammenstrom, der aus seinem Körper gesogen wurde.

Begreifen und dann Entsetzen breiteten sich auf Barbers Gesicht aus. »Nein!«, schrie er, ließ John Robert fallen und versuchte, sich von Grace loszureißen.

J. R. krabbelte auf allen vieren zu Grace, die mit wehenden Haaren wie eine Art rächende Göttin dastand, bis Barber erschlaffte und von dem Berg ins Leere stürzte.

Es war fast so gut, wie ihn einen Abgrund hinunterzustoßen.

Wahrscheinlich war Barber nie der Gedanke gekommen, dass bei einer magischen Veranlagung in der Familie auch die Fähigkeit in der Familie liegen musste, Magie aus einem Weirstein zu saugen.

Nicodemus Snowbeard starb einen Tag nach dem Ende

der Belagerung von Trinity in einem Alter, das je nach Schätzung bei sechshundert bis tausend Jahren lag. Sie begruben ihn im Dragon's Ghyll (das wieder seinen ursprünglichen Namen erhalten hatte) vor der Höhle und unter dem Drachenzahn, wo er der Lady, die er geliebt und verraten hatte, nahe sein würde.

Mit dem Ende der D'Orsay'schen Linie zogen Leander Hastings und Linda Downey in die Burg von Dragon's Ghyll. Niemand schien daran interessiert zu sein, ihren Anspruch in Frage zu stellen.

Jason kehrte nicht nach Großbritannien zurück. Sie begruben ihn auf dem Friedhof von St. Catherine's, das Amulett seiner Mutter in den Händen. Ein Grabstein wurde aufgestellt, auf dem die Worte *Draca Heorte* eingemeißelt waren: Drachenherz. Mercedes und Leesha pflanzten Rosmarin zur Erinnerung, und Ranken kletterten über seinen Stein, und Blumen blühten Sommer wie Winter auf seinem Grab.

Die Verwirrung rund um Trinity war groß. Die Stadt hatte in der Folge mit Ermittlungen, Invasionen von Regierungsagenten und Gerede von terroristischen Verschwörungen zu kämpfen. Aber es ist schwer, die Wahrheit ans Tageslicht zu bringen, wenn die wenigen, die sie kennen, nicht reden.

Ellen war eine schreckliche Patientin, wurde aber wieder vollkommen gesund, nur dass sie neue Narben hatte wie die Tätowierungen eines Soldaten. Jack und Ellen und sogar Leesha Middleton stürzten sich in den Wiederaufbau der Stadt, eine mühsame Aufgabe, die von Becka geleitet wurde. Jacks Mutter wusste, wie man Dinge erledigte und sicherstellte, dass sie richtig gemacht wurden. Leeshas Tante Millisandra war eine wichtige Spenderin.

Als endlich der nächste Sommer kam, fuhr Madison Moss nach Hause, um Anspruch auf ihr Erbe zu erheben.

Sie konnte auf ihrer Veranda sitzen, den Booker Creek hören und die langen Hänge zum Fluss hinabschauen, der im schrägen Sonnenlicht glitzerte. Und in diesen Hügeln sah sie das Spiegelbild anderer Hügel, die von Schluchten mit kleinen, funkelnden Seen und Steinkreisen durchschnitten waren.

Sie konnte malen, wenn sie Lust hatte, und in der Sonne schlafen, wenn sie Lust hatte, was Drachen besonders gern tun. Aber am meisten Lust hatte sie darauf, mit Seph McCauley am Booker Creek entlangzustapfen, der sich dort so heimisch zu fühlen schien wie an jedem anderen Ort.

Die Menschen im County sagten, Madison Moss habe sich verändert – sie sei durch ihre Zeit oben am See irgendwie anders geworden. Sie sah einem jetzt öfter in die Augen, und ihre Augen waren ebenfalls anders, beinahe hypnotisierend. Und manchmal schien ihre Haut zu glitzern und zu funkeln, je nachdem, wie das Sonnenlicht darauf traf. Alle wussten, dass man sich nicht mit Madison Moss anlegte. Man wusste nie, was aus diesem Mädchen vielleicht einmal werden würde.

Brice Ropers Mörder wurde nie ermittelt. Die Mine der Ropers war schließlich erschöpft und wurde stillgelegt, und Bryson Roper senior zog an einen anderen Ort, um dort ein Vermögen zu machen.

Seph kannte sich zwar nicht mit Drachen aus, aber mit Magie, und so regelten er und Madison gemeinsam einige Dinge und ließen andere unberührt. Und wenn sie manchmal zu anderen, interessanteren Themen übergingen, dann konnte man ihnen kaum einen Vorwurf daraus machen.

Sie lagen oft in der Hängematte, die über dem Booker Creek schaukelte, und blickten hinauf in den Baldachin aus Blättern und träumten Träume, von denen sie hofften, dass sie eines Tages in Erfüllung gehen würden.

Unter den Weir wurden die Legenden über die Drachenerbin, die in Trinity erschienen war, immer weiter ausgeschmückt, angefacht von gewissen Fraktionen der verschiedenen Gilden, die gern Geschichten erzählten. Niemand wusste, wohin die Lady gegangen war oder wann sie wieder erscheinen würde. Zauberer drückten sich ängstlich die Hand auf die Brust und wälzten sich im Bett und fragten sich, wie es wäre, Anaweir zu sein. Und sie benahmen sich; zumindest für den Moment.

Überall auf der Welt feierten die magischen Gilden – wenn sie auch wussten, dass die Angst vor Drachen nicht ewig dauern konnte.

DANKSAGUNG

Ein Buch ist wie ein Schiff: Viele Menschen sind nötig, um es vom Stapel laufen zu lassen. Einige helfen beim Entwurf und bei der Konstruktion, andere sorgen für die Finanzierung, manche jubeln vom Ufer aus, während wieder andere sich gegen den Kiel stemmen und es anschieben, damit es sich in Bewegung setzt.

Ich danke all den fähigen Menschen bei Hyperion, vor allem meiner Lektorin Arianne Lewin, die mich das Ganze neu schreiben ließ, sodass letztendlich ein besseres Buch daraus wurde. Ich danke Elizabeth Clark, die gemeinsam mit dem Künstler Larry Rostant für die wunderschönen Cover verantwortlich ist. Angus Killick und seinem Team ist dafür zu danken, dass sie meine Bücher in die Hände von Lehrern und Bibliothekaren gelegt haben. (Und diesen Lehrern und Bibliothekaren ist dafür zu danken, dass sie meine Bücher den Lesern in die Hände gelegt haben.)

Christopher Schelling ist ein Schatz. Er ist nicht nur ein herausragender Literaturagent, er überzeugt mich auch regelmäßig davon – zu Recht oder Unrecht –, dass ich nicht verrückt bin.

Ich danke dem Genie Pam Daum für die schönen Fotos. Autorin, Künstlerin, Freundin für immer. Du fehlst mir.

Meinen großzügigen Kollegen bei den Hudson Writers und den Twinsburg Writers danke ich für das Geschenk liebevoller, konkreter Kritik – vor allem Marsha McGregor, die einige etwas konfuse Anrufe ertrug und mich beruhigte.

Ein herzlicher Dank gebührt Rod, der mir moralische, emotionale und technische Unterstützung bot (Website, Fotografie, Layout und Entwurf, Diagnose und Behandlung des Druckers), während er mein gelegentliches Gemecker ertrug und mehr im Haushalt und in der Beziehungspflege tat als er musste. (Diese Geburtstagskarten, die ihr bekommen habt – die waren nicht von mir.)

Und ein letztes Dankeschön meinen frühen Lesern Eric und Keith, denen ich den entscheidenden Anstoß verdanke.